Champagnerblut

Guido Buettgen, geboren 1967, war nach dem Studium der visuellen Kommunikation in renommierten Werbeagenturen tätig und erhielt für seine Kampagnen zahlreiche nationale und internationale Auszeichnungen. 2010 legte er eine werbliche Pause ein, begab sich auf eine mehrmonatige Weltreise und verdiente sein Geld als Boxtrainer. Inzwischen ist er wieder in die Marketingbranche zurückgekehrt und arbeitet als Geschäftsführer einer Münchner Werbeagentur. Nebenbei widmet er sich seiner großen Leidenschaft, dem Schreiben. Guido Buettgen lebt mit seiner Familie am Starnberger See.

GUIDO BUETTGEN

# Champagnerblut

OBERBAYERN KRIMI

emons:

© Emons Verlag GmbH
Cäcilienstraße 48, 50667 Köln
info@emons-verlag.de
Alle Rechte vorbehalten
Umschlagmotiv: © mauritius images/imageBROKER/Stefan Arendt
Umschlaggestaltung: Tobias Doetsch
Gestaltung Innenteil: César Satz & Grafik GmbH, Köln
Lektorat: Carlos Westerkamp
Druck und Bindung: sourc-e GmbH, Köln
Printed in Europe 2025
Erstausgabe 2016
ISBN 978-3-95451-793-0
Oberbayern Krimi
Originalausgabe
4. Auflage

Unser Newsletter informiert Sie
regelmäßig über Neues von emons:
Kostenlos bestellen unter
www.emons-verlag.de

Dieser Roman wurde vermittelt durch die
Literaturagentur Beate Riess.

Für Nicole, Kim und Paul.
Danke, dass es euch gibt.

*Es ist das einzig Wahre. Es ist »du gegen mich«,
es ist die Herausforderung von Mann gegen Mann.
Worte können das Gefühl nicht beschreiben –
ein Mann zu sein, ein Gladiator, ein Kämpfer.*

Sugar Ray Leonard, ehemaliger Boxweltmeister

Sein Gegenüber war weder besonders groß noch besonders breit.

Das rotblonde Haar war akkurat geschnitten, Wangen und Kinn glatt rasiert, und die roten Abdrücke auf dem Nasenrücken ließen darauf schließen, dass er noch bis vor wenigen Minuten eine Brille getragen hatte.

Seine blasse Haut leuchtete fahl im flackrigen Neonlicht, und der gesamte Oberkörper war leicht nach vorne gebeugt, sodass es den Anschein hatte, als trüge der Mann das Elend der gesamten Welt auf seinen schmächtigen Schultern.

Er war ein Mensch, dem man auf der Straße begegnete und dessen Existenz man zwei Schritte später bereits wieder vergessen hatte. Ein unscheinbarer Allerweltstyp, dem im großen Film des Lebens allenfalls die Rolle eines Statisten zugedacht schien.

Er selbst war genau das Gegenteil.

Leute, die ihn zum ersten Mal sahen, pflegten ihn gemeinhin als eine echte Erscheinung zu bezeichnen. Er besaß eine beeindruckende Physiognomie, und unter seiner sonnengegerbten, großflächig tätowierten Haut zeichnete sich eine ebenso voluminöse wie definierte Muskulatur ab. Sein rasierter Schädel, die durch mehrere Frakturen entstellte Nase sowie diverse kleine Narben rund um die Augenbrauen verliehen ihm eine Aura der Bedrohlichkeit, die bei Männern devote Ehrfurcht, bei Frauen hingegen eine paradoxe sexuelle Faszination auslöste.

Er war sich seiner körperlichen Überlegenheit vollkommen bewusst.

Und aus diesem Grunde hatte er auch den größten Fehler begangen, den ein Mensch im Leben machen kann.

Er hatte seinen Gegner unterschätzt.

# EINS

Die Spitze des Kajaks durchschnitt die spiegelglatte Wasseroberfläche wie eine Rasierklinge ein Stück Seide.

Der Tag war noch jung.

Die ersten Sonnenstrahlen bahnten sich zaghaft ihren Weg durch die nächtlichen Nebelschwaden, und dem seit Tagen herrschenden Föhn war es zu verdanken, dass sich die Ausläufer der Alpen unmittelbar bis an das südliche Ende des Gewässers zu erstrecken schienen.

Florian Hartmann liebte den Starnberger See mit seinem kristallklaren Wasser und dem facettenreichen Ufer, an dem luxuriöse Millionärsvillen mit eigenen Bootsanlegeplätzen wie an einer Perlenkette aufgereiht lagen, während keine fünfzig Paddelschläge davon entfernt naturbelassene Schilfbestände mit alten, verwitterten Bäumen und undurchdringbarem Dickicht das steinige Ufer säumten.

Es war diese Vielseitigkeit, die den See für ihn so einzigartig machte.

So fand man am Westufer öffentliche Badebereiche, an denen sich an sonnigen Tagen so viele Menschen tummelten, dass die Szenerie an ein Gemälde von Hieronymus Bosch erinnerte, während an den Kiesstränden des Ostufers die Liebhaber ursprünglicher Natur textilfrei die stille Einsamkeit genießen konnten. Es gab Nobelrestaurants mit indirekt beleuchteten Seeterrassen und fest installierten Champagnerkübeln, während andernorts hölzerne Klappstühle auf unebenen Holzstegen dazu einluden, ein kühles Weißbier aus der Flasche zu genießen. Und es gab Plattformen im See, von denen testosterongeschwängerte Jungmillionäre zu rasanten Wasserskifahrten starteten, während sich verliebte Paare in den verwunschenen Winkeln rund um die Roseninsel romantisch ihre Liebe beteuerten, um diesen amourösen Schwur dann auch an Ort und Stelle in die Tat umzusetzen.

Das mit Abstand Schönste am Starnberger See war für Florian Hartmann jedoch das erhabene Gefühl, in den frühen Morgenstunden die kompletten sechsundfünfzig Quadratkilometer Wasseroberfläche für sich alleine zu besitzen.

Weit und breit war kein anderes Boot zu sehen, und selbst die letzten am See verbliebenen Berufsfischer, die diese Uhrzeit für gewöhnlich nutzten, um ihre Netze und Reusen einzuholen und mit Angeln auf Hecht, Waller und Seeforelle zu gehen, schienen ihrem morgendlichen Tagwerk bereits nachgekommen zu sein und das Gewässer gen heimatlichen Hafen verlassen zu haben.

Nach einem erfrischenden Schluck Wasser, den er mit der flachen Hand aus dem See geschöpft hatte, warf Hartmann einen Blick auf die Uhr und erhöhte das Tempo.

Sein Ziel war der beschauliche Segelboothafen in Possenhofen. Dessen Einfahrtsschneise wurde beidseitig von Stegen gesäumt, an denen zahlreiche Boote vertäut lagen, deren unterschiedliche Größen von den ebenso unterschiedlichen Einkommensverhältnissen ihrer Besitzer zeugten.

Über eine ansteigende Holzrampe konnten die Bootseigner ihre Segelyachten per Slipanlage ans Ufer ziehen. Doch auch Hartmann mit seinem kleinen Kajak kamen die hölzernen Planken zugute, denn er pflegte mit Schwung auf die Rampe zuzupaddeln, um über das nasse und glitschige Holz so weit aus dem Wasser zu gleiten, dass er seinen Einsitzer trockenen Fußes verlassen konnte.

Bedingung dafür war allerdings, dass er auf den letzten Metern ausreichend Geschwindigkeit besaß, und so stieß er die Paddel noch einmal mit aller Kraft ins Wasser und nahm Tempo auf.

Rechts und links flogen die Segelboote an ihm vorbei, und er bereitete sich gedanklich bereits auf das Auftreffen auf der Rampe vor, als plötzlich ein dumpfer Aufprall ertönte und das Boot einen heftigen Schlag bekam.

Dann kenterte es.

Für einen kurzen Moment befiel Hartmann Panik.

Für eine Eskimorolle war sein Boot zu lang. Außerdem hatte

er angesichts der milden Temperaturen auf die Verwendung einer Spritzdecke verzichtet, sodass der Innenraum seines Kajaks sofort voll Wasser lief.

Prustend befreite er sich und tauchte zurück an die Wasseroberfläche. Der See war an dieser Stelle nicht sonderlich tief, doch wegen des weichen, schlammigen Grundes hatte er Mühe, das schwere Boot zu drehen und über die hölzerne Rampe auf die Wiese zu ziehen.

Anschließend begab er sich kopfschüttelnd wieder zurück zum Ufer.

»Verdammte Scheiße! Was zum Teufel war das denn?«, murmelte Hartmann verwirrt.

Er hatte das Kajak bereits seit mehr als zehn Jahren und hätte Stein und Bein geschworen, die Hafeneinfahrt wie seine Westentasche zu kennen.

Er wusste, wo die Stahlschienen des Transportschlittens auf dem sandigen Seegrund verliefen, er wusste, wo sich die unter Wasser befestigten Sicherungshaken für die Bojen befanden, und er wusste, wo sämtliche größere Steine im Hafenbecken lagen.

Was er dagegen nicht wusste, war, was in drei Teufels Namen er dort vor wenigen Augenblicken gerammt hatte.

Vorsichtig watete Hartmann in den See, diesmal nicht auf, sondern neben der rutschigen Rampe.

Das Wasser war durch sein unorthodoxes Landemanöver aufgewühlt, weshalb sich auf den ersten Blick nichts Ungewöhnliches erkennen ließ. Behutsam bewegte er sich Schritt für Schritt vorwärts und durchsuchte mit seinen Händen das Wasser. Doch er fand nichts.

Schließlich zuckte er resigniert mit den Schultern, drehte sich um und stapfte zurück zum Ufer, als er plötzlich mit seinem Schienbein gegen einen Widerstand stieß.

Er stolperte und wäre um ein Haar abermals der Länge nach in den See gefallen.

Mit einem deftigen, sowohl gesellschaftliche als auch religiöse Etikette verletzenden Fluch griff er in das trübe Wasser, packte den mysteriösen Gegenstand und zerrte ihn an die Oberfläche.

Als er sah, was er gerammt hatte, erblasste Hartmann. Anschließend erbrach er sich in den Starnberger See.

***

Es gibt Menschen, deren Gutmütigkeit dermaßen ausgeprägt ist, dass sie Gefahr laufen, die fließende Grenze zur Naivität zu überschreiten.

Polizeikommissar Maximilian Konstantin von Werdenfels war ein solch gutmütiger Mensch.

Allerdings hatte selbst seine Geduld irgendwann einmal ein Ende, und die cholerische Dame, die auf der anderen Seite der getönten Scheibe im Vorraum des Starnberger Polizeireviers stand und sich aufplusterte wie ein Kampffisch in einem Süßwasseraquarium, war kurz davor, diesen Punkt bei ihm zu erreichen.

Um Contenance bemüht, versuchte er ein weiteres Mal, die Frau zu beschwichtigen.

»Liebe Frau von Wallenbach, es gibt keinen Grund, hier so zu schreien – die Akustik in diesen Räumen ist hervorragend. Wie ich Ihnen bereits mehrfach erklärt habe, werden wir Ihre Angelegenheit umgehend zu Protokoll nehmen und –«

»Genau das ist ja das Problem!«, unterbrach die Frau ihn erbost.

Sie war etwa Anfang vierzig – auch wenn ihr flächendeckender Schminkstil mindestens ein Jahrzehnt weniger implizieren sollte –, hatte dunkles, halblanges Haar und trug ein champagnerfarbenes Kostüm, dessen perfekter Schnitt den durch Pilates und Yoga geformten Körper vorteilhaft in Szene setzte. An ihrer Hand hatte sie neben einem funkelnden Brillanten beachtlichen Umfangs ein kaugummikauendes Kind mit einem ebenso beachtlichen Volumen.

»Sie sollen die Angelegenheit gefälligst nicht nur zu Protokoll nehmen, sondern etwas tun. Schicken Sie alle Einheiten los! Ich will, dass diese Verbrecher festgenommen und zur Rechenschaft gezogen werden. Und zwar sofort!«

Sie schlug mit ihrer perfekt manikürten Hand so kraftvoll auf die Schaltertheke, dass einige Flugblätter, die orientierungslose Schulabgänger von den Vorzügen einer Polizeikarriere überzeugen sollten, in hohem Bogen durch den Raum flogen.

Der übergewichtige Junge blickte ihnen ungerührt hinterher, während der hinter ihm stehende Mann sich bückte, die Flyer auflas und sie wieder ordentlich auf der Theke platzierte.

Anschließend wandte er sich an die erzürnte Mutter. »Entschuldigen Sie, wären Sie bitte so freundlich, mir zu erklären, um was es hier gerade geht?«

Frau von Wallenbach drehte sich irritiert um und musterte den Mann mit einem prüfenden Blick. Allerdings schien sein Outfit aus Kapuzenpulli, Jeans und klobigen Motorradstiefeln ihn nicht als adäquaten Gesprächspartner zu qualifizieren, denn sie ignorierte seine Frage und wandte sich stattdessen wieder dem jungen Polizeibeamten zu.

Auch dieser hatte das Einmischen des Mannes mit Befremden zur Kenntnis genommen.

»Entschuldigen Sie, mein Herr«, sagte er, »wären Sie bitte so freundlich, hinter die rote Markierung zurückzutreten und zu warten, bis Sie an der Reihe sind? Ich kümmere mich gleich um Sie.«

Der Mann zögerte, dann nickte er achselzuckend und trat einen Schritt zurück, während das Kind ihm hinter dem Rücken der Mutter hämisch die Zunge herausstreckte.

»Frau von Wallenbach«, fuhr Kommissar von Werdenfels fort, »bitte verstehen Sie mich nicht falsch. Wir sind durchaus gewillt, uns Ihrer Angelegenheit anzunehmen. Aber halten wir den Ball doch mal im Dorf! Es geht hier nicht um eine Entführung oder einen Banküberfall, sondern lediglich um ein Handy, das Ihrem Sohn abhandengekommen ist. Und dabei ist noch nicht einmal sicher, dass man es gestohlen hat – der Junge kann es ebenso gut auch verlegt oder verloren haben.«

Der eisige Blick der Frau ließ die gefühlte Raumtemperatur schlagartig um mehrere Grad absinken.

»Abgesehen davon, dass es entweder ›den Ball flach halten‹

oder aber ›die Kirche im Dorf lassen‹ heißt, sollten Sie mir jetzt mal genau zuhören, Herr Polizist …«

»Herr Kommissar, so viel Zeit muss sein!«, korrigierte sie von Werdenfels.

»Es ist mir scheißegal, ob Sie Wachtmeister, Kommissar oder Polizeipräsident sind! Ich bin Marianne Freifrau von Wallenbach!«, zischte die Dame zurück. »Mein Mann ist Rechtsanwalt, arbeitet als juristischer Berater im Bayerischen Wirtschaftsministerium und ist ein ganz enger Freund unseres Ministerpräsidenten. Also kommen Sie mir nicht mit Ihrem albernen Pipifax-Dienstgrad, verstanden?«

Von Werdenfels schnappte kurz nach Luft und hatte bereits eine aus diplomatischer Sicht mehr als bedenkliche Formulierung auf den Lippen, als er sich im letzten Moment auf seine Position und seine aristokratische Herkunft besann und sich die Antwort widerstrebend verkniff.

»Ich sage es Ihnen jetzt noch ein letztes Mal, gnädige Frau, denn der Herr hinter Ihnen wartet nun auch schon seit einiger Zeit: Wir nehmen Ihre Anzeige auf und werden ein Auge darauf haben, ob das Handy in nächster Zeit irgendwo auftaucht. Gleichzeitig bitte ich Sie, noch einmal gründlich zu Hause nachzuschauen, ob sich das Telefon nicht doch noch irgendwo auffinden lässt. Ohne Ihrem Sohn zu nahe treten zu wollen: Es wäre nicht das erste Mal, dass sich ein vermeintlicher Diebstahl als Irrtum erweist und der vermisste Gegenstand später irgendwo in einer Jackentasche wiederauftaucht.«

»Hey, glauben Sie etwa, ich wäre blöd?«, empörte sich das Kind und zeigte von Werdenfels einen Vogel. »Das Ding hat mir irgendein Spacken geklaut! Bestimmt so ein Bauer vom Dorf, weil der sich so 'n Teil selbst nicht leisten kann.«

»Verdammt noch mal, jetzt reicht's!« Die Stimme des Mannes im Kapuzenpullover donnerte durch den Vorraum des Polizeireviers, dass alle Anwesenden erschrocken zusammenzuckten. »Dieser höfliche Beamte hat sich jetzt eine halbe Stunde lang mit einer Engelsgeduld Ihre Lappalie angehört und ist als Dank dafür permanent von Ihnen beleidigt worden. Sie packen sich jetzt

Ihr missratenes Balg und setzen es draußen vor die Tür oder von mir aus auch – was besser zu seinem Körperbau passen dürfte – ins McDonald's gegenüber. Dann geben Sie Ihre Anzeige auf. Und wenn Sie das nicht wollen, dann machen Sie, dass Sie hier verschwinden. Und zwar zügig! Sie stehlen der Polizei nämlich ihre Zeit!«

Frau von Wallenbach entglitten kurzzeitig die so kostspielig gestrafften Gesichtszüge, und auch Kommissar von Werdenfels blickte entgeistert von einem zum anderen.

Just in dem Moment, in dem er seine Fassung wiedergewonnen hatte und zu einer Antwort ansetzen wollte, klingelte plötzlich das Telefon auf seinem Schreibtisch.

Er zögerte kurz, bedeutete dem Mann dann, sich nicht von der Stelle zu rühren, und griff nach dem Hörer.

»Polizei Starnberg, Kommissar von Werdenfels. Was kann ich für Sie –« Er stockte, dann nickte er ernst und griff zu einem Notizblock. »Eine Leiche? Wo gefunden? In Possenhofen? Alles klar! Wir sind sofort da.«

Er wandte sich wieder den drei Personen im Vorraum zu.

»Entschuldigen Sie bitte, wir haben gerade einen wichtigen Einsatz reinbekommen. Ich werde einen Kollegen bitten, Ihre Angelegenheiten zu übernehmen, Frau von Wallenbach. Sie können Ihre Anzeige bei ihm aufgeben, und wir werden uns um die Sache kümmern. Oder aber Sie lassen es bleiben – die Entscheidung liegt jetzt ganz bei Ihnen. Und Sie …«, er deutete auf den Mann in dem Kapuzenpullover, »… halten sich bitte zukünftig mit Ihren Äußerungen etwas zurück. Es gibt keinen Grund, sich hier aufzuspielen, als wären Sie der Chef dieser Inspektion.«

Der Angesprochene lächelte ihn freundlich an.

»Oh doch, Herr Kommissar, den gibt es durchaus. Mein Name ist Madsen. Kriminalrat Mads Madsen. Und ich bin hier tatsächlich der neue Chef.«

★★★

Kommissar von Werdenfels war sichtlich derangiert, als er gemeinsam mit Kriminalrat Mads Madsen den kleinen, am Westufer des Starnberger Sees gelegenen Ort Possenhofen erreichte.

Zuerst das höchst unerfreuliche Gespräch mit dieser renitenten Frau von Wallenbach, anschließend die ebenfalls wenig erbauliche Meldung über den Fund einer Leiche und zu guter Letzt auch noch der mehr als unorthodoxe Amtsantritt des neuen Dienststellenleiters.

All das waren ihm definitiv zu viele ungewöhnliche Ereignisse.

Zumindest für einen gewöhnlichen Mittwochmorgen.

Der junge Beamte warf einen unsicheren Blick auf seinen neuen Vorgesetzten und musterte ihn verstohlen.

Den Auftritt des Kriminalrats in der Dienststelle konnte man mit Fug und Recht als spektakulär bezeichnen, und die Beschreibung des Gesichtsausdrucks der blaublütigen Anwaltsgattin würde vermutlich noch in nachfolgenden Polizistengenerationen zu den Klassikern am Dienststellenstammtisch gehören.

Doch auch der Kleidungsstil des Kriminalrats war bemerkenswert.

Von Werdenfels hatte dem revierinternen Flurfunk zwar entnommen, dass Madsen aus der Weltstadt Hamburg ins beschauliche Starnberg versetzt worden war, und ihm war auch durchaus bewusst, dass ein Kriminalpolizist auf der Reeperbahn anders gekleidet sein mochte als ein Beamter im erzkatholischen Oberbayern, aber dennoch hätte er nicht im Traum daran gedacht, dass ein neuer Polizeiinspektionsleiter seinen Dienst in Bikerstiefeln und Kapuzenpulli antreten würde.

Und als wäre all das noch nicht genug, hatte sich Madsen schließlich auch noch geweigert, gemeinsam mit von Werdenfels im Streifenwagen zum Einsatzort zu fahren. Stattdessen hatte er sich lässig auf eine chromblitzende Harley-Davidson Fat Boy geschwungen und war dem Einsatzfahrzeug mit ohrenbetäubendem Geknatter und einer Zigarette im Mundwinkel Richtung Süden gefolgt.

Kurzum – alles, was von Werdenfels bisher von dem Kriminalrat gesehen und gehört hatte, ließ nur zwei Schlussfolgerungen zu: Entweder der Neue war völlig durchgeknallt, oder er war die coolste Sau, mit der von Werdenfels je zusammengearbeitet hatte.

Im Hinblick auf seine Karriere hoffte er auf Letzteres.

Die beiden Polizisten hatten inzwischen die rot-weißen Absperrbänder passiert und betraten das Gelände des kleinen Segelhafens in Possenhofen.

Schmale, mit einem rostigen »Durchgang verboten«-Schild versehene Treppenstufen führten von der Straße abwärts zu einem zweistöckigen und verlassen wirkenden Werftgebäude in unmittelbarer Ufernähe.

Es roch nach modrigem Holz, Lack und Dieselkraftstoff.

Madsen drückte seine Stirn gegen eines der verschmutzten und von Spinnweben überzogenen Fenster, um einen Blick in das Innere des Gebäudes zu werfen, doch es ließen sich nur schemenhaft einige aufgebockte Bootsrümpfe, verstaubte Werkbänke sowie eine Wendeltreppe, die ins obere Stockwerk führte, erkennen.

»Wir müssen dort rüber auf die Wiese«, bemerkte von Werdenfels ungeduldig. »Die Leiche wurde im Freigelände gefunden.«

Der Kriminalrat nickte, wischte sich den Staub von der Stirn und folgte seinem Kollegen um das Gebäude herum.

Der Wind blies an der seezugewandten Seite deutlich stärker, und Madsen musste das Gesicht mit den Händen abdecken, weil ihn die Reflexionen der tief stehenden Sonne auf der Wasseroberfläche blendeten. Als sich seine Augen an das grelle Licht gewöhnt hatten, pfiff er bewundernd durch die Zähne.

»Donnerwetter! Das sind ja ein paar echte Prachtstücke!«

Von Werdenfels blickte ihn irritiert an.

»Wie bitte?«

»Die Segelboote dort an den beiden Stegen. Die sehen für mich alle ziemlich edel aus.«

Der Kommissar nickte abwesend und rieb sich das glatt rasierte Kinn – eine Geste, die bei den meisten Männern maskulin wirkte, bei ihm aber den Eindruck erweckte, als wollte er mittels Gesichtsmassage seinen spärlichen Bartwuchs beleben.

»Jaja, da sind schon ein paar Exemplare dabei, für die man einen ordentlichen sechsstelligen Betrag hinblättern muss. Aber sollten wir uns nicht lieber um die Leiche kümmern?«

Madsen zuckte mit den Schultern.

»Stimmt! Das sollten wir! Obwohl …«, er deutete auf die Zinkwanne, die just in diesem Moment von zwei schwarz gekleideten Männern die schmale Treppe hinunterbalanciert wurde, »… ich mir fast sicher bin, dass uns das Opfer nicht mehr weglaufen wird.«

Das gesamte Grundstück war keine dreißig Meter breit und vom Seeufer bis zu dem begrenzenden Gebüsch im oberen Bereich etwa siebzig Meter lang. Rechts und links säumten aufgebockte Segelschiffe die Wiese, während sich in der Mitte eine rund zehn Meter breite, kurz gemähte Schneise befand, über die die an Land gelagerten Schiffe ins Wasser gelassen werden konnten. Zu diesem Zweck führte ein fingerdickes Stahlkabel von einer verrosteten elektrischen Winde über eine hölzerne Rampe bis ins Wasser.

Madsen ließ seinen Blick hinaus auf den tiefblauen See und die majestätischen Berggipfel der Werdenfelser Alpen schweifen und sog genussvoll die kühle Luft ein.

Die Szenerie war wunderschön und hätte ihn an Urlaub und grenzenlose Freiheit erinnert – wären da nicht die mit weißen Ganzkörperoveralls bekleideten Ermittlungsbeamten gewesen, die die friedliche Idylle all ihrer Unschuld beraubten.

»Alle mal kurz herhören!«, rief Kommissar von Werdenfels und klatschte dabei in die Hände, als wäre er ein Lehrer, der eine Klasse überdrehter Grundschüler zur Aufmerksamkeit mahnen wollte. »Das hier ist Kriminalrat Mads Madsen, der neue Dienststellenleiter in Starnberg.«

Die Augen aller Anwesenden richteten sich auf die beiden Neuankömmlinge.

Madsen nickte grüßend in die Runde. Dabei registrierte er

neben einer verständlichen Neugier auf den neuen Vorgesetzten auch das eine oder andere versteckte Grinsen.

Der Grund des Amüsements war unschwer zu erraten – seine Erscheinung und die des jungen Kollegen an seiner Seite waren einfach zu konträr.

Von Werdenfels war klein, Madsen war groß.

Von Werdenfels war untersetzt, Madsen hatte eine sportliche Figur.

Von Werdenfels hatte schwarze Locken, Madsen kurzes dunkelblondes Haar.

Von Werdenfels trug eine perfekt gebügelte Uniform, Madsen lässige Jeans und Kapuzenpulli.

Und zu guter Letzt war von Werdenfels' Nervosität unübersehbar, während Madsen eine Aura natürlicher Autorität und Selbstsicherheit verströmte.

Unterschiedlicher konnte ein gemeinsamer Auftritt zweier Ermittlungsbeamter also kaum sein, und Madsen benötigte wenig Phantasie, um sich auszumalen, dass seine neuen Kollegen diesem ungleichen Gespann bei nächster Gelegenheit einen mehr oder weniger angemessenen Spitznamen verpassen würden.

Blieb nur zu hoffen, dass der nicht »Dick und Doof« lautete.

Ein älterer, komplett in einen weißen Overall gehüllter Techniker der Spurensicherung trat auf Madsen zu. In seinen müden, von dunklen Ringen umschatteten Augen lag eine Schon-alles-gesehen-Wachsamkeit, als er seinem Gegenüber die rechte Hand entgegenstreckte.

»Willkommen an Bord, Herr Kriminalrat! Mein Name ist Stefan Bertram, ich bin der Leiter der Spurensicherung in München. Ich hoffe, Sie nehmen es uns nicht übel, dass wir Sie statt mit einem Strauß Blumen mit einer Leiche begrüßen.«

»Geht schon in Ordnung! Hab eh noch keine Vase«, entgegnete Madsen mit einem überschaubaren Maß an Pietät. »Ich schlage vor, wir verschieben die ausführliche Vorstellungsrunde auf später und Sie erzählen uns, was Sie bis jetzt haben.«

»Sehr gerne! Dieser Kajakfahrer …«, Bertram zeigte auf einen in eine Decke gewickelten Mann, der von Mitarbeitern des

Kriseninterventionsteams betreut wurde und offensichtlich am Rande eines Nervenzusammenbruchs stand, »… hat vor etwa einer halben Stunde einen im Wasser treibenden Toten gefunden. Das Opfer …«, er deutete auf die aufgedunsene Leiche auf der Rampe, die in diesem Moment auf den Bauch gerollt wurde und dabei schmatzende Geräusche von sich gab, »… ist polnischer Staatsbürger. Stanislav Wocz, geboren 1972 in Krakau. Das wissen wir deshalb so genau, weil er seine Papiere bei sich trug. Allerdings nur die. Ansonsten befanden sich weder Geld noch Scheck- oder Kreditkarte in dem Portemonnaie. Auch die Armbanduhr fehlt – sofern er denn überhaupt eine getragen hat.«

»Klingt nach Raubmord und anschließender Entsorgung der Leiche im See«, murmelte von Werdenfels.

Bertram nickte zögernd.

»Es ist zwar noch ein wenig zu früh, das mit Bestimmtheit zu sagen, aber für eine solche Vermutung spricht, dass der Mann übelste Schlagverletzungen hat. Sieht so aus, als hätte man ihn totgeprügelt, um an seine Habseligkeiten zu gelangen. Hämatome am gesamten Körper, diverse Frakturen im Gesicht, eine große Platzwunde am Hinterkopf – der arme Kerl hat ordentlich was einstecken müssen, bevor er starb.«

Madsen ließ seinen Blick über die Wiese schweifen und kratzte sich nachdenklich am Kopf.

»Entschuldigen Sie bitte, Herr Bertram, es liegt mir fern, Ihre Kompetenz anzuzweifeln, aber eigentlich bin ich es gewohnt, solche Informationen von einem Rechtsmediziner zu bekommen. Sie leiten doch, wenn ich das richtig verstanden habe, die Spurensicherung, oder?«

Bertram lachte freudlos.

»Ich kann Ihre Verwirrung durchaus nachvollziehen, Herr Kriminalrat. Theoretisch ist Professor Polt für diesen Bereich verantwortlich. Der Mann ist Leiter des Instituts für Rechtsmedizin in München und eine absolute Koryphäe in seinem Fachgebiet. Allerdings ist er auch – und jetzt muss ich mich bemühen, meiner Ausdrucksweise ein gewisses Maß an Erziehung zugrunde zu legen – etwas eigenartig.«

»Man könnte auch sagen, der Alte hat nicht mehr alle Latten am Zaun!«, warf der Polizeifotograf ein, der in diesem Moment die kleine Gruppe passierte, während er im Gehen ein Bild nach dem anderen schoss. »Nur weil dieser Höhlenmensch nicht aus seinem Loch rauskommt, darf ich jetzt die ganze Umgebung ablichten. Diese Scheißarbeit könnte ich mir sparen, wenn dieser Eremit mal am Tatort erscheinen würde!«

»Halt den Mund und mach deinen Job, Alex!«, wies Bertram den Fotografen zurecht, bevor er sich wieder den beiden Ermittlern zuwandte. »Man kann es zwar auch etwas diplomatischer ausdrücken als der Kollege, aber es wäre tatsächlich manchmal zielführend, wenn Professor Polt persönlich am Tatort anwesend wäre.«

Er zuckte mit den Achseln.

»Aber da er das nun mal grundsätzlich ablehnt, müssen wir eben die ersten Untersuchungen durchführen, während der Maestro der Leiche dann später im Institut ihre Geheimnisse entlockt. Und glauben Sie mir: Wenn es irgendetwas gibt, was der Tote verbirgt – Professor Polt wird es herausfinden. In dieser Hinsicht ist der Mann ein echtes Genie.«

»Und Genie und Wahnsinn gehen ja bekanntlich häufig Hand in Hand«, ergänzte Madsen trocken und deutete auf das Seeufer. »Sie sagten, der Tote habe im Wasser gelegen. Kann man denn schon sagen, ob er hier reingeworfen oder vielleicht nur angespült wurde?«

»Letzteres glaube ich nicht«, entgegnete Bertram ohne zu zögern. »Ersten Schätzungen zufolge war er höchstens eine Nacht im Wasser. Man hat ihn also demnach gestern Abend oder im Laufe der Nacht erschlagen. Der Kajakfahrer hat ihn in unmittelbarer Nähe des Ufers gefunden, und nachdem heute keinerlei Strömung herrscht und die Hafeneinfahrt durch die beiden seitlichen Stege relativ gut geschützt ist, darf man davon ausgehen, dass er auch hier irgendwo ins Wasser geworfen wurde. Wir haben die Wasserwacht Feldafing verständigt, die momentan mit Tauchern den Seegrund und die nähere Umgebung absucht. Bis jetzt haben sie nur das hier gefunden.«

Er hielt einen Klarsichtbeutel mit einer kleinen Figur in die Höhe.

Madsen und von Werdenfels begutachteten den Gegenstand interessiert.

»Was ist das denn? Eine kleine Marienstatue?«

»Sieht fast so aus. Allerdings können wir bislang noch nicht mit Gewissheit sagen, ob sie in irgendeinem Zusammenhang mit dem Toten steht. Die kann natürlich auch einer der Bootseigner im Wasser verloren haben.«

Bertram rieb sich die Augen und ließ den Kopf kreisen, um seine verspannte Nackenmuskulatur zu lockern. Sein Bartschatten und die Ringe unter seinen Augen zeugten von der hohen Arbeitsbelastung des Mannes.

Oder einem lasterhaften Lebenswandel.

»Die Taucher suchen auch nach möglichen Tatwaffen. Allerdings habe ich da wenig Hoffnung. Soweit ich das als medizinischer Laie beurteilen kann, wurde der Mann ohne Zuhilfenahme von Gegenständen, also nur mit Faustschlägen und vielleicht auch mit Tritten, getötet.«

Madsen schüttelte bekümmert den Kopf.

»Das würde mich nicht wundern. Zu meiner Jugendzeit gab es noch einen gewissen Ehrenkodex bei Schlägereien, aber heute gehen die Gewaltorgien selbst dann weiter, wenn der Gegner bereits wehrlos am Boden liegt. Ich finde das zum Kotzen!«

»Wem sagen Sie das?«, erwiderte Bertram und winkte resigniert ab. »Allerdings muss ich an dieser Stelle darauf hinweisen, dass unser Opfer offensichtlich auch kein Kind von Traurigkeit war. Erstens hat er diverse martialische Tätowierungen auf den Armen, die nicht gerade vermuten lassen, dass er früher oder später für den Friedensnobelpreis nominiert worden wäre. Und zweitens hat er zahlreiche alte Verletzungen, die auf frühere Auseinandersetzungen hindeuten, zum Beispiel diese typischen Schlägernarben auf den Fingerknöcheln. Sie wissen schon: Faust auf Zahn – das hinterlässt ja bekanntlich auf beiden Seiten Spuren.«

Madsen nickte flüchtig und schob seine Hände ein Stück tiefer in die Hosentaschen.

»Vielen Dank für Ihre erste Einschätzung, Herr Bertram. Das hilft uns schon mal weiter. Wir würden uns jetzt gern den Toten anschauen, bevor er abtransportiert wird. Ist das möglich?«

Der Spurensicherer nickte, und Madsen und von Werdenfels traten an die Rampe.

Als die Mitarbeiter der Rechtsmedizin auf ihren Wunsch hin die Leiche auf den Rücken drehten, fuhren beide erschrocken zurück.

Das Gesicht des Mannes war entsetzlich entstellt.

Nahezu jeder Bereich des Kopfes zeugte von massiver Gewalteinwirkung. Die mehrfach gebrochene Nase stand in einem unnatürlichen Winkel vom Gesicht ab, und auch die Augenhöhlen waren an den Rändern so weit eingedrückt, dass sich die Augäpfel auf einer Ebene mit der umliegenden Knochenstruktur befanden. Der Unterkiefer hatte jeden Kontakt zum Oberkiefer verloren, sodass es den Anschein hatte, als grinste der Tote sie trotz seiner wenig erfreulichen Gesamtsituation an.

Doch nicht nur die Knochen waren in Mitleidenschaft gezogen, auch die Haut zeugte von dem Leid, das der Mann kurz vor seinem vermutlich erlösenden Dahinscheiden erlitten haben musste. So changierte die Gesichtsfarbe nahezu flächendeckend zwischen einem hellen Gelbgrün und einem dunklen Schwarzblau, und diverse Risse an den Augenbrauen ließen die Haut aufklaffen wie bei einer Weißwurst, die zu lange im heißen Wasser gelegen hatte.

Und zwar deutlich zu lange.

Das ganze Gesicht wirkte wie eine skurrile Maske aus einem Halloween-Shop, und der empfindsame von Werdenfels schickte ein kurzes Dankgebet an die für persönliche Wünsche zuständige himmlische Instanz, dass die Leiche bereits am Morgen nach der Tat gefunden worden war.

Eine längere Zeit im Wasser, und der leblose Körper hätte zusätzlich die komplette Palette aller Wasserleichencharakteristika aufgewiesen – was das Grauen des Anblicks zweifelsohne potenziert hätte.

»Für einen Raubmord sind mir das fast schon zu viele Verletzungen«, murmelte Madsen nachdenklich. »Ich weiß aus eigener Erfahrung, dass es auf der Straße rau zugeht, aber die arme Sau sieht aus, als hätte man ihr die Seele aus dem Leib geprügelt. So viele Schläge sind doch nicht normal, wenn man jemandem nur die Kohle klauen will. Ich wette 'ne Portion Labskaus, dass mehr dahintersteckt als nur ein Raubüberfall.«

»Ich würde ja gerne dagegenhalten …«, antwortete von Werdenfels und unterdrückte ein Würgen, »… es gibt nur zwei Probleme: Erstens bin ich der gleichen Meinung wie Sie. Und zweitens habe ich nicht die geringste Ahnung, was Labskaus ist.«

Inzwischen hatte sich Madsen Latexhandschuhe übergezogen und die Hemdsärmel des Toten nach oben geschoben.

»Hat Bertram nicht was von Tätowierungen gesagt? Ah, hier! Schauen Sie mal! Ein Schlagring, ein Bullterrier, irgendein polnisches Vereinslogo, ein ›Hate‹-Schriftzug, ein Totenkopf – ich möchte wirklich keine Vorurteile schüren, aber wer seinen Körper mit solchen Motiven verziert, ist in seiner Freizeit vermutlich nicht als Messdiener oder Seniorenbetreuer tätig. Wir sollten mal checken, ob es einen Bezug zu einem Motorradclub oder zum Rotlichtmilieu gibt. Solche Tattoos sind dort gang und gäbe.«

Von Werdenfels nickte und machte mit seinem Handy einige Fotos der Tätowierungen, während sich der Kriminalrat ächzend aufrichtete.

»Vielleicht nächstes Mal doch der Streifenwagen statt der Harley?«, feixte von Werdenfels und verstummte augenblicklich, als er Madsens strengen Blick sah.

»Merken Sie sich eins, Herr Kommissar: Wer mit mir zusammenarbeitet, sollte gewisse Regeln befolgen. Und die wichtigste lautet: Keine Witze über mein Moped!« Madsen klopfte sich auf die Hüfte, wo eine deutliche Ausbuchtung unter dem Pullover zu erkennen war. »Andernfalls sähe ich mich nämlich gezwungen, von der Dienstwaffe Gebrauch zu machen!«

★★★

»Zigarette?«

Die beiden Polizisten hatten die Leiche freigegeben, sich von den Kollegen verabschiedet und saßen nun, die Beine über dem Wasser baumeln lassend, auf einem der hölzernen Stege.

Der Wind hatte inzwischen merklich aufgefrischt, und die Takelage der vertäuten Segelschiffe klapperte metallisch im Rhythmus des Wellengangs.

Von Werdenfels schüttelte den Kopf.

»Danke. Ich rauche nicht.«

Madsen fischte mit den Lippen eine Zigarette aus der Schachtel, entzündete sie mit einem matt silbernen Zippo, dessen Front ein gravierter Totenkopf zierte, und inhalierte genussvoll.

»Das ist gut! Ich höre jetzt auch auf. Das ist meine letzte Packung, anschließend ist Schluss. So ein Ortswechsel ist eine perfekte Gelegenheit, um mit alten Lebensgewohnheiten abzuschließen.«

»Aber der Umzug ist doch offensichtlich schon erfolgt. Sollten Sie dann nicht …?«

Madsen blickte seinen Kollegen strafend an. »Sind Sie meine Mutter? Ich werde diese Packung noch zu Ende rauchen – wäre doch schade um die Kohle. Aber anschließend ist dann definitiv Feierabend mit der Raucherei.«

Nach diesen Worten zog er abermals so genüsslich an der Zigarette, dass von Werdenfels im Stillen sein kärgliches Monatsgehalt verwettete, dass das keineswegs die letzte Packung seines neuen Vorgesetzten gewesen sein sollte.

Der Kriminalrat begann indes, die vorliegenden Fakten noch einmal zusammenzufassen.

»Also, unser Opfer ist ein Mitte vierzigjähriger polnischer Staatsbürger, den man brutal zu Tode geprügelt hat –«

Weiter kam er nicht, denn von Werdenfels unterbrach ihn mit einem spitzbübischen Grinsen.

»Das ist ja interessant. Demnach gab es bei Ihnen in Hamburg auch Fälle, wo jemand liebevoll zu Tode geprügelt wurde?«

Madsen stutzte.

»Donnerwetter, Kommissar, Sie sind ja ein richtiger kleiner

Klugscheißer! Aber natürlich haben Sie recht: Jedes Totprügeln ist brutal. Allerdings gibt es den ungewollten tödlichen Schlag, zum Beispiel im Rahmen einer körperlichen Auseinandersetzung …« An dieser Stelle stockte der Kriminalrat kurz, und wäre es nicht so unwahrscheinlich gewesen, dann hätte von Werdenfels geschworen, für den Bruchteil einer Sekunde eine Träne in Madsens Augenwinkel erkannt zu haben. Der räusperte sich kurz und schnäuzte geräuschvoll seine Nase, bevor er fortfuhr: »… und es gibt richtige Prügelorgien, wie sie offensichtlich in unserem Fall vorkam. Den Verletzungen zufolge bewegen wir uns hier schon relativ nahe am Fakt der Übertötung. Haben Sie davon schon mal gehört?«

Von Werdenfels nickte eifrig.

»Als Übertötung bezeichnet man eine unverhältnismäßige Anwendung von Gewalt«, sagte er. »Gewalt, die eigentlich gar nicht nötig wäre, um ein Opfer zu töten oder zu verletzen.«

»Sehr gut«, lobte Madsen seinen jungen Kollegen und hob einen Daumen. »Das gibt einen Bambi-Stempel im Fleißheft!«

Von Werdenfels lächelte – unsicher, ob er sich über das Lob freuen oder über die offensichtliche Ironie ärgern sollte. Währenddessen setzte Madsen seinen Gedankengang fort.

»Übertötung ist in der Regel ein Zeichen von Hass. Von blindem, ungebremstem Hass. Unser Täter ist kein Durchschnittspsychopath. Er hat seine Wut völlig ungezügelt ausgelebt. Das mag für das Opfer bedauerlich sein, hat für uns aber bei aller Tragik einen großen Vorteil, denn es bedeutet –«

»Dass es irgendeinen Anlass gegeben haben muss, der den Täter zu einem solchen Ausbruch von Wut und Hass bewegt hat«, ergänzte von Werdenfels. »Also quasi der Tropfen, der das Fass zum Brechen gebracht hat.«

Madsen blickte seinen Kollegen irritiert an.

»Sie meinten doch sicher ›das Fass zum Überlaufen gebracht hat‹. Das mit dem Brechen war der Krug. Aber in der Sache haben Sie recht. Und deshalb glaube ich auch immer weniger an die Geschichte mit dem Raubüberfall. Allerdings dürfen wir zu diesem frühen Zeitpunkt noch nichts komplett ausschließen.

Unter Umständen hatte der Tote ja doch eine größere Menge Kohle dabei, wobei diese Gewalt aus meiner Sicht trotzdem nicht nötig gewesen wäre, um ihm das Geld abzuknöpfen.«

»Na ja, immerhin war der Mann ein echter Schrank. Dem konnte man seinen Besitz sicherlich nicht einfach so abluchsen, indem man ihn in den Schwitzkasten nahm. Aber vielleicht war es ja auch die Art und Weise, wie das Opfer an das Geld gekommen ist, die den Täter so wütend gemacht hat. Zum Beispiel durch Erpressung?« Von Werdenfels strich sich gedankenverloren eine lockige Strähne aus dem Gesicht.

»Gute Idee! Das wäre durchaus auch eine Möglichkeit.« Madsen nickte, erfreut darüber, dass sich der Kommissar nicht mit der erstbesten Vermutung seines Vorgesetzten zufriedengab, sondern selbstständig mögliche Alternativen durchdachte. Dieses Engagement bestätigte den guten ersten Eindruck, den von Werdenfels bisher bei ihm hinterlassen hatte.

Allerdings war es nicht nur diese kollegiale Komponente, die Madsen den Start seiner neuen Tätigkeit in Starnberg als gelungen bezeichnen ließ, sondern auch nahezu alle anderen Erfahrungen, die er seit seiner Anreise gemacht hatte. Angefangen von der wahrlich atemberaubenden Natur über die überraschend offene, gastfreundliche Mentalität der Oberbayern bis hin zu dem rustikalen Charme seiner neuen, wenn auch nur provisorischen Unterkunft.

Bis er eine richtige Bleibe hatte, logierte er in einem Gästeappartement, das sich in dem Nebengebäude einer alteingesessenen Starnberger Metzgerei befand. Doch Madsen war guter Dinge, zeitnah eine seinen Vorstellungen entsprechende – und dem Starnberger Mietspiegel zum Trotz bezahlbare – Wohnung zu finden. Schließlich hielten sich seine Ansprüche in Grenzen. Ein Bett, eine Dusche, ein WC und eine kleine Kochgelegenheit – mehr Ausstattung war aus seiner Sicht nicht nötig. Das Streben der Allgemeinbevölkerung nach häuslichem Luxus hatte er noch nie geteilt. Er investierte sein Einkommen lieber in Motorrad und Sportequipment.

Zumindest war das früher so gewesen.

Früher, als sein Leben noch in geordneten Bahnen verlaufen war.

Bis zu jenem verhängnisvollen Abend in Hamburg, der sein Leben komplett verändert hatte.

Und ihn ebenfalls.

Madsen nahm einen letzten tiefen Zug, drückte seine Zigarette auf dem Steg aus und entsorgte die Kippe in dem schmalen Zwischenraum zweier Holzbohlen.

»Da es sich um ein Tötungsdelikt handelt …«, begann er dann, »… wäre laut meinem Wissensstand eigentlich die Kripo in Fürstenfeldbruck für den Fall zuständig. Ich werde aber mit der Staatsanwaltschaft sprechen und sagen, dass wir die Ermittlungen gerne selbst übernehmen würden – schließlich verfüge ich über eine entsprechende Erfahrung. Währenddessen sollten sich ein paar Kollegen auf die Suche nach Zeugen machen. Segler, Jogger, Spaziergänger: Vielleicht hat ja irgendjemand was Ungewöhnliches gesehen. Anschließend müssen wir uns mit dem persönlichen Umfeld des Opfers beschäftigen. Wie sieht es denn auf dem Starnberger Revier mit Computerkenntnissen und Recherchekompetenz aus? Bekommen wir das selbst hin, oder sollten wir lieber einen EDV-Spezialisten mit ins Boot holen?«

Von Werdenfels blickte ihn entrüstet an, worauf Madsen überrascht die Hände hob.

»Was ist? Seien Sie ganz offen und ehrlich! Wenn es zielführend ist, für bestimmte Tätigkeiten Fachleute hinzuzuziehen, dann machen wir das. Ich habe damit kein Problem.«

»Nein, nein, das ist es nicht«, antwortete Kommissar von Werdenfels kopfschüttelnd. »Ich überlege nur gerade, wie ich es formulieren soll, damit es nicht zu arrogant klingt.«

»Was soll nicht arrogant klingen? Raus damit! Ein wenig Selbstbewusstsein hat noch niemandem geschadet.«

»Na gut, wenn Sie meinen«, sagte von Werdenfels zögernd. »Also: Es gibt viele, die wirklich gut am Rechner sind, und es gibt mich. Und ich bin am Rechner ein Gott!«

## ZWEI

»Kennen Sie den Harvestehuder Weg?«

Kommissar von Werdenfels schüttelte den Kopf, was Kriminalrat Madsen zu einem tiefen Seufzen veranlasste, bevor er sich von dem riesigen Panoramafenster mit Blick auf den Starnberger See löste.

»Der Harvestehuder Weg ist eine relativ kurze Straße in Hamburg. Allerdings liegt sie direkt am nördlichen Ende der Außenalster und ist deshalb auch die teuerste Wohngegend der Stadt. Jil Sander, Michael Stich und etliche andere Promis wohnen da, und wenn man an deren Villen vorbeigeht, dann bleibt einem echt die Spucke weg. Eine größer und schöner als die andere. Luxuriöser können Immobilien nicht sein. Dachte ich zumindest.« Er breitete die Arme aus. »Bis ich diese Hütte hier gesehen habe!«

In der Tat war das Entree der Starnberger Villa, in der die beiden Polizisten sich befanden, eine architektonische Manifestation von Wohlstand und Perfektionismus, und seine vornehmliche Aufgabe bestand zweifelsohne darin, Besucher mehr oder weniger subtil davon in Kenntnis zu setzen, dass man mit Geld zwar nicht alles, aber offensichtlich doch zumindest vieles erreichen konnte.

Dabei war es nicht alleine die Größe der Räumlichkeit, die den Eintretenden in ihren Bann zog, sondern auch der außergewöhnliche innenarchitektonische Stil des Anwesens. Ihm war es zu verdanken, dass das Haus trotz seiner monumentalen Ausmaße und seiner kühlen Modernität nicht wie ein seelenloses Museum wirkte, sondern einen überraschend persönlichen Charme aufwies.

Doch egal, wie außergewöhnlich und hochwertig Architektur und Einrichtung auch waren, das visuelle Highlight der Empfangshalle war das riesige Panoramafenster. Aus einer einzigen, scheinbar rahmenlosen Glasscheibe bestehend, erlaubte es einen freien Blick über den gesamten Starnberger See sowie auf das saftige Grün des zum Wasser hin abfallenden Gartens.

Hätte man Kriminalrat Madsen in diesem Moment nach seiner ganz persönlichen Definition des Paradieses gefragt, so hätte er lediglich schweigend auf die Szenerie vor ihm gedeutet.

Aber auch Kommissar von Werdenfels, der von Kindesbeinen an am Starnberger See gelebt hatte und dem ob der familiären Besitztümer ein gewisser Grad an Luxus durchaus vertraut war, konnte sich der Wirkung des grandiosen Anblicks nicht entziehen.

Und so standen die beiden Polizisten mit großen Augen vor dem Panoramafenster wie zwei pubertierende Teenager vor der Auslage eines Sexshops, als hinter ihnen plötzlich ein Räuspern zu vernehmen war.

»Willkommen in meinem bescheidenen Heim, die Herren. Wie ich sehe, gefällt Ihnen die Aussicht?«

Die beiden Polizisten fuhren herum.

Vor ihnen stand ein Mittvierziger, der einem Hochglanz-Männerjournal entsprungen zu sein schien.

Halblanges, grau meliertes Haar, das akkurat nach hinten gegelt war, ein gesunder bronzefarbener Teint, der die optimale Balance zwischen englischem Weiß und mallorquinischem Braun bildete, sowie ein schwarzer Anzug, der dermaßen perfekt saß, dass man den Eindruck hatte, nicht der Anzug sei dem Körper, sondern der Körper dem Anzug angepasst worden.

Einen zweifelsohne bewussten modischen Stilbruch stellten lediglich die weiß-goldenen Turnschuhe des Mannes dar, auch wenn es sich dabei vermutlich um ein limitiertes Exemplar eines angesagten französischen oder italienischen Modeschöpfers handelte.

»Gefallen? Machen Sie Witze?« Madsen deutete auf das Fenster. »Ich bin normalerweise ein ganz bescheidener Mensch – aber für einen solchen Ausblick würde ich auf der Stelle meinen kompletten Besitz hergeben.«

Sein Gegenüber grinste verschmitzt und entblößte dabei eine Reihe strahlend weißer Zähne, die man ohne jegliche Retusche für eine Zahnpastawerbung hätte verwenden können.

»Ach ja? Auch die prächtige Fat Boy, die draußen vor dem Haus steht?«

»Na ja, vielleicht alles außer meinem Moped«, antwortete Madsen ertappt und reichte dem Mann lächelnd die Hand. »Ich bin Kriminalrat Madsen. Das ist mein Kollege Kommissar von Werdenfels.«

»Freut mich. Mein Name ist Schiller. Johnny Schiller. Wie kann ich Ihnen denn helfen, meine Herren?«

Madsen zog ein Foto aus der Hosentasche und reichte es Schiller.

»Das ist Stanislav Wocz. Er wurde heute Morgen tot am Seeufer in Possenhofen gefunden. Unseren Recherchen zufolge war er als Bauarbeiter in Deutschland tätig – und zwar zurzeit hier bei Ihnen im Haus. Ist das richtig?«

Der Hausherr betrachtete das Bild bestürzt, bevor er es dem Kriminalrat mit zittrigen Fingern zurückreichte.

»Das ist ja furchtbar! Ja, ich kenne den Mann. Ich wusste zwar nicht, wie er heißt, aber er hat hier bei mir gearbeitet. Wie Sie an dem Gehämmer selbst hören können, lasse ich gerade den hinteren Teil des Hauses komplett umgestalten und habe damit eine Baufirma aus Tutzing beauftragt. Diese Firma arbeitet fast ausschließlich mit polnischen Fachkräften. Und bevor Sie jetzt falsche Schlüsse ziehen: Alles ist völlig legal und offiziell angemeldet! Diese osteuropäischen Jungs machen einfach nur einen richtig guten Job.«

»Entschuldigen Sie bitte, wenn ich Sie unterbreche, Herr Schiller«, meldete sich Kommissar von Werdenfels zu Wort. »Aber weil Sie gerade das Thema ›Job‹ erwähnen: Was sind Sie eigentlich von Beruf?«

»Ich bin Fotograf.«

»Fotograf?«, wiederholte von Werdenfels ungläubig. »Aber dieses Haus …«

Schiller lächelte generös.

»Ich verstehe Ihr Erstaunen, Herr Kommissar. Für die meisten Leute sind Fotografen die Besitzer kleiner Kameraläden, deren gesamte Kreativität sich in Bewerbungsfotos erschöpft. Oder in privaten Aktaufnahmen, bei denen talentfreien Hausfrauen mit lasziver Mimik eine Rose zwischen die Zähne geklemmt wird. Bei mir verhält es sich etwas anders – ich bin Still Lifer mit Schwerpunkt Food und Liquids.« Er bemerkte die ratlosen Gesichter seiner Besucher und erklärte: »Still Life bedeutet das Fotografieren lebloser Gegenstände, und ich besitze ein besonderes Talent für das Ablichten von Lebensmitteln und Getränken. Zumindest sehen das meine Auftraggeber so, und deshalb kann ich bei aller Bescheidenheit behaupten, einer der am meisten gebuchten Food- und Liquidfotografen der gesamten Werbebranche zu sein. Und wenn man sich einen solchen Ruf einmal erarbeitet hat und weiterhin gute Bilder abliefert, dann steigt der Marktwert – und damit die Tagesgage – mit jedem Foto, das man macht.«

»Nur so interessehalber …«, erkundigte sich Madsen neugierig, »… über was für eine Tagesgage sprechen wir hier? Oder ist das ein Geheimnis?«

Schiller lächelte. »Keineswegs! Sie können mich ja jederzeit buchen – zum Beispiel, um Ihr selbst gekochtes Abendessen perfekt ins Bild zu setzen. Mein Tagessatz beträgt sechstausend Euro zuzüglich Reisekosten, Spesen und dem ganzen anderen Drumherum.«

»Sechstausend Euro am Tag?« Kommissar von Werdenfels verschluckte sich hustend. »Ist das Ihr Ernst? Wer zum Teufel bezahlt denn sechstausend Euro für ein Foto von einem Stück Fleisch?«

Schillers Miene verfinsterte sich schlagartig.

»Mag sein, dass Ihnen das hoch vorkommt, Herr Kommissar, aber ich bitte Sie zu bedenken, dass wir Fotografen auch sehr viele Investitionen haben. Alleine der Wert meines Kameraequipments bewegt sich im sechsstelligen Bereich. Außerdem beinhalten solche Honorare auch immer den Verkauf sämtlicher Nutzungsrechte. Und wie gesagt: Ich bin inzwischen so eine Art Star in der Branche und arbeite für die größten Unternehmen weltweit. Außerdem –«

Madsen unterbrach den Hausherrn mit einer beschwichtigenden Geste.

»Sie brauchen sich nicht für Ihr Gehalt zu rechtfertigen, Herr Schiller. Ich bin sicher, mein Kollege wollte Sie nicht angreifen. Außerdem sind wir ja auch nicht hier, um über Ihren Job zu sprechen, sondern über das Todesopfer. Können Sie uns denn etwas über den Mann erzählen? Ist er schon länger hier tätig? Arbeitet er ausschließlich für Sie, oder hat er noch andere Auftraggeber?«

Schiller warf von Werdenfels einen letzten strafenden Blick zu und wandte sich – jetzt wie auf Knopfdruck wieder mit einem verbindlichen Lächeln – an Madsen. Offensichtlich verfügte der Mann über das Anpassungspotenzial eines Chamäleons, was für einen Dienstleister nicht die schlechteste Fähigkeit war.

»Das sind ja gleich drei Fragen auf einmal, Herr Kriminalrat. Ich mache Ihnen einen Vorschlag: Ich führe Sie zu Herrn Augenthaler. Das ist der Bauunternehmer, der die Arbeiten an meinem Haus durchführt und für den dieser Wocz gearbeitet hat. Herr Augenthaler kann Ihnen sicherlich deutlich besser weiterhelfen als ich, denn ebenso wie meine Frau, die wegen ihrer chronischen Migräne bis morgen in unserem Ferienhaus in Kitzbühel ist, versuche auch ich, dem Lärm und dem Dreck nach Möglichkeit aus dem Weg zu gehen.«

Der Kriminalrat nickte zustimmend. »Gerne. Und seien Sie froh, dass Sie diese Möglichkeit haben. Bei uns Polizisten ist das leider genau andersrum, wir müssen immer dorthin, wo der Dreck am größten ist.« Er zuckte bedauernd mit den Schultern. »Und das leider auch noch zu einem deutlich geringeren Tagessatz.«

Der Gang durch das Schiller'sche Anwesen glich einem Galeriebesuch.

Während Madsen und von Werdenfels dem Hausherrn durch zahllose Zimmer, Korridore und Treppenhäuser folgten und dabei zunehmend die Orientierung verloren, hatten sie ausreichend Gelegenheit, sich von seinen außergewöhnlichen fotografischen Fähigkeiten zu überzeugen.

Immer wieder zierten großflächige Fotoabzüge mit Schillers Signatur die weißen Rauputzwände, und den Polizisten lief beim Anblick der Motive das Wasser im Munde zusammen.

Da gab es neben ästhetischen Aufnahmen opulenter Menüs auch völlig puristische, aber deshalb keineswegs weniger appetitliche Abbildungen einzelner isolierter Zutaten, dazu Bilder von Wraps, Sandwiches und Burgern, die so stil- und kunstvoll arrangiert waren, als hätte sie Paul Bocuse höchstpersönlich kreiert, und Fotos unterschiedlichster Getränke, bei denen die dynamische Bewegung der Flüssigkeit so brillant in Szene gesetzt war, dass den Beamten schlagartig klar wurde, warum Schillers Beauftragung eine so hohe finanzielle Investition bedingte.

»Coole Aufnahmen!«, lobte Madsen und deutete im Vorbeigehen auf die Bilder. »Wie kommt man eigentlich dazu, sich so einen außergewöhnlichen Beruf auszusuchen?«

Johnny Schiller lächelte.

»Im Prinzip habe nicht ich meinen Beruf gefunden, sondern mein Beruf mich. Oder, wie mein seliger Vater zu sagen pflegte: Beruf kommt von Berufung!« Er lachte. »Aber wem sage ich das? Ich schätze, bei Ihnen als Polizist trifft das in noch deutlich höherem Maße zu, oder?«

Madsen nickte kurz. Und hoffte gleichzeitig, dass weder Schiller noch von Werdenfels ihm in diesem Augenblick in die Augen schauten. Denn seine Entscheidung für den Polizeiberuf hatte mit einer Sache definitiv nichts zu tun.

Und zwar mit Berufung.

★★★

Aus einem streng konservativen Elternhaus kommend, wuchs der junge Mads in St. Georg auf, einem Stadtteil von Hamburg, dessen charakteristischstes Merkmal in seiner extremen soziodemografischen Diskrepanz bestand.

Während der nördliche Teil des Viertels Wohlstand und Eleganz widerspiegelte und den gut situierten Besuchern der dort ansässigen Luxushotels, Starcoiffeure und Werbeagenturen einen traumhaften Blick über die Außenalster bescherte, bildete der südwestliche Bereich zwischen Hauptbahnhof und Hansaplatz eine gänzlich gegensätzliche Welt.

Junkies, Obdachlose, Kleinkriminelle und Straßengangs dominierten das Bild, und wer sich nach Einbruch der Dunkelheit gezwungen sah, St. Georg zu Fuß zu durchqueren, der tat gut daran, einen Hund, Pfefferspray oder einen großen Bruder mitzuführen.

Und im Idealfall alles drei.

Das Problem für Mads bestand darin, dass er ein Einzelkind war, seine Familie keinen Hund besaß und er außerdem nicht über Pfefferspray verfügte.

Vor die Wahl gestellt, sich regelmäßig von anderen Jugendlichen verprügeln zu lassen oder aber selbst Mitglied einer Straßengang zu werden, entschied er sich ohne langes Zögern für Letzteres.

Konfrontationen mit der Polizei ließen sich ob dieses zweifelhaften Lebensstils nur schwerlich vermeiden. Doch während sich zahlreiche seiner Kumpane regelmäßig vor dem Hamburger Jugendgericht für ihre Taten zu verantworten hatten, gelang es Madsen stets, sich dem Zugriff der Exekutive zu entziehen.

Nichtsdestotrotz war es eines Tages ein Zwischenfall mit der Polizei, der Madsens Leben entscheidend beeinflussen sollte.

Nach dem Besuch eines Fußballspiels hatte Madsen allein in einem kleinen, ungepflegten Park Ecke Danziger und Rostocker Straße herumgelungert, als plötzlich das Geräusch schwerer Stiefel auf Kies zu vernehmen war und die Mitglieder einer befeindeten Gang den Park betraten.

Ehe Madsen sich's versah, war er von mehr als fünfzehn Jugendlichen umzingelt, deren Mimik eindeutig darauf schließen ließ, dass sie nicht gekommen waren, um sich mit freundlichem Geplauder über das politische Weltgeschehen auszutauschen.

Die Situation war mehr als bedrohlich.

In der Luft lag eine gespenstische Ruhe.

Wie vor einem Sturm.

Oder einem Orkan.

Sogar das Zwitschern der Vögel in den umliegenden Baumkronen war verstummt.

»Ey, Alter, so sieht man sich wieder!« Der Anführer der Gang grinste hämisch und baute sich mit verschränkten Armen vor Madsen auf.

Der junge Südeuropäer hatte die Haare mit einer XXL-Portion Pomade nach hinten gegelt, trug eine Jeansweste auf nacktem Oberkörper und roch penetrant nach Alkohol und Fast Food.

»Ey, Alter, das ist voll schlecht für dich. Und weißt du, warum? Weil jetzt kriegst du voll was auf die Fresse!«

Madsen zuckte gleichgültig mit den Achseln, bemüht, sich seine aufkommende Panik nicht anmerken zu lassen. Der kalte Blick seines Gegenübers ließ jede Hoffnung auf Deeskalation vergeblich erscheinen.

Gleichzeitig kramte Madsen hektisch in seinem Gedächtnis, denn er konnte sich beim besten Willen nicht erinnern, dem Kerl in der Vergangenheit schon einmal begegnet zu sein.

Aber das musste nichts heißen – während einer Straßenschlägerei blieb naturgemäß selten Zeit, sich seinem Kontrahenten vorzustellen und Visitenkarten auszutauschen.

Madsen beschloss, sein Heil im Angriff zu suchen.

Er deutete mit dem Zeigefinger über die Schulter seines Kontrahenten.

»Tja, Pech gehabt, Arschloch – da kommen meine Jungs!«

Der Pomadenkopf fuhr herum und blickte sich suchend um.

Genau auf diese Reaktion hatte Madsen gehofft, und er nutzte sie, um dem Kerl kraftvoll zwischen die Beine zu treten.

Dieser sackte mit einem erstickten Stöhnen zusammen, woraufhin Madsen ihm zusätzlich das Knie mit aller Wucht ins Gesicht rammte und hakenschlagend losrannte.

Doch seine wilde Hatz endete bereits nach wenigen Metern an einer menschlichen Wand aus drei muskulösen Gegnern, die ihn zu Boden warfen, ihm die Arme auf den Rücken drehten und ihn trotz vehementer Gegenwehr zurück zu ihrem Anführer schleiften.

Der hatte sich inzwischen von dem Tritt in seinen Genital-
bereich etwas erholt, auch wenn sein verkniffener Gesichtsausdruck darauf schließen ließ, dass er immer noch starke Schmerzen
verspürte.

»Ey, Alter, dafür wirst du büßen, du Wichser!«, zischte er, griff
in seine Hosentasche und streifte sich mit einer geschmeidigen,
tausendfach perfektionierten Bewegung einen Schlagring über
die rechte Hand.

Madsen schluckte und stellte sich gedanklich bereits auf den
schmerzvollen Verlust seiner Schneidezähne ein, als plötzlich
eine ruhige, aber entschlossen klingende Stimme ertönte.

»Lasst den Jungen los. Sofort!«

Madsen blickte überrascht auf.

In der Mitte des Parks stand ein Streifenpolizist.

Er war jung, von durchschnittlicher Statur und schien völlig
allein zu sein.

Die Mitglieder der Gang blickten zwischen dem Beamten
und ihrem Anführer hin und her.

Dieser schien mit der Situation kurzfristig überfordert zu sein,
doch als er keine polizeiliche Verstärkung erblickte, verzog sich
sein Gesicht zu einem überheblichen Grinsen.

»Ey, Alter, du weißt schon, dass wir voll fünfzehn Mann sind?
Bis du deine Kollegas gerufen hast, sind wir mit dir und dem
Wichser hier fertig. Und zwar voll, Alter!«

Er spuckte auf den Boden.

Die Miene des Polizisten hingegen blieb völlig unverändert.
Gemächlich schlenderte er auf den Anführer zu und baute sich
keine Handbreit vor dessen Gesicht auf.

»Wie kommst du denn darauf, dass ich meine Kollegen rufen
würde? Ich will nur, dass du dir deine Clowns schnappst und
dich verziehst. Und zwar pronto!«

Der Pomadenkopf bemühte sich, dem Blick seines Gegenübers standzuhalten, doch das unruhige Zucken seiner Mundwinkel verriet zunehmende Verunsicherung.

»Ey, Alter, und wenn nicht? Was geht dann ab?«

»Was dann abgeht? Ganz einfach!«, antwortete der Polizist

leise und klopfte wie beiläufig auf sein Pistolenholster. »Dann jage ich dir eine Kugel in beide Kniegelenke!«

Dabei lächelte er so freundlich, als würde er einer alten Dame einen Schokoladenkeks anbieten.

Madsen, der den Disput ebenso wie alle anderen voller Spannung verfolgt hatte, hielt den Atem an.

Nach einer Zeitspanne, die Madsen endlos vorkam, drehte sich der Anführer schließlich um und gab seinen Leuten das Zeichen, den Park zu verlassen. Dann wandte er sich noch einmal an Madsen und zischte: »Ey, Alter, wenn du glaubst, die Sache hat sich erledigt, dann liegst du voll falsch. Ich schwöre: Irgendwann mache ich dich kalt, du Arschloch! Und zwar voll!«

»Alles in Ordnung?« Der Polizist legte Madsen, der sich mit zittrigen Knien auf eine mit Graffiti und Vogelkot verschmierte Bank gesetzt hatte, beruhigend die Hand auf die Schulter. »Mach dir keine Sorgen wegen der Drohung, mein Junge. Solange ich Dienst habe, werde ich dafür sorgen, dass solche Typen dich nicht mehr tyrannisieren. Darauf gebe ich dir mein Ehrenwort!«

Madsen schossen die Tränen in die Augen.

Dieser junge, unerfahrene Polizist hatte seine Gesundheit, vielleicht sogar sein Leben riskiert, um ihn zu schützen.

Weil er ihn für ein Opfer hielt.

Für einen hilflosen Jungen, der dringend seines Schutzes bedurfte.

Dabei war er in Wahrheit jemand, der in ähnlichen Situationen selbst zugeschlagen und anderen Jugendlichen ohne mit der Wimper zu zucken schwere Verletzungen zugefügt hatte.

Sein Verhalten hatte er dabei nie sonderlich hinterfragt.

Zumindest bis zu diesem Augenblick.

Denn plötzlich widerte er sich selbst nur noch an.

Und so ließ er – ein verschämtes Dankeschön murmelnd – den verdutzten Streifenbeamten mitten im Park stehen, rannte nach Hause und schloss sich wortlos in seinem Zimmer ein.

Am darauffolgenden Morgen verkündete der junge Madsen seinen verblüfften Eltern einen Entschluss.

Einen Entschluss, der seine Zukunft betraf.

Er wollte Polizist werden.

★★★

Johnny Schiller führte seine beiden Besucher zu einem Wanddurchbruch, der mit einer dicken blauen Kunststofffolie abgedeckt war. Es roch wie auf jeder Baustelle dieser Welt nach kaltem Stein, verbranntem Staub und Farbe, und das Crescendo der Maschinen war ohrenbetäubend.

»Hier wären wir. Ab jetzt wird's laut und schmutzig!«

Mit diesen Worten schlug Schiller die Folie zurück, und die beiden Polizisten rissen erstaunt die Augen auf.

»Was zum Teufel …?«

Madsen und von Werdenfels starrten entgeistert auf die verwitterte Berghütte, die auf hydraulischen Zylindern mitten im Zimmer stand, während einige Handwerker unter dem lautstarken Kommando eines grauhaarigen Vorarbeiters mit Bohrhämmern einen Durchbruch zu einem weiteren Raum schlugen.

Schiller breitete die Arme aus wie ein Zauberer, der ein Zwergkaninchen in eine rothaarige Jungfrau verwandelt hatte.

Oder umgekehrt.

»Darf ich Ihnen das Highlight meines Hauses präsentieren? Das Almzimmer.«

»Sie haben eine Almhütte mitten im Haus? Das ist mit Abstand das Verrückteste, was ich in meinem ganzen Leben gesehen habe«, schrie Madsen, um den Baulärm zu übertönen. »Und das, obwohl ich vom Hamburger Kiez komme.«

Schiller bedeutete dem Arbeiter mit der Schlagbohrmaschine, einen Moment zu pausieren. Als das Geräusch verstummt war, wandte er sich an die beiden Polizisten.

»Wissen Sie, ich bin im Ruhrgebiet aufgewachsen. Mein Vater hat unter Tage als Steiger gearbeitet. Fernreisen konnten sich meine Eltern nicht leisten, und deshalb haben wir – wenn überhaupt – unsere Urlaube immer nur in den Bergen verbracht. Ich habe den Strand nie vermisst, für mich waren die Aufenthalte in den Bergen die schönste Zeit meines Lebens. Diese Faszination hat mich nie losgelassen, deshalb nutze ich noch heute jede Gelegenheit, um für ein paar Tage nach Tirol zu fahren. Sie können das sicherlich nachvollziehen, oder?«

Madsen nickte, während er sich gleichzeitig um einen möglichst verständnisvollen Blick bemühte. Sein Gesprächspartner musste ja nicht unbedingt wissen, dass die höchsten Berge, die er in seinem Leben bisher gesehen hatte, die Poppenbütteler Müllberge waren – auch wenn man die in Hamburg die Langenhorner Alpen nannte.

Schiller ging indes zu der Hütte, strich mit der Hand so zärtlich über das Holz, als liebkoste er den Körper einer Frau, und fuhr dann fort: »Nun, bei einer dieser Touren habe ich einen alten Senner kennengelernt, der in genau dieser Hütte gelebt hat. Nach seinem Tod habe ich sie gekauft, Bohle für Bohle abbauen und hierhertransportieren lassen. Jetzt lasse ich das Zimmer, in dem wir uns hier gerade befinden, im Tiroler Bauernstil umbauen, und die Außenwand dort vorne wird durch ein genauso großes Panoramafenster ersetzt wie in der Empfangshalle. Dann kann man in der Bauernhütte sitzen, Tiroler Speck essen und dabei auf den gesamten Starnberger See schauen. Ist das nicht genial?«

Schiller blickte mit kindlicher Begeisterung von einem zum anderen, während die Polizisten ihn mit einer Mischung aus Faszination und Fassungslosigkeit betrachteten.

Auch wenn Geld nach landläufiger Meinung – und auch nach Madsens persönlicher Erfahrung – keine Garantie für Glück darstellte, so ermöglichte es ihrem Gegenüber doch offensichtlich, sich seine persönliche Welt nach eigenem Gutdünken zu gestalten. Und Schiller schien das sehr wohl glücklich zu machen. Zumindest strahlte er wie Lothar Matthäus bei seiner fünften Hochzeit.

»Ah, da ist Augenthaler! Kommen Sie, meine Herren! Er kann Ihnen sicherlich bei Ihren Fragen weiterhelfen.«

Der Fotograf winkte einem gedrungenen schwarzhaarigen Mann zu, dessen bis zum Kinn herunterreichender Schnurrbart ihn wie eine urbane Version von Attila, dem Hunnen, erscheinen ließ. Er war etwa Anfang fünfzig, hatte Hände wie Baggerschaufeln und roch durchdringend nach Schweiß.

Der Bauunternehmer erteilte einem Arbeiter auf Polnisch einige Anweisungen, dann legte er sein Klemmbrett zur Seite und blickte die Besucher fragend an.

»Die Herren sind von der Polizei und möchten mit Ihnen über einen Ihrer Arbeiter sprechen«, erklärte Schiller.

Madsen zeigte ihm das Foto von Wocz.

»Herr Augenthaler, dieser Mann wurde heute Morgen tot aufgefunden. Unseres Wissens und laut Aussage von Herrn Schiller war er für Sie tätig. Können Sie uns vielleicht etwas über ihn erzählen?«

Der Mann erstarrte, blickte bestürzt auf das Bild und fuhr sich mit der Hand mehrmals abwesend über seinen tiefschwarzen Schnauzbart, bevor er antwortete.

»Ja leck mich doch am Arsch! Des ist d'r Stani! Der ist tot? Sakra, was für eine Scheiße! Das war einer von meinen besten Leuten. Ich wollt ihn demnächst zu meinem neuen Vorarbeiter machen. Und jetzt … Wie ist das denn passiert? Ich meine, wo haben Sie ihn denn gefunden?«

Der Kriminalrat warf von Werdenfels einen warnenden Blick zu und antwortete ausweichend: »In Possenhofen am Seeufer. Zur Todesursache können wir leider noch keine Angaben machen, aber es könnte sein, dass er vor seinem Tod eventuell in eine Auseinandersetzung verwickelt war. Uns würde deshalb interessieren, ob es hier auf der Baustelle vielleicht Streit gegeben hat. Oder ob Ihnen in den letzten Tagen irgendwas anderes Außergewöhnliches aufgefallen ist.«

Anstatt sofort zu antworten, holte Augenthaler in aller Ruhe ein Päckchen Tabak aus der Tasche und begann sich eine Zigarette zu rollen. Madsen erkundigte sich erstaunt, ob Rauchen innerhalb des Hauses gestattet sei, und als Schiller das zumindest für den Bereich der Baustelle bejahte, zündete sich auch der Kriminalrat eine Zigarette an.

Währenddessen informierte Augenthaler die Beamten über

den persönlichen Hintergrund des Toten. Dabei bemühte er sich dem hanseatischen Kriminalrat zuliebe um eine möglichst dialektfreie Artikulation, wenngleich seine Ausdrucksweise von einem reinen Hochdeutsch immer noch so weit entfernt war wie Nordkorea von einer Demokratie.

»Stanislav Wocz war ein guter Typ. Er hat seit über zehn Jahren für mich gearbeitet. Wie Sie sicherlich wissen, verdienen Handwerker in Osteuropa fast gar nix, das heißt, auch wenn sie hier schlechter bezahlt werden als ihre deutschen Kollegen, ist's immer noch lukrativ für sie. Die meisten kommen schon seit Jahren hierher und sprechen fließend Deutsch. Und das, sakra di, oft besser als ich!«

Augenthaler lachte rau, wobei seiner Stimme das jahrelange Inhalieren von Zigarettenqualm und Baustellenstaub unschwer anzumerken war.

»Und ich muss sagen, dass die Jungs hier – der Großzügigkeit vom Herrn Schiller sei Dank – sogar noch besser verdienen als bei anderen Auftraggebern. Sie erhalten nämlich nicht nur ihren Lohn, sondern auch noch einen Verpflegungszuschuss und eine Extrapauschale für die Heimfahrten. Da können sie noch ein paar Euro für sich oder ihre Lieben daheim auf die hohe Kante legen.«

»Na ja, ein wesentlicher Teil des Geldes dürfte für die Unterkunft draufgehen«, unterbrach ihn von Werdenfels. »Wir wissen ja alle, dass die Mieten hier in der Gegend dem Fass eins auf den Deckel geben!«

Augenthaler sah den Kommissar verständnislos an, woraufhin Madsen sich beeilte zu erklären: »Mein Kollege hat sich versprochen. Er meint ›dem Fass den Boden ausschlagen‹. Aber in der Tat dürfte der hiesige Mietspiegel den Bauarbeitern einige Probleme bereiten – zumindest dann, wenn sie nicht zu sechst in einem Acht-Quadratmeter-Zimmer hausen möchten.«

»Im Prinzip richtig«, mischte sich Schiller in das Gespräch ein und deutete aus dem Fenster. »Aber genau aus diesem Grund habe ich für die Männer, die hier arbeiten, auch Wohncontainer im Garten aufstellen lassen. Ich fände es unfair, wenn der komplette Verdienst, den diese Jungs sich hart erarbeiten, für irgendeinen Mietwucher draufgehen würde. Die Container sind zwar nicht das ›Waldorf Astoria‹, aber bis zu vier Mann können da ganz bequem drin wohnen. Dazu hat jeder Container seine eigene Dusche und seine eigene Toilette, und die Dinger stehen quasi direkt am Ufer des Starnberger Sees. Es gibt durchaus schlimmere Unterkünfte, meinen Sie nicht?«

Die Anwesenden nickten, wobei Augenthaler den Kopf so dienstbeflissen vor- und zurückwarf, dass er aussah wie ein Wackeldackel auf der Hutablage eines VW Käfers.

»Herr Schiller ist wirklich großzügig zu den Arbeitern, deshalb kommen die auch immer wieder gerne hierher. Es gibt ja bei einem so großen Anwesen ständig was zu tun. Umbauen, ausbauen, renovieren – dieses ganze Glump eben!«

Augenthaler bemerkte Madsens fragenden Blick. »Glump bedeutet in dem Fall so was wie Kram. Tut mir leid, Herr Kriminalrat. Ich tue mich einfach schwer mit Hochdeutsch. Aber ich gebe mir wirklich Mühe, damit Sie mich verstehen!«

Madsen nickte dankbar, während er gleichzeitig beschloss, sich zur besseren Integration schnellstmöglich mit einem bayrischen Sprachlexikon auszustatten.

Augenthaler schnipste seinen Zigarettenstummel auf einen Schutthaufen, schnäuzte sich geräuschvoll und fuhr fort: »Also, der Wocz! Er war schon zum zehnten oder elften Mal für mich tätig. Eigentlich ein gelernter Bergbauer, aber er konnte für alles eingesetzt werden. Sie haben ja sicherlich gesehen, was für ein Schrank der war. Er und Lubanski – das ist der große Blonde, den Sie da eben bei der Hütte gesehen haben – haben malocht wie die Brauereigäule. Die zwei haben auch fast immer zusammengearbeitet, weil sie seit ihrer Jugend beste Spezln waren. Beide stammen – wenn ich mich richtig erinnere – aus irgendeinem kleinen Kaff in der Nähe von Kattowitz. Und weil dort immer mehr Bergwerke geschlossen haben, sind die beiden nach Deutschland gekommen, um Geld zu verdienen. Schließlich rollt der Rubel bei uns in Bayern noch. Ich weiß zwar angesichts der Wirtschaftsnachrichten nicht wirklich, warum, aber das ist mir auch völlig wurscht – Hauptsache, ’s läuft!«

Madsen hatte den Ausführungen des Bauunternehmers mit Interesse zugehört. Allerdings war ihm ein Großteil der Fakten, die Augenthaler gerade über Wocz aufgezählt hatte, bereits bekannt, denn Kommissar von Werdenfels hatte keineswegs übertrieben, als er Madsen über seine außergewöhnlichen Computerkenntnisse informiert hatte.

Sofort nach ihrer Rückkehr ins Revier hatte er sich an seinen Rechner begeben und mit einer Virtuosität durch die digitale Welt bewegt, dass es Madsen, für den die Suche nach aktuellen Sportergebnissen und günstigem Motorradzubehör das Maximum an persönlicher Computerkompetenz darstellte, fast schwindelig geworden war.

Dabei hatte sich von Werdenfels nicht nur in alle relevanten polizeiinternen Datenbanken eingewählt, sondern auch das weltweite Netz durchforstet und so das meiste dessen, was Augenthaler ihnen über Stanislav Wocz berichtet hatte, bereits im Vorfeld in Erfahrung gebracht.

»Herr Augenthaler«, konkretisierte Madsen deshalb seine Fragen, »uns interessiert vor allem, wie Wocz im Umgang mit seinen Kollegen war. Und was er in seiner Freizeit gemacht hat. Seien wir mal ganz ehrlich: Seinem Gesicht und seinen Tätowierungen nach zu urteilen, war er kein Kind von Traurigkeit. Hat er sich öfter mal geprügelt? Oder wissen Sie von irgendwelchen Schlägereien?«

Augenthaler warf Schiller einen kurzen Blick zu, bevor er mit scharfer Stimme antwortete.

»Was die Arbeiter in ihrer Freizeit machen, kann ich nicht sagen. Das geht mich aber auch nichts an, denn das sind schließlich erwachsene Männer. Mir ist nur wichtig, dass sie sich hier auf der Baustelle ordentlich benehmen, und das hat Stanislav Wocz definitiv getan.«

»Das kann ich bestätigen«, warf Schiller ungefragt ein. »Er war immer ausgesprochen höflich.«

Dem Kriminalrat war der Blickkontakt zwischen Bauherr und Bauunternehmer ebenso wenig entgangen wie das deutliche Bemühen der beiden, Wocz' Integrität zu betonen. Die hastigen Notizen, die sich von Werdenfels machte, ließen darauf schließen, dass er es ebenso bemerkt hatte.

Madsen nickte nachdenklich und schaute sich um.

Die Baustelle hatte sich zwischenzeitlich geleert. Lediglich ein älterer, ausgezehrter Arbeiter mit einer greifvogelähnlichen Hakennase räumte die letzten Werkzeuge in eine große Kunststoffbox, bevor auch er mit einem flüchtigen Kopfnicken den Raum verließ.

Der Kriminalrat warf einen Blick auf die Uhr.

Siebzehn Uhr.

Feierabend.

Und wie zur Bestätigung erklangen in diesem Moment entspanntes Gelächter sowie das ploppende Geräusch von Kronkorken aus dem Garten.

Madsen wandte sich an den Bauunternehmer.

»Noch eine letzte Frage, Herr Augenthaler, dann sind Sie von uns erlöst. Sie erwähnten eben, dass Sie Wocz zum Vorarbeiter machen wollten. Mussten Sie dafür irgendjemanden degradieren? Oder gab es andere Anwärter auf diesen Job? Es hat den Männern doch sicherlich nicht gefallen, dass ein im Grunde ungelernter Bauarbeiter ihr Vorgesetzter wird, oder?«

Augenthaler zögerte einen Moment und zündete sich eine weitere Zigarette an, woraufhin Madsen einen resignierten Blick auf seine eigene, inzwischen leere Zigarettenpackung warf.

»Ich verstehe, worauf Sie hinauswollen. Aber ich musste niemanden – wie Sie es nennen – degradieren. Mein jetziger Vorarbeiter hört aus Altersgründen auf. Das hier ist sein letztes Projekt, bevor er endgültig zurück nach Polen geht. Als Nachfolger hatte ich Wocz und Lato, einen seiner beiden Mitbewohner, im Auge, habe mich aber dann letztendlich für Wocz entschieden. Als ich es den Arbeitern gesagt habe, gab es keinerlei Beschwerden. Auch nicht von Lato. Stanislav Wocz wurde von allen respektiert, was sicherlich auch an seinem selbstsicheren Auftreten lag. Der Junge wollte unbedingt Geld verdienen – und zwar so viel wie möglich und so schnell wie möglich. Für Geld hätte Wocz alles gemacht. In der Beziehung war er scho a Lump, d'r Stani!«

Madsen bedankte sich bei dem Bauunternehmer und trat an das mit transparenter Schutzfolie beklebte Fenster. Von hier aus waren – wenn auch größtenteils verdeckt durch blühende Forsythiensträucher – die von Augenthaler angesprochenen Wohncontainer der Bauarbeiter zu erkennen. Diese hatten sich inzwischen in unmittelbarer Nähe ihrer Unterkünfte auf Baumstämmen und Getränkekisten niedergelassen und prosteten sich unter rauem Gelächter und lautstarken Zurufen zu.

Die meisten von ihnen trugen noch ihre Arbeitskleidung, während andere sich bereits der staubigen Hemden entledigt hatten und mit nacktem Oberkörper die letzten Sonnenstrahlen des Tages genossen.

Zwei riesige Bordeauxdoggen tollten zwischen den Männern umher und buhlten um Aufmerksamkeit, doch die langen weißen Speichelfäden, die ihnen dabei in hohem Bogen von den Lefzen flogen, reduzierten das Interesse der meisten Männer am Spiel mit den massigen Hunden auf ein Minimum. Lediglich ein blonder Hüne, der Madsen bereits auf der Baustelle aufgefallen war, schien derlei Berührungsängste nicht zu verspüren und raufte mit den Hunden um einen alten, filzlosen Tennisball.

»Das ist übrigens dieser Lubanski, der Freund von Wocz, von dem Augenthaler gerade erzählt hat«, erklärte Schiller, der neben den Kriminalrat ans Fenster getreten war. »Und die beiden bellenden Ungeheuer sind meine Hunde Tyson und Hannibal. Ich hatte sie mir eigentlich als Wachhunde zugelegt, aber leider erfüllen sie die Erwartungen, die ihre Namen wecken, in keinster Weise. Sie sehen ja selbst, was der Kerl alles mit diesen blöden Viechern anstellen kann.«

Tatsächlich drückte der blonde Bauarbeiter in diesem Moment beiden Doggen kraftvoll den Kopf zur Seite, während er den Tennisball mit der Fußsohle zu sich heranzog. Selbst aus der großen Entfernung ließ sich dabei der imposante Körperbau des Mannes erkennen. Der Brustkorb hatte das Volumen eines Weinfasses, die Oberarme platzten fast aus den Hemdsärmeln, und der Händedruck, mit dem der Arbeiter die beiden wie wild nach dem Tennisball geifernden Doggen in Schach hielt, war zweifelsohne geeignet, aus einem Stück Kohle einen lupenreinen Diamanten zu pressen.

So blöd sind die Viecher eigentlich gar nicht, dachte Madsen. Wenn ich Hund wäre, würde ich mich mit diesem Typen wahrscheinlich auch nicht anlegen.

***

»Himmeherrschaftszeitensacklzementgruzifixscheißglump! Wir haben ein Problem! Und zwar ein großes!« Augenthaler zog nervös an seiner Zigarette und lugte aus dem Fenster Richtung Garten, wo Madsen und von Werdenfels sich den polnischen Bauarbeitern vor ihren Wohncontainern näherten. »Wir hätten die Sache anders regeln sollen. Ich hab's gleich gesagt: Das gibt noch Probleme. Viel zu riskant! Jetzt ist es so gekommen, wie es kommen musste: Wir haben die Bullen am Hals!«

Der Bauherr und die beiden Polizeibeamten hatten den Raum kaum verlassen, da hatte Augenthaler bereits zu seinem Handy gegriffen und den Mann angerufen, der bei ihm unter der Kurzwahltaste eins gespeichert war.

Dieser hatte sich wie üblich bereits beim ersten Klingelton und – ebenfalls wie üblich – ohne Nennung seines Namens gemeldet und den hektischen Schilderungen des Bauunternehmers wortlos zugehört.

Anschließend hatte er eine ganze Weile geschwiegen, bevor seine sonore Stimme aus dem Hörer ertönte.

»Nun atmen Sie erst einmal tief durch, mein Freund, und beruhigen Sie sich. Wir haben alles im Griff. Wie pflege ich immer zu sagen? *Nihil in terra sine causa fit.* Nichts auf Erden geschieht ohne Grund!«

Er verstummte für einen Moment, und Augenthaler schloss aus den Geräuschen im Hintergrund, dass sich sein Gesprächspartner in aller Ruhe eine seiner geliebten Cohiba Siglo Gran Reserva anzündete. Eine kubanische Zigarre, die mit einem Stückpreis von über achtzig Euro und einer weltweit limitierten

Verfügbarkeit von fünftausend individuell nummerierten Kisten mehr Statussymbol als klassische Rauchware darstellte.

»Mein lieber Freund«, fuhr er schließlich fort und bestätigte damit Augenthalers Vermutung, »ich bedaure zutiefst, dass es mir bis dato nicht gelungen ist, Sie vom außerordentlichen Genuss des Zigarrenrauchens zu überzeugen. Glauben Sie mir, es geht nichts über das unbeschreibliche Gefühl, wenn sich das erdige Aroma mit einer zarten Note von Nuss und edlem Holz in Ihrem Mundraum verteilt. Eine Erquickung sondergleichen, die zu erleben jedem Mann einmal im Leben vergönnt sein sollte.«

»Könnten wir bitte wieder zurück zu unserem Problem kommen?«, fragte Augenthaler ungehalten und warf einen erneuten Blick aus dem Fenster.

Madsen unterhielt sich gerade mit dem alten Vorarbeiter und kraulte dabei einer der Schiller'schen Bordeauxdoggen den Kopf, was das massige Tier mit wasserfallähnlichem Speichelfluss goutierte.

»Die Polizisten werden mit Sicherheit demnächst mit Lubanski und Lato sprechen«, fügte er hinzu, »immerhin haben die drei in einem Container gewohnt. Keine Ahnung, was sie dabei rausbekommen. I weiß fei nicht, aber vielleicht sollten wir —«

»Nichts sollten wir!«, unterbrach ihn der Mann ungehalten. »*Dulce et decorum est pro patria mori.* Süß und ehrenvoll ist es, fürs Vaterland zu sterben. Sie werden sehen, mein Freund: Wenn sich die Nachricht erst einmal verbreitet, wird das für das Interesse an unseren Veranstaltungen nur von Vorteil sein. Dieser Todesfall – so bedauerlich er auch sein mag – ist das ganz besondere Extra, quasi das Tüpfelchen auf dem i. Jetzt weiß jeder, der es wissen muss, um was es bei uns geht und was er bei unseren kleinen Soireen erwarten darf. Wichtig ist nur, dass Sie allen Beteiligten unmissverständlich klarmachen, dass es in ihrem eigenen Interesse ist, wenn sie schweigen. Ich bin mir sicher, Sie verfügen über ausreichend Möglichkeiten und Erfahrung, ihnen das nachhaltig zu vermitteln.«

Mit diesen Worten beendete der Mann das Gespräch, und Augenthaler blickte beunruhigt auf sein Handy. Der letzte Satz war eines dieser Komplimente, die auf den ersten Blick freundlich und verbindlich klangen.

Aber bei genauerer Betrachtung durchaus als Drohung zu verstehen waren.

★★★

*»Pani ma piękne piersi!«*, grüßte Kriminalrat Madsen in die Runde der Arbeiter, die im Garten des Schiller'schen Anwesens vor ihren Wohncontainern saßen und ihr Feierabendbier tranken. *»Czy mogę je dotknąć?«*

Die Gespräche verstummten.

Alle Augenpaare waren plötzlich auf Madsen gerichtet, und es herrschte ein bedrohliches Schweigen, bis einer der Polen plötzlich anfing zu kichern.

Im selben Augenblick brach ein so ohrenbetäubendes Gelächter unter den Arbeitern aus, dass die beiden Bordeauxdoggen die Schwänze einkniffen und das Weite suchten.

»Stimmt irgendetwas nicht?«, erkundigte sich Madsen verunsichert bei Lubanski, der neben ihm stand und dem vor lauter Lachen die Tränen über das Gesicht liefen.

»Wer hat Ihnen denn diese Sätze beigebracht?«, fragte der Pole. Er hatte eine überraschend hohe Stimme für seinen massigen Körper, und auch wenn seine Ausdrucksweise grammatikalisch absolut fehlerfrei war, ließ sich ein harter slawischer Akzent nicht verbergen.

»Ein polnischer Kollege aus Hamburg. Aber Ihrer Erheiterung nach zu schließen, heißt es nicht: ›Guten Tag, wie geht es Ihnen?‹, oder?«

»Nein«, kicherte Lubanski. »Das heißt es in der Tat nicht. Das würde heißen: ›*Dzień dobry! Jak się państwu powodzi?*‹ Wissen Sie, was Sie gerade gesagt haben? ›Sie haben wunderschöne Brüste. Darf ich sie anfassen?‹«

Abermals brach die komplette Gruppe der Arbeiter in schallendes Gelächter aus, worauf Kommissar von Werdenfels seinem Vorgesetzten feixend die Hand auf die Schulter legte.

»Also, wenn ich Sie wäre, Herr Kriminalrat, würde ich mir noch mal genau überlegen, ob der Kollege aus Hamburg nicht vielleicht noch ein Pferdchen mit Ihnen zu rupfen hatte. Der hat Sie ja voll verarscht!«

»Das kann man wohl sagen!«, erwiderte Madsen. »Allerdings, mein lieber Herr Kommissar, hatte er allenfalls ein Hühnchen mit mir zu rupfen, kein Pferd. Das Pferd steht höchstens auf dem Flur. Wie zum Teufel kann man eigentlich nur ständig so dubiose, sinnfreie Redewendungen gebrauchen wie Sie?«

»Eine sehr unpassende Frage für jemanden, der sich gerade bei osteuropäischen Bauarbeitern erkundigt hat, ob er ihre Brüste anfassen darf, finden Sie nicht?«, entgegnete von Werdenfels völlig ungerührt und deutete auf die Wohncontainer. »Ich schlage vor, dass wir uns erst einmal in Wocz' Unterkunft umschauen und seine Mitbewohner befragen, bevor wir uns mit den anderen Kollegen beschäftigen. Aus denen bekommen wir momentan vermutlich eh kein vernünftiges Wort heraus.«

Madsen stimmte ihm widerstrebend zu.

In der Tat schienen die Männer immer noch höchst amüsiert von seinem linguistischen Amoklauf zu sein, denn sie prosteten ihm unter heiserem Gelächter mit ihren Bierflaschen zu.

Und rieben dabei lasziv ihre Brüste.


Der hellgraue Container, in dem Wocz gewohnt hatte, stand am unteren Ende des Gartengrundstücks in unmittelbarer Nähe zum Seeufer.

Das Innere der Unterkunft war ebenso zweckmäßig wie spartanisch eingerichtet.

Im vorderen Teil gab es einen Kunststofftisch mit vier silbergrauen Stühlen, von denen aus man durch das kleine Fenster an der Stirnwand einen weiten Blick auf den See sowie die Berge genießen konnte.

Ein Flachbildfernseher war mit Kabelbindern neben einem rahmenlosen Spiegel an der Wand befestigt, dazwischen hing der Werbeflyer eines Lieferservices, dessen kulinarisches Angebot sich von italienischer Pizza über türkischen Döner und chinesische Ente bis hin zu österreichischem Kaiserschmarrn erstreckte. Entweder der zuständige Koch war ein echter Kosmopolit, oder aber er verstand es, kulinarische Inkompetenz durch ein hohes werbliches Niveau zu überdecken.

Im hinteren Teil des Containers befanden sich ein durch vier Spinde abgetrennter Bereich mit zwei Etagenbetten sowie eine kleine Nasszelle mit Toilette.

Wandschmuck suchte man im gesamten Raum vergeblich, lediglich die dunkelroten Metallspinde der Arbeiter waren mit Fotos übersät, wobei zwei der Besitzer klassische Familienschnappschüsse präferierten, während der dritte vorwiegend pornografische Motive für geeignet zu halten schien, um die Sehnsucht nach der schlesischen Heimat zu bekämpfen.

»Vielen Dank, meine Herren, dass Sie sich Zeit für uns nehmen«, begann Madsen das Gespräch und ließ sich auf einem der dünnbeinigen Stühle nieder, der daraufhin bedrohlich wackelte.

Er und von Werdenfels hatten nicht nur Jakub Lubanski, den engsten Freund des Toten, sondern auch Milosz Lato, seinen zweiten Mitbewohner, zum Gespräch in deren Container gebeten.

Der Kriminalrat nahm sich die Zeit, die beiden Polen in aller Ruhe zu betrachten.

Lubanski war ein Riese, mindestens zwei Meter groß. Er hatte schulterlanges, blond gelocktes Haar und trug einen kleinen Ring im linken Ohr. Seine Gesichtszüge wirkten weich, fast ein wenig feminin, wenngleich seine krumme Nase von mindestens einer schlecht verheilten Fraktur zeugte. Er besaß ein offenes, vertrauensvolles Lächeln und strahlte im Gegensatz zu seinem Kumpel Wocz die Bedrohlichkeit eines Nutellabrotes aus.

Ganz anders verhielt es sich mit Lato.

Er war ebenfalls groß, jedoch deutlich hagerer, und verfügte über den drahtigen, sehnigen Körperbau eines Ausdauersportlers. Sein tiefschwarzes Haar war im Irokesenstil geschnitten, und hätte Madsen nicht gewusst, dass es sich um einen polnischen Staatsbürger handelte, hätte er ihn für einen Südeuropäer gehalten.

Während Lubanski mit verschränkten Armen lässig an eine Wand gelehnt stand, war Latos Nervosität unübersehbar.

Angespannt saß er auf der Kante seines Stuhls und ließ dabei ein Goldkettchen um Zeige- und Mittelfinger kreisen. Gleichzeitig musterte er Madsen mit einem dermaßen verschlagenen Blick, dass dieser ihm ohne Weiteres die charakterlichen Eigenschaften zutraute, eine harmlose Meinungsverschiedenheit in eine kapitale Vendetta zu verwandeln.

Für Letzteres sprach auch das großflächige Veilchen rund um sein linkes Auge, welches er mit auffällig unauffälliger Beiläufigkeit zu verdecken suchte, indem er seinen Kopf auf die Hand stützte.

»Ich muss Ihnen leider mitteilen ...«, begann der Kriminalrat schließlich, »... dass Ihr Freund und Kollege Stanislav Wocz heute Morgen tot aufgefunden wurde.«

Lato verzog keine Miene, während Lubanski Madsen ungläubig anstarrte.

»Stani ist tot? Das kann nicht sein! Er war doch gestern noch mit uns auf der Baustelle!«

Madsen nickte.

»Den ersten Untersuchungen zufolge ist er gestern am späten Abend oder im Laufe der Nacht zu Tode gekommen. Es interessiert uns also, was in der Zeit zwischen seinem Feierabend und seinem Todeszeitpunkt passiert ist. Gab es irgendwelche Besonderheiten? Hatte er mit jemandem Streit? Wollte er abends noch irgendwohin?«

Die Bauarbeiter schauten sich unsicher an, und Madsen konnte sich des Gefühls nicht erwehren, dass keiner der beiden der Erste sein wollte, der antwortete.

Schließlich war es Lubanski, der das Wort ergriff, und abermals fielen Madsen die ausgezeichnete Wortwahl und die große grammatikalische Sicherheit des Arbeiters auf.

»Wir hatten gestern Abend pünktlich um siebzehn Uhr Feierabend. Wir haben wie immer nach Dienstschluss alle zusammen noch eine halbe Stunde draußen gesessen und ein oder zwei Feierabendbiere getrunken. Dann haben wir uns fertig gemacht und sind nach Tutzing in die Spielhalle gefahren. Da sind wir abends meistens. Billardspielen und so. Außerdem gibt's da relativ günstiges Essen.«

»War Wocz auch dabei?«, erkundigte sich Madsen.

»Nein, Stani wollte noch irgendwo anders hin. Er hat aber nicht gesagt, wohin, und war auch noch nicht zurück, als wir gegen Mitternacht aus Tutzing zurückgekommen und ins Bett gegangen sind.«

Der Kriminalrat rieb nachdenklich seinen Dreitagebart, der im Gegensatz zu seinem Haupthaar erste graue Verfärbungen aufwies.

»Und das hat Sie nicht gewundert?«

Diesmal war es Lato, der antwortete, nachdem er bisher lediglich nervös an seinen Fingernägeln gekaut hatte.

Seine Stimme war kehlig und tief, und er sprach deutlich schlechteres Deutsch als sein Kollege.

»Nicht abends. Wir benutzen dürfen die kleine Busse von Firma Augenthaler, deshalb manchmal Kollegen fahren irgendwohin, um zu erledigen irgendwas. Etwas seltsam ist gewesen, dass Stani heute Morgen noch nix da war. Aber ist erwachsener Mann, nicht Kind, deshalb wir nicht weiter nachgedacht. Müssen arbeiten. Viel, viel arbeiten.«

Madsen nickte.

Dabei warf er einen Blick aus dem Fenster und zuckte erschrocken zusammen, als just in diesem Augenblick ein großes weißes Ausflugsschiff das Grundstück passierte und dabei mehrmals das laute Tuten eines Nebelhorns ertönen ließ – eine höchst überflüssige Vorsichtsmaßnahme, da die Luft klar und der Blick über den See völlig frei war. Vermutlich war der Kapitän des Schiffes der Versuchung erlegen, seinen touristischen Bewunderinnen einen kleinen Beweis seiner nautischen Entertainer-Qualitäten zu liefern.

Madsen konzentrierte sich wieder auf Lato.

»Wie war denn das Verhältnis von Wocz zu Ihnen und zu den anderen Kollegen? Um ganz ehrlich zu sein: Für mich sah er ein wenig gewalttätig aus. Hatte er vielleicht ab und zu mal eine Schlägerei? Zum Beispiel abends in der Spielhalle?«

Lato schüttelte schnell, für Madsen fast ein wenig zu schnell, den Kopf.

»Nein, nix Streit. Wir zusammenhalten wie Pech und Schwefel. Wenn prügeln, dann nur großes Ärger mit Polizei. Und wir dann schneller wieder zurück in Polen, als können trinken ein Glas Wodka!«

Der Bauarbeiter nestelte eine zerknickte Zigarettenpackung aus seiner Hosentasche und steckte sich mit leicht zitternden Händen eine Filterlose an. Als er Madsens sehnsüchtigen Blick bemerkte, hielt er ihm die Schachtel entgegen.

»Sie auch wollen?«

»Eigentlich wollte ich ja heute damit aufhören«, murmelte Madsen, während er gleichzeitig dankbar zugriff und Kommissar von Werdenfels, der gerade zu einer kritischen Bemerkung ansetzen wollte, mit einer abwehrenden Handbewegung zu schweigen gebot. »Aber der heutige Tag ist ja noch nicht vorbei. Ab Mitternacht ist endgültig Schluss mit der Qualmerei!« Dann deutete er auf Latos blaues Auge. »Dieses Veilchen – wo haben Sie das eigentlich her, wenn Sie sich doch angeblich niemals prügeln?«

Der Bauarbeiter griff ertappt an sein Auge und rieb darüber, als könne er das Hämatom mit seinem Handballen wegwischen.

»Das nichts! Kleiner Arbeitsunfall. Holzlatte. Ist direkt gefallen in Gesicht. Ich noch viel Glück gehabt. Bisschen höher, und meine ganze Auge kaputt und ich nix mehr können sehen!«

Madsen nickte zweifelnd, und auch von Werdenfels' Mimik ließ eine gewisse Skepsis erahnen.

Der war während des Gesprächs an die Spinde getreten und hatte die daran befestigten Fotos begutachtet.

Der Spind von Wocz war unschwer zu erkennen.

Auf den meisten Bildern war er selbst Arm in Arm mit einer attraktiven, etwa dreißigjährigen Blondine zu sehen. Die Frau war schlank, hatte eine auffällig gerade Körperhaltung und ein ausgesprochen sympathisches, natürliches Lächeln.

Es gab aber auch einige Fotos von Wocz und seiner Partnerin zusammen mit Lubanski sowie einer dunkelhaarigen, blassen Frau.

Es waren klassische Urlaubs- und Freizeitschnappschüsse ohne jeden künstlerischen Anspruch, und von Werdenfels fiel auf, dass der blonde Hüne auf den meisten Aufnahmen in unmittelbarer Nähe von Wocz' Partnerin saß.

Und selten neben der anderen Frau.

»Darf ich?«, fragte von Werdenfels rein rhetorisch, streifte ein paar Latexhandschuhe über und öffnete den lediglich mit einem kleinen Riegel verschlossenen Spind von Wocz.

Erstaunt pfiff er durch die Zähne.

Trotz seines martialischen Aussehens schien der Pole ein ausgesprochen ordentlicher, fast schon pedantischer Mensch gewesen zu sein.

Die Kleidung lag akkurat gefaltet in den Fächern, zwei Paar Turnschuhe standen exakt rechtwinklig ausgerichtet im Bodenfach, und die gebrauchte Schmutzwäsche war nicht, wie der Polizist es bei einem Handwerker auf Montage vermutet hätte, auf einen bunten Haufen geworfen, sondern ordentlich in einem Kleiderbeutel gesammelt worden.

Allerdings interessierte sich von Werdenfels nicht für Wocz' dreckige Wäsche.

Zumindest nicht für die, die man waschen konnte.

Er war vielmehr auf der Suche nach persönlichen Gegenständen, die ihm etwas mehr über die Person und den Charakter des Toten verrieten.

In einem kleinen Fach, welches über ein separates Schloss verfügte, jedoch nicht abgeschlossen war, wurde er schließlich fündig.

»Können Sie uns hierzu vielleicht etwas sagen?«

Von Werdenfels legte seine Fundstücke in die Mitte des Tisches.

Madsen betrachtete die Gegenstände interessiert, während Lato an seinen Fingernägeln kaute wie ein Eichhörnchen an einem Tannenzapfen.

Lubanski zuckte mit den Schultern.

»Was soll ich dazu sagen? Das hier ist ein leeres Etui mit einem

Schlüssel – keine Ahnung, wofür. Das ist ein Zahnschutz, und was man hiermit macht, dürften Sie vermutlich selbst wissen.«

»Natürlich weiß ich, was man mit Kondomen macht«, antwortete von Werdenfels errötend. »Ich will wissen, warum diese Dinge in Wocz' Spind liegen. Zu welchem Schloss dieser Schlüssel gehört. Für wen er Pariser braucht! Und was ursprünglich in dem Futteral war.«

Lubanski erhob sich schweigend, entnahm etwas aus seinem eigenen Spind und legte anschließend ein Etui auf den Tisch.

Es war identisch mit dem von Wocz.

Als er es öffnete, stieß Madsen einen Pfiff aus.

»Hey, diese Marienfigur kennen wir! Die wurde in der Nähe von Wocz' Leiche gefunden.«

Jetzt war es Lubanski, der überrascht wirkte.

»Sind Sie sicher? Das ist ungewöhnlich! Sehen Sie, die Marienstatue hatte Stanislav von seiner Freundin Liliana. Ich habe die gleiche von meiner Frau bekommen. Kurz vor unserem Start nach Deutschland waren wir vier in der Christkönigskathedrale in Katowice und haben die beiden Figuren vom Priester segnen lassen, damit sie uns auf unserer Reise beschützen. Wenn Stani sie dabeihatte, bedeutet das, dass sie ihm für irgendetwas Glück bringen sollte. Er war zwar ein Kerl wie ein Baum, aber auch er hatte eine ganz spezielle Eigenschaft, die wir Polen fast alle haben: Er war sehr abergläubisch.«

Währenddessen hatte Kommissar von Werdenfels den kleinen Schlüssel in die Hand genommen und betrachtete ihn nachdenklich von allen Seiten.

»Und Sie haben wirklich keine Ahnung, wofür dieser Schlüssel ist? Sieht für mich aus wie ein Schließfachschlüssel. Besaß Wocz vielleicht irgendetwas, das so wertvoll war, dass man es in einem Schließfach deponieren musste?«

Lubanski lachte freudlos auf.

»Herr Kommissar, glauben Sie wirklich, wir würden uns monatelang im Ausland abrackern, wenn wir etwas so Wertvolles besäßen? Jeder Cent, den wir hier verdienen, geht in die Heimat zu unseren Familien.«

Auch Lato verneinte die Frage energisch.

»Keiner von uns reich. Nur bisschen Geld für Essen und Trinken. Schlüssel vielleicht für anderes?«

»Klar! Vermutlich für ein Poesiealbum«, murmelte Madsen, übernahm den Schlüssel und steckte ihn in seine Hosentasche. »Wir werden uns später in Ruhe darum kümmern. Kommen wir jetzt zu dem Zahnschutz ...« Er deutete auf das weiße Kunststoffteil. »War Wocz Kampfsportler?«

»Kennt einer von Ihnen Andrew Golota?«, antwortete Lubanski mit einer Gegenfrage.

Von Werdenfels wollte gerade verneinen, als Madsen zu seiner Überraschung entgegnete: »Sie meinen den ›Foul Pole‹? Den unfairsten Boxer der Welt?«

Der Bauarbeiter grinste anerkennend.

»Ja, genau den. Den ›König der Tiefschläge‹. Aber immerhin hat er mehrmals um die Weltmeisterschaft im Schwergewicht geboxt. Und nun raten Sie mal, wer ihn zu Amateurzeiten im Ring ordentlich verprügelt hat?«

»Stanislav Wocz?«

»Exakt! Stani war ein sehr erfolgreicher Amateurboxer mit Profiambitionen, musste dann jedoch wegen einer Schulterverletzung seine Karriere beenden. Aber er ist dem Boxen bis heute treu geblieben und hat auch immer noch trainiert. Schauen Sie mal hier ...«

Er streifte den Ärmel seines Hemdes hoch und präsentierte eine farbenfrohe Tätowierung auf seinem handballgroßen Bizeps.

Die Ermittler warfen sich einen Blick zu.

Das Motiv war identisch mit dem, das sie am Vormittag auf Wocz' Oberarm gesehen hatten.

»Das ist das Logo von unserem Boxclub in Katowice. Da haben wir seit unserer Schulzeit zusammen geboxt, wobei ich zugeben muss, dass Stani deutlich talentierter war als ich.«

Madsen, dem die Schlagverletzungen des Toten nicht aus dem Kopf gingen, hakte nach.

»Sie werden die Leiche von Stanislav Wocz identifizieren

müssen, deshalb sage ich es Ihnen jetzt schon ganz offen: Sie weist Verletzungen im Gesicht und am Körper auf, die auf Schläge hindeuten. Daher die Frage: Hat Wocz während seines Aufenthaltes hier auch Kämpfe bestritten? Kann es sein, dass er in einem Boxring verprügelt worden ist?«

Sein Freund schüttelte voller Überzeugung den Kopf.

»Nein! Wie gesagt: Er hat nicht mehr aktiv im Ring gekämpft. Aber immer, wenn wir hier in Starnberg für Augenthaler arbeiten, gehen – Verzeihung, gingen – Stani und ich im Boxwerk trainieren. Das ist ein Gym in München. Allerdings hatten wir da nie richtige Wettkämpfe. Ich meine, ein blaues Auge oder ein Cut kann im Sparring immer mal passieren, aber wirklich schwere Verletzungen gibt es bei Freizeitboxern wie uns eigentlich nie. Und ganz ehrlich: Der Gegner, der Stani so zurichtet, müsste schon ein echter Spitzenkämpfer sein!«

»Ist es denn möglich, dass Wocz gestern nach Feierabend alleine nach München in den Boxclub gefahren ist? Hatte er vielleicht eine Sporttasche oder so etwas dabei?«

»Keine Ahnung!«, meldete sich nun wieder Lato zu Wort, der so intensiv an seinen Nägeln gekaut hatte, dass seine Fingerkuppen bluteten. »Wir vor ihm unterwegs. Als wir in Spielhalle gefahren, er noch gewesen unter Dusche.«

Madsen nickte, während von Werdenfels sich Notizen machte.

»Alles klar. Wir werden das mit dem Boxclub überprüfen.« Dann deutete er auf die quadratische Folienverpackung, auf der ein illustrierter Phallus mit Augen und Gliedmaßen auf seiner Brust herumtrommelte. »Bliebe noch zu klären, warum der Kollege Kondome in seinem Spind hatte. Ich dachte, er hatte eine feste Freundin?«

Lato wollte gerade zu einer Antwort ansetzen, als er Lubanskis warnenden Blick bemerkte, verstummte und seine ganze Aufmerksamkeit wieder seinen Fingernägeln widmete.

Madsen war der kurze Augenkontakt zwischen den beiden Polen nicht entgangen.

»Kommen Sie! Wie lange sind Sie hier am Stück in Deutschland? Vier Monate? Oder mehr? Da juckt es doch jeden Mann mal zwischen den Zehen. Und zwar zwischen den beiden großen!«

Er deutete zur Bekräftigung seiner Aussage auf Latos Spind, auf dessen Tür mehr Geschlechtsteile zu sehen waren als an jedem mecklenburgischen FKK-Strand.

Der Bauarbeiter errötete und wollte sich verteidigen, doch Madsen gebot ihm mit einem Handzeichen zu schweigen.

»Wocz war ein Mann wie ein Baum. Ich bin mir sicher, dass es eine ganze Reihe von Frauen gab, denen er gefallen hat, und so eine paarungswillige, von ihrem Mann unbefriedigte Millionärsgattin würden doch die wenigsten Typen von der Bettkante stoßen. Deswegen kann man seine Frau doch trotzdem lieben ...«

Lubanski bedachte den Polizisten mit einem finsteren Blick.

»So etwas würden Sie nicht sagen, wenn Sie polnische Frauen kennen würden! Und erst recht nicht, wenn Sie Liliana kennen würden. Liliana ist eine wunderschöne, attraktive Frau. Sehr intelligent und gebildet. Und sehr sportlich. Sie ist Tänzerin am Teatr Śląski, dem schlesischen Theater in Katowice. Sie tanzt wie ein Engel. Ihre Bewegungen sind wie ... wie soll ich es beschreiben? ... wie Wasser. Alles fließend, weich und wunderschön. Und dabei trotzdem kraftvoll. Liliana ist eine ganz besondere Frau. Eine, wie man sie nur einmal im Leben findet. Und sie war die große Liebe von Stani, auch wenn die beiden sich erst vor Kurzem kennengelernt haben. Er hätte sie nie betrogen. Ich habe keine Ahnung, wo die Kondome herkommen, aber eines kann ich mit Sicherheit sagen: Stani hat Liliana nicht betrogen! Niemals!«

Dabei schlug Lubanski mit der flachen Hand so fest auf die Tischplatte, dass Lato sich vor Schreck auf die Finger biss.

Fluchend betrachtete der seine blutenden Fingerkuppen und umwickelte sie dann mit einem großen karierten Taschentuch, dessen Verschmutzungsgrad vermutlich mehr Keime in der Wunde zur Folge hatte, als wenn er die Hand in eine Tonne mit Schlachtabfällen gesteckt hätte.

Verärgert wandte er sich an die beiden Polizisten.

»Ist jetzt alles? Wenn nix weitere Fragen, wir uns fertig machen und fahren essen. Ich Hunger wie Schwein. Oder wir noch was für Sie tun können?«

»Nein, vielen Dank«, erwiderte Madsen und steckte eines der Kondome in die Hosentasche. »Hier sind wir vorerst fertig. Wir werden uns jetzt draußen noch ein wenig mit Ihren Kollegen unterhalten und mal schauen, ob einem von denen das Gummi passt. Bei Aschenputtel hat das mit dieser Nummer damals ja auch geklappt!«

# DREI

»Ertrunken?«

Kriminalrat Madsen wiederholte das Gehörte erstaunt, woraufhin ihm eine ältere Dame, die einer mumifizierten Version von Marilyn Monroe glich, strafende Blicke vom Nebentisch zuwarf.

Er konnte es ihr nicht verdenken.

Wer abends in der »Schlossgaststätte Leutstetten« essen ging, dem stand der Sinn nach gepflegter Gastlichkeit und königlich-bayrischen Speisen.

Nicht nach Obduktionsberichten.

Madsen entschuldigte sich höflich und begab sich umgehend in ein Nebenzimmer, welches ein mit verschnörkelter Typografie beschriftetes Türschild als »Stüberl« auswies und das mit weiß-blauen Vorhängen, Strohblumensträußen und diversen landwirtschaftlichen Geräten aus der Jahrhundertwende dekoriert war. An den Wänden befanden sich zahlreiche Tierpräparate, die den Kriminalrat aus toten Augen anstarrten, weshalb er sich unangenehm beobachtet fühlte, als er seine Frage wiederholte.

»Tatsächlich ertrunken? Ist sich der Rechtsmediziner da sicher?«

»Hundertprozentig!«, antwortete Kommissar von Werdenfels. »Offensichtlich befand sich der halbe See in Wocz' Lungen. Es besteht also kein Zweifel, dass man ihn zusammengeschlagen und anschließend noch lebend in den See geworfen hat. Widerlich, oder?«

Madsen nickte, auch wenn ihm im selben Moment einfiel, dass das bei einem Telefonat eine relativ sinnlose Reaktion darstellte.

»In der Tat. Die arme Sau! So wie Wocz zugerichtet war, wäre er für niemanden mehr eine Gefahr gewesen. Warum zum Teufel musste man ihn dann noch ertränken?«

»Vielleicht, um ihn endgültig zum Schweigen zu bringen?

Der Mann war zwar halb totgeprügelt, aber die Ärzte hätten das durchaus wieder hinbekommen. Professor Polt aus der Rechtsmedizin meinte, er hätte sonst keine Verletzungen gefunden, die tödlich waren. Wocz hätte – wenn auch nach einem längeren Krankenhausaufenthalt – also durchaus hinterher aussagen können, wer ihn so zugerichtet hat. Und darauf scheint dieser Jemand wenig Wert gelegt zu haben.«

»Tja, das sieht tatsächlich so aus.« Madsen bedankte sich bei von Werdenfels und beendete das Gespräch. Während er gedankenverloren mit den Fingern auf einem der leeren Tische trommelte, brummte er: »Das heißt im Klartext: Ab jetzt geht's um Mord.«

Im selben Augenblick ertönte hinter ihm ein erstickter Schrei. Madsen wirbelte herum und griff blitzschnell nach seiner Dienstwaffe.

Dann ließ er die Hand wieder sinken.

Die Frau war etwa Mitte vierzig.

Sie hatte blondes langes Haar und eine attraktive weibliche Figur, die durch die enge Schnürung des anthrazitfarbenen Dirndls ausgesprochen vorteilhaft in Szene gesetzt wurde. Eine klassisch geschnittene weiße Bluse sowie eine dunkelgrüne Satinschürze, die vorne links verknotet war, rundete das trotz seiner traditionellen Volkstümlichkeit äußerst elegant wirkende Erscheinungsbild ab.

Deutlich weniger elegant hingegen wirkten der offen stehende Mund und die weit aufgerissenen Augen, mit denen sie Madsen anstarrte.

Der hob beschwichtigend eine Hand und nestelte mit der anderen seinen Dienstausweis aus der Hosentasche.

»Es ist nicht so, wie es sich anhört«, beeilte er sich zu sagen. »Ich bin von der Polizei, und mein Telefonat war dienstlich. Sie müssen sich keinerlei Sorgen machen.«

Die Frau begutachtete den Ausweis gründlich, bevor sie Madsen von oben bis unten musterte.

»Die Formulierung ›Es ist nicht so, wie es sich anhört‹ ist

erfahrungsgemäß selten eine sinnvolle Ausrede bei einem Mann. In Ihrem Fall erscheint sie mir jedoch tatsächlich angebracht. Bitte entschuldigen Sie, dass ich Sie gestört habe. Ich wollte nur kurz nach dem Rechten schauen, weil ich jemanden hier ins leere Stüberl habe reingehen sehen. Und seien Sie mir bitte nicht böse …«, sie deutete auf seine Kleidung, »… aber wie ein Polizist sehen Sie nun wirklich nicht aus.«

Madsen lächelte.

»Sie haben recht – und genau das hat manchmal eine ganze Reihe von Vorteilen. Darf ich Sie auf den Schrecken vielleicht auf ein Getränk einladen und Ihnen dabei erklären, warum sich lässige Kleidung und erfolgreiche Polizeiarbeit nicht unbedingt widersprechen müssen?«

Die Frau nickte, ohne lange zu überlegen.

Der Mann wirkte sympathisch.

Er hatte ein vertrauenerweckendes Lächeln.

Und außerdem brauchte sie dringend ein kühles Bier.

\*\*\*

Die Lokalität hatte mit gehobener Gastronomie so viel zu tun wie ein Yorkshire Terrier mit einem richtigen Hund.

Der Raum war klein und düster, die Einrichtungsgegenstände willkürlich zusammengewürfelt, und die vergilbte Klimaanlage hatte längst vor dem Gestank von ranzigem Frittenfett und verbranntem Döner kapituliert.

Die wenigen im Lokal Anwesenden, deren äußere Erscheinung sich im stilistischen Niemandsland zwischen Discountware und Altkleidersammlung bewegte, saßen zusammengesunken an der schummrig beleuchteten Theke oder warfen Münzen in einen der bunt blinkenden Spielautomaten.

Es war ein Ort, an dem sich Verlierer aufhielten.

Und genau deshalb war der Bauunternehmer Alois Augenthaler hier.

»Maria, noch 'n Helles«, sagte ein Gast an der Theke. »Und 'nen Enzian. Mir is 'n bisschen mau!«

Der Mann hob nicht einmal den Kopf, als er seine Bestellung murmelte.

Augenthaler tippte ihm auf den Rücken.

»Servus. Sind Sie Josef Huber?«

Der Mann rührte sich nicht.

Stattdessen brummte er abweisend: »Wer will das wissen? Kriegst du noch Kohle von mir? Dann musst du dich hinten anstellen.«

»Hier, deine Getränke, Sepp!« Die schwarzhaarige Matrone hinter der Theke schob dem Glatzkopf Bier und Schnaps zu. Anschließend machte sie mit einem Bleistiftstummel zwei Striche auf einen Bierdeckel, der bereits so viele Markierungen hatte, dass es aussah, als hätte jemand aus Langeweile ein geometrisches Muster auf die runde Pappe gezeichnet.

Gleichzeitig zwinkerte sie Augenthaler lasziv zu, richtete sich ihre tätowierten Brüste, die nur mühsam vom Stoff ihres pinkfarbenen Tops unter Kontrolle gehalten wurden, und fragte mit rauchiger Stimme: »Was ist mit dir, Süßer? Kann ich dir auch was anbieten?«

Augenthaler winkte desinteressiert ab.

»Na, vielen Dank. Ich will mit dem Herrn hier nur was Geschäftliches klären.«

Die Schwarzhaarige zuckte enttäuscht mit den Schultern.

»Von mir aus. Aber wenn du später mit mir auch was Geschäftliches klären möchtest: Du weißt ja, wo du mich findest.«

Abermals zwinkerte sie dem Bauunternehmer zu und setzte dabei ein Lächeln auf, das sie vermutlich für verführerisch hielt, während es in Augenthaler das Gefühl spontaner Impotenz auslöste.

Der Mann an der Theke hatte sich währenddessen aufgerichtet und starrte ihn mit tumbem Blick an. Er hatte dichte schwarze Augenbrauen, und auf seinem kahl rasierten Schädel prangte ein farbiges Teletubby-Tattoo. Augenthaler tippte auf eine verlorene Wette oder eine Tätowierung im Vollrausch. Für Letzteres sprach die Alkoholfahne, die ihm entgegenschlug, als der Mann ihn mit schwerer Zunge ansprach.

»Was war 'n das grad mit dem Geschäftlichen? Hast du 'nen Job für mich? Ich kann alles machen, was mit Metzgerei zu tun hat!«

Augenthaler wedelte mit der flachen Hand vor seinem Gesicht hin und her.

»Himmelherrgottsakra, was hast du denn schon alles intus? Da ist man ja schon besoffen, wenn du einen nur anhauchst. Ich glaube, das mit dem Geschäft hat sich erledigt – ich brauche jemanden, der im Vollbesitz seiner Kräfte ist!«

»Kein Problem!«, erwiderte Sepp und bemühte sich um eine aufrechte Sitzhaltung, was ihm allerdings mehr schlecht als recht gelang. »Ich hatte heute nur einen wirklich beschissenen Tag. Sonst trinke ich eigentlich nie!«

Er hob die Hand zum Schwur, wenngleich seine gelb verfärbten Augäpfel seine Worte Lügen straften.

Der Bauunternehmer wirkte unentschlossen.

»Bedingung ist, dass du bis Samstag nüchtern bleibst. Bekommst du das irgendwie hin?«

»Klar. Klarer als klar. Klara. Klarissimo. Klärchen …«

Der Mann begann, albern zu kichern, was Augenthaler endgültig dazu veranlasste, das Gespräch abzubrechen.

Er drehte sich wortlos um und wollte gerade zum Ausgang gehen, als eine Hand ihm so kraftvoll auf die Schulter schlug, dass er in die Knie sackte.

»Bleib stehen, du Wichser! Was bildest du dir eigentlich ein, mich so blöd anzuquatschen und dann einfach mitten im Gespräch abzuhauen?«

Augenthaler drehte sich um.

Der Metzger hatte seinen Barhocker verlassen und stand nun keine Armlänge von ihm entfernt.

Erst jetzt wurde deutlich, wie groß und breit der Mann war.

Er überragte den Bauunternehmer um mehr als einen Kopf, die Arme waren voluminöser als Augenthalers Oberschenkel, und eine beeindruckende Brustmuskulatur spannte das T-Shirt, auf dem das für eine Fleischerei werbende Konterfei eines grinsenden Schweins mit einem Beil im Kopf zu erkennen war.

Die offensichtliche Wut des Mannes schien die benebelnde Wirkung des Alkohols vorübergehend völlig verdrängt zu haben, denn seine Stimme klang plötzlich überraschend klar.

»Du glaubst wohl, du bist was Besseres als ich, oder? Tust so großkotzig, als ob du Almosen zu verschenken hättest.«

Augenthaler schüttelte den Kopf.

»Zu verschenken hab ich nix. Aber zu verdienen. Zum Beispiel zweitausendfünfhundert Euro.«

Der Hüne riss die Augen auf.

»Zweitausendfünfhundert Euro? Für mich? Alleine?« Erregt hieb er mit der rechten Faust in die Handfläche seiner linken Hand. »Meister, ich bin dein Mann! Was muss ich dafür tun? Jemanden totschlagen?«

Augenthaler lächelte zufrieden.

Dann wandte er sich an die Schwarzhaarige hinter der Theke.

»Maria, zwei Helle, bitte schön. Der Sepp und ich sind im Geschäft!«

★★★

Irgendwann musste Madsen ja damit beginnen, sich mit der bayrischen Mentalität im Allgemeinen auseinanderzusetzen.

Und mit der oberbayrischen im Speziellen.

Ein Abendessen in der zünftigen »Schlossgaststätte Leutstetten« war ihm da als eine geeignete Gelegenheit erschienen. Dass sich der Abend nun gänzlich anders entwickelte als ursprünglich geplant, empfand der Kriminalrat dabei keineswegs als unangenehm.

Im Gegenteil.

Die Gesellschaft der attraktiven Frau, die ihn beim Telefonieren überrascht hatte, erwies sich als höchst erfreulich.

Sie schien ausgesprochen unterhaltsam zu sein, über eine gesunde Portion Humor zu verfügen und die Menschen in ihrem Umfeld mit ihrem ganz eigenen Charme in ihren Bann ziehen zu können.

Dass sie darüber hinaus offensichtlich jeden Gast, der sich

in der Wirtsstube aufhielt, persönlich kannte und mit ein paar Worten freundlich begrüßte, überraschte Madsen ebenso wie die Selbstverständlichkeit, mit der sie ihm und sich selbst ein Bier bestellte.

»Und was wäre, wenn ich nun gar keinen Alkohol trinken würde?«, fragte er verschmitzt lächelnd.

»Dann würde ich Sie rauswerfen lassen!«, entgegnete sie, ohne auch nur im Geringsten ihre Miene zu verziehen. »Wer zu einem deftigen bayrischen Essen eine Cola trinkt, bekommt hier Hausverbot!«

Madsen stutzte, und ihrem plötzlichen Gelächter nach zu urteilen, musste sich sein Gesichtsausdruck dabei irgendwo zwischen erstaunt und grenzdebil bewegt haben.

»Mund zu, Herr Madsen! Das war nur ein Scherz. Aber finden Sie nicht, in einer solchen Lokalität ist der Genuss eines frisch gezapften bayrischen Biers aus dem Holzfass geradezu Pflicht?«

Der Kriminalrat nickte errötend, während seine Gesprächspartnerin sich kurz entschuldigte, um einen großen, rotgesichtigen Mann zu begrüßen. Nach dem Wechseln einiger verbindlicher Worte und einem angedeuteten Handkuss empfahl sich der Gast, ohne auch nur einen einzigen Blick in Madsens Richtung geworfen zu haben.

»Das war Dr. Borchert, einer der einflussreichsten Unternehmer in ganz Bayern. Er hat eine große PR-Agentur in Starnberg und kennt Gott und die Welt. Früher oder später wird er Ihnen sicherlich auch mal über den Weg laufen«, erklärte sie. »Aber jetzt sollten wir endlich was trinken – meine Kehle ist schon ganz trocken.«

Madsen nickte und hob den großen Glaskrug, den ein in Lederhose und Janker gekleideter Kellner inzwischen serviert hatte. »Sehr gerne! Prost, Frau ...?«

»Oh, wie unhöflich von mir!«, entschuldigte sich die Blondine. »Ich habe mich ja noch gar nicht vorgestellt. Mein Name ist Lissy Berghammer. Eigentlich Elisabeth Berghammer, aber so nennt mich niemand außer meinem Steuerberater und meinem Gynäkologen.«

»Nun, da ich an Ihren Finanzen nicht interessiert bin und mir jedes medizinische Fachwissen fehlt, sag ich einfach mal: Prost, Lissy Berghammer!« Madsen nahm einen kräftigen Schluck und rieb sich anschließend mit dem Ärmel den Bierschaum von der Oberlippe. »Und ich nehme an, Ihnen gehört das Lokal hier – Sie scheinen ja jeden Gast persönlich zu kennen.«

Lissy Berghammer lachte abermals auf und entblößte dabei eine Reihe strahlend weißer Zähne.

Überhaupt wirkte die Frau auffallend gepflegt.

Sie war dezent geschminkt, ihre Fingernägel perfekt maniküraturt, und ihre makellose Haut glitzerte im Bereich des Dekolletés verführerisch.

Als Schmuck trug sie lediglich eine dünne silberne Kette mit einem kleinen Edelweiß sowie einen stilistisch völlig konträren, massiven Herrenchronografen.

»Hallo? Erde an Madsen! Hören Sie mir überhaupt zu?«

Der Kriminalrat schreckte ertappt auf.

»Ja, natürlich. Sicher! Sie sagten gerade …«

»… dass das Lokal nicht mir gehört, sondern meiner besten Freundin. Ich bin Immobilienmaklerin.« Sie zog aus ihrer Handtasche ein silbernes Etui mit gravierten Initialen und schob ihm eine Visitenkarte zu. »Ich habe das Büro von meinem Vater übernommen, und da wir bereits seit über fünfzig Jahren die Nummer eins auf dem Starnberger Immobilienmarkt sind, kenne ich zwangsläufig nahezu jeden hier in der Region, der sich ein Haus oder eine Luxuswohnung leisten kann. Oder der zumindest glaubt, es zu können.« Während sie sprach, warf sie einen kurzen Blick in die ledergebundene Speisekarte. »Ich habe Hunger wie ein Bär. Was ist mit Ihnen? Hätten Sie vielleicht Lust, mir beim Essen Gesellschaft zu leisten? Die Starnberger-See-Renke ist vorzüglich. Kann ich Ihnen nur empfehlen!«

»Sehr gerne. Ich habe seit heute Morgen noch nichts gegessen. Allerdings wollte ich mal bayrische Weißwürste probieren. Man sagte mir, die wären hier ausgezeichnet.«

»Weißwürstl? Abends um halb neun? Jetzt, mein Lieber …«,

entgegnete Lissy Berghammer und lehnte sich über den Tisch, »… stehen Sie tatsächlich ganz kurz vor dem Hausverbot!«

★★★

Die Telefonnummer war unterdrückt.

Prinzipiell ignorierte Unternehmensberater Richard Steinmann Anrufe von Personen, die ihre Identität nicht preisgaben. Geschäftskunden erreichten ihn entweder in seinem luxuriösen Büro in den Münchner Highlight Towers oder wurden – von seiner viersprachigen Assistentin nach Lukrativität sortiert – an sein Diensthandy weitergeleitet. Und die wenigen persönlichen Freunde, die er besaß, waren im internen Adressbuch eingespeichert, sodass ihre Namen auf dem Display angezeigt wurden.

Dass er das Gespräch dennoch entgegennahm, war ausschließlich der Tatsache geschuldet, dass er einen ganz speziellen Anruf sehnlichst erwartete.

»Herr Steinmann?« Die Stimme klang tief und sonor.

»Ja, am Apparat. Mit wem spreche ich, bitte?«

Statt einer Antwort war auf der Gegenseite ein kurzes Reibegeräusch zu hören, als entzünde jemand ein Streichholz.

»Hallo?« Steinmann war verunsichert. Handelte es sich etwa doch nicht um den Anruf, den er erhofft hatte?

»Herr Steinmann!«, wiederholte die Stimme, jetzt nicht mehr fragend, sondern bestimmt. »Uns wurde zugetragen, dass Sie ein gewisses Interesse an einem außergewöhnlichen Event haben?«

Der Unternehmensberater schluckte.

»Ja, das ist korrekt! Ich würde gerne mit meiner Frau einmal bei einem solchen Ka–«

»Stopp!« Die Stimme klang plötzlich scharf und bedrohlich. »Es ist mir durchaus bewusst, über welche Angelegenheit wir hier sprechen. Und daher erscheint es mir auch keineswegs notwendig, diese Thematik am Telefon weiter zu vertiefen.« Wie auf Knopfdruck verfiel die Stimme wieder in ihre sonore Melodik. »Wir haben Ihr Anliegen geprüft und Rücksprache mit Ihren Bürgen gehalten. Ich freue mich, Ihnen mitteilen zu können, dass das Ergebnis positiv ausgefallen ist. Es wäre uns daher eine Ehre, Sie bei unserem nächsten Event in unserem kleinen, illustren Zirkel begrüßen zu dürfen.«

Steinmann ballte jubilierend die Faust, während er sich gleichzeitig bemühte, seine Stimme beherrscht klingen zu lassen.

»Das ist eine sehr erfreuliche Mitteilung. Wann und wo sollen wir erscheinen? Und gibt es bestimmte Regeln, die wir einzuhalten haben?«

»Die Bekanntgabe des Termins sowie der Location erfolgt stets sehr kurzfristig. Sie werden sicherlich verstehen, dass wir gewisse, nennen wir es: Sicherheitsvorkehrungen zu treffen haben. Bezüglich des Dresscodes haben wir keinerlei Regularien. *De gustibus non est disputandum.* Über Geschmack kann man nicht streiten. Es steht Ihnen somit frei, wie Sie erscheinen, Herr Steinmann. Gleichwohl würden wir es präferieren, wenn Sie und Ihre werte Gattin Ihrer Garderobe eine gewisse Eleganz zugrunde legten. Schließlich handelt es sich um einen sehr elitären Kreis, zu dem Ihnen Zutritt gewährt wurde, und diese Exklusivität sollte sich doch auch im Auftreten seiner Mitglieder widerspiegeln, finden Sie nicht?«

»Selbstverständlich!«, pflichtete Steinmann eifrig bei. »Wir sind uns der großen Ehre durchaus bewusst, und Sie dürfen versichert sein, dass wir dieser Veranstaltung in gebührender Eleganz beiwohnen werden. Können Sie uns vielleicht schon etwas zum Programm —«

»Nicht so neugierig, Herr Steinmann! Das Programm wird Ihnen zu Beginn des Events persönlich mitgeteilt. Sie werden sicherlich verstehen, dass wir aus nachvollziehbaren Gründen keine Plakate drucken.«

Steinmann lachte aus Höflichkeit, doch der Mann am anderen Ende schien eine solche Reaktion auf seine Äußerung überhaupt nicht zu erwarten.

»Kommen wir noch zum letzten, aber keineswegs unwesentlichen Punkt: den finanziellen Rahmenbedingungen. Wie Ihnen sicherlich bekannt ist, gibt es bei unserem Event keine Eintrittskosten im eigentlichen Sinne.«

»Ich weiß! Und das ist außerordentlich großzüg–«

Zum dritten Mal wurde er mitten im Satz unterbrochen, und die Missbilligung in der Stimme seines Gesprächspartners war unüberhörbar.

»Herr Steinmann, um eines klarzustellen: Wir sind keineswegs die Caritas! Alles im Leben hat seinen Preis, auch unsere kleine abendliche Soiree. Es gibt zwar keinen Eintritt, aber wir erwarten von unseren Gästen durchaus ein gewisses finanzielles Engagement in Form von Wetteinsätzen. Sehen Sie es einfach so: Nur Langweiler investieren ihr Geld in Aktien oder Wertpapiere.« Der Mann machte eine bedeutungsschwangere Pause, bevor er fortfuhr: »Wer das wirkliche Abenteuer sucht, der investiert in Blut!«

# VIER

In den Adern von Kommissar Maximilian Konstantin von Werdenfels floss – wenn auch verdünnt durch fünf dazwischenliegende Generationen – das Blut des letzten bayrischen Königs, Ludwig III.

Aus dem Hause Werdenfels, einem der ältesten deutschen Adelshäuser, stammend, schien der persönliche und berufliche Werdegang des jungen Aristokraten vorgezeichnet, und auch die mit sehr viel Wohlwollen gerade noch als extrem autoritär zu bezeichnende Erziehung seines Vaters zielte ausschließlich darauf hin, seinen Sohn auf dessen repräsentative und verwalterische Aufgaben rund um diverse Stiftungen und Liegenschaften vorzubereiten.

Doch Maximilian hatte nicht nur das blaue Blut eines Königs, sondern auch dessen unbeugsamen Willen geerbt.

Und so kam es, dass er – kaum im Besitz der mittleren Reife – der Schule, seinen royalen Pflichten und dem restriktiven Elternhaus den Rücken gekehrt und sich auf eine mehrmonatige Pilgerreise ins Heilige Land begeben hatte.

Es war ein Trip voller Abenteuer, Entdeckungen und Erfahrungen, und da die in Israel verbrachte Zeit deutlich länger wurde als ursprünglich geplant und sein Erzeuger ihm neben jeglicher väterlicher Zuneigung zwischenzeitlich auch den Zugriff auf das familiäre Vermögen entzogen hatte, sah sich der junge Reisende gezwungen, vor Ort diverse Aushilfsjobs anzunehmen.

So verdingte er sich in einem Kibbuz als Obstpflücker, kümmerte sich um die Instandhaltung von Alligatorengehegen am Toten Meer, putzte bestenfalls als drittklassig zu bezeichnende Touristenunterkünfte in Eilat und kümmerte sich um die Pflege und Fütterung der Reitkamele bei Trekkingtouren durch die Wüste Negev.

Es gab keine Tätigkeit, die ihm zu anstrengend oder für die er sich zu schade gewesen wäre, und sobald er über ausreichende finanzielle Mittel für den nächsten Reiseabschnitt verfügte, pflegte er seine Siebensachen zu packen und sich zu Fuß, per Zug oder per Kamel auf den Weg zu seinem nächsten Etappenziel zu begeben.

Die letzte Station seiner Reise war Haifa, die nach Jerusalem und Tel Aviv drittgrößte Stadt Israels. Auch dort musste sich von Werdenfels eine Aushilfstätigkeit suchen, um seine Unterkunft – ein beengtes, nach Dieselkraftstoff und altem Schweiß stinkendes Zimmer in der Nähe einer Raffinerie – bezahlen zu können. Als er durch Zufall in einem Internetcafé einen Aushang des National Institute of Oceanography erblickte, das für Recherchetätigkeiten am PC englischsprachige Aushilfen suchte, stellte er sich noch am selben Tag vor und war kurz darauf offizielles Mitglied des »International Research Team«, dessen Aufgabe in der weltweiten Sammlung wissenschaftsrelevanter Klima- und Gewässerdaten bestand.

Diese Tätigkeit erwies sich als spannende, aber auch anspruchsvolle Aufgabe und führte dazu, dass er sich dank schneller Auffassungsgabe und Förderung durch einen Vorgesetzten innerhalb kürzester Zeit profunde Computerfähigkeiten aneignete.

Doch es waren nicht allein berufliche Belange, die die israelische Küstenstadt zu einem ganz besonderen Ort für Maximilian von Werdenfels machten.

In Haifa lernte er auch die Liebe seines Lebens kennen.

Den Menschen, mit dem er für den Rest seines Lebens zusammenleben wollte.

Sein Name war Yoel.


Maximilian von Werdenfels warf einen zärtlichen Blick auf den jungen Mann, der vor ihm im Bett lag und seinen Kopf demonstrativ in den Kissen vergraben hatte.

Die beiden waren inzwischen seit über zehn Jahren ein Paar und konnten getrost als Musterbeispiel für gelebte Integration betrachtet werden.

Von Werdenfels war Deutscher, Katholik, stammte aus adligem Elternhaus und arbeitete als Polizist. Yoel Goldenberg hingegen war Israeli jüdischen Glaubens, entstammte einer armen Fischerfamilie und verdiente sein Geld als Wissenschaftler im Max-Planck-Institut für Psychiatrie.

Doch trotz – oder vielleicht auch gerade wegen – dieser gravierenden Unterschiede ergänzten die beiden einander perfekt und galten in ihrem großen Freundeskreis als absolutes Vorzeigepaar.

Einen dunklen Schatten auf das junge Glück warf lediglich die wirtschaftliche Situation der beiden, denn ohne Zugriff auf Maximilians familiäres Vermögen war die alles andere als rosig.

Weder seine Beamtenbesoldung noch das wissenschaftliche Gehalt von Goldenberg ermöglichte den beiden Männern finanziell große Sprünge, wenngleich in naher Zukunft ein durchaus stattlicher Pflichtanteil zu erwarten war, dessen Ausschüttung der alte von Werdenfels trotz offiziellen Enterbens seines Sohnes nicht vermeiden konnte.

Bis dahin mussten der Polizist und sein Partner jedoch von ihren überschaubaren Gehältern leben, was zur Folge hatte, dass sich sowohl ihre Wohnung als auch ihr Lebensstil von dem des durchschnittlichen Starnbergers erheblich unterschieden.

So befand sich ihr kleines renovierungsbedürftiges Appartement in einem ebenso renovierungsbedürftigen Mehrfamilienhaus, wobei sich die beiden jungen Männer weniger an dem abgeblätterten Putz und dem verwilderten Vorgarten störten als vielmehr an den zahlreichen Fernmelde- und Sendemasten auf dem Dach, deren Strahlung laut Goldenbergs semiwissenschaftlicher Analyse »eine hundertzehnprozentige Hodenkrebswahrscheinlichkeit« zur Folge hatte.

Bereits seit mehreren Monaten suchten die beiden Männer deshalb nach einer neuen Bleibe, doch das Angebot an bezahlbarem Wohnraum war in der Kreisstadt, die seit vielen Jahren an der Spitze der deutschen Kaufkraftstatistik lag, mehr als bescheiden.

Von Werdenfels hatte den Tag wie üblich mit einer ausgiebigen Dusche und einem hastig im Stehen konsumierten Frühstück begonnen. bevor er sich ins Schlafzimmer begeben und seinem Lebensgefährten einen frischen Kaffee ans Bett gebracht hatte.

»Ich muss los, Knackarsch! Ich weiß nicht, wann ich heute Abend heimkomme. Im Kühlschrank müsste noch Spaghettisoße von gestern sein. Koch dir doch einfach ein paar Nudeln dazu.«

Yoel Goldenberg räkelte sich genüsslich, woraufhin das Laken verrutschte und den Blick auf sein trainiertes Sixpack freigab.

»Mach dir um mich keine Sorgen, Maxi. Ich werde schon nicht verhungern. Ich gehe heute Abend noch im Studio trainieren. Du kannst dir also Zeit lassen. Oder du kommst einfach nach – ein paar Sit-ups würden dir auch guttun!«

Dabei kniff er seinem Freund schelmisch in den Bauch.

»Vielen Dank, Adonis!«, entgegnete dieser beleidigt. »Du hast doch gesagt, du liebst jedes Gramm an mir. Da hab ich mir vorsichtshalber gleich mal ein paar mehr angefuttert!«

»War doch nur ein Scherz, Maxi! Du weißt, ich stehe auf dich – und zwar genau so, wie du bist.«

Goldenberg legte von Werdenfels den Arm um den Hals und versuchte, ihn ins Bett zu ziehen, doch dieser löste sich geschickt aus dem Griff und begab sich Richtung Tür.

»Lass das, Yoel! Ich muss los. Ich kann den Neuen überhaupt noch nicht einschätzen. Eigentlich ist er 'ne coole Socke, aber ich glaube, in mancherlei Hinsicht ist der nicht ganz normal. Und bis ich nicht wirklich weiß, wie der so tickt, halte ich mich lieber mal exakt an die Regeln. Du solltest übrigens auch aufstehen – deine Bahn fährt in einer halben Stunde.«

»Alter Spießer!«, murmelte Goldenberg und vergrub seinen Kopf wieder in den Kissen, was sich als gute Idee erwies, denn so verfehlte ihn die Zeitung, die von Werdenfels grinsend nach ihm geworfen hatte.

★★★

Kriminalrat Madsen wachte auf und lächelte.

Zumindest versuchte er es nach Kräften.

Es gab Tage, da klappte das relativ gut, aber auch andere, an denen er bereits beim Öffnen der Augen zu der frustrierenden

Erkenntnis gelangte, dass jegliches Bemühen um eine positive Sicht der Dinge an diesem Tag aussichtslos bleiben würde.

Das Gefühl von Unbeschwertheit und Optimismus bewusst zu erzeugen, auch wenn er eigentlich keinerlei Anlass dazu sah, war zweifelsohne eine der schwierigsten Aufgaben, die Dr. Schwerdtner ihm aufgetragen hatte – neben der, jeden Abend mindestens fünf positive Erlebnisse der vergangenen vierundzwanzig Stunden in einem kleinen Notizbuch einzutragen.

Für einen anerkannten Psychologen mit einer zweihundert Quadratmeter großen Praxis, unmittelbar zwischen Hamburger Rathaus und Jungfernstieg gelegen, mochte so etwas eine der leichtesten Übungen sein. Für einen Polizisten, dessen Wirkungskreis sich bis vor Kurzem vornehmlich auf die Gegend rund um die Reeperbahn beschränkt hatte, war diese Aufgabe jedoch ungleich anspruchsvoller.

Schließlich boten weder die verprügelte fünfzehnjährige Prostituierte noch der HIV-infizierte, renitente Dealer wirklich Anlass zum Lächeln, und auch die Messerstecherei zwischen zwei verfeindeten Rockerbanden oder der ungeplante Tod eines Freiers beim Bondage-Sex eigneten sich nur bedingt als Eintrag in die Das-war-heute-gut-Spalte.

Doch es waren keineswegs nur berufliche Belange, die Madsen sein Dasein als wenig erquicklich empfinden ließen.

Vielmehr war der Verlust jeglicher Lebensfreude auf seine unerträglichen Schuldgefühle zurückzuführen.

Schuldgefühle, die auf ihm lasteten wie das Himmelsgewölbe auf Atlas' Schultern.

Egal, wo er sich befand, egal, womit er beschäftigt war, und egal, mit wem er sich unterhielt – die quälende, schmerzhafte Erinnerung an den einen verhängnisvollen Abend auf dem Kiez, dessen tragischer Verlauf sein Leben für immer verändert hatte, erstickte jederlei aufkeimendes Gefühl von Freude oder Ausgelassenheit.

Seit jenem Tag fühlte er sich wie ein Zombie – ein lebender Toter, eine menschliche Hülle, die funktionierte, ohne dabei zu empfinden. Es war eine desaströse seelische Verfassung, in der er sich befand.

Und die sich zwangsläufig auch immer mehr auf sein soziales Umfeld auswirkte.

Seit vielen Jahren hatte er keine feste Partnerschaft mehr gehabt, und selbst flüchtige One-Night-Stands als Kompensation fehlender zwischenmenschlicher Beziehungen hatte es in Madsens Leben seit längerer Zeit nicht mehr gegeben.

Die letzte Frau, mit der er Bett und Leidenschaft geteilt hatte, war eine Austauschpolizistin aus Straßburg gewesen, doch das Gefühl völliger Emotionslosigkeit, das er im Moment der Ejakulation empfunden hatte, hatte ihm unmissverständlich klargemacht, dass ein weiblicher Körper – so verlockend er anatomisch auch sein mochte – nicht dafür geeignet war, die Leere in seinem Dasein nachhaltig zu füllen.

Madsen lebte in einem Zustand innerer Zerrissenheit, denn während er dieses Empfinden totaler Einsamkeit auf der einen Seite genoss, schrie seine Seele auf der anderen Seite nach Zuwendung und Geborgenheit.

Ein verdammtes emotionales Perpetuum mobile, eine selbstdrehende Abwärtsspirale, deren Ende schließlich darin bestand, dass Madsen jegliche Lebensfreude verloren hatte.

Ein Gemütszustand, der grundsätzlich für niemanden empfehlenswert war – und ganz besonders nicht für einen leitenden Polizeibeamten. So war es schließlich der Hamburger Polizeipräsident höchstpersönlich gewesen, der die Reißleine gezogen und Kriminalrat Madsen vom Dienst suspendiert hatte.

Gleichzeitig hatte die Polizeibehörde alle Hebel in Bewegung gesetzt, um Madsens emotionales Tief mit Hilfe professioneller psychologischer Unterstützung zu beenden.

Doch was in der Theorie so einfach klang, hatte sich in der Praxis als höchst kompliziert erwiesen, denn wenn es einen Archetypus gab, der für Madsen so verzichtbar war wie eine Pommesbude auf der Zugspitze, dann war das der weltfremde Psychiater mit Hang zur rührseligen Betroffenheitsdramaturgie.

Madsen wollte nicht reden.

Und schon gar nicht über seine Gefühle.

Bis er Dr. Schwerdtner kennenlernte.

Dr. Schwerdtner war der sechste oder siebte Psychologe, zu dem seine Behörde ihn geschickt hatte, und Madsen hatte seine Praxis in der Erwartung betreten, abermals auf ein magersüchtiges Sigmund-Freud-Double im Tweet-Sakko oder eine hennarot gefärbte Nickelbrillenträgerin im wallenden Blumenkimono zu treffen.

Doch Dr. Schwerdtner war anders.

Er wog nahezu drei Zentner, war tätowiert bis zu den Handgelenken, und das Einzige, was er während der ersten Sitzung von Madsen wissen wollte, waren die Motorisierung seiner Harley sowie die besten Ziele für Motorradausflüge mit seiner jungen Freundin.

Madsen war irritiert.

Auf seine Frage, ob der Mediziner nicht etwas über seine psychischen Probleme erfahren wolle, hatte dieser mit überraschender Offenheit geantwortet.

»Wissen Sie, mein lieber Madsen, Ihre Behörde zahlt mir zweihundertvierzig Euro die Stunde. Die kann ich mir hart verdienen, indem ich versuche, Ihnen in einem anstrengenden Gespräch irgendwelche psychologischen Erkenntnisse nach Schema F zu entlocken. Das macht weder Ihnen noch mir Spaß. Ich kann aber auch einfach locker mit Ihnen über Motorräder plaudern, wir trinken dazu eine kalte Cola – die geht bei dem Honorar übrigens aufs Haus –, und wir beide haben eine kurzweilige Stunde.«

Madsen hatte gelächelt.

Und das zum ersten Mal seit über einem halben Jahr.

Aus dem ersten Termin wurden mehr als fünfzig.

Es dauerte nicht lange, bis Madsen erkannt hatte, dass die Lässigkeit Dr. Schwerdtners seiner medizinischen Kompetenz und Professionalität in keiner Weise abträglich war.

Die subtile Vermischung von vertrauten Themen und beiläufig formulierten Fragen zur persönlichen Lebensgestaltung bewirkte nicht nur eine ihn selbst überraschende Offenheit bei Madsen. Sie lehrte ihn auch auf nachhaltige Weise, dass Ziele nicht immer mit der Brechstange zu erreichen waren – Madsens bis dato präferierter Methodik –, sondern auch mittels indirekter und auf den ersten Blick wenig zielführender Schritte.

Zu dieser weitreichenden Erkenntnis passte auch der eines Tages von Dr. Schwerdtner geäußerte Vorschlag, die erforderliche psychische Qualifikation für die Ausübung des Polizeiberufs in Hamburg durch den Wechsel an eine gänzlich andere Wirkungsstätte wieder herzustellen.

Ein kompletter Neuanfang.

Eine konsequente Umstellung sämtlicher Lebensumstände.

Ein Wiedergewinn von Lebensqualität durch die Vermeidung eingespielter Verhaltensmuster und Rituale.

Zum Beispiel durch einen Aufenthalt im Ausland.

Oder in Bayern.

Was ja sprachlich in etwa auf das Gleiche hinauslief.

Madsen räkelte und streckte sich ausgiebig, bevor er die Zimmertür öffnete und einen Blick in den menschenleeren, wie immer nach kaltem Fleisch und Blut riechenden Flur warf. Sein Appartement im Nebengebäude einer Starnberger Metzgerei in Zentrumsnähe war sicherlich nicht die luxuriöseste Bleibe in der Gegend, doch Madsen war damit völlig zufrieden.

Bett und Möbel waren sauber, die Dusche hatte einen erfreulich starken Strahl, und die betagte Metzgersgattin stellte ihm jeden Morgen eine Thermoskanne mit frischem Kaffee sowie drei üppig belegte Semmeln vor die Zimmertür.

Angesichts dieser aufopferungsvollen Bemühungen seiner Gastgeberin hegte Madsen den leisen Verdacht, dass es in der Familie eventuell noch eine unbemannte Tochter im heiratsfähigen Alter gab, wenngleich er außer seiner Vermieterin und deren stelzenbeinigem Gatten, der wie ein prähistorischer Vogel durch die weiß gekachelte Metzgerei zu stolzieren pflegte, bis dato noch kein anderes Familienmitglied gesichtet hatte.

Nachdem er einen Schluck Kaffee getrunken und herzhaft in die Semmel gebissen hatte, griff er nach seinem kleinen schwarzen Notizbuch.

Er trug das aktuelle Datum ein und vermerkte »leckere Sülze zum Frühstück« in seiner persönlichen Das-war-heute-gut-Liste.

Dabei lächelte er zufrieden, denn das konnte doch mit Fug und Recht als verheißungsvoller Tagesstart bezeichnet werden – noch keine neun Uhr und bereits der erste Eintrag im Notizbuch. Dr. Schwerdtner würde stolz auf ihn sein.

Überhaupt ließ sich sein Aufenthalt in Bayern sehr gut an. Auch wenn es für ein erstes Resümee sicherlich noch zu früh war, gefiel ihm nahezu alles, was er bislang erlebt und gesehen hatte.

Landschaftlich war die Gegend ein echter Traum.

Dazu ein Kollege, der zwar ein wenig konservativ wirkte, aber durchaus unterhaltsam zu sein schien, ein Fall, der ihn intellektuell forderte, und eine Frau, die … ja, was empfand er eigentlich für Lissy Berghammer?

Auf jeden Fall Sympathie – so viel konnte er nach dem vorangegangenen Abend bereits sagen.

Ungeachtet der völlig unpassenden Uhrzeit hatte ihn die attraktive Maklerin auf seinen ausdrücklichen Wunsch hin dann doch erfolgreich im Zuzeln von Weißwürsten unterwiesen, ihm den gravierenden Unterschied zwischen Semmel- und Germknödeln erklärt und ihm die Zutaten eines traditionellen Obatzten erläutert. Zu guter Letzt hatte sie ihn noch unterschiedliche, aus heimischen Gewässern stammende Fischsorten erraten und anschließend auch kosten lassen.

Dem gleichzeitigen Konsum diverser bayrischer Biersorten war es zu verdanken, dass sowohl er als auch seine Begleiterin nicht nur überdurchschnittlich gesättigt, sondern auch ebenso überdurchschnittlich alkoholisiert waren, als sie am späten Abend die Gaststätte verlassen hatten und mit getrennten Taxen nach Hause gefahren waren.

Madsen griff nach ihrer Visitenkarte.

Vielleicht sollte er sie anrufen, um sich zu erkundigen, wie es ihr ging? Und ihr einen schönen Tag zu wünschen?

Oder wäre das zu einem so frühen Zeitpunkt aufdringlich?

Schließlich waren sie nur einmal zusammen essen gewesen. Und das auch nur nach einer zufälligen Begegnung.

Er legte die Karte wieder weg.

Besser nichts überstürzen.

Und den Dingen, wie Dr. Schwerdtner ihm geraten hatte, einfach mal ihren Lauf lassen.

Madsen seufzte.

Geduld war nun wahrlich nicht seine Stärke, aber da er zum Wohle seines Seelenheils fest gewillt war, seine Verhaltensmuster tatsächlich einmal grundsätzlich in Frage zu stellen und gegebenenfalls auch zu verändern, entschloss er sich, vorerst nicht bei Lissy Berghammer anzurufen.

Vielleicht später.

Oder am Abend.

Wer wusste, was der Tag noch bringen mochte?

Und außerdem hatte er ja weiß Gott andere Dinge zu tun, als amouröse Bekanntschaften zu pflegen – immerhin lag just in diesem Augenblick in der Kühlschublade der Rechtsmedizin ein halb gefrorener Bauarbeiter, dessen Mörder frei herumlief.

Und genau das gedachte Madsen nun schnellstmöglich zu ändern.

»Polizei Starnberg, Kommissar von Werdenfels. Was kann ich für Sie tun?«

»Guten Morgen, Herr Kommissar. Madsen hier. Und ich wüsste eine ganze Menge, was Sie für mich tun könnten.«

Die Stimme des jungen Polizisten klang etwas enttäuscht.

»Kommen Sie denn nicht ins Revier? Ich dachte, wir gehen gemeinsam noch mal die Aussagen aller Beteiligten durch.«

»Natürlich tun wir das. Allerdings später. Vorher möchte ich, dass Sie die Personen, mit denen wir bis jetzt gesprochen haben, einmal durch den Computer jagen. Vielleicht kommt dabei das eine oder andere interessante Detail zutage. Aber das ist noch nicht alles.«

Madsen legte eine kurze Pause ein, weil er registrierte, dass von Werdenfels hastig mitzuschreiben schien.

»Ich möchte, dass Sie einen oder zwei Kollegen mit dem Schlüssel losschicken, den wir in Wocz' Spind gefunden haben. Die sollen jede Bank, jede Postfiliale und jeden Bahnhof rund um Starnberg abklappern. Und dazu jede andere Örtlichkeit, in der man sonst noch Schließfächer, Postfächer oder Safes findet. Zu irgendeinem Schloss muss dieser verdammte Schlüssel doch passen – und ich bin mir sicher, dass dieses Schloss hier irgendwo in der direkten Umgebung ist. Niemand würde einen Schlüssel für ein polnisches Schließfach mit ins Ausland nehmen.«

»Soll ich mich nicht lieber persönlich um diese Angelegenheit kümmern?«, erkundigte sich von Werdenfels dienstbeflissen.

»Ich glaube, das ist nicht nötig. Außerdem zeichnet sich gute Ermittlungsarbeit auch durch intelligentes Delegieren aus. Kümmern Sie sich um die Recherche und lassen Sie die Kollegen bei den Banken hausieren gehen.«

»Okay. Und was machen Sie?«, fragte von Werdenfels und schluckte hörbar, als ihm die Missverständlichkeit seiner Frage auffiel. »Ich meine, nicht, dass ich denke, dass Sie nichts tun! Ich wollte sagen … also, ich meinte …«

»Ganz ruhig, Herr Kommissar, alles gut.« Madsen lächelte amüsiert. »Ich hole jetzt erst mal mein Moped in Leutstetten ab. Dann fahre ich nach München in diesen Boxclub, in dem Wocz und Lubanski trainiert haben. Vielleicht erfahre ich da ja etwas über die Herkunft der Verletzungen bei Wocz. Ach, seien Sie doch bitte noch so freundlich und mailen Sie mir Fotos von Wocz, Lubanski und Lato an meine private Mailadresse. Dann muss ich nicht immer mit diesem verknickten Ausdruck rumwedeln und habe alle Bilder komplett auf dem Handy. Wir sehen uns am späten Vormittag in der Inspektion. Und sollte zwischendurch irgendetwas sein: einfach anrufen. Oder auf die Mailbox sprechen, falls ich gerade auf dem Motorrad unterwegs bin.«

»Sie wissen aber schon, dass Ihnen ein Dienstwagen zur Verfügung steht, oder?«, bemerkte von Werdenfels. »Ich meine ja nur, falls es regnen sollte.«

»Ja, aber ich bin ja nicht aus Zucker«, erwiderte Madsen.

»Auch wenn ich immer wieder höre, dass ich unglaublich süß bin.«

★★★

Er hatte einen echten Lauf.

Zuerst hatte niemand bemerkt, dass er den kompletten Garten durchquert und den Wohncontainer betreten hatte. Und dann war der Spind von Wocz auch noch unversiegelt – und das, obwohl die Spurensicherung der Kriminalpolizei diesen am vorangegangenen Tag gründlich untersucht hatte.

Allerdings hegte er bei realistischer Betrachtung keine große Hoffnung, dass sich das, was er suchte, im Spind befand.

Wenn dem so gewesen wäre, dann hätte die Spurensicherung es sicherlich entdeckt. Oder der Kriminalrat mit seinem jungen Kollegen.

Er schüttelte den Kopf.

Aus diesen beiden so unterschiedlichen Ermittlern wurde er einfach nicht schlau. Der eine dienstbeflissen bis unter die Haarspitzen, der andere so lässig, dass er eher an einen Biker aus »Easy Rider« erinnerte als an einen Polizisten. Trotzdem verfügte er über einen extrem wachen Blick und strahlte eine solche Souveränität aus, dass es vermutlich schwer sein dürfte, ihn zu täuschen.

Aber vielleicht war das ja auch gar nicht notwendig.

Nämlich dann, wenn er endlich dieses verdammte Päckchen finden würde.

Nachdem er Wocz' Spind von oben bis unten gründlich, aber erfolglos durchsucht hatte, blickte er sich in dem restlichen Container um.

Die spartanische Einrichtung bot wenige Versteckmöglichkeiten. Er warf einen prüfenden Blick hinter das Gehäuse des Flachbildschirms, tastete die Unterseiten von Tisch und Stühlen ab, robbte die Fußleisten auf der Suche nach Hohlräumen entlang und öffnete sogar die Abflüsse von Waschbecken und

Dusche. Doch auch dort war außer einem Büschel Haare nichts zu entdecken.

Frustriert gedachte er bereits, den Container zu verlassen, als sein Blick auf die Toilette fiel.

Der Spülkasten.

Ein Klassiker.

Und bei entsprechender Verpackung das ideale Versteck.

Er krempelte die Ärmel hoch, beugte sich weit in den Kasten hinein und tastete unter Wasser den Grund des Behältnisses ab.

Er hatte das gute Gefühl, dort fündig zu werden.

Bis sich plötzlich eine schwere Hand auf seine Schulter legte.

★★★

Die Location erinnerte an legendäre Trainingsstätten wie das Gleason's Gym in Brooklyn oder das Kronk Gym in Detroit.

Die Wände bestanden aus unverputztem Beton und waren mit Boxerporträts, vergilbten Veranstaltungsplakaten sowie der fotografischen Dokumentation wahr gewordener Meisterschaftsträume tapeziert. Von der Decke hingen zahllose, mit Tape geflickte Sandsäcke – lang und schmal für die geraden Schlagserien, kurz und bauchig für die Simulation von Körperschlägen und Aufwärtshaken. Die komplette Stirnseite des Kellergeschosses war mit einem großen, durchgehenden Spiegel versehen, in dem die trainierenden Boxer ihre Bewegungsabläufe beobachten und optimieren konnten, und eine Unmenge von Hantelscheiben und -stangen in einem Mauervorsprung sorgte dafür, dass die Wettkämpfer neben ihren technischen Fähigkeiten auch über eine entsprechende Muskulatur verfügten, die für das Einstecken von Schlägen unerlässlich war. Aus gigantischen Boxen wummerten die rhythmischen Bässe eines Eminem-Songs durch den Raum, und in der Luft lag das boxtypische Geruchspotpourri aus Blut, Schweiß und Tränen.

Wobei Zweiteres in diesem Fall eindeutig dominierte.

Kriminalrat Madsen tippte einem muskulösen Südeuropäer, der schattenboxend um einen passiven Gegner herumtänzelte, auf die Schulter und erkundigte sich nach dem Besitzer des Gyms. Der junge Mann, dessen Nase eine frappierende Ähnlichkeit mit einem Meteoriteneinschlag besaß, deutete mit seinem Handschuh auf den Boxring in der Mitte des Raums und nuschelte etwas, was sich wie »fick fick« anhörte. Als er Madsens verständnislosen Blick bemerkte, spuckte er seinen Zahnschutz in den Handschuh und sagte: »Quick Nick! Dort oben, der Mann mit den Pratzen! Das ist der Chef von dem Laden hier.«

»Quick Nick?«, wiederholte der Kriminalrat verständnislos.

Sein Gegenüber lachte, wodurch eine erschreckende Zahnlosigkeit im Unterkiefer sichtbar wurde.

»Ja, Quick Nick! Das ist sein Kampfname – und hättest du jemals mit ihm im Ring gestanden, dann wüsstest du, warum er so heißt!«

Mit diesen Worten schob er sich den Zahnschutz wieder in den Mund und setzte die Scheinangriffe auf seinen Partner fort.

Madsens Anwesenheit schien er dabei nach zwei Schlägen bereits wieder vergessen zu haben.

Der Inhaber des Gyms war etwa vierzig Jahre alt, einen Kopf kleiner als Madsen und für einen Boxer relativ zartgliedrig.

Dass das seinen kämpferischen Fähigkeiten jedoch keineswegs abträglich war, wurde deutlich, als Madsen seine Bewegungen beobachtete.

Geschmeidig pendelte er mit dem flächendeckend tätowierten Oberkörper hin und her, wich den Schlägen, die einer seiner Schüler in Richtung seines Kopfs auszuteilen versuchte, geschickt aus und konterte mit der Geschwindigkeit einer Kobra zu Kinn und Körper seines Kontrahenten. Die Schläge waren nur angedeutet, da er keine Handschuhe, sondern Pratzen trug. Dennoch zuckte der bedauernswerte Boxschüler bei jedem Treffer erschrocken zusammen.

»Immer in Bewegung bleiben, passiv wie aktiv!«, dozierte der Trainer und tänzelte leichtfüßig durchs Seilgeviert. »Härte beim Schlag kommt durch Schnelligkeit, nicht durch Kraft.

Rein – und sofort wieder raus! Und bevor der Gegner euren Schlag gesehen hat – zack! –, steht ihr schon wieder sicher in der Doppeldeckung!«

Ein lautes Hupsignal signalisierte das Rundenende.

»Also los – kurze Pause, dann drei Minuten leichtes Sparring für alle Fortgeschrittenen. Zwei Paare in den großen Ring, eins in den kleinen. Der Rest verteilt sich in der Halle. Keine Kraft, keine Gewalt. Ich will schnelle Hände und pendelnde Oberkörper sehen. Wenn anschließend einer blutet, machen beide hundert Liegestütze!«

Er klatschte die Pratzen zusammen, stieg aus dem Ring und begrüßte Madsen mit einem offenen Lächeln, das eine beachtliche Menge Edelmetall zutage förderte.

»Hi, ich bin Nick. Was kann ich für dich tun?«

Madsen stellte sich vor, zog sein Handy aus der Tasche und zeigte dem Clubbetreiber das Foto von Wocz.

»Kennst du diesen Mann?«

Nick warf einen Blick auf das Display und nickte.

»Das ist Stani. Ein Pole. Der trainiert hier regelmäßig, wenn er in Deutschland auf Montage ist. Ein verdammt guter Kämpfer. Ich hätte ihn gerne in meinem Wettkampfteam, aber er will leider nicht. Er hat zwar ein paar altersbedingte körperliche Probleme, aber meine jungen Leute könnten trotzdem noch viel von ihm lernen.«

Die Hupe ertönte abermals, worauf Nick seine Ausführungen unterbrach und sich lautstark an den Boxer wandte, der Madsen den Weg zum Ring gewiesen hatte.

»So, Paolo, jetzt gib mal ein bisschen Gas mit dem Medizinball. Verdammt noch mal, ihr macht hier keine Seniorengymnastik, ihr Pfeifen! Ihr sollt eure Schlagkraft trainieren. Also hopp, explosiv drehen, stoßen und zurückfedern. Schieß Carlo mit dem Ball durch die Wand. Auf geht's!« Er drehte sich wieder zu Madsen. »Sorry, die Jungs darf man keinen Augenblick aus den Augen lassen. Da zieht sofort der Schlendrian ein. So was würde Stani übrigens nicht passieren – der arbeitet auch für sich alleine, als ob es kein Morgen gäbe. Allerdings hat er auch irgendwas von einer Kampfvorbereitung erzählt, vielleicht ist er deshalb so ehrgeizig.«

Madsen horchte auf.

»Eine Kampfvorbereitung? Hat er vielleicht auch gesagt, um was für einen Kampf es sich dabei handelte? War er vielleicht noch in einem anderen Club aktiv?«

Der Trainer strich sich mit der Hand über die kurzen grauen Haare, wodurch der Eindruck entstand, als würde sich die Schlange, die rund um den kompletten Arm tätowiert war, um den Kopf des Mannes schlängeln.

»Nein, das glaube ich nicht. Er hat irgendwas von einem ›Spezialkampf‹ gesagt, aber wie man sieht, bleibt hier während des Trainings nicht viel Zeit zum Plaudern. Unsere Stunden sind komplett ausgebucht, deshalb wird hier wirklich nur gearbeitet, und das sehr effizient. Aber warum fragst du? – Achtung!«

Madsen riss den Kopf zur Seite und bemerkte aus den Augenwinkeln einen heranfliegenden Medizinball.

Paolo hatte die Anweisungen seines Trainers gehorsam befolgt und die fünf Kilogramm schwere Lederkugel mit voller Kraft gestoßen – allerdings deutlich an seinem Übungspartner vorbei. Nun kam sie einem Geschoss gleich auf den Kopf von Madsen zugeflogen und hätte dessen Gehirn zweifelsohne nachhaltig erschüttert, wenn der nicht blitzschnell abgetaucht und mit einer leichten Seitwärtsbewegung aus der Flugbahn des Balls getreten wäre.

So prallte die Kugel mit lautem Geschepper in eine Gruppe von Spinningrädern, die nacheinander umkippten wie eine Reihe von Dominosteinen.

Der Inhaber des Clubs sah Madsen perplex an.

»Ja, leck mich am Arsch! Wie zum Teufel hast du den denn kommen sehen? Du hast ja noch bessere Reflexe als ich!« Er fuhr sich mit der Hand abermals durch die Haare. »Jetzt aber mal raus mit der Sprache: Du bist doch Kampfsportler, oder?«

Madsen lächelte und nickte sowohl dem jungen Boxer, der sich kreidebleich bei ihm entschuldigte, als auch dem Inhaber zu.

»Stimmt! Ich habe bis vor einiger Zeit in Hamburg selbst geboxt. Aber nur freizeitmäßig, ein bisschen Sparring und so. Die schweren Jungs aus der ›Ritze‹ haben mich freundlicherweise geschont – was zweifelsohne an meinem Job lag. Wer haut schon gerne einem Polizisten auf die Fresse, der vielleicht am nächsten Tag ein Verhör mit dir führt?«

»Du hast in der weltbekannten ›Ritze‹ am Kiez geboxt? Mann, das ist ja kultig!« Begeistert schlug Nick Madsen auf die Schulter. »Wie wär's? Hättest du keine Lust, hier zu trainieren? Ein bisschen Sparring mit meinen Jungs? Das hättest du doch locker drauf!«

Madsen zuckte zusammen.

Erinnerung und Schuldgefühle trafen ihn mit der Wucht eines Vorschlaghammers.

Ihm wurde schlagartig schwindelig.

Hörte diese verdammte Qual denn niemals auf?

Er wischte sich den plötzlich ausbrechenden Schweiß von der Stirn.

»Später vielleicht«, antwortete er dabei ausweichend. »Aber vorher habe ich noch einen dringenden Fall aufzuklären. Können wir uns vielleicht ein paar Minuten ungestört unterhalten?«

Quick Nick, der den Stimmungswechsel seines Gegenübers irritiert verfolgt hatte, übergab das Training einem seiner älteren Schüler und führte Madsen in einen kleinen, mit einer Glasscheibe abgetrennten Bereich.

Unzählige Papiere lagen wild auf Tisch und Boden verteilt, was darauf schließen ließ, dass das Kabuff als Büro diente. Pendeln und Ausweichen mochten zu Nicks Stärken gehören – bürokratische Ordnung hingegen offensichtlich weniger.

»Also, um es kurz zu machen«, erklärte der Kriminalrat, schob einen Stapel Flyer, auf denen Maria mit Boxhandschuhen und dem Slogan ›Geben ist seliger denn Nehmen‹ abgebildet war, zur Seite und setzte sich auf den Tisch, »Stanislav Wocz ist tot. Wir haben seine Leiche am Ufer des Starnberger Sees gefunden – und zwar ziemlich entstellt. Er muss kurz vor seinem Tod eine gehörige Tracht Prügel bezogen haben. Deshalb würde ich gerne wissen, ob er in den letzten Tage hier war und ob es sein kann, dass er hier auch seine Verletzungen erlitten hat. Vielleicht im Sparring? Oder bei einem Trainingskampf?«

Der Trainer schüttelte wie betäubt den Kopf, die Betroffenheit war ihm deutlich anzumerken.

»Stani hat zwar bis vor zwei oder drei Tagen hier trainiert, aber so zugerichtet wird keiner meiner Trainierenden. Dafür lege ich meine Hand ins Feuer! Gewalt hat im Boxwerk nichts verloren – unser Motto lautet: ›*Give respect to get respect*‹. Wenn hier einer dermaßen prügeln würde, dass sein Gegner ernsthafte Verletzungen davonträgt, wäre der schneller draußen, als er einen Jab schlagen kann!«

Madsen hakte nach.

»Um noch mal auf diesen Spezialkampf zurückzukommen, von dem Wocz erzählt hat: Hast du irgendeine Ahnung, was er damit gemeint haben könnte?«

Abermals verneinte Nick.

»Spezialkämpfe nennt eigentlich niemand, den ich kenne, seine Kampfveranstaltungen. Vielleicht war es ja ein MMA-Kampf, also Mixed Martial Arts. Eine Art Käfigkampf. Aber bei aller Bescheidenheit: Da unsere Kämpfer da auch hin und wieder teilnehmen, bin ich mir ziemlich sicher, dass ich davon gewusst hätte. Und außerdem findet momentan im ganzen Münchner Umland keine MMA-Kampfveranstaltung statt. Der nächste Kampfabend ist erst wieder in ein paar Wochen, und dabei handelt es sich um eine Kickbox-Weltmeisterschaft. Das kann er als klassischer Boxer nicht gemeint haben. Sorry, wenn ich da nicht weiterhelfen kann. Und leider müsste ich jetzt auch wieder raus ins Training – die Jungs zahlen ihre Kohle ja nicht dafür, dass ein anderer Schüler sie trainiert. Die wollen Chefarzt-Behandlung.«

Er zwinkerte Madsen freundlich zu, woraufhin dieser sich erhob.

»Kein Problem, es ist ohnehin alles gesagt. Außer einer Sache noch …« Er holte noch einmal sein Handy aus der Tasche und zeigte Nick die Fotos von Lubanski und Lato. »Das sind Kollegen von Wocz. Waren die auch hier zum Training?«

Der Clubbesitzer deutete ohne zu zögern auf Lubanski. »Der hier schon. Ein netter Kerl! Stark wie ein Bär und total sympathisch. Allerdings boxerisch nicht ganz so gut wie Wocz. Wenn du mich fragst: Ihm fehlt der Killerinstinkt. Dieses kleine bisschen Brutalität, das im Wettkampf aus einem guten Boxer einen sehr guten macht. Den anderen …«, er zeigte auf Lato, »… habe ich noch nie gesehen. Der hat mit Sicherheit noch nie hier trainiert.«

Der Kriminalrat bedankte sich und verließ die Halle Richtung Treppenhaus.

Als er an Paolo vorbeikam, der inzwischen mit einem schweren Vorschlaghammer auf einen Lkw-Reifen einschlug, deutete er spaßeshalber einen Schlag auf dessen Solarplexus an.

Der Südeuropäer zuckte zusammen, obwohl Madsens Faust ihn überhaupt nicht berührt hatte.

Der Kriminalrat wusste Bescheid.

Paolo mochte ein guter Boxer sein.

Ein sehr guter allerdings nicht.

★★★

»Herr Schiller?« Jakub Lubanski starrte den Eindringling an wie ein Dreijähriger ein chromblitzendes Feuerwehrauto. »Was zum Teufel machen Sie denn in unserer Toilettenspülung?«

Der Fotograf, der sich so erschrocken hatte, dass er ausgerutscht und mit dem kompletten Arm in das Wasser des Spülkastens gefallen war, schüttelte sich wie ein Hund.

»Lubanski! Ich hab Sie gar nicht kommen hören. Ich wollte nur … Also, ich bin hier wegen … Das heißt …«

Er rang nach einer Ausrede. Ein Millionär, der mit seinem Oberkörper in einem Toilettenspülkasten hing wie eine WC-Ente aus der Werbung, musste dem polnischen Bauarbeiter im höchsten Maße verdächtig vorkommen.

Und wenn Schiller momentan eines nicht brauchen konnte, dann dass sich Lubanski nun selbst auf die Suche nach etwas machen würde, von dem er zwar nicht wusste, um was es sich handelte, von dem er sich aber irgendeinen persönlichen Nutzen versprach.

»Äh, es gab ein paar Beschwerden, dass die Spülungen der Container nicht richtig funktionieren«, fabulierte Schiller und hätte sich gleichzeitig für seine wenig glaubhafte Lüge ohrfeigen können. »Da dachte ich mir, ich prüfe mal kurz, ob das hier auch der Fall ist.«

»Sie prüfen das persönlich? Nicht Augenthaler? Oder ein Klempner?«

Lubanski blickte ihn misstrauisch an, bevor er sich entschlossen an dem Fotografen vorbeidrängte und selbst einen Blick in den Spülkasten warf.

Bis auf das Wasser war er leer.

»Na ja, wissen Sie, Lubanski, als Bauherr ist es durchaus sinnvoll, auch über solche Details Bescheid zu wissen«, erklärte Schiller und strich sich mit nasser Hand über die Haare. »Aber hier scheint ja alles in Ordnung zu sein. Ich gehe jetzt mal wieder nach oben – um den Rest sollen sich dann später die Klempner kümmern.«

Mit diesen Worten eilte der Fotograf aus dem Container.

»Irgendwas stinkt hier ganz gewaltig!«, murmelte Lubanski nachdenklich, während er ihm hinterherstarrte. »Und das ist mit Sicherheit nicht die Toilettenspülung!«

# FÜNF

Irgendwo auf dieser Welt musste es ein geheimes, innenarchitektonisches Gesetz geben, das die Einrichtung von Aufenthaltsräumen in Polizeistationen verbindlich vorgab.

Anders konnte Kommissar Maximilian von Werdenfels es sich nicht erklären, warum alle entsprechenden Räumlichkeiten, die er im Laufe seiner Polizeikarriere jemals kennengelernt hatte, dermaßen bieder, spießig und hässlich eingerichtet waren. Auch wenn man den Starnberger Aufenthaltsraum betrat, fühlte man sich mit einem Schlag in die sechziger Jahre zurückversetzt. Dunkelbraune Resopaltische, abgelaufenes Linoleum, unverkleidete Neonröhren sowie die unverzichtbaren Vitrinen mit all den kitschigen Pokalen und Plaketten, für deren Verleihung nicht viel mehr Leistung erforderlich war, als halbwegs pünktlich an der Sportstätte erschienen zu sein.

In der Luft hing der penetrante Geruch abgestandener Biere, und weil sich bisher noch niemand genötigt gefühlt hatte, die Vorhänge zu öffnen, lag der Raum in einem düsteren Halbdunkel.

»Pfui Teufel!«, fluchte von Werdenfels und riss die Fenster auf. »Das stinkt ja wie im Puff! Hier waren doch heute Morgen bestimmt schon zehn Leute drin – ist es denn zu viel verlangt, dass der Erste, der hier reinkommt, mal kurz lüftet?«

Er blickte vorwurfsvoll zu seinen vier Kollegen, die mit ihm den Raum betreten hatten und sich sofort auf den stoffbezogenen Eckbänken niederließen, um ihre Brotzeit zu konsumieren.

»Nein, Mama!«, antwortete ein älterer Beamter mit vier Sternen auf der Schulter, wenig Haarwuchs auf dem Kopf und dafür umso mehr über der Oberlippe. »Sollen wir vielleicht auch noch die Betten machen und mal kurz durchsaugen?«

Die anderen drei lachten.

»Sehr witzig, Schmidthuber!«, entgegnete von Werdenfels. »Du bist ja ein echter Komiker. Vielleicht solltest du dich mal bei SAT 1 bewerben – die suchen doch ständig neue Comedians!«

»Vorsicht!«, antwortete Schmidthuber und drohte von Werdenfels mit erhobenem Zeigefinger, während er gleichzeitig so herzhaft in eine Leberkässemmel biss, dass sich der süße Senf flächendeckend auf der Kinnpartie verteilte. »Du glaubst wohl, du hast jetzt plötzlich Oberwasser, weil du mit dem Neuen so gut kannst. Aber wenn ich dir einen Rat geben darf, Kollege: Übertreib's nicht! Und verlass dich besser mal nicht zu sehr auf deinen neuen Mentor. Ich wette, der Kerl ist ganz schnell wieder weg vom Fenster. So wie der rumläuft, wie er redet – und dazu dieses alberne Getue mit seinem Moped. Sind wir Polizisten, oder spielen wir hier ›Sons of Anarchy‹?«

Seine drei Claqueure lachten, was Schmidthuber zunehmend zu motivieren schien.

»Und überhaupt: Hat er sich eigentlich hier bei uns schon mal richtig vorgestellt? Nein, hat er nicht! Und der Herr aus Hamburg scheint ja auch zu fein zu sein, seinen neuen Kollegen mal einen auszugeben. Üblicherweise feiert man erst mal einen Einstand, bevor man als Chef gleich eine dicke Lippe riskiert.«

»Ach, daher weht der Wind!« Von Werdenfels lachte abfällig. »Du hast Angst, dass dir dein Bier ausgeht. Mach dir mal keine Sorgen: Kriminalrat Madsen wird garantiert noch die eine oder andere Runde schmeißen, wenn er hier richtig angekommen ist. Und ich bin mir sicher, dass du bis dahin nicht verdursten wirst. Oder ist der Alkoholvorrat in deinem Schreibtisch etwa zur Neige gegangen?«

Schmidthuber errötete, legte seine Semmel beiseite und baute sich bedrohlich vor seinem Kollegen auf. Von Werdenfels glaubte, zwischen Fleisch- und Senfgeruch auch eine zarte Note Mariacron zu erkennen.

»Jetzt pass mal gut auf, Jüngelchen!« Der Schnurrbartträger stieß ihm den Zeigefinger so fest gegen das Brustbein, dass von Werdenfels fast das Gleichgewicht verloren hätte. »Es gibt ein paar interne Regeln, an die du dich halten solltest, wenn du hier nicht eine äußerst ungemütliche Zeit erleben willst. Als Erstes ...«

»... lassen Sie den Kollegen los!«, ertönte eine Stimme, die so kalt und entschlossen klang, dass der Sprecher problemlos Bruce Willis oder Jason Statham hätte synchronisieren können. Die anwesenden Beamten fuhren herum. Kriminalrat Madsen stand breitbeinig im Türrahmen. Im Gegenlicht war lediglich seine Silhouette erkennbar, doch seine Körperhaltung unterstrich unmissverständlich seine physische Präsenz.

»Zweitens …«, setzte er die Aufzählung Schmidthubers fort, der bei Madsens Worten zusammenzuckte, als bekäme er Peitschenhiebe, »… möchte ich nie wieder sehen, dass ein Kollege die Hand gegen einen anderen erhebt! Nie wieder, verstanden?« Der neue Inspektionsleiter trat zwischen von Werdenfels und die anderen Beamten, die daraufhin respektvoll zurückwichen.

»Wir haben einen Beruf, bei dem wir von allen Seiten auf die Fresse kriegen. Verbrecher, Presse, Politik – immer sind wir die Bösen. Aus diesem Grund müssen wir zusammenhalten wie Pech und Schwefel. Ich bin allerdings nicht naiv …« Madsen blickte Schmidthuber in die Augen, woraufhin dieser schuldbewusst den Blick senkte. »Mir ist klar, dass das hier eine berufliche Zweckgemeinschaft ist und wir nicht beste Freunde sein müssen. Aber ich erwarte von meinen Leuten, dass sie sich gegenseitig respektieren und unterstützen. Ich habe für so ziemlich alles ein gewisses Verständnis, aber wenn einer meiner Männer das Team hängen lässt, dann werdet ihr mich von einer anderen Seite kennenlernen. Ist das angekommen?«

Zustimmendes Gemurmel ertönte.

»Okay, dann wäre das ja geklärt. Ich schlage vor, diese kleine Begebenheit eben hat nie stattgefunden. Ich lösche das, was ich gerade gehört und gesehen habe, aus meinem Gedächtnis, und die Sache ist damit ein für alle Mal vom Tisch. Gehe ich recht in der Annahme, dass das in Ihrem Sinne ist?«

Abermals bekundeten die Beamten murmelnd ihr Einverständnis, packten hastig Stullen und Kaffeebecher ein und verließen den Aufenthaltsraum.

»Sie bleiben hier, Kommissar!« Von Werdenfels fuhr erschrocken zusammen, als Madsen ihn zurückbeorderte. »Keine Sorge, alles in Ordnung. Erstens brauche ich jemanden, der mir die Bedienung dieses antiquarischen Getränkeautomaten erklärt, und zweitens wollte ich mich erkundigen, was die Recherchen im Fall Wocz ergeben haben.«

Von Werdenfels seufzte erleichtert auf. Offensichtlich beabsichtigte der neue Vorgesetzte tatsächlich nicht, seine kleine Auseinandersetzung mit den Kollegen weiter zu thematisieren, wofür er ihm ausgesprochen dankbar war.

Gleichzeitig ärgerte er sich maßlos darüber, dass es Polizeihauptmeister Schmidthuber und seiner Entourage wieder einmal gelungen war, ihn zu provozieren. Dass er mit diesen ebenso erfahrenen wie desillusionierten Kollegen auch nach längerer Zusammenarbeit nicht warm wurde, war eine Sache. Dass er aber immer wieder mit ihnen aneinandergeriet, war eine ganz andere.

Jedes Mal nahm er sich fest vor, ihre Sticheleien und Provokationen zukünftig zu ignorieren, aber Schmidthuber hatte – wenn auch sonst relativ talentfrei – ein echtes Händchen dafür, ihn mit ein paar gezielten Formulierungen immer wieder aus der Reserve zu locken.

Bis jetzt war es dabei stets bei verbalem Geplänkel geblieben, aber es war zu befürchten, dass einem der Beteiligten in naher Zukunft einmal die Hand ausrutschen würde.

Und das könnte – unabhängig von Madsens soeben geäußerter Warnung – durchaus ernste Konsequenzen nach sich ziehen.

Und zwar körperlich wie beruflich.

»Hallo? Von Werdenfels! Sind Sie noch im Hier und Jetzt?«

Der Kommissar schreckte auf.

Sein Vorgesetzter stand achselzuckend vor dem Getränkeautomaten und hatte ihn offensichtlich die ganze Zeit auffordernd angeschaut.

»Wie? Ach so! Der Automat. Ja, sicher.« Von Werdenfels trat an den großen roten Kasten. »Das ist ein echtes Schmuckstück, oder? Ein original Cola-Automat aus den fünfziger Jahren. Und immer noch voll funktionsfähig. Zumindest, wenn man weiß, was man machen muss.«

Er zwinkerte Madsen verschwörerisch zu, holte kurz Luft und rammte dann plötzlich seine Hüfte gegen das Gehäuse. Gleichzeitig ratschte er die Münzführung einmal kraftvoll mit der Hand hin und her.

Der Automat gab ein zischendes Geräusch von sich, vibrierte kurz, und keine Sekunde später polterte eine klassisch geformte 0,2-Liter-Flasche Cola in die silberfarbene Auffangwanne. Von Werdenfels öffnete sie an einem gusseisernen Flaschenöffner, der an der Front des Automaten angebracht war, und überreichte sie seinem Vorgesetzten, als handelte es sich dabei um eine Flasche Moët & Chandon.

Der Kriminalrat hatte das Prozedere interessiert betrachtet.

»Habe ich das gerade richtig gesehen, dass Sie nichts für die Flasche bezahlt haben?«

Der Kommissar lachte.

»Ja, und das aus gutem Grund. Oder haben Sie zufällig ein Fünfzig-Pfennig-Stück zur Hand? Das antike Ding nimmt nämlich keine Cent-Münzen.«

Madsen begutachtete den Münzeinwurf aus der Nähe.

In der Tat war laut Beschriftung der Einwurf von fünf Groschen oder einer Fünfzig-Pfennig-Münze erforderlich.

»Wir lassen die Kiste einmal die Woche vom Getränkeservice auffüllen, dafür zahlt jeder im Team einen Zehner im Monat. Allerdings passen nur die kleinen Cola-Flaschen rein, wenn Sie also lieber Wasser oder was anderes trinken, müssten Sie wohl oder übel auf den normalen Kühlschrank oben in der Kaffeeküche ausweichen.«

»Nein, Cola ist perfekt«, antwortete Madsen und nahm einen großen Schluck. »Mhm, köstlich! Es geht doch nichts über diese eisgekühlten Miniflaschen. Aber bevor das hier jetzt zu einer Cola-Verkostung wird: Wie sieht's denn mit Ihrer Recherche zu Schiller, Augenthaler und den polnischen Bauarbeitern aus? Haben Sie was rausfinden können, Sie Computergott?«

»Selbstverständlich!«, antwortete von Werdenfels und ließ sich auf einer der Eckbänke nieder, während Madsen sich verkehrt herum auf einen Stuhl setzte und sein Kinn auf der Rückenlehne ablegte. »Am besten, wir fangen mit Johnny Schiller an. Der gute Mann heißt offiziell Johannes Lukas Schiller, aber seit Beginn seiner Fotografenlaufbahn nennt er sich Johnny. Und dieser Johnny ist – zumindest, was unsere polizeilichen Unterlagen angeht – clean«, erklärte von Werdenfels. »Keine Vorstrafen, keine Auffälligkeiten, nicht mal Strafzettel wegen Falschparkens, was hier in Starnberg eigentlich schon fast wieder verdächtig ist. Ich habe spaßeshalber auch mal bei den Kollegen des Rauschgiftdezernats nachgefragt – Sie wissen schon: Kreative, Koks und so weiter. Aber auch dort ist der Name Schiller völlig unbekannt.«

»Gute Idee«, lobte Madsen. »Auch wenn der deutsche Fotografenverband Ihnen vermutlich die Pest an den Hals wünschen würde, wenn er wüsste, welche Klischeevorstellungen Sie bezüglich seines Berufsbildes haben.«

»Aber er erfährt es ja nicht«, entgegnete von Werdenfels völlig ungerührt. »Und falls doch, weiß ich ja jetzt auch, von wem.«

Madsen grinste.

»Machen wir weiter mit Jakub Lubanski, dem blonden Hünen«, fuhr von Werdenfels fort. »Der Mann ist ebenfalls ohne polizeiliche Einträge – weder hier noch in Polen hat er sich etwas zuschulden kommen lassen. Allerdings habe ich im Web zahlreiche Berichte über seine Boxkämpfe gefunden. Auch wenn er ganz bescheiden behauptet, Wocz sei der bessere Kämpfer gewesen – Lubanski kann als Amateur ebenfalls auf eine beachtliche Reihe von Erfolgen zurückschauen. Zumindest deute ich das aus den kryptischen Übersetzungen, die mir Google Translate liefert. Also, Schiller und Lubanski sind unsere zwei guten Jungs …«

Von Werdenfels legte eine kurze Pause ein.

»Kommen wir jetzt zu unseren zwei bösen Buben: Lato und Augenthaler. Ich hab's mir übrigens gleich gedacht, als ich die beiden gesehen habe: Stille Wasser sind in den Brunnen gefallen.«

Madsen blickte ihn fassungslos an.

»Um Gottes willen, von Werdenfels, wie kann man nur eine so wunderbare Sprache wie die deutsche so schänden? Warum zum Teufel soll denn stilles Wasser in einen Brunnen fallen? Die Redewendung heißt entweder ›Stille Wasser sind tief‹ oder aber

›Das Kind ist in den Brunnen gefallen‹. Alles andere ergibt doch gar keinen Sinn!«

Der Kommissar errötete verschämt.

»Ich weiß auch nicht, das rutscht mir immer so raus. Ich bilde mir ein, diese Sprichworte schon mal so gehört zu haben, aber wenn Sie sie dann auseinanderklamüsern, dann klingt das auf einmal alles viel logischer. Vielleicht sollte ich einfach den Mund halten …?«

Madsen schüttelte energisch den Kopf.

»Nein, nein, nein, das wäre viel zu schade. Erstens sind Ihre Rechercheergebnisse absolute Klasse, und zweitens wüsste ich doch sonst gar nicht, wie kreativ man unsere Muttersprache interpretieren kann.« Er zwinkerte seinem Kollegen zu und lehnte sich erwartungsvoll zurück. »Also los, machen Sie weiter mit Lato und Augenthaler. Die beiden finde ich in Bezug auf die Tat auch deutlich interessanter als Schiller und Lubanski. Lassen Sie mal hören, was die für Dreck am Stecken haben!«

Von Werdenfels nickte.

»Beginnen wir mit Milosz Lato. Der hat sich hier in Deutschland bis dato offensichtlich immer schön zurückgehalten. Aber in Polen ist er weiß Gott kein unbeschriebenes Blatt. Es war nicht ganz einfach, auf die Schnelle halbwegs brauchbare Übersetzungen der diversen juristischen Fachbegriffe im Web zu finden, aber von Diebstahl und Raub über Nötigung und Körperverletzung hat er das gesamte Kleinganoven-Portfolio in seiner Vita. Die polnischen Unterlagen sind bereits beim Übersetzer – wir sollten spätestens morgen Vormittag alle Infos vorliegen haben. Dieser Lato wäre also aufgrund seiner Vergangenheit und seines Charakters durchaus zu einer solchen Tat fähig. Vielleicht nicht zu einem kaltblütigen Mord, aber zumindest zu einem Totschlag im Affekt. Was wäre, wenn er Wocz zusammengeschlagen hat, ihn fälschlicherweise für tot hielt und seine vermeintliche Leiche dann im See entsorgt hat?«

»Zuzutrauen wäre es ihm«, bestätigte Madsen. »Immerhin war er auffällig unruhig, als wir bei ihm und Lubanski im Container waren. Und er hatte definitiv eine körperliche Auseinandersetzung – denken Sie an das Veilchen! Die Frage ist nur: Welches Motiv hatte er? Jemanden töten wegen eines Vorarbeiterpostens? Ich weiß nicht. Eine Prügelei vielleicht, ja, aber ein Mord? Andererseits sind Leute schon aus nichtigeren Gründen getötet worden. Ich hatte mal einen Fall in Eppendorf, da hat eine Frau ihren Mann erstickt, weil er vergessen hat, ihren Kaktus zu gießen.«

Von Werdenfels starrte ihn ungläubig an.

»Erstickt? Wegen eines Kaktus?«

Sein Vorgesetzter zuckte mit den Schultern.

»Wie gesagt: Gründe gibt es viele, und nicht immer müssen sie uns einleuchten. Lato belegt damit also auf unserer Verdächtigenliste einen Spitzenplatz. Aber jetzt bin ich gespannt, was Sie über unseren Großstadthunnen Augenthaler rausgefunden haben. Ich meine, außer dass er nicht meine Sprache spricht.«

Von Werdenfels grinste und blätterte in seinen Aufzeichnungen rasch zur entsprechenden Seite.

»Alois Augenthaler, dreiundfünfzig Jahre alt. Davon hat er sechs Jahre im Gefängnis gesessen. Keine Kapitalverbrechen, aber dafür eine schöne, repräsentative Auswahl an unterschiedlichsten Wirtschaftsvergehen. Preisabsprachen, Urkundenfälschung, Bestechung – der gute Mann weiß offensichtlich genau, wie man in seiner Branche Ziele erreicht.«

»Donnerwetter!« Madsen pfiff durch die Zähne. »Das ist ja in der Tat eine schöne Aufzählung. Kann es sein, dass er da mit insgesamt sechs Jahren Haft eigentlich noch ganz gut weggekommen ist?«

Von Werdenfels nickte und hob dann schnuppernd die Nase.

»Absolut richtig, Herr Kriminalrat. Aber sagen Sie mal: Haben Sie heute Morgen in Menthol gebadet? Sie riechen nach Pfefferminz, als hätten Sie eine komplette Packung Kaugummi im Mund!«

»Ich hatte nur ... also wegen des Geschmacks ...«

Von Werdenfels kniff grübelnd die Augen zusammen, dann sprang er auf.

»Ach, jetzt kapiere ich! Sie haben heimlich geraucht! Und

glauben, keiner merkt's, wenn Sie sich ein Kilo Pfefferminz in den Mund stopfen.« Er blickte seinen Vorgesetzten streng an. »Herr Kriminalrat, ich bin enttäuscht! Was ist mit Ihren hehren Vorsätzen? Von wegen: neuer Ort, neues Leben? Fällt es Ihnen denn tatsächlich so schwer, auf diese Glimmstängel zu verzichten?«

»Eigentlich bin ich ein ziemlich disziplinierter Mensch«, erwiderte Madsen. »Aber Sie haben recht: Mit dieser verdammten Raucherei aufzuhören, fällt mir echt schwer. Ich hatte mir extra keine neue Schachtel mehr gekauft, aber als ich heute Morgen aus dem Boxclub rausgekommen bin und in der Jacke noch eine Fluppe gefunden habe, da konnte ich einfach nicht widerstehen …«

Von Werdenfels schüttelte missbilligend den Kopf.

»Es steht mir nicht zu, Ihnen Vorhaltungen zu machen. Und wenn Sie sagen, ich solle mich um meine eigenen Sachen kümmern und den Mund halten, dann sage ich ab jetzt keinen Ton mehr. Aber wenn —«

»Nein, nein«, unterbrach Madsen. »Mir ist das sehr recht, wenn Sie ein Auge auf meine Disziplinlosigkeit haben. Vielleicht höre ich dann endlich mal auf, mich ständig selbst zu bescheißen.«

Er setzte sich kerzengerade auf den Stuhl und forderte von Werdenfels auf, mit dem Bericht fortzufahren.

Der sammelte sich kurz, blätterte in seinen Unterlagen und hob anschließend Zeigefinger und Stimme.

»Ah ja, jetzt kommen wir zu einem weiteren, sehr interessanten Fakt aus der Vita von Augenthaler, und zwar seinem Rechtsbeistand. Sagt Ihnen der Name Leo von Wallenbach etwas?«

»Ach, Kommissar, Sie wissen doch, dass ich gerade mal ein paar Tage in Starnberg bin. Wie soll ich da …« Doch dann stutzte er plötzlich. »Wie war der Name? Von Wallenbach? Hieß so nicht auch diese unsägliche Ische mit ihrem Doppel-Whopper-Sohn? Der, dem angeblich irgendjemand das Handy geklaut hat?«

Von Werdenfels kicherte.

»Ich habe zwar keine Ahnung, was eine ›Ische‹ genau ist, aber die Bezeichnung passt irgendwie zu unserer Frau von und zu. Ja, exakt: Der langjährige Rechtsanwalt von unserem guten Herrn Augenthaler ist gleichzeitig der Mann von dieser Frau von Wallenbach! Das ist insofern interessant, als der ein genauso unangenehmer Mensch zu sein scheint wie seine Gattin. Allerdings auch ein sehr erfolgreicher. Er führt eine angesehene Kanzlei hier in Starnberg, natürlich Bestlage: Maximilianstraße. Außerdem hat er seine Finger in so ziemlich jedem größeren Deal im Landkreis, weil er ebenso wie der Rest seiner Familie über allerbeste Beziehungen bis in die höchste Ebene der Landespolitik verfügt. Und genau das hat mich auch stutzig gemacht, denn …«

»… damit ist er für unseren bodenständigen Bauunternehmer Augenthaler eigentlich ein bis zwei Nummern zu groß«, ergänzte Madsen nachdenklich.

»Absolut! Zweifelsohne ist Augenthaler ein erfolgreicher Unternehmer – auch wenn das Geschäft aufgrund der Vorstrafen inzwischen offiziell auf seinen Bruder läuft –, aber einen Anwalt dieser Güte kann er sich eigentlich trotzdem nicht leisten. Es sei denn …«

»… er muss ihn überhaupt nicht bezahlen, sondern arbeitet die juristischen Beratungsleistungen durch Bauarbeiten an den Häusern der Familie zu Wallenbach ab.«

Madsen und von Werdenfels passten sich die verbalen Bälle zu, als hätten sie seit Jahren nichts anderes gemacht.

»Genau so sehe ich das auch«, bestätigte von Werdenfels. »Der gute Rechtsanwalt von Wallenbach nutzt seine Beziehungen zur Justiz, um milde Urteile für Augenthaler zu erreichen, und dafür baut der ihm und seiner Mischpoke für kleines Geld ein paar schöne Häuschen. Der Teufel scheißt doch immer wieder auf den dicksten Ast!«

»Nicht Ast, sondern Haufen«, korrigierte Madsen abwesend. »Der Ast wird abgesägt, und zwar während man darauf sitzt. Aber das ist jetzt zweitrangig. Wichtig ist, dass wir nun wissen, wem wir in nächster Zeit unsere Aufmerksamkeit widmen müssen –

nämlich Lato und Augenthaler.« Er kratzte sich nachdenklich am Kopf. »Was mir allerdings momentan noch völlig unklar ist, ist ein mögliches Motiv von Augenthaler. Immerhin wollte er Wocz zum Vorarbeiter machen. Da wäre es doch widersinnig, ihn kurz darauf umzubringen, oder?«

»Das stimmt«, erwiderte von Werdenfels. »Aber vergessen Sie nicht: Wir haben jetzt gerade mal an der Oberfläche gekratzt – und schon tun sich die ersten Abgründe auf. Wer weiß, was ich noch finde, wenn ich konzentrierter nachforsche.«

»Wir«, verbesserte ihn Madsen. »Wenn ›wir‹ konzentrierter nachforschen. Vergessen Sie nicht: Wir sind ein Team.«

»Das schon«, entgegnete von Werdenfels feixend und stand auf, um die Fenster zu schließen, durch die nun zunehmend der Lärm von Schulkindern klang, die sich auf dem Weg vom Starnberger Gymnasium Richtung amerikanischer Systemgastronomie befanden. »Aber Sie haben heute Nachmittag leider etwas anderes vor, als zu ermitteln.«

Der Kriminalrat blickte seinen Kollegen irritiert an.

»Das, mein lieber Kommissar, entscheide doch immer noch ich, meinen Sie nicht?«

Von Werdenfels grinste, und seinem untadeligen Charakter zum Trotz war eine leichte Schadenfreude in seinem Blick unverkennbar.

»Ich fürchte, da liegen Sie diesmal falsch, Herr Kriminalrat. Sie haben im Laufe des Vormittags einen offiziellen Termin reinbekommen. Und zwar von höchster Stelle. Also wenn ich Sie wäre, würde ich jetzt eventuell noch mal kurz nach Hause fahren, um mir was anderes anzuziehen. Es ist nämlich nicht irgendein Hanswurst, der Sie sehen möchte, sondern der Landrat. Zusammen mit der Bürgermeisterin. Und mit dem gesamten Stadtrat.«

★★★

Das Hotel »Kaiserin Elisabeth« in Feldafing durfte mit Fug und Recht als architektonisches Kleinod bezeichnet werden.

Der imposante Gebäudekomplex verfügte über eine jahrhundertealte Geschichte, die sich in den stuckverzierten Zimmern und Suiten ebenso widerspiegelte wie in den luxuriösen Salons, den herrschaftlichen Speisesälen und den weitläufigen Stallungen.

Der bekannteste Gast der Hotelhistorie, Kaiserin Elisabeth von Österreich, war allgegenwärtig.

Keine Vitrine, kein Bilderrahmen und keine Büste, die nicht ihr Konterfei zeigte und daran erinnerte, dass die Regentin dereinst regelmäßig in diesem Etablissement logiert hatte. Von dort aus hatte sie ihren exzentrischen Vetter Ludwig II. besucht, war mit ihm über die nahe gelegene Roseninsel flaniert oder hatte ausgedehnte Ausritte nach Andechs und München unternommen.

Interessanterweise unterschieden sich die Unternehmungen der heutigen Hotelgäste im Grunde nicht wesentlich von denen der österreichischen Kaiserin.

Nach wie vor erfreute sich die Überfahrt zur Roseninsel größter Beliebtheit, Ausflüge auf den heiligen Berg in Andechs waren weiterhin ein touristisches Muss, und lediglich auf die Besuche beim König musste zwangsläufig verzichtet werden, da dieser vor mehr als hundert Jahren unter mysteriösen Umständen im Starnberger See verstorben war.

Zum Ausgleich dafür konnten Hotelgäste jedoch nach Herzenslust dem Golfsport frönen, denn keinen mittelmäßigen Abschlag vom Hotel entfernt befand sich einer der schönsten Achtzehn-Loch-Plätze Deutschlands.

Die Fotografengattin Jenny Schiller hatte mit Golfsport nicht viel am Hut.

Auch wenn sie seit Jahren Stammgast im Hotel »Kaiserin Elisabeth« war, hielt sie sich keineswegs in dem geschichtsträchtigen Haus auf, um die Umgebung zu genießen. Sie dinierte auch nicht im Speisesaal und nahm keines der umfangreichen Wellnessangebote in Anspruch.

Sie buchte lediglich aus einem Grund regelmäßig eine Suite.

Und der hatte im weitesten Sinne auch mit Einlochen zu tun.

Mit einer lässigen Bewegung kickte sie ihre High Heels von den Füßen, nahm einen Schluck Champagner aus der wie üblich perfekt temperierten Flasche und betrachtete sich prüfend in dem großen, mit einem verschnörkelten Goldrand gesäumten Standspiegel.

Sie hatte perfekte Modelgröße, war schlank, aber muskulös und besaß einen blassen, auf die meisten Leute sehr vornehm wirkenden Teint, der hervorragend zu ihrem schwarzen Haar passte. Lediglich ihre Lippen waren nach eigenem Empfinden einen Hauch zu schmal, doch mit ein wenig Lippenstift ließ sich dieser Makel problemlos kaschieren.

Für Anfang vierzig sah sie noch ausgesprochen attraktiv aus, was neben dem intensiven Sport vornehmlich der fachlichen Kompetenz ihres plastischen Chirurgen zu verdanken war.

Was an der einen Stelle zu viel war, pflegte dieser geschickt dorthin zu transferieren, wo es an Volumen mangelte, und wenn körpereigene Substanzen einmal nicht ausreichten, um Falten zu glätten, Brüste zu vergrößern oder Wellen zu nivellieren, dann bediente er sich großzügig zusätzlicher künstlicher Substanzen – selbstverständlich nur mit dem Ziel, die natürliche Schönheit von Jenny Schiller sicherzustellen.

Die war mit dem Ergebnis mehr als zufrieden, und solange sie dadurch weiterhin über die Figur und die Haut einer Dreißigjährigen verfügte, hätte ihr der Doktor bei Bedarf auch reines Plutonium injizieren können – wer schön sein wollte, hatte dafür eben auch einen gewissen Leidensdruck zu ertragen.

Jenny Schiller griff zum wiederholten Male nach ihrer Pensato-Tasche und entnahm ihr ein Handy. Es war mit einer Prepaidkarte bestückt und nirgendwo registriert, denn die Kurznachrichten, die sie damit zu versenden pflegte, waren nicht für die Allgemeinheit – und schon gar nicht für ihren Gatten – bestimmt. Sie schaute kurz auf das Display, kräuselte voller Vorfreude die perfekt gezupften Augenbrauen und begann fröhlich vor sich hin summend ihr langes tiefschwarzes Haar zu kämmen. Die satte, fast schon bläulich schimmernde Haarfarbe – auf der

Packung des Färbemittels war nicht umsonst ein Porträt von Kleopatra abgebildet – harmonierte perfekt mit ihrer weißen, halb transparenten Bluse, dem hautengen schwarzen Lederrock sowie den anthrazitfarbenen Strümpfen mit dem filigranen Strassbesatz.

Der einzige Farbtupfer an ihrem Outfit bestand aus einer knallroten künstlichen Chilischote, die an einer feingliedrigen Silberkette um ihren Hals hing – ein Geschenk ihres Gatten anlässlich eines sehr lukrativen Shootings für einen asiatischen Feinkostlieferanten.

Ein Lächeln umspielte ihre Lippen, als sie das Schmuckstück betrachtete.

Die Chilischote passte zu ihr.

Denn die war scharf.

Genau wie sie.

★★★

»Wo zum Teufel steckt der Lato?«, brüllte Bauunternehmer Augenthaler, während er über die Baustelle hastete wie ein ADHS-Patient auf Speed.

Seine Gesichtsfarbe hatte einen bedenklichen Rotton angenommen, und er wedelte mit den Armen, als wollte er die Luft zu Sahne schlagen.

»Ich hab den doch heute Morgen schon gesehen. Der kann sich doch nicht in Luft aufgelöst haben! Spinn i denn? Der eine verreckt, der andere verschwindet – am besten, ich mach hier gleich alles selbst!«

Der Wüterich entdeckte Lubanski, der gemeinsam mit ein paar Kollegen in Schillers Wohnzimmer die Mauernische zwischen Almhütte und Wanddurchbruch mit Spachtelmasse versiegelte, und stürzte erleichtert auf ihn zu.

»Ah, Lubanski, wenigstens einer, auf den ich mich verlassen kann!« Er schlug dem Hünen dankbar auf die Schulter, wenngleich er sich dafür auf die Zehenspitzen stellen musste, was von den umstehenden Bauarbeitern mit heimlichem Grinsen registriert wurde. »Weißt du, wo der Lato steckt? Der ist wie vom Erdboden verschwunden. Ich hab schon überall gesucht, aber keiner hat ihn gesehen!«

Lubanski legte in aller Ruhe seinen Spachtel beiseite, wischte sich den Schweiß von der Stirn und schob Augenthaler in einen Nebenraum, weil just in diesem Moment einer der Kollegen mittels Bohrmaschine neue Spachtelmasse in einem großen Kunststoffzuber anrührte.

»Der Kollege Lato macht eine Besorgungsfahrt«, erklärte er seinem Auftraggeber. »Das dürfte auch noch etwas dauern, bis er wieder zurück ist. Kann ich Ihnen solange helfen?«

Der Bauunternehmer kratzte sich nachdenklich seinen imposanten Schnurrbart.

»Nein, eigentlich nicht. Ich wollte mit ihm über den Vorarbeiterposten sprechen. Aber vielleicht sollte ich mir das besser noch mal überlegen. Vielleicht wärst du ja der bessere Vorarbeiter. Dass du dafür stark genug bist, hast du ja oft genug bewiesen.«

Lubanski nickte und spannte spaßeshalber seinen rechten Oberarm an, woraufhin der T-Shirt-Ärmel einer ernstzunehmenden materiellen Belastungsprobe unterzogen wurde.

»An der Kraft sollte es wirklich nicht liegen, Herr Augenthaler. Aber Sie wissen doch: Ich bin kein guter Häuptling – ich bin eher ein Indianer. Sonst hätte ich ja auch studieren und in die Wirtschaft gehen können. Aber Bürojobs liegen mir einfach nicht, und zu viel Verantwortung macht mich nervös. Mir ist lieber, man sagt mir, was zu machen ist, und ich erledige das gewissenhaft. Wenn dafür irgendwann auch mal eine kleine Sonderprämie rausspringt, sage ich natürlich nicht Nein. Aber hier als Vorarbeiter die Leute zu beaufsichtigen und Arbeiten zu verteilen, das ist einfach nicht mein Ding. Da ist Lato sicherlich der geeignetere Mann.«

Augenthaler nickte resigniert. »Passt scho. Ich kümmere mich darum, dass der Herr Schiller dir eine Prämie zahlt, wenn hier alles fertig ist. Hast du dir redlich verdient! Und wegen der Vorarbeitergeschichte rede ich mit Lato. Sag ihm Bescheid, dass er zu mir kommen soll, wenn er wieder da ist. Ich hoffe, der schlesische

Lackl ist bald zurück – sonst sind wir hier Weihnachten noch nicht fertig!«

Er spuckte kraftvoll aus, schlug Lubanski zum Abschied noch einmal in plumper Vertrautheit auf die Schulter und begab sich grummelnd zur Tür.

Der Pole blickte ihm nach, bis er sicher sein konnte, dass Augenthaler den Raum verlassen hatte.

Anschließend setzte er sich auf ein paar aufgestapelte Betonsäcke, zog sein Handy aus der Tasche und wählte eine polnische Nummer.

Als er die vertraute Stimme hörte, lächelte er.

## SECHS

Das Büro besaß die Gemütlichkeit einer Aussegnungshalle.
Boden, Wände und Möbel waren hellgrau, wobei Letztere
mit kleinen mintgrünen Applikationen versehen waren, was die
Einrichtung aber nicht wesentlich freundlicher machte.
Ein durchdringender Geruch nach chemischen Reinigungs-
mitteln ließ vermuten, dass man den Raum erst kürzlich einer
Komplettreinigung unterzogen hatte, und sämtliche Oberflächen
glänzten, als könnte darauf problemlos eine Operation am offe-
nen Herzen durchgeführt werden.
Auffällig war die absolute Schmucklosigkeit des Zimmers.
Einzig und alleine eine großformatige Landkarte des Fünf-
Seen-Landes hing an der Stirnseite. Auf der gegenüberliegenden
Seite befand sich ein großes Fenster, das einen freien, aber wenig
erbaulichen Blick auf die vierspurige Hauptstraße samt angren-
zender Tankstelle erlaubte.
Jeder andere hätte das Büro als Erstes individuell eingerichtet
und verziert.
Nicht aber Kriminalrat Madsen.
Ihm gefiel die völlige Leere.
Aus seiner Sicht bestand der Sinn eines Arbeitsplatzes nicht im
Erzeugen von heimeligen Gefühlen – dafür gab es im privaten
Bereich schließlich offene Kamine und Bärenfelle.
Vielmehr sollte sein Büro der Platz sein, an dem er sich
hochkonzentriert und ohne jegliche Ablenkung seinen ermitt-
lungstaktischen Überlegungen hingeben konnte. Und das ging
nun mal am besten, wenn die Aufmerksamkeit dabei nicht von
irgendeinem Schnickschnack auf dem Schreibtisch oder an den
Wänden abgelenkt wurde – eine Erfahrung, die er zum ersten
Mal in Hamburg gemacht hatte, als er im Rahmen eines Mord-
falls eine Befragung in einer der kreativsten und erfolgreichsten
Werbeagenturen Deutschlands durchzuführen hatte.
Auch dort war die gesamte Raumgestaltung in einem fast schon

leuchtenden Weiß gehalten, und selbst die Garderobenhaken, Fußleisten, Schrankgriffe und sogar die angebotenen Plätzchen hatten die gleiche weiße Farbe wie Wände, Boden und Möbel.

Es war fast wie im Himmel, und Madsen hätte es nicht gewundert, wenn plötzlich weißer Nebel über den Boden gewabert wäre und ein alter Mann mit weißem Bart ihn nach seinem Lebenswandel auf Erden gefragt hätte.

Doch statt mit Gott hatte er seinerzeit mit dem Kreativchef gesprochen – wenngleich dessen Status innerhalb der Agentur dem des Schöpfers nicht ganz unähnlich war.

Dieser hatte ihm die psychologischen Vorzüge dieses Einrichtungsstils erläutert und ihm die nachweisliche Verbesserung in Sachen Kreativität, Konzentrationsfähigkeit und Effizienz vor Augen geführt. Seine Erläuterungen waren dermaßen überzeugend gewesen, dass Madsen anschließend im Polizeirevier einen Feldversuch durchgeführt und einen häufig frequentierten Besprechungsraum ähnlich puristisch eingerichtet hatte.

Und in der Tat war sehr schnell deutlich geworden, dass sich die Art der Kommunikation und die Qualität der in diesem Rahmen entwickelten Ermittlungsansätze signifikant verbesserten, was Madsen dazu veranlasst hatte, fortan nur noch in völlig einrichtungsarmen Büros seinen Dienst zu verrichten.

»Ein bisschen karg hier, finden Sie nicht? Soll ich Ihnen ein paar Pflanzen und Bilderrahmen besorgen lassen?«, erkundigte sich Kommissar von Werdenfels und blickte sich mit gerunzelter Stirn im Büro seines Vorgesetzten um.

»Oder eine Pinnwand, damit unsere Tatortfotos besonders gut zur Geltung kommen?«, ergänzte Stefan Bertram augenzwinkernd.

Der Leiter der Spurensicherung war vor wenigen Minuten im Polizeirevier Starnberg eingetroffen, um den Kollegen seinen Bericht zum Fall Wocz höchstpersönlich zu übermitteln.

Er schien sich seit dem ersten Treffen am Fundort der Leiche gut erholt zu haben, denn seine am Vortag noch fahle Gesichtsfarbe war inzwischen einem gesunden Bronzeton gewichen.

Madsen staunte.

Entweder verfügte der Mann über eine beneidenswerte Regenerationsfähigkeit oder aber über ein leistungsfähiges Solarium.

»Vielen Dank für Ihre freundlichen Angebote.« Madsen bat seine beiden Besucher per Handzeichen, an einem kleinen, runden Beistelltisch Platz zu nehmen, und rollte in Ermangelung weiterer Sitzgelegenheiten auf seinem Bürostuhl zu den Kollegen. »Aber dass das Büro so asketisch wirkt, hat seinen Grund, den ich Ihnen bei Gelegenheit gerne einmal erläutere. Jetzt sollten wir uns allerdings um den Fall Wocz kümmern, denn ich habe interessante Neuigkeiten zu berichten.«

»Sie haben Neuigkeiten?«, fragte von Werdenfels irritiert. »Ich dachte, Sie waren beim Landrat.«

»Um Gottes willen, Sie armes Schwein!«, gab Bertram sein Mitgefühl wenig feinsinnig zum Ausdruck. »Mussten Sie etwa das komplette politische Begrüßungsprozedere über sich ergehen lassen?«

Madsen nickte grinsend.

Im Gegensatz zu von Werdenfels, der etwas pikiert schaute, störte ihn das Vokabular seines Kollegen von der Spurensicherung nicht im Geringsten.

Im Gegenteil – er fand Bertram zunehmend sympathisch.

»Und ob! Und ich bin mit meinem Kleidungsstil direkt mal ziemlich in die Scheiße getreten. Mir war nicht klar, dass Kommunalpolitik gleichbedeutend ist mit Trachtenjanker und Dirndl.«

Von Werdenfels schüttelte vorwurfsvoll den Kopf.

»Selbst schuld, Herr Kriminalrat! Ich hatte Sie doch ausdrücklich vorgewarnt, dass Sie da mit Ihren Motorradklamotten ungefähr genauso passend sind wie ein Löwe beim Bayern-Stammtisch. Aber Sie wollten ja nicht hören. Gab's denn auch die unvermeidlichen Reden? Immerhin sind bald Kommunalwahlen – diese Gelegenheit haben sich die Damen und Herren Politiker doch sicherlich nicht entgehen lassen, oder?«

Madsen fuhr sich mit der Hand durch die Haare.

»Oja, die gab es allerdings, und ich musste aufpassen, dass ich dabei nicht einpenne. Und als ich gerade dachte, ich hätte das Schlimmste hinter mir, sollte ich plötzlich selbst auch noch ein paar Worte zum aktuellen Ermittlungsstand sagen.«

Sein Kollege kicherte amüsiert, wogegen Bertram den Kriminalrat mitfühlend anblickte.

»Ach du Scheiße! Und wie sind Sie aus dieser Nummer wieder rausgekommen?«

Madsen lächelte verschmitzt.

»Na, mit dem alten Polizeiklassiker. ›Aus ermittlungstaktischen Gründen ist es mir leider nicht möglich, Ihnen weitere Informationen zu geben.‹ Diese Ausrede funktioniert immer! Und bevor ich dann noch ein Gedicht auf Platt aufsagen oder einen norddeutschen Tanz aufführen sollte, habe ich mich schleunigst vom Acker gemacht. Ach, bevor ich's vergesse: In der Küche steht ein Fresskorb, den mir der Stadtrat als Willkommensgeschenk überreicht hat. Bitte nehmen Sie sich gleich etwas davon mit und sagen Sie auch den Kollegen Bescheid, dass sie sich bedienen sollen.« Er lehnte sich zurück und verschränkte die Arme hinter dem Kopf. »Aber jetzt zurück zum Fall: Nach dem unsäglichen Termin im Landratsamt bin ich mit dem Motorrad einfach in die nächste Firmeneinfahrt gefahren und habe dort angehalten, um den Kopf freizubekommen.«

Sein Kollege von Werdenfels schaute ihn missbilligend an und seufzte.

»Herr Kriminalrat, Sie wollen mich doch nicht für dumm verkaufen, oder?«

»Ich habe keine Ahnung, was Sie meinen«, erwiderte Madsen und bemühte sich um einen möglichst unschuldigen Augenaufschlag, während Bertram irritiert von einem zum anderen schaute.

»Wir wissen doch beide, dass Sie nicht dort angehalten haben, um ›den Kopf freizubekommen‹. Geben Sie's zu: Sie haben heimlich eine Kippe durchgezogen! Deshalb riechen Sie auch wieder so durchdringend nach Kaugummi!«

Madsen blickte ertappt zu Boden, während Bertram laut auflachte.

»Donnerwetter, Herr Kriminalrat. Sie stehen ja noch gründlicher unter Beobachtung als ich bei meiner Frau. Aber von Werdenfels hat recht: Üblicherweise riechen Typen wie wir nach Aftershave oder sportlichem Männerschweiß – Sie dagegen duften, als hätten Sie sich Hubba Bubba hinters Ohr geklebt. Passen Sie bloß auf, wenn Sie an einem Schulkind vorbeigehen – das beißt Ihnen sonst in den Hals!«

Der Kriminalrat hob abwehrend die Hände.

»Ja, ja, ich geb's ja zu. Sie haben mich wieder mal ertappt – ich habe tatsächlich in Ruhe eine rauchen wollen. Aber das war in diesem Fall sogar ausgesprochen gut, denn die Einfahrt, in der ich stand, gehörte zu einem Elektrogroßhändler. Und jetzt raten Sie mal, wer dort gerade angefahren kam!«

»Keine Ahnung«, entgegnete von Werdenfels, der kurz überlegte, ob er das Rauchthema weiter vertiefen sollte, bevor er sich in Hinblick auf seine berufliche Zukunft dagegen entschied. »Bigfoot? Elvis? Urmel aus dem Eis?«

»Papperlapapp. Jakub Lubanski, der Kumpel von Wocz!« Madsen schaute seine Kollegen triumphierend an. »Und während ich so mit ihm plauderte, habe ich das Gespräch ganz unauffällig auf Latos Veilchen gelenkt. Dabei hat sich herausgestellt, dass es von Wocz stammt. Lubanski hat sich verplappert, ich habe nachgehakt, und schließlich hat er mir die komplette Geschichte erzählt.«

»Und die geht wie …?« Von Werdenfels rückte näher an den Tisch, um kein Wort zu verpassen.

»Nun ja, Lato war offensichtlich der festen Überzeugung, der bessere Vorarbeiter zu sein. Das hat er nicht nur Wocz gesagt, sondern auch Augenthaler. Und zwar nicht nur einmal, sondern immer und immer wieder – selbst als der seine Entscheidung schon gefällt hatte.«

»Darüber war Wocz garantiert nicht sehr amüsiert!«, mutmaßte Bertram, lehnte sich zurück und verschränkte die Arme hinter dem Kopf. »So wie ich sein Äußeres einschätze, wird er Lato das auch erklärt haben – und vermutlich nicht in einem ruhigen, sachlichen Gespräch.«

»Bingo!«, bestätigte Madsen und senkte bedeutungsvoll die Stimme. »Es gab eine kurze, lautstarke Diskussion, und dann flogen die Fäuste. Lato ist relativ groß und hat aufgrund seiner Vita eine gewisse Erfahrung bei Schlägereien, aber Wocz war natürlich der deutlich erfahrenere Kämpfer. Und so hat es nicht allzu lange gedauert, bis er Lato umgehauen und ihm dabei dieses hübsche Veilchen verpasst hat.«

Kommissar von Werdenfels stand auf und öffnete das Fenster, woraufhin sowohl frische Luft als auch beträchtlicher Verkehrslärm ins Zimmer strömten.

»Entschuldigung, aber ich brauche mal etwas Sauerstoff zum Denken. Lato prügelt sich also mit Wocz, dem späteren Mordopfer. Was mich dabei wundert, ist die Tatsache, dass er den Kampf verliert, trotzdem aber nur ein Veilchen hat. Wocz dagegen hat ausgesehen, als hätte ihn ein russischer Panzer überrollt.«

»Stopp!«, unterbrach ihn Madsen. »Die Verletzungen von Wocz haben definitiv nichts mit der Schlägerei zwischen ihm und Lato zu tun. Lubanski hat glaubhaft versichert, dass Wocz bei der Schlägerei keinen einzigen Kratzer abbekommen hat. Ich schätze, dank seiner Boxerfahrung konnte er den meisten Schlägen ausweichen.«

Bertram, der den Dialog der beiden nachdenklich verfolgt hatte, erkundigte sich bei Madsen: »Hat dieser Lubanski den Kampf denn persönlich gesehen?«

Der Angesprochene schüttelte den Kopf.

»Nein, keiner hat den Kampf gesehen, dafür ging das wohl alles viel zu schnell. Es gab zuerst den Streit, dann einen kurzen Radau, und anschließend ist Wocz in den Container gekommen und hat Lubanski von seiner Auseinandersetzung berichtet. Lubanski ist dann raus und wollte nach Lato schauen, aber der war schon am Seeufer und hat sein Auge mit Wasser gekühlt. Wirklich beobachtet hat den Streit also niemand.«

»Nur mal ganz hypothetisch …«, sinnierte von Werdenfels laut. »Was wäre, wenn das alles überhaupt nicht stimmt und Lubanski uns Lato nur als Verdächtigen präsentieren möchte? Entweder weil er Wocz selbst getötet hat, oder es war jemand anderes, und er sieht jetzt plötzlich eine Chance, sich als lachendes drittes Rad am Wagen den Vorarbeiterposten zu schnappen!«

»Gute Idee«, lobte Madsen. »Sie haben zwar gerade die Redewendungen ›lachender Dritter‹ und ›fünftes Rad am Wagen‹ vergewaltigt, aber Ihre Überlegung ist absolut richtig. Ich habe mir das Gleiche gedacht und auch sofort bei Lubanski nachgehakt. Aber der hat angeblich keinerlei Bestreben, Vorarbeiter zu werden. Im Gegenteil: Augenthaler hat ihm den Job heute Vormittag sogar angeboten, aber Lubanski scheint irgendein persönliches Problem mit Verantwortung zu haben.«

Von Werdenfels rieb sich nachdenklich das Kinn. »Und außerdem war er seit seiner Jugend mit Wocz befreundet. Nein, ich glaube, Lubanski hat auf unserer Verdächtigenliste nichts zu suchen. Ganz anders als dieser Lato – der hätte mit dem Kampf um die Vorarbeiterstelle, vor allem aber mit der Schlägerei mit Wocz, ein wunderbares Motiv für einen Mord. Ich schlage vor, wir knöpfen uns den Knaben schnellstmöglich noch einmal vor. Und eins garantiere ich.« Der junge Polizist machte ein Gesicht wie Mike Tyson beim Staredown. »Diesmal kommt der Typ nicht mit einem blauen Auge davon!«

★★★

»Sehen Sie diese Fissuren auf den Kauflächen?«, erkundigte sich Dr. Block und bewegte die intraorale Kamera, deren Form an den Korpus einer elektrischen Zahnbürste erinnerte, vorsichtig im Mundraum seiner Patientin hin und her. »Bis zu einem gewissen Grad sind Unebenheiten auf der Zahnoberfläche normal. Es handelt sich dabei um sogenannte Perikymatien. Allerdings sehen Sie ja selbst, dass diese Unebenheiten und Risse bei Ihnen ausgesprochen ausgeprägt sind.«

Er drehte die Kamera ein wenig, und auf dem Flachbildschirm erschien ein Bild des Mundinnenraums, das in seiner extremen Vergrößerung an einen Horrorfilm erinnerte. Die Patientin, eine ältere Dame mit silbergrauem Haar, warf einen kurzen

Blick auf den Monitor und nickte in Ermangelung alternativer Kommunikationsmöglichkeiten.

Schließlich lag sie auf dem Behandlungsstuhl des Zahnarztes und hatte neben Wattetampons in der Backe und Sauger im Mundwinkel auch noch eine mintgrüne, nach Plastik riechende Gummifolie quer durch den Mundraum gespannt. An verständliche Artikulation war dadurch nicht einmal zu denken, und selbst wenn sie es versucht hätte, wäre aufgrund der großflächigen Lokalanästhesie nur ein unverständliches Lallen aus ihrem Mund gekommen.

Der Arzt hatte inzwischen die Kamera beiseitegelegt und zog sich seine weißen Gummihandschuhe mit einem schmatzenden Geräusch von den Händen.

»Für heute haben Sie mit dem Einsetzen Ihrer drei Keramikinlays genug aushalten müssen, Frau Gerber – Sie sind jetzt erst einmal erlöst von mir. Meine Assistentin wird Ihnen nur noch den Kofferdam entfernen. Allerdings müssen wir bezüglich Ihrer Abrasion unbedingt etwas unternehmen.«

Die Patientin, die neben den diversen medizinischen Utensilien nun zusätzlich auch noch die Finger der Assistentin im Mund hatte, gab einige unverständliche, gutturale Laute von sich.

Dr. Block lächelte ihr freundlich zu.

»Keine Sorge, Frau Gerber, das ist alles halb so wild.« Er nahm das Gipsmodell eines Kiefers vom Sideboard und hielt es der Patientin vors Gesicht. »Schauen Sie, das sind Ihre Zahnreihen. Die Flächen der Zähne im Oberkiefer liegen – zumindest im Idealfall – passgenau auf denen des Unterkiefers. Den Kontakt nennt man Okklusion. Normalerweise ist die Bewegung, zum Beispiel beim Kauen, vertikal zur Zahnwurzel.«

Er klappte Ober- und Unterkiefer wie bei einem Biss auf und zu. Dann veränderte er die Haltung und bewegte die beiden Gipskiefer in gegensätzlicher Richtung hin und her.

»Anders verhält es sich beim unbewussten Knirschen. Hier werden die Zähne ohne funktionellen Zweck aufeinander gerieben. Sie können sich sicherlich vorstellen, dass das nicht gut für den Zahnschmelz ist, gerade im Bereich der Kaufläche. Die Folgen haben Sie ja eben auf dem Bildschirm gesehen. Und genau dagegen müssen wir etwas tun.«

Die Patientin, deren Rachen mittlerweile von sämtlichen störenden Fremdkörpern befreit war, beugte sich über das kleine, runde Waschbecken und spülte ihren Mund aus. Ein Großteil des Wassers lief ihr dabei über das Kinn auf ihre Bluse.

Mit einer mehr als feuchten Aussprache bemühte sie sich, eine Frage zu artikulieren.

»Wa' mu' denn da 'emacht wer'n?«

Dr. Block legte ihr beruhigend die Hand auf die Schulter.

»Sie müssen keine Angst haben, Frau Gerber. Erst einmal werden wir nur prophylaktisch tätig, zum Beispiel mit einer Schiene, die Sie nachts tragen. Die wird zum einen Ihren Kiefer entlasten und zum anderen Ihre Zähne schützen. Das ist schon alles!«

Seine Patientin nickte dankbar.

Von Schmerzen hatte sie nach der aktuellen Behandlung im wahrsten Sinne des Wortes die Schnauze voll.

Mit einem aufmunternden Lächeln reichte der Arzt ihr die Hand, verabschiedete sich höflich und verschwand durch eine mattierte Glastür in einen Nebenraum, während seine Assistentin der alten Dame aus dem Behandlungsstuhl half.

»Ei' netter Mann, de' Dokto'!«, artikulierte Frau Gerber unter Verlust einer nicht unerheblichen Speichelmenge. »De' e'klärt imme' so gut!«

Die Zahnarzthelferin nickte.

»Ja, Dr. Block ist ein ausgezeichneter Arzt. Und das Beste an ihm ist: Er hat nicht nur außergewöhnliche fachliche Qualitäten – er ist darüber hinaus auch ein unglaublich netter, empathischer Mensch. Ich kenne ihn leider nur beruflich, aber ich bin sicher, es muss das reinste Vergnügen sein, nach Feierabend mit ihm zu tun zu haben!«

Der Mediziner, der die Worte seiner Assistentin im Nebenraum gedämpft vernommen hatte, lächelte tiefgründig.

Hätte die naive junge Frau auch nur im Entferntesten geahnt, wie er seine Freizeit zu verbringen pflegte, hätte sie solcherlei Äußerungen mit Sicherheit nie wieder getätigt.

Denn Dr. Block war ein Mann mit vielen Facetten.

★★★

»Nun, Herr Bertram, was haben Sie denn Schönes für uns dabei? Ich nehme an, Sie haben sich nicht auf den weiten Weg nach Starnberg gemacht, nur um hier gemütlich mit uns zu plaudern, oder?«

Stefan Bertram, Leiter der Spurensicherung aus München, blickte Kriminalrat Madsen und Kommissar von Werdenfels lächelnd an.

»Nicht, dass es mir hier bei Ihnen am See nicht gefallen würde, aber ich bin in der Tat aus einem ganz bestimmten Grund hier. Es geht um den Abschlussbericht vom Fundort der Leiche in Possenhofen – und da gibt es ganz interessante Erkenntnisse, die ich Ihnen nicht vorenthalten möchte. Also, die Untersuchungsergebnisse von der Wiese übergehe ich, denn dazu ist nichts Neues zu sagen. Auch im beziehungsweise am Wasser haben wir nicht mehr gefunden als diese Marienstatue, die Sie ja bereits gesehen haben. Und die ja durchaus einen Bezug zu unserem Fall hat, wie mir die Kollegen, die an der Auswertung des Wohncontainers arbeiten, berichtet haben.«

Madsen nickte bestätigend.

»Ja, die Statue war von Wocz. Sein Freund Lubanski hat die gleiche. Die beiden sind ziemlich abergläubisch und haben die Figuren als Glücksbringer von ihren Partnerinnen bekommen.«

»Das kann ich nachvollziehen«, antwortete Bertram, bevor er gedankenverloren hinzufügte: »Ich habe auch einen Glücksbringer von meiner Frau, aber Sie wollen nicht wirklich wissen, worum es sich dabei handelt.«

»Und ob wir das wollen!« Madsen grinste provozierend. »Wer gackert, muss auch legen. Nicht wahr, Herr Kommissar?«

Von Werdenfels nickte so eifrig wie ein Fußballfunktionär, wenn die Spesengelder verteilt wurden.

Bertram wand sich einen Moment lang gequält, dann zuckte er resigniert mit den Schultern und griff unter seinen Hemdkragen. An einer silbernen Kette hing eine kleine Glasampulle mit einem undefinierbaren Klümpchen in ihrem Inneren.

Madsen beugte sich näher und begutachtete den Anhänger ratlos.

»Bevor Sie sich den Hals verrenken …«, murmelte Bertram, und die Verlegenheit in seiner Stimme war unüberhörbar, »… das ist ein Nierenstein meiner Holden. Ich weiß: Üblicherweise bekommt man Kleeblätter oder Hufeisen geschenkt, wenn einem jemand Glück wünschen möchte. Aber meine Frau hat manchmal etwas außergewöhnliche Ideen …«

Madsen schüttelte ungläubig den Kopf.

»So was habe ich auch noch nie gesehen. Da bin ich aber froh, dass Ihre Gattin nur Nierensteine hatte. Ich möchte nicht wissen, was Sie am Hals hängen hätten, wenn Ihrer Frau ein Bein amputiert worden wäre!«

Von Werdenfels zuckte zusammen, während Bertram Madsen sprachlos anstarrte.

Die Zeit schien für einen Augenblick stillzustehen, doch dann entspannten sich Bertrams Gesichtszüge plötzlich, und er prustete lauthals los.

»Mein lieber Madsen, Sie haben einen verdammt seltsamen Humor. Aber ich muss zugeben, dass mir Ihre Art gefällt – Sie sind wenigstens nicht so ein bürokratischer Sesselfurzer wie einige meiner Kollegen in München. Aber bevor Sie nun den Körper meiner Frau noch weiter sezieren: Haben Sie etwas dagegen, wenn ich mit meinen Äußerungen fortfahre? Ich habe Karten für die Oper heute Abend, ich sollte mich also spätestens in einer Viertelstunde wieder auf den Weg machen.«

Kriminalrat Madsen nickte – erleichtert, dass Bertram ihm seinen unüberlegten Scherz nicht übel nahm.

Der Leiter der Spurensicherung blätterte währenddessen in seinem Bericht, bis er die gewünschte Seite gefunden hatte.

»Nachdem wir also die Wiese rund um die Rampe am Wasser abgesucht hatten, haben wir uns routinemäßig in der näheren

Umgebung umgesehen. Erinnern Sie sich an den kleinen Spazierweg, der oberhalb der Wiese lag?«

Madsen und von Werdenfels bejahten. Die Straße, die zu dem Hafen in Possenhofen führte, machte am Ende des Orts eine Neunzig-Grad-Kurve nach rechts. Links führten die Treppen hinunter zum Hafengelände, während man geradeaus auf einem Kiesweg oberhalb der Seegrundstücke bis nach Feldafing laufen konnte.

»Da stand direkt am Anfang so ein Holzkreuz, und rechts war eine große, naturbelassene Wiese. Ungefähr hundert Meter weiter hat der Weg dann in ein Waldstück geführt«, erinnerte sich Madsen.

»Korrekt. Und genau dort, an der Stelle, an der dieser Weg in den Wald übergeht, haben wir Blut gefunden. Und zwar ziemlich viel.«

»Blut? Von wem? Von Wocz?«

»Jawohl. Wocz hat zweifelsohne dort oben auf dem Weg gelegen. Und zwar, als er noch lebte! Und das sogar eine ganze Zeit lang, denn wenn man die Menge an Blut zu seinen Wunden in Relation setzt, dann dürfte es mindestens eine Viertelstunde gedauert haben, bis es aus dem Körper gelaufen ist.«

Madsen dachte nach.

Diese Information gab dem Fall eine ganz neue Wendung.

»Bedeutet das gleichzeitig auch, dass Wocz dort oben zusammengeschlagen wurde?«

Bertram schüttelte den Kopf.

»Mit Sicherheit nicht! Hätte er die Schläge dort verpasst bekommen, dann hätte das Blutspurenmuster komplett anders ausgesehen. Wir haben bei unserer Verteilungsanalyse keinerlei Spritzer gefunden, wie sie bei einem Schlag entstehen. Alles an Blut, was dort war, gehörte zur Kategorie ›passives Bluten‹. Das bedeutet, es ist langsam gelaufen beziehungsweise getropft. Mit anderen Worten: Wocz wurde – bereits stark verletzt – dort am Waldrand abgelegt.«

»Oder er hat sich selbst dorthingeschleppt. Vielleicht auf der Flucht vor seinem Mörder?«, dachte von Werdenfels laut nach.

Abermals verneinte Bertram.

»Theoretisch wäre das möglich – praktisch aber nicht. Natürlich haben wir nach dem Blutfund das gesamte Umfeld noch einmal gründlich unter die Lupe genommen. Hätte sich Wocz selbst dorthin geschleppt, hätte er eine deutlich erkennbare Blutspur auf dem Weg hinterlassen. Es war dort aber nichts zu sehen. Doch dafür haben wir etwas anderes gefunden ...«, Bertram legte eine kurze Pause ein und nahm in aller Ruhe einen Schluck Wasser, »... nämlich frische Reifenspuren eines SUVs, der dort hin und her rangiert wurde. Es handelt sich zwar eigentlich um einen Fußweg, aber diesen Absperrpoller kann man umlegen, wenn man den entsprechenden Schlüssel hat. Und den haben zum Beispiel alle Besitzer eines Schiffsliegeplatzes, weil man die Boote über diesen Weg aufs Hafengelände bringen kann.«

»Verdammt!« Madsen raufte sich die Haare. »Das heißt, wir müssen sämtliche Besitzer der Schlüssel ausfindig machen, uns ihre Fahrzeugtypen anschauen und bei allen SUVs die Autoreifen mit den gefundenen Profilabdrücken vergleichen. Das kann ja ewig dauern – vor allem, da hier am See offensichtlich jeder außer mir einen SUV fährt!«

Bertram zuckte mit den Schultern.

»Die Entscheidung, ob das nötig ist, überlasse ich Ihnen. Ich habe ja nicht gesagt, dass Wocz mit einem Auto dorthingebracht worden ist. Ich habe lediglich gesagt, dass wir auf dem Weg beziehungsweise in dem Matsch daneben frische Reifenspuren gefunden haben. Inwieweit die tatsächlich mit dem Mord in Verbindung stehen, kann ich nicht beurteilen. Aber was ich mit Gewissheit sagen kann, ist, dass die Schleifspuren zu Wocz gehören!«

»Schleifspuren? Was für Schleifspuren?«, erkundigte sich Madsen irritiert.

Bertram legte eine Reihe von Farbausdrucken auf den Tisch.

»Wie Sie auf den Bildern unschwer erkennen können, wurde Wocz über die Wiese, die sich zwischen Weg und Hafengelände befindet, geschleift. Im Gras ist Blut natürlich viel, viel schwerer nachzuweisen, und auch ein Muster ist dort naturgemäß kaum erkennbar, aber es darf als gesichert betrachtet werden, dass Wocz von dem Weg Richtung Wasser gezogen wurde. Achtung: Ich sage bewusst nur ›Richtung Wasser‹, denn das Seltsame ist, dass die Schleifspur mitten auf der Wiese plötzlich aufhört. Und zwar relativ weit oben, ungefähr auf Höhe dieses rostigen Kabels. Das heißt, Wocz wurde nicht in einem Schwung ins Wasser transportiert, denn dann wären die Schleifspuren durchgehend bis zum Ufer verlaufen. Aus irgendwelchen Gründen muss es noch mal eine Transportunterbrechung gegeben haben, bevor er im Hafenbecken versenkt wurde.«

»Im Hafenbecken?«, unterbrach von Werdenfels. »Das heißt, Wocz wurde auch ziemlich genau da, wo man seine Leiche dann später gefunden hat, ins Wasser geworfen?«

»Genau. Wir haben dort zwar seltsamerweise keinerlei Blutspuren gefunden, aber wie ich bereits vermutet hatte, gab es an diesem Abend keine Strömung. Das bedeutet, er ist dort in den See geworfen worden und bis zum nächsten Morgen zwischen den Segelbooten herumgedümpelt, bevor der Kajakfahrer ihn gerammt hat. Das ging im Übrigen nur, weil das Wasser dort so seicht war. In tieferen Regionen wäre die Leiche auf den Grund des Sees abgesunken und erst nach Wochen durch die Entwicklung von Fäulnisgasen wieder an der Oberfläche aufgetaucht.«

»Was ist mit Fußspuren?«, hakte Madsen nach. »Derjenige, der einen so muskulösen Mann wie Stanislav Wocz quer über das gesamte Gelände zieht, muss doch irgendwo Fußspuren hinterlassen haben.«

Bertram nickte.

»Sollte er eigentlich! Aber vergessen Sie bitte nicht, dass sich dort vornehmlich Gebüsch befindet. Und hohes, relativ ungepflegtes Gras. Beides leider keine Untergründe, auf denen man Schuhabdrücke erkennen kann. Das Einzige, was wir noch entdeckt haben, waren unzählige kleine Löcher rund um die Schleifspuren. So wie von Ski- oder Trekkingstöcken.«

Die beiden Starnberger Polizisten blickten sich ratlos an.

»Trekkingstöcke? Kann man denn damit einen leblosen Körper besser von A nach B transportieren?«

Madsen stand auf und versuchte pantomimisch, einen möglichen Bewegungsablauf mit fiktiven Stöcken zu rekonstruieren. »Sie müssten die Arme gerader halten!«, korrigierte ihn Bertram. »Die Löcher waren ziemlich gerade, hatten einen Durchmesser von rund einem Zentimeter und waren etwa sechs bis sieben Zentimeter tief. Die Stöcke sind also nicht schräg, sondern relativ gerade aufgesetzt worden.«

Madsen lehnte sich irritiert an den Schreibtisch und verschränkte die Arme.

»Also, diese Löcher sind mir ein Rätsel. Sind Sie denn sicher, dass die Abdrücke von Trekkingstöcken stammen?«

»Nein, das bin ich keineswegs!«, entgegnete Bertram, packte seine Unterlagen zusammen und übergab sie Madsen. »Deshalb sagte ich auch nur ›*wie* von Ski- oder Trekkingstöcken‹. Vielleicht war es aber auch ein klassischer Wanderstock. Oder ein Rad mit Zacken, wobei die Abdrücke dafür zu unregelmäßig waren und keine Lauffläche zu erkennen war. Ich werde weiter drüber nachdenken, aber nicht jetzt und nicht hier! Schließlich warten Don Giovanni und meine Frau auf mich – und Sie werden verstehen, dass ich die beiden nicht zu lange unbeaufsichtigt zusammenlassen möchte.«

Er verabschiedete sich von von Werdenfels, während der Kriminalrat ihn noch zum Ausgang begleitete.

Den rothaarigen Kollegen, der am Empfang hinter der Glasscheibe saß und den elektrischen Türöffner betätigte, hatte Madsen bis dato noch nie gesehen.

»Höchste Zeit, mich endlich offiziell vorzustellen und einen Umtrunk zu veranstalten«, murmelte er, während er Bertram auf seinem Weg zum Parkplatz hinterherschaute. »Wenn ich nicht bald mein Team kennenlerne, sitzt hier irgendwann Charles Manson an der Pforte. Und ich würde ihm vermutlich noch freundlich meinen Fresskorb anbieten.«

»Die rote Drei in die Seitentasche!«, kündigte Lubanski an, legte seine linke Hand auf den Billardtisch und platzierte den Queue behutsam in der Vertiefung zwischen Daumen und Zeigefinger. Mit zusammengekniffenen Augen korrigierte er die Ausrichtung des Spielstocks noch einmal minimal, verringerte den Winkel zur Tischoberfläche und spielte die weiße Kugel anschließend ebenso kraft- wie gefühlvoll.

Die Ausführung des Stoßes war perfekt.

Der weiße Spielball traf die rote Kugel exakt in dem Winkel, der erforderlich war, um sie seitlich in Bewegung zu setzen. Langsam, aber zielgenau rollte die rote Drei auf die Bande zu und fiel schließlich wie in Zeitlupe in die mittlere Tasche der rechten Tischseite.

Lato, der an der gegenüberliegenden Bande stand, winkte abfällig ab.

»War nur Glück! Nächstes Stoß garantiert daneben!«

Lubanski betrachtete die Lage der Kugeln auf dem Tisch.

Die Sache sah in der Tat nicht gut für ihn aus, denn da Lato zu Beginn einen verhältnismäßig schlechten Anstoß ausgeführt hatte, waren die Kugeln nicht sonderlich gut verteilt, sondern scharten sich rund um den Fußpunkt. In dieser Ansammlung eine der vollen Kugeln, die er laut Reglement spielen musste, so zu treffen, dass sie direkt in eine der Taschen fiel, war eine kaum zu bewältigende Herausforderung.

Was die Sache dabei nicht einfacher machte, war die permanente Unruhe im Raum.

So warf ein älterer Arbeitskollege einen Euro nach dem anderen in das Münzspielgerät an der Stirnwand, während sich zwei andere lautstark an einer elektronischen Dartscheibe duellierten. Daneben befand sich ein fast schon antiquarisch anmutender Flipper, der von einem weiteren Polen so temperamentvoll bedient wurde, dass immer wieder das akustische Tilt-Zeichen ertönte, und aus einem in der Ecke stehenden Monitorautomaten erklang ein enervierendes Pac-Man-Gedudel.

»Was los mit dir? Du dich nicht trauen?«, stichelte Lato provokativ und bereitete die nächste Rauchpause vor, indem er sich eine selbst gedrehte Zigarette hinters Ohr steckte.

Lubanski deutete mit ausgestrecktem Zeigefinger auf seinen Kollegen.

»Du fragst, ob ich mich traue? Wie wär's mit einer kleinen Wette? Wenn ich die gelbe Eins ins hintere Eckloch spiele, zahlst du mir ein Bier. Wenn nicht, geb ich dir eins aus!«

»Is gut!«, sagte Lato. »Auf die Art wird günstiger Abend für mich!«

Lubanski lächelte, während er in aller Ruhe und Gelassenheit die Pomeranze seines Spielstocks kreidete. Anschließend blies er das überschüssige Quarzpulver von der Queuespitze, legte den Spielstock abermals auf seine linke Hand und stieß die weiße Kugel nach gründlichem Zielen auf die gelbe Eins.

Der Stoß war so kraftvoll, dass sich nicht nur die anvisierte Kugel in Bewegung setzte, sondern auch diverse andere quer über den Tisch katapultiert wurden. Da die schwarze Kugel, deren Einlochen die sofortige Niederlage bedeutet hätte, sich nicht bewegte, beachtete Lubanski den Kollateralschaden nicht weiter, sondern konzentrierte sich auf die gelbe Kugel, die nach einer kurzen Kollision mit der Bande zielgenau auf das Eckloch zurollte, um anschließend mit einem dumpfen Klackern in der angekündigten Tasche zu verschwinden.

»*Psiakrew!*«, fluchte Lato. »Verdammte Scheiße! Wie kann man nur haben immer so Glück?«

Lubanski lachte und schlug seinem Kollegen kraftvoll auf die Schulter.

»Können, mein Freund! Alles Können! Und wenn du schön fleißig übst, wirst du irgendwann vielleicht auch mal so gut wie ich! Aber jetzt hole ich mir erst einmal mein wohlverdientes …«

Er stockte mitten im Satz und blickte überrascht zur Tür. »Was machen die denn hier?«

Lato drehte sich um.

Im Türrahmen der Spielhalle standen Kriminalrat Madsen und Kommissar von Werdenfels.

Sämtliche Gespräche im Raum waren schlagartig verstummt, alle Anwesenden starrten auf die beiden Polizisten.

»Guten Abend zusammen!«, rief von Werdenfels fröhlich in die Runde. »Lassen Sie sich bitte nicht stören bei Ihrem Spiel. Wir würden uns nur gerne mit einem von Ihnen unterhalten. Und zwar mit Ihnen!«

Er deutete auf Lato, der versucht hatte, sich hinter Lubanskis breitem Kreuz unsichtbar zu machen.

»Was ist los, Lato?«, erkundigte sich Kriminalrat Madsen mit einem Augenzwinkern. »Freuen Sie sich denn gar nicht, uns zu sehen?«

»Wenn ehrlich, dann nicht!«, antwortete Lato und deutete auf den Billardtisch. »Ich jetzt Feierabend und nur wollen bisschen Spaß haben. Aber vermutlich ist wichtig, wenn Sie noch kommen so spät.«

»In der Tat«, bestätigte Madsen. »Vielleicht können wir uns hier an den Ecktisch setzen und unter sechs Augen reden?«

Lubanski, der den Wink sofort verstanden hatte, nahm seinen Queue und einen Kreidewürfel.

»Ich gehe solange mal an dem zweiten Tisch ein wenig für mich alleine spielen. Sagen Sie einfach Bescheid, wenn Sie fertig sind – ich habe noch ein kleines Duell mit dem Kollegen laufen.«

»Keine Sorge«, sagte Madsen, »es dauert auch nicht lange.« Dann wandte er sich an Lato. »Machen wir es kurz, Lato. Wir müssen mit Ihnen reden, weil wir inzwischen einiges über Sie erfahren haben. Zum Beispiel, dass Sie in Polen eine ganze Reihe von Vorstrafen haben. Und auch, wie Sie an Ihr Veilchen gekommen sind. Ich glaube, es ist jetzt an der Zeit, dass Sie uns mal ein bisschen was erzählen!«

Lato nestelte unruhig an seinem Ohr, woraufhin die vorbereitete Zigarette zu Boden fiel.

Madsen hob sie auf, roch daran und verdrehte genussvoll die Augen.

»Hmm, Javaanse Jongens! Den Tabak liebe ich. Hätten Sie vielleicht auch noch eine Zigarette für mich? Oder Tabak und Blättchen? Dann drehe ich mir selbst eine.«

Von Werdenfels, der neben dem Tisch stehen geblieben war, schüttelte vorwurfsvoll den Kopf, während Lato abwinkte.

»Sie können behalten, wenn wollen. Ich jetzt kein Lust auf Zigarette.«

Der Kriminalrat bedankte sich erfreut, steckte die Zigarette seinerseits hinters Ohr und blickte Lato forschend an.

»So, was ist nun mit dem Veilchen? Wollen Sie's uns sagen, oder sollen wir's Ihnen erklären?«

Lato blickte unsicher zwischen den beiden Polizisten hin und her. Madsen erwiderte seinen Blick, während von Werdenfels etwas unkonzentriert wirkte und ständig zu Lubanski schaute, der am Nebentisch eine Kugel nach der anderen spielte, ohne auch nur ein einziges Mal zu treffen.

»Sie ja eh schon wissen«, sagte Lato und hob resigniert die Arme. »Veilchen von Wocz. Wir uns geprügelt vor ein paar Tagen. Aber ich nix habe zu tun mit Tod von Stani! Ich schwöre! Wir uns auch kurz später wieder vertragen. Wir beide manchmal etwas ... wie sagt man auf Deutsch? ... jähzornig!«

»Soso, jähzornig nennen Sie das. Man könnte aber auch sagen, Sie sind gewalttätig!«

Madsens Blick fiel auf von Werdenfels, der nach wie vor fasziniert Lubanskis Billardspiel beobachtete.

»Sagen Sie mal, hören Sie uns überhaupt zu, Herr Kommissar? Oder sind Sie gedanklich gerade in einem Paralleluniversum?«

Von Werdenfels blickte ertappt auf und errötete.

»Entschuldigen Sie bitte, Herr Kriminalrat. Natürlich höre ich zu. Es ist nur so ...«, er senkte die Stimme zu einem Flüstern, »... dass ich noch nie jemanden gesehen habe, der so schlecht Billard spielt wie Lubanski. Der würde ja noch nicht mal ein Fußballtor mit der weißen Kugel treffen.«

»Ihre Billardkompetenz in allen Ehren, Kollege ...«, erwiderte Madsen verärgert, »... aber wir sind hier, um einen Verdächtigen zu verhören. Ich würde es daher sehr begrüßen, wenn Sie die Freundlichkeit besäßen, uns mit Ihrer werten Aufmerksamkeit zu beglücken!«

Die Gesichtsfarbe des getadelten Kommissars glich der roten Drei, als er wie befohlen näher an den kleinen Ecktisch trat. Madsen wandte sich wieder an Lato.

»Kommen wir noch mal zurück zu Wocz. Dass seine Verletzungen nicht von Ihnen sind, wissen wir. Aber vielleicht haben Sie ihn ja irgendwo hilflos liegen sehen und die Gelegenheit kurz entschlossen genutzt, um ihn in den See zu werfen und damit für immer loszuwerden. Immerhin hat der Mann Sie nicht nur verprügelt, sondern Ihnen auch noch die Vorarbeiterposition weggenommen. Dass Sie darüber nicht sonderlich glücklich sind, liegt doch auf der Hand.«

»Natürlich ich haben wollte den Job«, erwiderte Lato. »Ist eine Menge mehr Geld für mich. Aber so etwas doch kein Grund für Mord! Glauben Sie mir, Herr Kommissar, da andere Leute haben ganz bessere Gründe für Mord.«

Madsen runzelte überrascht die Stirn.

»Was meinen Sie damit, dass andere Leute viel bessere Gründe für einen Mord hätten?«

Lato wand sich wie ein Aal auf einem Brett voller Salz.

»Ach, nix, ich nur so gesagt. Hat kein Bedeutung!«

Der Kriminalrat beugte sich – jegliche Dienstvorschriften ignorierend – über den Tisch, packte Lato mit beiden Händen am Kragen und zog dessen Kopf ganz nah an sein Gesicht.

»Jetzt hören Sie mir mal gut zu, Lato!«, zischte er drohend. »Sie haben den Ernst der Lage offensichtlich immer noch nicht erkannt. Sie haben eine ganze Latte an Vorstrafen wegen Gewaltdelikten. Sie haben sich kurz vor seiner Ermordung mit Wocz geprügelt. Und Sie haben ein Motiv. Sollten Sie uns also irgendetwas zu sagen haben, das Sie entlastet, wäre das jetzt genau der richtige Zeitpunkt dafür. Wenn Sie das nicht tun, werden wir Sie nämlich vorläufig festnehmen und in Untersuchungshaft stecken. Also …«, Madsen ließ den völlig eingeschüchterten Polen los und wischte mit dem Finger ein imaginäres Staubkorn von dessen Kragen,»… was war das nun mit dem besseren Motiv von jemand anderem?«

Der Bauarbeiter blickte inzwischen so gequält, als hätte ihm der Kriminalrat Daumenschrauben angelegt.

»Ich zufällig wissen, dass es gibt jemand, der von Wocz ist erpresst worden«, stieß er schließlich hervor. »Es ging um Menge von Geld, deshalb das ist wirklich Grund für Mord. Mehr als Vorarbeiterjob!«

Madsen warf von Werdenfels einen triumphierenden Blick zu, dann fixierte er wieder Lato.

»Und haben Sie vielleicht auch einen Namen für uns? Herrgott, Lato, lassen Sie sich doch nicht alles so aus der Nase ziehen!«

Der Bauarbeiter wirkte angesichts der zunehmenden Schärfe in Madsens Stimme im wahrsten Sinne des Wortes in die Ecke gedrängt. Zusammengekauert wie ein Fötus hing er auf dem wackeligen Stuhl und blickte sich ängstlich um, bevor er den beiden Polizisten in verschwörerischem Tonfall zuraunte:»Ich nix kann sagen, von wem ich weiß, aber ich wissen, wer wurde erpresst von Wocz. Und warum. Der erpresste Opfer hat beauftragt illegale Jobs. Hat gebaut viele Sachen mit Schwarzarbeiter. Nix Versicherung, nix Schutz, nix gemeldet – alles illegal. Und Wocz hat gewusst, deshalb er hat Mann erpresst. Wollt haben viele, viele tausend Euro. Und vielleicht deshalb Mann hat Wocz getötet!«

»Mann, Lato, mir platzt gleich der Hals!«, zischte Madsen und ballte die Hände zu Fäusten. »Wenn Sie jetzt noch eine Sekunde weiter so rumeiern und uns nicht sagen, wer zum Teufel dieser Mann ist, der von Wocz erpresst wurde, dann dreh ich Ihnen höchstpersönlich und auf der Stelle die Gurgel um!«

Lato fasste sich erschrocken an den Hals, bevor er sich ein weiteres Mal gehetzt umschaute und seine Lautstärke so weit senkte, dass sie nur noch einem Flüstern entsprach.

»Es ist Mann, den Sie kennen auch. Mann, der hat viel Geld. Ich sprechen von Schiller. Johnny Schiller.«

★★★

Madsen zündete sich die erschnorrte Zigarette an und blickte nachdenklich dem weißen Rauch hinterher, der in amorpher Formenvielfalt gen Himmel schwebte, bevor er sich langsam auflöste. Er hatte die Spielhalle zusammen mit von Werdenfels verlassen und stand nun vor dem holzverkleideten Gebäude, an dessen Front ein buntes Las-Vegas-Schild zumindest ansatzweise den Flair der amerikanischen Sin City ins oberbayrische Tutzing übertragen sollte.

»Was halten Sie von Latos Aussage? Glauben Sie ihm, dass Wocz Schiller erpresst hat?«, fragte der Kriminalrat seinen jungen Kollegen mit lauter Stimme, um den Lärm der Autos auf der nahen Hauptstraße zu übertönen.

Von Werdenfels wiegte bedächtig den Kopf.

»Zuerst dachte ich, er wolle nur von sich ablenken. Aber ich hatte das Gefühl, er hatte wirklich Angst, als er uns das sagte. Vielleicht laufen im Hause Schiller ja tatsächlich irgendwelche dubiosen Geschichten. Ich meine, mal ganz ehrlich: Auf jeder größeren Baustelle wird irgendwie beschissen, und Schillers Hütte ist größer als drei normale Häuser zusammen. Dazu Tausende von Quadratmetern Garten, ein Bootshaus, ein Fotostudio, ein Haus in Kitzbühel – da bietet es sich doch geradezu an, die eine oder andere Tätigkeit ganz elegant unter den Tisch fallen zu lassen.«

Madsen nickte zustimmend.

»Das sehe ich genauso. Auch wenn Lato uns nicht sagen will, von wem er die Info hat – angesichts seiner Angst schätze ich von einem seiner Kollegen –, halte ich ihn in diesem Fall doch für glaubwürdig. Ich glaube, ich fahre jetzt gleich noch einmal zu Schiller. Es würde mich nämlich brennend interessieren, was er zu dem Vorwurf sagt.«

Von Werdenfels blickte mit leidendem Gesichtsausdruck auf seine Uhr.

»Ich weiß, ich weiß«, sagte Madsen. »Es ist schon spät. Aber keine Sorge: Sie können jetzt ruhig nach Hause zu Ihrer Frau. Oder Ihrer Freundin. Da ich momentan ja hier abends eh noch nichts vorhabe, übernehme ich den Besuch bei Schiller. Ich rauche nur noch schnell die Zigarette zu Ende, und dann mache ich mich auf den Weg. Sie sehen, es ist doch gut, dass wir mit zwei Fahrzeugen gekommen sind.«

Von Werdenfels, der bei der Abfahrt vom Polizeirevier noch sein Unverständnis über die getrennte Fahrt mit Motorrad und Dienstwagen geäußert hatte, nickte. Auch wenn er im Hinblick auf das nächste Beurteilungsgespräch unsicher war, ob er seinen Vorgesetzten nicht besser begleiten sollte, war er über das Angebot, endlich Feierabend zu machen, nicht wirklich unglücklich.

In diesem Moment öffnete sich die Tür des Spielsalons, und ein goldener Lichtschein erhellte den Vorplatz.

»Nanu?«, wunderte sich Lubanski, als er mit Lato aus dem Gebäude trat. »Ich dachte, Sie wären schon lange weg.«

»Hab nur noch die Zigarette zu Ende geraucht«, erwiderte Madsen. »Und Sie? Fertig mit Ihrem Spiel?«

»Ja, wir sind fertig mit unserem Spiel«, antwortete Lubanski. »Ich habe haushoch verloren – obwohl ich heute ganz gut gespielt habe.«

»Ganz gut gespielt?«, wiederholte von Werdenfels ungläubig. »Bei allem Respekt, Herr Lubanski, aber das, was Sie da eben am Billardtisch gezeigt haben, war alles, nur nicht gut!«

Der blond gelockte Hüne runzelte die Stirn.

»Was wollen Sie damit sagen, Herr Kommissar? Spielen Sie etwa besser?«

Madsen verfolgte den Dialog amüsiert, während Lato das dringende Bedürfnis zu verspüren schien, Alberichs Tarnkappe zu finden – und diese dann auch umgehend zu benutzen.

»Seien Sie mir bitte nicht böse, Herr Lubanski.« Von Werdenfels legte ihm mitfühlend die Hand auf die Schulter. »Aber selbst ein Zweijähriger spielt besser als Sie. Verstehen Sie mich nicht falsch: Sie haben zweifelsohne eine Menge Talente – aber Billard gehört definitiv nicht dazu.«

Der Pole blickte ihn trotzig an.

»Das sehe ich anders, Herr Kommissar. Ich biete Ihnen eine Wette an: Hundert Euro Einsatz, dass ich gegen Sie gewinne!«

Von Werdenfels lachte so laut auf, dass eine grau gestromte

Katze, die sich zaghaft der Personengruppe genähert hatte, die Flucht ergriff und dabei um ein Haar von einem Porsche Cayenne überfahren worden wäre.

»Genauso gut könnten Sie Ihr Geld auch in den Gully werfen, Herr Lubanski. Ich bin zwar alles andere als ein Profi, aber nachdem ich gesehen habe, wie Sie spielen, haben Sie gegen mich keine Chance.«

Lubanski streckte ihm entschlossen die Hand entgegen.

»Also gut, abgemacht! Sie gegen mich. Hundert Euro Einsatz für jeden. Und weil Sie sich so sicher sind, zu gewinnen, darf ich auch anstoßen, okay?«

Von Werdenfels blickte fragend zu Madsen, der seine Zigarette ausdrückte und die Kippe anschließend in der Erde eines grellgelben Blumenkübels versenkte.

»Hätten Sie etwas dagegen, wenn ich mir schnell hundert Euro verdiene?«

Sein Vorgesetzter zuckte mit den Schultern.

»Wie soeben gesagt: Sie haben jetzt Feierabend. Wie und womit Sie den verbringen, ist ganz alleine Ihre Sache.«

»Dann mal los«, sagte von Werdenfels und öffnete Lubanski einladend die Tür. »Sie haben es ja nicht anders gewollt!«

★★★

Die Räume der Zahnarztpraxis Dr. Block lagen im ersten Stock eines modernen Mehrfamilienhauses in der Ludwigstraße, einer ständig überfüllten Querverbindung zur Maximilianstraße. Allerdings hatte der Dentist dort nicht nur die komplette erste Etage gemietet, sondern – ohne dass irgendjemand anderes außer dem Hausbesitzer davon Kenntnis hatte – zusätzlich auch einen großen Kellerraum.

Genau zu diesem begab sich der Zahnarzt nun, nachdem er, wie es sich für einen vorbildlichen Chef gehörte, als Letzter die Praxisräume verlassen und dabei die hochmoderne Alarmanlage per Nummerncode aktiviert hatte.

Auch der Kellerraum war bestens gesichert. Zwei schwere

Stahlschlösser sowie ein massiver, separat verschließbarer Querriegel hinderten am unbefugten Zutritt, ein Fakt, auf den Dr. Block aus vielerlei Gründen allergrößten Wert legte. Aus demselben Grund öffnete er sämtliche Schlösser auch erst, nachdem er sich gründlich vergewissert hatte, dass sich außer ihm niemand im Treppenhaus befand.

Mit einer zügigen Bewegung entriegelte er die Tür, betrat den Raum im Dunkeln und verschloss die Tür hinter sich wieder gewissenhaft.

Erst dann schaltete er das Licht ein.

Und blickte in tausend wut- und schmerzverzerrte Gesichter.

★★★

»Sie haben genau gewusst, was da gespielt wird!« Kommissar von Werdenfels stampfte mit dem Fuß auf wie ein Kleinkind, dem eine Süßigkeit verweigert wurde. »Deshalb haben Sie auch so süffisant gegrinst, als der Typ mich zum Billardmatch aufgefordert hat. Sie hätten mich verdammt noch mal warnen können!«

Madsen stand an sein Motorrad gelehnt und zog in aller Ruhe seine schwarzen Lederhandschuhe an, bevor er sich lächelnd an seinen jungen Kollegen wandte.

»Lassen Sie mich raten. Er hat nicht mehr als acht Stöße benötigt?«

»Ganz genau!«, eiferte sich von Werdenfels mit hochrotem Gesicht. »Jeder verdammte Stoß war ein Treffer. Und zwar inklusive der Schwarzen zum Schluss. Ich bin kein einziges Mal dran gewesen. Dieser Typ hat den kompletten Tisch in einem Schwung abgeräumt. Der ist ein verdammter Profi oder so was! Und ein Betrüger dazu – der hat mich voll verarscht!« Er deutete mit dem Zeigefinger auf Madsen und funkelte ihn wütend an. »Und Sie, Sie haben mich hängen lassen und mich nicht gewarnt!«

Sein Vorgesetzter nickte, ohne dass auch nur eine Spur von Reue in seiner Miene zu erkennen war.

»Stimmt. Und das aus gutem Grund. Ich weiß: Eigentlich sind Sie hier der Spezialist für Sprichwörter, auch wenn Ihre

Wortschöpfungen jedem Germanisten die Fußnägel hochrollen lassen. Aber in diesem speziellen Fall erscheint es mir passend, Dostojewski zu zitieren: ›Fremdes Leid macht nicht gescheit!‹« Er legte seinem Kollegen beruhigend die Hand auf die Schulter. »Was ich damit sagen will: Manchmal ist es lehrreicher, eigene Erfahrungen zu machen, auch wenn diese schmerzhaft oder – wie in Ihrem Falle – kostspielig sind. Hätte ich Sie vorher gewarnt, wäre diese ganze Angelegenheit in ein paar Tagen wieder in Vergessenheit geraten. So aber haben Sie etwas ganz Wichtiges gelernt, was Sie garantiert nie wieder vergessen werden.«

»Ach, und was wäre diese weltbewegende Erkenntnis? Dass man mit Polen kein Billard spielt?«

Madsen blickte ihn strafend an.

»Quatsch! Das war einer der ältesten Tricks der Welt. Den gibt es auch beim Pokern, beim Bowlen, beim Dart und jeder anderen Sportart. Und es sind auch nicht nur die Polen, die ihn anwenden, sondern jeder, der ein so naives, leichtgläubiges Gegenüber hat, wie Sie es eben waren. Was meinen Sie, wie viele Touristen auf diese Art und Weise in Hamburg auf dem Kiez täglich ausgenommen werden? Aber für die ist es einfach nur ein ärgerlicher Verlust von Geld. Sie dagegen haben gerade etwas gelernt, was für einen Polizisten elementar ist.«

Kommissar von Werdenfels blickte seinen Vorgesetzten skeptisch, aber auch neugierig an. Wenn ein erfahrener Kriminalpolizist wie Madsen der Situation so viel Positives abgewinnen konnte, musste die Erkenntnis eine wirklich wichtige sein.

»Sie haben gerade eine Lektion gelernt, die Ihnen helfen wird, am Leben zu bleiben, Verbrecher zu überführen, Zeugen zu beurteilen, Verhöre zu führen und im Idealfall auch Karriere zu machen. Und wissen Sie, wie diese simple, aber unendlich wichtige Erkenntnis lautet?«

Der Kriminalrat machte eine bedeutungsschwere Pause, während er sich seinen Helm aufzog, seine Harley bestieg und den Anlasser betätigte, woraufhin der Parkplatz von einem gewitterähnlichen Grollen erfüllt wurde. Anschließend drehte er sich ein letztes Mal zu seinem Kollegen um.

»Egal, was man Ihnen sagt, egal, was man Ihnen zeigt, und egal, was man Ihnen vorspielt: Gehen Sie stets davon aus, dass man Sie bescheißen will. Glauben Sie nichts! Stellen Sie alles in Frage! Alles, außer einem einzigen Satz. Und der lautet: Nichts ist so, wie es scheint.«

\*\*\*

Die Szenerie erinnerte an eine Mischung aus »Pretty Woman« und »Hangover«.

Ähnlich wie in dem Hollywood-Blockbuster mit Richard Gere und Julia Roberts waren Luxus und Dekadenz omnipräsent. Egal, ob weiße Ledercouch, beigefarbener Marmorboden, Groß-bildschirm mit Ambiente-Beleuchtung oder die zahlreichen gold gerahmten Gemälde an den Wänden – jedes Detail des Raums zeugte von dem weit überdurchschnittlichen Einkommen des Hausbesitzers. Das weitläufige Zimmer war lediglich partiell von in der Decke eingelassenen LED-Leuchten illuminiert, während der Rest des Raums in einem schummrigen Halbdunkel lag, das auch das Feuer des offenen Kamins nicht zu erhellen vermochte.

In der Luft hing – neben den souligen Klängen von Marvin Gaye – ein angenehmer, süßlicher Duft von Vanille und Lavendel, der bei genauerer olfaktorischer Prüfung eine deutliche Nuance Champagneraroma beinhaltete.

Die Ursache dessen war unschwer zu erkennen, denn der Zustand der Hausherrin ähnelte dem der »Hangover«-Jungs nach ihrem cineastischen Junggesellengelage in Las Vegas.

Eine leere Champagnerflasche, die neben einem mit »Hôtel Ritz«-Logo gravierten Kühler und halb geschmolzenen Eiswür-feln auf dem Boden lag, ließ ebenso auf überhöhten Alkoholkon-sum der Dame schließen wie ihr glasiger Blick. Doch wenngleich erkennbar betrunken und im gesamten Erscheinungsbild etwas derangiert wirkend, war die außergewöhnliche Attraktivität von Jenny Schiller auch für Kriminalrat Madsen unübersehbar.

»Verzeihen Sie bitte die späte Störung, Frau Schiller«, ent-schuldigte er sich höflich, bevor er ihrem Angebot, auf einem

Lounge Chair von Charles Eames Platz zu nehmen, nachkam. Währenddessen tätschelte er die beiden Bordeauxdoggen, die ihrer Wiedersehensfreude mit langen Speichelfäden Ausdruck verliehen. »Ich hatte eigentlich gehofft, auf Ihren Mann zu treffen, da ich einige dringende Fragen an ihn habe.«

»Da haben Sie leider Pech!«, entgegnete die schwarzhaarige Fotografengattin mit schwerer Zunge. »Mein Mann ist noch im Studio und fotografiert Petersilie, Vanilleeis oder Kabeljau. Sie müssen wohl oder übel mit mir vorliebnehmen, Herr Kommissar.«

Sie fuhr sich mit einer lasziven Geste durch die Haare und zwinkerte Madsen kokett zu.

Schon als sie ihn in das Kaminzimmer des Schiller'schen Anwesens geführt hatte, war ihr Gang dermaßen sinnlich gewesen, dass Madsen wie hypnotisiert auf das im Takt der Schritte wippende Gesäß gestarrt hatte und kurzzeitig in Tagträume verfallen war, die – hätte man sie verfilmt – zweifellos in einem Nonstop-Kino hätten laufen können.

Jenny Schiller trug eine silberfarbene Bluse und einen eng anliegenden schwarzen Rock, der so kurz war, dass vermutlich nicht einmal eine einzelne ausgewachsene Motte von dem Kleidungsstück hätte satt werden können.

Komplettiert wurde der aufreizende Kleidungsstil von schwarzen Overknee-Stiefeln mit einem Stilettoabsatz, der so dünn und hoch war, dass Madsen angesichts ihrer alkoholbedingten motorischen Ausfallerscheinungen Schlimmstes befürchtet hatte.

Doch Jenny Schiller schien eine jener Frauen zu sein, die selbst mit zwei Promille noch in der Lage waren, unfallfrei auf High Heels durch die Münchner Nobeldisko »P1« zu spazieren.

»Was wollten Sie meinen Mann denn so Dringendes fragen? Vielleicht kann ich Ihnen ja helfen«, bot die Hausherrin Madsen an, während sie sich vergewisserte, dass aus der Champagnerflasche auch dann kein einziger Tropfen mehr kam, wenn man sie kopfüber an den Mund ansetzte.

Mit einem deftigen Fluch warf sie die Flasche zu Boden, und nur der dicke weiße Läufer verhinderte, dass sie dabei in tausend

Teile zerbarst. Anschließend stöckelte sie zu einem Sideboard und entnahm ihm eine Flasche Aberfeldy.

»Ein kleines Schlückchen zwanzig Jahre alter Whisky aus den schottischen Highlands?« Sie füllte zwei Gläser, ohne die Antwort abzuwarten.

»Vielen Dank!«, erwiderte Madsen und schob sein Glas unauffällig beiseite, während die Frau ihres austrank, als handelte es sich um Zitronenlimonade. »Sie haben sicherlich von dem Todesfall gehört. Ein polnischer Bauarbeiter, der hier bei Ihnen gearbeitet hatte, wurde ermordet aufgefunden.«

»Oh ja, ich habe davon gehört. Schlimme Sache!«, antwortete Jenny Schiller, wobei sich Madsen nicht ganz sicher war, ob das Bedauern in ihrer Stimme dem Dahingeschiedenen oder ihrem leeren Glas galt. »Ich weiß zwar nicht genau, wer dieser Tote war, aber vermutlich habe ich ihn schon häufiger hier auf der Baustelle gesehen. Total tragisch, die Geschichte! Ich glaube, ich erkundige mich bei Augenthaler nach dem Namen und schicke seiner Witwe eine Kondolenzkarte und eine Flasche guten Champagner.«

»Das ist bestimmt eine hervorragende Idee!«, sagte Madsen, während er sich gleichzeitig fassungslos fragte, wie jemand auf die hanebüchene Idee kommen konnte, einer Frau, die vor wenigen Tagen ihren Partner verloren hatte, eine Flasche Champagner zu schenken. »Sagen Sie, Frau Schiller, ist Ihnen vielleicht bekannt, ob Ihr Mann erpresst worden ist? Uns ist da so ein Gerücht zu Ohren gekommen …«

»Ach, ermittelt die Polizei jetzt schon aufgrund von Gerüchten?«, erkundigte sich die Frau schnippisch, schenkte sich einen weiteren Whisky ein und legte die Beine auf die Couch, wodurch sich der Rocksaum in moralisch grenzwertige Bereiche verschob.

»Nein, natürlich nicht«, entgegnete Madsen und zwang sich, seinen Blick von der anatomischen Mitte seiner Gesprächspartnerin zu lösen. »Aber Sie wissen ja: Wo Qualm ist, ist in der Regel auch Feuer. Und da es bei der Erpressung um Schwarzarbeit gehen soll und Sie hier eine relativ große Baustelle haben, liegt der Verdacht, dass an dem Gerücht etwas dran sein könnte, doch auf der Hand.«

Jenny Schiller nickte abwesend, während sie damit beschäftigt war, dem Glas mittels engagiertem Zungeneinsatz auch den letzten Tropfen Alkohol zu entringen.

Anschließend stellte sie es auf einen gläsernen Beistelltisch, zog sich unter Ächzen und Stöhnen die Stiefel aus und lehnte sich mit einem entspannten Seufzen zurück.

»Ach, ihr Männer habt es gut. Ihr müsst nicht auf solchen Hacken balancieren!«

»Dafür haben wir den Zeugungsschmerz und Frauen die Geburtsfreuden«, entgegnete Madsen schlagfertig, worauf es eine ganze Weile dauerte, bis Jenny Schiller die Komplexität seines Scherzes verarbeitet hatte und in glucksendes Gekicher ausbrach.

»Also noch mal«, hakte Madsen nach. »Wissen Sie irgendetwas von einer Erpressung Ihres Mannes?«

Sie neigte den Kopf zur Seite und legte den Zeigefinger nachdenklich auf den Mund.

»Sehen Sie, Herr Kommissar, mein Mann und ich reden nicht mehr allzu viel miteinander. Ich weiß nicht, wie es Ihnen mit Ihrer Frau ergeht … Sie sind doch verheiratet?«

Madsen hob wortlos seine unberingten Hände in die Höhe, woraufhin sich der Schiller'sche Rocksaum wie von Zauberhand einige Millimeter weiter nach oben schob.

»Oh, verzeihen Sie bitte – ich hätte nicht gedacht, dass ein so attraktiver Mann wie Sie noch nicht unter der Haube ist. Da haben einige Damen aber mächtig gepatzt!«

Der Kriminalrat errötete und bat Jenny Schiller, doch bitte bei der Sache zu bleiben und auf seine Frage zu antworten.

»Ach so, ja, die Erpressung!«, antwortete die Fotografengattin und optimierte ihr Erinnerungsvermögen mittels eines weiteren Glases Aberfeldy. »Also konkret hat mein Mann mir nichts davon erzählt, aber das ist nichts Außergewöhnliches, da sich unser Austausch im Laufe der Jahre auf ein Minimum beschränkt hat. Irgendwie haben wir uns total auseinandergelebt – auf der einen Seite er, der berühmte Fotograf, und auf der anderen Seite ich, die kleine, naive Ehefrau, die nichts kann, außer gut auszusehen. Dabei habe ich durchaus auch künstlerisches Talent …«

Sie deutete fahrig auf die Bilder an den Wänden, die aus wirren schwarzen Pinselstrichen bestanden. Madsen musste kein Psychologiestudium absolviert haben, um der Frau allein aufgrund der Motivauswahl und des Alkoholkonsums eine tiefe Depression attestieren zu können.

»Bitte, Frau Schiller, die Erpressung!«, lenkte er das Gespräch wieder auf das Ursprungsthema und warf einen frustrierten Blick auf seine Uhr.

»Ach ja, richtig! Die Erpressung! Also, vor einiger Zeit wirkte mein Mann, der sonst eigentlich immer sehr ausgeglichen und ruhig ist, extrem erregt. Ich habe ihn gefragt, was los ist, und er hat mir gesagt, dass er Probleme mit einem der Bauarbeiter hat. Er wollte mir nicht sagen, um was es im Detail ging, aber er wirkte wirklich sehr, sehr aufgebracht. ›Ich werde das jetzt auf meine Art regeln!‹, hat er gesagt, wollte dann aber nicht weiter mit mir darüber sprechen. Wie gesagt: Wir wohnen zwar hier zusammen, aber wirklich teilen tun wir unser Leben schon lange nicht mehr.«

Eine Träne lief über ihre Wange, und Madsen verspürte kurzzeitig das Bedürfnis, sie mittels einer mitfühlenden Umarmung zu trösten. Doch da Alkohol, eine unglückliche Frau, aufreizende Kleidung und ein sexuell unausgelasteter Polizist Faktoren waren, deren Kombination bei realistischer Betrachtung in vorschriftswidrigen Handlungen zu enden drohte, widerstand er der Versuchung tapfer.

Allerdings mit einem Anflug von Bedauern.

Stattdessen bedankte er sich höflich für das Gespräch und begab sich allein zum Ausgang.

Das Letzte, was er sah, als er einen Blick zurückwarf, war eine vereinsamte Ehefrau, die einen Hundert-Euro-Whisky auf einen Tausend-Euro-Läufer kotzte.

★★★

Für den Einrichtungsauftrag des Hauses hätte sich jeder Innenarchitekt der nördlichen Hemisphäre den kleinen Finger mit einer rostigen Nagelfeile abgesägt.

Allein die Fläche des Wohnzimmers betrug nahezu zweihundert Quadratmeter, und mitten im Raum befand sich ein großer, achteckiger Glaspavillon, der freien Blick auf den im Untergeschoss befindlichen Swimmingpool ermöglichte. Den oberen, über einen Treppenabsatz erreichbaren Teil des Zimmers dominierte hingegen ein offener Kamin, um den eine mehrteilige weiße Ledergarnitur platziert war.

Der Boden bestand aus mahagonifarbenem Tafelparkett, die Wände aus hellem, fast weißem Naturstein und die Türen aus anthrazitfarbenem Rauchglas. An den Wänden hingen großflächige abstrakte Bilder, die in ihrer Modernität einen kreativen Kontrast zu diversen antiquarischen Einrichtungsgegenständen darstellten.

Passend illuminiert wurden die Räume durch Downlights, die in die Decke eingelassen waren und deren Lichtintensität per Bewegungssensor gesteuert wurde. Gleiches galt für die Musik, die nur dort aus unsichtbar montierten Lautsprechern zu vernehmen war, wo sich der Besitzer gerade aufhielt.

Beziehungsweise die Besitzerin.

Und die hieß Lissy Berghammer.

Der berufliche Erfolg von Elisabeth Berghammer war für diejenigen, die sie seit ihrer Kindheit kannten, wenig verwunderlich, schien ihr ein besonderes Verkaufstalent doch bereits in die Wiege gelegt worden zu sein.

So hatte sie schon während ihrer Grundschulzeit ihr überschaubares Taschengeld aufgestockt, indem sie an einem kleinen Campingtisch vor dem Haus ihrer Eltern Blumen verkaufte, die sie bei dem ortsansässigen Floristen vom Kompost gesammelt und zu bunten Sträußen arrangiert hatte.

Und während ihre Freundinnen sich im Teenageralter vornehmlich mit Charts, Schminke und ihrer Defloration beschäftigt hatten, war sie von Flohmarkt zu Flohmarkt gefahren und hatte dort frühmorgens günstig Dinge erstanden, die sie dann wenige Stunden später auf demselben Flohmarkt für einen deutlich höheren Preis verkaufte.

Die Basis ihres wirtschaftlichen Erfolgs bildete bereits damals eine perfekte Kombination aus Freundlichkeit, Ehrgeiz, Disziplin und Verhandlungsgeschick, und nachdem sie das alteingesessene Immobilienmaklerbüro ihres Vaters übernommen hatte, verhalfen ihr genau diese Eigenschaften zu erfolgreichen Geschäftsabschlüssen.

Der kleine Unterschied bestand lediglich darin, dass ihre Marge nun nicht mehr vierzig oder fünfzig D-Mark betrug wie seinerzeit bei den Flohmarktverkäufen, sondern sich in der Regel im hohen fünfstelligen Euro-Bereich bewegte.

Lissy Berghammer kickte ihre hochhackigen Manolo Blahniks von den schmerzenden Füßen und ließ sich mit einem erleichterten Seufzen in einen brokatbezogenen Biedermeiersessel aus dem 19. Jahrhundert sinken.

Der Tag war ein überaus langer und anstrengender gewesen, wenngleich er mit zwei erfolgreichen Abschlüssen auch durchaus als gelungen bezeichnet werden durfte.

Ein neu aus Spanien verpflichteter Spieler des FC Bayern München hatte am Vormittag einen Mietvertrag für eine Villa mit Seeblick in Berg unterzeichnet, und wenige Minuten zuvor hatte sie per Mail die verbindliche Zusage eines Chefarztes aus dem Klinikum Starnberg erhalten, dem sie am frühen Nachmittag ein zum Verkauf stehendes Anwesen oberhalb der Seepromenade offeriert hatte.

Doch es waren nicht allein die beruflichen Erfolgserlebnisse, die der Immobilienmaklerin ein Lächeln auf die Lippen zauberten – es war auch und vor allem die Erinnerung an den attraktiven Polizisten, den sie kürzlich in der »Schlossgaststätte Leutstetten« kennengelernt hatte.

Kriminalrat Mads Madsen hatte sich als ausgesprochen angenehmer und sympathischer Gesprächspartner erwiesen – und darüber hinaus auch als gelehriger Schüler in puncto bayrische Mentalität und Lebensweise.

Was ihr dabei besonders imponiert hatte, war, dass der aus Hamburg stammende Polizist zu keiner Zeit Stil oder Anstand hatte vermissen lassen. Selbst als die beiden in bierseliger Laune den Beschluss gefasst hatten, vom »Sie« zum »Du« zu wechseln, hatte er keinerlei Anstalten gemacht, den obligatorischen Verbrüderungskuss zu weiteren amourösen Avancen zu nutzen.

Und das war auch gut so.

Denn Lissy Berghammer betrachtete sich bei kritischer Selbstreflexion als absolut beziehungsuntauglich.

Nicht, dass es nicht ausreichend Bewerber gegeben hätte. Im Gegenteil: eine attraktive, gepflegte Frau, selbstständig und finanziell unabhängig, mit Stil und besten Umgangsformen, in höchsten gesellschaftlichen Kreisen verkehrend, sympathisch, intelligent und humorvoll – das Gesamtpaket erschien so perfekt, dass die Verehrer Schlange standen.

Sie wurde mit Komplimenten ebenso überhäuft wie mit Einladungen, Boten lieferten regelmäßig gigantische Rosensträuße in ihr Büro, und wenn sie bei gesellschaftlichen Veranstaltungen zugegen war, umschwärmten die Männer – und keinesfalls ausschließlich die ungebundenen – sie wie die Fliegen die organischen Hinterlassenschaften eines Pferdes.

Im Grunde hatte sie die freie Auswahl.

Doch was sie nicht hatte, war Zeit.

Denn Lissy Berghammer war ein Workaholic.

Und ihr Leben minutiös verplant.

Ihren Tag pflegte sie um fünf Uhr morgens mit einer Stunde Schwimmen zu beginnen. Die darauffolgende Stunde war der ausgiebigen Körperpflege gewidmet, bevor sie ein Vitalfrühstück, bestehend aus Früchten, Müsli, Joghurt und Orangensaft, zu sich nahm und dabei mittels Süddeutscher, Bild-Zeitung und dem Starnberger Merkur ihren politischen, gesellschaftlichen und lokalen Wissensstand erneuerte.

Anschließend fuhr sie ins Büro, wo sie von acht Uhr bis zwanzig Uhr den Immobilienmarkt nach lukrativen Objekten durchforstete, Kundengespräche führte oder verwalterische Tätigkeiten ausübte. Dazwischen absolvierte sie Vor-Ort-Termine, bei denen sie Interessenten ihre Immobilien vorstellte, Verhandlungen mit Eigentümern führte oder ihre Klienten bei notariellen Angelegenheiten unterstützte.

An den Abenden standen dann regelmäßig gesellschaftliche Veranstaltungen an.

Soziale Vernetzung war einer der entscheidenden Faktoren beim Führen eines Immobilienbüros, und da die wirtschaftlichen Erfolge Lissy Berghammers Disziplin und Pflichtbewusstsein in keiner Weise geschmälert hatten, pflegte sie diesen Verpflichtungen gewissenhaft nachzukommen und den jeweiligen Gastgebern das befriedigende Gefühl zu vermitteln, sie genieße den Abend außerordentlich.

Doch dem war nicht so.

Denn in Wahrheit bereitete ihr die Starnberger Bussi-Bussi-Gesellschaft genauso viel Freude wie eine Zahnwurzelspitzenresektion.

Die Veranstaltungen waren in der Regel nichts anderes als kultivierte Langeweile.

Immer die gleichen Gesichter, immer die gleichen Themen, immer die gleichen Verhaltensmuster. Vom Golfen oder Heliskiing gebräunte Männer pflegten sie mit unverhohlener Gier zu taxieren und dabei beiläufig goldene Taschenuhren, Autoschlüssel oder andere Insignien des Wohlstandes zu präsentieren, während ihre Size-zero-Gattinnen – die meisten jung, manche auch hübsch – sie mit abfälligen Blicken musterten und ihr mit dem vertrauenswürdigen Lächeln einer Schwarzen Mamba zuprosteten.

Die wenigen angenehmen Abende waren die, an denen Lissy Berghammer keinerlei terminliche Verpflichtungen hatte und an denen sie, so wie an diesem Tag, ihre beste Freundin in Leutstetten besuchen und sich dort entspannt dem Genuss bayrischer Speisen und einem frisch gezapften Bier hingeben konnte.

Und an denen sie zu Hause dann noch Zeit für sich hatte.

Und für ihr körperliches Wohlbefinden.

Lissy Berghammer öffnete ihre Handtasche und entnahm ihr voller Vorfreude eine Blisterverpackung, die in braunes unauffälliges Papier eingeschlagen war. Lächelnd betrachtete sie ihren neuen magentafarbenen Vibrator.

In diesem Moment klingelte ihr Handy.

»Hey, Lissy, hier ist Mads. Mads Madsen.«

Die Maklerin legte den Vibrator zurück in die Handtasche.

»Hallo, Mads! Schön, dich zu hören!«

Ihre Antwort war gelogen.

Zumindest teilweise.

Natürlich verfluchte sie den Kriminalrat, der ihre gerade aufkommende erotische Stimmung mit einem Schlag eliminiert hatte.

Andererseits freute sie sich aber auch, dass ihr neuer Bekannter aus Hamburg sich so rasch wieder bei ihr meldete. Anscheinend hatte sie einen nachhaltigen Eindruck bei ihm hinterlassen – eine Tatsache, die vielleicht keinen multiplen Orgasmus aufwog, aber durchaus als erfreulich zu bezeichnen war.

»Wie kommt es denn, dass du so spät noch anrufst? Sag nicht, du bist noch im Dienst.«

Madsen lachte.

»Leider doch. Ich hatte gerade noch ein Gespräch wegen der Mordsache. Jetzt stehe ich mit meinem Motorrad vor dem Nachbarhaus in der Einfahrt, rauche eine Feierabendzigarette und mache dann Schluss für heute. Hast du vielleicht Lust, morgen früh einen Kaffee mit mir zu trinken? Zum einen würde ich mich einfach freuen, dich wiederzusehen, zum anderen wollte ich dich zu einem High-Society-Pärchen hier aus Starnberg befragen. Keine Sorge, ich brauche keine geheimen Informationen, sondern nur ein bisschen Klatsch und Tratsch. Also: Hättest du Zeit?«

Die Maklerin griff zum Blackberry auf dem Nachttisch.

Der gesamte Vormittag war verplant.

Ein Termin nach dem anderen.

»Klar hab ich Zeit! Um halb neun? Im ›Strandcafé‹ an der Seepromenade, direkt am Bahnhof?«

»Halb neun ist perfekt! Also bis morgen um halb neun. Und einen schönen Abend noch.«

»Den werde ich haben!«, antwortete Lissy mit einem tiefgründigen Lächeln, bevor sie auflegte und nach ihrer Handtasche griff.

★★★

Kriminalrat Madsen blickte nachdenklich auf sein Handy.

Aus irgendeinem Grund schien Lissy Berghammer sich nicht wirklich über seinen Anruf gefreut zu haben, was ihn ebenso verwunderte wie enttäuschte. Angesichts des netten gemeinsamen Abends in Leutstetten hatte er sich eigentlich etwas mehr Emotion von ihr erhofft.

Stattdessen hatte sie geklungen, als wäre ihr sein Anruf ungelegen gekommen.

Ob sie vielleicht Besuch gehabt hatte?

Möglicherweise von einem anderen Mann?

Immerhin war sie ausgesprochen attraktiv und nach eigener Aussage zurzeit alleinstehend – es sprach also einiges dafür, dass ihr eine ganze Menge von Männern den Hof machte.

Vielleicht hegte sie ja mit einem der Bewunderer eine »Freundschaft plus« – eine dieser modernen Beziehungen, die prinzipiell rein kameradschaftlich waren, bei Bedarf aber völlig unverbindlich um den Austausch von Körperflüssigkeiten ergänzt wurden.

Doch selbst wenn dem so sein sollte, stand es Madsen im Grunde nicht zu, sich darüber zu echauffieren – schließlich war seine Existenz Lissy Berghammer bis zum Vorabend noch völlig unbekannt gewesen.

Nichtsdestotrotz verspürte der Kriminalrat zu seiner eigenen Überraschung einen kurzen, aber intensiven Anflug von Eifersucht, den er umgehend zu eliminieren versuchte, indem er sich eine weitere Zigarette anzündete.

Das Wissen, dass sein fürsorglicher Kollege von Werdenfels ihn würde kielholen lassen, wenn er wüsste, dass sich Madsen abermals eine neue Packung gekauft hatte, schmälerte seinen Rauchgenuss dabei in keiner Weise.

Nach einem letzten, lustvollen Zug schnippte er die Kippe auf die Straße und wandte sich gerade seinem Motorrad zu, als eine schneidend scharfe Stimme erklang.

»He, Sie! Heben Sie das gefälligst wieder auf!«

Madsen zuckte erschrocken zusammen.

Aus dem Dunkel des Grundstücks, vor dem er sich befand, trat eine etwa achtzigjährige Frau mit weißem, zu einem akkuraten Dutt verknotetem Haar auf ihn zu.

Sie trug einen fliederfarbenen Hausanzug aus Frottee, Pantoffeln gleichen Materials und wedelte – ihrer kleinen, schmächtigen Figur zum Trotz – bedrohlich mit einem hölzernen Krückstock in Madsens Richtung. Begleitet wurde sie von einem Dackel mit fassähnlichem Körperbau, dessen Kläffen sich anhörte wie ein defekter Autoanlasser.

»Hören Sie schlecht? Los, aufheben, Sie Flegel! Oder meinen Sie, ich kehre hier täglich zum Spaß?«

Der Kriminalrat hob beschwichtigend die Hände, drückte die noch glimmende Kippe am Boden aus und entschuldigte sich höflich, während er den Stummel in seiner Jackentasche verstaute.

Das allein schien die rüstige Seniorin allerdings nicht zu beruhigen.

»Unverschämtheit, so etwas. Einfach den Müll auf die Straße werfen. Wo kämen wir denn hin, wenn das jeder machen würde? Eigentlich sollte ich die Polizei rufen. Was tun Sie eigentlich hier um diese Zeit?«

Sie beäugte misstrauisch sein im Mondschein glänzendes Motorrad.

»Sind Sie so ein Rocker? Einer von diesen Ellhengels?«

Madsen verkniff sich ein Grinsen.

»Die heißen ›Hells Angels‹, gnädige Frau. Und ich bin keineswegs ein Rocker, sondern Polizist.« Er streckte ihr seinen Ausweis entgegen. »Bitte entschuldigen Sie mein unüberlegtes Handeln mit der Zigarette. Sie haben natürlich recht – man macht so etwas nicht, und es wird auch nicht wieder vorkommen.«

»Soso, Polizei!«, wiederholte die Frau etwas beruhigter, während ihr Dackel nach wie vor so hysterisch kläffte, dass er sich am Rande eines Lungenkollapses zu befinden schien. »Sind Sie wegen meiner Nachbarn hier?«

Sie deutete auf das Schiller'sche Anwesen.

»Wieso fragen Sie? Gäbe es denn einen Grund dafür?«, erkundigte sich Madsen interessiert, ohne auf ihre Frage einzugehen.

»Na ja, ich will ja nichts sagen …«, begann die Dame in verschwörerischem Tonfall, und Madsen war augenblicklich klar, mit welchem Typ Mensch er es hier zu tun hatte. Es handelte sich bei der Greisin zweifelsohne um eine klassische Denunziantin, die den ganzen Tag am Fenster lauerte, um jeden, der ihren Unbill erregte, mit Schimpf, Schande und im Bedarfsfall auch mit einer Strafanzeige zu beglücken. Madsen hasste diesen Schlag Mensch, dessen gesamter Ehrgeiz darin bestand, seinen Mitbürgern das Leben zu erschweren. Gleichwohl ergab sich für ihn in diesem Moment eine unerwartete Gelegenheit, einige – wenn auch vermutlich äußerst subjektive – Informationen über das Ehepaar Schiller zu erlangen.

»Nur zu! Wir sind doch unter uns«, ermutigte er deshalb die Seniorin mit einem aufgesetzten Lächeln, während er dem nach wie vor kläffenden Rollmops zu ihren Füßen gedanklich die Hundestaupe an den Hals wünschte.

Die weißhaarige Alte, die das Interesse des Kriminalrats an ihrer Person und ihrer Meinung sichtlich genoss, vergewisserte sich mit einem vorsichtigen Blick in Richtung des benachbarten Anwesens, dass sie unbeobachtet war. Anschließend verschränkte sie mit grimmigem Blick die Arme, räusperte sich kurz und spie Madsen die Worte dann geradezu entgegen.

»Ich kann diese Schillers nicht leiden! Dieses neureiche Pack! Seit die eingezogen sind, herrschen hier Sodom und Gomorra! Früher, als dort noch die Familie Weinsheimer gewohnt hat, da gab's noch eine nette Nachbarschaft. Man hat sich regelmäßig bei der Gartenarbeit oder beim Einkaufen getroffen oder öfter auch mal gemeinsam Kaffee getrunken. Aber dann sind die Kinder ins Ausland gegangen, und weil den Weinsheimers das Haus alleine zu groß war, haben sie es verkauft. Das war vor zwei … nein, vor drei Jahren. Sie sind dann nach Florida gezogen und haben sich dort ein schönes, kleines Häuschen im Warmen zugelegt.«

Die Seniorin unterbrach ihren Monolog für einen Moment, um den Hund, dessen cholerisches Gebell aufgrund akuter Atemnot inzwischen nach einer rostigen Käfer-Hupe klang, zu beruhigen. »Pssst, Heinz-Rüdiger, aus! Der Mann tut uns doch nichts. Geh wieder rein ins Haus! Mama kommt auch gleich.« Der Dackel verstummte augenblicklich und stierte die Frau aus milchig weißen Augen an, bevor er seinen tonnenähnlichen Torso in drei Zügen wendete und in Zeitlupengeschwindigkeit zurück zum Haus rollte.

»Entschuldigen Sie bitte, Heinz-Rüdiger ist ein wenig misstrauisch gegenüber Fremden. Wo waren wir stehen geblieben?«

»Bei dem Verhalten der Familie Schiller«, antwortete Madsen, die kurzfristige Demenz der Seniorin blitzschnell nutzend, um auf das für ihn relevante Thema zurückzukommen.

»Ach ja, Familie Schiller.« Die Frau wischte sich eine Strähne aus der faltigen Stirn. »Wobei ›Familie‹ ja eigentlich das falsche Wort ist, denn die Schillers haben keine Kinder. Und wenn Sie mich fragen, ist das vermutlich auch besser so. Kein Kind sollte in einem solchen Umfeld aufwachsen! Wissen Sie, ich bin eigentlich sehr tolerant …«

Madsen biss sich auf die Lippen, um nicht laut aufzulachen. Die Toleranzgrenze dieser alten Dame durfte sich vermutlich auf einem ähnlichen Level bewegen wie die des Obersten Gerichtshofs in Libyen.

»… aber haben Sie vielleicht Verständnis dafür«, fuhr sie fort, »dass sich eine junge Frau so gehen lassen kann wie diese Schiller, Herr Polizist? Sie müssten mal deren Mülleimer sehen! Da sind morgens mehr leere Flaschen drin als bei einer Winzerei! Und seit ein paar Wochen ist es noch viel schlimmer geworden. Früher hat man sie wenigstens tagsüber noch nüchtern gesehen, aber inzwischen torkelt sie oft schon nachmittags betrunken übers Grundstück. Eine Schande ist so was! Das hätte es vor siebzig Jahren nicht gegeben!«

Madsen, der gerade im Begriff gewesen war, sich eine neue Zigarette anzuzünden, blickte sie ungläubig an.

»Sie wollen doch jetzt hoffentlich nicht allen Ernstes behaupten, dass Sie sich wegen einer alkoholkranken Nachbarin den Nationalsozialismus zurückwünschen?«

Die Frau ruderte halbherzig zurück.

»Nein, das tue ich nicht. Trotzdem bevorzuge ich es, wenn
Zucht und Ordnung herrschen. Und das bedeutet übrigens auch,
dass eine ordentliche Frau nicht mit jedem Dahergelaufenen ins
Bett steigt. So etwas gehört sich einfach nicht!«

Madsen horchte interessiert auf.

»Ach, und das ist bei Frau Schiller der Fall?«

Die Nachbarin hob abwehrend die Hände.

»Ich will nichts gesagt haben! Schließlich kann ich das alles
nicht beweisen. Aber es war schon mehr als offensichtlich, dass
nebenan regelmäßig junge Männer ein- und ausgegangen sind.
Und wenn es keine Fremden waren, dann hat das Flittchen
völlig schamlos mit den Bauarbeitern herumpoussiert. Einfach
liederlich war das. Pfui!«

Der Kriminalrat hakte neugierig nach. »Und was ist mit Herrn
Schiller? Glauben Sie, er weiß über das Verhalten seiner Frau
Bescheid?«

»Natürlich weiß er das! Seine Frau benimmt sich ja sogar so
ordinär, wenn er dabei ist. Sie müssten mal sehen, wie unver-
froren die sich den Bauarbeitern an den Hals schmeißt!«

»Und Schiller steht einfach tatenlos daneben, wenn seine Frau
mit anderen Männern schäkert?«

»Ich habe keine Ahnung, was ›schäkert‹ bedeutet. Und ich
bitte Sie auch, hier in Deutschland Deutsch mit mir zu sprechen – es reicht schon, dass man die Nachrichten mit all diesen
ausländischen Namen und Bezeichnungen heutzutage nicht
mehr versteht!«

Die Nachbarin bedachte Madsen mit einem dermaßen zorni-
gen Blick, dass diesem spontan das Bild der alten Frau mit einer
Hakenkreuzbinde über dem fliederfarbenen Frotteeanzug durch
den Kopf schoss.

»Aber um Ihre Frage zu beantworten: Was sollte Herr Schiller
denn schon machen gegen die Bauarbeiter? Wissen Sie, Herr
Polizist, mein Mann Karl – Gott habe ihn selig – hätte in einem
solchen Fall nicht nur mir eine Tracht Prügel verpasst, sondern
auch jedem Nebenbuhler. Und das völlig zu Recht! Aber dieser
Schiller ist ein Waschlappen. Schauen Sie sich den doch mal an

mit seinem feinen Zwirn und seinen langen Haaren. Glauben Sie wirklich, so jemand hätte Schneid und Haltung genug, seine eigene Ehre und die seiner Frau zu verteidigen? Von wegen! Geglotzt hat er wie eine Kuh. Mit großen Augen. Aber gemacht hat er nichts. Dazu fehlt ihm einfach der Mumm! Früher, da waren die Männer noch richtige Männer, mit Ehre und Anstand im Leib. Aber diese Gockel heutzutage … Parfümiert und gecremt, mit bunt gemusterter Oberbekleidung und irgendwelchem fremdartigen Schmuck. Ich bin froh, dass ich nicht mehr jung bin. Ich kann mit diesem Land nichts mehr anfangen.«

Sie winkte verächtlich ab, drehte sich um und begab sich auf den Weg zurück zum Haus.

»Ach, entschuldigen Sie bitte!«, rief der Kriminalrat ihr hinterher, woraufhin die alte Frau sich noch einmal umdrehte. »Ich wollte Ihnen nur noch sagen: Ich bin auch froh, dass Sie heute nicht mehr jung sind – dieses Land kann mit Ihnen nämlich auch nichts mehr anfangen.«

## ACHT

Es war diese Sorte Frühlingsmorgen, die die Menschen spüren ließ, dass hinter den Gipfeln der Alpen bereits der Sommer auf seinen Einsatz wartete. Die Luft war frisch und klar, aber bei Weitem nicht mehr so kühl wie noch vor wenigen Wochen, als der Frost das Land nachts noch in seinem eisigen Griff gefangen hielt. Eine sanfte Brise wehte aus östlicher Richtung über den Starnberger See und vertrieb den letzten feucht-grauen Nebel, der zwischen Percha und Ammerland die Wasseroberfläche bedeckte wie ein weiches, flauschiges Kissen.

Kriminalrat Madsen blickte auf die Uhr.

Es war kurz vor halb neun, und die mit safrangelben Auflagen versehenen Stühle vor dem »Strandcafé« waren bereits überraschend gut gefüllt, wobei die meisten Gäste lediglich auf die Schnelle einen Kaffee oder einen Cappuccino tranken, um Energie für einen langen Arbeitstag zu tanken. Andere hingegen gönnten sich in aller Ruhe ein reichhaltiges Frühstück mit Rührei, Speck und frischen Früchten, während eine Gruppe Schüler ein Glas Wasser als Alibi nutzte, um auf den letzten Drücker die aktuellen Hausaufgaben voneinander abzuschreiben.

Doch Starnberg wäre nicht Starnberg, wenn es nicht auch hier die Gruppen aufwendig gestylter Oberschichtengrazien gegeben hätte, die ungeachtet der frühen Tageszeit bereits einem mit Champagner und Meeresfrüchten veredelten Brunch frönten.

»Da bist du ja schon!«, ertönte es in diesem Moment hinter Madsens Rücken, und diesmal klang Lissy Berghammers Stimme tatsächlich so erfreut, wie es sich der Kriminalrat bei seinem Anruf am Vorabend erhofft hatte.

Das Dirndl hatte sie heute gegen eine hautenge dunkle Jeans und eine hellblaue Bluse eingetauscht. Darüber trug sie eine braune Lederjacke mit zahlreichen Reißverschlüssen und militärähnlichen Schulterklappen, über die ihr offenes blondes Haar fiel wie ein goldener Wasserfall.

Lächelnd streckte Madsen ihr die Hand entgegen, doch sie ignorierte seine Geste und küsste ihn schwungvoll zuerst links, dann rechts und dann wieder links auf die Wange.

Der Kriminalrat errötete.

»Kein Grund, rot zu werden, lieber Mads«, beruhigte sie ihn fröhlich. »Wir sind hier in Starnberg. Da macht jeder dieses Bussi-Bussi-Brimborium zur Begrüßung – du solltest dich also schnellstmöglich daran gewöhnen.« Sie kräuselte die Nase. »Übrigens: Du riechst gut. Was ist das? Armani? Boss? Davidoff?«

»Keine Ahnung.« Der Kriminalrat zuckte mit den Schultern. »Das war irgendeine Probepackung aus einer Zeitung. Aber freut mich, dass es dir gefällt. Wo möchtest du denn sitzen?«

Die Maklerin deutete auf einen freien Tisch in der ersten Reihe, woraufhin Madsen ihr galant den Stuhl zurechtrückte und wartete, bis sie Platz genommen hatte, bevor er sich selbst hinsetzte.

»Ich muss sagen, Mads, du überraschst mich immer wieder. Man sieht es dir mit deiner abgewetzten Lederjacke zwar nicht an, aber du bist ein echter Gentleman. Da können sich einige Herren aus der Starnberger High Society eine Scheibe von abschneiden.«

Madsen winkte bescheiden ab.

»Ach was, ich und Gentleman? Dass ich nicht lache! Ich bin ein bekennender Prolet.«

»Jetzt erlaube mir bitte, zu lachen«, protestierte Berghammer. »Wenn du ein Prolet bist, dann bin ich die Geliebte von Prinz Harry. Aber ganz im Ernst, mir ist in Leutstetten schon aufgefallen, was für gute Manieren du hast. Und glaub mir: Ich bin in dieser Beziehung sehr kritisch. Es gibt hier so viele Männer und Frauen, die mit ihrem Geld auf dicke Hose machen, aber nicht wissen, in welcher Reihenfolge man Gäste begrüßt, Treppen hochgeht oder Besteck benutzt.«

»Da habe ich aber Glück gehabt«, entgegnete Madsen lächelnd. »Immerhin weiß ich, wie man eine Fliege bindet, mit

Stäbchen isst und Roulette spielt. Ach ja – und dass Knigge kein Spieler vom FC Bayern war, ist mir auch bekannt. Du siehst, bei Bedarf bin ich durchaus gesellschaftstauglich. Trotzdem knattere ich nach wie vor am liebsten in Lederkluft mit meinem Moped durch die Gegend, trinke Cola aus der Flasche und esse Döner vom Pappteller.«

»Döner führen wir leider nicht, mein Herr«, unterbrach der Kellner, der inzwischen zur Bestellungsaufnahme an den Tisch getreten war, mit bedauerndem Tonfall. »Aber wenn Sie etwas Deftiges wünschen, könnte ich Ihnen unseren Bergkäse anbieten.«

Nachdem Lissy Berghammer und Kriminalrat Madsen das Angebot des Kellners freundlich abgelehnt und stattdessen Kaffee und Croissants geordert hatten, begann Lissy: »Du sagtest gestern, dass du irgendwelche Informationen von mir bräuchtest. Ich bin gespannt, wie ich dir bei deinen Ermittlungen helfen kann – ich habe nämlich bisher noch nie mit der Polizei zu tun gehabt.«

Madsen lachte.

»Keine Sorge, das brauchst du auch in Zukunft nicht. Es geht eigentlich weniger um konkrete Ermittlungen als vielmehr um ein bisschen Klatsch und Tratsch aus der Starnberger High Society. Sagt dir der Name Schiller etwas?«

Lissy Berghammer musste keine Sekunde überlegen.

»Johnny Schiller? Der bekannte Fotograf? Oder geht's um seine Frau Jenny? Zu beiden gäbe es eine Menge zu erzählen.«

Der Kriminalrat lehnte sich entspannt zurück, biss genüsslich in sein Croissant und blickte die Maklerin auffordernd an.

»Wenn dem so ist: Ich habe Zeit.«

Berghammer hob bedauernd die Hände.

»Ich aber leider nicht. So gerne ich hier auch mit dir sitzen und romantisch über den See schauen würde – ich muss bald wieder zurück ins Büro. Aber ich kann dir eine Kurzzusammenfassung über die beiden Schillers geben. Falls du es dann noch ausführlicher haben möchtest, können wir uns gerne noch mal treffen. Dann aber am besten abends, denn da bin ich zeitlich flexibler.«

Und was die Art des Treffens angeht, auch.
Aber das sprach sie nicht laut aus, sondern dachte es nur.

★★★

Teamarbeit hatte sich Kommissar Maximilian von Werdenfels definitiv anders vorgestellt.

Nach dem wochenlangen hierarchischen Vakuum an der Spitze der Polizeiinspektion Starnberg war mit Kriminalrat Madsen endlich ein Mann zum Dienst angetreten, der dank seiner langjährigen Erfahrung eine echte fachliche Bereicherung darstellte und von dessen Kompetenz sich der junge Polizist eine Menge abzuschauen gedachte.

Doch die Umsetzung dieses hehren Vorhabens erwies sich als überaus schwierig, wenn die elementarste Grundlage für Teamarbeit fehlte.

Und zwar das Team.

Missmutig starrte von Werdenfels auf eine Ansammlung grauer Container, die sich auf einer Baustelle hinter dem Gelände des Starnberger Recyclinghofs befanden und die die provisorischen Büros der Bauleitung beherbergten. Hier sollte sich nach Auskunft seiner Sekretärin auch Alois Augenthaler aufhalten, und genau diesen gedachte der Kommissar auf Anweisung von Kriminalrat Madsen noch einmal gründlich zu den neuesten Erkenntnissen zu befragen.

Mit einem wenig aristokratischen Fluch auf den Lippen stakste von Werdenfels in seinen vormals glänzend polierten und nun völlig schlammverschmierten Halbschuhen durch den Morast zum ersten Container. Dort klopfte er kurz und öffnete die Tür, ohne eine Antwort abzuwarten.

Eine Gruppe von Anzugträgern mit Gummistiefeln stand um einen großen Tisch, der komplett von einem noch größeren architektonischen Plan bedeckt war.

Der ganze Raum wirkte zweckmäßig und wenig gemütlich, ein Eindruck, der durch die verbeulten Metallwände und das kalte Licht einer unverkleideten Neonröhre noch verstärkt wurde.

Alle Augen starrten auf den jungen Polizeibeamten, der sich angesichts des allgemeinen Interesses nervös räusperte und nach Bauunternehmer Augenthaler fragte.

»I bin hia!«, ertönte aus einer Ecke Augenthalers rauchige Antwort.

Von Werdenfels folgte der Stimme zu einem brusthohen, geschlossenen Regal und registrierte erstaunt, dass sich hinter dem Möbelstück noch einmal ein kompletter Arbeitsplatz inklusive Schreibtisch, Stuhl, PC und Sideboard befand. Wer auch immer für die Einrichtung des Containers verantwortlich war – er musste früher beim »Tetris«-Spielen der ungeschlagene Champion gewesen sein.

»Ah, Sie schon wieder!«, brummte Augenthaler und schälte seinen kleinen, aber kompakten Körper aus dem innenarchitektonischen Mikrokosmos hinter dem Regal. »Wir haben uns doch schon unterhalten. Was gibt's denn noch?«

»Ich würde mit Ihnen gerne über diverse neue Erkenntnisse im Mordfall Wocz sprechen«, antwortete von Werdenfels und drehte die Schirmmütze seiner Uniform zwischen den Händen. »Unter anderem auch über Ihre Vorstrafen.«

Der Bauunternehmer zuckte zusammen, als hätte ihn eine Rechte von Wladimir Klitschko getroffen, während die anderen Anwesenden voller Interesse von ihrem Plan aufschauten.

»Kommen S' mit raus!«, zischte Augenthaler erbost und schob von Werdenfels unsanft aus dem Container. »Das ist weiß Gott kein Thema, das ich vor den Kollegen besprechen will!«

Er zog die Tür hinter sich zu, bedeutete von Werdenfels unwirsch, ihm zu folgen, und marschierte anschließend schweigend über eine weitläufige Wiese hinter dem Baustellengelände.

Nach etwa hundert Metern erreichten sie das Ufer eines kleinen Flusses.

Die Würm bildete den einzigen Abfluss des Starnberger Sees und war dafür verantwortlich, dass dieser bis Anfang der sechziger Jahre noch Würmsee geheißen hatte. Doch dann war die

Bedeutung Starnbergs – unter anderem durch den Anschluss ans Münchner Schienennetz – so groß geworden, dass man den Tausende von Jahren alten See mit typisch Starnberger'schem Selbstbewusstsein kurzerhand umbenannt hatte.

Augenthaler setzte sich auf einen verwitterten Baumstamm am Flussufer, zog eine Zigarette aus seiner Brusttasche und inhalierte schweigend einige Züge.

»Das war nicht besonders clever, meine Vorstrafen vor der versammelten Mannschaft zu erwähnen«, grummelte der kleine Mann mit dem großen Schnurrbart schließlich und funkelte von Werdenfels erbost an. »Ich hab meine Strafe bekommen, abgesessen, und damit ist die Sache für mich vom Tisch. Warum zum Teufel fangen Sie jetzt plötzlich wieder mit diesen alten G'schichten an?«

Der Kommissar, dem die diplomatische Unüberlegtheit seiner Formulierung erst bewusst geworden war, als er sie bereits ausgesprochen hatte, entschuldigte sich zerknirscht bei dem Bauunternehmer. Der schien jedoch zum Glück nicht nachtragend zu sein, sondern winkte generös ab. »Drauf g'schissen! Also, was kann ich noch für Sie tun? Ich hab nicht viel Zeit – die Männer warten auf mich.«

»Gut, dann mache ich es kurz«, erwiderte von Werdenfels. »Warum haben Sie uns nichts von Ihren zahlreichen Vorstrafen erzählt?«

»Na, weil Sie mich nicht danach gefragt haben. Und weil die nicht das Geringste mit Wocz' Tod zu tun haben. Das eine ist eine dumme wirtschaftliche Geschichte aus der Vergangenheit, und das andere ist ein aktueller Mordfall. Jetzt sagen Sie bloß nicht, dass Sie das irgendwie in Zusammenhang bringen wollen.«

»Nein, das tun wir natürlich nicht. Aber es zeigt uns, dass Sie es manchmal mit der Wahrheit – und den Gesetzen – nicht so ganz ernst nehmen. Apropos Gesetze: Lassen Sie uns doch bei der Gelegenheit auch gleich mal über das Thema Erpressung sprechen.«

Augenthalers Blick blieb völlig ruhig.

Allerdings zuckte sein Schnurrbart merklich.

»Wie kommen Sie jetzt auf Erpressung? Mit so was habe ich nichts zu tun!«

»Ich habe ja auch nicht behauptet, dass Sie jemanden erpressen. Vielmehr möchte ich wissen, ob Sie vielleicht selbst erpresst worden sind.«

Der Bauunternehmer rutschte unruhig auf dem Baumstamm hin und her.

»Wieso sollte ich? Wie kommen Sie jetzt darauf?«

Von Werdenfels wurde langsam ungeduldig.

»Herr Augenthaler, ich dachte, Sie haben wenig Zeit? Wenn Sie auf jede Frage von mir mit einer Gegenfrage antworten, dann sitzen wir heute Abend noch hier! Also, jetzt mal Butter bei die Brote! Wurden Sie von jemandem erpresst? Von Wocz zum Beispiel?«

Augenthaler blickte ihn mit zusammengekniffenen Augen an.

»Das heißt nicht ›Butter bei die Brote‹, sondern ›Butter bei die Fische‹! Wo, bitte schön, haben Sie eigentlich Deutsch gelernt? Nehmen die bei der Polizei jetzt schon Analphabeten?«

»Nein, das tun sie nicht«, antwortete von Werdenfels mit bedrohlicher Schärfe in der Stimme und näherte sich Augenthalers Gesicht bis auf Nasenlänge. »Im Gegenteil! Ich bin einer von vierzig Polizisten, die aus über eintausendsiebenhundert Bewerbern meines Jahrgangs ausgewählt wurden. Und nur, weil ich gelegentlich kleine Dreher in Sprichwörtern habe, müssen Sie mich nicht blöd von der Seite anquatschen. Ich bin vielleicht jung – aber nicht dumm! Und jetzt machen Sie endlich das Maul auf, sonst mache ich im Gegenzug mal das ganz große Polizeifass auf. Und glauben Sie mir: Danach werden Ihre Kollegen wirklich was zu reden haben!«

»Ist ja schon gut«, beschwichtigte ihn der Unternehmer. »Ich rede ja schon! Also, ich wurde nicht wirklich erpresst. Allerdings hat Wocz vor ein paar Wochen mal so etwas Seltsames angedeutet. Er hätte gehört, dass ich nebenher ein paar inoffizielle Projekte laufen hätte. Und dann hat er hinzugefügt, dass Schweigsamkeit bekanntlich ihren Preis hätte ...«

Der Bauunternehmer war aufgestanden und tigerte rauchend auf der kleinen Uferlichtung hin und her. Ein paar Vögel protestierten krächzend gegen die Störung ihrer Idylle, wohingegen die Eichhörnchen sich von den Eindringlingen nicht weiter stören ließen, sondern völlig unbeeindruckt durch das dichte Gebüsch kletterten.

Augenthaler besaß jedoch kein Auge für die Schönheit der Natur, sondern sprach so wild gestikulierend auf von Werdenfels ein, dass dieser kurzfristig den Eindruck hatte, der Bauunternehmer dirigiere die Wiener Philharmoniker.

»Ich habe Wocz den Vogel gezeigt! Wissen Sie, Herr Kommissar, mein Geschäft ist inzwischen sauber. Ich habe meine Lektion gelernt. Das war zwar schmerzhaft, aber lehrreich. Also gab es für Wocz auch keinen Grund, mich zu erpressen. Und außerdem: Wer sich als Bauarbeiter mit mir anlegt, der hat ganz schlechte Karten! In Bayern zu arbeiten kann der dann vergessen. Ich kenne so viele Kollegen – da reicht ein Anruf, und derjenige bekommt kein Bein mehr auf den Boden. Das habe ich Wocz auch genau so gesagt, woraufhin der den Schwanz eingezogen und irgendwas von Missverständnis gemurmelt hat. Danach hat er nie wieder etwas in dieser Richtung geäußert. Ich glaube, der wollte einfach mal ausprobieren, wie weit er gehen kann. Er hat ja auch alles so schwammig formuliert, dass er es jederzeit widerrufen konnte.«

»Und trotzdem wollten Sie ihn anschließend noch zum Vorarbeiter machen?«, erkundigte sich von Werdenfels ungläubig und registrierte dabei missbilligend, dass Augenthaler seine Kippe achtlos in die Würm schnippte.

»Wissen S', Herr Kommissar, ich muss am Bau keine Freundschaften fürs Leben finden. Ich muss schauen, dass meine Baustellen funktionieren – dann kriege ich Kohle von meinem Auftraggeber, und alles ist gut. Und mit Wocz hätte die Baustelle funktioniert! Und zwar optimal! Also habe ich meinen Stolz runtergeschluckt und so entschieden, wie es am besten fürs Geschäft ist. Das ist alles. So einfach ist die G'schicht.«

Kommissar von Werdenfels hegte nicht die geringste Sympathie für den Bauunternehmer – im Gegenteil. Außerdem glaubte er ihm kein Wort, was die vollständige Legalität seiner Geschäfte anging. Dafür war die Branche zu umkämpft und der Mann zu verschlagen. Was er ihm allerdings abnahm, war die Geschichte mit Wocz.

Wie bei Schiller hatte dieser offensichtlich auch bei Augenthaler einen Erpressungsversuch gestartet, doch während er bei dem etwas weicheren Fotografen vielleicht Erfolg damit gehabt hatte, waren ihm von dem gewieften Bauunternehmer seine Grenzen aufgezeigt worden.

Und das relativ unmissverständlich.

»Eine Frage habe ich noch, dann können Sie wieder zurück in Ihr Containerbüro«, sagte von Werdenfels, während er mit Erschrecken spürte, dass die Feuchtigkeit seine Schuhe durchdrungen und seine Socken erreicht hatte. »Sie wurden bei Ihren Gerichtsverhandlungen von Rechtsanwalt Leo von Wallenbach vertreten. Das hat uns ein wenig überrascht, immerhin gilt der Mann als einer der teuersten in ganz Bayern ...«

Der Bauunternehmer, der sich bereits erhoben und Richtung Baustelle bewegt hatte, erstarrte für den Bruchteil einer Sekunde, bevor er seine Fassung wiedergewann und in demonstrativer Unschuld seine Arme ausbreitete.

»Ich weiß nicht, worauf Sie rauswollen, Herr Kommissar. Klar ist der teuer, aber er ist auch gut! Wer weiß, wie lange ich hätte sitzen müssen, wenn Herr von Wallenbach mich nicht vertreten hätte. Und was die Bezahlung angeht: Machen Sie sich diesbezüglich mal keine Gedanken. Für Sie bin ich vielleicht nur ein kleiner Sandschubser mit ein paar polnischen Handlangern ...«

Er blickte von Werdenfels provokativ ins Gesicht, bevor er das Gespräch mit einer Kehrtwende Richtung Container beendete.

»... aber glauben Sie mir: Ich verdiene sicherlich mehr als Sie und Ihr Chef zusammen!«

★★★

»Weißt du, worauf du aufpassen musst?«

Kriminalrat Madsen schüttelte verneinend den Kopf.

Wie es sich für einen echten Gentleman gehörte, begleitete er Lissy Berghammer noch vom Café zu ihrem Wagen. Sie hatte sich bei ihm untergehakt, und Madsen empfand die körperliche Nähe als überaus angenehm.

»Dass du Starnberg nicht nur über seine Klischees definierst«, sagte seine Begleiterin. »Du hast bisher fast nur extreme Typen getroffen. Natürlich ist es wie immer: Die Exoten sind die, die sich am meisten in Szene setzen und dadurch das Bild einer Stadt bestimmen. Und natürlich stimmt es auch, dass es hier eine Unmenge von kleinen Frauen gibt, die in großen SUVs durch die Gegend fahren, während ihre alten Männer kaum noch in ihre tiefergelegten Sportwagen kommen. Aber bitte vergiss nicht: In Starnberg leben auch ganz normale Leute. Es gibt eine ganze Reihe von Ecken, in denen sozial schwächere Familien wohnen. Wir haben bodenständige Kneipen und Lokale, in denen nicht den ganzen Tag Champagner kredenzt wird. Bei Aldi findest du Kunden wie bei jedem anderen Aldi in Deutschland auch, und unsere Grünflächen sind genauso von Hunden vollgeschissen wie überall sonst. Im Grunde ist Starnberg eine kleine, völlig durchschnittliche Stadt wie Wanne-Eickel oder Bottrop auch.«

Madsen ließ seinen Blick über den Bahnhofsvorplatz schweifen.

»Stimmt, du hast recht. Die zwei schwarzen 911er, die da vorne im absoluten Halteverbot parken, erinnern mich total an Wanne-Eickel. Genau wie dieser Zeitungsausträger, der von seiner Mutter im Cabrio von Briefkasten zu Briefkasten gefahren wird. Oder das Plakat dort für den Luxus-Secondhandmarkt. Und die drei Schulkinder vor der Eisdiele mit ihren iPads – genau wie in Bottrop!«

»Ach, du bist blöd!« Lachend boxte Lissy Berghammer dem feixenden Madsen in die Seite. »Ich meinte das ernst! Klar gibt es hier eine Menge reicher Leute, und du hast es bei deinem Fall jetzt gerade mit einem ziemlich extremen Paar aus der High Society zu tun, aber ich möchte einfach nicht, dass du deine neue Heimat in einem völlig falschen Licht betrachtest. Du kannst hier wie überall in Deutschland ganz normal in einen Sportverein gehen, Skat spielen, die Volkshochschule besuchen oder Semmeln kaufen – auch wenn die zugegebenermaßen dreimal so teuer sind wie im Ruhrgebiet.«

»Ich verstehe schon, was du mir sagen willst«, antwortete Madsen und wich einem entgegenkommenden Passanten aus, wobei er die Gelegenheit dazu nutzte, um sich noch etwas näher an Lissy Berghammer zu schieben. »Aber du musst zugeben, dass Leute wie diese Jenny Schiller schon ganz schön skurril sind. Ich meine, Alkoholsucht gibt es vermutlich überall, aber einen Neunhundert-Euro-Wein bei einer Vernissage auf ex zu trinken, das ist in Sachen Schrägheit schon Champions League! Und das war ja längst noch nicht das Highlight deiner Erzählungen.«

Seine Begleiterin nickte grinsend. In der Tat hatte sie Madsen die eine oder andere fast schon kafkaeske Geschichte über das Ehepaar Schiller zu berichten gewusst. Welche Auswüchse die Dekadenz des Paares und die Alkoholsucht der Frau tatsächlich hatten, das war für ihn dann doch erstaunlich gewesen.

Außerdem hatte Lissy Berghammer Madsens Verdacht bestätigt, dass es um die Ehe der Schillers nicht allzu gut bestellt war.

Wenn auch bemüht, in der Öffentlichkeit das Bild des glücklichen Promipaars halbwegs aufrechtzuerhalten, gab es im Rahmen diverser lokaler Veranstaltungen immer wieder deutliche Anzeichen einer zunehmenden Entfremdung. Neben dem Alkohol trug auch die offensichtliche Vorliebe Jenny Schillers für junge, kräftige und nicht immer ihrem eigenen gesellschaftlichen Status entsprechende Männer ihren Teil dazu bei, dass man in üblicherweise stets gut unterrichteten Kreisen bereits das nahe Ende der Schiller'schen Ehe kolportierte.

Dafür sprach auch, dass man die Gattin des Fotografen in letzter Zeit verdächtig oft bei der Ü-40-Feier im Seerestaurant »Undosa« gesehen hatte, einem großen, weit über Starnbergs Grenzen hinaus bekannten Fest, dessen Charakter sich – so Lissy Berghammer zu Madsens großer Erheiterung wörtlich – im Laufe des Abends regelmäßig »von einer stimmungsvollen Party zu einem verzweifelten Resteficken« zu entwickeln pflegte. Dazu passte auch das Gerücht, dass Jenny Schiller regelmäßig Herrenbesuch im Feldafinger Hotel »Kaiserin Elisabeth« empfing, wenngleich diese Information laut Lissy Berghammer von einer Freundin stammte, die das von einer Freundin erfahren hatte, deren Freundin es von einer anderen Freundin wusste.

Dennoch – alles, was die Maklerin Madsen im Schnelldurchlauf berichtet hatte, bestätigte dessen Verdacht, dass der Schlüssel zur Lösung des Falles in irgendeiner Beziehung zu dem Fotografenpaar stand.

Er wusste nur noch nicht, in welcher Form.

»Sag mal, hörst du mir überhaupt zu?«, erkundigte sich Lissy Berghammer und zog Madsen mit gespielter Strenge am Ohr. »Ich habe dich gerade gefragt, ob ich mich mal nach einer Wohnung für dich umsehen soll.«

»Entschuldige bitte«, antwortete Madsen reumütig. »Ich war in Gedanken schon wieder bei dem Fall. Was die Wohnung angeht: Ja, gerne! Auch wenn mir die Wurstsemmeln, die mir meine Vermieterin jeden Morgen vor die Tür stellt, zweifelsohne sehr fehlen werden.«

»Ich kann das ja mal mit in die Suchmaske eingeben«, schlug die Maklerin mit todernstem Gesicht vor, während sie sich ihrem anthrazitfarbenen Porsche Boxster näherten. »Fünfzig bis achtzig Quadratmeter, zentrale Lage, Balkon, Fußbodenheizung und jeden Tag frische Wurstsemmeln. Ich bin sicher, der Markt ist voller solcher Objekte!«

Sie öffnete per Fernbedienung das Verdeck ihres Sportwagens. Kriminalrat Madsen pfiff bewundernd durch die Zähne.

»Donnerwetter! Das ist aber eine schöne Kiste. Sehr elegant und sportlich. Solche Autos kenne ich sonst eigentlich nur aus Wanne-Eickel!«

Lissy Berghammer deutete lachend einen Tritt vor Madsens Schienbein an, bevor sie ihn umarmte und ihm zum Abschied einen herzhaften Kuss auf die Wange drückte. Madsen bedankte sich errötend – nicht nur für den Kuss, sondern auch für die Insider-Auskünfte über das Ehepaar Schiller.

»Im Gegenteil – ich hab zu danken«, erwiderte Lissy Berghammer und startete den Wagen, woraufhin ein sattes Röhren den Parkplatz beschallte. »Zum einen für den Kaffee und zum anderen für die charmante Begleitung. Apropos charmante Begleitung: Hast du heute Abend schon was vor? Ich habe zwei Karten für eine Ausstellung inklusive Führung im Münchner Lenbachhaus. Es geht um die Künstlerfreundschaft zwischen August Macke und Franz Marc. Sehr sehenswert und in der Regel sofort ausgebucht.«

Madsen wiegte nachdenklich den Kopf.

Die Aussicht, den Abend mit der attraktiven Frau zu verbringen, klang verlockend. Aber musste es unbedingt im Rahmen einer Kunstausstellung sein? Moderne Malerei mochte ja im Grunde ganz in Ordnung sein – nur leider war sein Geschmack dafür nicht flexibel genug.

»Mhmm, ich weiß nicht … Ausstellungen sind eigentlich nicht so mein Ding – es sei denn, bei den Exponaten handelt es sich um Motorräder. Du weißt doch: Ich bin bekennender Prolet! Außerdem weiß ich noch nicht, wie lange ich heute arbeiten muss.«

»Du kannst es dir ja noch überlegen. Die Führung beginnt um halb neun vor dem Eingang im U-Bahn-Zwischengeschoss. Und wenn es nicht klappt, ist es auch nicht schlimm. Dann besuche ich die Ausstellung alleine. Das kann ich. Ich bin nämlich schon ein großes Mädchen!«

»Und ein verdammt attraktives dazu«, murmelte Madsen leise, während Lissy Berghammer ihren dreihundertfünfzehn Pferden die Sporen gab und in einer Staubwolke Richtung Zentrum jagte.

# NEUN

»Achtung, Blitz!«, rief Johnny Schiller, und im selben Augenblick wurde das gesamte Fotostudio gleißend hell erleuchtet. Für den Bruchteil einer Sekunde waren die in Reih und Glied an der Stirnwand befestigten Kamera- und Lampenstative zu erkennen, ebenso wie die nach Größe sortierten Scheinwerferköpfe und der alufarbene Metallspind, in dessen Innerem sich – seiner unscheinbaren Optik zum Trotz – Kameraequipment im hohen sechsstelligen Wert befand.

Doch kaum war der Blitz verloschen, versank der gesamte Raum wieder in einem trüben Halbdunkel. Sämtliche Fenster des Studios waren mit schwerem, schwarzem Bühnenmolton verhängt, um das Eindringen störenden Fremdlichts zu verhindern, und ebenso wie die dunkle Kleidung des Fotografen diente auch die schwarze Wandfarbe dazu, unkontrollierbare Lichtreflexionen und Spiegelungen auf den zu fotografierenden Objekten zu vermeiden.

Dass das Fotostudio trotz der Dunkelheit dennoch nicht wirkte wie eine Höhle des Périgord Noir, lag – neben einer warmgelben indirekten Beleuchtung aller Ausgänge – vor allem an der außergewöhnlichen Architektur des Gebäudes.

Das Studio von Johnny Schiller befand sich im ersten Stock des Marstalls, eines historischen Anwesens im Zentrum von Berg. Diese kleine Gemeinde am Ostufer des Starnberger Sees war nicht nur für ihre überdurchschnittliche Prominentendichte, sondern auch für ihr im 17. Jahrhundert erbautes Schloss bekannt.

Zu dem royalen Palast gehörte auch ein großes Stallungsgebäude, der sogenannten Marstall. Dieser Anbau diente den königlichen Pferden als schützender Unterstand, wurde darüber hinaus aber auch von den Bediensteten der königlichen Familie bewohnt. Nachdem sich jedoch im Laufe der Zeit nicht nur der Berufsstand des Monarchen, sondern auch der des Gesindes als obsolet erwiesen hatte, hatte der Marstall lange Jahre in einer Art architektonischem Dornröschenschlaf verbracht, bevor er Ende der neunziger Jahre originalgetreu saniert und zu einem luxuriösen Veranstaltungs- und Geschäftshaus umgebaut worden war.

Der Fotograf Johnny Schiller hatte sich auf den ersten Blick in das pittoreske Gebäude verliebt, doch da sich der Besitzer nicht gewillt gezeigt hatte, dem Fotografen das komplette Anwesen zu veräußern, hatte Schiller zumindest den ersten Stock sowie das Dachgeschoss auf unbestimmte Zeit als Studioraum gemietet. Eine Entscheidung, die er bis dato keinen einzigen Tag bereut hatte, denn nicht nur das Ambiente war für ihn als Kreativen inspirierend, sondern auch die unmittelbare Seenähe hatte sich als umsatzfördernd erwiesen.

Natürlich gab keiner seiner Kunden das offen zu, aber Schiller hegte den dringenden Verdacht, dass ein nicht unerheblicher Teil seiner Auftraggeber ihn nur deshalb buchte, weil sich die Fotoproduktionen so wunderbar mit einem verlängerten Wochenende am Starnberger See verbinden ließen. Zumindest deuteten die wasserstoffblonden »Assistentinnen« darauf hin, die ihre Vorgesetzten vornehmlich freitagnachmittags bei den Shootings zu begleiten pflegten.

Johnny Schiller erhöhte die Leistung seiner Blitzanlage, hielt seinen digitalen Belichtungsmesser prüfend vor eine der Lichtwannen und rief abermals: »Achtung, Blitz!«

Alle im Raum Anwesenden schlossen für einen kurzen Moment die Augen, bevor sie ihre ganze Aufmerksamkeit wieder der weißen, von unten beleuchteten Hohlkehle im Zentrum des Studios widmeten.

Auf der Hohlkehle lag die Hauptdarstellerin des Shootings. Verführerisch. Appetitlich. Zum Anbeißen.

Es war … eine Tiefkühlpizza.

Aber es war keine gewöhnliche Tiefkühlpizza.

Vielmehr handelte es sich bei dem mit weißem Alba-Trüffel und hauchdünnem San-Daniele-Schinken belegten Teigfladen um eine absolute Produktinnovation, und da das für die

Produktion verantwortliche Unternehmen angesichts der außergewöhnlichen Geschmackskomponenten hohe Absatzpotenziale sah, hatte man im Hinblick auf die bevorstehende Markteinführung keinerlei Kosten gescheut und mit Johnny Schiller den unbestrittenen Superstar der Foodfotografen-Szene engagiert.

Allerdings wurden Shootings dieser Größenordnung schon rein aus Imagegründen niemals von einem Fotografen allein realisiert, sondern von einem vielköpfigen Kompetenzkollektiv.

So waren neben dem Fotografen selbst sein Fotoassistent, seine Repräsentantin, eine Studiopraktikantin sowie ein auf Tiefkühlkost spezialisierter Foodstylist aus London anwesend. Die für das Packaging und die Einführungskampagne verantwortliche Werbeagentur war mit Kreativdirektor, Etatdirektor und Art Buyerin vertreten, während die Abordnung des Auftraggebers aus zwei Produktmanagern, dem Head of Global Communication und dem Leiter des Einkaufs bestand.

Alles in allem tummelte sich also rund um die Pizza eine Armada von Deutsch, Englisch und Werbisch sprechenden Entscheidungsträgern, die mit ausgedruckten Positionierungsstorys herumwedelten, aus vollem Hals Marketinganglizismen wie »Customer Journey« oder »Value Proposition« in ihr iPhone brüllten oder einfach nur schweigend dastanden und sich eines möglichst kompetenten Gesichtsausdrucks befleißigten.

Beobachtet wurde der kollektive Wahnsinn von zwei weiteren Personen.

Allerdings saßen die abseits auf einer roten Ledercouch und waren nicht wegen eines Shootings vor Ort.

Sondern wegen eines Mordes.

★★★

»Musstest du den armen Kerl so anpinkeln?«

»Hey, ich bin einundsechzig. In dem Alter ist man froh, wenn man überhaupt noch pinkeln kann!«, entgegnete Polizeihauptmeister Schmidthuber, öffnete die Tür des Streifenwagens und hievte seinen massigen Körper mit der Grazie eines Sumoringers auf den Fahrersitz. Dabei flatulierte er herzhaft und völlig ungeniert. »Mann, Schmidthuber, du bist echt 'ne Sau! Hättest du das nicht draußen machen können?«, echauffierte sich sein jüngerer Kollege, Polizeimeister Zirngibl, während er hektisch das Fenster öffnete. Anschließend warf er einen resignierten Blick auf den Schlüssel in seiner Hand und seufzte tief.

Die beiden Polizisten waren nun bereits den zweiten Tag ausschließlich damit beschäftigt, sämtliche Banken und Postfilialen in und um Starnberg abzuklappern, um das Schließfach ausfindig zu machen, zu dem der in Wocz' Spind gefundene Schlüssel passte.

Dabei war es nicht allein die bisherige Erfolglosigkeit ihres Unterfangens, die die Laune der beiden Beamten auf Meeresbodenniveau sinken ließ, sondern auch und vor allem das blasierte Verhalten der Bankangestellten. In den meisten Geldinstituten wurden sie wie lästige Bittsteller behandelt, und während Zirngibl seinen Ärger innerlich verdaute, war seinem älteren Kollegen in der vor wenigen Minuten besuchten Bank endgültig der Kragen geplatzt und er hatte einem mittelgescheitelten Schlipsträger dermaßen den Kopf gewaschen, dass die einzig adäquate Antwort eigentlich nur von einem Sekundanten hätte überbracht werden können.

»Die nächste Niete!«, fluchte Schmidthuber und strich den Namen der Filiale von seiner Liste aller Banken im Fünf-Seen-Land. Sein roter Kopf deutete darauf hin, dass sein Ärger trotz des emotionalen Ausbruchs noch nicht ganz verflogen war. »Mann, ich habe diesen Scheißjob echt dicke. Warum müssen ausgerechnet wir diese Laufbotentätigkeiten übernehmen? Das könnte doch genauso gut unser neues Dreamteam ›Ernie und Bert‹ übernehmen. Aber nein – der feine Herr von und zu Werdenfels macht ja jetzt auf Chefermittler! Seit der neue Kriminalrat da ist, meint unser Adelssöhnchen echt, es wäre was Besseres! Und dem Hamburger Mopedfuzzi gefällt es offensichtlich, wenn ihm jemand bis zum Anschlag in den Arsch kriecht!«

»Hey, jetzt komm aber mal wieder runter, Kollege!«, bremste Zirngibl seinen Partner. »Ich finde, du übertreibst gerade gewaltig. Okay, Max scheint sich wirklich ganz gut mit dem neuen Chef zu verstehen, aber ich finde nicht, dass er bei ihm rumschleimt. Er ist nun mal ziemlich ehrgeizig, aber deswegen ist er ja nicht unbedingt ein Arsch. Und der Kriminalrat ist doch im Grunde auch ein ganz lässiger Typ. Oder magst du stattdessen vielleicht so einen überkorrekten Kirschkernschnitzer, der pedantisch auf alle Vorschriften achtet? So einer wie damals dieser Kriminalrat Pockmann? Weißt du noch, als der unsere Fingernägel kontrollieren wollte? Nee, nee, da ist mir dieser Motorradfreak schon lieber. Gib ihm doch einfach mal 'ne Chance – vielleicht versteht ihr zwei euch ja besser, als du denkst!«

Schmidthuber grummelte irgendetwas Unverständliches und starrte demonstrativ aus dem Fenster.

Einsicht war noch nie seine größte Stärke gewesen, wenngleich er wohl oder übel zugeben musste, dass sein jüngerer Kollege in diesem Fall nicht ganz unrecht hatte.

Schmidthuber hatte inzwischen fast vierzig Jahre Polizeidienst auf dem Buckel, und die Pensionierung rückte in greifbare Nähe. Noch gute zwei Jahre und er konnte sich ungestört seinem großen Hobby – kleinen asiatischen Frauen – widmen. Bis dahin galt es, möglichst unauffällig durch den Polizeialltag zu gleiten, auch wenn sein Motivationslevel inzwischen dem eines Ein-Euro-Jobbers beim Straßenkehren entsprach.

Aber das musste der Neue ja nicht wissen.

Der Polizeihauptmeister setzte sich aufrecht hin, steckte den Schlüssel ins Schloss und startete entschlossen den Wagen. Von nun an, so nahm er sich fest vor, würde er in Anwesenheit von Kriminalrat Madsen Kreide fressen.

Und wer weiß – vielleicht schmeckte die ja mit einem kräftigen Schluck Wodka auch gar nicht so trocken.

Die nächste Station auf ihrer Liste war die Filiale einer Regionalbank in Tutzing.

Das Problem der Parkplatzsuche an der viel befahrenen

Hauptstraße umging Schmidthuber ganz pragmatisch, indem er den Streifenwagen im Einsatzmodus quer auf den Gehsteig stellte – für irgendetwas musste das zuckende blaue Licht auf dem Dach ja gut sein.

Der große Range Rover, der direkt neben ihnen zur Hälfte auf dem Bürgersteig parkte, verfügte nicht über ein solches Signal, und so heftete ihm Schmidthuber im Vorbeigehen ein Protokoll hinter den Scheibenwischer.

»War das jetzt wirklich nötig? Wir haben doch weiß Gott Wichtigeres zu tun, als Knöllchen zu schreiben!«, brummte Polizeimeister Zirngibl kopfschüttelnd, während er seinem älteren Kollegen die Tür öffnete. Anschließend wandte er sich an eine dunkelhaarige Bankangestellte, die auf sie zukam und sich erkundigte, ob sie den Herren helfen könne. Dabei wirkte sie kein bisschen blasiert, sondern freundlich und hilfsbereit.

Zirngibl erläuterte ihr das Problem, zeigte ihr den Schlüssel aus Wocz' Spind und erkundigte sich, ob dieser eventuell aus ihrer Bank stamme. Die junge Frau musste den Schlüssel nur kurz ansehen.

»Ja, der ist von uns. Das ist ein Schließfachschlüssel aus unserem Tresorraum.«

Der Polizeimeister warf seinem Kollegen einen triumphierenden Blick zu.

»Der Besitzer dieses Schlüssels ist vor drei Tagen ermordet worden. Wir würden uns deshalb gerne mal sein Schließfach ansehen.«

Die Bankangestellte hob bedauernd die Arme.

»Ich würde Ihnen wirklich sehr gerne behilflich sein, aber das geht leider nicht.«

»Wie bitte? Wieso geht das nicht? Wo liegt das Problem?«

Sie lächelte verbindlich.

»Ganz einfach: Das Problem liegt in dem Bankgeheimnis. Wir sind nicht befugt, irgendjemand anderem als unseren Kunden Zutritt zu dem Schließfach zu gewähren. Es sei denn, es liegt eine Befugnis der Staatsanwaltschaft vor.«

»Tatsächlich? Nun, wenn es nur das ist …«, erwiderte Schmidthuber und zwinkerte der jungen Frau selbstgefällig zu, »… dann lasse ich unseren Chef Ihr kleines Problem mal flott lösen!« Mit diesen Wort griff er nach seinem Handy.

★★★

»Interessant, mal so einen Blick hinter die Kulissen einer Fotoproduktion zu werfen, oder?«

Johnny Schiller hatte sich unbemerkt der Couch mit den beiden Polizisten genähert und nahm lässig auf einer der Lehnen Platz. Bis auf ein Paar grasgrüne Sneaker war er komplett schwarz gekleidet, hatte die grauen Haare zu einem Pferdeschwanz zusammengebunden, und an seinem Handgelenk funkelte ein goldener Chronograf, dessen Wert vermutlich dem von Madsens Harley nahekam.

»In der Tat.« Der Kriminalrat nickte. »So ein Shooting ist tatsächlich sehr interessant. Obwohl ich gestehen muss, dass ich es auch ein wenig befremdlich finde, wenn zwölf erwachsene – und vermutlich hochbezahlte – Leute um eine Tiefkühlpizza herumtänzeln und mit der Pinzette die Lage eines Petersilienblättchens verändern.«

Der Fotograf lachte.

»Ich gebe zu: Manchmal treibt unser Gewerbe schon seltsame Blüten – und das hier ist noch nicht einmal extrem! Sie sollten uns mal sehen, wenn wir für McDonald's die Burger fotografieren. Glauben Sie etwa, die Sesamkörner werden in der Produktion so gleichmäßig aufgebracht? Von wegen – das ist schon rein technisch unmöglich. Die werden von uns vor dem Shooting einzeln mit Sekundenkleber befestigt. Oder meinen Sie, ein saftiges Steak hätte wirklich so schöne Streifen, wenn es vom Grill kommt? Vergessen Sie's! Das machen wir mit Lebensmittelfarbe, Lötkolben und Lineal.«

Er breitete theatralisch die Arme aus.

»Sie sehen: Das, was wir hier veranstalten, ist auf seine Weise schon auch eine Art von Kunst! Allerdings muss ich Ihnen recht geben, dass das ganze Tamtam drum herum manchmal etwas übertrieben ist. Doch jeder meint, er sei unendlich wichtig, und ein Großteil meines Erfolgs besteht darin, die Leute glauben zu lassen, dass sie es auch tatsächlich sind.«

Im selben Augenblick schaute die Art Buyerin der Werbeagentur zu ihnen herüber, woraufhin Schiller ihr freundlich zuwinkte und sie mit einem Lächeln beglückte, das Blinde hätte blenden können.

»Aber ich nehme an, Sie sind nicht gekommen, um etwas über Foodfotografie zu lernen. Womit kann ich Ihnen denn helfen? Gibt es schon Neuigkeiten in diesem schrecklichen Mordfall?«

Madsen nickte.

»Die gibt es. Und eine der Neuigkeiten betrifft auch Sie.«

»Sie betrifft mich?«, fragte der Fotograf erstaunt. »Jetzt machen Sie mich aber neugierig. Um was geht es denn genau?«

»Nun ja, uns wurde zugetragen, dass Stanislav Wocz Sie erpresst haben soll. Und da Erpressung ein durchaus plausibles Motiv dafür wäre, jemanden aus dem Weg zu räumen, zählen Sie – und das dürfte angesichts der Umstände nachvollziehbar sein – für uns gerade zum engsten Verdächtigenkreis.«

Johnny Schiller war bei Madsens Worten jegliche Farbe aus dem Gesicht gewichen. Sein Assistent eilte herbei und reichte ihm mit besorgter Miene ein Glas kühles Ingwerwasser.

Der junge Mann war etwa Mitte zwanzig, trug ein schwarzes T-Shirt, das seinen muskulösen Oberkörper vorteilhaft zur Geltung brachte, sowie eine hauteng sitzende Lederhose. Er hatte kurzes schwarzes Haar, einen akkurat rasierten Kinnbart und dezent, aber dennoch erkennbar geschminkte Augen.

»Merci, Antoine!«

Schiller bedachte seinen Assistenten mit einem dankbaren Blick, woraufhin dieser sich wieder entfernte, das Gespräch aber weiterhin aufmerksam beobachtete.

»Ich nehme an, es hat wenig Sinn, die Erpressung zu leugnen, wenn Sie sowieso schon alles wissen.« Der Fotograf zuckte resigniert mit den Achseln. »Ja, es stimmt! Ich gebe es zu. Wocz hat mich erpresst.«

Kommissar von Werdenfels warf seinem Chef einen fragenden Blick zu, und als dieser ihm zunickte, übernahm er.

»Und womit genau hat er Sie erpresst? Sie müssen ja in irgendeiner Form Dreck in der Hand haben, um ihm überhaupt die Möglichkeit einer Erpressung zu bieten.«

Schiller wand sich so gequält auf der Sofalehne hin und her, als säße er auf einem heißen Holzkohlegrill. Dass von Werdenfels wieder einmal zwei Redewendungen kombiniert hatte, war ihm angesichts seiner Anspannung überhaupt nicht aufgefallen.

»Sie haben im Garten meines Hauses vielleicht das Bootshaus gesehen? Unten am Seeufer, in der Nähe der Wohncontainer? Das habe ich Ende letzten Jahres nicht offiziell über Augenthalers Firma, sondern von ein paar polnischen Bauarbeitern schwarz aufbauen lassen. Die Jungs waren froh, ein paar Euro unversteuert zu bekommen, und ich ... na ja, ich habe auch ein bisschen was gespart.« Er blickte zerknirscht zu Boden. »Ich weiß, dass das blöd war. Saublöd sogar. Aber jetzt ist es nun mal passiert, und ich kann nichts mehr daran ändern. Ich hatte auch gar nicht mehr an die Angelegenheit gedacht, bis dieser Wocz mich vor ein paar Wochen auf der Baustelle ansprach.«

»War Wocz denn einer von denen, die das Bootshaus gebaut hatten?«, hakte von Werdenfels nach.

Schiller schüttelte den Kopf.

»Nein, er muss irgendwie davon erfahren haben. Vielleicht hat ihm einer seiner Kollegen bei einem Bier davon erzählt oder so. Auf jeden Fall kam Wocz zu mir und drohte damit, diese Geschichte sowohl der Polizei als auch der Presse zu stecken. Sie werden verstehen, dass beides mich nicht sonderlich begeistert hätte. Trotzdem habe ich zuerst versucht, so zu tun, als wäre mir seine Drohung völlig egal, aber als er dann nach seinem Handy gegriffen hat, habe ich den Schwanz eingezogen und gefragt, was er für sein Schweigen haben will.«

»Und? Wie hoch war der Preis?«, erkundigte sich von Werdenfels interessiert.

»Fünftausend. Er wollte fünftausend Euro in bar. Ich habe ihm das Geld einen Tag später in einem Umschlag zugesteckt und anschließend nichts mehr von ihm gehört – bis Sie dann vorgestern kamen und erzählt haben, dass man ihn umgebracht hat.«

Er hatte den letzten Satz in seiner Erregung etwas lauter ausgesprochen, worauf einige der mit dem Pizzaaufbau beschäftigten Personen neugierig ihre Köpfe drehten. Auch der Assistent war aufgesprungen und eilte herbei, um Schiller noch einmal frisches Wasser nachzuschenken.

Anschließend blieb er wie selbstverständlich neben dem Fotografen stehen.

»Entschuldigen Sie, aber ich glaube, wir sollten das hier besser unter sechs Augen besprechen«, sagte Madsen.

Doch Schiller hob abwehrend die Hand.

»Lassen Sie nur, Herr Kriminalrat! Antoine ist über diese ganze Geschichte im Bilde. Es stört mich also nicht, wenn er dabei ist.«

»Wie Sie meinen, Herr Schiller«, entgegnete Madsen überrascht. »Aber ich muss gestehen, dass ich von Ihrer Version der Erpressung nicht so ganz überzeugt bin. Zum einen erscheint mir Ihre Gegenwehr doch sehr gering. Da ist so ein polnischer Bauarbeiter, dem Sie seit Jahren gut bezahlte Arbeit und Logis bieten, der in Ihrem Haus ein- und ausgeht, den Sie also kennen und dem Sie in einem gewissen Maß auch vertrauen – und genau dieser Typ kommt auf einmal angekrochen und will fünftausend Steine von Ihnen. Da ist man doch stinksauer! Da denkt man doch: So ein undankbares Arschloch! Und Sie wollen behaupten, Sie hätten nur kurz gezögert und ihn dann völlig anstandslos bezahlt? Seien Sie mir nicht böse, aber das kann ich kaum glauben.«

»Es ist aber so!«, protestierte Schiller, dem Schweißtropfen auf die Stirn getreten waren und für den das Fünfzehntausend-Euro-Shooting mittlerweile zur völligen Marginalie verkommen war – auch wenn die versammelten Werbe- und Tiefkühlkoryphäen ungeduldig um den Aufbau standen und mit den lackbeschuhten Hufen scharrten. »Sie haben Wocz doch gesehen. Und nun schauen Sie mich an: Sehe ich etwa so aus, als könnte ich mich mit so einem Typen anlegen?«

»Nein, körperlich sicher nicht. Aber Sie haben doch Beziehungen —«

»Und genau deswegen habe ich ja auch sofort bezahlt!«, unterbrach ihn der Fotograf mit hochrotem Kopf, woraufhin ihm der Assistent beruhigend die Hand auf den Arm legte. »Vor der Polizei habe ich keine Angst – die Sache hätte mein Anwalt locker geregelt. Aber mir ging es darum, nicht in die Fänge der Presse zu geraten und anschließend Persona non grata in Starnberg zu sein. Glauben Sie, man hat in unseren Kreisen wirklich Freunde, die zu einem stehen?« Er stieß ein verächtliches Lachen aus. »Sie sind nur so lange akzeptiert und integriert, solange Sie erfolgreich, wohlhabend und standesgemäß sind. Sollte auch nur einer der drei Faktoren nicht mehr gegeben sein, lässt man Sie schneller fallen als eine heiße Kartoffel. Verstehen Sie? Es gibt hier in Starnberg keinen Mittelweg. Sekt oder Selters! Null oder hundert! Entweder Sie sind ganz oben an der Spitze der Nahrungskette – oder Sie sind am Arsch! Zum Beispiel deshalb, weil so ein kleiner, undankbarer Dreckskerl Sie ans Messer geliefert hat. Begreifen Sie nun, warum ich anstandslos bezahlt habe?«

Die Polizisten nickten wenig überzeugt, während Schiller seinen Assistenten abwesend damit beauftragte, die versammelte Kundschaft ins Erdgeschoss zu führen, wo das shootingbegleitende Catering stattfand.

Anschließend wandte er sich abermals an die beiden Beamten.

»Und um Ihrer nächsten Frage gleich zuvorzukommen: Nein, er hat sich anschließend tatsächlich nicht mehr gemeldet. Ich hatte befürchtet, dass er auf den Geschmack kommt und noch mal einen Nachschlag verlangt. Aber dem war nicht so – es ist einmalig bei diesen fünftausend Euro geblieben! Fünftausend, und keinen Cent mehr!«

»Na gut, wir haben das mal so notiert«, erwiderte Madsen. »Aber eine Sache würde mich doch noch interessieren: Man munkelt, Sie hätten angedeutet, diese Sache auf Ihre Art regeln zu wollen. Sie müssen zugeben: Das klingt nicht wirklich nach bedingungsloser Kapitulation. Können Sie uns dazu noch etwas sagen?«

»Ach, daher weht der Wind!« Schiller legte den Kopf in den Nacken und schloss die Augen. »Sie haben mit meiner Frau gesprochen. Ich hatte mich schon gewundert, woher Sie die ganzen Informationen haben. Aber ich muss Sie leider enttäuschen: Meine martialische Ankündigung war nichts anderes als der schwache Versuch, vor meiner Frau nicht wie ein Waschlappen zu wirken. Vermutlich hat sie mir eh nicht geglaubt, doch ich wollte zumindest so tun, als würde ich mir nicht alles gefallen lassen. Aber wie ich Ihnen ja soeben berichtet habe ...«

Er unterbrach seine Ausführungen, weil das Handy seines Gegenübers klingelte. Madsen entschuldigte sich, trat ein paar Schritte zur Seite und nahm das Gespräch an. Währenddessen hatte der schwarz gekleidete Assistent das Studio wieder betreten und ohne eine Sekunde zu zögern Madsens frei gewordenen Platz auf der Couch eingenommen.

Der hatte sein Telefonat inzwischen beendet und flüsterte von Werdenfels etwas zu.

Dann wandte er sich wieder an den Fotografen.

»Tut mir leid, Herr Schiller, wir müssen los, weil sich im Rahmen der Ermittlungen etwas Neues ergeben hat. Aber eine allerletzte Frage noch, da Sie gerade Ihre Frau erwähnten: Uns ist zu Ohren gekommen, es gäbe in Ihrer Ehe gewisse Schwierigkeiten. Ist an diesen Gerüchten etwas dran?«

Der Angesprochene lächelte freudlos.

»Nett, wie zurückhaltend Sie sich ausdrücken, Herr Kriminalrat. Aber jegliches Beschönigen ist in diesem Fall völlig fehl am Platz. Sprechen Sie doch einfach ganz offen aus, was Sache ist. Und was eh jeder weiß: Dass meine werte Frau Gemahlin ein sexuelles Problem hat. Oder – um es mit anderen Worten zu sagen: Sie vögelt alles, was einen Puls hat!«

Einen Moment lang herrschte völlige Stille im Studio, lediglich das monotone Brummen der Generatoren war zu vernehmen.

Schließlich war es Madsen, der sich als Erster wieder fing.

»Sie wissen davon? Ich meine, Ihre Frau hat Verhältnisse und es macht Ihnen nichts aus?«

»Doch, anfangs schon«, erwiderte Schiller, dessen Mimik sich jetzt zunehmend entspannte. »Und natürlich habe ich auch um unsere Ehe gekämpft. Doch inzwischen weiß ich, dass das nicht mehr nötig ist. Den hormonellen Amoklauf meiner Frau werde ich wohl nicht mehr stoppen können, und außerdem gibt es inzwischen andere Dinge in meinem Leben, die mir weitaus wichtiger sind als meine Ehe.«

»Wichtiger als Ihre Ehe? Wichtiger als die Liebe zu Ihrer eigenen Frau?«, mischte sich von Werdenfels ungläubig ein. »Sie sprechen doch jetzt hoffentlich nicht von Ihrer Arbeit?«

»Nein, ich meine nicht die Fotografie«, antwortete Schiller, in dessen Blick nun eine gewisse Verklärung lag. »Auch wenn es im weitesten Sinne durchaus mit meiner beruflichen Tätigkeit zu tun hat.«

Mit diesen Worten neigte er sich zu seinem Assistenten, nahm dessen Kopf zwischen beide Hände und drückte ihm einen zärtlichen Kuss auf den Mund.

★★★

Hätte Kriminalrat Madsen nicht wenige Minuten vorher mit Polizeihauptmeister Schmidthuber telefoniert, wäre er angesichts der Szenerie vor der Tutzinger Bankfiliale von einer Geiselnahme oder einem bewaffneten Banküberfall ausgegangen.

Quer auf dem Bürgersteig vor dem Gebäude stand ein Streifenwagen mit blinkendem Blaulicht, an der Tür hielt Polizeimeister Zirngibl mit bedeutungsvoller Mimik Wache, und an der großen Glasscheibe drängten sich zahlreiche Gaffer, die aus der Kombination von Bank und Blaulicht blitzschnell Action und spektakuläre Facebookfotos geschlussfolgert hatten. Sogar ein Zeitungsfotograf war zugegen, wenngleich der in Ermangelung schlagzeilenträchtiger Motive relativ sinnfrei in der Gegend herumknipste.

»Hatte Ihr Kollege nicht eben telefonisch gemeldet, es gehe hier um den Inhalt eines Schließfachs?«, erkundigte sich Madsen bei dem Kollegen Zirngibl. »Warum ist denn hier so ein Auflauf, als würde Helene Fischer einen Lapdance veranstalten? Und was zum Teufel macht der Streifenwagen mit Blaulicht mitten auf dem Gehweg? Ist hier Gefahr im Verzug, oder was?«

Der Polizeimeister errötete.

»Na ja, es gab keinen freien Parkplatz, und da dachten wir …«

»Sie parken einfach mal wie diese Typen in Hollywood?«

Die zunehmende Lautstärke von Madsens Stimme ließ Zirngibl ahnen, dass dieser Moment nicht als Highlight in die Geschichte seiner beruflichen Karriere eingehen würde.

»Verdammt noch mal, Sie hatten lediglich den ganz simplen Auftrag«, fuhr Madsen mit zusammengekniffenen Augen fort, »herauszufinden, zu welchem Schließfach ein Schlüssel passt. Und was machen Sie und Ihr Kollege? Sie veranstalten hier einen Aufstand wie auf dem Majdan. Wir können ja offensichtlich von Glück reden, dass Sie nicht noch die Schiebetür aufgesprengt und die Filiale mit dem SEK gestürmt haben.«

»Ja, aber wir haben doch nur —«, stammelte Zirngibl, doch Madsen ließ ihn nicht zu Wort kommen.

»Sie haben Scheiße gebaut, Sie und Ihr Kollege! Und jetzt halten Sie gefälligst den Mund und schaffen die Leute hier weg. Und schalten Sie um Gottes willen endlich dieses verdammte Blaulicht aus!«

Der Kriminalrat stieß den wie paralysiert dastehenden Polizeimeister unsanft Richtung Streifenwagen und stürmte wutentbrannt in die Bank. Dass dabei das stakkatoähnliche Klicken eines Kameraauslösers ertönte, nahm er in seiner Erregung nicht wahr.

Was in diesem Moment vielleicht auch besser war.

Der Tresorraum war deutlich größer, als Madsen das bei einer so kleinen Bankfiliale erwartet hätte. Dutzende von Gängen, deren deckenhohe Wände aus silberfarbenen Metallschließfächern gebildet wurden, zogen sich labyrinthähnlich durch den gesamten Raum. Dabei waren die Fächer der beiden unteren Reihen etwa backofengroß, wohingegen die in den oberen Reihen lediglich die Größe einer gewöhnlichen Schrankschublade besaßen. Jede der Schließfachtüren war mit einer kleinen, gravierten Nummer sowie mit einem metallverstärkten Schlüsselloch versehen.

Madsen fröstelte, und das nicht nur, weil ihn der Raum in seiner metallischen Sterilität frappierend an den Obduktionssaal eines rechtsmedizinischen Instituts erinnerte, sondern auch, weil die monoton brummende Klimaanlage den Raum auf arktische Temperaturen herabkühlte.

Er deutete auf das Schließfach, vor dem der Beamte Schmidthuber Position bezogen hatte.

»Ist das das Fach von Wocz?«

Schmidthuber nickte schweigend. Bis vor wenigen Augenblicken hatte er noch voller Faszination die physikalische Auswirkung der Kälte auf die Anatomie der jungen Bankangestellten in der dünnen Bluse beobachtet. Doch dann waren von Werdenfels und der neue Kriminalrat in den Tresorraum gerauscht, und die Stimmung war schlagartig vom Erotischen ins Neurotische gekippt.

Bemüht, die schlechte Laune seines Vorgesetzten durch falsche Bemerkungen nicht noch weiter anzuheizen, übergab Schmidthuber Madsen schweigend Wocz' Schlüssel.

Madsen zog sein Smartphone aus der Tasche und wandte sich an die junge Frau. »Ich habe hier eine Mail aus dem Büro der Staatsanwaltschaft mit der offiziellen Befugnis zum Öffnen des Schließfachs. Das gleiche Dokument müsste Ihrer Filialleitung parallel per Fax zugegangen sein. Wären Sie jetzt bitte so freundlich, die erste Sicherung mit Ihrem Schlüssel zu öffnen?«

Die Bankangestellt warf einen prüfenden Blick auf das Display und tat, wie ihr geheißen.

Nachdem sie anschließend diskret einige Schritte zurückgetreten war, streifte Madsen sich ein Paar weiße Latexhandschuhe über. Dann steckte er seinen Schlüssel ins Schloss und drehte ihn vorsichtig gegen den Uhrzeigersinn. Es gab einen kurzen Widerstand, und das Schließfach sprang mit einem metallischen Klicken auf.

Im gesamten Raum herrschte angespannte Ruhe.

Madsen zog den Metallschuber aus dem Fach, stellte ihn

auf einen Tisch und betrachtete interessiert den Inhalt. Auch Kommissar von Werdenfels beugte sich neugierig über die Metallwanne, während der massige Schmidthuber sich im Hintergrund hielt und gedanklich so viel Kreide fraß, dass man damit problemlos eine ganze Saison lang die Seitenlinien der Allianz Arena hätte markieren können.

Doch dann überraschte ihn sein neuer Chef.

»Kommen Sie her, Schmidthuber! Sie und Ihr Kollege Zirngibl haben das Schließfach hier schließlich gefunden. Mal abgesehen von dem Theater, das Sie ein Stockwerk höher veranstaltet haben, war das gute Arbeit! Und deshalb sollten Sie auch den Inhalt hier untersuchen.«

Der alte Polizeihauptmeister trat erstaunt näher.

»Aber ich dachte, Sie wollten vielleicht selber —«

»Dabei sein. Richtig! Doch das bedeutet ja nicht, dass Sie wie ein Schuljunge da hinten in der Ecke stehen müssen. Kommen Sie! Schauen Sie nach, was Wocz hier Wichtiges gebunkert hat.«

Schmidthuber nickte erfreut und zog sich — dem Beispiel seines Vorgesetzten folgend — ebenfalls Latexhandschuhe über. Dann griff der Polizeihauptmeister in die Metallschublade und entnahm alles, was sich darin befand.

Das war relativ schnell erledigt, denn sie beinhaltete lediglich einen einzigen Gegenstand.

Einen weißen wattierten A5-Umschlag.

Unschlüssig drehte der übergewichtige Beamte seinen Fund hin und her, bevor er fragend zu Madsen blickte.

»Soll ich …?«

»Natürlich sollen Sie!«, brummte sein Vorgesetzter ungeduldig. »Und wenn's geht, auch bald. Ich hab an Weihnachten nämlich noch was vor!«

Schmidthuber, dem Madsens Sarkasmus noch nicht vertraut war, machte ein ratloses Gesicht, und erst als ihm sein Kollege von Werdenfels aufmunternd in die Seite stieß, setzte er die Untersuchung des Umschlags fort.

Er war unbeschriftet und nicht verschlossen.

Vorsichtig griff der Polizeihauptmeister hinein und pfiff leise durch die Zähne, als ein Stapel Hundert-Euro-Scheine zum Vorschein kam.

»Sieh mal einer an! Der Polacke hatte mehr Geld auf der Bank als ich.«

Kriminalrat Madsen blickte ihn strafend an.

»Davon abgesehen, dass Sie von einem Toten sprechen, würde ich es begrüßen, wenn Sie sich etwas respektvoller ausdrücken würden. ›Polacke‹ klingt äußerst despektierlich, und ich gehe doch hoffentlich recht in der Annahme, dass Sie kein Problem mit ausländischen Mitbürgern haben, nicht wahr?«

Schmidthuber beeilte sich zu bejahen, woraufhin Madsen zufrieden nickte und den Geldstapel an sich nahm.

»Mal sehen! Das sind … viertausendfünfhundert, viertausendsechshundert, viertausendsiebenhundert, viertausendachthundert, viertausendneunhundert, fünftausend Euro. Okay, das passt ins Bild.«

Er nickte seinem Kollegen von Werdenfels zu, und auch diesem war sofort klar, dass es sich hierbei um den von Johnny Schiller erpressten Betrag handeln musste. Inwieweit dieser eine Chance hatte, sein Geld im Anschluss an die Ermittlungen zurückzubekommen, entzog sich Madsens Kenntnissen – schließlich hatte er die Erpressung nicht angezeigt.

Aber im Grunde interessierte es Madsen auch nicht.

Genauso, wie diese Summe vermutlich auch den Millionär Schiller nicht weiter interessierte.

»Da ist noch was anderes in dem Umschlag!«, verkündete Polizeihauptmeister Schmidthuber plötzlich, griff abermals in die Versandtasche und zog ein längliches Päckchen heraus.

Dessen Umhüllung bestand aus profanem braunen Packpapier, und als der betagte Beamte dieses behutsam abwickelte, kam etwas zum Vorschein, was alle Anwesenden überraschte.

Und zwar noch einmal Geld.

Aber diesmal war der Stapel deutlich größer.

»Zweiunddreißigtausendfünfhundert Euro!«, verkündete Kommissar von Werdenfels, nachdem er sich bereit erklärt hatte, die Scheine zu zählen. »Das ist eine Menge Zaster. Dafür müssen schöne Töchter lange stricken.«

Madsen musste lachen.

»Von Werdenfels, Sie machen mich fertig! Wer oder was in Ihrem Kopf bildet eigentlich diese obskuren Redewendungen? Stricken muss eine alte Frau – nicht die schönen Töchter.«

»Ist doch egal, wer stricken muss! Was ich damit sagen wollte, ist, dass das hier ziemlich viel Geld ist – und gleichzeitig bedeutet, dass unser guter Wocz noch irgendeine Einkommensquelle hatte, von der wir bis dahin nichts wussten.«

Madsen nickte und betrachtete nachdenklich die Schließfachschublade, in der der leere weiße Umschlag und das braune Papier lagen.

Dabei bewegte er den Kopf hin und her.

»Alles in Ordnung, Herr Kriminalrat?«, erkundigte sich Polizeihauptmeister Schmidthuber irritiert.

Doch statt eine Antwort zu geben, griff Madsen nach dem Packpapier, strich es vorsichtig glatt und hielt es schräg vor eine der länglichen Deckenlampen.

Dann hellte sich seine Miene auf.

»Schauen Sie mal!« Er drehte das Blatt langsam unter der Lampe. »Erkennen Sie die leichte Struktur im Papier? Dort, wo man diese minimalen Schatten sieht? Irgendjemand hat vermutlich auf ein anderes Blatt Papier, das auf diesem hier lag, etwas geschrieben. Und zwar ziemlich kraftvoll. Deshalb hat sich dieser Text auch ganz leicht durchgedrückt. Ich kann das zwar mit bloßem Auge nicht lesen, aber die KTU wird das sicherlich deutlicher rausholen können. Und wenn wir wissen, was da steht, sind wir vielleicht wieder einen Schritt weiter.« Er zeigte zufrieden auf Schmidthuber. »Wären Sie bitte so nett, den Inhalt des Schließfachs samt Umschlag zusammen mit dem Kollegen Zirngibl ins Labor nach München zu bringen? Und diesmal dürfen Sie – wenn Sie wollen – sogar das Blaulicht anmachen.«

Er zwinkerte dem fülligen Polizeihauptmeister zu, dann wedelte er mit den Armen, als müsste er eine Schar Hühner über den Hof jagen.

»Aber jetzt sollten wir schleunigst hier verschwinden. Ich habe das Gefühl, in meinem Blut bilden sich langsam Eiswürfel!«

Die anderen lachten, und während sich kurz darauf alle polonaisenähnlich aus dem Tresorraum bewegten, tippte Madsen Kommissar von Werdenfels von hinten auf die Schulter.

»Und wissen Sie, was wir zwei Hübschen nun machen? Wir fahren jetzt direkt noch mal zurück nach Berg. Mich würde angesichts des deutlich höheren Betrages in dem Umschlag brennend interessieren, ob uns der gute Herr Schiller nicht doch ein bisschen was verschwiegen hat. Und ich bin sicher: Wenn dem tatsächlich so ist, dann bekommen wir das auch aus ihm raus. Denn der Mann kann vielleicht gut fotografieren, aber eines kann er aus meiner Sicht dafür überhaupt nicht gut. Und das ist lügen!«

★★★

»Siebenundreißigtausendfünfhundert Euro?«

Johnny Schiller blickte die Polizisten entgeistert an.

»Das ist eine Menge Geld für einen polnischen Gastarbeiter. Das kann er unmöglich alles in den letzten paar Wochen beiseite geschafft haben. Also entweder hortet er schon seit Jahren Erspartes in diesem Schließfach, oder aber er hat außer mir auch noch andere Leute erpresst.«

»Oder – und das wäre Möglichkeit Nummer drei – er hat von Ihnen doch deutlich mehr als die zugegebenen fünftausend Euro bekommen«, vervollständigte Kriminalrat Madsen und blickte Schiller prüfend an. »Vielleicht war ja nach der ersten Zahlung doch noch nicht Schluss, weil Wocz den Hals nicht voll genug bekommen hat?«

Der Fotograf schüttelte energisch den Kopf.

Seine Kundschaft hatte das Studio zwischenzeitlich verlassen und feierte in einer gerade angesagten Jetset-Lounge das erfolgreich verlaufene Shooting, während sich Schiller mit den beiden Polizisten und seinem persönlichen Assistenten im Postproduction-Raum des Fotostudios befand.

Hier wurden sämtliche Motive so nachbearbeitet und retuschiert, dass sie auch den höchsten gestalterischen und produktionstechnischen Ansprüchen gerecht wurden.

Antoine Malmé, der Assistent Schillers, saß schweigend vor einem gigantischen Flachbildschirm und korrigierte mit geübten Handgriffen Farbton, Sättigung und Kontraste. Anschließend betätigte er die Enter-Taste, und auf dem großen Monitor erschien ein neues Bild der Pizza.

Ein Bild, das kaum noch einen optischen Zusammenhang mit dem farblosen Teigfladen erkennen ließ, der noch vor wenigen Stunden auf der Hohlkehle gelegen hatte. Der goldgelbe Rand des Teigs wirkte jetzt knusprig und kross, die Tomatensoße reif und saftig, und der gleichmäßig verteilte San-Daniele-Schinken strahlte eine dermaßen geschmackvolle Frische aus, dass die Vermutung nahelag, die friaulische Sau wäre direkt von der Weide auf die Pizza gesprungen und hätte sich dort in suizidaler Absicht selbst tranchiert.

»Ich bin beeindruckt!«, sagte Madsen unbeeindruckt. »Aber so leicht, wie es bei einem Foto offensichtlich möglich ist, können Sie die Wirklichkeit nicht retuschieren, Herr Schiller. Also frage ich Sie noch einmal ganz explizit und weise Sie gleichzeitig warnend darauf hin, dass eine Lüge Ihre Situation nicht verbessert: Hat Wocz von Ihnen mehr als diese fünftausend Euro bekommen?«

Der Fotograf schlug so unvermittelt mit der flachen Hand auf die Tischplatte, dass alle Anwesenden zusammenzuckten und das appetitliche Foto auf den Monitoren kurzzeitig weniger appetitliche Bildstörungen aufwies.

»Nein, verdammt noch mal! Wie oft soll ich es noch wiederholen? Der Kerl hat ein einziges Mal Kohle von mir bekommen, anschließend habe ich nichts mehr von ihm gehört oder gesehen! Nach der Nachricht über seinen Tod – auch das gebe ich gerne zu – habe ich in Wocz' Container nach dem Geld gesucht, um sämtliche Spuren der Erpressung verschwinden zu lassen. Allerdings ohne Erfolg, was sich ja jetzt durch den Fund des Geldes im Schließfach erklärt. Mehr kann ich Ihnen zu der ganzen Geschichte nicht sagen. Und das schwöre ich auf die Bibel. Oder das Grundbuch meiner Villa!«

Antoine, sein Assistent und Liebhaber, legte dem aufgewühlten Fotografen beruhigend die Hand auf die Schulter, streichelte ihm kurz über den Kopf und wandte sich dann drohend an Madsen und von Werdenfels.

»Was genau wollen Sie eigentlich von Johnny? Er hat sich weder etwas zuschulden kommen lassen, noch hat er irgendetwas mit diesem Mord zu tun! Erstens ist er für so etwas viel zu sanft und empfindsam, und zweitens war er in der Nacht, in der dieser Pole umgebracht wurde, mit mir in einem Club in Bernried tanzen – und anschließend bei mir zu Hause. Also lassen Sie jetzt verdammt noch mal meinen Freund mit Ihren lächerlichen Verdächtigungen in Ruhe!«

Der Assistent war erregt von seinem Platz aufgesprungen, und selbst als Madsen beschwichtigend die Hände hob, änderte Antoine weder Haltung noch Sprachduktus, sondern wurde im Gegenteil immer aufgebrachter.

»Vielleicht sollten Sie Ihre Energie mal für andere Dinge verwenden als für diese unsinnige Hatz auf Johnny. Das kostet Sie nur unnötig Zeit, während irgendwo da draußen der tatsächlich Schuldige frei durch die Gegend spaziert!«

Malmés Gesichtsausdruck hatte inzwischen den Rotton des Tomatenbelags auf dem Monitor hinter ihm angenommen.

»Und außerdem kotzt es mich an, dass dieser Wocz immer wie ein bedauernswertes Opfer dargestellt wird. Der Typ war ein Schwein! Er hat meinen Johnny erpresst, obwohl der ihm eine gut bezahlte Arbeit und eine kostenlose Wohnmöglichkeit zur Verfügung gestellt hat. Dazu gab's immer mal wieder Freibier, Grillfleisch, Geschenke und tausend andere kleine Aufmerksamkeiten. Einfach nur so, weil Johnny ein großzügiger, gutmütiger Mensch ist. Und was war der Dank von diesem tätowierten Primaten? Er droht, Johnny bei der Presse zu verpfeifen, und erleichtert ihn um fünftausend Euro! Soll ich Ihnen mal was sagen? Aus meiner Sicht geschieht es dem Dreckskerl recht, dass er tot ist! Wer Johnny ans Bein pinkelt, der hat es verdient, den Löffel abzugeben!«

Er deutete ein verächtliches Ausspucken an, dann legte er seinen Arm um Schillers Schultern.

»Und wissen Sie was? Wenn er meinen Schatz nicht in Ruhe gelassen hätte, dann wäre ich es vielleicht gewesen, der dem Dreckskerl die Lichter ausgeknipst hätte. Und zwar mit größtem Vergnügen!«

# ZEHN

»Ich hätte gerne das Bacon Clubhouse Beef als Menü, einmal Potato Wedges extra, dazu eine große Cola, eine heiße Apfeltasche und ein McSundae mit Karamellsoße. Und die Bestellung von dem jungen Mann zu meiner Rechten können Sie mit bei mir auf die Rechnung setzen«, sagte Madsen und zwinkerte der hübschen Frau mit der hässlichen Uniform freundlich zu. Den schwachen Protest seines Kollegen ignorierte er mit der Nonchalance eines Angehörigen der Besoldungsgruppe A 13. »Lassen Sie's gut sein, Kommissar! Beim nächsten Mal spendieren Sie mir eine Cola oder so. Wo sollen wir hin? Ans Fenster? Oder möchten Sie lieber im Piratenschiff sitzen? In dem Fall bekämen Sie sogar noch einen Luftballon und ein Fähnchen gratis dazu.«

»Ist mir egal, wohin. Hauptsache, ich darf später beim Rausgehen noch mal auf die bunte Rutsche«, entgegnete von Werdenfels schlagfertig und orderte einen großen Salat mit einem kleinen Wasser.

»Sind Sie Vegetarier oder so was?«, erkundigte sich Madsen erstaunt, während er sich mit Servietten und Strohhalmen eindeckte und seinem Kollegen Richtung Fenster folgte.

»Um Gottes willen, nein! Ich esse für mein Leben gerne Fleisch – das sieht man mir ja leider auch an. Ich mag nur mittags nicht so viel essen, weil ich dann immer so müde werde. Aber abends darf's gerne schon mal ein halbes Schwein sein!« Er prostete seinem Vorgesetzten zu, was angesichts eines kleinen Mineralwassers mit rot-gelbem Strohhalm nur bedingt stilvoll wirkte. »Danke für die Einladung.«

»Gern geschehen«, brummte Madsen mit vollem Mund und blickte aus dem Panoramafenster auf die Drive-in-Spur sowie die dahinterliegende Hauptstraße. Dabei deutete er auf das Mehrfamilienhaus gegenüber, auf dessen Flachdach eine Unmenge an Antennen und Satellitenschüsseln thronte. »Was sind das da eigentlich alles für Antennen auf dem Dach? Kann man damit

Radio Eriwan empfangen? Oder Geräusche aus dem All? Die armen Leute, die da wohnen, die müssen doch vor lauter Elektrosmog drei Hoden haben!«

»Mhm, interessante Theorie«, sagte von Werdenfels. »Bei mir waren es allerdings heute Morgen noch zwei.«

Madsen stutzte einen Moment, dann verzog er schuldbewusst das Gesicht. »Ach du dicke Neune! Sie wohnen da drüben? Verdammt, das tut mir leid. Entschuldigen Sie bitte, ich wollte Ihnen nicht zu nahe treten.«

»Schon gut«, winkte von Werdenfels generös ab. »Wir fühlen uns da auch alles andere als wohl. Zum einen sind diese ganzen Antennen wirklich ätzend, und zum anderen ist auch der Rest des Hauses nicht gerade ein Traum. Aber es ist schwer, in Starnberg etwas Schönes und gleichzeitig Bezahlbares zu finden – eine Erfahrung, die Sie vermutlich demnächst auch noch machen werden.«

»Tja, das befürchte ich auch«, stimmte Madsen zu und verschwieg, dass er die Sache dank der tatkräftigen Unterstützung von Lissy Berghammer wesentlich optimistischer betrachtete. »Übrigens, wir hatten bisher noch gar keine Zeit, über private Dinge zu sprechen. Sie sagten gerade ›wir‹ – sind Sie eigentlich verheiratet?«

Von Werdenfels verschluckte sich hustend.

Mit einer entschuldigenden Geste nahm er sein Wasser und trank in großen Schlücken, und selbst als der Becher leer war, setzte er ihn nicht ab.

Stattdessen überlegte er fieberhaft, wie er das Gespräch möglichst schnell und unauffällig in eine andere Richtung lenken konnte, denn der entsetzte Gesichtsausdruck, mit dem Kriminalrat Madsen den Kuss von Schiller und seinem Assistenten betrachtet hatte, ließ es nicht gerade angeraten erscheinen, seinen Vorgesetzten über seine homosexuelle Lebensgemeinschaft zu informieren.

Auch wenn Schwulsein glücklicherweise in großen Teilen der Gesellschaft nicht mehr stigmatisiert wurde, war die Polizei immer noch eine der Institutionen, die sich mit gleichgeschlechtlicher Liebe schwertat.

Neben der Bundeswehr.
Und der Fußball-Bundesliga.

Doch dann war es der reine Zufall, der von Werdenfels zur Hilfe kam, denn just in dem Moment, in dem er um eine himmlische Eingebung flehte, fuhr plötzlich der polnische Bauarbeiter Jakub Lubanski am Drive-in-Schalter des Starnberger McDonald's vor.
Neben ihm saß eine junge Frau.
»Ist das nicht Lubanski?«, wunderte sich Madsen und deutete auf den weißen Kastenwagen, der sich in die Spur zum Ausgabefenster einordnete. »Wer ist denn die attraktive Dame, die auf der Beifahrerseite sitzt?«
»Das ist Liliana Novak«, beeilte sich ein erleichterter von Werdenfels zu erklären. »Ich hatte ganz vergessen, Ihnen zu sagen, dass Lubanski heute am frühen Morgen auf dem Revier angerufen hat. Er wollte wissen, ob der Leichnam von Wocz freigegeben ist, damit dessen Freundin ihn nach Polen überführen lassen kann.«
»Sieh mal einer an!«, murmelte Madsen überrascht und betrachtete das polnische Paar. »Die beiden gehen ja sehr vertraut miteinander um.«
In der Tat schien Lubanski bester Laune zu sein.
Er strahlte wie ein blond gelocktes Honigkuchenpferd, lachte mehrfach lauthals und beugte sich immer wieder zu seiner Begleiterin hinüber.
Die war zwar schwarz gekleidet, hatte die blonden Haare streng nach hinten gekämmt und trug nahezu kein Make-up, dennoch vermittelte sie nur bedingt den Eindruck einer trauernden Witwe.
Viel zu fröhlich war ihr Lachen, viel zu unbekümmert ihr Blick.
»Finden Sie es nicht auch komisch, wie gelassen Wocz' Freundin zu sein scheint?«, erkundigte sich Madsen bei seinem Kollegen. »Wenn ich mich in ihre Situation hineinversetze, würde ich vermutlich nicht so fröhlich durch die Gegend kutschieren. Und auch Lubanskis Trauer über den Tod seines Freundes scheint sich

schwer in Grenzen zu halten. Irgendwas an dieser Sache stinkt ganz gewaltig!«

»Ja, das denke ich auch«, sagte von Werdenfels. »Erinnern Sie sich noch, wie Lubanski in dem Container von dieser Liliana gesprochen hatte? Der ist ja aus dem Schwärmen gar nicht mehr herausgekommen. Vielleicht haben die beiden was miteinander ...«

»... und Wocz hat es herausgefunden!«, spann Madsen den Faden weiter. »Daraufhin hat er seinen Freund Lubanski zur Rede gestellt, ein Wort ergab das andere, die beiden prügeln sich ...«

»... und Lubanski schlägt Wocz tot. Immerhin ist er ein kräftiger Kerl und darüber hinaus auch ein guter Boxer. Erinnern Sie sich noch, wie explizit er darauf hingewiesen hat, dass der Tote ein viel besserer Kämpfer gewesen sei als er?«, fragte von Werdenfels. »Ich hatte das für sympathische Bescheidenheit gehalten, aber vielleicht war es ja auch einfach nur Berechnung? Gut möglich, dass uns Lubanski mit der Geschichte ein Riesenkamel aufgebunden hat!«

»Einen Bären, Kollege. Man bindet jemandem einen Bären auf. Das Kamel geht höchstens durch ein Nadelöhr«, korrigierte Madsen. Er stand auf und räumte sein leeres Tablett in einen Abfallwagen. »Ob Lubanski uns belogen hat, werden wir schon noch herausfinden. Aber vorher besuche ich Schillers Frau. Mich würde interessieren, ob sie von dem Verhältnis ihres Mannes mit dessen Assistenten weiß. Ich habe immer noch das dumpfe Gefühl, dass irgendetwas im Hause Schiller nicht ganz koscher ist. Und Sie, mein lieber von Werdenfels, fahren bitte zurück ins Revier und checken mit Ihren magischen Computerfingern mal die Konten von Schiller und das Alibi von diesem seltsamen Antoine, der so entschlossen alle aus dem Weg räumen will, die seinem Johnny zu nahe kommen. Wo will er in der Tatnacht noch mal tanzen gewesen sein? Irgendwo in Belied?«

»Bernried!«, korrigierte von Werdenfels seinen Vorgesetzten und hielt ihm höflich die Tür auf. »Der Ort liegt am Westufer, südlich von Tutzing. Da ist der ›Saustall‹, so ziemlich der einzige

Club für junge Leute am Starnberger See. Ich kenne die Barkeeperin dort ganz gut. Das ist eine ganz Nette, die mir sicherlich weiterhelfen kann. Ich frag mal bei ihr nach, ob sie Antoine an dem besagten Abend gesehen hat.«

»Perfekt! Dann bis später«, verabschiedete sich Madsen, stieg auf seine Harley und startete den Motor dermaßen geräuschvoll, dass einige der Kleinkinder, die sich unter Aufsicht ihrer Mütter auf dem Restaurantspielplatz die Pommes von den Rippen rutschten, in lautes Geheul ausbrachen.

★★★

»Und? Wie finden Sie es?«, erkundigte sich Jenny Schiller voller Stolz und setzte einen letzten, schwungvollen Pinselstrich auf die Leinwand.

»Nun ja … interessant«, entgegnete Kriminalrat Madsen ausweichend, und das »interessant« klang in etwa so wie das eines mitteleuropäischen Gourmetkritikers, dem man ein angebrütetes Balut-Ei servierte. »Für meinen Geschmack vielleicht ein wenig zu farblos – aber das ist jetzt ein rein subjektives Urteil.«

Die Fotografengattin blickte enttäuscht auf ihr Gemälde.

Es bestand aus einer schwarzen Grundierung, die mit unterschiedlich dicken schwarzen Strichen verziert war. Darüber hatte die Künstlerin in unregelmäßigen Abständen Punkte und andere geometrische Formen gemalt.

Ebenfalls in Schwarz.

Für Madsen strahlte das gesamte Kunstwerk die Lebensfreude eines Hundertjährigen mit koronarer Herzerkrankung aus, doch wenn er an Jenny Schillers aktuelle Lebensumstände dachte, erschien ihm das auch nicht weiter verwunderlich. Es gab Zeiten in seinem eigenen Leben, da hätte er vermutlich ähnliche Motive gemalt – sofern er sich überhaupt zum Malen hätte aufraffen können.

Vielleicht sollte er der Frau bei Gelegenheit einmal die Kontaktdaten seines Psychologen geben.

»Bitte, setzen Sie sich doch!«

Jenny Schiller deutete einladend auf die weiße Ledercouch, und als Madsen Platz nahm, legten sich die beiden Bordeauxdoggen, die ihn bereits an der Tür wie einen alten Freund begrüßt hatten, wie selbstverständlich zu seinen Füßen.

Madsen warf einen prüfenden Blick auf seine Gastgeberin. Sie wirkte bei Weitem nicht so aufgestylt wie bei seinem letztem Besuch, sondern trug lediglich eine verwaschene Blue Jeans sowie ein weißes T-Shirt, das ihre erstaunlich muskulösen Arme vorteilhaft zur Geltung brachte. Die dunklen Haare hatte sie mit einem Bandana lässig nach hinten gebunden, und auf Schuhe oder Strümpfe hatte sie angesichts der Fußbodenheizung verzichtet. Auch wenn Madsen nackte Füße prinzipiell so erotisch fand wie eine nässende Fistel, musste er doch widerstrebend zugeben, dass die von Jenny Schiller verhältnismäßig schön und überaus gepflegt waren.

»Darf ich Ihnen etwas zu trinken anbieten?«, fragte seine Gastgeberin und schenkte sich, nachdem Madsen mit Hinweis auf seine dienstliche Tätigkeit dankend abgelehnt hatte, einen mit viel Wohlwollen gerade noch als doppelt zu bezeichnenden Whisky in ein Wasserglas.

Madsen und Jenny Schiller befanden sich in demselben Zimmer, in dem er sie bereits am Vorabend befragt hatte, doch im Gegensatz zum letzten Besuch roch es heute nicht nach Blumen, Kräutern und alkoholischen Getränken, sondern penetrant nach Farbe und Verdünnungsmittel. Durch das Fenster erklangen Baustellengeräusche aus dem entgegengesetzten Flügel des Anwesens, und ungeachtet der Tageszeit und der frühsommerlichen Temperaturen loderte in dem Kamin an der Stirnwand ein offenes Feuer.

»Freut mich sehr, dass ich Sie so schnell wiedersehe – auch wenn der Grund Ihrer Anwesenheit ja leider nur rein dienstlich ist«, erklärte Jenny Schiller und prostete Madsen mit einem verführerischen Lächeln zu.

Die offensichtlichen Avancen der attraktiven Frau schmeichelten seinem männlichen Ego, wenngleich er sich bewusst war, dass es für ihr Interesse vermutlich bereits völlig ausreichte, dass sein Geschlecht männlich war.

»Ich bin noch einmal hier … «, erklärte er in dem Bestreben, sich voll und ganz auf seine ermittlungstaktischen Aufgaben zu konzentrieren, »… weil wir inzwischen einige neue Erkenntnisse haben, zu denen ich Sie gerne befragen würde.«

»Nur zu!«, forderte Jenny Schiller ihn auf, während sie ihr Glas umgehend noch einmal auffüllte.

Madsen räusperte sich verlegen.

»Nun, es ist mir etwas unangenehm, darüber zu sprechen, aber es geht um die Beziehung zwischen Ihnen und Ihrem Mann. Beziehungsweise auch um Beziehungen, die außerhalb Ihrer Ehe stattfinden.«

Jenny Schillers Blick flackerte für den Bruchteil einer Sekunde – eine Reaktion, die vermutlich kaum jemand mitbekommen hätte, aber Kriminalrat Madsen mit der Erfahrung von unzähligen Verhören hatte die Augenbewegung sofort registriert.

Mit dem Jagdinstinkt eines Raubtiers setzte er nach.

»Frau Schiller, es gilt in Starnberg als offenes Geheimnis, dass Sie gelegentlich das eine oder andere Verhältnis haben. Angesichts dieser Tatsache frage ich mich, ob nicht vielleicht auch der eine oder andere Bauarbeiter unter Ihren Liebhabern ist. Beziehungsweise war. Zum Beispiel Stanislav Wocz.«

Die Fotografengattin antwortete nicht.

Stattdessen erhob sie sich schweigend, ging zum offenen Kamin und legte zwei Buchenholzscheite in die Glut. Sofort entzündete sich das trockene Holz, und ein würziger Geruch erfüllte das Zimmer und vertrieb den beißenden Gestank der Farben und Chemikalien zumindest vorübergehend.

»Sie haben recht«, sagte Jenny Schiller schließlich leise und starrte nachdenklich in die züngelnden Flammen. »Die Ehe von Johnny und mir ist nur noch ein theoretisches Konstrukt. Eine Scheinwelt, die wir für die Öffentlichkeit aufrechterhalten. Ein Paralleluniversum, in dem wir so tun, als sei unsere Welt noch völlig in Ordnung. Der berühmte Fotograf und seine bezaubernde Gattin. Dabei weiß im Grunde jeder, dass ich mich quer durch Starnbergs Betten vögle und mein Mann seinen Assistenten fickt!«

Die letzten Worte hatte sie hasserfüllt ausgespien, und die innere Zerrissenheit war ihr unschwer anzusehen.

»Ich habe keinen Schimmer, ob es meinem Mann und dieser französischen Schwuchtel nur um Sex geht oder ob da auch echte Gefühle im Spiel sind. Wir reden ja schon seit Monaten nicht mehr vernünftig miteinander. Er führt sein Leben, und ich führe meins!«

Sie ging zurück zum Couchtisch, wo sie ihr Glas dermaßen voll Whisky schüttete, dass nur die physikalische Gesetzmäßigkeit der Oberflächenspannung ein Überlaufen der Flüssigkeit verhinderte.

»Und Sie haben ebenfalls recht mit Ihrer Vermutung bezüglich der Bauarbeiter! Die Jungs sind kräftig, gut gebaut, stellen keine Fragen und sind sexuell ausgehungert. Besser kann ich es als Frau doch gar nicht treffen!« Sie lachte, wenn auch erschreckend freudlos. »Wo Sie allerdings falsch liegen, ist mit diesem Wocz. Ich hätte einen so stattlichen Kerl mit Sicherheit nicht von der Bettkante gestoßen, übrigens genauso wenig wie seinen hübschen, blond gelockten Kumpel. Aber im Gegensatz zu den meisten ihrer Kollegen haben diese beiden es mit der Treue wirklich ernst genommen – und ich kann Ihnen aus eigener Erfahrung sagen, dass das bei Typen relativ selten vorkommt. Die Frauen von den beiden können sich glücklich schätzen, solche Männer als Partner zu haben. Ich hoffe, die haben sie auch verdient!«

Die Verbitterung in ihrer Stimme war unschwer zu überhören.

Jenny Schiller tat Madsen leid.

Keine Frau der Welt akzeptierte gern ein Verhältnis ihres Mannes, aber wie viel verletzender und belastender musste es sein, wenn der Partner sich zusätzlich zu dem Treuebruch auch noch dem eigenen Geschlecht zuwandte. Wie viele Selbstzweifel mussten eine Frau daraufhin befallen, wie quälend musste die Suche nach der Ursache sein. Und – wenn auch im Grunde völlig unsinnig – die Frage nach der eigenen Schuld an dieser Situation.

Inzwischen hatte sich Jenny Schiller ein weiteres Glas Whisky eingeschenkt und auf der Kaminbank Platz genommen, von der sie abwesend in das Feuer starrte. Die lodernden Flammen schienen eine beruhigende Wirkung auf sie auszuüben, denn als sie schließlich weitersprach, wirkte ihre Stimme wesentlich gefasster.

»Aber wissen Sie, wofür ich trotz dieser beschissenen Situation unendlich dankbar bin, Herr Kriminalrat? Dass ich im Gegensatz zu vielen anderen Menschen auf der Welt, die kein einziges Mal in den entsprechenden Genuss gekommen sind, zumindest ein Mal im Leben die wahre Liebe erleben durfte. Ein Mal dieses unbeschreibliche Gefühl verspüren durfte, sich einem Menschen so unendlich nahe zu fühlen. Mit ihm verschmelzen zu wollen. Ihn mit jeder Faser des Körpers zu begehren. Sich an seiner breiten, starken Brust sicher und geborgen zu fühlen. Und gemeinsam mit ihm alles um einen herum zu vergessen. Das sind Glücksmomente und -empfindungen, die vieles andere im Leben ausgleichen und derentwegen man lebt.«

Sie drehte langsam den Kopf und schaute Madsen mit einem verklärten Blick an. Ihre Augen standen voller Tränen, und das flackernde Kaminfeuer spiegelte sich in ihren dunklen Pupillen.

»Wissen Sie überhaupt, wovon ich rede, Herr Kriminalrat? Waren Sie schon einmal so verliebt, dass Sie für diese Person ohne zu zögern Ihr eigenes Leben geopfert hätten?«

Madsen schluckte. Er redete grundsätzlich höchst ungern über sich, und sein Liebesleben vor jemandem auszubreiten, dessen Hormone in regelmäßigen Abständen Amok liefen, hielt er für ebenso sinnvoll wie einen Bungeesprung vom Ein-Meter-Brett.

Dennoch galt es, der Frage mit einer gewissen Diplomatie zu begegnen – eine Disziplin, die nicht unbedingt zu Madsens größten Stärken zählte.

»Ach, wissen Sie, bei mir ist es so, dass ...«

Er rang hilflos um Worte.

In diesem Moment klingelte sein Handy.

Anruf von Kommissar von Werdenfels.

Madsen atmete erleichtert auf, deutete gleichzeitig mit bedauernder Mimik auf sein Telefon und verließ hastig das Zimmer.

Jenny Schiller blickte ihm hinterher und leerte ihren Whisky mit einem einzigen Schluck. Dann schleuderte sie das leere Glas gegen die Kaminwand, wo es mit lautem Klirren zersplitterte.

***

Es gab Gefühle, vor denen konnte man nicht fliehen, weil es nirgendwo einen Ort gab, an dem man sich vor ihnen verstecken konnte.

Niemand wusste das besser als Mads Madsen.

Er hatte es versucht.

Und er war kläglich gescheitert.

Erst der psychologische Beistand seines Hamburger Therapeuten Dr. Schwerdtner hatte seine inneren Qualen gemindert, doch dass das Übel nur bekämpft, keineswegs aber vollständig besiegt war, hatte das Gespräch mit Jenny Schiller unbarmherzig offengelegt.

Er gestand es sich ungern ein, aber mit dieser einfachen, völlig profanen Frage nach der wahren Liebe hatte sie seelische Dämme bei ihm eingerissen, die er längst für unzerstörbar gehalten hatte.

Madsen stand in der Einfahrt des Schiller'schen Anwesens an sein Motorrad gelehnt und rauchte eine Zigarette. Gedankenverloren beobachtete er, wie der Qualm tanzenden Engeln gleich gen Himmel schwebte, bis plötzlich ein Bus an dem Grundstück vorbeifuhr und das grazile Gebilde mit seinem Fahrtwind zerstörte.

Madsen seufzte gequält.

Einer Antwort auf Jenny Schillers Frage hatte er dank des Anrufs seines Kollegen noch aus dem Weg gehen können.

Sich selbst vermochte er jedoch nicht auszuweichen.

Die Fragestellung nach der wahren Liebe seines Lebens stand vor ihm wie ein gewaltiges Felsmassiv, und die einzige Möglichkeit, es zu bezwingen, war, der Wahrheit ins Gesicht zu sehen.

Und zu lernen, sie zu akzeptieren.

Madsen konnte nicht lieben.

Er konnte hassen. Er konnte trauern. Er konnte sich freuen. Er konnte Mitleid empfinden. Er konnte so vieles.

Nur nicht lieben.

Nicht, dass er es nicht versucht hätte.

Im Gegenteil.

Zahllose Freundinnen pflasterten seinen Lebensweg, und nicht wenige davon hätten auf der Stelle Haus, Hof oder ihren Ehemann verlassen, um gemeinsam mit ihm ihre Zukunft zu gestalten. Doch Madsen hatte in keiner dieser Beziehungen das Gefühl empfunden, das Jenny Schiller vor wenigen Minuten trotz ihres bedenklichen Alkoholpegels so treffend beschrieben hatte.

Dieses Vertrauen.

Diese Geborgenheit.

Diese unerschütterliche Gewissheit, genau den Menschen gefunden zu haben, den das Schicksal für einen vorbestimmt hatte.

Dabei waren seine Partnerinnen ausnahmslos wundervolle Frauen gewesen – gut, vielleicht mit Ausnahme der Spanierin, die versucht hatte, ihm eine Stierkampf-Banderilla in den Unterleib zu stoßen, nachdem er die Beziehung für beendet erklärt hatte.

Er hatte elegante Frauen gehabt, sportliche, intellektuelle, mütterliche, feurige, sanfte und – aber das war ein unglücklicher Zufall und hatte mit dem zuvor konsumierten Alkohol zu tun – sogar eine mit einem Penis.

Doch keiner war es auf Dauer gelungen, seine uneingeschränkte Zuneigung zu gewinnen, und so hatte Madsen im Laufe der Jahre ein Meer an Tränen hinter sich gelassen, während er einsam wie Lucky Luke in den gelb-roten Sonnenuntergang geritten war.

Nur mit dem Unterschied, dass er dabei nicht auf einem Pferd namens Jolly Jumper gesessen hatte, sondern auf seiner Harley.

★★★

»Nanu, was wollen Sie denn schon wieder hier?«, fragte Jenny Schiller, nachdem sie Madsen und von Werdenfels die Haustür geöffnet hatte. »Sie sind doch erst vor ein paar Minuten gegangen!«

Ihre undeutliche Aussprache deutete unmissverständlich darauf hin, dass sie zwischenzeitlich weiter getrunken hatte und dass auch der trainierteste Körper ab einem gewissen Alkoholpegel resigniert mit der weißen Flagge wedelte.

»Wir müssen noch einmal mit Jakub Lubanski sprechen«, antwortete Madsen, worauf Jenny Schiller desinteressiert mit den Schultern zuckte und die beiden Beamten schweigend durch das Anwesen Richtung Baustelle führte.

»Finden Sie nicht auch, dass die Dame zu viel trinkt?«, erkundigte sich von Werdenfels flüsternd bei seinem Vorgesetzten.

»Na ja, ich würde zumindest keine offene Flamme in ihrer Gegenwart entzünden«, antwortete Madsen trocken und verlangsamte seinen Schritt, als sie den Mauerdurchbruch mit der blauen Abdeckplane erreicht hatten.

»Den Rest des Weges kennen Sie ja«, verabschiedete sich Jenny Schiller und rülpste hinter vorgehaltener Hand. »Ich gehe jetzt wieder zurück. Ich muss dringend was trinken – meine Kehle ist von dem vielen Staub ganz trocken. Wenn Sie hier fertig sind, gehen Sie einfach durch den Garten raus. Das Tor kann man von innen öffnen. Und wenn es noch irgendwas gibt, was Sie von mir wissen müssen, dann kommen Sie einfach vorbei.« Sie klatschte dem verdutzten Madsen im Vorbeigehen völlig ungeniert auf den Hintern. »Sie wissen ja: Meine Tür steht Tag und Nacht für Sie offen!«

»Kein Wort, verstanden?«, ermahnte der Kriminalrat seinen Kollegen, der neben ihm ging und süffisant grinste. »Die Frau ist unglücklich und betrunken – und ich habe definitiv nichts getan, was sie zu solchen Äußerungen ermutigen würde!«

Er wich einem polnisch fluchenden Bauarbeiter aus, der mit einer Schubkarre zwei schwere Zementsäcke quer über die Baustelle zu einer Mischmaschine kutschierte, in die einer seiner Kollegen bereits eifrig Wasser und Sand einfüllte. Die Luft war staubig und trocken, und der Lärm der rotierenden Metalltrommel vermischte sich mit Bohrgeräuschen, Hammerschlägen und lautstarken Kommandos zu einem ohrenbetäubenden akustischen Durcheinander.

Madsen ließ den Blick durch das weitläufige Zimmer schweifen.

Die Almhütte stand inzwischen fest verankert an der dafür vorgesehenen Stelle, der Mauerdurchbruch war jedoch nach wie vor noch nicht verschlossen, sodass es aussah, als würde ein gewaltiges Ungeheuer mit einem kariösen Backsteingebiss die Holzhütte mit einem einzigen Bissen verschlingen.

Eine Gruppe von Handwerkern war damit beschäftigt, großflächige Löcher in den Wänden zu verspachteln, und als Madsen Lubanski erblickte, legte er Zeige- und Mittelfinger auf die Zunge und stieß einen durchdringenden Pfiff aus.

Sämtliche Köpfe fuhren herum, und der unmittelbar neben Madsen stehende von Werdenfels rieb sein schmerzendes Ohr und starrte seinen Vorgesetzten vorwurfsvoll an.

Madsen ignorierte den strafenden Blick geflissentlich und bedeutete stattdessen dem Arbeiter Jakub Lubanski, zu ihm zu kommen, woraufhin dieser den Spachtel beiseitelegte, seinem Kollegen Lato etwas ins Ohr flüsterte und den beiden Polizisten durch die Maueröffnung mit der Abdeckfolie in den deutlich ruhigeren Flur folgte.

»Wir müssen reden, Herr Lubanski«, eröffnete Madsen das Gespräch. »Es gibt ein paar neue Entwicklungen in dem Fall Wocz, die die ganze Sache plötzlich in einem anderen Licht erscheinen lassen.«

Der blond gelockte Bauarbeiter zuckte ratlos mit den breiten Schultern.

»Ich wüsste nicht, was es noch zu besprechen gäbe. Ich habe Ihnen alles mitgeteilt, was ich weiß. Mehr kann ich Ihnen beim besten Willen nicht sagen.«

Madsen seufzte.

Eine der elementarsten Herausforderungen eines Kriminalpolizisten bestand darin, herauszufinden, ob der Vernommene im Falle einer Falschaussage tatsächlich verlogen oder einfach nur dumm war.

In diesem Fall war die Lösung ganz einfach – denn dumm war Jakub Lubanski definitiv nicht.

»Mal davon abgesehen, dass es uns durchaus interessieren würde, wie intensiv Ihr Verhältnis zu Liliana Novak tatsächlich ist, gibt es noch eine zweite Angelegenheit, bei der Sie uns helfen sollten, Licht ins Dunkel zu bringen. Und zwar aus eigenem Interesse!« Der Kriminalrat blickte seinen jungen Kollegen auffordernd an. »Von Werdenfels, sagen Sie ihm, was Sie mir eben am Telefon erzählt haben. Ich bin sicher, Herr Lubanski wird das genauso interessant finden wie ich!«

Der Kommissar räusperte sich ausgiebig.

»Wir haben heute Mittag in dem Schließfach einer Tutzinger Bank einen Umschlag gefunden. In diesem Umschlag befanden sich fünftausend Euro, die Wocz vor wenigen Wochen von Johnny Schiller erpresst hatte. Aber das war noch nicht alles. Darüber hinaus waren in diesem Umschlag noch weitere zweiunddreißigtausendfünfhundert Euro in kleinen, gebrauchten Scheinen. Und jetzt wollen wir von Ihnen wissen, woher das Geld stammt!«

Lubanski zuckte unruhig mit den Augen.

Seine Bauarbeiterbräune war schlagartig einem Schneemannweiß gewichen, und das nervöse Aneinanderreiben seiner Finger ließ auf seine zunehmende Verunsicherung schließen. Dennoch klang seine Stimme entschieden, als er den beiden Polizisten antwortete.

»Sie sagten doch selbst, dass sich das Geld in einem Schließfach befunden hat. Wie zum Teufel kommen Sie also darauf, dass ich Ihnen weiterhelfen könnte? Ich weiß weder etwas von einer Erpressung, noch habe ich eine Ahnung, woher die restliche Kohle stammt. Verstehen Sie doch endlich – ich habe mit dieser ganzen Scheiße nichts zu tun!«

»Das sehen wir etwas anders«, erwiderte Madsen ungerührt und legte Lubanski mit einem selbstsicheren Lächeln die Hand auf die Schulter. »Da gibt es nämlich noch etwas, was wir in dem Schließfach entdeckt haben.«

Der Blick des Polen ähnelte jetzt dem eines Stieres, der dem Torero mit Muleta und Degen gegenüberstand.

»Das Geld, das wir gefunden haben, war in Packpapier eingewickelt. Diese Art von Papier hat wegen seiner groben Holzfasern ein relativ großes Volumen, wodurch sich zum Beispiel Schrift sehr gut durchdrückt. Und jetzt raten Sie mal, was für einen Namen unsere Kollegen aus der KTU auf diesem Packpapier gefunden haben!«

Madsen lächelte Lubanski freundlich an, bevor er Maß nahm und ihm den verbalen Degen schwungvoll zwischen die Schulterblätter rammte.

»Der Name auf dem Papier lautet Lubanski. Jakub Lubanski. Und jetzt, mein lieber Freund, haben Sie echt die Scheiße am Hacken!«

»Jo Kreizsacklzement! Was ist denn nun schon wieder los?«, erklang plötzlich die Stimme von Alois Augenthaler, dann wurde die blaue Abdeckfolie in der Türöffnung schwungvoll aufgerissen, und der kleine, massige Unternehmer stand mit hochrotem Kopf vor der Dreiergruppe. »Lubanski, ich such dich schon die ganze Zeit – die Wand spachtelt sich nicht von alleine! Los, mach, dass du an die Arbeit kommst – ich zahl dich schließlich nicht fürs Nichtstun!«

Lubanski blickte unschlüssig zwischen seinem erzürnten Chef und den beiden Polizisten hin und her. Dann trat er völlig unvermittelt auf den verblüfften Madsen zu, umarmte ihn herzlich und sagte laut: »Vielen Dank, Herr Kriminalrat. Dass Sie das für meinen verstorbenen Freund Stanislav tun, werde ich Ihnen niemals vergessen. Sie sind wirklich ein guter Mensch!«

Mit diesen Worten drückte er ihm einen Kuss auf jede Wange und flüsterte dabei kaum vernehmbar und ohne seine Lippen zu bewegen: »Zwanzig vor fünf, ›MS Starnberg‹.«

Anschließend nickte er seinem Vorgesetzten entschuldigend zu und begab sich schnellen Schrittes wieder zurück an seinen Arbeitsplatz.

»Was war jetzt das?«, erkundigte sich Augenthaler verwirrt

und starrte seinem Angestellten hinterher. »Was haben Sie denn so Tolles für Wocz gemacht?«

Madsen winkte mit gespielter Bescheidenheit ab. »Wir haben seiner Freundin über ein paar persönliche Beziehungen dabei geholfen, Wocz' Leiche für die Überführung nach Polen freizubekommen. Sie kennen ja die deutsche Bürokratie – da dauert so was normalerweise Wochen.«

»Verstehe«, antwortete der Bauunternehmer, doch sein misstrauischer Blick strafte seine Worte Lügen. »Und das haben Sie Lubanski jetzt gerade gesagt?«

»Jawoll! Aber wo wir Sie gerade sehen, würde ich gerne die Gelegenheit nutzen und noch einmal auf eine Sache zurückkommen, über die Sie ja mit meinem Kollegen auch schon gesprochen haben«, lenkte Madsen das Gespräch geschickt in eine andere Richtung. »Es geht um das Thema Erpressung. Sie hatten ja ausgesagt, dass Wocz es auch bei Ihnen versucht habe, Sie ihn aber zum Teufel geschickt haben.«

»So isses«, bekräftigte Augenthaler und kratzte sich im Schritt. »Keinen Cent hat er von mir bekommen, der Bazi!«

»Das ist insofern erstaunlich, als wir eine ganze Menge Geld in einem Schließfach gefunden haben, das Wocz gehörte. Sind Sie sich ganz sicher, dass er nicht vielleicht doch …?«

»Nix hat er!«, antwortete Augenthaler heftig, und seine Gesichtsfarbe changierte schlagartig in ein dunkles Karminrot. »Wenn ich sage, er hat mich nicht erpresst, dann hat er's auch nicht! Und bevor Sie das jetzt auch noch fragen: Nein, er hat auch nicht schwarz für mich gearbeitet. Ich habe keine Ahnung, woher der Bub das Geld gehabt hat. Das schwöre ich bei Gott!«

Mit diesen Worten verabschiedete sich der Bauunternehmer und entschwand durch den Vorhang wie ein Magier nach der Nummer mit der Jungfrau.

»Soso, bei Gott!«, murmelte Madsen und blickte Augenthaler nachdenklich hinterher. »Dummerweise ist Gott tot. Zumindest behaupten das Hegel und Nietzsche – und die beiden waren ja nicht blöd!«

# ELF

Der Katamaran beeindruckte in vielerlei Hinsicht.

Nicht nur seine Größe war für ein Binnengewässerfahrzeug beachtlich, sondern auch die beiden durch das Tragdeck miteinander verbundenen Rümpfe wirkten ebenso dynamisch wie kraftvoll.

Das strahlend weiße Fährschiff verfügte über drei weitläufige Etagen, von denen die beiden unteren zu einem luxuriös eingerichteten zweistöckigen Salon mit umlaufender Galerie und Tanzfläche zusammengefasst waren. Von dort führten seitliche Aufgänge zum Oberdeck, wo zahlreiche Liegestühle und eine kleine Bar ansatzweise Kreuzfahrtfeeling aufkommen ließen. Eine Außentreppe ermöglichte den Aufstieg zum Aussichtsturm am Heck des Schiffs, von wo sich den Passagieren ein einzigartiger Panoramablick über den Starnberger See und seine Umgebung eröffnete. Benutzte man die von dort steil nach unten führende Rohrrutsche und kreuzte anschließend das Unterdeck Richtung Bug, erblickte man eine über zwei Meter große Bronzestatue des römischen Meeresgottes Neptun.

Und den Namen des Schiffs, der in großen blauen Lettern auf der weißen Frontpartie angebracht war.

Er lautete »MS Starnberg«.

Es war Kommissar von Werdenfels gewesen, der Madsen den entsprechenden Hinweis gegeben hatte, nachdem Jakub Lubanski ihm die Worte »zwanzig vor fünf, ›MS Starnberg‹« zugeraunt hatte.

Der Kriminalrat sah sich auf dem Oberdeck des Katamarans um.

Er hatte angesichts der Geheimnistuerei von Lubanski beschlossen, das Gespräch allein zu führen, wenngleich von Werdenfels darauf mit unverhohlener Enttäuschung reagiert hatte. Doch Madsen war erfahren genug, um beurteilen zu können, wann ein Bauernopfer – in diesem Fall der Verzicht auf die

Anwesenheit seines Kollegen – nötig war, um den König ins Schach zu stellen.

Dumm war dabei nur, dass sich der König offensichtlich gar nicht auf dem Schiff befand.

Stattdessen tummelten sich auf dem Oberdeck kamerabewaffnete Touristen mit rentnerbeigen Shorts und Gesundheitssandalen, Kinder, die deutlich mehr Interesse an der Schiffsrutsche als an der Landschaft hatten, sowie einige ältere Damen in wallenden Gewändern, die versuchten, die Schönheit der Natur mittels Aquarelltechnik auf Papier zu bannen. Ein Ansinnen, das – soweit Madsen das nach einem flüchtigen Blick auf die Werke beurteilen konnten – nur bedingt gelang.

Es war eine bunt gemischte Passagierschar, die die »MS Starnberg« voller Vorfreude auf eine romantische, stimmungsvolle Schifffahrt bevölkerte.

Der Einzige, der dagegen nirgendwo zu entdecken war, war Lubanski.

Leise vor sich hin fluchend, begab sich Madsen abermals auf die Wanderung und durchquerte noch einmal alle drei Etagen des Schiffs. Sogar in die Bordtoiletten warf er einen Blick, worauf ihn ein betagter japanischer Tourist, der vergessen hatte, die Tür abzuschließen, mit einer wütenden Schimpftirade bedachte.

Nachdem auch die Überprüfung des Aussichtsturms ergebnislos geblieben war, musste Madsen wohl oder übel erkennen, dass der Pole ihn versetzt hatte, und so beschloss er verärgert, die Schifffahrt beim nächsten Stopp zu beenden und sich von einer Streifenwagenbesatzung abholen zu lassen.

Nachdem er diese Entscheidung gefällt hatte und bis dahin nichts anderes tun konnte, als zu warten, begab er sich wieder aufs Oberdeck, erwarb an der Bar eine kleine Cola zum großen Preis, entledigte sich seiner Lederjacke und nahm auf einem der Liegestühle an der Reling Platz.

Die Aussicht, die sich Madsen von dort bot, war grandios und ließ ihn seinen Ärger schlagartig vergessen.

In Richtung Bug erstreckte sich der freie Blick bis zu den Alpen, wo die letzten verbliebenen Schneefelder rund um die

Gipfel vom vergangenen Winter zeugten und den Kriminalrat spontan an eine Packung Toblerone erinnerten. Die Luft war frisch und klar, und es herrschte – bis auf einen leichten Fahrtwind – völlige Windstille. Auch an den Ufern war die Beschaulichkeit des Feierabends zu spüren. Ein paar Paare saßen eng umschlungen im goldenen Licht der Abendsonne auf Bänken oder Decken, Hunde tollten ausgelassen auf den freien Liegeflächen, und besonders hartgesottene Badegäste schwammen ihre abendlichen Runden in dem immer noch frühlingshaft kühlen Gewässer.

Madsen winkte den Sportlern respektvoll zu.

Und zündete sich dabei eine Zigarette an.

Unterdessen näherte sich das Schiff einem großen hölzernen Kreuz im Wasser und einer am dahinterliegenden Ufer thronenden neuromanischen Kirche. Noch während Madsen das imposante Gebäude bewunderte, ertönte eine blecherne Stimme aus den Lautsprechern, und der Kapitän informierte die Passagiere darüber, dass es sich bei dem Bauwerk um die berühmte Votivkapelle handelte und dass just an dieser Stelle König Ludwig II. im Jahre 1886 zusammen mit seinem Leibarzt unter bis heute ungeklärten Umständen den Tod gefunden hatte.

Sofort stürmten sämtliche Passagiere an die Reling, und auch der greise Japaner hatte seinen abendlichen Stuhlgang beendet und knipste mit seiner Spiegelreflexkamera, was die arthritischen Finger hergaben. Es herrschte ein wildes Gedränge auf dem Deck, als plötzlich jemand dem Kriminalrat auf die Schulter klopfte.

Ohne aufzuschauen, deutete Madsen auf die freie Reling vor seinem Stuhl und brummte generös: »Schon okay, stellen Sie sich ruhig zum Fotografieren vor mich – ich habe eh keine Kamera dabei.«

»Ich hatte eigentlich nicht vor, zu fotografieren. Ich bin hier, um mit Ihnen zu reden«, entgegnete eine männliche Stimme.

Sie war überraschend hoch und hatte einen slawischen Akzent.

★★★

Der Bauunternehmer Alois Augenthaler war prinzipiell ein rational veranlagter Mensch.

Er hatte sich sein Leben lang auf Dinge verlassen, die man greifen und begreifen konnte. Alles andere war für ihn Hokuspokus, Spinnereien für weltfremde Phantasten, die den Kontakt zum Hier und Jetzt verloren hatten. Für esoterische Weltverbesserer, die der irrigen Ansicht waren, dass ein fröhlicher Gedanke mehr wert war als ein Portemonnaie voller Geld.

Lächerlich!

Wie sollte das denn in der Realität funktionieren?

»Guten Tag, ich hätte gerne ein Rindersteak. Was kostet das? – Einen fröhlichen Gedanken, bitte!«

Augenthaler spuckte verächtlich auf den staubigen Betonboden.

Dieses vergeistigte Getue, das die moderne Gesellschaft zunehmend infiltrierte, kotzte ihn an. Kein Satz mehr, der nicht mit »Ich denke ...« begann, kein Firmenschild mehr, das nicht auf »Selbstfindung und Persönlichkeitscoaching« hinwies, und keine Suche mehr nach Öl, Gold oder einer vielversprechenden Geschäftsidee, sondern nur noch nach sich selbst und seinem inneren Zentrum.

Kein Wunder, dass es mit Deutschlands Wirtschaft bergab ging, während asiatische Länder, bei denen auf individuelle Befindlichkeiten keinerlei Rücksicht genommen wurde, den Rest der Welt mit fliegenden Fahnen überholten.

Doch der Fisch stank vom Kopf her.

Solange diese Regierung weiterhin Unternehmern wie ihm Steine in den Weg legte, war das Scheitern vorprogrammiert.

Was hatte er denn in der Vergangenheit schon Schlimmes gemacht?

Ein paar interne Absprachen, hier und da eine kleine Überweisung an einen Entscheidungsträger und wenn es gar nicht wie gewünscht weiterging, auch mal die eine oder andere leicht modifizierte Kopie einer offiziellen Urkunde.

Na und?

Alles Peanuts.

Zumindest verglichen mit irgendwelchen Sexualverbrechen, für die es vor Gericht gerade mal ein paar erzieherische Maßnahmen wie Sozialstunden gab.

Er dagegen hatte einsitzen müssen.

Und zwar jahrelang.

Und das nur, weil er sich zum Wohle des deutschen Bruttosozialprodukts aufgeopfert hatte.

Gut, der eine oder andere Euro war auch für ihn hängen geblieben, aber das war ja nur legitim – schließlich stand er auch von frühmorgens bis spätabends auf der Baustelle und holte sich die verdammte Pest in dem Staub.

Augenthaler hustete ausgiebig und spuckte einen ungesund aussehenden Schleimklumpen auf den Boden.

Er hatte diesen Job und dieses Leben satt.

Er konnte und er wollte einfach nicht mehr.

Jahrzehntelang hatte er sich aufgeopfert, seine Zeit, seine Gesundheit und sein Privatleben vernachlässigt – jetzt wurde es höchste Zeit, die Früchte seiner Arbeit zu ernten.

Das Geld dazu hatte er fast zusammen. Sicher versteckt in einem Hohlraum im Keller seines Hauses war es jederzeit und ohne jeden Nachweis verfügbar.

Nur noch ein paar Mal groß abkassieren und dann auf Nimmerwiedersehen verschwinden.

Auf die Bahamas. Oder nach Thailand. Oder Neuseeland.

Je weiter weg, desto besser.

Ein kompletter Neuanfang. Mit Sonne, Drinks und schönen Frauen.

Ein Traum.

Ein Traum, den er sich von niemandem zerstören lassen würde.

Schon gar nicht von Angestellten, die mit der Polizei redeten.

Der Bauunternehmer trat an das Fenster und winkte Lato zu sich, der gerade dabei war, im Garten mit kraftvollen Axthieben einen Baumstamm zu zerteilen.

»Du wirst dafür sorgen, dass mein Traum nicht stirbt«, murmelte Augenthaler und zündete sich eine filterlose Zigarette an.

»Wenn hier überhaupt irgendjemand stirbt, dann ist es dieser Lubanski!«

★★★

»Wo zum Teufel haben Sie denn die ganze Zeit gesteckt?«, erkundigte sich Madsen verärgert, nachdem Jakub Lubanski in einem Liegestuhl neben ihm Platz genommen hatte. »Ich habe das ganze Schiff mehrmals durchsucht!«

»Aber Sie waren nicht in der Bordküche.« Der Pole grinste triumphierend. »Der Koch dieses Schiffs ist ein Landsmann von mir, und der hat mich in der Kombüse versteckt.«

Madsen schüttelte unwillig den Kopf.

»Na, da hätte ich ja noch Stunden vergeblich suchen können. Aber wozu überhaupt dieses ganze Versteckspiel? Hätten Sie das Schiff nicht einfach ganz normal wie jeder andere Passagier auch betreten können?«

»Auf keinen Fall!« Der blond gelockte Hüne hob abwehrend die Hände. »Niemand sollte sehen, dass wir beide uns unterhalten. Haben Sie heute Nachmittag nicht bemerkt, wie misstrauisch Augenthaler uns beobachtet hat? Es kommt bei ihm absolut nicht gut an, wenn wir Arbeiter irgendwas mit der Polizei zu tun haben. Deshalb habe ich mich zu einem Arztbesuch abgemeldet, bin direkt nach Starnberg gefahren und habe mich an Bord dieses Schiffs versteckt. Aber jetzt können wir in Ruhe reden, denn hier sind wir ungestört.«

Madsen nickte und blickte sich prüfend um.

In der Tat schien sich keiner der Passagiere um die beiden Männer in den Liegestühlen zu kümmern. Stattdessen fotografierten sie die idyllische Uferpromenade von Leoni, die zahlreichen Wasservögel oder die unbekleideten Senioren, die auf Segelbooten allen altersbedingten Haut- und Brustveränderungen zum Trotz ihrem nudistischen Hobby frönten.

»Ich würde mich als Erstes gerne mit Ihnen über Ihr Verhältnis zu Liliana Novak unterhalten«, eröffnete Madsen die Befragung und registrierte mit Befriedigung, dass bereits der erste Pfeil aus seinem Köcher ins Schwarze getroffen zu haben schien.

Lubanski erblasste kurz, schüttelte dann viel zu theatralisch seine langen blonden Locken und entgegnete mit erkennbar gespielter Entrüstung: »Sie sind pietätlos, Herr Kriminalrat, wenn Sie Liliana und mir irgendetwas unterstellen! Die arme Frau hat erst vor wenigen Tagen ihren Partner verloren. Und ich meinen besten Freund.«

»Ach, kommen Sie!«, erwiderte Madsen unwirsch, während der Katamaran mit einem besorgniserregenden Schleifgeräusch am Steg in Ammerland anlegte. »Wir haben Sie heute Mittag zusammen beim Drive-in in Starnberg gesehen. Weder Sie noch die Witwe wirkten sonderlich betrübt. Im Gegenteil: Es war nicht zu übersehen, wie vertraut Sie beide miteinander sind. Deshalb frage ich Sie jetzt ganz direkt: Haben Sie etwas mit der Freundin von Wocz?«

Lubanski nahm eine aufrechte Haltung an, dann hob er drei Finger zum Schwur und erklärte mit ernster Habemus-papam-Miene: »Herr Kriminalrat, ich schwöre bei der heiligen Jungfrau Maria, dass Liliana und ich kein Verhältnis haben! Allerdings muss ich gestehen, dass Sie in einem Punkt tatsächlich recht haben: Ich vergöttere diese Frau. Für mich ist Liliana ein Engel auf Erden – einen perfekteren Menschen kann es auf dieser Welt nicht geben. Aber … sie ist Stanis Freundin! Beziehungsweise: Sie war Stanis Freundin. Und damit war sie – zumindest bis jetzt – absolut tabu für mich.«

Er schwieg einen kurzen Moment, dann blickte er den Polizisten prüfend an.

»Haben Sie einen Freund, Herr Kriminalrat? Ich meine, nicht einfach irgendeinen Freund, sondern einen, den man auch nachts um drei anrufen kann, weil man jemanden braucht, der einem aus der Patsche hilft? Stani war so ein Freund!«, sagte Lubanski, ohne eine Antwort zu erwarten, wofür Madsen ihm in diesem Moment auch ausgesprochen dankbar war. Nur ungern hätte er zugegeben, dass er einen solchen Freund nicht besaß.

Und bei genauerer Betrachtung nicht mal einen der anderen Sorte.

»Wenn man so einen Seelenverwandten einmal gefunden hat …«, erklärte Lubanski indes, »… dann tut man nichts, was diese Beziehung gefährden könnte. Mit anderen Worten: Die Partnerin eines Freundes ist absolut tabu. Das ist unter Männern eine Frage der Ehre! Lieber jahrelang unglücklich verliebt, als einem Freund die Frau ausspannen!«

»Aber jetzt ist Wocz tot«, sagte Madsen. »Und Sie hätten damit nun freie Bahn – mal abgesehen von Ihrer eigenen Ehefrau.«

»Ach, die!« Lubanski winkte ab. »Unsere Ehe ist eine Farce. Wissen Sie, Herr Kriminalrat, in streng konservativen polnischen Familien ist es auch heute noch normal, dass die Eltern bei der Partnerwahl mitreden. Und nachdem sowohl ihre Eltern als auch meine eine Ehe zwischen uns für sinnvoll hielten, habe ich meine Frau bereits mit achtzehn Jahren geheiratet. Stellen Sie sich das einmal vor! Mit achtzehn!« Er schüttelte resigniert den Kopf. »Das ist inzwischen sechzehn Jahre her. Sechzehn Jahre, in denen wir mehr nebeneinander als miteinander gelebt haben.«

»Und diese Ehe würden Sie – Ihrem konservativen Elternhaus zum Trotz – jetzt aufs Spiel setzen?«

Lubanski nickte mit der Entschlossenheit eines japanischen Kamikazefliegers.

»Worauf Sie einen lassen können, Herr Kriminalrat! Erstens sind Ojciec und Matka, meine Eltern, inzwischen gestorben, und zweitens ist Stanis Tod – so tragisch er auch ist – für mich ein Wink des Schicksals. Ich habe eine Chance auf die große Liebe meines Lebens bekommen. Und die werde ich nutzen!«

»Soso, ein Wink des Schicksals«, murmelte Madsen skeptisch. Vielleicht hatte der so harmlos wirkende Pole dem Schicksal ja ein wenig beim Winken geholfen.

Inzwischen hatte das Schiff die Anlegestelle Ammerland sowie das Ostufer hinter sich gelassen und fuhr in westlicher Richtung zum nächsten Halt nach Tutzing. Es waren kaum andere Fahrzeuge auf dem See, und lediglich ein Motorboot kurvte mit einem Wasserskifahrer im Schlepptau durch das dafür vorgesehene Areal in der Seemitte und zerstörte mit seinem röhrenden Motor jegliche Romantik.

Kriminalrat Madsen legte den zweiten Pfeil auf die Sehne.

»Kommen wir jetzt zum nächsten wichtigen Punkt, den es zu klären gilt, Herr Lubanski. Wie wir Ihnen ja bereits mitgeteilt haben, haben wir in Wocz' Schließfach siebenunddreißigtausendfünfhundert Euro gefunden. Dazu einen Umschlag mit dem Abdruck Ihres Namens. Sie werden verstehen, dass ich jetzt sehr gespannt auf Ihre Erklärung bin.«

Madsen blickte Lubanski so erwartungsvoll an wie ein Rauhaardackel die Wurstplatte.

Doch dieser schwieg.

Erst als sich ein älteres Ehepaar mit sächsischem Dialekt rücksichtslos zwischen seinen Liegestuhl und die Reling quetschte, räusperte sich der Bauarbeiter drohend, worauf die beiden hastig das Weite suchten.

Madsen grinste kurz und drückte seinen Zigarettenstummel an einem »Bitte nicht rauchen«-Schild aus, bevor er seine Frage konkretisierte.

»Gehe ich recht in der Annahme, Lubanski, dass in Ihrer Erklärung der Begriff ›Erpressung‹ eine wichtige Rolle spielen wird?«

Der Pole starrte ihn überrascht an.

»Erpressung? So ein Quatsch! Was denn für eine Erpressung? Davon weiß ich nichts! Aber ich kann Ihnen sagen, woher Stanis Geld stammt. Ich habe nämlich die gleiche Einkommensquelle.«

Mit diesen Worten nestelte er an seiner Hosentasche und zog eine silberne Kette heraus, an der sich ein kleiner Schlüssel befand.

Er war identisch mit dem von Wocz.

Madsen starrte sein Gegenüber überrascht an.

Offensichtlich hatte er mit seiner Vermutung, Lubanski sei an Wocz' Erpressungen beteiligt gewesen, völlig danebengelegen, denn sowohl dessen Überraschung als auch das Dementi wirkten überzeugend.

Stattdessen schien sich plötzlich ein neuer Sachverhalt zu ergeben.

»Jetzt bin ich aber gespannt!«, brummte Madsen und rückte samt Liegestuhl näher an Lubanski heran. »Wenn das Geld nicht aus Erpressungen stammt und Ihr Bauarbeitergehalt nicht mindestens viermal so hoch ist wie das branchenübliche, woher stammt dann die ganze Kohle? Siebenunddreißigtausendfünfhundert Euro findet man schließlich nicht einfach so auf der Straße!«

»Das ist ganz einfach zu erklären, Herr Kriminalrat. Es gibt für echte Kerle heutzutage eine gute Möglichkeit, in kurzer Zeit eine Menge Geld zu verdienen. Man muss dafür noch nicht mal allzu viel können. Oder wissen. Das Einzige, was man können muss ...«, Lubanski ballte die rechte Hand zur Faust, rieb mit der linken Hand langsam über die vernarbte Schlagfläche und lächelte den Ermittler mit entwaffnender Offenheit an, »... ist gut zuschlagen. Sagt Ihnen der Begriff ›Bare-Knuckle-Fights‹ etwas, Herr Kriminalrat?«

\*\*\*

»Siebenundneunzig, achtundneunzig, neunundneunzig, hundert!«, murmelte der Zahnarzt Dr. Frederik Block.

Dann rollte er sich auf den Rücken und atmete zur Entspannung tief in seinen Bauch.

Einhundert Liegestütze, die Fäuste dabei auf eine unebene, mit Schmirgelpapier bezogene Unterlage gestemmt, strengten den Mediziner nicht sonderlich an.

Auch wenn seine Physiognomie auf den ersten Blick wenig beeindruckend erschien, verbarg sich unter seiner unauffälligen Kleidung ein drahtiger, perfekt trainierter Körper.

Seine Muskulatur war zwar nicht so ausgeprägt wie bei Kraftsportlern oder Bodybuildern, doch dafür besaß er eine beachtliche Schnellkraft. Seine Bewegungen waren durch das viele Dehnen geschmeidig wie die einer Raubkatze, und Abertausende von Liegestützen hatten die Haut auf seinen Fäusten so abgehärtet, dass sie den Charakter einer natürlichen Panzerung besaß.

Dr. Block nahm einen Schluck eines isotonischen Getränks und ließ seinen Blick gedankenverloren durch den Kellerraum schweifen.

Das gesamte Zimmer war voll mit Trainingsgeräten. Von der Hantelbank bis zur Klimmzugstange, vom Speedball bis zum Sandsack, vom Rudergerät bis zum Fahrrad-Ergometer – es war eine nahezu professionelle Studioausstattung, die es ihm ermöglichte, sich nach seinem dentalen Tagwerk der Körperertüchtigung zu widmen.

Doch es waren nicht allein die Sportutensilien, die dem Kellerraum eine ganz spezielle Aura verliehen.

Die Maße des Zimmers betrugen etwa fünf mal acht Meter. Bei einer Raumhöhe von zweieinhalb Metern bedeutete das rund fünfundsechzig Quadratmeter Wandfläche, die bis auf den letzten Zentimeter tapeziert waren mit Zeitungsberichten, Farbausdrucken und Fotos.

Fotos, die an Brutalität nicht zu überbieten waren.

Es gab Bilder von Boxkämpfen, bei denen blutüberströmte Männer mit den Fäusten aufeinander einprügelten, von K-1-Turnieren, bei denen sich die Kontrahenten gegenseitig Nasen- und Jochbeine zertrümmerten, und von Mixed-Martial-Art-Fights, bei denen sich großflächig tätowierte Muskelberge so traktierten, dass sich ihr Blut in Fontänen über den mattenbedeckten Boden ergoss.

Alles in allem waren die Wände eine riesige, in ihrer Gesamtheit schockierende Dokumentation von gnadenloser Rohheit und exzessiver Gewalt. Motive, bei deren Anblick jeder halbwegs normale Mensch augenblicklich die zerebrale Delete-Taste betätigt hätte, um die brutalen Bilder so schnell wie möglich aus dem Kopf zu löschen.

Nicht aber Dr. Block.

Ihn faszinierten sie.

Obwohl – oder vielleicht auch gerade weil – aus bestem Hause stammend, hatte er sich seit seiner Kindheit von Typen angezogen gefühlt, die sich bei der Durchsetzung ihrer Bedürfnisse nicht auf höfliches Bitten, sondern auf die Kraft ihrer Fäuste verlassen hatten. Männer, die nicht lange herumlamentierten, sondern das Recht einfach und ohne Rücksicht auf Verluste in die eigene Hand nahmen.

Ihnen eiferte er voller Enthusiasmus nach, und da sich ein solch archaisches Verhalten nur bedingt mit dem Image eines angesehen Mediziners vertrug, führte Dr. Block seit Jahren ein aufwändiges Doppelleben. Von Montag bis Freitag bohrte und polierte er in seiner Starnberger Praxis mit einem devoten Dienstleisterlächeln die Zähne seiner Patienten. Am Wochenende hingegen zog er auf der Suche nach körperlicher Auseinandersetzung um Münchens Häuser, dankbar für all die testosterongeschwängerten Halbstarken, die seinen Provokationen nicht widerstehen konnten.

Die Schlägereien waren zumeist kurz.

Aber intensiv.

Es war die Kombination physikalischer Fähigkeiten und außergewöhnlicher Brutalität, die Dr. Block stets als Sieger solcher Kämpfe hervorgehen ließ und die ihm in einer degenerierten Welt das befriedigende Gefühl vermittelten, noch ein echter Mann zu sein.

Natürlich barg solch ein Lebenswandel eine Menge Risiken – von der Gefahr der Verletzung bis hin zum gesellschaftlichen Super-GAU in Form einer Festnahme. Und so war Dr. Block auch auf der Stelle Feuer und Flamme, als ihm ein alter Studienkollege bei einem zufälligen Treffen von einer alternativen Freizeitbeschäftigung berichtete.

Einer, bei der er seine kämpferischen Fähigkeiten genauso gut zum Einsatz bringen konnte.

Und das auch noch vor Publikum.

★★★

Die »MS Starnberg« hatte die Anlegestelle Tutzing verlassen und fuhr nun am Westufer entlang Richtung Starnberger Heimathafen. Die Sonne begann langsam unterzugehen und hinterließ am abendlichen Firmament ein tiefrotes Farbenspiel.

Inzwischen hatte es sich merklich abgekühlt, weshalb sich die meisten Passagiere in das warme Innere des Katamarans zurückgezogen hatten. Auf dem Oberdeck befanden sich nur noch jene Touristen, die in weiser Voraussicht warme Jacken mitgenommen hatten.

So wie Kriminalrat Madsen und Jakub Lubanski.

Madsen hatte nach der überraschenden Aussage des Polen bezüglich der Herkunft des Geldes in Wocz' Schließfach erst einmal schweigend eine Zigarette geraucht.

Der Begriff »Bare-Knuckle-Fight« war ihm keineswegs unbekannt. Es handelte sich dabei um Boxkämpfe, die ohne schützende Handschuhe, also mit bloßer Faust, ausgetragen wurden. Wenngleich diese Kampfform den eigentlichen Ursprung des modernen Boxens darstellte, hatte man sich im professionellen Boxsport Mitte des 19. Jahrhunderts mit Einführung der Queensberry-Regeln auf das Tragen von Handschuhen geeinigt. Diese sollten die Gefahr von Verletzungen durch das ungeschützte Aufeinandertreffen von Faust und Gesichtsknochen zumindest ansatzweise minimieren. Allerdings hatte es diverse Kritiker gegeben, die genau das Gegenteil propagierten und die Behauptung vertraten, dass gerade durch Handschuhe und die damit verbundene größere Schlaghärte Verletzungen wie Schädel-Hirn-Traumata oder Gehirnblutungen begünstigt wurden.

Doch sämtlichen Einwänden zum Trotz hatten sich die Boxhandschuhe schließlich weltweit durchgesetzt, und das Kämpfen mit bloßer Faust führte fortan ein unbeachtetes Nischendasein.

Außerdem galt es in zahlreichen Ländern als illegal.


»Sie wollen mir also wirklich erzählen, dass es inzwischen wieder eine aktive Bare-Knuckle-Fight-Szene gibt?«, erkundigte sich Madsen ungläubig. »Und das, obwohl diese Art von Kämpfen hier in Deutschland verboten ist?«

Lubanski nickte, als wäre das die selbstverständlichste Sache der Welt.

»Ganz genau! Wissen Sie, Herr Kriminalrat: Die Zeiten – und damit auch die Einstellungen der Menschen – haben sich geändert. Deshalb sind die Bare-Knuckle-Fights im Laufe der letzten zwanzig Jahre langsam, aber sicher aus ihrem Dornröschenschlaf erwacht. Denken Sie doch nur mal an Hollywoodklassiker wie ›Gangs of New York‹ mit Leonardo DiCaprio oder ›Fight Club‹ mit Brad Pitt. Solche heroischen Filme unterstützten diese Entwicklung natürlich, und an vielen Orten – allen voran in den Hafenstädten Großbritanniens – hat sich im Untergrund eine sehr agile und überraschend vielschichtige Szene entwickelt. Es gibt zu diesem Thema mittlerweile sogar eine ganze Reihe von Dokumentarfilmen, was das zunehmende Interesse der Öffentlichkeit an dieser Kampfform beweist.«

Kriminalrat Madsen rieb sich nachdenklich das Kinn.

In der Tat hatte er kürzlich irgendwo einen Bericht über einen solchen Film gelesen, die Meldung jedoch nicht besonders beachtet – was angesichts seines aktuellen Falls vielleicht ein Fehler gewesen war.

Allerdings war es dort um Kämpfe in England gegangen.

Und jetzt saß ihm plötzlich ein Mann gegenüber, der behauptete, dass diese martialische, blutige Art von Duellen auch in Deutschland ausgetragen wurde.

Und das ausgerechnet am idyllischen Starnberger See.

»Erklären Sie mir das mal genauer!«, forderte er Jakub Lubanski auf und erhob sich, um sich durch Bewegung etwas aufzuwärmen. »Sie und Ihr Freund Wocz haben also solche Bare-Knuckle-Fights bestritten? Und dafür Geld bekommen?«

Lubanski nickte.

Er war Madsen an die Reling gefolgt und warf einen Blick auf das Ufer. Aus dem gemütlich beleuchteten Biergarten des Midgardhauses und vom Steg des Nordbads waren Gläserklirren, Stimmengewirr und fröhliches Gelächter zu vernehmen, während eine Gruppe von Stand-up-Paddlern sich im letzten verbleibenden Tageslicht darum bemühte, die Bugwelle des Katamarans zu durchfahren, ohne zu kentern.

»Die ganze Geschichte hat eigentlich durch einen Zufall begonnen. Stani hatte vor einiger Zeit Zoff mit einem unserer Kollegen. Der hat dann den Fehler gemacht, Stani anzugreifen – und wurde von ihm mit einem einzigen Schlag ausgeknockt. Voll auf die Zwölf – der Kerl ist umgefallen wie ein Baum. Augenthaler hat das gesehen und Stani rundgemacht. Hat ihm gedroht, er könne sofort nach Polen zurück, wenn so was noch mal passiert. Stani hat echt Angst gehabt, dass er wegen dieses einen Schlags seinen gut bezahlten Job riskiert hat, aber nach Feierabend hat Augenthaler Stani zu sich kommen lassen und ihn gefragt, ob er Lust habe, sich ein paar Euro dazuzuverdienen. Er würde da jemanden kennen, der regelmäßig Kampfabende veranstaltet, und kräftige Typen wie er wären dort immer willkommen. Stani hat zuerst gedacht, der redet von ganz normalen Boxveranstaltungen, und hat abgewunken, weil er seine Boxkarriere ja längst beendet hatte. Doch dann hat Augenthaler ihm erklärt, dass das ganz andere Kämpfe sind. Mann gegen Mann, irgendwo an einem geheimen Ort und ohne jeden Schutz. Im Prinzip wie eine richtige Straßenschlägerei. Und dafür gebe es eine Menge Geld – nämlich zweieinhalbtausend Euro pro Kampf!«

Madsen pfiff durch die Zähne.

»Zweieinhalbtausend Euro? Donnerwetter! Das ist eine stolze Summe. Aber das Verletzungsrisiko ist natürlich auch entsprechend hoch.«

»Genau das habe ich Stani auch gesagt«, erwiderte Lubanski, »doch die Aussicht auf so viel Kohle hat ihn total fasziniert. Und dann kam er plötzlich mit der blöden Idee, ich könnte doch auch mitmachen. Schließlich hätte ich ebenfalls eine langjährige Kampfsporterfahrung. Augenthaler war sofort begeistert, aber ich habe den beiden einen Vogel gezeigt. Ich bin hier in Deutschland, um Geld auf dem Bau zu verdienen, und nicht, um mir in irgendwelchen Tiefgaragen den Kiefer brechen zu lassen.«

Madsen, der seine Lederjacke inzwischen bis zum Hals geschlossen hatte, weil sich die feuchte Kälte zunehmend seines gesamten Körpers bemächtigte, blickte Lubanski nachdenklich an.

»Aber irgendwann sind Sie dann doch schwach geworden, oder?«

»Stimmt! Und zwar nach Stanis erstem Kampf. Er kam abends in den Container, präsentierte mir ein Bündel Geldscheine und erzählte, dass er seinen Gegner in zwei Minuten bewusstlos geschlagen hatte, ohne auch nur ein einziges Mal getroffen worden zu sein. Zweitausendfünfhundert Euro für zwei Minuten. Das macht umgerechnet einen Stundenlohn von fünfundsiebzigtausend Euro. Mal ganz ehrlich, Herr Kriminalrat – wären Sie da nicht auch weich geworden?«

Madsen nickte – nicht unbedingt, weil er zustimmte, sondern weil er den Redefluss des Polen nicht unterbrechen wollte.

»Beim nächsten Kampfabend war ich dann mit dabei. Ich hatte zwar nicht ganz so viel Glück wie Stani, aber eine Viertelstunde und zwei Platzwunden später hatte ich ebenfalls zweitausendfünfhundert Euro in der Tasche. So schnell hatte ich noch nie im Leben so viel Geld verdient!«

Der Hüne lächelte, doch das Lächeln war auf eigenartige Weise freudlos.

Madsen schlug vor, wegen der zunehmenden Kälte ein paar Schritte zu gehen, und gemeinsam schlenderten die Männer über das Oberdeck Richtung Brücke. Von Backbord näherte sich ein auffälliges rotes Elektroboot, passierte die »MS Starnberg« in einem weiten Bogen und hielt neben einem vor Anker liegenden Segelboot.

»Das ist ein Pizza-Lieferservice für Boote«, erklärte Lubanski dem erstaunten Madsen. »Ein findiger Gastronom ist auf die Idee gekommen, dass das, was auf dem Land funktioniert, doch auch auf dem Wasser gehen könnte. Jetzt müssen die Segler nur im Strandbad Feldafing anrufen, und schon wird ihnen die Pizza direkt zum Segelboot gebracht. Clever, oder?«

»Tja, Ideen muss man haben«, entgegnete Madsen. »Oder noch besser: Wumms in den Fäusten! Dann verdient man nämlich nicht nur läppische zehn Euro für eine Salamipizza, sondern gleich zweieinhalbtausend Steine.« Er rieb seine kalten Hände aneinander. »Was mich interessieren würde, ist der Ablauf dieser

Veranstaltungen. Und wer dahintersteckt. Schließlich ist diese Art von Kämpfen nicht erlaubt.«

»So ist es«, bestätigte Lubanski. »Und vermutlich finden sie auch genau aus diesem Grunde heimlich statt.«

Er nickte dem Kapitän, der in dem Leitstand des Schiffs hinter einem großen Steuerrad stand und sich offenbar über die beiden kälteresistenten Passagiere wunderte, grüßend zu.

»Unser eigentlicher Ansprechpartner war Augenthaler. Der hat uns hingefahren, uns nach dem Kampf unsere Kohle gegeben und dann wieder zurückgebracht. Am Veranstaltungsort hat uns immer so ein junger Typ übernommen. Der hat nicht viel geredet, sondern nur kurze Anweisungen gegeben, wer wann gegen wen kämpft. Dieser Schnösel war der verlängerte Arm vom Chef der ganzen Geschichte. Der war auch immer anwesend. Ein dicker, selbstgefälliger Typ. Der hat sich benommen, als wäre er ein König. Breit und schmierig grinsend hat er irgendwo mit einem Glas Champagner und einer Zigarre gethront und alles genau beobachtet. Und die anderen Gäste sind ihm in den Arsch gekrochen. Das hätten Sie mal sehen müssen: Steinreiche Leute haben ihn umkreist wie die Schmeißfliegen einen Hundehaufen. Ich weiß nicht, wie dieser Typ heißt oder was er macht, aber irgendwie scheint er eine große Nummer zu sein. Zumindest für die anderen. Für mich hat er einfach nur ausgesehen wie ein vollgeschissener Strumpf!«

Madsen lächelte angesichts dieser bildhaften Personenbeschreibung, fasste sich aber sofort wieder und hakte entschlossen nach.

»Sie haben gerade gesagt ›wer gegen wen kämpft‹. Was waren das denn für Leute, gegen die Sie gekämpft haben? Auch Bauarbeiter wie Sie?«

Sein Gesprächspartner antwortete nicht sofort, sondern schlug den Kragen seiner Jacke hoch und lehnte sich gegen die Reling.

Das Schiff passierte in diesem Moment die Roseninsel, und in der Abenddämmerung konnte Madsen schemenhaft die Relikte steinzeitlicher Pfahlbauten sowie die königliche Sommerresidenz erkennen. Ein goldfarbener Lichtschein bahnte sich seinen Weg durch den dicht bewachsenen Rosengarten, was laut erklärender Durchsage des Kapitäns darauf schließen ließ, dass der einzige Bewohner der Insel – der mit der Landschaftspflege betraute Gärtner – sein Tagwerk beendet und sich dem Genuss eines wohlverdienten Weißbiers hingegeben habe. Dies sei allerdings lediglich eine subjektive Vermutung und entbehre jeglicher wissenschaftlicher Grundlage, fügte die blecherne Stimme aus dem Lautsprecher hinzu, woraufhin aus dem Inneren des Schiffs lautstarkes Gelächter der amüsierten Senioren ertönte.

Lubanski hingegen verzog keine Miene, als er auf Madsens Frage antwortete.

»Nein, Stanis und meine Gegner waren keine Bauarbeiter. Das ist das eigentlich Perverse an dieser ganzen Geschichte. Es ist eine Art Klassenkampf.«

»Klassenkampf? Wie meinen Sie das?«, erkundigte sich Madsen.

»Na ja, es wurden in der Regel nie zwei Kämpfer aus derselben gesellschaftlichen Schicht gegeneinander gestellt. Stani und ich waren ausländische Bauarbeiter, also für diese Leute vermutlich der letzte Dreck. Unsere Gegner dagegen waren Intellektuelle. Manager, Ärzte, Unternehmensberater – also alles irgendwelche Akademiker. Diese Leute sind gelangweilt von ihrem gut situierten, spießbürgerlichen Leben. Die sind auf der Suche nach dem extremen Abenteuer. Bungee-Jumping, Fallschirmspringen, House-Running – all das reicht diesen Typen nicht mehr. Die wollen den ultimativen Kick. Und den finden sie beim Prügeln. Entweder als Hooligan im Fußballstadion – oder bei diesen Bare-Knuckle-Fights. Im Gegensatz zur Stadionschlägerei gibt's da hinterher wenigstens noch Champagner.«

»Das ist ja der nackte Wahnsinn, was Sie mir da erzählen!« Madsen schüttelte ungläubig den Kopf. »Ihnen ist doch klar, dass ich die Sache weiterverfolgen muss? Diese Art von Veranstaltungen kann ich als Polizist nicht einfach so zulassen. Das ist ja fast so menschenverachtend wie die Gladiatorenkämpfe im alten Rom – nur mit dem Unterschied, dass die Unterlegenen dort anschließend getötet wurden.«

»Nun ja, wo Sie das Thema gerade erwähnen: Es gibt da noch etwas. Die zweitausendfünfhundert Euro gab es für Auseinandersetzungen, bei denen der Kampf sofort beendet wird, wenn einer der Kämpfer nicht mehr verteidigungsfähig ist.« Lubanski räusperte sich verlegen und fuhr sich mit der Hand durch seine wallende blonde Mähne. »Und dann gab es noch diese Spezialkämpfe, bei denen man fünfzigtausend Euro verdienen konnte. Die liefen dann unter einem ganz anderen Motto.«

Madsen blickte ihn perplex an.

»Unter einem anderen Motto? Was soll das denn heißen?«

Der massige Bauarbeiter schwieg einen Moment.

Dann wandte er den Blick langsam Richtung Ufer und murmelte so leise, dass Madsen Mühe hatte, ihn zu verstehen: »Das Motto ist nur ganz kurz. Aber trotzdem sagt es mit drei Worten alles aus, was man zu diesen Duellen wissen muss. Es lautet: ›Kämpf oder stirb!‹«

★★★

»Freut mich außerordentlich, Herr Minister, wenn Ihnen die kleine Aufmerksamkeit ein wenig Freude bereiten konnte.«

Der Mann am anderen Ende der Leitung schnaufte protestierend.

»Keine falsche Bescheidenheit, mein lieber Freund! Eine ganze Kiste bester Cohiba Siglo Gran Reserva kann man doch wohl mitnichten als kleine Aufmerksamkeit bezeichnen. Sie dürfen sich dessen gewiss sein, dass ich mich bei Gelegenheit für dieses edle Geschenk revanchieren werde. Sollte es also irgendetwas geben, was ich in naher Zukunft für Sie tun kann, lassen Sie es mich bitte wissen.«

Der dicke Mann lächelte zufrieden.

Die eintausenddreihundert Euro für eine Fünfzehner-Box Zigarren hatten sich als gute Investition erwiesen.

Wenngleich sein Gesprächspartner sich einen solchen Luxus mit seinem Ministerialgehalt problemlos selbst hätte leisten können, war es seine allseits bekannte Gier, die ihn das Geschenk dankbar hatte annehmen lassen – und die ihn damit noch ein Stück weiter in die persönliche Schuld gegenüber dem Anrufer getrieben hatte. Auch wenn dieser zum aktuellen Zeitpunkt noch keine konkrete Vorstellung hatte, wie deren Begleichung dereinst aussehen könnte, so war er sich durchaus bewusst, dass er damit einen echten Joker besaß.

Eine »Gehen Sie nicht in das Gefängnis«-Karte.

»Und wo ich Sie gerade am Telefon habe …«, fuhr der Minister bestens gelaunt fort, »… würde ich gerne noch einmal auf ein anderes Thema zu sprechen kommen. Sie veranstalten doch diese kleinen Soireen, nicht wahr?«

Sein Gegenüber schwieg, was den Politiker jedoch nicht bemüßigte, seinen Redefluss zu unterbrechen.

»Ich würde ja zu gerne einmal Gast bei einer solchen Veranstaltung sein, aber ich habe keine Ahnung, wie ich das bewerkstelligen soll. Mein Gesicht ist einfach zu bekannt. Stellen Sie sich einmal den Skandal vor, wenn man mich erkennen würde! In Zeiten, in denen jeder Depp dreiundzwanzig Stunden am Tag ins Handy brüllt oder diese komischen Selfies verschickt, wäre mein Bild innerhalb von Sekunden bei jeder Presseagentur im In- und Ausland. Das kann ich unmöglich riskieren!«

Es blieb ruhig am anderen Ende der Leitung, und der Minister glaubte schon, die Verbindung sei unterbrochen worden, als plötzlich die sonore Stimme seines Gesprächspartners zu vernehmen war.

»Auch wenn Ihre persönliche Anwesenheit eine große Ehre für mich wäre, sollten wir von dieser Idee im Interesse Ihrer gesellschaftlichen Unbescholtenheit doch lieber Abstand nehmen. Ich muss gestehen, dass es inzwischen einige Anfragen von Personen des öffentlichen Lebens gibt. Doch ebenso wie Sie als bekannter Politiker können sich auch manche Unternehmer, Schauspieler oder Sportler nicht auf diesen Events, wie ich sie durchführe, sehen lassen, ohne ihre gesellschaftliche Reputation aufs Spiel zu setzen. Aber geben Sie mir noch ein wenig Zeit! Ich arbeite bereits an einem Konzept, das es auch Personen wie Ihnen ermöglicht, diesen besonderen Nervenkitzel zu erleben. Ich denke da an eine Art Tournee, bei der unsere kleinen Happenings direkt in den Privathäusern der Interessenten stattfinden. Haben Sie ›Django Unchained‹ gesehen? So wie sich die Sklaven dort im Kaminzimmer von Candyland duellieren, könnte man es auch hier aufziehen. Nur nicht mit Sklaven, sondern mit irgendwelchen anderen Randgruppen.«

Der Minister klatschte begeistert in die Hände.

Die Perversität der Äußerungen schien ihm nicht aufzufallen. Oder ihn nicht zu stören.

»Eine hervorragende Idee, mein lieber Freund! Und vielleicht müsste man so eine Art blickdichte Scheibe vor die Zuschauer stellen, damit sie von den Kämpfern nicht erkannt werden.«

»Ein guter Gedanke«, lobte der dicke Mann und schnalzte zufrieden mit der Zunge. »Das hätte dann auch gleichzeitig den Vorteil, dass kein Blut in den Champagner spritzt.«

Der Minister lachte – so wie Männer lachten, wenn sie sich ihrer Überlegenheit gegenüber dem Rest der Welt gewiss waren.

Währenddessen zündete sich der dicke Mann in aller Ruhe eine Zigarre an.

»Lieber Herr Minister, nichtsdestotrotz möchte ich Ihnen – bis es so weit ist – natürlich nicht die Möglichkeit vorenthalten, dem außerordentlichen Vergnügen des Wettens zu frönen! Was halten Sie von folgender Lösung: Ich gebe Ihnen kurzfristig Bescheid, wann unsere nächste Veranstaltung stattfindet. Sie bestimmen dann einen Freund oder einen Mitarbeiter Ihres Vertrauens, und dieser nimmt an Ihrer statt an unserem kleinen Event teil – und wettet in Ihrem Namen. Damit entgeht Ihnen zwar weiterhin dieser ganz besondere Nervenkitzel einer solchen Inszenierung, aber Sie haben zumindest die Chance, Ihren Einsatz zu potenzieren. Nun, was halten Sie davon, Herr Minister?«

»Das wäre wunderbar, mein lieber Freund. Ich schicke Ihnen Vlado, einen meiner Bodyguards. Der kennt sich mit Kampfsport bestens aus und hat sicherlich ein gutes Auge dafür, wer einen Einsatz wert ist und wer nicht. Soll ich Ihnen ein Foto zumailen, damit Sie wissen, wie er aussieht?«

Der dicke Mann verneinte generös.

»Das ist nicht nötig. Er soll beim Einlass einfach sagen: ›*Non mortem timemus, sed cogitationem mortis*‹. Dann wird man ihm Einlass gewähren.«

»›Nicht den Tod fürchten wir, sondern die Vorstellung des Todes!‹«, übersetzte der altsprachlich geschulte Minister, wobei er die Redewendung mit einem berufsbedingten Pathos in der Stimme deklamierte. »Ich muss sagen, mein lieber Freund, Sie haben ein ausgesprochen gutes Gespür für das richtige Wort am richtigen Platz! Apropos richtiger Platz …« Die Stimme des Politikers nahm einen verschwörerischen Tonfall an. »Nachdem die Sache mit diesen Soireen also geklärt wäre, habe ich noch eine ganz andere Frage: Besitzen Sie eigentlich noch dieses wunderschöne Anwesen in Saint-Tropez?«

Der Mann am anderen Ende der Leitung besaß zwar nicht die Physiognomie einer Raubkatze, doch in Sachen Instinkt konnte er es problemlos mit dieser Spezies aufnehmen.

»Selbstverständlich! Und ebenso selbstverständlich wäre es mir eine Freude, Ihnen mein bescheidenes Heim für einen romantischen Aufenthalt zur Verfügung zu stellen.« Inzwischen hatte auch er die Stimme gesenkt und paffte noch einmal genussvoll an seiner Fünfundachtzig-Euro-Zigarre. »Und Ihre bezaubernde Gattin, Herr Minister – die muss davon ja nichts erfahren.«

★★★

Kriminalrat Madsen hatte mit einigem gerechnet, als der polnische Bauarbeiter Jakub Lubanski ihn zu einem persönlichen Gespräch auf die »MS Starnberg« gebeten hatte. Doch das, was er während der »Großen Schlösserfahrt« von ihm erfahren hatte, erwies sich selbst für den routinierten Ermittler als schockierend.

»Gerade hatte ich mich mit dem Gedanken vertraut gemacht, dass hier illegale Bare-Knuckle-Fights stattfinden, bei denen die finanzielle Situation von Leuten wie Ihnen dazu ausgenutzt wird, sie auf actionsüchtige Akademiker zu hetzen. Und jetzt kommen Sie mir plötzlich mit sogenannten ›Kämpf oder stirb‹-Duellen, bei denen es fünfzigtausend Euro zu verdienen gibt. Ich hoffe, der Name ist dabei nicht Programm – und es gilt nicht, seinem Gegner den Schädel einzuschlagen!«

»Da muss ich Sie leider enttäuschen, Herr Kriminalrat«, sagte Lubanski ernst. »Genau so ist es! Bei diesen Kämpfen gibt es nur eine Regel, und die lautet: Es gibt keine Regeln. Der Kampf ist erst dann zu Ende, wenn der Sieger das will. Oder wenn der Verlierer tot ist!«

Lubanskis Worte hingen so unangenehm in der Luft wie der kaltfeuchte Nebel, der sich langsam über der spiegelglatten Wasseroberfläche ausbreitete.

Das Schiff hatte inzwischen wieder Starnberg erreicht und passierte das Seerestaurant »Undosa«, auf dessen Gelände sich bis Anfang des 20. Jahrhunderts Deutschlands erstes Wellenbad befunden hatte. Inzwischen war das gesamte Areal komplett umgebaut, und wenn heute noch etwas hohe Wellen schlug, dann war das allenfalls die Dekadenz der Starnberger Hautevolee am künstlich angelegten Sandstrand des exklusiven Beach Clubs.

Keine fünfhundert Meter entfernt befand sich die Anlegestelle Starnberg – und damit auch das Ende der Rundfahrt über den See.

Madsen beeilte sich, die letzten Minuten der Fahrt dafür zu nutzen, Lubanski weitere Informationen über die ominösen Kampfabende zu entlocken.

»Sie wollen also allen Ernstes behaupten, Sie haben an Kämpfen teilgenommen, bei denen es bis zum Tod des Verlierers ging? Das kann ich nicht glauben! Ist Ihnen eigentlich klar, dass Sie in diesem Fall wegen Totschlags dran sind? Oder vielleicht sogar wegen Mordes?«

Lubanski hob abwehrend die Hände.

»Sie missverstehen mich, Herr Kriminalrat! Ich selbst war an solchen Kämpfen nicht beteiligt. Ich tue für Geld zwar einiges, aber selbst meine Gier hat Grenzen. Nein, es geht nicht um mich. Es geht um Stani. Denn der hatte solche moralischen Bedenken leider nicht.«

Madsen blickte Lubanski einen Moment lang schweigend

an, dann schlug er sich plötzlich mit der flachen Hand vor die Stirn.

»Na klar, jetzt begreife ich auch, warum Wocz dem Besitzer vom Boxwerk gesagt hat, dass er sich auf einen speziellen Kampf vorbereiten wollte. Und lassen Sie mich raten – dieser ominöse Kampf auf Leben und Tod war an dem Abend, bevor wir Wocz' Leiche gefunden haben. Jetzt ergeben auch die ganzen Verletzungen einen Sinn. Das heißt mit anderen Worten: Stanislav Wocz wurde bei einem illegalen Bare-Knuckle-Kampf totgeschlagen. Beziehungsweise halb tot. Denn anschließend hat ihn ja noch irgendjemand in den See geworfen.«

Der breitschultrige Pole nickte.

Er hatte Tränen in den Augen, und sein verzweifelter Blick verlor sich glasig in der Ferne.

»Genau aus diesem Grund habe ich Ihnen das alles erzählt! Ich mache mir unendliche Vorwürfe, dass es mir nicht gelungen ist, Stani von diesem Kampf abzuhalten. Und dass ich an diesem Abend nicht mitgefahren bin, um ihn zu unterstützen. Wäre ich dabei gewesen, dann hätte ich ihm helfen können. Vielleicht nicht während des Kampfs, doch zumindest hinterher. Aber so konnte irgendjemand seinen hilflosen Zustand nutzen und ihn umbringen. Das werde ich mir nie verzeihen können!« Lubanski bekreuzigte sich dreimal hastig. »Es ist mir natürlich klar, dass ich Stani nicht mehr zum Leben erwecken kann – mit dieser Schuld muss ich bis zu meinem eigenen Tod leben. Aber ich kann zumindest meinen Teil dazu beitragen, dass man den Verantwortlichen findet. Und dafür sorgen, dass er seine gerechte Strafe bekommt. Das ist das Mindeste, was ich meinem Freund schuldig bin!«

Madsen verschränkte nachdenklich die Arme und warf einen kurzen Blick auf das Unterdeck, wo sich die Leute bereits an der Ausstiegsluke drängelten. Es musste irgendwo im menschlichen Körper ein bis dato unentdecktes Gen geben, das Menschen dazu veranlasste, Verkehrsmittel unmittelbar nach dem Anhalten fluchtartig verlassen zu wollen. Anders ließ sich auch nicht erklären, warum sämtliche Passagiere hektisch aufzuspringen pflegten, sobald in Flugzeugen die Anschnallzeichen erloschen.

Madsen schüttelte voller Unverständnis den Kopf und wandte sich wieder dem polnischen Bauarbeiter zu, der nervös das Ufer absuchte.

»Und warum erzählen Sie mir all das erst jetzt? Warum haben Sie mir das nicht schon bei unserem ersten Gespräch im Container gesagt?«

Lubanski blickte den Kriminalrat konsterniert an.

»Nach dem, was ich Ihnen gerade berichtet habe, stellen Sie mir eine solche Frage? Wenn das so ist, dann frage ich mich tatsächlich, ob Sie das Ausmaß und den Ernst dessen, was ich Ihnen gerade erzählt habe, wirklich komplett verstanden haben.«

Er warf abermals einen hektischen Blick auf die Uferpromenade, erstarrte kurz, als er einen älteren Mann sah, dessen Physiognomie Ähnlichkeiten mit der von Augenthaler aufwies, und entspannte sich erst wieder, als der Passant einen weißen Pudel mit kariertem Mäntelchen zu sich rief und seinen abendlichen Spaziergang fortsetzte.

»Ist Ihnen eigentlich klar«, fuhr er fort, »warum diese Kämpfe überhaupt stattfinden? Dieser fette Buddha macht die Veranstaltungen ja nicht aus Jux und Tollerei, sondern weil dort Zigtausende von Euro durch Wetten verdient werden! Das ist ein riesiges Geschäft, das da abgewickelt wird. Überlegen Sie mal: Mindestens fünf Kämpfe pro Abend – das bedeutet schon einmal fünfundzwanzigtausend Euro Kosten nur für die Kämpfer. Das sind eine Menge Ausgaben. Aber das ist noch gar nichts gegenüber den Einnahmen. Eingeladen werden grundsätzlich nur handverlesene Leute mit einem entsprechend hohen Einkommen. Der Eintritt ist frei, aber dafür wird gewettet – und zwar wie verrückt. Die Höhe der gesamten Einsätze an so einem Abend liegt sicherlich locker bei zehntausend Euro pro Person. Das Ganze mal hundert macht eine Million Euro. Eine Million Euro, die in irgendeinem Schuppen oder irgendeiner Scheune an einem einzigen Kampfabend bewegt werden. Das ist ein Riesengeschäft, von dem vor allem dieser Dicke, sein Gehilfe und Augenthaler profitieren. Und nun kommt so ein popeliger Bauarbeiter wie ich und hetzt denen die Polizei auf den Hals.

Wundern Sie sich jetzt immer noch, dass ich auf der Baustelle nichts gesagt habe? Wenn irgendeiner von diesen Typen rauskriegt, dass ich mit Ihnen gesprochen habe, bin ich ein toter Mann!«

Er schlug den Kragen seiner Jacke hoch, setzte eine gestrickte Seemannsmütze auf den Kopf und zog sie tief bis in die Stirn. Dass die Mimikry des Polen nur bedingt erfolgreich war, lag daran, dass er mit seiner blond wallenden Mähne im Nacken nach wie vor so auffällig war wie ein Heavy-Metal-Drummer auf einem Gruppenfoto der Regensburger Domspatzen.

»Eine letzte Sache noch, Herr Kriminalrat: Ich werde Deutschland in den nächsten Tagen zusammen mit Liliana verlassen. Nach dem, was ich Ihnen gerade erzählt habe, ist mein Leben keinen Pfifferling mehr wert.«

Mit diesen Worten schickte er sich an, grußlos zu verschwinden, doch Madsen hielt ihn mit ausgestrecktem Arm auf und schüttelte bedauernd den Kopf.

»Sosehr ich Ihre Offenheit schätze, Herr Lubanski, aber ich fürchte, Sie müssen sich bis auf Weiteres zu unserer Verfügung halten. Ich werde mit der Staatsanwaltschaft sprechen, wie wir in dieser Angelegenheit weiter vorgehen, aber auf keinen Fall kann ich Sie so einfach nach Polen verschwinden lassen. Sollten Sie in irgendeiner Form das Gefühl haben, bedroht oder verfolgt zu werden, bitte ich Sie, sich umgehend an mich zu wenden.«

In Ermangelung aktueller Visitenkarten notierte er seine Handynummer auf der Rückseite einer Tankquittung.

»Rufen Sie sofort an, wenn Ihnen etwas Außergewöhnliches auffällt. Und machen Sie sich keine Sorgen wegen Augenthaler. Den feinen Herrn werde ich mir vorknöpfen. Und dann wird er merken, dass es noch eine Menge Dinge gibt, die er zum Thema ›Bau‹ lernen kann.«

# ZWÖLF

Die ursprüngliche Nutzung des Hauses als Bauernhof war unverkennbar.

Das Hauptgebäude erstreckte sich über eine Länge, die sich heute niemand mehr bei einem Neubau leisten könnte, die unebenen weißen Mauern wirkten trutzig wie bei einer Burg, und durch die kleinen holzgerahmten Fenster mit den trüben Glasscheiben und den dunkelgrünen Fensterläden fand das Licht auch an sonnigen Tagen zweifelsohne nur schwerlich seinen Weg ins Innere.

Das Wohnhaus selbst hatte zwei Stockwerke, wenngleich die geringe Gesamthöhe den Verdacht nahelegte, dass ein durchschnittlich gewachsener Mitteleuropäer in keiner der beiden Etagen einen schwungvollen Luftsprung absolvieren sollte.

Zumindest nicht ohne Helm.

Seitlich angebaut an das Haus befand sich ein heruntergekommener Geräteschuppen, dessen fehlende Tür durch ein paar lieblos zusammengenagelte Bretter ersetzt worden war und von dem ein mit Unkraut überwucherter Trampelpfad zu der ehemaligen Jauchegrube des Hofs führte. Diese schien zwar längst nicht mehr ihrem eigentlichen Zweck zu dienen, doch der darin verrottende Müll roch ebenfalls intensiv nach Fäkalien.

Kommissar von Werdenfels stand bereits vor dem Haus.

Etwa zehn andere Männer auch.

Kriminalrat Madsen grüßte irritiert in die Runde und fuhr mit seiner Harley schwungvoll in die Hofeinfahrt, woraufhin die Reifen seines Motorrads bis zu den Felgen im Morast versanken.

»Was ist denn das für eine Kacke?«, fluchte er ungehalten und blickte zu den Männern, von denen keiner auch nur eine Miene verzog.

Lediglich von Werdenfels eilte seinem Vorgesetzten entgegen.

»Sie müssen aufpassen, Herr Kriminalrat, das ganze Grundstück ist voller Matsch – ich habe mir auch schon die Hose versaut!«

»Wäre super, wenn Sie mir so was das nächste Mal mitteilen würden, bevor ich mein Moped im schottischen Hochmoor versenke«, grummelte Madsen und blickte frustriert auf sein Motorrad, das über und über mit Dreck bespritzt war und eher an eine Motocross-Maschine erinnerte als einen amerikanischen Cruiser.

»So ist das halt, wenn man aufs Land fährt, wo sich Eule und Elefant gute Nacht sagen«, erwiderte von Werdenfels feixend und erstarrte, als er Madsens strafenden Blick sah. »Was ist denn? War das schon wieder falsch?«

»Falscher geht es fast nicht mehr«, stöhnte sein Vorgesetzter und hängte seinen Helm an den Lenker. »Gute Nacht sagen sich Fuchs und Hase. Der Elefant trampelt durch den Porzellanladen, und die Eule wird nach Athen getragen. Ich bin ja froh, dass Sie nicht noch einen Löwen mit verwurschtelt haben!«

»Pah, ich bin ja nicht blöd.« Von Werdenfels bemühte sich, mit seinem Vorgesetzten Schritt zu halten, der zielstrebig zur Haustür ging. »Der Löwe ist doch bekanntlich im Tank!«

Madsen murmelte etwas, das von Werdenfels nicht verstand. Dem Gesichtsausdruck des Kriminalrats war allerdings zu entnehmen, dass das so auch besser zu sein schien.

An der Tür drehte sich Madsen um und deutete auf die Männer, die nach wie vor dem Haus standen und jeden Schritt der beiden Polizisten argwöhnisch beobachteten.

»Was sind das eigentlich für komische Vögel?«

Von Werdenfels zuckte ratlos mit den Schultern.

»Keine Ahnung. Als ich mit dem Streifenwagen hier geparkt habe, sind die aus dem Gasthof gegenüber gekommen. Die werden sich vermutlich fragen, was wir hier machen. Und um ganz ehrlich zu sein: Ich frage mich das auch. Warum zum Teufel sind wir hier …«

»… und nicht in Hollywood?«, ergänzte der Kriminalrat trocken und betätigte die Klingel.

★★★

Jakub Lubanski wischte sich den Angstschweiß von der Stirn. Nachdem er den Katamaran verlassen hatte, war er der Starnberger Uferpromenade in südlicher Richtung gefolgt, hatte die bunt bemalten Holzhütten der Berufsfischer und Bootsverleiher passiert und hielt nun auf die Unterführung zu, um auf die stadtzugewandte Seite der Bahngleise zu wechseln und sich zu seinem Auto zu begeben. Auf seinem kurzen Weg hatte er dabei weder den betörenden Duft der farbenprächtigen Blumenrabatten noch das Gekrächze des mechanischen Papageis registriert, der vor einem Souvenirgeschäft um die Aufmerksamkeit der Kinder und damit gleichzeitig auch um das Urlaubsgeld der Eltern buhlte.

Doch von einem Moment auf den anderen fühlte er sich verfolgt.

Hatte ihn vielleicht doch jemand auf dem Schiff zusammen mit dem Kriminalrat gesehen? Ahnte man bereits, dass er die strikte Anweisung, sich gegenüber jeglicher Fragestellung in absolutes Schweigen zu hüllen, ignoriert und die Polizei über die illegalen Kämpfe informiert hatte? Waren ihm die Häscher bereits auf den Fersen, um ihren Drohungen Taten folgen zu lassen?

Lubanski schluckte.

Sollte er tatsächlich verfolgt werden, so konnte das nur eines bedeuten.

Der dicke Mann hatte den »Code Red« befohlen.

Er verharrte einen Moment, tat so, als müsste er sich einen Schnürsenkel binden, und ließ seinen Blick unauffällig über die Promenade schweifen.

Die meisten der Schiffspassagiere befanden sich noch am Anlegesteg und ließen die Rundfahrt noch einmal in dialektreichem Stimmengewirr Revue passieren. Doch da deren Mindestalter im dreistelligen Bereich zu liegen schien, durfte sich die von ihnen ausgehende Gefahr für Lubanskis Leib und Leben stark in Grenzen halten.

Gleiches galt für die beiden ganz in Weiß gewandeten Paare, die sich zufällig auf dem Uferweg getroffen hatten und sich nach einigen oscarreifen Entzückungsschreien der Frauen nun gegenseitig über ihren aktuellen Vermögensstatus, das Ziel des nächsten

Segeltörns sowie die Internatsleistungen ihrer unehelichen Kinder informierten.

Lubanski wandte seinen Blick in Richtung See.

Vor den Bootshütten befand sich eine steinige Uferbefestigung, von der mehrere hölzerne Stege ins Wasser ragten. Diese waren das Refugium der Starnberger Jugendlichen, die dort in kleinen Grüppchen saßen, Musik hörten, Bier tranken und Gräser rauchten, die selbst auf der Promenade noch Schwindelgefühle auslösten.

Aber auch die Teenager schienen sich keinen Deut um den blond gelockten Polen zu kümmern, und da sich außer ein paar lautstark lamentierenden Tippelbrüdern, die auf den Bänken neben den Bahngleisen Wein aus Tetrapaks und Schnaps aus Cola-Flaschen tranken, sonst niemand in der Nähe aufhielt, bescheinigte sich Lubanski eine ausgewachsene Paranoia und setzte seinen Weg kopfschüttelnd fort.

Was er dadurch nicht mehr sah, war die drahtige, dunkelhaarige Gestalt, die sich in diesem Moment von der Bank mit den Berbern erhob, ihnen einen Schein als Dank für ihre temporäre Gastfreundschaft reichte und eilig die Verfolgung Lubanskis aufnahm.

Die hinterhergerufene Frage, woher er denn sein leuchtendes Veilchen habe, ignorierte der Mann dabei geflissentlich.

★★★

In dem Moment, in dem Bauunternehmer Augenthaler sie öffnete, wirkte die Tür seines Hauses plötzlich nicht klein, sondern wie eine für seinen Körperbau angefertigte Maßarbeit. Kriminalrat Madsen hätte sich nicht gewundert, wenn er sie mit den Worten »Willkommen in Liliput!« begrüßt hätte, doch Augenthaler schien weder Jonathan Swifts Insel noch eine freundliche Begrüßung im Sinn zu haben.

»Sakra, do legst di niada! Was machen Sie denn hier?«

»Wir würden gerne mit Ihnen reden!«, antwortete Madsen. »Dürfen wir reinkommen?«

»Von mir aus. Hab nix dagegen«, brummte der Bauunternehmer mit der Glaubwürdigkeit eines Lance Armstrong und bat die beiden Besucher in einen schmalen, schmucklosen Flur.

Als er eine weiße Tür öffnete und die drei Männer die dahinterliegende Küche betraten, fühlte sich Madsen auf einen Schlag um drei Generationen zurückversetzt. Der gesamte Raum war noch kleiner und niedriger, als es der Anblick des Hauses von außen hatte vermuten lassen. Fliesen oder Parkett suchte man vergebens, stattdessen bestand der Boden aus dunklem, gehärtetem Lehm. Ein gewaltiger antiker Gasherd, der jedem oberbayrischen Heimatmuseum zur Ehre gereicht hätte, dominierte das Zimmer, vergilbte Spitzengardinen erinnerten an Großmutters Zeiten, und die Aromen der zahlreichen Kräuter und Gewürze, die hinter einem Waschbecken mit Pumpenschwengel in bauchigen Porzellantöpfen aufbewahrt wurden, vermischten sich mit dem Qualm des Kachelofens und den Ausdünstungen vergangener Jahrzehnte zu einem undefinierbaren, aber durchaus behaglichen Geruchspotpourri.

Der Hausherr bat die beiden Polizisten, an einem wuchtigen Holztisch Platz zu nehmen, und weil im gesamten Raum gusseiserne Pfannen, Töpfe und allerlei andere Küchenutensilien von der rußigen Decke baumelten, mussten Madsen und von Werdenfels einen regelrechten Slalomparcours absolvieren, um unfallfrei zu ihren Sitzgelegenheiten zu gelangen.

Augenthaler, der an den Herd gelehnt stehen geblieben war, zündete sich eine Zigarette an. Die Gelegenheit nutzend, tat Madsen es ihm gleich, woraufhin Kommissar von Werdenfels seinem Vorgesetzten einen strafenden Blick zuwarf und missbilligend den Kopf schüttelte. Alternativ hätte er allerdings auch mit den Ohren wackeln oder einen Kopfstand machen können. Das Ergebnis wäre das gleiche gewesen – Madsen inhalierte trotzdem genussvoll.

»Wissen Sie, was mich wundert?«, fragte der Kriminalrat. »Sie bauen tagein, tagaus am Starnberger See die schönsten und luxuriösesten Villen, und dann hausen Sie hier am Arsch der Welt in Haunzelhofen in einem heruntergekommenen Bauernhof. Wie passt das denn zusammen?«

Der kleine, massige Unternehmer bedachte ihn mit einem verächtlichen Blick.

»Erstens heißt dieser Ort Haunshofen. Zweitens haben schon meine Urgroßeltern in diesem Haus gewohnt, und ich fühle mich wohl hier auf dem Dorf. Und drittens bedeutet die Tatsache, dass ich unter der Woche Luxusvillen baue, nicht gleichzeitig, dass ich auch gern so lebe!«

»Verstehe«, sagte Madsen. »Ihr Hof sieht von außen aus wie eine große Klärgrube – mir ist gerade eben fast mein Moped im Morast versunken. Bekommen Sie da keinen Ärger mit Ihren Nachbarn? Deren Häuser wirken mit ihren gepflegten Vorgärten und dem ganzen Blumenschmuck wie aus einer Tourismusbroschüre, gegenüber liegt diese wunderschön restaurierte Dorfwirtschaft – und dazwischen steht dann Ihr heruntergekommenes Haus wie eine Warze im Gesicht von Gisele Bündchen. Sie verdienen doch wie ein Weltmeister. Wo geht denn die ganze Kohle hin?«

Augenthaler blies verärgert den Qualm Richtung Decke und warf die Kippe in das große, eckige Porzellanwaschbecken.

»Ich weiß nicht, wo Ihr Problem ist, Herr Kriminalrat. Mir gefällt mein Haus so, wie es ist. Mit den Leuten im Ort verstehe ich mich bestens, und was mein Einkommen betrifft: Bei allem Respekt – aber das geht Sie einen Scheißdreck an! Immerhin arbeite ich hart für meine Kohle.«

»Mhmm, ich sprach eigentlich gar nicht von dem Geld aus Ihren Bautätigkeiten«, entgegnete Madsen und drückte seine Kippe in aller Seelenruhe auf einem mit floralen Mustern verzierten Porzellantellerchen aus. »Ich meinte damit das Geld, das Sie für die Vermittlung von Kämpfern bekommen. Oder sollte ich besser sagen: für die Vermittlung von Opfern?«

Für einen Moment herrschte eine solche Ruhe im Raum, dass man eine Stecknadel hätte fallen hören können.

Doch das Einzige, was fiel, waren Kinnladen.

Und zwar die von Augenthaler und von Werdenfels.

»Ich habe keine Ahnung, wovon Sie reden!«, erwiderte der Bauunternehmer nach einer gefühlten Ewigkeit und zündete sich eine neue Zigarette an.

Madsen warf einen genervten Blick auf seine Armbanduhr.

»Passen Sie auf, Augenthaler. Ich hatte einen langen Tag, bin schlecht gelaunt, weil mein Moped in Ihrem Hof feststeckt, und habe um diese Uhrzeit verdammt noch mal keine Lust mehr auf Spielchen. Wenn Sie nicht reden wollen, dann versuchen wir es jetzt mal umgekehrt. Ich rede, und Sie sagen einfach ›ja‹ oder ›nein‹. Haben Sie das verstanden?«

Der Bauunternehmer nickte fast unmerklich.

»Ich fragte, ob Sie das verstanden haben?«, wiederholte Madsen nun deutlich schärfer.

»Ja!«, brummte Augenthaler widerwillig.

»Na also. Geht doch!«, sagte Madsen zufrieden, und während der Bauunternehmer sich umdrehte, um die Asche seiner Zigarette in der Spüle abzuklopfen, zwinkerte der Kriminalrat seinem Partner verschwörerisch zu und formte mit den Lippen tonlos vier Begriffe.

Von Werdenfels nickte.

Er hatte zwar keine Ahnung, um was es hier gerade ging, aber das Spiel »guter Bulle, böser Bulle« beherrschte er aus dem Effeff.

»Also …«, begann Kriminalrat Madsen und befleißigte sich eines möglichst offiziellen Tonfalls, »… wir wissen inzwischen, dass hier am See illegale Boxkämpfe stattfinden, bei denen die Kontrahenten sich ohne Handschuhe und ohne jeden Schutz gegenseitig die Birne weich klopfen.«

»Ich habe keine Ahnung, wovon −«, schickte sich Augenthaler an, zu widersprechen, doch Madsen schnitt ihm energisch das Wort ab.

»Mund halten! Außer ›ja‹ und ›nein‹ will ich jetzt nichts mehr von Ihnen hören. Und das war übrigens gerade eine Stelle für ein ›ja‹!«

Augenthaler schnaubte verächtlich, doch seine gesamte Körpersprache − vom unruhig mahlenden Kiefer über die breite Beinstellung bis hin zu den verschränkten Armen − ließ unschwer auf seine Anspannung und Unsicherheit schließen.

Madsen setzte seine Ausführungen indes fort, beobachtet von

seinem jungen Kollegen, dem die neuesten Erkenntnisse den Mund vor Staunen offen stehen ließen.

»Diese illegalen Kampfabende werden in unregelmäßigen Abständen veranstaltet und immer nur kurzfristig terminiert. Eingeladen werden Leute, die über das nötige Einkommen verfügen, um hohe Wetteinsätze zu platzieren. Auf diese Art und Weise wird an einem Kampfabend locker eine siebenstellige Summe bewegt. Ist das so weit korrekt?«

»Nein! Das ist pure Phantasie!«, erklärte der Hausherr trotzig.

»Soso, das ist also pure Phantasie?« Madsen lehnte sich lässig zurück, woraufhin der antiquarisch anmutende Stuhl bedenkliche Knackgeräusche von sich gab. »Dann ist es sicherlich auch pure Phantasie, dass Sie die Kämpfer für diese Veranstaltungen rekrutiert haben? Bauarbeiter, Handwerker und andere Personen, die einen möglichst spannenden gesellschaftlichen Kontrast zu den Personen bilden, gegen die sie kämpfen. Unterschicht gegen Oberschicht – war das nicht Ihr perverses Konzept? Ich sag Ihnen mal was, Augenthaler: Bis vor Kurzem fand ich Sie einfach nur unsympathisch. Jetzt finde ich Sie zum Kotzen!«

Nach einem kurzen Moment unangenehmen Schweigens meldete sich Kommissar von Werdenfels zu Wort.

Der gute Bulle.

»Auch wenn diese Männer tatsächlich von Herrn Augenthaler ausgesucht wurden, so haben sie doch sicherlich freiwillig gekämpft, oder? Ist das moralisch wirklich verwerflich?«

»Und ob!«, antwortete der böse Bulle gereizt. »Erstens wurde die finanzielle Situation der Leute ausgenutzt, indem man ihnen eine ganze Stange Geld für einen solchen Kampf bot. Und zweitens gab es neben den normalen Kämpfen ...«, Madsen zeichnete beim vorletzten Wort mit den Fingern Anführungszeichen in die Luft, »... auch Kämpfe, bei denen keinerlei Regeln existierten. Ich weiß nicht, ob es auch in der Vergangenheit bereits Todesopfer gab, aber Wocz wurde definitiv bei einem solchen Kampf – beziehungsweise kurz danach – getötet. So, Augenthaler, und jetzt sind Sie am Zug! Ich will Fakten von Ihnen. Und vor allem will ich eines: den Namen des dicken Mannes im Hintergrund.«

Der Bauunternehmer war während der Ausführungen Madsens immer weiter in sich zusammengesunken, er sah jetzt aus wie ein Schlauchboot, bei dem man das Ventil geöffnet hatte.

Dass der Mann Dreck am Stecken hatte, war offensichtlich. Dass er Angst hatte, den Namen des Strippenziehers zu nennen, ebenso.

»Wenn das alles so stimmt, was mein Vorgesetzter gerade gesagt hat – und daran habe ich keinen Zweifel –, dann würden Sie sich selbst einen großen Gefallen tun, wenn Sie uns bei der Aufklärung des Falls unterstützten«, spielte von Werdenfels die Rolle des empathischen Polizisten weiter. »Herr Augenthaler, Sie sind in einer sehr misslichen Lage. Ich bin zwar kein Richter, aber für mich läuft das auf Beihilfe zum Totschlag hinaus. Angesichts Ihres Vorstrafenregisters dürfte jede Hoffnung auf Nachsicht vergeblich sein. Ich tippe auf zehn bis fünfzehn Jahre. Was meinen Sie?«

Er blickte Madsen an.

»Mindestens!«, pflichtete dieser seinem Kollegen bei und war beeindruckt, wie schnell von Werdenfels die ihm zugedachte Rolle verinnerlicht und umgesetzt hatte. Diese berufliche Partnerschaft hatte eine große Zukunft, dessen war sich Madsen bereits nach den wenigen Tagen der Zusammenarbeit gewiss. »Also, Augenthaler, um es kurz zu machen: den Namen des dicken Mannes – oder wir kommen zu Plan B! Und jetzt raten Sie mal, wofür das ›B‹ steht? Richtig! ›B‹ wie ›Bau‹! Oder auch ›B‹ wie ›Beim Duschen in den Arsch gefickt‹!«

Der Bauunternehmer schüttelte den Kopf, und seine Verzweiflung war fast schon bemitleidenswert. Innerhalb weniger Minuten hatte sich der selbstsichere Geschäftsmann mit dem Dschingis-Khan-Schnurrbart in ein emotionales Wrack verwandelt.

»Verstehen Sie doch bitte! Ich kann Ihnen keinen Namen nennen. Wenn ich das tue, bin ich tot! Sie haben ja keine Ahnung, mit wem Sie sich da anlegen! Der Mann hat Beziehungen, von denen Sie sich keine Vorstellungen machen. Es kostet ihn einen Anruf, und wir alle sind am Arsch!«

»Na und? Wenn's der Arsch von Heidi Klum ist, habe ich nichts dagegen«, erwiderte Madsen ungerührt. Dann stand er auf, griff an seinen Gürtel und legte dem perplexen Bauunternehmer Handschellen an.

»Meinen Sie, damit kommen wir durch? Die ganze Geschichte – so erschreckend sie auch ist – erscheint mir doch ein wenig dünn ohne Namen und Beweise«, gab Kommissar von Werdenfels zu bedenken, nachdem Madsen den Verhafteten ohne jede Gegenwehr auf dem Rücksitz des Streifenwagens verstaut hatte.

Die gesamte in der Hofeinfahrt versammelte Manneskraft des Dorfs hatte diesen Vorgang interessiert verfolgt, bis es Kriminalrat Madsen schließlich zu bunt geworden war und er die Männer mittels eines offiziell ausgesprochenen Platzverweises des Grundstücks verwiesen hatte.

Schweigend waren sie daraufhin auf die andere Straßenseite getrottet – und starrten nun von dort auf die beiden Polizisten.

Madsen fischte sich eine Zigarette aus der Brusttasche und zündete sie mit einem wohligen Seufzen an. Der erwartete Protest seines jungen Kollegen blieb aus – offensichtlich hatte dieser sich mit der Sinnlosigkeit seines Tuns abgefunden.

»Ich schätze, Sie haben recht, Kommissar«, sagte Madsen. »Mit dem Verdacht der Beihilfe und der Fluchtgefahr kann man Augenthaler sicherlich vorläufig festnehmen, aber angesichts seines exklusiven Rechtsbeistands dürfte er wohl bald wieder auf freiem Fuß sein. Das macht aber nichts. Es geht mir nämlich gar nicht darum, ihn lange aus dem Verkehr zu ziehen. Ich möchte zum einen nur verhindern, dass er diesem ominösen dicken Mann eine Warnung zukommen lässt, und zum anderen bin ich mir sicher, dass er – wenn wir ihn heute Nacht in U-Haft schmoren lassen – sehr bald einsehen wird, dass es besser ist, uns Namen zu nennen, als wieder für lange Zeit in den Knast zu gehen. Dieser Typ tut zwar so, als wäre er hart, aber Sie haben ja eben selbst gesehen, wie schnell er unter Druck aus der Fassung zu bringen ist.«

Der Kriminalrat setzte sich seinen Halbschalenhelm auf, nahm auf der Harley Platz und startete den Motor.

»Ich schlage vor, Sie lassen Augenthaler von zwei Kollegen nach Stadelheim bringen. Sorgen Sie dafür, dass man ihn dort schön hart anfasst, der geht schon nicht kaputt. Außerdem sollten wir schleunigst seine Telefonverbindungen – Festnetz und Handy – checken lassen. Morgen früh fahren wir zwei Hübschen Augenthaler dann besuchen und nehmen ihn noch mal so richtig in die Mangel. Und dann – darauf verwette ich meinen knackigen Bikerarsch – wird der gute Alois Augenthaler singen wie ein Kanarienvögelchen!«

»Ihr Wort in Gottes Ohr, Herr Kriminalrat.« Von Werdenfels hatte sämtliche Anweisungen gewissenhaft notiert und blickte seinen Vorgesetzten anschließend fragend an. »Und was machen Sie jetzt?«

»Ich mache Feierabend und fahre nach München, weil ich dort eine Verabredung habe«, antwortete Madsen und rangierte seine Maschine fluchend in dem Schlamm hin und her. »Bedingung dafür ist allerdings, dass ich jemals wieder aus diesem beschissenen Matsch rauskomme!«

★★★

Das heiße Wasser prasselte mit fast schon schmerzhafter Intensität auf seinen verspannten Nacken und hinterließ auf der Haut rote Hitzeflecken.

Maximilian von Werdenfels hatte die Augen geschlossen, den Kopf mit der Stirn an die rauen Fliesen gelehnt, und während der Massagestrahl der Dusche einen erbitterten Kampf gegen die Kontraktion seiner Schultermuskulatur führte, sinnierte der junge Polizist über die aus seiner Sicht wenig erfreulichen Umstände der Verhaftung des Bauunternehmers Augenthaler.

Seine ersten Empfindungen waren Wut und Enttäuschung gewesen.

Wut, weil er der irritierenden Gruppe Einheimischer gegenübergestanden hatte, ohne auch nur die geringste Ahnung zu haben, worum es bei dem Termin eigentlich gehen sollte. Und Enttäuschung, weil sein neuer Vorgesetzter die Befragung Lubanskis, deren Ergebnis ja offensichtlich den Grund des Einsatzes darstellte, in völliger Eigenregie durchgeführt hatte.

Und um dem Ganzen dann noch die Krone der Unkollegialität aufzusetzen, hatte es Kriminalrat Madsen noch nicht einmal für nötig befunden, ihn vor dem Betreten des Augenthaler'schen Hauses über den aktuellen Ermittlungsstand zu informieren.

Von Werdenfels fand das in höchstem Maße unfair – schließlich würde der neue Chef ohne ihn vermutlich jetzt noch rätseln, was sich hinter dem Kürzel »MS Starnberg« verbarg.

Er drehte das Wasser ab, schob den mit dem New Yorker Metroplan verzierten Duschvorhang zur Seite und trocknete sich gerade mit einem großen Handtuch ab, als die Badezimmertür schwungvoll aufgestoßen wurde und sein Lebenspartner Yoel im Türrahmen stand.

Er war mit einem hochmodern geschnittenen anthrazitfarbenen Anzug gekleidet, hatte die schwarzen Haare perfekt gestylt und trug einen kleinen Brillanten im Ohr, in dem sich das Licht der Badezimmerlampe tausendfach spiegelte.

»Wie sieht's aus, mein kleiner Superbulle? Bist du endlich fertig? Ich habe noch eine Überraschung für dich!«

Maximilian von Werdenfels runzelte die Stirn.

»Eine Überraschung? Sei mir bitte nicht böse, Schatz, aber ich habe wirklich keine Lust, heute noch irgendetwas zu machen. Ich will mich einfach nur auf die Couch schmeißen und fernsehen.«

»Ach komm, du alter Griesgram!«, neckte ihn Yoel und öffnete ihm mit einem geschickten Griff den Handtuchknoten. Anschließend amüsierte er sich prächtig über das vergebliche Bemühen seines Partners, Föhn, Haarbürste und Frotteelendenschurz unter Kontrolle zu halten.

»Hör sofort auf mit dem Quatsch!«, grantelte von Werdenfels, wenngleich seine Autorität gewaltig unter der Tatsache litt, dass sein Genital unbekleidet war. »Ich bin gerade überhaupt nicht gut drauf und genervt von meinem Chef! Ich dachte am Anfang noch, der sei total sympathisch und wir könnten zusammen ein gutes Team werden – bis er mich heute Nachmittag mitten in den Ermittlungen eiskalt abserviert hat. Als es dann nach der Verhaftung noch einiges zu tun gab – angefangen vom Transport in das Untersuchungsgefängnis bis zur Organisation der Handy-auswertung –, da war ich dann plötzlich wieder gut genug für die Teamarbeit. Aber eines schwöre ich dir: So lasse ich mich zukünftig nicht mehr behandeln. Oder sehe ich etwa aus wie ein Idiot?«

Goldenberg legte grüblerisch eine Hand ans Kinn und tat, als müsste er die Antwort gründlich überdenken. Als von Werdenfels scherzhaft mit dem Handtuch nach ihm schlug, wich er dem Hieb geschmeidig aus und riss es seinem Kontrahenten aus der Hand.

»Ich verstehe ja, dass du von deinem Chef genervt bist, aber jetzt ist die Arbeitswoche zu Ende, du hast Feierabend, und ich habe was für uns beide geplant.« Er deutete unerbittlich Richtung Wohnungstür. »Und deswegen schwingst du jetzt augenblicklich deinen Knackarsch ins Schlafzimmer, ziehst dir deinen feinsten Zwirn an und machst dich ausgehfertig! Verstanden?«

Maximilian von Werdenfels nickte schicksalsergeben.

Er wusste, wenn Yoel in dieser Stimmung war, hätte ihn nicht einmal eine akute Pankreatitis von seinem Vorhaben abbringen können.

»Also gut!«, brummte er und begab sich wie Gott ihn ge-schaffen hatte ins Schlafzimmer, um die gewünschte Garderobe anzulegen. »Kannst du mir denn wenigstens verraten, wo es hingeht?«

»Könnte ich. Tu ich aber nicht!« Goldenberg überprüfte im Schrankspiegel noch einmal den perfekten Sitz seiner Frisur. »Ich kann dir nur so viel sagen: Mit dir als Bullen und mir als Juden sind wir zwei schon ein verdammt schräges Paar. Aber gegen die beiden Verrückten, die du gleich kennenlernen wirst, sind wir noch total harmlos!«

★★★

Es war später Abend.

Das Dunkel der beginnenden Nacht senkte sich wie ein transparenter Schleier über das Häusermeer, und während die breite Allee vom Schein der Straßenlaternen in ein warmes, fast schon goldenes Licht gehüllt wurde, erstrahlte am Horizont das bunt illuminierte Riesenrad auf dem weit ins Wasser hineinragenden Pier.

Die vierspurige Straße wirkte verlassen, lediglich hin und wieder passierte ein Pick-up oder ein SUV mit überhöhter Geschwindigkeit den schmalen Fußweg, auf dem sich eine einsame Gestalt Richtung Stadtzentrum bewegte.

Die Frau trug eine rosafarbene Bluse und einen schlichten weißen Rock. Ihr dunkelbraunes Haar war zu einem Knoten zusammengesteckt, und die Einkaufstasche, die sie immer wieder ächzend von der einen in die andere Hand wechselte, schien ein beachtliches Gewicht zu besitzen.

Er beschleunigte seine Schritte.

Der Abstand zwischen ihm und der Frau verringerte sich zunehmend, und da seine Turnschuhe keinerlei Geräusch auf dem glatten Asphalt verursachten, registrierte sie seine Anwesenheit erst, als er sich unmittelbar hinter ihr befand.

Sie fuhr herum, erschrocken und mit der misstrauischen Wachsamkeit einer unbegleiteten Frau in einer modernen Großstadt.

Ihr Argwohn war berechtigt.

Doch er kam zu spät.

Völlig ansatzlos hämmerte er ihr die rechte Faust mit einer solchen Wucht ins Gesicht, dass sie mit einem erstickten Schrei nach hinten fiel und mit dem Hinterkopf auf den Straßenbelag prallte.

Augenblicklich bildete sich eine große blutrote Lache um ihren Schädel.

*»What the fuck are you doing?«*, ertönte ein fassungsloser Schrei zu seiner Rechten.

Er wirbelte herum.

Ein kräftiger, fast zwei Meter großer Farbiger in einem weißen

Unterhemd stürmte – gefolgt von einem massigen Rottweiler – aus einem Hinterhof auf ihn zu, die Hände zu Fäusten geballt und das Gesicht wutverzerrt. Der Mann war ein wahrer Hüne und sein Hund eine vierbeinige, geifernde Bestie. Doch er ließ sich davon nicht im Geringsten aus der Ruhe bringen.

Stattdessen griff er nach einem spitz zulaufenden Hammer an seinem Gürtel und hieb, sobald der Angreifer ausreichend nahe herangekommen war, das Werkzeug mit aller Kraft Richtung Kopf des Mannes. Dessen Blick erstarrte, und seine Augen drückten für einen kurzen Augenblick völliges Unverständnis aus. Dann teilte der Hieb seinen Schädelknochen exakt oberhalb des Nasenbeins, und das kalte Metall des Hammers, das noch vor wenigen Sekunden das Licht der Laternen reflektiert hatte, triefte vor dem Blut des Schwarzen.

Im selben Moment setzte der Hund mit einem tiefen Knurren zum Sprung an, fixiert auf die Kehle, wie es der Natur eines Raubtiers entsprach. Doch der Mann wich geschmeidig aus und schlug mit dem Hammer um sich wie Thor, der Donnergott. Auch wenn er einige schmerzhafte Bisse einstecken musste, dauerte es nur wenige Augenblicke, bis vor ihm ein blutverschmierter Rottweiler lag, dem in diesem Leben kein Hundefutter der Welt mehr glänzendes Fell, feste Zähne oder ein fröhliches Gemüt verleihen würde.

In aller Ruhe wischte er sich das Blut von den Armen, warf das Werkzeug zu Boden und schaute sich um.

Ein junges Pärchen, das das Pech hatte, zur falschen Zeit am falschen Ort zu sein, drückte sich auf der Suche nach einem schützenden Versteck panisch in einen Hauseingang.

Lächelnd griff er in seine Jackentasche und zog eine eiförmige Handgranate heraus.

Das Entfernen des Sicherungsstifts und der anschließende bogenförmige Wurf waren eine flüssige, regelmäßig praktizierte Bewegung. Die Granate fiel in den Hauseingang und explodierte keine Handbreit hinter den Füßen des Pärchens.

Regungslos betrachtete er, wie die beiden menschlichen Körper – oder das, was nach der Detonation von einhundertfünfzig Gramm TNT, kombiniert mit einer Handvoll Metallspäne, noch davon übrig blieb – durch die Luft flogen. Die Frau, so stellte er mit einem gewissen Amüsement fest, hatte dabei die deutlich besseren Flugeigenschaften, während der Torso des Mannes nur ein paar bescheidene Meter schaffte.

Gemächlich begab er sich zu der blonden Frau, die mit verdrehten Gliedmaßen auf der Straße lag und entsetzlich wimmerte. Ein fröhliches Lied auf den Lippen, zückte er sein Handy, postierte sich in aller Ruhe so, dass er sowohl sein Gesicht als auch die entstellte Frau auf dem Display hatte, und schoss ein Selfie.

Franklin und Michael würden ihren Spaß daran haben.

In diesem Augenblick ertönte hinter ihm eine schrille Stimme.

Mit einem geschmeidigen Griff zu seiner halb automatischen Uzi-Pistole wirbelte er herum.

Doch er kam nicht mehr dazu, einen Schuss abzugeben.

Der rotwangige Polizeibeamte mit dem zarten Bartflaum hatte ihm ein Hohlspitzgeschoss direkt zwischen die Augen gejagt. Alles verfärbte sich rot.

Dann erschien der Schriftzug »wasted«.

Antoine Malmé legte den Controller seiner PlayStation beiseite und griff nach der Cola, die auf einem kleinen Bestelltisch neben dem Sofa stand.

Die dunkle Brause war abgestanden und schmeckte einfach nur furchtbar.

Doch damit passte sie hervorragend zu seiner momentanen Stimmungslage.

Der Besuch der beiden Polizisten im Fotostudio seines Chefs und Geliebten hatte ihn aufgewühlt.

Und sehr, sehr wütend gemacht.

Diese Wut war es auch, die ihn nach seinem Feierabend dazu bewogen hatte, eine Runde »GTA« zu spielen. Das Third-Person-Shooter-Spiel eignete sich hervorragend zum Ausleben angestauter Aggressionen, vor allem dann, wenn man sich des Avatars

»Trevor« bediente, dessen Hauptcharakteristik aus einer selbst für ein Computerspiel grenzwertigen Brutalität und Skrupellosigkeit bestand.

Doch überraschenderweise erzielte die virtuelle Katharsis diesmal nicht die erwünschte Wirkung.

Nach wie vor war der dunkelhaarige Mann im höchsten Maße erregt über das Verhalten dieses Kriminalrats Madsen und seines pausbäckigen Adlatus.

Wie konnten die beiden es nur wagen, Johnny der Lüge zu bezichtigen? Und – was noch viel schlimmer war – ihn in irgendeinen Zusammenhang mit dem Mord an Wocz zu bringen?

»Dieser verdammte Bauarbeiter hat doch nur bekommen, was er verdient hat!«, murmelte er aufgebracht. »Der Typ war eine miese Kröte, und sein Tod hat die Welt mit Sicherheit ein bisschen besser gemacht. Warum setzt die Polizei so viel Energie daran, den Mord aufzuklären? Warum kümmert sie sich stattdessen nicht darum, die vielen anderen Woczs dieser Welt ausfindig zu machen?«

Antoine fuhr sich mit der Hand durch seinen akkurat gestutzten Bart und knirschte mit den Zähnen.

Die aktuelle Situation gefiel ihm überhaupt nicht.

Dieser Kriminalrat machte seinen Johnny nervös. Das hatte er im Laufe des Nachmittags gespürt, denn nachdem die Polizeibeamten verschwunden waren, waren dem erfahrenen Fotografen Fehler unterlaufen, die in der Regel nicht einmal einem viertklassigen Kaufhausfotografen passieren würden. Und auch der Abschied am Abend war erschreckend fahrig und gedankenlos gewesen und hatte sich damit extrem von denen der letzten Wochen unterschieden.

Blieb nur zu hoffen, dass sein Geliebter baldmöglichst wieder der unbeschwerte, liebevolle und großzügige Partner sein würde, als den er ihn kennengelernt hatte.

Sein Johnny.

Der Mann seines Herzens.

Die Liebe seines Lebens.

Der Mensch, für den er, ohne zu zögern, sein eigenes Leben opfern würde.

Antoine Malmé lehnte sich zurück und starrte gedankenverloren zur Decke, von der sich eine kleine Hauswinkelspinne an einem Faden herabließ.

Der junge Mann betrachtete den sandbraunen Gliederfüßer interessiert. Dabei atmete er nur ganz behutsam aus, um das fragile Konstrukt nicht zum Schwingen zu bringen.

Dann nahm er zwei Pantoffeln und zerquetschte das Tier.

★★★

»Madsen? Kriminalrat Mads Madsen?« Der uniformierte Angestellte des Lenbachhauses hatte den suchenden Blick des Besuchers bemerkt und eilte mit einer Eintrittskarte in der Hand auf ihn zu. »Ihre Frau ist bereits drinnen bei der Führung. Sie hat mich aber gebeten, Ihnen Ihre Karte zu übergeben, falls Sie es nicht rechtzeitig schaffen.«

»Meine Frau?«, erkundigte sich Madsen irritiert.

»Ja, die attraktive blonde Dame. Sie hat gesagt, dass Sie eventuell beruflich verhindert sein werden, aber wie ich sehe, haben Sie es doch noch geschafft. Schön für Sie, denn die Ausstellung ist wirklich großartig. Hier ist Ihre Karte – ich wünsche Ihnen viel Vergnügen!«

»Danke«, murmelte der Kriminalrat abwesend. Die Immobilienmaklerin Lissy Berghammer hatte sich also tatsächlich als seine Frau ausgegeben. Entweder die Gute hatte sich nur langwierige Erklärungen beim Einlass ersparen wollen, oder aber sie war gewillt, ihre gemeinsame Beziehung auf einen höheren Level zu heben.

Und dabei fünf bis acht Stufen zu überspringen.

Madsen betrat die Ausstellung über eine lang gezogene Rampe, die vom Einlass in die eine Etage tiefer gelegene Galerie führte.

Bei dem Münchner Kunstbau handelte es sich wahrlich um eine städtebauliche Perle, denn dem verantwortlichen Architekten war es gelungen, einen Leerraum, der aus statischen Gründen beim Bau einer neuen U-Bahn-Station entstanden war, zu einer eleganten, weitläufigen Ausstellungsfläche umzuwandeln. Die beiden durch Säulen getrennten Schiffe, in die die Halle unterteilt war, entsprachen dabei exakt dem Grundriss der darunter befindlichen U-Bahn-Station. Eine architektonische Finesse, die Madsen jedoch nicht überprüfen konnte, denn er war nicht mit dem öffentlichem Nahverkehr in die Münchner Innenstadt gekommen, sondern mit seiner schlammbespritzten Harley.

Etwas unsicher blickte er sich um.

Die gediegene intellektuelle Atmosphäre der Ausstellungshalle weckte bei ihm das dringende Bedürfnis, Fäkalausdrücke in den Raum zu schreien, doch da es außer einem Tourette-Syndrom keinerlei akzeptable Entschuldigung für ein solches Handeln gab, unterließ er es widerstrebend.

Stattdessen nickte er grüßend in Richtung der silberlockigen Damen, die seine abgewetzte Motorradjacke und seine verwaschene Jeans missbilligend musterten.

»Du bist ja doch gekommen!«, ertönte es plötzlich erfreut hinter ihm, und als er sich umdrehte, umarmte ihn Lissy Berghammer ungestüm. »Das finde ich aber schön! Ich hatte ehrlich gesagt gar nicht mehr damit gerechnet.«

»Ich kann doch meine Frau nicht alleine ausgehen lassen«, entgegnete Madsen todernst.

»Ich wollte doch nur … Ich meine, es war einfacher …«, stotterte die Immobilienmaklerin errötend, während der Kriminalrat sie amüsiert musterte und ihre Verlegenheit einen Moment lang auskostete.

»Ist schon in Ordnung, Lissy. Man hat mich während meiner Polizeilaufbahn schon als so vieles tituliert, dass die Behauptung, dein Ehemann zu sein, dagegen als echtes Kompliment zu sehen ist.« Er reichte ihr galant seinen Arm. »Ich würde sagen, wir schließen uns jetzt ganz schnell der Führung an. Vielleicht finde ich ja doch noch Gefallen an dem bunten Gekleckse – auch wenn ich diesbezüglich wenig Hoffnung habe. Du weißt ja: Ich bin bekennender Prolet! Und bevor du jetzt wieder protestierst …«, er winkte den nach wie vor pikiert zu ihm herüberschauenden Seniorinnen freundlich zu, »… frag die wachkomatösen Stützstrumpfträgerinnen dort vorne. Die werden dir das sicher gerne bestätigen!«

Eine gute halbe Stunde und gefühlte tausend Bilder später hatte Madsen seine Meinung zur Kunst revidiert.

Zumindest teilweise.

Den psychologischen Deutungen der Kunstwissenschaftler stand er nach wie vor zwar ausgesprochen skeptisch gegenüber, und allen Protesten Lissy Berghammers zum Trotz blieb er der festen Überzeugung, dass die Künstler, hätten sie die Gelegenheit gehabt, einer solchen Führung beizuwohnen, sich angesichts der tiefgründigen Ausführungen zu ihren Bildern scheckiggelacht hätten.

Oder kubistisch.

Ein blaues Pferd zu malen, dessen war sich der durch und durch rational veranlagte Kriminalrat Madsen gewiss, war mitnichten ein »Symbol des Siegs über das Materielle« und auch kein »Übergang von der Erscheinungsfarbe zur Wesensfarbe«, sondern lediglich ein ganz profaner Ausdruck jugendlichen Übermuts.

Oder eines erhöhten Alkoholkonsums, was bei Künstlern ja auch nicht ganz unwahrscheinlich schien.

Aber ungeachtet dieser gegensätzlichen Kunstauffassung empfand Madsen die Erklärungen der Führerin zu der besonderen Freundschaft, die Franz Marc und August Macke zeit ihres kurzen Lebens verbunden hatte, als ausgesprochen interessant und lehrreich.

Die Ausstellung bestand insgesamt aus rund zweihundert Exponaten, und da die ebenso sympathische wie eloquente Kunstwissenschaftlerin, die die Gruppe leitete, über einen schier unerschöpflichen Wissensfundus verfügte, nahm die Führung eine nicht unerhebliche Zeit in Anspruch. Während alle anderen Besucher an den Lippen der Dozentin hingen, als verkünde diese die Koordinaten des Heiligen Grals, beschloss Madsen, es mit der Bildung nicht zu übertreiben und stattdessen eine kleine intellektuelle Pause einzulegen.

Unauffällig zog er sich von der Gruppe zurück und nahm mit einem erleichterten Seufzen auf einer der vielen Sitzbänke Platz, die in weiser Voraussicht zwischen den majestätischen Säulen aufgestellt waren.

Keine zwei Minuten später tat Lissy Berghammer es ihm gleich.

»Ganz schön viele Informationen auf einmal, nicht wahr?« Lächelnd strich sie mit den Handflächen ihren sandfarbenen Rock glatt. Für einen kurzen Moment blitzte dabei ein leichter Spitzenansatz unter dem Saum hervor, woraus Madsen mit einem Anflug sexueller Erregung schlussfolgerte, dass seine Begleiterin halterlose Strümpfe trug.

»In der Tat!«, bestätigte er, um Konzentration bemüht, und deutete auf die Besuchergruppe. »Aber das scheint ja genau das zu sein, was die Leute hören wollen. Ich muss zugeben, dass ich diese Führung wirklich interessant finde, auch wenn es mir jetzt langsam reicht. Hättest du was dagegen, wenn wir uns den Rest der Ausstellung einfach so anschauen? Ohne große Erklärungen einfach nur die Bilder genießen?«

»Das ist eine ausgezeichnete Idee!«, entgegnete Lissy Berghammer und lehnte sich an Madsens Schulter. »Wenn du wiederum nichts dagegen hast, dass wir vorher noch ein paar Minuten hier Pause machen – ich habe nämlich gerade so eine angenehme Sitzposition.«

»Vor mir aus könnten wir Stunden so sitzen!« Madsen erwiderte den sanften Druck, worauf sich die Gesichter der beiden ausgesprochen nahekamen.

Lissy hob die Nase.

»Du riechst ja schon wieder so gut! Ist das immer noch deine ominöse Zeitungsprobe?«

»Ja und nein«, antwortete Madsen, erfreut darüber, dass seine Begleiterin sein neues Aftershave bemerkt hatte. »Nachdem du heute Morgen gesagt hast, dass dir der Duft gefällt, habe ich die leere Probenpackung aus dem Mülleimer gekramt und mir das entsprechende Rasierwasser gekauft. Ich rieche jetzt also nach Bulgari und Hausmüll. Wie findest du die Mischung?«

Lissy Berghammer lachte, schnupperte noch einmal ganz nahe an Madsens Hals und drückte ihm dann überraschend einen sanften Kuss auf die Wange.

»Ich finde, du riechst phantastisch. Und gerade die erdige Note von Kaffeefilter und Staubsaugerbeutel gibt deinem Duft den entscheidenden Kick!«

»Tja, das war's dann wohl mit der Polizeikarriere.« Madsen grinste und freute sich mehr über das Kompliment, als er sich selbst eingestehen wollte. »Ich werde mich ab sofort als Parfümeur selbstständig machen.«

»Oh, ich fürchte, da überschätzt du die Innovationsbereitschaft von uns Bayern«, feixte Lissy. »Wir sind ja leider in vielerlei Hinsicht etwas konservativ. Du solltest es also vielleicht lieber mit einer etwas klassischeren Rezeptur versuchen. Weihwasser mit Enzian. Oder Weißbier mit einem Hauch von Radi!«

Nun war es Madsen, der laut auflachte, weshalb er umgehend von einigen anderen Galeriebesuchern mit strafenden Blicken bedacht wurde.

»Ich finde ...«, erwiderte er deshalb flüsternd, woraufhin Lissy Berghammer sich erfreulich nahe zu ihm herüberbeugte, »... dass ihr Bayern gar nicht so spießig und konservativ seid, wie man immer sagt. Ich habe in Hamburg zumindest schon länger kein homosexuelles Pärchen mehr gesehen, das sich in aller Öffentlichkeit so zärtlich geküsst hat wie diese beiden.«

Er deutete auf zwei Männer, die eng umschlungen und mit dem Rücken zu ihnen vor dem Bild eines farbenprächtigen Tigers standen und die Köpfe in trauter Zweisamkeit aneinandergelehnt hielten.

»Das wundert mich nicht«, wisperte Lissy und war dabei so nah an Madsens Gesicht, dass er ihren nach Pfefferminz duftenden Atem riechen konnte. »Wir haben hier in München eine große Schwulenszene rund um das Gärtnerviertel. Da gibt es eine Menge wunderschöner, gemütlicher Kneipen und Cafés.

Vielleicht können wir da ja später noch etwas trinken gehen. Auch wenn ich dabei natürlich höllisch aufpassen muss!«

»Worauf denn aufpassen?«, erkundigte sich Madsen irritiert.

»Na, auf dich natürlich!« Lissy Berghammer zwinkerte ihm zu und deutete auf seine Kleidung. »Enge Jeans, Bikerstiefel, Lederjacke – ich fürchte, da muss ich den einen oder anderen schwulen Interessenten enttäuschen.«

»Entschuldigen Sie, was haben Sie gerade über Schwule gesagt?« Einer der beiden Männer vor dem Tigerbild hatte trotz ihrer gedämpften Stimme offensichtlich Lissys letzten Satz mitbekommen und wandte sich den beiden zu, während sein Partner immer noch gedankenverloren vor dem Gemälde verharrte. »Haben Sie vielleicht irgendein Problem mit unserer Homosexualität?«

Lissy Berghammer hob abwehrend die Hände.

»Oh nein, das haben Sie jetzt völlig falsch verstanden. Wir haben keineswegs über Sie gesprochen, sondern uns lediglich über den weiteren Verlauf unseres Abends unterhalten. Dabei ist zufällig das Wort ›schwul‹ gefallen, was aber weder in Zusammenhang mit Ihnen stand, noch despektierlich gemeint war. Im Gegenteil! Wenn Sie mir die persönliche Bemerkung gestatten: Sie und Ihr Partner sind ein ausgesprochen attraktives Paar.«

Die düstere Miene des Mannes hellte sich schlagartig auf. Er hatte ein offenes, freundliches Lächeln und eine ausgesprochen sportliche Figur.

»Bitte verzeihen Sie meine direkte Art, ich habe nur dieses heimliche Wispern der Leute hinter unserem Rücken so satt! Deshalb gönne ich mir gelegentlich das Vergnügen, sie zur Rede zu stellen und mir dann ihr bigottes Gestottere anzuhören. Allerdings hätte es mich in der Tat gewundert, wenn Sie auch so intolerant gewesen wären. Ich finde nämlich, dass Sie beide auch ein sehr sympathisches Paar sind. Was halten Sie davon, wenn mein Freund und ich Sie im Anschluss an die Führung auf ein Glas Wein einladen? Das ist das Mindeste, was ich zur Wiedergutmachung tun kann.«

Er drehte sich um, ohne eine Antwort abzuwarten, und

sagte zu seinem Partner, der in der Zwischenzeit zum nächsten Gemälde geschlendert war: »Schatz, reiß dich endlich von den Bildern los und komm bitte mal her!«

Dann wandte er sich wieder an Lissy Berghammer und Mads Madsen und sagte mit unverkennbarer Zuneigung und Stolz in seiner Stimme: »Darf ich Ihnen meinen Lebensgefährten vorstellen? Das ist Maximilian. Maximilian von Werdenfels.«

## DREIZEHN

Das Faszinierende an einem Verkehrsstau bestand darin, dass er im Grunde nichts anderes war als ein automobiles Regulativ. Völlig egal, ob ein Fahrzeug fünfzig oder zweihundert PS hatte, ob seine Karosserie stromlinienförmig oder kugelrund war, ob es mit Dieselkraftstoff fuhr oder elektrisch betrieben wurde – vor einer roten Ampel waren alle Autos gleich.

Dass es dabei nicht jedem Verkehrsteilnehmer gelang, dieser Tatsache mit der gebotenen Gelassenheit zu begegnen, war auch auf der Hauptdurchgangsstraße in Starnberg zu beobachten. Während die einen mittels erbostem Hupen versuchten, den Stau auf der Stelle zu atomisieren, verfielen andere Fahrer angesichts der schier endlosen Autoschlange in Spontandepressionen. Ihr Plan, frühzeitig am See zu sein, um sich ein ungestörtes Plätzchen am Ufer zu sichern, durfte als gescheitert betrachtet werden – unter anderem deshalb, weil Tausende von anderen Münchnern die gleiche Idee hatten.

Und das dummerweise auch noch zur gleichen Zeit.

Kriminalrat Madsen betrachtete den automobilen Wahnsinn mit einer Tasse Kaffee in der Hand vom Fenster seines Büros im Starnberger Polizeirevier.

Es war kurz nach acht, die Beamten der Nachtschicht hatten sich gerade von den sie ablösenden Kollegen verabschiedet und begaben sich nun eilig nach Hause, um ihr Schlafdefizit auszugleichen. Eine Gruppe dynamischer Anzugträger schlenderte fröhlich palavernd am Polizeigebäude vorbei und schien ungeachtet des Wochenendes das dringende Bestreben zu verspüren, ihr lukratives Tagwerk zu verrichten, während an der Tankstelle gegenüber ein als rot-gelbe Muscheln verkleidetes Promotionteam Butterbrezen an die tankende Kundschaft verteilte.

Madsen nippte an seinem heißen Kaffee.

Es hätte so ein schöner Morgen sein können.

Wenn nur nicht diese verdammte Tageszeitung auf seinem Schreibtisch läge.

Erbost nahm er das Blatt in die Hand und las zum wiederholten Mal die Schlagzeile, die in fetten Lettern auf der ersten Seite des Lokalteils prangte:»Neuer Starnberger Polizeichef Mads Madsen: Liegen die Nerven bereits blank?« Darunter befand sich ein großes Foto, auf dem er Polizeimeister Zirngibl mit wütender Mimik gegen die Schulter stieß. Es handelte sich dabei um seinen Wutausbruch vom Vortag, wo er dem Beamten vor der Tutzinger Bank eine gehörige Standpauke gehalten hatte, weil dieser gemeinsam mit seinem Kollegen Schmidthuber eine ganz profane Recherchetätigkeit durch ungeschicktes Vorgehen wie einen spektakulären Polizeieinsatz hatte aussehen lassen.

Der anwesende Pressevertreter hatte dann wohl in Ermangelung tatsächlich zeitungsrelevanter Informationen aus dem polizeiinternen Disput eine hanebüchene Titelseitenstory fabriziert.

Das Einzige, was die ganze Geschichte für Madsen persönlich halbwegs erträglich machte, war die Tatsache, dass das Foto so unscharf und verschwommen war, dass man sein Gesicht nicht wirklich erkennen konnte. Allerdings tat der Text sein Übriges, und auch wenn der Artikel lediglich in der Lokalausgabe der Zeitung erschienen war, durfte das bereits genügen, um ihn in den zweifelhaften Genuss eines persönlichen Termins bei der vorgesetzten Landespolizeibehörde kommen zu lassen. Eine Besprechung, der er mit ähnlich viel Vorfreude entgegenblickte wie einer Darmspiegelung.

Ein zaghaftes Klopfen unterbrach Madsens Gedankengänge.

Kommissar von Werdenfels betrat das Zimmer, und seine Unsicherheit war fast schon physisch zu spüren.

»Guten Morgen, Herr Kriminalrat«, murmelte er verlegen und drehte seine Dienstmütze in den Händen, als wollte er einen Öltanker um das Kap der guten Hoffnung steuern. »Hätten Sie vielleicht ein paar Minuten Zeit für mich? Bevor wir nach

München fahren, würde ich gerne noch etwas mit Ihnen besprechen. Wie Sie sich vermutlich denken können, geht es um gestern Abend.«

Madsen nickte und bat von Werdenfels, vor seinem Schreibtisch Platz zu nehmen. Er selbst blieb stehen – nicht, um psychologische Überlegenheit zu demonstrieren, sondern weil er im Stehen einfach besser mit schwierigen Situationen umgehen konnte.

Und der Vorabend war zweifelsohne als eine solche zu bezeichnen.

Nachdem Madsen und von Werdenfels sich in der Ausstellungshalle des Lenbachhauses mit offenem Mund gegenübergestanden hatten und sich der marmorgeflieste Boden zum Leidwesen des jungen Beamten nicht geöffnet hatte, um ihn für immer zu verschlingen, war es Lissy Berghammer gewesen, die am schnellsten reagiert und die Situation auf souveräne Art entschärft hatte.

Mit dem Hinweis auf eine fiktive Verabredung, den sie mit einem Blick auf ihre Uhr mehr oder weniger glaubwürdig untermauert hatte, war es ihr gelungen, die Einladung Goldenbergs höflich, aber bestimmt abzulehnen und Madsen in Richtung Ausgang zu bugsieren. Zurück blieben ein konsternierter Israeli, der weder die Welt noch die deutsche Mentalität verstand, und ein Polizeibeamter, der seine junge Karriere schwungvoll den Abfluss hinabschießen sah.

»Also, was ich sagen wollte …«, von Werdenfels räusperte sich, »… das mit meinem Freund ist so …«

»Stopp!«, fiel ihm Madsen ins Wort und beschloss spontan, die Aussprache bereits im Keim zu ersticken. »Sie müssen überhaupt nichts erklären, Herr Kommissar. Und zwar aus mehreren Gründen!«

Er hob den Daumen. »Erstens sind Sie mir, was Ihr Privatleben angeht, keinerlei Rechenschaft schuldig. Sie sind ein erwachsener Mann, und sowohl Ihre Freizeitgestaltung als auch Ihre sexuelle Ausrichtung gehen mich nicht die Bohne an. Zweitens …«, er fügte den Zeigefinger hinzu, »… habe ich absolut kein Problem mit Ihrer Homosexualität. Ich weiß nicht, wie Sie mich einschätzen, aber seien Sie gewiss: Ich bin toleranter, als ich vielleicht manchmal wirke. Mir ist klar, dass ich hin und wieder etwas unüberlegt und sarkastisch bin, aber Sie wissen ja: Lieber einen guten Freund verlieren als eine gute Pointe!«

Er lächelte augenzwinkernd und hob den nächsten Finger. »Womit wir bei Punkt Nummer drei wären. Ich habe gestern das Gespräch mit Lubanski bewusst ohne Sie geführt, weil ich mir sicher war, dass er sich mir alleine gegenüber eher öffnen würde. Dem war ja auch so, aber ich habe es versäumt, Ihnen meine Beweggründe zu erklären. Es war unschwer zu erkennen, dass Sie das verärgert hat, ebenso wie die Tatsache, dass wir bei Augenthaler in die Bude marschiert sind, ohne dass ich Sie vorher über den aktuellen Ermittlungsstand in Kenntnis gesetzt habe. Das war nicht in Ordnung – und dafür entschuldige ich mich in aller Form! Gleichzeitig bitte ich Sie, mich zukünftig sofort anzusprechen, wenn ich mal wieder Teamarbeit auf meine sehr eigene Art interpretiere. Ich habe seit Längerem nicht mehr mit einem Partner zusammengearbeitet, und da schleicht sich unmerklich ein Egoismus ein, den ich mir ganz schnell wieder abgewöhnen möchte. Vielleicht wollen Sie mich dabei unterstützen?«

Kommissar von Werdenfels nickte schluckend.

Der Stein, der ihm in diesem Moment vom Herzen fiel, hatte zweifelsohne ausreichend Volumen, um den gesamten Erdkern zu durchschlagen.

»Und weil wir gerade beim Thema Teamarbeit sind …«, fuhr Madsen angesichts von Werdenfels' Schweigen fort, »… was halten Sie davon, wenn wir uns duzen? Ich meine, wenn demnächst irgendjemand auf uns schießt, klingt es doch total dämlich, wenn ich rufe: ›Achtung, Herr von Werdenfels, es nähert sich eine Kugel! Wären Sie so freundlich, sich ein wenig zu ducken?‹«

Sein Kollege lachte, und Madsen fuhr fort: »Außerdem bin ich der Ältere. Das erlaubt mir als Ausgleich für das ständige Austreten in der Nacht zumindest das Privileg, euch Jungspunden das Du anzubieten!« Er streckte von Werdenfels die Hand entgegen. »Ich heiße Mads.«

»Maximilian. Allerdings nennen mich alle Max«, sagte der Kommissar und ergriff Madsens Hand.

»Wenn das so ist, Max, dann lass uns jetzt dem guten Herrn Augenthaler einen Besuch abstatten«, entgegnete der Kriminalrat entschlossen, während ihn tief in seinem Inneren das dumpfe Gefühl beschlich, dass dieser Tag noch weitere Überraschungen für ihn bereithielt.

Vielleicht musste er aber auch nur pinkeln.

★★★

Der Justizvollzugsbeamte, der sich mit »Werner« vorgestellt und offengelassen hatte, ob es sich dabei um seinen Vor- oder Nachnamen handelte, war groß gewachsen, hatte schütteres dunkelblondes Haar und trug den für Angehörige der Exekutive fast schon obligatorischen Schnurrbart. Eine Nickelbrille verlieh ihm einen gewissen intellektuellen Anstrich, der durch das grüne T-Shirt mit der Aufschrift »Justiz« sowie die Armeehose mit Funkgerät, Handschellen und Tränengas am Koppel jedoch nicht weiter verstärkt wurde.

»Herzlich willkommen in der Justizvollzugsanstalt Stadelheim!«, sagte er mit fränkischem Akzent. Sein Stolz war unüberhörbar. Er zog einen opulent bestückten Schlüsselbund aus der Tasche und entriegelte eine Tür, die zum Innenhof führte. »Sie gilt als eine der größten, modernsten und sichersten Justizvollzugsanstalten Deutschlands.«

Kriminalrat Madsen und Kommissar von Werdenfels nickten und sahen sich interessiert auf dem weitläufigen Innenhof um.

Das gesamte Areal bestand aus gepflegten Rasenflächen, die zusammen mit den Sportplätzen und den zahlreichen Tischtennisplatten eher an eine städtische Grünanlage als an ein Gefängnis erinnerten.

Ein Eindruck, der allerdings nur so lange anhielt, bis der Blick auf die umlaufende Mauer fiel.

Sie war über sechs Meter hoch, aus mausgrauem Beton und wurde von mehreren mit Scheinwerfern und bewaffneten Aufsehern versehenen Wachtürmen unterbrochen.

Doch die massive Mauer war nicht das einzige Hindernis,

das die Häftlinge im Falle einer Fluchtabsicht zu überwinden hatten.

Überall auf dem Gelände standen kleine Metallhäuschen, in denen sich Aufsichtspersonal befand. Dazu kamen Hunderte von Kameras, deren hochmoderne Infrarotsensoren die Fassaden der Gebäude flächendeckend überwachten, sodass es bereits ausgereicht hätte, eine Hand durch die Fenstergitter zu strecken, um im gesamten Haus Fluchtalarm auszulösen.

»Herr Augenthaler sitzt im Altbau«, erklärte der Justizvollzugsbeamte und deutete auf eine gelb gestrichene Unterkunft, die sich deutlich von den wesentlich moderner wirkenden Nachbargebäuden unterschied. »Hier sind noch bis vor fünfundsechzig Jahren mehr als tausend Todesurteile vollstreckt worden. Und hier befindet sich auch die berühmte Zelle 70.«

»Soso, interessant!«, brummte Madsen. »Und was war an dieser Zelle so besonders?«

»Die Insassen natürlich!«, antwortete Werner und legte – begeistert von seinem eigenen Wissen – eine kurze Pause ein, bevor er weitersprach. »In Zelle 70 hat unter anderem Adolf Hitler eingesessen. Das war in den zwanziger Jahren, damals ist er wegen Landfriedensbruch verurteilt worden.«

»Tja, da man zu der Zeit ja offensichtlich fast jedem Gefangenen eine Kugel verpasst hat, hätte man ihm besser auch die Birne weggeschossen«, bemerkte Madsen ungerührt und folgte dem daraufhin etwas pikiert wirkenden Führer in das Gebäudeinnere.

Das Erste, was Madsen und von Werdenfels auffiel, als sie den Flur betraten, war nicht der durchdringende Geruch von chemischen Reinigungsmitteln und menschlicher Verzweiflung. Es war auch nicht das Messingschild mit der Aufforderung, die Türen stets verschlossen zu halten – wenngleich diese Formulierung in einem Gefängnis durchaus eine gewisse Komik besaß.

Es war vielmehr die Akustik.

In dem gesamten Gebäude herrschte ein permanentes, enervierendes Türenklappern und Schlüsselgeklimper, das durch den schmalen Grundriss sowie die hohen Seitenwände zu einem schier tausendfachen Echo anwuchs.

Ein Teppich oder ein paar Grünpflanzen hätten diesen unangenehmen Effekt sicherlich reduziert, doch die einzige Ausstattung des Flurs bestand aus einem grau-grünen abgewetzten Linoleumboden und ein paar Zeichnungen von Häftlingen, deren Talente sicherlich eher in Diebstahl, Körperverletzung oder Steuerhinterziehung zu finden waren als in darstellender Kunst.

Der Justizvollzugsbeamte Werner blieb vor der Zelle Nummer 61 stehen, warf einen prüfenden Blick durch den Türspion und erkundigte sich noch einmal: »Wollen Sie wirklich hier mit dem Gefangenen sprechen? Sie wissen, dass wir extra Vernehmungszimmer für Amtspersonen haben?«

»Ja, das ist uns bewusst. Aber je kleiner und beengter der Raum, desto besser«, entgegnete Madsen und rieb sich die Hände. »Wir haben nämlich vor, den Häftling so richtig in die Ecke zu drängen!«

Man musste nicht einmal die luxuriösen Villen vor Augen haben, in denen Alois Augenthaler sich sonst bewegte, um Zelle Nummer 61 furchtbar zu finden.

Der Raum war keine neun Quadratmeter groß.

Sämtliche Wände waren mit blassgrünen Kacheln gefliest. Auf der linken Seite stand ein schmuckloses Metallbett mit einer fleckigen, blau-weiß gestreiften Matratze. Die Beine waren fest im Boden verankert, und der kleine Metalltisch daneben mit der aufgedruckten Schach- und Halmaspielfläche hatte erst gar keine Beine, sondern war mit robusten Metallschrauben in die Wand gedübelt. Auf der gegenüberliegenden Seite befand sich ein Schrank, der aus Sicherheitsgründen weder Türen noch eine Rückwand hatte, und der altmodische Röhrenfernseher, der darin stand, war mit so vielen Metallösen verplombt, dass er vermutlich sogar TV Guatemala empfangen konnte.

Gänzlich unverbaut war hingegen die Stirnwand der Zelle. Sie wurde lediglich von einem etwa vierzig mal vierzig Zentimeter großen Fenster unterbrochen, dessen daumendicke Gitterstäbe kariete Schatten in den Raum warfen, so, als sollte der Inhaftierte selbst beim Blick auf den Boden stets an den Verlust seiner Freiheit erinnert werden.

Komplettiert wurde die spartanische Inneneinrichtung von einem Kabuff, das man nur mit sehr viel gutem Willen oder fortgeschrittener Demenz als Badezimmer bezeichnen konnte. Jede architektonische Grundregel ignorierend, war der winzige, durch eine zerkratzte Sperrholzplatte abgetrennte Raum dunkel gefliest und verbreitete mit seinen offen liegenden Rohren, den verkalkten Wänden und dem altmodischen, übelriechenden Klosett den Charme einer Jugendherbergstoilette.

Und zwar am Neujahrsmorgen.

Alles in allem, so konstatierte Madsen, war der Anblick der Zelle erbärmlich.

Aber damit immer noch um Klassen besser als der ihres Insassen.

Alois Augenthaler war im Vergleich zum Vortag nicht mehr wiederzuerkennen.

Er saß zusammengekauert auf dem Bett, sein Gesicht war blass und fahl und sein Blick so lethargisch, als hätte er die ganze Nacht an einer Shisha genuckelt.

Das änderte sich allerdings schlagartig, als die beiden Beamten den Raum betraten.

»Der Deifi soll euch holn, ihr verdammt'n Mistkerle!«, rief er und sprang auf.

Von Werdenfels trat rasch einen Schritt vor, um sich im Falle eines Angriffs schützend vor seinen Vorgesetzten zu werfen, doch da der Bauunternehmer trotz seiner Wut am Bett stehen blieb, war eine solche winnetoureske Heldentat nicht vonnöten.

»Schönen guten Morgen, Herr Augenthaler. Und, wie war Ihre erste Nacht im Kurhotel St. Adelheim? Haben Sie gut genächtigt?«, erkundigte sich der Kriminalrat mit überschwänglicher Fröhlichkeit und blickte aus dem Fenster. »Oh, ich sehe, die Pilates-Gruppe ist schon aktiv. Die haben Sie jetzt leider verpasst. Aber vielleicht schaffen Sie es ja noch rechtzeitig zum Kletterkurs. Der findet, wenn ich mich nicht irre, heute an Wachturm Nummer 4 statt.«

»Wollen Sie mich verarschen?«, bellte der Inhaftierte und stützte sich streitlustig auf den Metalltisch. »Ich weiß genau, dass ich das Recht auf einen Anruf habe. Ich will meinen Anwalt sprechen. Sofort!«

Die beiden Beamten blickten sich kurz an, dann ergriff Kommissar von Werdenfels das Wort.

»Vergessen wir das Thema ›Telefon‹ doch erst einmal und beschäftigen uns mit dem Grund Ihres Hierseins.«

»Hervorragende Idee!«, höhnte Augenthaler verächtlich. »Ich weiß nämlich immer noch nicht, was ich verbrochen haben soll!«

»Über diesen Punkt waren wir doch gestern schon hinaus, Herr Augenthaler«, stöhnte Kriminalrat Madsen genervt und baute sich unmittelbar vor dem Bauunternehmer auf, wodurch dieser in die psychologisch undankbare Situation gezwungen wurde, zu ihm aufzuschauen. »Es geht immer noch um die illegalen Kampfabende, für die Sie die Kämpfer eingekauft haben. Wir wollen wissen, wer dahintersteckt und wie diese Veranstaltungen ablaufen. Eigentlich hatte ich gehofft, dass die Nacht hinter Gittern Ihrem Gedächtnis ein wenig auf die Sprünge helfen würde, aber dem scheint nicht so zu sein – oder?«

Augenthaler verschränkte die Arme und schwieg demonstrativ, woraufhin Madsen bedauernd mit den Achseln zuckte.

»Schade, das wäre Ihre Chance gewesen, das Strafmaß entscheidend zu reduzieren. Aber die haben Sie nun leider verpasst. Kommen Sie, von Werdenfels, ich lade Sie auf einen Kaffee ein. Gefängnisluft verursacht bei mir immer so einen trockenen Hals.«

Die beiden Beamten schickten sich an, die Zelle zu verlassen, doch kurz vor der Tür drehte sich Madsen in bester Columbo-Manier noch einmal um. »Ach ja, was ich noch sagen wollte, Herr Augenthaler: Wenn man jemanden decken will, muss man sehr gründlich sein.«

Der Bauunternehmer schaute ihn perplex an.

»Häh? Wie meinen Sie das denn jetzt schon wieder?«

»Na ja, damit meine ich, dass es nicht reicht, einfach nur den Mund zu halten«, antwortete Madsen freundlich lächelnd. »Man kann einen Menschen auf sehr viele unterschiedliche Arten und Weisen verraten.«

Augenthalers Blick war inzwischen genauso ratlos, als hätte man ihn nach der Quadratwurzel der Zahl Pi gefragt. Doch es war nicht nur Ahnungslosigkeit, die sich in seinen weit aufgerissenen Augen spiegelte, sondern auch Angst.

»Ich versteh jetzt gar nichts mehr. Ich hab doch niemanden verraten!«

»Nein, Sie nicht!«, entgegnete von Werdenfels mit der Verbindlichkeit eines Steuerprüfers. »Aber wissen Sie, wer viel gesprächiger sein wird als Sie? Ihr Handy.«

Der inhaftierte Alois Augenthaler trug immer noch seine Privatkleidung, ein Privileg, das sämtliche U-Häftlinge genossen – allerdings nur so lange, wie ihre Garderobe den gängigen mitteleuropäischen Hygienestandards entsprach. Der plötzliche Schweißausbruch, der den Bauunternehmer nun überfiel, sorgte dafür, dass sein Hemd dieser Vorgabe nicht mehr gerecht wurde.

»Sie ... Sie ... Sie durchsuchen mein Handy?«, stotterte er kreidebleich und stützte sich an der Wand ab, weil seine Knie ihren Dienst zu versagen drohten.

»Natürlich nicht«, verneinte von Werdenfels und ließ bei Augenthaler für einen kurzen Moment ein Fünkchen Hoffnung aufkeimen, bevor er es mit der Wucht eines Vorschlaghammers wieder zerstörte. »Aber unsere Mobilfunk-Forensiker. Die analysieren all Ihre Anrufprotokolle, die SMS-Listen, Kontakte und so weiter und so fort. Und da wir den Kollegen die genauen Tage nennen können, an denen Ihre kleinen Kampfabende stattgefunden haben, wird sich sehr schnell ein spezieller Personenkreis herauskristallisieren, mit dem Sie rund um diese Termine regelmäßig telefoniert haben. Dazu zählen auch die Leute, die Sie unter den Kurzwahltasten gespeichert haben – und die demnach vermutlich in einer engen Beziehung zu Ihnen stehen.«

Von Werdenfels war während seiner Ausführungen mit den Händen auf dem Rücken durch die Zelle gewandert, als stünde er vor einer amerikanischen Geschworenenbank. Madsen beobachtete die Vorstellung seines Partners interessiert.

»Herr Augenthaler …«, fuhr der Kommissar fort und wechselte jetzt geschickt zu einem deutlich verständnisvolleren, verbindlicheren Tonfall, »… die Schlinge um Ihren Hals zieht sich immer weiter zu. Wir wissen, dass Sie Angst vor jemandem haben, aber wenn Sie noch halbwegs unbeschadet aus der ganzen Geschichte rauskommen wollen, dann müssen Sie jetzt die Hosen runterlassen. Es sei denn, Ihnen gefällt Ihr neues Domizil!«

Augenthaler hatte sich auf die Bettkante gesetzt und seinen Kopf in die Hände gestützt. Es war unschwer zu erkennen, dass der Mann ganz kurz davor war, zusammenzubrechen.

Und Madsen gedachte, ihn dabei nach besten Kräften zu unterstützen.

»Hören Sie, Augenthaler, Sie kennen doch diese ganze Scheiße hier zur Genüge. Wollen Sie sich das in Ihrem Alter wirklich noch mal antun, für Jahre in den Knast zu wandern? Glauben Sie, Sie halten das noch mal aus? Die Zeiten haben sich geändert – auch im Gefängnis. Da herrschen jetzt andere Sitten! Da haben irgendwelche russischen Gangs das Sagen, und wenn denen Ihre Nase, Ihr Schnurrbart oder Ihr Dialekt nicht gefallen, dann werden Sie erfahren, wo man eine Klobürste noch überall hinstecken kann.«

Nun beugte sich auch von Werdenfels zu dem Bauunternehmer hinunter.

»Wir können Ihnen garantieren, dass wir uns bei der Staatsanwaltschaft für Sie einsetzen werden, Herr Augenthaler«, sagte er und legte dem Inhaftierten die Hand auf die Schulter. »Aber nur, wenn Sie uns helfen! Wenn Sie uns erzählen, was es mit diesen Kämpfen auf sich hat. Wenn Sie uns sagen, wer dahintersteckt. Wir kommen früher oder später sowieso darauf – das ist so sicher wie das ›Ähh‹ in Stoiber-Reden. Aber wir würden eine Menge Zeit sparen, wenn Sie jetzt eine Aussage machen würden. Und vielleicht retten Sie dadurch sogar Menschenleben.«

Die beiden Ermittler vermochten nicht zu beurteilen, was letztendlich den Ausschlag dafür gegeben hatte, dass Alois Augenthaler sein Schweigen brach.

Es war aber auch egal, warum er es sagte.

Wichtig war nur, dass er es sagte.

Auch wenn es sich dabei lediglich um einen Namen handelte.

Aber dieser Name war pures Dynamit.

★★★

Philosophiebücher sind gemeinhin nicht die erste Art von Literatur, an die man denkt, wenn man über Bauarbeiter und ihre Lesegewohnheiten sinniert. Stattdessen assoziiert man mit dieser Berufsgruppe eher leicht verdauliche Herrenmagazine.

Allerdings tut man ihr damit Unrecht.

Zumindest war das so im Fall von Jakub Lubanski.

Auch wenn es nicht die wissenschaftlichen Klassiker eines Sigmund Freud oder Ivan Pavlov waren, die sich der polnische Handwerker in seiner Freizeit zu Gemüte führte, so handelte es sich doch um Bücher, die die menschliche Interaktion sowie die daraus resultierenden Auswirkungen für die Gesellschaft zum Thema hatten.

Einem solchen Werk verdankte Lubanski auch die Erkenntnis, dass der menschliche Schlaf einer der elementarsten Ausgleichsfaktoren für die Ungerechtigkeit des Lebens war – und das keineswegs durch seine erholsame Wirkung, sondern weil er ein Zeitfenster darstellte, das Benachteiligte zu ihrem Vorteil nutzen konnten.

Und zwar indem sie eben nicht schliefen.

Eine Theorie, die durchaus nachvollziehbar erschien – vor allem aufgrund der Tatsache, dass Lubanski sie gerade am eigenen Leib erlebte.

Noch bis vor wenigen Minuten hatte er tief und fest geschlafen, und weder das melodische Vogelgezwitscher noch das Licht der Sonne, das in den Wohncontainer fiel und trotz der frühen Uhrzeit bereits die gleißende Helligkeit eines militärischen Suchscheinwerfers besaß, hatten ihn aus seinem wundervollen Traum reißen können. Ein Traum, der von Liliana und einer kleinen, einsamen Hütte mit Kaminfeuer und Bärenfell in Masuren handelte. Doch dann war plötzlich dieser unangenehme Moment gekommen, in dem sich Traum und Wirklichkeit vermischt hatten und es auf einmal nicht mehr Lilianas zärtliche Hände waren, die ihn am ganzen Körper berührten, sondern Blicke. Durchdringende, unangenehme Blicke, die auf der Haut brannten wie Nesselgift.

Mit dem natürlichen Instinkt eines Mannes, der in seinem Leben bereits viel er- und überlebt hatte, ließ Lubanski nicht erkennen, dass er erwacht war, sondern öffnete die Augenlider lediglich einen winzigen, kaum wahrnehmbaren Spalt.

Milosz Lato saß falsch herum auf einem der Stühle, die verschränkten Arme auf die Rückenlehne gestützt, und betrachtete ihn schweigend. Sein Blick war so prüfend und intensiv, als wollte er einen Ganzkörperscan seines Kollegen anfertigen.

Lubanski rührte sich nicht.

Und Lato betrachtete ihn weiter.

Es war unschwer zu erkennen, dass es in seinem Kopf rumorte, aber da die Stärken des polnischen Bauarbeiters eher in Betonmischen und Putzauftragen bestanden als in komplexen Gedankengängen, schien der Groschen, anstatt wie gewünscht zu fallen, irgendwo zwischen Großhirn und Kleinhirn festzustecken.

Nach einer gefühlten Ewigkeit schüttelte der hagere Mann schließlich resigniert den Kopf, klemmte sich eine selbst gedrehte Zigarette hinter das Ohr und verließ den Container auf Zehenspitzen.

Lubanski blieb noch einen Moment lang unbeweglich liegen, für den Fall, dass Lato noch einmal zurückkehrte, dann stand er leise auf und warf einen vorsichtigen Blick aus dem Fenster.

Die Luft war rein.

Sein Zimmergenosse stand rauchend am Seeufer, hatte ihm den Rücken zugekehrt und blickte gedankenverloren auf das Wasser, während eine der beiden Bordeauxdoggen bellend und schwanzwedelnd auf ihn zulief, um ihn zum Spielen zu motivieren. Doch Lato konnte Hunde nicht ausstehen, und so vertrieb er sie unter Verwendung deftiger polnischer Schimpfwörter, woraufhin das massige Tier enttäuscht abdrehte und sich durch

Ausscheiden eines handballgroßen Kothaufens zumindest ansatzweise Ersatzbefriedigung verschaffte.

Jakub Lubanski kratzte sich nachdenklich am Kopf.

Was hatte Lato nur von ihm gewollt?

Warum hatte er ihn im Schlaf so prüfend angestarrt?

Plötzlich fiel ihm wieder die Begebenheit vom Vortag ein, als er sich an der Starnberger Uferpromenade beobachtet gefühlt hatte. War Lato ihm da bereits auf den Fersen gewesen?

Aber warum?

Wusste sein Kollege etwa von seinem Gespräch mit dem Polizisten? Ahnte er etwas davon, dass er den Kriminalrat über die illegalen Kampfabende informiert hatte? Oder steckte vielleicht doch irgendetwas ganz anderes dahinter?

Immerhin hatte Lato ihn bisher weder darauf angesprochen noch ihn bedroht oder erpresst. Vielleicht hatte er ja auch noch gar nichts gegen ihn in der Hand. Oder er hatte doch etwas – und wartete auf den richtigen Moment, um es gegen ihn einzusetzen.

Die Unwissenheit machte Lubanski verrückt.

Im Ring einem Gegner gegenüberzustehen, war für ihn kein Problem. Da konnte man in irgendeiner Form reagieren, und selbst wenn der Kontrahent überlegen war, gab es immer den einen oder anderen kleinen Trick, der einem dabei half, sich unbeschadet aus der Affäre zu ziehen.

Aber die Situation, in der er sich jetzt befand, missfiel ihm entschieden. Es war wie ein Kampf gegen Windmühlen oder wie der Versuch, einer Nebelschwade einen Uppercut zu verpassen.

Einen Gegner, den man nicht sehen und nicht begreifen konnte, konnte man auch nicht erfolgreich bekämpfen.

Lubanski musste handeln.

Er musste erfahren, was Lato im Schilde führte.

Mit einem kurzen Blick vergewisserte er sich, dass sein Kollege immer noch rauchend am Ufer stand. Barfuß und lediglich mit Boxershorts und einem FC-Bayern-Trikot bekleidet, das er für fünf Euro erworben hatte, weil der taiwanesische Produzent Schweinsteiger mit »ai« geschrieben hatte, schlich er zu Latos Spind.

Abgeschlossen.

Verdammt.

Enttäuscht wandte er sich ab, als sein Blick plötzlich auf das Bett von Lato fiel, wo ein zerknülltes kariertes Hemd lag. Ein Stück Papier schaute aus der Brusttasche hervor, und als Lubanski es an sich nahm, fiel ein kleiner Schlüssel mit hellem Geklimper auf den Fußboden.

Er zuckte zusammen.

Hatte Lato ihn gehört?

Doch sein Landsmann stand nach wie vor am See und qualmte – wie praktisch, dass dieser die Angewohnheit hatte, seine filterlosen Zigaretten so lange zu rauchen, bis die Glut an den Fingerspitzen schmerzte.

Lubanski entfaltete den Zettel.

Auf dem Papier standen drei handschriftliche Telefonnummern, zwei E-Mail-Adressen und ein Name.

Eine der Nummern war geschäftlich, eine mobil und eine privat. Auch die Mail-Adressen teilten sich auf in dienstlich und privat.

Lubanski kannte die Handschrift.

Sie war von dem Mann, dessen Name unter den Kontaktdaten stand.

Alois Augenthaler.

Lubanski brach plötzlich der Schweiß aus. Er starrte auf den Zettel in seiner Hand und schüttelte ungläubig den Kopf. Was auch immer Lato und Augenthaler gemeinsam ausheckten – es musste eine Sache von immenser Wichtigkeit sein, die den Bauunternehmer, der seine Privatsphäre sonst zu schützen pflegte wie Bruce Willis seinen Nassrasierer, dazu veranlasste, Lato seine gesamten Kontaktdaten offenzulegen.

Lubanski griff nach dem Schlüssel.

Er war relativ klein. Vielleicht passte er ja in das Schloss von Latos Spind.

Doch der Versuch schlug fehl.

Er konnte den Schlüssel zwar einführen, aber nicht umdrehen.

Mehr aus Instinkt denn aus wirklicher Überlegung probierte er es auf die Schnelle noch einmal bei seinem eigenen Schloss.

Und erstarrte.

Der Spind ließ sich problemlos öffnen.

Irgendjemand hatte tatsächlich einen Nachschlüssel anfertigen lassen.

Lubanski blickte entgeistert zwischen dem Schlüssel, dem Zettel und dem rauchenden Landsmann hin und her.

Die Sache nahm plötzlich Dimensionen an, die ihm gar nicht gefielen. Wenn Lato ihn im Auftrag von Augenthaler überwachte – und zwar bis in den letzten Winkel seiner Privatsphäre –, dann war die Sache ernst.

Ernster, als er gedacht hatte.

Er wusste, dass die Leute, die hinter den illegalen Kämpfen steckten, ohne Rücksicht auf Verluste agierten, und er war sich durchaus bewusst, dass er sich durch das Gespräch mit dem Kriminalrat auf sehr, sehr dünnes Eis begeben hatte. Dennoch war er immer davon ausgegangen, dass ihm noch etwas Zeit blieb, bis er ins Fadenkreuz der Bare-Knuckle-Mafia geriet.

Zeit, die er dafür nutzen wollte, seine Flucht mit Liliana vorzubereiten.

Doch offensichtlich hatte er diesen Vorsprung nicht mehr.

Die Bluthunde hatten bereits seine Fährte aufgenommen.

Voller Verzweiflung sank er auf die Knie.

Dann griff er unter seine Matratze, schob die Streben des Lattenrosts beiseite und strich mit der Hand an der verstärkten Mittelleiste entlang, bis er einen Widerstand spürte.

Als er den kalten Stahl des Revolvers ertastete, lächelte er.

★★★

»Wissen Sie, ich bin von den hanseatischen Kollegen vorgewarnt worden, dass die Zusammenarbeit mit Ihnen gelegentlich etwas – wie soll ich sagen – unorthodox sei. Aber ich muss gestehen: Es ist Ihnen dennoch gelungen, mich zu überraschen!«, sagte der Mann mit ruhiger Stimme und musterte sein Gegenüber mit einem Blick, den ein Mann üblicherweise nur einmal im Leben erdulden musste – und zwar dann, wenn er zum ersten Mal bei seinem Schwiegervater in spe vorstellig wurde. »Dafür, dass Sie noch keine dreieinhalb Tage im Dienst sind, haben Sie bereits eine ordentliche Menge Staub aufgewirbelt. Diplomatie dürfte für Sie demnach ein Fremdwort mit zehn Buchstaben sein.«

Kriminalrat Madsen rutschte unruhig auf dem Stuhl hin und her. Die Situation erinnerte ihn an seine Schulzeit, wo er sich so häufig beim Direktor für sein Verhalten verantworten musste, dass dessen Sekretärin eines Tages scherzhaft vorschlagen hatte, man solle doch gleich Madsens Namen auf der Direktoratstür anbringen. Allerdings war es seinerzeit um so profane Dinge wie festgedübelte Klassentüren, Schulranzen an der Fahnenstange oder Natrium im Jungenklo gegangen – und nicht wie heute um einen Mordfall. Und vor ihm saß auch kein altersmilder Schuldirektor, sondern der berüchtigtste Staatsanwalt Oberbayerns.

Oberstaatsanwalt Dr. Nikolas Efstáthios Agasiotis war ein Grandseigneur vom Scheitel bis zur Sohle.

Mit zwei Metern Körpergröße und der durchtrainierten, breitschultrigen Physiognomie eines ehemaligen griechischen Olympiaschwimmers wirkte bereits sein äußeres Erscheinungsbild beeindruckend. Er hatte schneeweißes seitengescheiteltes Haar, einen akkurat gestutzten Vollbart gleicher Couleur sowie eine stets gebräunte, wettergegerbte Haut, die an der Stirn so viele Falten aufwies, dass er den von ihm häufig getragenen Panamahut problemlos hätte aufschrauben können.

Geschmack und Eleganz demonstrierte auch sein Kleidungsstil, der sich irgendwo zwischen englischem Gentlemen's Club und Wiener Opernball bewegte. Zu Anzug und Weste trug er grundsätzlich eine Fliege – farblich natürlich abgestimmt auf das entsprechende Einstecktuch –, und der Preis der handgenähten italienischen Schuhe durfte vermutlich ausreichen, um ein mittelgroßes Dorf in der Kalahari ein Jahr lang mit Wasser zu versorgen.

Das Eindrucksvollste an Dr. Agasiotis war jedoch nicht sein mondänes Erscheinungsbild.

Es war vielmehr sein stechender Blick.

Geriet man in den visuellen Fokus des Oberstaatsanwalts, befiel einen das dringende Bedürfnis, sich auf der Stelle von Scotty auf die Osterinseln beamen zu lassen.

So empfand es auch Kriminalrat Madsen, der Dr. Agasiotis in dessen Büro gegenübersaß.

Bei einer Mordermittlung galt die Staatsanwaltschaft offiziell als Herrin des Verfahrens, der die Polizisten dann als Hilfsbeamte zuarbeiteten. Diese Hierarchie visualisierte sich auch in der Sitzordnung.

Dr. Agasiotis thronte hinter einem Mahagonischreibtisch, dessen Größe, Ausstattung und Verarbeitung den Verdacht nahelegten, dass an diesem Möbelstück bereits Vertragsunterzeichnungen von der Bedeutung einer Kriegskapitulation oder einer Thronübergabe stattgefunden hatten. Deutlich schlichter waren hingegen die beiden Besucherstühle, auf denen Kriminalrat Madsen und Kommissar von Werdenfels Platz nehmen mussten, wobei Letzterer keineswegs unglücklich darüber schien, dass sich die Aufmerksamkeit des Oberstaatsanwalts vorerst auf seinen Vorgesetzten konzentrierte.

»Lassen Sie mich die Highlights Ihres bisherigen Schaffens zusammenfassen«, setzte Dr. Agasiotis seine Ausführungen fort. »Beginnen wir mit Ihrem allerersten Auftritt in der Polizeiinspektion Starnberg. Ein durchaus bemerkenswerter Start, muss ich sagen, denn dem Polizeipräsidenten höchstpersönlich liegt inzwischen eine Beschwerde der Familie von Wallenbach vor, deren Erstgeborenen Sie beleidigt haben sollen. Der Junge hat zwar sein Handy inzwischen wiedergefunden, und die Diebstahlanzeige ist damit vom Tisch, aber Ihre undiplomatische Wortwahl wird zweifelsohne noch ein disziplinares Nachspiel haben.«

Der Kriminalrat schluckte. Er hatte diese Begebenheit längst wieder vergessen, aber die blasierte Adlige hatte seinen Äußerungen offensichtlich eine deutlich größere Bedeutung beigemessen. Er wollte etwas Erklärendes dazu sagen, doch der Oberstaatsanwalt gebot ihm mit ausgestreckter Hand, zu schweigen.

»Anschließend haben Sie mir auf wenig subtile Art und Weise

mitgeteilt, dass Sie die Ermittlungen im Fall Wocz selbst zu übernehmen gedenken, obwohl das laut Zuständigkeitsverordnung eigentlich ein Job für die Kripo in Fürstenfeldbruck gewesen wäre. Dann folgte ein öffentlich ausgetragener Disput mit einem Beamten Ihres Reviers vor einer Bankfiliale in Tutzing, der aufgrund einer – zumindest ansatzweisen – Tätlichkeit Ihrerseits ausreichend Potenzial für eine Titelstory in der lokalen Tageszeitung bot. Weiter ging es gestern mit der vorläufigen Festnahme des Bauunternehmers Alois Augenthaler. Eine Festnahme, die juristisch auf so dünnen Füßen steht, dass sein Anwalt Herr von Wallenbach – der Name dürfte Ihnen inzwischen geläufig sein – bereits die Messer wetzen dürfte. Ach nein, warten Sie.« Er schlug sich theatralisch vor die Stirn. »Das kann er ja gar nicht! Und wissen Sie, warum? Weil er noch gar nicht weiß, dass sein Mandant in U-Haft sitzt! Man hat diesem nämlich auf Ihre Anweisung hin den Anruf verweigert, der jedem Inhaftierten von Gesetzes wegen zusteht.«

Die Stimme des Oberstaatsanwalts war von Wort zu Wort lauter geworden, und Madsen beschlich das ungute Gefühl, dass diese Konversation vermutlich nicht mit einer offiziellen Belobigung enden würde.

Dr. Agasiotis atmete mehrmals tief durch, bevor er fortfuhr.

Seine Stimme war nun wieder so ruhig wie vorher, was sie allerdings nicht weniger bedrohlich klingen ließ.

»Und nachdem Sie mich bisher lediglich äußerst rudimentär über die Ermittlungen informiert haben – und zwar nur dann, wenn Sie etwas von mir brauchten, wie zum Beispiel die Erlaubnis zur Öffnung des Schließfachs –, kommen Sie jetzt zu mir ins Büro geschneit und behaupten, zu wissen, wer der ominöse Mann ist, der hinter dieser ganzen Geschichte steckt. Und zwar Dr. Borchert. Dr. Helmut Borchert. Wissen Sie eigentlich, wer dieser Mann ist?«

»Natürlich weiß ich das«, antwortete Madsen und beschloss, angesichts der sowieso bereits verfahrenen Situation die Grenzen des Machbaren auszuloten. »Dr. Helmut Borchert ist … ein riesengroßes Arschloch!«

Für einen Moment herrschte Stille im Raum, und das Ticken der großen, antiken Standuhr schien plötzlich die Lautstärke von Hammerschlägen zu besitzen.

»Ich habe inzwischen über dreißig Dienstjahre auf dem Buckel ...«, sagte Dr. Agasiotis ganz langsam und akzentuiert, während er seine Arme vor der Brust verschränkte und Madsen mit seinem Blick durchbohrte, »... aber so ein Kriminalrat wie Sie ist mir bis heute noch niemals über den Weg gelaufen. Und wissen Sie was?« Er legte eine kurze Pause ein – Zeit, die Madsen dazu nutzte, blitzschnell mögliche Alternativen zum Polizeiberuf zu durchdenken. »Ich finde das richtig gut!«

»Wie bitte? Ich meine ... Wieso ...?«, stotterte Madsen und starrte den Oberstaatsanwalt so verblüfft an wie eine Diaphragmaträgerin den positiven Schwangerschaftstest.

»Weil ich diese Typen genauso dicke hab wie Sie!«, zischte Dr. Agasiotis, krempelte die Ärmel seines weißen Hemds mit den gestickten Initialen hoch und stützte sich mit entschlossener Mimik auf den Schreibtisch. »Seit über zehn Jahren kämpfe ich jetzt schon gegen diese bayrische Amigo-Mentalität. Gegen diese schmierigen Typen, die glauben, nur weil sie Geld und Beziehungen haben, könnten sie die Gesetze nach ihrem Gutdünken interpretieren und manipulieren. Diese Unternehmer, Politiker und Möchtegern-Prominenten, die nach dem Orwell'schen Motto leben. Sie wissen schon: Alle sind gleich – aber ich bin gleicher!«

Der Oberstaatsanwalt hatte sich in Rage geredet, und seine Augen blitzten.

»Wenn all das, was Sie mir gerade erzählt haben, so stimmt, dann werden wir diesen Borchert festnageln. Und zwar so, dass man ihn nicht mal mehr mit einem Bolzenschneider freibekommt!«

Madsen warf einen kurzen Blick zu von Werdenfels, der ebenso überrascht von der Entwicklung des Gesprächs zu sein schien wie er selbst.

Dann wandte er sich an den Oberstaatsanwalt.

»Wir haben natürlich ebenfalls ein großes Interesse daran,

diesen Borchert zu überführen. Aber wie Sie eben selbst gesagt haben: Bereits die Verhaftung von Augenthaler ist aus juristischer Sicht durchaus angreifbar. Und heute müssen wir ihn mit seinem Verteidiger sprechen lassen und ihn dem Ermittlungsrichter vorführen – das steht ihm gesetzlich zu.«

»Ich weiß selbst, was ihm zusteht«, brummte Dr. Agasiotis. »Sie müssen mir nicht erklären, welche gesetzlichen Vorgaben für U-Haft bestehen. Viel wichtiger ist, dass er auch in Haft bleibt. Denn Sie hatten völlig recht mit Ihrer Maßnahme: Wir müssen um jeden Preis verhindern, dass er Borchert warnt.«

Der Oberstaatsanwalt hatte sich inzwischen auf die Kante seines Schreibtisches gesetzt und rieb grübelnd seinen weißen Bart.

»Von Wallenbach hat aus juristischer Sicht drei Hebel, die er ansetzen kann, um seinen Mandanten freizubekommen. Erstens den Tatverdacht – aber hier hat er keine Chance, weil wir einen verlässlichen Zeugen haben und Augenthaler seine Beteiligung bereits indirekt zugegeben hat. Zweitens die Verhältnismäßigkeit. Hier argumentieren wir mit der Schwere der Tat – immerhin ist in direktem Zusammenhang mit einem solchen Kampf ein Mensch ums Leben gekommen. Das kann also durchaus als Beihilfe zu einem Tötungsdelikt gesehen werden. Tja, und dann haben wir noch den Haftgrund, den wir überzeugend darlegen müssen.«

»Das sehe ich als juristischer Laie eigentlich nicht als Problem«, meldete sich von Werdenfels zu Wort. »Wir könnten auf Fluchtgefahr plädieren, denn wir wissen noch nicht, wo Augenthaler sein Geld gebunkert hat. Außerdem hat er durch seine berufliche Tätigkeit hervorragende Kontakte ins osteuropäische Ausland.«

»Gute Idee, Herr Kommissar«, sagte der Oberstaatsanwalt anerkennend. »Und das kombinieren wir dann noch mit der Verdunklungsgefahr. Schließlich wäre es ihm in Freiheit ein Leichtes, Zeugen zu beeinflussen oder die Beweislage zu verändern.«

Madsen nickte zustimmend, woraufhin Dr. Agasiotis zufrieden die Hände rieb.

»Gut, dann sollte das hoffentlich reichen, um Alois Augenthaler zumindest vorübergehend aus dem Verkehr zu ziehen. Und falls von Wallenbach uns einen Strick daraus drehen möchte, dass sein Mandant ihn nicht sofort anrufen durfte …«

»… dann müssen wir ihm mitteilen, dass die Telefonanlage der JVA Stadelheim leider defekt war«, sagte Madsen mit unschuldigem Augenaufschlag.

»Mein lieber Herr Kriminalrat, ich stelle fest, dass Sie mit allen Wassern gewaschen sind!«, sagte Dr. Agasiotis grinsend. »Das mit dem Telefon ist eine gute Idee. Ich fürchte zwar, dass die IT-Anlage alle Vorgänge – und damit auch alle Defekte – protokolliert. Allerdings hängen im Altbau, soweit ich mich erinnere, tatsächlich noch diese alten Knochen von anno dazumal. Vielleicht kommen wir mit einem defekten Telefonapparat also tatsächlich durch – überlassen Sie das mal mir. Aber wie machen wir mit Dr. Borchert weiter? Ich stimme Ihnen uneingeschränkt zu, Herr Kriminalrat. Dieser Mann ist in der Tat ein Arschloch. Aber leider ein ausgesprochen cleveres!«

★★★

»… und aus diesem Grund ist es mir Freude und Ehre zugleich, Herrn Dr. Helmut Borchert als PR-Mann des Jahres auszeichnen zu dürfen. Herr Dr. Borchert, darf ich Sie zu mir auf die Bühne bitten?«

Der Angesprochene, der in der ersten Reihe der Starnberger Schlossberghalle saß, erhob sich unter dem Applaus der Zuschauer und defilierte zur Bühne, wo er sich mit vor der Brust gefalteten Händen mehrfach in alle Richtungen verbeugte und sich mit gerührter Mimik eine fiktive Träne aus den Augenwinkeln wischte.

Der Beifall schwoll an, und als Borcherts Assistent in der ersten Reihe aufstand – der Zeitpunkt war im Vorfeld mit seinem Chef natürlich exakt abgesprochen worden –, erhoben sich auch die restlichen Zuschauer von ihren Sitzen und huldigten dem Preisträger, als hätte dieser ein Medikament gegen Krebs, Arthrose oder Phobophobie erfunden.

Dr. Helmut Borchert war ein großer, stämmiger Mann, an

dessen Körper der regelmäßige Genuss exquisiter Speisen und Getränke im Laufe der Jahre erkennbare Spuren hinterlassen hatte. Sein feistes, rotwangiges Gesicht und seine festliche Abendgarderobe bewirkten, dass er aussah wie eine Kreuzung aus Obelix und dem, was in Spielcasinos so hinter den Roulettetischen herumstand, und wenn er lächelte, spiegelte seine Mimik eine eigentümliche Mischung aus kalter Arroganz und mitleiderregender Naivität wider. Letzteres diente dabei lediglich strategischen Zwecken, und wer der Versuchung erlag, ihn deswegen zu unterschätzen, bezahlte in der Regel einen hohen Preis dafür.

Dr. Helmut Borchert war CEO einer Public-Relations-Agentur, deren Sitz sich im Creativ-Center Starnberg befand und deren Kundenstamm sich aus sämtlichen führenden Wirtschaftsunternehmen Bayerns rekrutierte.

Diese Klientenstruktur war auch gleichzeitig das Geheimnis seines Erfolgs, denn es war ihm gelungen, Manager, Geschäftsführer, Vorstandsvorsitzende und Lobbyisten im Laufe der Jahre zu einem solchen Netzwerk zu verflechten, dass für jeden einzelnen Beteiligten dadurch eine höchst lukrative Win–win–Situation entstand.

So vermittelte er beispielsweise dem Bankhaus A eine Dienstwagenflotte vom Automobilhersteller B, dem er wiederum Fördergelder des Politikers C besorgte. Der nahm dafür die Dienste des Künstlers D in Anspruch, um ein Bürgerbegehren gegen ein Industriegebiet zu seinen Gunsten zu beeinflussen, was der Künstler deshalb gerne machte, weil er dafür vom Automobilhersteller B ein Fahrzeug erhielt. Der wiederum investierte das Auto deshalb, weil er in dem neuen Industriegebiet anschließend einen Flagship-Store errichten konnte, finanziert mit Krediten von Bankhaus A – und genehmigt von Politiker C.

Auf diese und ähnliche Weise hatte Dr. Borchert im Laufe etlicher Jahre mit viel strategischem Geschick ein ausgeklügeltes Netzwerk ins Leben gerufen, von dem jedes einzelne Mitglied profitierte.

Vor allem er selbst.

»Sehr verehrte Damen und Herren, in der Laudatio von Herrn Dr. Kraus ...«, Dr. Borchert nickte dem devoten blauen Anzug neben ihm gönnerhaft zu, »... wurde soeben gesagt, ich sei erfolgreich. Dem möchte ich entschieden widersprechen. Denn wirklich erfolgreich ist man erst dann, wenn man in seiner eigenen Grundstücksauffahrt in den dritten Gang schalten kann – ich komme aber bei mir zu Hause nur bis zum zweiten!«

Das Publikum brach in Gelächter aus, und Dr. Borchert schloss für einen kurzen Moment die Augen, begeistert von seiner eigenen, hemdärmeligen Eloquenz.

»Aber Spaß beiseite. Selbstverständlich ist es eine große Ehre für mich, von der Deutschen Content-Marketing-Gesellschaft mit diesem wunderbaren Preis ausgezeichnet zu werden.«

Er stemmte die phallusähnliche Trophäe aus Kristallglas in die Höhe, woraufhin abermals lang anhaltender Applaus aufbrandete.

»Ich werde bei solchen Preisverleihungen sehr häufig gefragt«, fuhr er fort, »was das Geheimnis meines Erfolgs ist, und ich pflege bei diesen Gelegenheiten – gerade im Hinblick auf unseren kommunikativen Nachwuchs – stets darauf hinzuweisen, dass einem Erfolg nicht zufliegt, sondern man ihn sich hart erarbeiten muss. Oder wie es der großartige Schriftsteller Ernest Hemingway dereinst so treffend formulierte: ›Es genügt nicht, wenn Schweißtropfen auf das Manuskript fallen. Es müssen Blutstropfen sein!‹«

Das Auditorium spendete begeistert Beifall, woraufhin sich Dr. Borchert hinter dem Mikrofon tief verbeugte und unmerklich grinste. Abgedroschene Phrasen klangen einfach immer besser, wenn man behauptete, sie stammten von Ernest Hemingway.

»Gute PR-Arbeit und effektive Kommunikation sind immer das Ergebnis harter Arbeit. *Amat victoria curam.* Der Sieg liebt die Vorbereitung. Aber so etwas gelingt nicht ohne Teamarbeit. Und ich bin in der glücklichen Situation, ein wunderbares Team in meinem Rücken zu haben. Leute, die mit ihrem Engagement und ihrer Kompetenz den Erfolg unseres Unternehmens sicherstellen. Ich widme diesen Preis deshalb meinen Kolleginnen und Kollegen bei der Borchert & Partner AG!«

Mit diesen Worten trat der Unternehmer vom Mikrofon zurück, breitete die Arme aus wie der Messias und genoss den tosenden Beifall des Publikums. Die Einzigen, die nicht applaudierten, waren seine Angestellten in der letzten Reihe.

Denn entgegen seiner devoten Geschmeidigkeit im Umgang mit zahlungskräftiger Klientel bemüßigte sich Dr. Borchert intern eines Führungsstils, gegen den ein stalinistischer Gulag als reinste Sommerfrische zu bezeichnen war.

So diktierte er seinen Angestellten, wie sie sich zu kleiden hatten, wo sie ihre Pause verbringen sollten, was sie gegenüber Kollegen und Besuchern zu sagen – und zu verschweigen – hatten und welche Veranstaltungen an den Wochenenden zu besuchen waren.

Nämlich die seiner Netzwerkpartner.

Wurden seine Anweisungen nicht befolgt, war der renitente Arbeitnehmer schneller gefeuert, als er »Hartz IV« sagen konnte, und es gab nicht wenige Angestellte, die voller Verbitterung behaupteten, für Geld ginge ihr Chef über Leichen.

Was sie jedoch nicht ahnten, war, wie recht sie damit hatten.

Und wo Dr. Helmut Borchert den Umgang mit Leichen erlernt hatte.

Der Unternehmer pflegte seine Urlaube seit jeher in Fernost, vornehmlich in Thailand, zu verbringen.

Das Ziel seiner mehrwöchigen Reisen bestand dabei mitnichten im Erkunden exotischer Landschaften oder kultureller Güter, sondern im Besuch von Etablissements, in denen ein möglichst hohes Lolita-Aufkommen herrschte und in denen Massagen in der Regel mit einem Happy End abgeschlossen wurden.

Aber auch Hundekämpfe besuchte Dr. Borchert gerne – zumindest bis zu jenem Tag, an dem der Portier seines Hotels in Bangkok ihm gegen ein für thailändische Verhältnisse exorbitantes Trinkgeld eine Adresse nannte, wo der deutsche Gast in den Genuss einer deutlich spektakuläreren Veranstaltung käme als der blutigen Beißerei zweier Straßenköter.

Der verschwörerische Gesichtsausdruck des buckligen Hotelangestellten, der ansonsten ohne eine Miene zu verziehen
Schulmädchen an alte Männer verschacherte, hatte Dr. Borchert
neugierig gemacht, und als die Sonne am Abend unterging und
die feuchte Schwüle auch für Mitteleuropäer langsam erträglich
wurde, ließ er sich von einem Tuk-Tuk-Fahrer zu der angegebe-
nen Adresse in der Nähe des Chao-Phraya-Flusses kutschieren.

Seiner Aufforderung, bis zum Ende der Veranstaltung auf ihn
zu warten, kam der Chauffeur trotz eines großzügigen finanziellen Angebots nicht nach, was Dr. Borchert ihm angesichts des
Stadtteils, in dem sie sich befanden, nicht verdenken konnte. Es
handelte sich um einen der berüchtigsten Slums der Millionen-
metropole Bangkok, ein Viertel, in dem die Straßen aus festgetre-
tenem Lehm und freiliegenden Abwasserkanälen bestanden und
die windschiefen Hütten aus provisorisch zusammengenagelten
Materialien, die für vielerlei Zwecke zu gebrauchen waren – aber
mit Sicherheit nicht für den Bau von stabilen Unterkünften. In
der Luft lag der Gestank von faulem Wasser und Fäkalien, und
über die verrotteten Holzlatten huschten Ratten, deren Größe
jeder deutschen Hauskatze einen sofortigen Herzinfarkt beschert
hätte.

Ein paar junge Männer – die sehnigen Körper lediglich mit
ausgelatschten Flipflops, geflickten Wickelhosen und selbst ge-
stochenen Tätowierungen bedeckt – saßen rauchend auf den
ebenfalls wenig vertrauenerweckenden Geländern und musterten
ihn mit Blicken, die auch bei größtem Optimismus nur wenig
Gutes verhießen.

Doch dann stellte sich zu seiner eigenen Überraschung – und
ebenso großer Erleichterung – heraus, dass Dr. Borchert mit der
handschriftlichen Notiz seines Hotelportiers offensichtlich über
eine Art Freifahrtschein verfügte, denn nachdem er sie vorge-
zeigt hatte, hellten sich die Mienen der Männer schlagartig auf.
Mit lautem Geplapper und aufgeregter Gestik führten sie ihren
exotischen Gast durch ein Labyrinth aus verwinkelten Stegen
und wackeligen Holzplanken tief in das Innere des Ghettos, bis
sie schließlich eine Wellblechhütte erreichten, die auf hölzernen

Stelzen direkt in den Fluss hineingebaut war und deren Ausmaße die der umliegenden Gebäude deutlich überstieg.

In dem Moment, in dem Dr. Borchert den Bretterverschlag betrat, fühlte er sich in eine andere Welt hineinversetzt.

Eine Welt, die sein Leben fortan verändern sollte.

Die Luft in dem großen Raum war feucht und stickig, es stank nach Schweiß, Blut und purem Adrenalin. Die gesamte Hütte war bis in den letzten Winkel voller schreiender Einheimischer. Sie hatten einen Kreis gebildet, in dessen Innerem sich zwei schweiß- und blutüberströmte Männer gegenüberstanden, deren drahtige, braun gebrannte Körper nur aus Muskeln, Sehnen und Narben zu bestehen schienen und die mit grimmiger Entschlossenheit aufeinander einprügelten. Ihre Hände hatten die beiden Kämpfer mit schmutzigen Stoffstreifen umwickelt, und ihre Haare, Haut und Hosen waren mit Holzsplittern und Dreck übersät, was darauf schließen ließ, dass sich beide Kontrahenten im Verlaufe des Gefechts bereits mehrfach auf dem Boden befunden hatten.

Fasziniert schaute Dr. Borchert dem Kampf, der sich offensichtlich in seiner finalen Phase befand, zu, und als schließlich einer der beiden Thais seinen Gegner mit einem explosiven Roundhouse-Kick am Kopf traf und mit gnadenlosen Faustschlägen nachsetzte, war sein Jubel ebenso frenetisch wie der der umstehenden Einheimischen.

Der angeschlagene Kämpfer taumelte und versuchte, sich irgendwie auf den Beinen zu halten, um das Blatt mit einem Lucky Punch vielleicht doch noch zu seinen Gunsten wenden zu können, doch da das Glück nun mal eine launige Schlampe war und sein Gegner nicht die geringste Schwäche erkennen ließ, wurde der Kampf kurz darauf mit einem fürchterlichen Tritt an die Schläfe und der sofortigen Bewusstlosigkeit des Unterlegenen beendet.

Dr. Borchert ließ sich von der allgemeinen Euphorie mitreißen und applaudierte begeistert, während die Menschenmenge den Sieger auf die Schultern nahm und im Triumphmarsch durch den Raum trug. Jubelschreie und Beifall vermischten sich dabei zu einem ohrenbetäubenden Crescendo, und es war angesichts des Trubels reiner Zufall, dass Borchert noch einmal einen Blick zurück auf die Kampffläche warf.

Der Anblick, dessen er in diesem Moment gewahr wurde, ließ seinen Herzschlag stoppen.

Er hatte immer gewusst, dass es Dinge gab, die nicht sein konnten.

Und die dennoch existent waren.

So wie die Männer, die in diesem Moment den bewusstlosen Körper des Verlierers im Fluss entsorgten.

★★★

»Aus juristischer Sicht sind diese Bare-Knuckle-Fights eine komplizierte Sache«, erklärte Oberstaatsanwalt Dr. Agasiotis seinen beiden Besuchern, Kriminalrat Madsen und Kommissar von Werdenfels. »Dr. Borcherts Rechtsbeistand wird sich darauf berufen, dass alle Kämpfer freiwillig an den Veranstaltungen teilnehmen. Schließlich wird niemand gezwungen zu kämpfen, und die Männer sind alt genug, um selbst zu entscheiden, was sie tun.«

Der Jurist wanderte nachdenklich in seinem Büro auf und ab. Aufgrund der Größe seines Refugiums legte er dabei eine nicht unerhebliche Wegstrecke zurück.

»Aber es kann doch nicht sein, dass jemand Kämpfe veranstaltet, bei denen Leute zu Tode kommen, ohne dass der Verantwortliche dafür belangt werden kann!«, ereiferte sich von Werdenfels. »Außerdem werden dabei noch Hunderttausende von Euro mit illegalen Wetten umgesetzt – obwohl das angesichts der restlichen Tatbestände den Schröder auch nicht mehr fett macht.«

»Den Schröder? Was hat der denn mit der ganzen Sache zu tun?« Dr. Agasiotis blickte ratlos zwischen von Werdenfels und Madsen hin und her, worauf Letzterer sich beeilte, die kreative Wortschöpfung seines Kollegen zu korrigieren.

»Den Kohl! Kommissar von Werdenfels meinte: Das macht den Kohl auch nicht mehr fett.«

»Verdammt! Ich wusste doch, dass es ein ehemaliger Bundes-kanzler war«, murmelte der junge Polizist verschämt, während Dr. Agasiotis verwirrt den Kopf schüttelte. Dann nahm er an seinem Schreibtisch Platz und griff zum Laptop.

»Ich habe hier die digitale Version des Strafgesetzbuchs. Relevant bei diesem Sachverhalt ist der Paragraph 228 – er regelt den Aspekt der Körperverletzung mit Einwilligung des Geschädigten. Seit jener unsäglichen ›Fifty Shades of Grey‹-Werke haben wir ein inflationäres Verhandlungsaufkommen an Sadomaso-Verletzungen, die ja im Grunde auch nichts anderes sind als Körperverletzungen mit Einwilligung. Gleiches gilt übrigens auch für Hooligans, die sich auf der grünen Wiese verabreden, um sich dort gegenseitig ein Zahndefizit zuzufügen. Grundsätzlich –«

Der Oberstaatsanwalt wurde durch ein Klopfen in seinen Ausführungen unterbrochen.

Eine Sekretärin in einem figurbetonten Kostüm betrat das Büro und erkundigte sich dermaßen dienstbeflissen nach den Getränkewünschen ihres Vorgesetzten und seiner Gäste, dass Kriminalrat Madsen sich des Gefühls nicht erwehren konnte, dass diese bayrische Miss Moneypenny mindestens einmal zu oft »Der Spion, der mich liebte« geschaut hatte.

Dr. Agasiotis und seine Besucher lehnten dankend ab, und nachdem seine Vorzimmerdame den Raum mit offensichtlicher Enttäuschung wieder verlassen hatte, setzte er seine juristischen Erläuterungen fort.

»Also, grundsätzlich entfällt jegliche Rechtswidrigkeit, wenn die Verletzung mit ausdrücklicher Einwilligung des Geschädigten erfolgt. Der Verursacher bleibt in diesem Fall straffrei.«

Er bemerkte die entrüsteten Gesichter der beiden Ermittler und hob beschwichtigend die Hand.

»Ich weiß, was Sie sagen wollen – und auch ich fände es ausge-sprochen unbefriedigend, wenn dieser Dr. Borchert seinen Kopf einfach so aus der Schlinge ziehen könnte. Aber ich war ja auch noch nicht fertig. Ich lese Ihnen einmal den exakten Wortlaut des entsprechenden Paragraphen vor: ›Wer eine Körperverletzung mit Einwilligung der verletzten Person vornimmt, handelt nur dann rechtswidrig, wenn die Tat trotz der Einwilligung gegen die guten Sitten verstößt.‹« Er hob den Zeigefinger. »›Gegen die guten Sitten verstößt‹! Das ist der juristische Knackpunkt – hier müssen wir ansetzen.«

Madsen nickte zustimmend. Nachdem er dem Termin mit dem Oberstaatsanwalt anfangs mit einer gewissen Skepsis entgegengeblickt hatte, entwickelte sich das Gespräch nun in eine sehr erfreuliche Richtung. Dr. Agasiotis schien nicht nur den nötigen Mumm zu haben, es mit Dr. Borchert aufzunehmen, sondern darüber hinaus auch einen juristischen Plan. Und dieser war dringend notwendig, denn es bedurfte nicht allzu viel Phantasie, um zu erraten, dass der Unternehmer seine Position mit ebenso harten Bandagen verteidigen würde wie Han Solo die intergalaktische Prinzessin Leia.

»Was unter guten Sitten zu verstehen ist, kann man nicht pauschal definieren«, erklärte der Oberstaatsanwalt indes und begann abermals, im Zimmer herumzuwandern. »Es gibt eine ganze Reihe von Referenzurteilen zu diesem Thema. So wurde kürzlich zum Beispiel das sogenannte Zwergenwerfen als ›wider die guten Sitten‹ eingestuft – auch wenn die betroffenen Kleinwüchsigen mit dieser Betätigung ihren Lebensunterhalt verdient haben. Und auch die eben angesprochenen Hooligans werden in der Regel deswegen verurteilt, weil wir es in einer zivilisierten Gesellschaft einfach nicht zulassen können, dass sich Leute gegenseitig die Köpfe einschlagen – selbst wenn das freiwillig geschieht. Insofern bin ich guter Dinge, dass auch unsere Bare-Knuckle-Fights vor Gericht als sittenwidrig anerkannt werden.«

Von Werdenfels nickte erleichtert.

»Vor allem«, fuhr Dr. Agasiotis fort, »wenn es Kämpfe ganz ohne Regeln sind, bei denen Männer zu Tode kommen oder zumindest so schwere Verletzungen erleiden, dass ihr Tod billigend in Kauf genommen wird. Hier wird unter Garantie jeder Richter auf Sittenwidrigkeit – und damit auf Strafbarkeit – entscheiden. Insofern gedenke ich, Dr. Borchert der mehrfachen Beihilfe zur

Körperverletzung und in einem Fall sogar der Beihilfe zu einem Tötungsdelikt anzuklagen. Dazu kommen dann noch diverse andere Anklagepunkte wie die Durchführung illegaler gewerblicher Veranstaltungen, Verstöße gegen den Glücksspielstaatsvertrag und so weiter und so fort. Aber wie Sie bereits bemerkten, Herr von Werdenfels: Das sind Marginalien – entscheidend ist die Sache mit dem Tod von Stanislav Wocz. Und hier gilt es vor allem zu klären, ob der Mord in irgendeinem Zusammenhang mit Dr. Borchert steht. Die Tatsache, dass er nicht im Kampf getötet wurde, besagt ja nicht automatisch, dass Borchert ihn anschließend nicht ertränkt haben könnte. Wir haben jetzt nur ein kleines Problem.«

Dr. Agasiotis war stehen geblieben und blickte gedankenverloren aus einem der hohen Fenster.

»Dieser Jakub Lubanski kann uns nichts zu Dr. Borchert sagen – und Alois Augenthaler will es nicht. Wir müssen also irgendeinen anderen Weg finden, an Dr. Borchert ranzukommen. Sonst flutscht uns dieser Mistkerl durch die Finger wie ein öliges Zäpfchen!«

»Ich hätte da vielleicht eine Idee«, meldete sich Madsen zu Wort und rieb sich nachdenklich das Kinn. »Das, was ich mir gerade ausgedacht habe, ist sicherlich etwas ungewöhnlich. Und ganz ungefährlich ist es auch nicht. Aber wenn alles so klappt, wie ich mir das vorstelle, dann haben wir – und bitte verzeihen Sie, Herr Oberstaatsanwalt, wenn ich mich weiterhin in der Körperregion des von Ihnen angesprochenen Zäpfchens bewege – den guten Herrn Dr. Borchert so richtig am Arsch!«

★★★

»Ja, bitte?«

Dr. Helmut Borchert hatte den Anruf wie üblich bereits nach dem ersten Klingeln angenommen.

»Ich bin's. Ich hab ein Problem.«

Borchert seufzte vernehmlich.

»Problem, Problem. Von Ihnen höre ich immer nur ›Problem‹. Sie wissen doch: *Vivere militare est.* Zu leben heißt, zu kämpfen!

Gibt es ein Problem, dann gibt es auch eine Lösung. Man muss eben dafür kämpfen, anstatt immer zu jammern.«

Alois Augenthaler schloss für einen kurzen Moment die Augen. Die Arroganz seines Gesprächspartners war schier unerträglich, doch da bei einem Despoten wie Borchert zwischen großzügiger Entlohnung und wirtschaftlicher Vernichtung gerade einmal eine Handvoll unüberlegter Silben liegen konnte, verkniff er sich eine despektierliche Antwort und stimmte mit vorgetäuschter Dienstbeflissenheit zu.

»Da haben Sie natürlich recht. Aber das Kämpfen fällt nun mal verdammt schwer, wenn man mit Blinddarmdurchbruch in der Klinik liegt!«

»Sie haben einen Blinddarmdurchbruch? Ach Gott, Sie Armer!«, heuchelte Dr. Borchert Mitgefühl, wenngleich beiden Gesprächspartnern vollkommen klar war, dass ein umfallender Sack Reis in China für ihn deutlich größere Relevanz besaß als das persönliche Krankheitsbild des Bauunternehmers. »Das ist aber ein sehr unglückliches Timing – schließlich steht für uns beide heute Abend eine wichtige Veranstaltung an.«

»Himmisakra, ich weiß!«, entgegnete Augenthaler ungehalten. »Ich hab mir den Termin für die Krankheit auch nicht selbst ausgesucht! Aber jetzt ist es nun mal so. Ich bin frisch operiert und muss sicherlich noch drei bis vier Tage im Krankenhaus bleiben. Das heißt, Ihr Assistent müsste die Kämpfer heute Abend abholen und wieder zurückfahren. Apropos Kämpfer: Hier gibt es noch eine kleine Änderung – wir müssen leider einen der Männer wegen Krankheit austauschen.«

Die Stille, die nach diesen Worten durch den Hörer kroch wie eine giftige Viper, war mehr als bedrohlich, und als Dr. Borchert nach einer gefühlten Ewigkeit mit seiner sonoren Stimme antwortete, bildete sich förmlich Raureif auf der Telefonleitung.

»Mein lieber Freund, Sie wissen doch, was ich von kurzfristigen Änderungen unseres Programms halte.«

Alois Augenthaler wollte etwas erwidern, doch sein Gesprächspartner schnitt ihm energisch das Wort ab.

»Ruhe! Jetzt rede ich! Es ist absolut nicht akzeptabel, dass Ihre respektive meine Pläne kurz vor knapp so elementar geändert werden. Wie Ihnen sicherlich bewusst sein dürfte, geht meinen Veranstaltungen stets eine gründliche Planung voraus. Das hat vor allem mit dem Thema ›Diskretion‹ zu tun, welches bedingt, dass nur eine ganz beschränkte Gruppe von Leuten wissen sollte, dass, wann und wo unsere kleinen Events stattfinden. Wenn Sie nun also im Stundentakt Kämpfer rekrutieren oder austauschen, dann halte ich das für mehr als bedenklich. Ich brauche loyale und vor allem zuverlässige Partner – und keine, die mir ständig irgendwelche neuen Typen anschleppen. Wie sollen wir uns denn angesichts der kurzen Zeitspanne darauf verlassen können, dass der Neue auch verschwiegen ist? Und vor allem ein attraktiver Kämpfer? Sie wissen doch genauso gut wie ich, dass unsere Zuschauer einen ganz einfachen Anspruch haben: Sie wollen immer nur das Beste!«

»Das ist mir völlig klar!«, erwiderte Augenthaler und bemühte sich, seiner Stimme ein maximales Maß an Überzeugungskraft zu verleihen. »Und deshalb bin ich mir auch ganz sicher, dass sowohl Sie als auch unsere Gäste sehr viel Spaß an dem Neuen haben werden. Der Mann wirkt auf den ersten Blick alles andere als gewalttätig. Eigentlich ist er sogar eher ein Frauentyp. Aber glauben Sie mir: Der Kerl hat Dynamit in den Fäusten. Wo der hinschlägt, wächst kein Gras mehr!«

»Na ja, das klingt ja in der Tat nicht uninteressant«, brummte Dr. Borchert, und seine Stimme klang zu Augenthalers großer Erleichterung bereits deutlich beruhigter. »Und wo hat er sich diese Fähigkeiten angeeignet? Ist das auch einer Ihrer polnischen Ex-Boxer?«

»Nein, nein, er kommt nicht aus Polen«, erwiderte Augenthaler triumphierend. »Er kommt von da, wo die allerhärtesten Kämpfe stattfinden – und zwar nicht im Ring, sondern auf der Straße. Und wo man für einen guten Kampf keinen Pokal, sondern Respekt und eine Gratisnutte bekommt. Der Neue kommt vom Kiez in Sankt Pauli! Und auch wenn ich ihn noch nicht allzu lange kenne, kann ich eines mit Gewissheit sagen: Mit diesem Typen ist nicht zu spaßen.«

Der Bauunternehmer legte eine dramaturgische Pause ein, bevor er den Satz mit einem unergründlichen Lächeln in der Stimme beendete.

»Aber das werden Sie ja heute Abend selbst erleben.«

★★★

»Und, meine Herren? Was glauben Sie? Hat Borchert die Geschichte geschluckt?«, erkundigte sich Kriminalrat Madsen.

Nachdem ein uniformierter Justizvollzugsbeamter Alois Augenthaler abgeholt und ihn nach dem Telefonat wieder zurück zu seiner Zelle geführt hatte, befanden sich nur noch Madsen, der Oberstaatsanwalt und Kommissar von Werdenfels im Besucherraum der JVA Stadelheim.

»Nun, zumindest hat Augenthaler die Story sehr überzeugend vorgetragen«, befand Dr. Agasiotis und tupfte sich mit einem blau karierten Taschentuch den Schweiß von der faltigen Stirn.

Das Zimmer war klein, fensterlos und völlig überhitzt.

Ein länglicher Tisch mit einer zerkratzten Glasscheibe in der Mitte teilte den sowieso schon beengten Raum in zwei Hälften und verhinderte so den körperlichen Kontakt und damit die Möglichkeit, verbotene Gegenstände zwischen Häftlingen und Besuchern auszutauschen. An der Stirnseite befand sich eine Art Hochstuhl, der einem Schiedsrichtersitz beim Tennis glich und der den JVA-Bediensteten ebenso zur Überwachung der strengen Besuchsvorschriften diente wie die in allen vier Ecken platzierten Rundspiegel. Es roch nach Schweiß und feuchtem Mauerwerk, und ein vergilbtes Schild wies in diversen Sprachen darauf hin, dass aus Sicherheitsgründen ausschließlich Deutsch als Besuchssprache zugelassen war. Der abgestoßene Putz, das unruhig flackernde Neonlicht und die extra dicke Türvergitterung ließen die Ermittler erahnen, in welcher psychologischen Verfassung sich die Häftlinge befinden mussten, wenn sie in diesem Raum ihren Frauen, Kindern oder Eltern gegenübersaßen.

»Ich finde auch, dass Augenthaler seine Sache gut gemacht

hat«, meldete sich von Werdenfels zu Wort. »Da sieht man mal, wie positiv sich die überzeugende Androhung einer langjährigen Haftstrafe auf das schauspielerische Vermögen auswirkt – vor allem, wenn sie von einem Oberstaatsanwalt kommt. Vielleicht sollte man dem einen oder anderen deutschen Serienschauspieler auch mal einen Gefängnisaufenthalt in Aussicht stellen.«

Dr. Agasiotis lachte kurz auf, bevor seine Miene sofort wieder ernst wurde.

»Danke für die Blumen! Aber bleiben wir lieber bei der Sache. Also, ich hatte schon den Eindruck, dass Dr. Borchert die Geschichte mit der vorgetäuschten Krankheit und dem Austausch eines Kämpfers geschluckt hat. Damit wäre schon mal der erste Teil unseres Plans geglückt.«

Er schritt, soweit die beengte Raumsituation das zuließ, im Zimmer auf und ab und stieß dabei mit dem Knie gegen einen verrosteten Feuerlöscher, dessen letzte Prüfung, der Optik nach zu urteilen, irgendwann zu Elvis' Lebzeiten erfolgt sein dürfte.

»Ich werde mich umgehend um das Gespräch mit Augenthalers Rechtsanwalt und dem Ermittlungsrichter kümmern. Ich werde den beiden klarmachen, dass Augenthaler bis zum Abend keinerlei Kontakt zur Außenwelt haben darf. Wenn auch nur eine einzige Silbe zu Borchert gelangt, wird der die Veranstaltung unter Garantie sofort absagen – dafür ist der alte Fuchs viel zu misstrauisch und zu wachsam.«

»Aber wie sollte Augenthaler denn Kontakt nach außen bekommen?«, fragte von Werdenfels. »Er kann nicht raus, sein Fenster zeigt zum Innenhof, und selbst wenn es ihm irgendwie gelungen sein sollte, ein Telefon hier reinzuschmuggeln – und ich denke jetzt nicht darüber nach, wo er es dann transportiert haben müsste –, ist im gesamten Zellentrakt immer noch ein elektronischer Handyblocker aktiviert. Er könnte also höchstens über seinen Anwalt mit jemandem außerhalb der Mauern kommunizieren ...«

»... und dieser würde sich im Falle einer Warnung an Borchert strafbar machen – auch wenn es schwer sein dürfte, ihm diese nachzuweisen«, ergänzte Madsen, während er sich gleichzeitig bemühte, den orthografischen Amoklauf eines Häftlings von der Glasscheibe zu wischen – allerdings vergeblich, denn offensichtlich entstammte der Schriftzug »Figg dich, du Bulen-Huhrenson!« einem wasserfesten Edding. »Ich kann mir aber beim besten Willen nicht vorstellen, dass der gute von Wallenbach wegen so was seinen Job, seine Reputation und vielleicht sogar seine Freiheit riskiert.«

»Das sehe ich genauso«, stimmte Dr. Agasiotis ihm zu. »Ich möchte trotzdem noch einmal ganz klar zum Ausdruck bringen, dass mir unser Plan großes Unbehagen bereitet. Er ist verdammt riskant, und ich will gar nicht daran denken, was alles passieren kann, wenn er schiefgeht! Was ist, wenn Sie irgendjemand erkennt?«

»Keine Sorge, Herr Oberstaatsanwalt«, beruhigte ihn Madsen, wobei seine Stimme deutlich sicherer klang, als er sich in Wirklichkeit fühlte. »Ich bin erst seit Kurzem hier in Starnberg, und niemand wird mich erkennen. Ich habe mich zwar vor drei Tagen schon mal im gleichen Lokal aufgehalten wie Borchert, aber der hat mich keines Blickes gewürdigt. Das Einzige, was mir hätte gefährlich werden können, ist das Zeitungsbild von meinem kleinen Disput mit Zirngibl. Aber das ist ja zum Glück so unscharf, dass der Mann darauf auch Captain Kirk sein könnte. Also, wie gesagt: alles kein Problem.«

»Sagte Roy, bevor ihm der weiße Tiger in den Hals biss«, murmelte Dr. Agasiotis und klappte besorgt sein Notizbuch zu. »Und im Gegensatz zu Ihnen, mein lieber Madsen, konnte der sogar noch zaubern!«

# VIERZEHN

Kriminalrat Madsen befand sich im Paradies.

Das Badegelände am Westufer des Starnberger Sees – mittig zwischen der Kreisstadt Starnberg und Possenhofen gelegen – erinnerte mit seinen weitläufigen sattgrünen Wiesen und dem blühenden Goldflieder nicht nur optisch an den Garten Eden, sondern trug darüber hinaus auch tatsächlich die entsprechende Bezeichnung als Namen.

Allerdings schien dieses Paradies allen kirchlichen Lehren zum Trotz ausschließlich tagsüber ein erstrebenswerter Aufenthaltsort für die Menschheit zu sein, denn als die Sonne untergegangen und die Temperatur gesunken war, hatte sich ein Großteil der Tagesgäste auf den Heimweg gemacht, um nun mit einem kilometerlangen Stau auf der Starnberger Durchgangsstraße den Preis für die Sommerfrische am See zu zahlen.

Die Zurückgebliebenen nutzten die zunehmende Leere, um sich in wärmende Wolldecken zu hüllen und darunter – mehr oder weniger sittsam – körperliche Zuneigung auszutauschen. Andere umringten in Großfamilienstärke selbst gebaute Holzkohlegrills, und die atommeilerähnliche Rauchbildung ließ die Vermutung aufkommen, dass die Zubereitungsverantwortlichen vor lauter Hunger vergessen hatten, dem Grillgut vorher das Fell abzuziehen.

Es herrschte eine beschauliche, friedvolle Atmosphäre. Die letzten Sonnenstrahlen tauchten den Himmel in ein feuriges tiefrotes Licht, das sich auf der leicht bewegten Wasseroberfläche funkelnd spiegelte, während die ufernahen Bäume und Pflanzen von innen heraus golden zu leuchten schienen. Sogar das weiße Gemäuer des majestätischen Possenhofener Schlosses, das mit seinen trutzigen Ecktürmen das Paradies in südlicher Richtung flankierte, erstrahlte so glanzvoll, als sei die selige Kaiserin Sisi von den Toten auferstanden und habe den Ort ihrer Kindheit wieder in Besitz genommen.

Kriminalrat Mads Madsen saß auf einem der weit ins Wasser ragenden Holzstege, seinen Rücken gegen einen der Begrenzungspfosten gelehnt, und zündete sich mit einem lustvollen Seufzen eine American Spirit an.

In dieser romantischen Stimmung keine Genusszigarette zu rauchen, wäre eine echte Sünde gewesen – zumindest nach Madsens sehr individuellem Religionsverständnis. Gedankenverloren blickte er den weißen Rauchschwaden hinterher, bis sie sich schließlich Stück für Stück auflösten und mit der Luft zu einem existentiellen Nichts verschmolzen.

»Im Grunde ist Zigarettenqualm eine perfekte Metapher für die Vergänglichkeit des menschlichen Lebens«, murmelte Madsen grüblerisch – und erschrak im gleichen Augenblick selbst über seinen Gedankengang. Er, der harte Bulle vom Kiez, der Zeit seines Lebens rational und pragmatisch zu handeln und zu denken pflegte, beschäftigte sich auf einmal mit philosophischen Gedankenspielen.

Sollte er sich etwa in der kurzen Zeit, die er an seiner neuen Wirkungsstätte verbracht hatte, bereits so elementar verändert haben?

Und falls dem tatsächlich so war: Woran lag das?

An der bayrischen Mentalität?

An seinem jungen Partner von Werdenfels, der in vielerlei Hinsicht so ganz anderes war als er selbst?

Oder bestand der Grund für seinen Sinneswandel – und Madsen verspürte augenblicklich ein wohliges Gefühl bei diesem Gedanken – in Lissy Berghammer, die zweifelsohne mehr als nur reine Sympathie bei ihm auslöste?

Wenn dem tatsächlich so war, dann schien jetzt vielleicht der richtige Zeitpunkt gekommen zu sein, die höfliche Zurückhaltung abzulegen und Lissy Berghammer spüren zu lassen, was er für sie empfand.

Vielleicht lief er bei ihr ja offene Türen ein?

Immerhin schien sie nach dem Ausstellungsbesuch eine gewisse Enttäuschung verspürt zu haben, dass er mit seiner Maschine nach München gekommen war und sich die gemeinsame

Heimfahrt – und damit auch die Frage »Zu mir oder zu dir?« – als obsolet erwiesen hatte.

Madsen ballte entschlossen die Faust.

Er sollte jetzt agieren.

Und er wusste auch schon, wie er vorgehen wollte. Noch an diesem Abend würde er bei Lissy Berghammer vorbeifahren, ihr ein mit roter Schleife versehenes Espressoset überreichen und sie fragen, ob sie Lust hätte, mit ihm einen Kaffee zu trinken.

Allerdings nicht sofort, sondern am nächsten Morgen.

Und im Idealfall im Bett.

Er lächelte voller Vorfreude und warf einen Blick auf seine Uhr.

Vorher hatte er allerdings noch etwas Wichtiges zu erledigen.

★★★

Die »Tutzing« war der Stolz der Bayerischen Seenschifffahrt.

Zumindest vor siebzig Jahren.

Mit einer Länge von über dreißig Metern, einem dreihundertzehn PS starken Dieselmotor, drei Außen- und zwei Innendecks sowie einer Passagierkapazität von über zweihundert Personen galt das Motorschiff nach seiner Erbauung im Jahre 1937 jahrzehntelang als Inbegriff von Luxus und Fortschritt. Doch ebenso wie seinerzeit die Mutter aller Starnberger-See-Schiffe, die kurfürstliche Prunkgaleere »Bucentaur«, wurde auch die »Tutzing« von der Entwicklung der nautischen Technik überholt und musste – allem bayrischen Traditionalismus zum Trotz – Mitte der Neunziger den deutlich größeren und leistungsstärkeren Flottendampfern und Katamaranen weichen.

So dämmerte das Schiff nach seiner Außerdienststellung mehrere Jahre lang in einer verlassenen Werfthalle seiner Verschrottung entgegen, bevor eine engagierte Bürgerinitiative das Wrack für den symbolischen Preis eines Eis am Stiel erwarb und die »Tutzing« in mühevoller Handarbeit wieder in den Zustand zurückversetzte, der einem Schiff dieser Größe und Historie gebührte.

Allerdings war es nicht mehr seetauglich, weshalb die maritimen Nostalgiker es nach Tutzing schleppten, an einem eigens dafür errichteten Steg aus bestem Tiroler Lärchenholz befestigten und es der Öffentlichkeit in Form eines Museumsschiffs zur Verfügung stellten. Als außergewöhnliches Ausflugscafé, Bistro und Partylocation erfreute sich das Schiff fortan bei Einheimischen und Touristen größter Beliebtheit, und da auf Deck darüber hinaus regelmäßig Konzerte und Lesungen stattfanden, bereicherte es auch das kulturelle Leben der Gemeinde Tutzing.

Hätten die verantwortlichen Betreiber allerdings gewusst, für welche Art von Veranstaltung es heimlich auch noch genutzt wurde, hätten sie den Kahn vermutlich auf der Stelle mit einem Torpedo auf den Grund des Starnberger Sees gejagt.

Kriminalrat Madsen schaute sich unauffällig auf dem Schiff um. Die »Tutzing« war bereits gut gefüllt, was wenig verwunderlich war, da der erste Kampf auf zweiundzwanzig Uhr, also rund eine Viertelstunde später, terminiert war. Die meisten der illustren Gäste standen mit Champagner- oder Cocktailgläsern in der Hand auf einem der beiden überdachten Außendecks und genossen Abendluft, Aussicht und Vorfreude.

Alle Anwesenden waren festlich gekleidet, und auch wenn einige der Herren ungefähr zur selben Zeit in der Blüte ihres Lebens gestanden hatten wie das Schiff, überwog doch der Typus »erfolgreicher Jungunternehmer mit Zweihundert-Euro-Föhnfrisur«. Die dazu optisch passende Begleitung bestand aus seltsam emotionslos lächelnden »GNTM«-Doubles, deren eng anliegende, glitzernde Kleider auch ohne Preisschilder unschwer als exklusive Haute Couture zu erkennen waren.

Madsen musste angesichts der klischeehaften Gockelhaftigkeit der Gäste lächeln, bevor er den Blick über die Reling in die Ferne schweifen ließ.

Bei aller Skrupellosigkeit der Veranstaltung musste man dem Organisator eines lassen: Die Location war für diesen speziellen Anlass perfekt gewählt.

Das nächste Wohnhaus lag mehr als dreihundert Meter entfernt in nördlicher Richtung und wurde nahezu vollständig verdeckt von den großen, dicht belaubten Bäumen des idyllischen Kustermannparks. Das Seeufer säumten lediglich ein paar verlassene Bootshütten, und der Spielplatz der benachbarten Grünanlage lag um diese Zeit so verlassen da wie der Kernreaktor von Tschernobyl.

Auch gen Süden war das Ufer bis auf eine einsame Holzhütte unbebaut. Erst in einiger Entfernung schloss sich dann der Hafen des Deutschen-Touring-Yacht-Clubs sowie das alteingesessene Tutzinger Südbad an, doch angesichts der späten Tageszeit war davon auszugehen, dass sowohl die Stege mit den vertäuten Segelyachten als auch die weitläufige Liegewiese des Naturschwimmbads inzwischen menschenleer sein durften.

Und selbst wenn jemand die Gesellschaft auf dem Boot gesehen hätte, hätte er wohl vermutet, dass es sich bei dem Event um eine ganz gewöhnliche Geburtstagsfeier eines wohlhabenden Bürgers handelte. Zumindest sprachen dafür das helle Gläserklirren und der Duft schwerer Zigarren, der über dem Seeufer lag wie der Verwesungsgeruch über einer toten Ratte.

»Hey, du da! Mach, dass du unter Deck kommst. Du hast hier nichts verloren!«

Kriminalrat Madsen drehte sich betont langsam um und musterte den jungen Mann, der ihn verärgert anstarrte und ungehalten auf den Treppenabgang deutete.

»Sorry! Ich wusste nicht —«

»Jaja, schon gut. Du bist zum ersten Mal als Kämpfer dabei, oder? Dann merk dir, dass du hier bei den Gästen nichts zu suchen hast. Du kannst dich unten vorbereiten. Also verpiss dich, aber zackig!«

Madsen machte jedoch keine Anstalten, der harschen Anweisung zu folgen. Stattdessen trat er einen Schritt auf sein Gegenüber zu, sodass sich ihre Gesichter beinahe berührten, und hob dann schnüffelnd die Nase. Der Mann roch nach Davidoff, Alkohol und Marihuana.

Und nach Angst.

»Hey, hey, immer langsam! Benimm dich gefälligst, sonst hole ich die Security. Ich hab gesagt, du sollst unter Deck verschwinden, und zwar sofort!«

Trotz seiner markigen Worte war die Furcht in seinen Augen unverkennbar.

Er war Ende zwanzig, hatte kurzes, dunkel gelocktes Haar und trug einen anthrazitfarbenen Nadelstreifenanzug sowie eine schwarze Hornbrille, die inzwischen ebenso zur Grundausstattung eines Yuppies gehörte wie ein iPhone und ein Labradoodle. Die schwarzen Lackschuhe mit den weißen Gamaschen sollten ihm offensichtlich einen mafiösen Anschein verleihen – ein Versuch, der auch mit sehr viel Wohlwollen als gescheitert betrachtet werden musste, denn der junge Schnösel strahlte in seinem gesamten Erscheinungsbild in etwa die gleiche Bedrohlichkeit aus wie ein Chihuahua-Welpe.

Madsen tippte ihm mit seinem rechten Zeigefinger kraftvoll auf das Brustbein.

»Jetzt hör mir mal genau zu, du großgezogene Nachgeburt! Ich habe keine Ahnung, wer du bist und was du hier machst, aber mein Auftraggeber Augenthaler hat mir gesagt, ich soll aufs Schiff gehen und einfach warten, bis man mir mitteilt, was zu tun ist. Wenn du derjenige bist, der mir das sagen kann, ist das in Ordnung. Aber rede gefälligst in einem respektvolleren Ton mit mir – sonst schlag ich dich aus deinen lächerlichen Gamaschen, bevor der Gorilla an der Gangway überhaupt kapiert hat, was hier passiert. Ist das in deinem verkifften Hirn angekommen?«

Zur Unterstreichung seiner Worte spuckte Madsen herzhaft auf den Boden, woraufhin eine in der Nähe stehende Frau hastig zur Seite sprang – ganz offensichtlich waren ihre Santoni-High-Heels nicht wasserdicht. Ihr ebenfalls hornbrillentragender Gatte blickte Madsen entrüstet an, doch in Ermangelung wettbewerbsfähiger Körperkraft beließ er es bei einem möglichst bösen Blick, bevor er wieder an seiner Zigarre nuckelte wie ein Baby an Mutters Busen.

»Darf ich fragen, was hier vor sich geht?«, ertönte eine tiefe, sonore Stimme. Dann schob sich ein korpulenter, rotgesichtiger

Mann durch die Gästeschar, die sich teilte wie das Rote Meer, nachdem Mose beschlossen hatte, eine Abkürzung zu nehmen. »Entschuldigen Sie bitte die Unruhe, Herr Dr. Borchert, aber dieser Typ weigert sich, unter Deck zu verschwinden!«, rechtfertigte sich der Yuppie, doch Dr. Helmut Borchert schnitt ihm mit einer ungehaltenen Geste das Wort ab und wandte sich interessiert an Madsen.

»Gehe ich angesichts Ihrer äußeren Erscheinung recht in der Annahme, dass Sie einer der Kämpfer des heutigen Abends sind?« Der Kriminalrat nickte.

»Yep! Fred Schaller mein Name. Oder auch ›Die Faust vom Kiez‹. Alois hat mich hierhergeschickt. Ich soll irgendjemandem die Fresse polieren und dafür zweieinhalbtausend Steine kassieren. Bei dem Schnösel da würde ich es allerdings auch gratis machen!«

Mit einem drohenden Blick auf den jungen Mann spuckte er abermals auf den Boden, wenngleich er etwas unsicher war, ob er es mit seiner Darstellung eines Reeperbahnproleten vielleicht nicht doch ein wenig übertrieb.

Doch seine Performance schien überzeugend und seine Sorge unnötig zu sein, denn Dr. Borchert legte in plumper Vertraulichkeit seinen Arm um Madsens Schulter und bugsierte ihn freundlich, aber bestimmt Richtung Treppenabgang.

»Mein lieber Schaller, willkommen an Bord! Herr Augenthaler hat Sie und Ihre Kampfkünste wärmstens empfohlen. Selbstverständlich erhalten Sie Ihre versprochene Entlohnung – und zwar sofort, nachdem Sie unseren Gästen einen überzeugenden und attraktiven Kampf geboten haben. Sie werden übrigens zum Einstand einen ganz einfachen Gegner bekommen – reines Fallobst und nicht der Rede wert. Wenn all das stimmt, was ich über Sie gehört habe, putzen Sie den Kerl in ein paar Sekunden aus dem Ring.«

Er lachte verschwörerisch, und es bedurfte keiner besonderer psychologischer Kenntnisse, um zu erkennen, dass der so verbindlich wirkende Dr. Borchert nach Strich und Faden log. Trotzdem nickte Madsen zustimmend und musterte den

Mann, der sich vor ihm die schmale Metallstiege zum Unterdeck hinabquetschte, gründlich von Kopf bis Fuß.

Er hatte sich den Unternehmer deutlich kälter, brutaler und irgendwie unangenehmer vorgestellt. Doch weit gefehlt – der feiste Akademiker strahlte nicht nur eine auffällige Souveränität aus, sondern wirkte auch durchaus sympathisch. Freundlich lächelnd grüßte er jeden, dem er begegnete, wechselte hier und da ein nettes Wort, schüttelte ein paar Hände und verteilte – wenn die Damen ausreichend solvent wirkten – sogar den einen oder anderen Handkuss. Es war, als hielte Dr. Borchert Hof an Bord, und den ehrfürchtigen Blicken der Gäste nach zu urteilen, bewegte sich sein gesellschaftlicher Status irgendwo zwischen Bill Gates und Papst Franziskus.

Ließ man jedoch – so wie Kriminalrat Madsen – jede unterwürfige Verklärung einmal außer Acht und unterzog Borcherts Mimik einer genaueren Betrachtung, stellte sich heraus, dass sein Lächeln nicht ganz echt wirkte, und das Funkeln in seinen Augen konnte man sowohl als humorvoll als auch als gefährlich interpretieren.

»So, mein lieber Schaller, das hier ist gleich Ihr Reich«, sagte Borchert. »Hier können Sie die Zuschauer davon überzeugen, was für ein Tier Sie sind!«

Er schenkte Madsen ein haiähnliches Goldkronenlächeln.

Madsen musste schlucken.

Der Raum war viel kleiner, als er erwartet hatte. Mit etwa sechs mal sechs Metern war das gesamte Unterdeck gerade einmal so groß wie ein durchschnittlicher Boxring – und in dem hielten sich üblicherweise nicht noch zusätzlich Zuschauer auf.

Er benötigte nicht allzu viel Phantasie, um sich vorzustellen, dass die beiden Kämpfer, wenn sich der Raum gefüllt hatte, Fuß an Fuß stehen würden und zum Ausweichen maximal einen Schritt in jede Richtung machen konnten. An bewegliches, geschmeidiges Boxen war unter solchen Umständen nicht zu denken, und die einzige Chance der Duellanten, den Schlagabtausch einigermaßen unbeschadet zu überstehen, bestand darin, mit dem Oberkörper zu pendeln wie der Zeiger eines

Metronoms. Allerdings beschlich den Kriminalrat angesichts der räumlichen Enge das dumpfe Gefühl, dass die körperliche Unversehrtheit der Kämpfer auf Borcherts Prioritätenliste irgendwo zwischen Kartoffelschälen und Fußnägelschneiden rangierte.

»Verdammt eng«, murmelte er und klopfte an die tief hängende Decke. »Und auch nicht sehr hoch. Schätze, schon nach dem ersten Kampf dürfte hier drin kein Gramm Sauerstoff mehr sein.«

Dr. Borchert lachte.

»*Perfer et obdura!* Halte durch und sei hart! Und am besten, Sie machen Ihren Gegner ganz schnell platt. Aber bei Ihrer Erfahrung vom Kiez habe ich da wenig Sorge.«

Mit diesen Worten winkte er seinen Adlatus zu sich, der den beiden mit respektvollem Abstand gefolgt war und Dr. Borchert devot, Madsen dagegen hasserfüllt anschaute.

»Sie sind ja erst als einer der Letzten dran, insofern können Sie hinten am Heckausstieg noch ein wenig frische Luft schnappen, bevor es ernst wird. Hermann wird Ihnen erklären, wo Sie sich dann später umziehen und Ihre Wertsachen deponieren können.«

Madsen nickte abwesend.

Wertsachen und Handy hatte er sowieso nicht dabei, da bereits ein neugieriger Blick eines Kontrahenten auf sein Display oder in seine Ausweispapiere genügt hätte, um seine Tarnung auffliegen zu lassen.

Was ihn jedoch viel mehr beschäftigte, war die Frage, wie er Dr. Borchert, seine Handlanger und die anderen Gäste nun weiter im Auge behalten sollte.

Schließlich bestand der gesamte Sinn des verdeckten Einsatzes darin, Beobachtungen zu machen, Informationen zu besorgen und belastendes Material gegen Borchert und seine Entourage zu sammeln. Das ließ sich aber nur bewerkstelligen, wenn er sich mitten im Geschehen befand – und nicht an der unteren Heckreling stand wie ein strafversetzter Leichtmatrose.

Allerdings bedeutete ihm Hermann mit einer drohenden Handbewegung unmissverständlich, dass er Madsen genau im Auge zu behalten gedachte, und so blieb dem Kriminalrat schließlich nur die Hoffnung, dass er sich im Tohuwabohu des ersten Duells wieder unbemerkt unter die Zuschauer mischen und heimlich Ermittlungen anstellen konnte. Immerhin hatte er ja zwei Kämpfe Zeit, bevor das SEK das Schiff stürmen und die Veranstaltung beenden würde.

Zumindest war das der Plan.

Allerdings hatten Pläne erfahrungsgemäß die unschöne Angewohnheit, sich überraschend zu ändern.

★★★

Es gibt eine Menge Dinge, die in der Regel unpassend sind. Zum Beispiel eine gerissene Naht im Schritt.

Der Anruf eines Steuerprüfers.

Oder akuter Durchfall.

Das Unpassendste von allem ist jedoch eine Horde betrunkener Jugendlicher – und zwar dann, wenn man die Absicht hegt, möglichst unentdeckt zu bleiben.

So wie der dunkel gekleidete Mann, der sich nach Einbruch der Nacht eine dunkle Ecke auf dem Kinderspielplatz des Kustermannparks gesucht hatte. Unerreicht vom Laternenlicht des Uferwegs und in bequemer Sitzhaltung an das warme Gebälk einer Blockhütte gelehnt, konnte er in aller Ruhe beobachten, wie die Gäste in erwartungsvoller Vorfreude das Museumsschiff betraten, wo sie anschließend auf den Außendecks Kanapees und Champagner konsumierten und dabei Küsschen, Floskeln und falsche Komplimente austauschten.

Allerdings gedachte der Mann keineswegs, den ganzen Abend nur passiver Zaungast der Party zu bleiben, denn er hatte es auf eine ganz spezielle Person abgesehen.

Jemanden, den er zwar bisher noch nicht auf Deck erblickt hatte, von dem er aber mit Sicherheit wusste, dass er sich auf dem Schiff aufhielt.

Und es folglich auch irgendwann wieder verlassen musste.

Genau auf diesen Moment wartete er.

Wie ein Falke, der plötzlich zuschlug.

Schnell und leise.

Mit tödlicher Präzision. Aus diesem Grunde kam ihm die Gruppe Teenager, die sich dem Spielplatz unter lautstarkem Gejohle näherte, auch mehr als ungelegen.

Seine kurzzeitig aufkeimende Hoffnung, dass die Jugendlichen sein Versteck auf ihrem Weg Richtung Tutzinger Ortskern lediglich kurzfristig passieren würden, atomisierte sich in dem Moment, in dem der dunkelhaarige Rädelsführer unter dem Beifall seiner Entourage zwei Bierkästen auf einen Holztisch wuchtete.

Während der Mann leise vor sich hin fluchte, ließen sich die Halbstarken wort- und gestenreich auf Wippen, Schaukeln und Klettergerüsten nieder, kippten sich den Gerstensaft in den Schlund und beendeten die Getränkeaufnahme mit einem Rülpsen, dessen Lautstärke sich bei einigen der Jungs in gesundheitsgefährdenden Phonbereichen bewegte.

Lediglich der groß gewachsene Anführer hielt sich mit dem Bier zurück und inhalierte stattdessen genüsslich einen voluminösen Joint – zumindest, bis er plötzlich der dunklen Gestalt gewahr wurde, die im Schutze eines Busches am Rand des Spielplatzes saß und die Jugendlichen aufmerksam beobachtete.

Mit dem Joint in der Hand schlenderte der Chef der Truppe in die Richtung des Mannes, baute sich vor ihm auf und spuckte dicht neben ihm auf den Boden.

»Was bist 'n du für einer? 'n Spanner, oder was? Wartest du, bis eins von unseren Mädels in den Büschen pissen geht, und holst dir dann einen runter, oder was?«

Auch die anderen Teenager hatten die Anwesenheit des Fremden inzwischen bemerkt und scharten sich erwartungsvoll um ihren Anführer.

Der Mann schloss für eine Sekunde genervt die Augen. Dann trat er hinter dem Busch hervor und richtete sich schweigend zu voller Körpergröße auf.

Der Rädelsführer schluckte.

Sein Gegenüber entpuppte sich als wahrer Hüne. Der Brustkorb des Mannes war doppelt so breit wie der des Jugendlichen, sein Nacken bestand aus gewaltigen Muskelsträngen, und die Bizeps des Mannes zuckten, als hause darin eine ganze Biberfamilie.

»Jetzt hör mir mal gut zu!«, sagte der Mann in ruhigem Tonfall. »Was glaubst du, warum ich mich mitten in der Nacht in einen Park setze? Genau! Weil ich meine Ruhe haben will. Und weil ich keine Lust habe, von Pfeifen wie euch angemacht zu werden. Also schnapp dir deine Kumpels und seht zu, dass ihr verschwindet. Und zwar zackig!«

Der Jugendliche warf einen kurzen Blick zu seiner Entourage und setzte seinen Gesprächspartner anschließend davon in Kenntnis, dass er unter keinen Umständen geneigt sei, dessen Ansinnen stattzugeben.

Allerdings drückte er es etwas direkter aus: »Ey, Alter, einen verdammten Scheiß werd ich tun!«

Der Halbstarke ließ seinen Joint auf den Boden fallen und ballte die Hände zu Fäusten.

Sein Blick zeigte keinerlei Unsicherheit ob der angespannten Situation. Entweder der Junge hatte ein Ego, das man nur in einem Flugzeughangar parken konnte, oder Situationen wie diese waren ihm absolut vertraut.

»Hör zu, Alter!«, sagte der Bursche und lächelte mit der Liebenswürdigkeit eines südpazifischen Tigerhais. »Am besten machst du jetzt ganz schnell 'nen Abgang, oder meine Kumpels und ich befördern dich höchstpersönlich aus dem Park. Und ich verspreche dir, dass das nicht angenehm für dich wird.«

Der Mann rührte sich nicht.

Stattdessen richtete er den Blick über die Jugendlichen hinweg auf die hell erleuchtete »Tutzing«. Falls man dort auf die Auseinandersetzung zwischen ihm und den Halbstarken aufmerksam würde, wäre sein gesamter Plan gefährdet. Doch er schien Glück zu haben – an Bord des Schiffs waren die Gäste so mit sich und ihrer eigenen Wichtigkeit beschäftigt, dass es ihnen vermutlich nicht mal aufgefallen wäre, wenn am Ufer Mick Jagger höchstpersönlich seine Abschiedsserenade an Angie über den See posaunt hätte.

»Also, Alter, was ist? Verpisst du dich jetzt freiwillig? Oder muss ich dich hiermit ein bisschen kitzeln?«

Der Jugendliche zog ein Springmesser aus der Tasche und ließ mit einem hässlichen Geräusch die Klinge herausschnellen. Das fahle Mondlicht spiegelte sich auf dem silbernen Metall, und einige der Jungs kicherten gehässig.

Der Mann lächelte. Allerdings relativ kalt.

»Weißt du, Kleiner, du musst noch eine ganze Menge lernen. Zum Beispiel, dass du dich nicht mit den Falschen anlegen darfst. Es gibt Typen, die machen dich schneller kalt, als du ›Scheiße‹ sagen kannst. Übrigens: Ich bin so ein Typ!«

Mit diesen Worten hob der Mann den Bund seines dunklen Rollkragenpullovers.

Der Teenager schluckte.

Im Hosenbund seines Gegenübers steckte ein Revolver.

»Das, mein Freund, ist eine italienische Mateba 6 Unica. Geladen mit sechs Remington-Magnum-Patronen. Ein schönes Teil, oder?« Der Fragesteller ließ den Pullover wieder sinken und hielt dem inzwischen mit der Gesamtsituation sichtlich überforderten Halbstarken drohend den Zeigefinger vors Gesicht.

»Du hast verdammtes Glück, Junge – ich habe nämlich heute noch was vor, für das ich die Munition vielleicht noch brauche. Ansonsten hätte ich dir jetzt ratzfatz die Birne weggeblasen. Also halt gefälligst in Zukunft dein großes Maul, Kollege! Ist das klar? Und jetzt entschuldigst du dich bei mir und ziehst mit deinem Dreckspack Leine. Und zwar pronto!«

Der eingeschüchterte Junge zögerte keine Sekunde.

Mit zitternder Stimme und bar jeder Gesichtsfarbe bat er um Verzeihung. Dass er dabei sogar ansatzweise einen Diener machte, bevor er fluchtartig das Weite suchte, amüsierte den Mann in der dunklen Kleidung.

Allerdings ließ er sich das nicht anmerken.

Bei Gegnern, die bereits auf dem Boden lagen, trat man nicht mehr nach. Das gebot der Anstand.

Es sei denn, man hatte noch eine alte Rechnung mit ihnen offen.

So wie er mit der Person auf dem Schiff, die just in diesem Moment das hell erleuchtete Oberdeck betrat und mit einem schmierigen Lächeln einer mumifizierten Silberlocke galant die Hand küsste.

★★★

Kriminalrat Mads Madsen vermochte das unangenehme Gefühl, das ihn plötzlich beschlich, nicht genau zu benennen.

War es Vorahnung?

War es Instinkt?

Oder war es die Intuition eines erfahrenen Kriminalisten?

Auf jeden Fall hatte er plötzlich den Eindruck, dass irgendetwas nicht stimmte. Irgendetwas an der ganzen Sache war mächtig faul, denn das Gesicht, mit dem ihn Hermann, der Adlatus von Dr. Borchert, beim Umkleiden beobachtete, strahlte eine gewisse Schadenfreude aus – obwohl der Yuppie sich bemühte, eine möglichst unauffällige Miene an den Tag zu legen.

Auch sein Getuschel mit einem der kahl rasierten Türsteher, die allein schon durch ihre Optik dafür sorgten, dass sich kein Unbefugter auf das Schiff verirrte, gab Madsen einen gewissen Anlass zur Sorge.

Hinzu kam, dass der Kriminalrat aufgrund der kontinuierlichen Beaufsichtigung bis dato keinerlei Gelegenheit gehabt hatte, sich wie ursprünglich geplant unter die Gäste zu mischen, um Hintergrundinformationen über die illegale Veranstaltung zu sammeln.

Dabei hatte der erste Kampf inzwischen bereits begonnen, und dem erregten Geschrei aus dem Aufenthaltsraum unter Deck war zu entnehmen, dass die Emotionen bei Publikum und Kämpfern schon nach wenigen Sekunden des Gefechts überzukochen schienen.

Genau das war eigentlich der Zeitpunkt, an dem Madsen belastendes Material sichern wollte, doch statt verdeckt zu ermitteln, saß er nun – lediglich mit Camouflage-Boxershorts und knöchelhohen Turnschuhen bekleidet – in einem rostigen, ölverschmierten Verschlag neben der Kombüse und zermarterte sich das Hirn, wie er sich der fürsorglichen Beobachtung seines Bewachers entziehen konnte.

Eine passende Gelegenheit schien sich zu ergeben, als aus dem Nebenraum plötzlich frenetischer Applaus und triumphierendes Gejohle zu vernehmen waren und Hermann voller Neugier ein paar Schritte um die Ecke trat, um zu sehen, welcher Kämpfer den überraschend schnellen Sieg davongetragen hatte. Doch kaum hatte sich Madsen Richtung Ausgang bewegt, drehte sich sein Bewacher auch schon wieder um und breitete gebieterisch die Arme aus.

»Stopp! Ich habe gesagt, du bleibst bis zu deinem Kampf hier!«

»Geh mir nicht auf den Sack, Weichbirne! Ich will ja gar nicht zu den Gästen«, knurrte Madsen ungehalten und schickte sich an, die dünnen Arme des Yuppies beiseitezuschieben wie einen lästigen Ast. »Ich muss pissen. Aber wenn du willst, kannst du ja mitkommen und mir anschließend den Schwanz abschütteln.«

»Tja, tut mir leid, Schaller! Dafür ist es jetzt zu spät.« Er winkte den Türsteher herbei, mit dem er sich kurz zuvor unterhalten hatte und der sich nun breitbeinig vor der weiß lackierten Metalltür aufbaute. »Wir mussten das Programm leider ein wenig ändern, weil einer der Kämpfer noch nicht hier ist.«

Madsen blickte ratlos zwischen den beiden Männern hin und her.

»Na und? Was hat das mit mir zu tun? Ich trete doch eh erst beim letzten Kampf an.«

»Tja, jetzt nicht mehr!«, antwortete Hermann und grinste dabei süffisant. »Damit unsere werten Gäste sich nicht zu lange gedulden müssen, wurde der Ablauf kurzfristig geändert.«

Madsen erbleichte.

»Soll das etwa heißen …«

»… dass du jetzt dran bist? Ganz genau, Mr. Großmaul. Dein Kampf ist der nächste. Und jetzt kannst du mal beweisen, was du außer großen Sprüchen noch so draufhast. Dein Gegner erwartet dich nämlich schon!«

Der amerikanische Ingenieur Edward A. Murphy, Urheber des berühmten »Murphy's Law«, stellte mit besagtem Gesetz die oft zitierte These auf, dass alles, was irgendwie schiefgehen kann, grundsätzlich auch schiefgehen wird. Eine Theorie, deren hohen Realitätsbezug Kriminalrat Madsen nun schmerzlich erfahren musste, denn von allen Schreckensszenarien, die er sich im Vorfeld ausgemalt hatte, war dieses das mit Abstand schlimmste.

Bereits nach so kurzer Zeit in den Ring steigen zu müssen, ließ den mit Staatsanwaltschaft und SEK entwickelten Einsatzplan platzen wie eine Seifenblase in einem Kakteenfeld. Das Spezialeinsatzkommando würde das Schiff laut Einsatzplan erst in dreizehn Minuten stürmen – eine Zeitspanne, die einem zweifelsohne mindestens doppelt so lange vorkommen musste, wenn man dabei im Ring stand und sich mit einem Kontrahenten die Seele aus dem Leib prügelte.

Für einen kurzen Moment spielte Madsen deshalb mit dem verwegenen Gedanken, seine Tarnung aufzugeben und sich als Polizist zu erkennen zu geben, doch das Wissen um die Skrupellosigkeit und Brutalität der Verantwortlichen sowie das Schicksal von Stanislav Wocz ließen ihn von diesem Vorhaben wieder Abstand nehmen.

Außerdem hatte er weder Waffe noch Handy oder Funkgerät dabei, da Dr. Agasiotis bei der Einsatzbesprechung in Betracht gezogen hatte, dass man Madsen vor Betreten des Schiffs einer Leibesvisitation unterziehen würde. Diese grundsätzlich bewundernswerte Umsichtigkeit des Oberstaatsanwalts erwies sich nun als echtes Problem, denn unbewaffnet und ohne jegliche Kommunikationsmöglichkeit einem wütenden Mob gegenüberzustehen, erschien Madsen in etwa ebenso erstrebenswert zu sein, wie einer Seewespen-Qualle die Tentakel zu flechten.

Und so gab es für den Kriminalrat nur eine einzige Chance, die Situation zumindest ansatzweise zu verbessern.

Und die bestand darin, Zeit zu schinden.

»Ich bin aber noch gar nicht warm!«, murrte Madsen und begann in aller Ruhe, Arme und Beine zu dehnen. »Wenn ich jetzt sofort in den Ring steige, bekomme ich garantiert eine Zerrung.«

Hermann und der Gorilla blickten sich ungläubig an.

Dann brachen beide in schallendes Gelächter aus.

»Eine Zerrung?«, fragte der Yuppie prustend. »Also wenn du mich fragst, Schaller, dann dürfte die Gefahr einer Zerrung dein kleinstes Problem sein. Du weißt schon, wie die Kämpfe hier ablaufen, oder?«

»Klar weiß ich das!«, entgegnete der Kriminalrat und ließ seinen Kopf langsam in beide Richtungen kreisen. »Aber wenn ich richtig hinlangen soll – und das erwarten eure Gäste ja wohl –, muss ich meine Muskulatur vorher zumindest ein bisschen auf Temperaturen gebracht haben.«

»Papperlapapp! So viel Zeit haben wir jetzt nicht mehr«, widersprach Hermann und trat hastig einen Schritt zur Seite, als zwei andere Angestellte den Verlierer des vorherigen Kampfs auf einer hölzernen Trage Richtung Achterdeck transportierten.

Der bullige Mann schien bewusstlos zu sein. Sein Kopf war kahl rasiert, und aus einer großflächigen Platzwunde oberhalb einer bunten Teletubby-Tätowierung strömte stoßweise Blut.

Den beiden Trägern folgte ein älterer, komplett in Schwarz gekleideter Mann mit einem weißen Vollbart.

»Was ist mit dem? Wird er medizinisch versorgt?«, erkundigte sich Madsen und blickte der kleinen Prozession mit einem flauen Gefühl im Magen hinterher.

»Lass das mal unsere Sorge sein. Außerdem ist der Mann Metzger – der ist Blut gewöhnt. Kümmere du dich lieber darum, dass du nicht der Nächste bist, der hier rausgetragen wird!«, brummte der Türsteher unwirsch.

»So, Schluss jetzt mit dem Gelaber!« Hermann wedelte ungeduldig mit den Händen. »Vorwärts, Schaller, die Zuschauer warten schon!«

In der Tat waren aus dem Nebenraum rhythmisches Getrampel und unruhiges Murren zu hören.

Offensichtlich konnte es der blutrünstigen Oberschicht nicht schnell genug gehen, bis die nächsten beiden Gladiatoren sich gegenüberstanden.

»Sekunde! Muss mir nur noch Vaseline auf die Augenbrauen

schmieren«, beeilte sich Madsen zu erwidern und rieb eine dicke Schicht des Gleitmittels auf die Hautpartien über und unter dem Auge, um die Gefahr von Cuts nach Möglichkeit zu minimieren.

Im selben Moment streckte Dr. Borchert den Kopf zur Tür herein.

Sein Gesicht war gerötet vor Wut.

»Wo zum Teufel bleibt ihr denn? Im Nebenraum warten über hundert Leute, die ihre Wetten platzieren wollen. Also macht gefälligst, dass ihr rüberkommt, und zwar zackig!«

Der massige Akademiker deutete auf Madsen und musterte ihn mit einem drohenden Blick.

»Und Sie liefern jetzt gefälligst einen attraktiven Kampf! Denn ansonsten werden wir Sie am Großmast aufhängen. Und das keineswegs, damit Sie die schöne Aussicht genießen können!«

★★★

»Helme?«
»Jawohl!«
»Sturmhauben?«
»Jawohl!«
»Schutzwesten?«
»Jawohl!«
»Waffen?«
»Jawohl!«
»Blendgranaten?«
»Jawohl!«
»Atemschutzmasken?«
»Jawohl!«
»Taschenlampen?«
»Jawohl!«
»Wurfhaken?«
»Jawohl!«
»Strickleitern?«
»Jawohl!«
»Rammbock?«

»Jawohl!«

»Perfekt! Dann kann's ja gleich losgehen.«

Hauptkommissar Rick beendete die Überprüfung der Ausrüstung und warf einen Blick auf seinen olivfarbenen Chronografen.

Zweiundzwanzig Uhr zwanzig.

»Zugriff zweiundzwanzig dreißig. Alles läuft wie besprochen. Bönisch sichert mit seiner Gruppe den nördlichen Uferbereich und den Kustermannpark. Hausen übernimmt mit seinem Team den Süden und den Hafen des Yacht-Clubs. Kollege Leipold hat den schwierigsten Part: Er und seine Jungs kommen mit den Schlauchbooten übers Wasser. Ich gehe mit meinem Team über den Steg aufs Schiff.« Er wandte sich an den jungen Mann, der neben ihm stand. »Kommissar von Werdenfels, Sie können uns begleiten, bleiben aber bitte so lange in Deckung, bis die Situation unter Kontrolle ist und ich Ihnen grünes Licht gebe. Noch irgendwelche Fragen, meine Herren?«

Keiner der Anwesenden meldete sich.

Rick nickte zufrieden.

Er wusste, auf seine Jungs war Verlass.

Auch wenn der eine oder andere auf den ersten Blick aussah, als würde er zum Frühstück regelmäßig Kleinkinder am Spieß verzehren, war jedes einzelne Mitglied seines Zugs ein absoluter Teamplayer. Und das war auch gut so, denn wenn der Leiter einer SEK-Einheit eines nicht gebrauchen konnte, dann waren das schießwütige Rambos, für die ein Zugriff nichts anderes darstellte als eine real gewordene »Call of Duty«-Session.

Das galt auch und vor allem dann, wenn der Einsatzort ein so spezieller war wie in diesem Fall.

Das Erstürmen eines Schiffs war selbst für eine so erfahrene und eingespielte Truppe wie die von Hauptkommissar Rick eine echte Herausforderung.

Schließlich gab es lediglich einen einzigen Zugang, und der führte über einen schmalen Steg, der bei Bedarf problemlos von einem ausreichend bewaffneten Mann verteidigt werden konnte. Wollte man das Ziel zusätzlich aus weiteren Richtungen angreifen – so, wie es bei Gebäude- oder Fahrzeugerstürmungen üblich war –, blieb lediglich die Möglichkeit, sich dem Zielobjekt mit Schlauchbooten über das Wasser zu nähern. Diese Option war jedoch erst dann möglich, wenn der Angriff über den Steg bereits erfolgt war, da die fehlende Deckung sonst jeglichen Überraschungseffekt vernichtet hätte.

Und damit war allen Beteiligten eine Sache klar: Im ersten Moment des Zugriffs konnte sich die Gruppe von Hauptkommissar Rick nur auf sich selbst verlassen.

Und auf ihre Spezialausbildung.

Abermals warf der Einsatzleiter einen Blick auf die Uhr.

Noch sieben Minuten bis zum vereinbarten Zugriff. Das hieß, eigentlich nur noch fünf – denn zwei Minuten musste er für den Weg zum Schiff abziehen.

Die SEK-Beamten hatten sich in der Bootshalle des Yacht-Clubs verschanzt, direkt neben dem Club-Casino und keinen Steinwurf entfernt vom Tutzinger Südbad.

Die große Halle mit den dunklen Holzwänden diente dem Verein während des Winters als Aufbewahrungsort für ihre Boote, im Sommer hingegen stand das Gebäude bis auf einige maritime Gerätschaften und zwei zu restaurierende Segelyachten komplett leer. Ein Zustand, den die Beamten des SEK mit freundlicher Unterstützung der Vereinsverantwortlichen dazu genutzt hatten, um in den weitläufigen, nur spärlich beleuchteten Räumlichkeiten ihr umfangreiches Equipment unterzubringen und sich unbemerkt auf ihren Einsatz vorzubereiten.

Allerdings hatte die Location allen Annehmlichkeiten zum Trotz auch einen ganz gewaltigen Nachteil, und der bestand in der Entfernung, die die Einsatzkräfte auf ihrem Weg zum Museumsschiff zurücklegen mussten. Es handelte sich dabei zwar nur um gute zweihundert Meter, doch bepackt mit ballistischen Schutzwesten, Heckler & Koch-Maschinenpistolen und Zwanzig-Kilo-Rammböcken konnte sich selbst eine so kurze Strecke zu einem logistischen Problem entwickeln – vor allem dann, wenn der Weg so wenig Deckung bot wie der, der zum Bootssteg führte.

So blieb für die SEK-Beamten nur zu hoffen, dass die Kämpfe

an Bord der »Tutzing« so packend verliefen, dass weder Gäste noch Veranstalter auf die Idee kommen würden, sich auf dem Oberdeck aufzuhalten und einen Blick auf das Ufer zu werfen.

Noch vier Minuten.

Hauptkommissar Rick überprüfte ein letztes Mal den Sitz seines Waffenholsters und wollte seinen Männern gerade den Einsatzbefehl geben, als plötzlich ein leises Klopfen am rückwärtigen Holztor erklang.

Sämtliche Anwesenden zuckten zusammen.

Mit einem Schlag war es mucksmäuschenstill, und lediglich das unterdrückte Atmen der Beamten ließ darauf schließen, dass sich in der Halle Lebewesen aufhielten.

Basierend auf der Erfahrung und der Routine zahlloser Einsätze reagierte der Zugführer blitzschnell.

Mit entschlossenem Blick gab er zweien seiner Männer ein Handzeichen, woraufhin diese kurz nickten, nach ihren Waffen griffen und sich mit katzengleicher Geschmeidigkeit zu einer der Seitentüren der Bootshalle bewegten.

Kommissar von Werdenfels beobachtete die Aktion voller Faszination.

Entweder hatten die beiden sehr spezielle Spezialsohlen, oder aber sie waren des Schwebens mächtig. Anders konnte er sich nicht erklären, warum die Beamten trotz ihrer muskulösen Statur weder beim Öffnen der Tür noch beim Verlassen der Halle auch nur das geringste Geräusch verursachten. Er selbst hatte bei diversen nächtlichen Einsätzen stets vergeblich versucht, sich so geräuschlos zu bewegen – wenn er in ein Gebäude schlich, hätte man auch genauso gut ein Schiffsnebelhorn betätigen können.

Quälend langsam verstrichen die Sekunden.

Dann erklangen auf einmal schnelle Schritte, es rumpelte kurz an der Außenwand, und ein ersticktes Stöhnen war bis in das Halleninnere zu vernehmen.

Keiner der dort wartenden Beamten wusste, was außerhalb ihres Verstecks vor sich ging, und so war die Spannung schier unerträglich, bis eine gefühlte Ewigkeit später endlich ein knisterndes Rauschen im Headset des Zugführers zu vernehmen war und eine flüsternde Stimme meldete: »Entwarnung, Chef. Wir kommen wieder rein.«

Hauptkommissar Rick nickte erleichtert, beorderte zur Vorsicht jedoch trotzdem zwei weitere Beamte neben die Tür.

Im Halbdunkel an die Wand gepresst, ihre Waffen im Anschlag, sicherten sie so den Eingang, als ihre beiden Kollegen die Halle wieder betraten.

Das taten sie allerdings nicht alleine.

Sondern zusammen mit einem großen, weißhaarigen Mann mit Fliege.

Hauptkommissar Rick starrte den Besucher fassungslos an.

»Herr Oberstaatsanwalt! Was zum Teufel machen Sie denn hier?«

Dr. Agasiotis lächelte nachsichtig.

»Guten Abend, Rick. Ich freue mich auch sehr, Sie zu sehen! Meine Herren …«, er nickte freundlich in die Runde, »… auch wenn die Begrüßung durch Ihre Kollegen etwas ruppig war, erscheint es mir unter den gegebenen Umständen sinnvoll, wenn ich bei Ihrem Zugriff zugegen bin. Schließlich darf man getrost davon ausgehen, dass sich unser Hauptverdächtiger wenig kooperativ zeigen wird.«

Der Einsatzleiter blickte auf seine Armbanduhr.

»Das mag ja vielleicht sein, aber warum haben Sie sich denn nicht vorher angekündigt? Verdammt noch mal, Herr Oberstaatsanwalt, wir sind mitten in der Einsatzvorbereitung. In einer Minute müssen wir los.«

»Ich weiß, ich weiß! Wie Ihnen vielleicht bekannt sein dürfte, stammt der Zugriffsplan von Madsen und von mir«, antwortete Dr. Agasiotis seelenruhig und entledigte sich dabei seines Jacketts. »Und diese verbleibende Minute sollte doch ausreichen, um mir eine kugelsichere Weste und eine Taschenlampe zu überlassen.«

Rick wollte protestieren, doch nach einem weiteren Blick auf seine Uhr verkniff er sich jegliche Widerworte und reichte dem Oberstaatsanwalt das gewünschte Material.

Anschließend gab er der Mannschaft den Befehl zum Aufbruch.

»So, Männer, es geht los. Ihr wisst, was ihr zu tun habt! Jeder achtet auf seinen Partner – ich möchte hinterher wieder genauso viele Leute hier haben wie jetzt. Und nun: Abmarsch!«

Wie ein Rudel hungriger Wölfe strömten die Männer aus der Halle ins Dunkel.

Während sich die Teams von Bönisch, Hausen und Leipold schweigend in unterschiedliche Richtungen verteilten, blieben von Werdenfels und Dr. Agasiotis dicht hinter Hauptkommissar Rick. Dieser schien zwar nach wie vor über die kurzfristige Beteiligung des Oberstaatsanwalts verärgert zu sein, besaß aber ausreichend Professionalität, um seine Empfindungen dem Erfolg der Mission unterzuordnen.

Das komplette Team nur durch minimale Handzeichen dirigierend, näherte sich Rick zusammen mit seinem schwarz gekleideten Trupp im Schutze der Dunkelheit und des dichten Uferbewuchs der verlassenen Bootshütte, die unmittelbar neben dem Museumsschiff ins Wasser ragte.

Sie war die letzte Möglichkeit, Deckung zu suchen, denn von da an gab es bis zum Steg der »Tutzing« keinerlei Büsche oder Sträucher mehr, in deren Schutz die Männer sich dem Schiff unbemerkt hätten nähern können.

»Anschleichen über den Steg ist zu gefährlich. Das Schiff hat rundherum Bullaugen. Wenn uns dadurch jemand sieht, dauert es viel zu lange, bis wir an Bord sind!«, wisperte Rick und entsicherte seine Waffe. »Deswegen muss es jetzt schnell gehen! Ich zähle bis drei, dann stürmen wir im Laufschritt aufs Schiff. Der Steg ist zum Glück beleuchtet, das heißt, wir können Vollgas geben. Bergfeld, Sie und Preckmann nehmen den Rammbock und bilden die Vorhut. Und vergessen Sie dabei nicht …«, er zwinkerte den beiden bulligen Beamten zu, »… man kann damit nicht nur Türen wegrammen. Das Gerät funktioniert genauso gut bei Türstehern!«

★★★

Kriminalrat Mads Madsen hatte große Mühe, sein Unbehagen zu verbergen, als er sich mühsam den Weg durch die Menschenmenge bahnte.

Im Aufenthaltsraum des Unterdecks herrschte emotionaler Ausnahmezustand.

Von allen Seiten schrien die Zuschauer auf ihn ein, fremde Hände – vornehmlich mit langen, rot lackierten Fingernägeln – griffen im dichten Gewühl völlig ungeniert nach seinem verschwitzten Oberkörper, und unbekannte Männer schlugen ihm unter motivierenden Zurufen schmerzhaft auf die nackten Schultern.

Der dicht hinter ihm folgende Hermann stieß ihn immer wieder unerbittlich nach vorne.

Die räumliche Enge war unerträglich.

Madsen war kaum noch in der Lage, sich zu bewegen.

Die tief hängende Decke weckte in ihm das beklemmende Gefühl, in einer gewaltigen Schrottpresse gefangen zu sein, und egal, wohin er sich drehte oder wendete, stets prallte er gegen eine Wand aus exklusiv gekleideten, sonnengebräunten Millionärskörpern, von denen er eingekesselt war wie von einem Rudel blutrünstiger Hyänen.

Er gierte nach Platz.

Nach Raum zum Atmen.

Nach einem einzigen, lumpigen Quadratmeter, auf dem er sich frei bewegen konnte.

Aber den gab es nicht. Der gesamte Innenraum des Unterdecks war vollgepfercht mit dem wettfreudigen Auditorium, das dem Beginn des Kampfs entgegenfieberte wie ein Starnberger Teenager seinem ersten Porsche.

Doch dann – plötzlich und völlig unvermittelt – teilte sich die Wand aus Zuschauern, und Madsen stand frei in der Mitte des Raums.

Allerdings nicht allein.

Ihm gegenüber befand sich ein Mann mit nacktem Oberkörper.

Dieser Mann war weder besonders groß noch besonders breit. Das rotblonde Haar war akkurat geschnitten, Wangen und Kinn glatt rasiert, und die roten Abdrücke auf dem Nasenrücken ließen darauf schließen, dass er noch bis vor wenigen Minuten eine Brille getragen hatte.

Seine blasse Haut leuchtete fahl im flackrigen Neonlicht, und der gesamte Oberkörper war leicht nach vorn gebeugt, sodass es den Anschein hatte, als trüge der Mann das Elend der gesamten Welt auf seinen Schultern.

Er war ein Mensch, dem man auf der Straße begegnete und dessen Existenz man zwei Schritte später bereits wieder vergessen hatte. Ein unscheinbarer Allerweltstyp, dem im großen Film des Lebens allenfalls die Rolle eines Statisten zugedacht schien.

Oder die von Madsens Gegner.

»Liebe Freunde des gepflegten Faustkampfs, darf ich um Ihre geschätzte Aufmerksamkeit bitten?«

Dr. Borchert stand in der Eingangstür des Unterdecks, hatte die Hände ausgebreitet, als wollte er den Anwesenden höchstpersönlich Urbi et orbi spenden, und lächelte dabei so verbindlich, dass man den Eindruck gewinnen konnte, man befände sich auf einer Kinderkommunion – und nicht bei einem illegalen nächtlichen Bare-Knuckle-Fight.

Die Menge verstummte schlagartig.

Lediglich eine ältere Dame hüstelte nervös, woraufhin ihr Dr. Borchert einen missbilligenden Blick zuwarf, bevor sich sein Gesicht umgehend wieder zu einer lächelnden Maske verzog und er das Wort an die Anwesenden richtete.

»Liebe Freunde, ich bin sehr froh und stolz, Ihnen heute zwei ganz besondere Kämpfer vorstellen zu dürfen. Einen der beiden kennen Sie bereits, und die, die dabei waren, erinnern sich sicherlich noch voller Begeisterung an seinen letzten Kampf, bei dem er seinen Gegner in einem spektakulären Gefecht geradezu vernichtet hat. Er ist ein sehr vielseitiger Mensch. Denn unter der Woche heilt er Zähne. Und am Wochenende schlägt er sie aus. Bitte begrüßen Sie mit einem tosenden Applaus unseren Lokalmatador ›Dr. Pain‹!«

Der Unternehmer hatte den Satz noch nicht ganz beendet, da brandete bereits enthusiastischer Beifall auf.

Es war nur allzu offensichtlich, dass Dr. Pain in der illegalen

Kampfszene nahezu Wagner'schen Heldenstatus zu genießen schien.

»Pssst, einen Moment bitte, liebe Freunde!«, bemühte sich Dr. Borchert mit bedeutsamer Theatralik, das Publikum wieder zu beruhigen. »Bevor ich Ihnen nun den heutigen Gegner von Dr. Pain, einen Neuzugang aus Hamburg, vorstelle, bitte ich Sie um eine Respektsbekundung für unseren ehemaligen polnischen Kämpfer Stanislav Wocz. Wie Sie ja sicherlich inzwischen alle aus der Presse erfahren haben, wurde Wocz nach unserer letzten Veranstaltung von irgendeinem skrupellosen Mörder im See ertränkt. Ich verurteile diese schändliche Tat aufs Schärfste und möchte Sie bitten, diesem sympathischen, tapferen Mann mit einer gemeinsamen Schweigeminute zu gedenken. *Requiescat in pace!* Ruhe in Frieden!«

Mit diesen Worten senkte der Unternehmer den Kopf, faltete seine Hände und verharrte in Stille.

Sämtliche Anwesenden taten es ihm gleich.

Bis auf Madsen.

Der hatte das spontane Bedürfnis, sich zu übergeben.

Ungläubig starrte er auf den massigen Mann, der im Türrahmen stand und die Frechheit besaß, persönliche Betroffenheit zu heucheln.

Er, der Wocz keine drei Stunden vor seinem tragischen Dahinscheiden in einen Kampf auf Leben und Tod geschickt hatte und der Unmengen von Geld damit verdient hatte, dass irgendjemand dem Polen das Gesicht zertrümmert hatte – dieser Typ stellte sich jetzt voller Pathos vor die Zuschauer und gedachte mit gesenktem Haupte des ermordeten polnischen Bauarbeiters?

Madsen ballte die Fäuste, dass sich die Knöchel weiß färbten, und es war einzig und alleine seiner Selbstdisziplin zu verdanken, dass er nicht augenblicklich seine Tarnung aufgab und dem verlogenen Kerl seine tiefste Verachtung ins Gesicht schleuderte.

Wo zum Teufel blieb nur dieses verdammte SEK?

Dr. Helmut Borchert hatte sich in der Zwischenzeit wieder zu voller Größe aufgerichtet und deutete mit einem strahlenden Lächeln auf Madsen.

»Liebe Freunde, kommen wir nun zu etwas Erfreulicherem. Wie ich bereits angedeutet habe, begrüßen wir heute einen neuen Kämpfer in unseren Reihen. Der Mann ist weit gereist. Er kommt aus Hamburg, hat dort bereits an einer ganzen Reihe vergleichbarer Veranstaltungen teilgenommen und gilt – und das hören wir natürlich sehr gerne – als einer der gefährlichsten Schläger auf der gesamten Reeperbahn. Meine Damen und Herren, bitte begrüßen Sie ›Die Faust vom Kiez‹!«

Auch dieses Mal brandete Applaus auf, wenngleich die Lautstärkendifferenz unschwer erkennen ließ, dass Dr. Pain in der Gunst des Publikums deutlich vorn lag.

Allerdings gab es aber offensichtlich trotzdem einige Zuschauer, die dem Neuling zumindest eine gewisse Siegchance einräumten, denn sie ermutigten Madsen nicht nur durch lautstarke Zurufe, sondern schienen darüber hinaus auch beachtliche Geldbeträge auf ihn zu setzen. Zumindest übergaben sie den Blondinen, die sich nun auf Borcherts Geheiß durch die engen Reihen quetschten, dicke Geldbündel und deuteten dabei auf den verdeckten Ermittler. Ihren gierigen Gesichtsausdrücken nach zu urteilen, versprachen die Quoten, mit einem Sieg Madsens auf einen Schlag ein kleines Vermögen zu gewinnen – was bei genauerer Betrachtung allerdings nichts anderes bedeutete, als dass Dr. Pain haushoher Favorit war.

In diesem Moment ertönte ein metallischer Gong.

Das Zeichen zum Beginn des Kampfs.

Zumindest für Dr. Pain.

Für Madsen hingegen war der Gong wie ein Stich ins Herz.

Eine schmerzvolle Erinnerung an die dunkelste Stunde seines Lebens.

An Bilder, von denen er gehofft hatte, sie nie wieder im Leben sehen zu müssen.

★★★

Der Junge war höchstens Anfang zwanzig, eher sogar jünger, und die paar dunklen Härchen, die an seinem Kinn sprossen,

Bartwuchs zu nennen, wäre in etwa genauso vermessen gewesen, wie Hugh Heffner als feministischen Feingeist zu bezeichnen.

Seine Haut stand in pubertärer Blüte, und sein langer, dürrer Körper war noch viele Jahre und viele Steaks von einer maskulinen Figur entfernt.

Aber Mumm hatte er, das musste man ihm lassen.

Allein für die Tatsache, dass er sich zum Sparring in den Boxkeller der »Ritze« getraut hatte, gebührte ihm Respekt.

Schließlich gab es in Hamburg Dutzende von anderen Trainingsstätten, in denen man kleinbürgerlichen Schnöseln wie ihm deutlich wohlwollender entgegengekommen wäre.

Doch er hatte sich dafür entschieden, den steinigen Weg zu gehen.

Dort zu trainieren, wo die Kämpfer aus dem Rotlichtmilieu stammten, wo Anrüchigkeit und Kriminalität zum Alltag gehörten und wo spezielle Regeln herrschten, deren Beachtung dringend angeraten war, wenn man nicht bereits weit vor dem Erreichen des Rentenalters seine Zähne verlieren wollte. Es war ein wildes und raues Klima, das in diesen legendären Trainingsräumen mitten auf der Reeperbahn, im Zentrum von Hamburgs sündiger Meile, herrschte, und nicht wenige der Touristen, die sich in diesem archaischen Ambiente für ihr Facebook-Profil ablichten ließen, benötigten anschließend in der eine Etage höher gelegenen Kneipe einen Schnaps, um den erschreckenden Ausflug in Hamburgs Unterwelt zu verdauen.

Der junge Mann hatte inzwischen seine Hände bandagiert und ließ sich von einem ganzkörpertätowierten Irokesen die Handschuhe tapen.

Gesprochen wurde dabei kein Wort, und das nicht nur, weil der Raum kein Platz zum Reden war, sondern auch, weil es nicht allzu viele thematische Überschneidungen im Leben dieser beiden unterschiedlichen Typen gab. Das Einzige, was sie verband, war die paradoxe Liebe zu einem Sport, dessen vornehmliche Intention darin bestand, seinen Gegner kampfunfähig zu prügeln.

»Seid ihr so weit?«, erkundigte sich der Trainer, ein dunkelhäutiger Glatzkopf, dessen Muskulatur ausgereicht hätte, um daraus zwei wettbewerbsfähige Bodybuilder zu formen. Er war der Mann, der im Boxkeller das Sagen hatte. Das deutsche Grundgesetz mochte im Rest der Republik höchste juristische Relevanz besitzen – hinter der berühmt-berüchtigten Tür mit den gespreizten Beinen herrschte hingegen nur noch ein Gesetz. Und das trug den Namen des Trainers.

»Mhmm, bin so weit!«, murmelte der Junge, nestelte sich mit den Handschuhen den Zahnschutz in den Mund und betrat den Ring, indem er seinen langen, schlaksigen Körper umständlich durch die Seile bugsierte.

Beleuchtet wurde das Ringgeviert – neben kaltweißem Neonlicht – von einer bunten umlaufenden Lichterkette, einer symbolträchtigen Reminiszenz an das sündige Leben, dem die meisten der hier Anwesenden frönten.

Allerdings nicht alle.

Der Junge zum Beispiel nicht.

Und auch nicht sein Gegner.

Der war Kriminalrat.


Auch Mads Madsen hätte problemlos woanders trainieren können.

Mit seinem Gehalt wäre er zweifelsohne jedem Betreiber deutlich luxuriöserer Sportcenter willkommen gewesen, doch Madsen legte keinen Wert auf parfümierte Lufterfrischer, vorgewärmte Handtücher oder chipkartengesteuerte Fitnessgeräte.

Für ihn bedeutete Sport Blut, Schweiß und Tränen.

Ehrliche, harte Arbeit an Geräten, die aussehen mussten, als hätte sie ein Damaszener-Schmied gefertigt.

Und genau das fand er im Boxkeller der »Ritze«.

Abgegriffene, ranzige Hantelstangen, an denen Hautreste und Historie klebten. Sandsäcke, die nur noch durch mehrlagige Tapeverbände vor der Auflösung gerettet wurden, und Klimmzugstangen, bei denen man nie wusste, ob sich der Körper hoch oder die Decke runter bewegte.

Das war das Ambiente, in dem Madsen sich wohlfühlte.

In dem er spürte, dass er lebte.

In dem er einen Ausgleich fand zu all den strengen disziplinarischen Vorgaben und Regularien, denen er sich als Staatsbeamter zu unterwerfen hatte.

Und genau wie der des Jungen war auch sein Weg ein langer und beschwerlicher gewesen.

Schließlich hatte er nicht wenige der hier trainierenden Männer in der Vergangenheit bereits mehrfach festgenommen – nicht gerade die ideale Voraussetzung, um anschließend gemeinsam mit ihnen im Ring zu stehen.

Doch Madsen hatte sich jeder Auseinandersetzung couragiert gestellt, klaglos Prügel eingesteckt, wenn er unterlegen gewesen war, und voller Fairness auf das abschließende »Weghauen« verzichtet, wenn er sich als der Stärkere erwiesen hatte.

So war es ihm im Laufe der Jahre gelungen, im Club nicht nur toleriert, sondern akzeptiert zu werden – was für einen Polizisten auf dem Kiez in etwa so selbstverständlich war wie die Teilnahme eines Nobelpreisträgers am »Dschungelcamp«.

»Von mir aus kann's auch losgehen!«, sagte Madsen, schob sich seinen schwarz-rot-goldenen Zahnschutz in den Mund und nickte dem Trainer auffordernd zu.

Dieser betätigte den messingfarbenen Gong, und die beiden Kämpfer traten in die Mitte des Rings, um einmal kurz die Handschuhe gegeneinander zu schlagen – das traditionelle Prozedere unter Boxern, um die erste und später auch die letzte Runde eines Kampfs einzuleiten.

Anschließend konnte das Gefecht beginnen.

Bereits nach wenigen Minuten kristallisierte sich heraus, dass Madsen der boxerisch deutlich bessere Mann war.

Immer wieder gelang es ihm durch geschicktes Auspendeln, den ungestümen Schlägen seines Gegenübers auszuweichen und im Gegenzug klare und effektive Treffer zu landen.

Dabei reduzierte er die Schlaghärte allerdings ganz bewusst, da es sich lediglich um einen Sparringskampf handelte. Sparring bedeutete, dass im Gegensatz zu einem Wettkampf das Ziel nicht darin bestand, den Gegner k. o. zu schlagen, sondern im Rahmen einer Wettkampfsimulation das im Training Erlernte ohne die latente Gefahr eines Knockouts zu vertiefen.

Das war zumindest die Theorie.

Allerdings lag es in der Natur der Dinge – und zweifelsohne auch in der männlichen DNA –, dass aus einem leichten Geplänkel sehr schnell ein knallharter Schlagabtausch werden konnte. Nämlich dann, wenn einen der beiden Kontrahenten das dumpfe Gefühl beschlich, seine Zurückhaltung werde vom Gegner nicht in entsprechendem Maße erwidert. In einem solchen Fall schaukelte sich die Härte blitzschnell hoch, bis der Rundengong ertönte und die beiden erschöpften Kämpfer sich glaubhaft versicherten, in den nächsten Durchgängen wirklich halblang zu machen – um dann keine sechzig Sekunden später wieder so aufeinander einzuprügeln, als hätte der andere einem die Ehefrau geschwängert.

So waren Männer eben.

Auch wenn das manchmal ungeplante Folgen hatte.

Folgen, die das Leben einiger Menschen für immer veränderten.

So wie bei dem Kampf zwischen Madsen und dem Jungen.

Es geschah kurz vor Ende der siebten Runde.

Einer Runde, in der Madsen wieder eindeutig der überlegene Boxer war, was nicht nur daran lag, dass er über eine bessere Technik verfügte, sondern auch daran, dass sein Gegner am Ende seiner konditionellen Kräfte war.

Eine Gruppe breitschultriger Zuhälter, die an den umliegenden Sandsäcken gearbeitet hatte, wurde auf das leidenschaftliche Gefecht im Ring aufmerksam und forderte den Jungen unter rauem Gelächter auf, er möge noch einmal Gas geben – vielleicht gelänge es ihm ja auf diese Weise noch, die Runde in den letzten Sekunden per Lucky Punch für sich zu entscheiden.

Ob es tatsächlich an dieser gut gemeinten Aufmunterung oder seinem unbändigen Kampfwillen gelegen hatte, vermochte im Nachhinein niemand mehr zu beurteilen.

Auf jeden Fall nahm der pickelige Schlacks noch einmal alle Energie zusammen und schlug einen kraftvollen linken Jab. Madsen konnte der anfliegenden Faust jedoch problemlos ausweichen, da sein Kontrahent die Angewohnheit hatte, Schläge im Voraus durch eine minimale Schulterbewegung anzukündigen. Gleichzeitig bot sich Madsen dadurch die Möglichkeit, mit einer gepflegten rechten Geraden zum Kopf seines Gegenübers zu kontern.

Sein Hieb war weder besonders schnell noch besonders hart. Doch unglücklicherweise hatte der Junge den vorangegangenen Jab lediglich zur Täuschung geschlagen und sich stattdessen mit aller noch verbliebenen Energie auf den darauffolgenden Schlag konzentriert.

Der wuchtige Hieb ging jedoch ins Leere.

Und so prallte der Kopf des jungen Mannes, beschleunigt durch sein eigenes Körpergewicht, frontal auf Madsens heranfliegende Faust.

Es gab ein kurzes, hässliches Geräusch, und der Junge flog nach hinten, als habe man ihn mit einem Katapult beschleunigt.

Dann knallte sein Schädel ungebremst auf den harten Boden des Rings.

Einen Moment lang herrschte gespenstische Ruhe im Gym. Anschließend brach panische Hektik aus.

Obwohl den meisten der Anwesenden der Anblick eines niedergeschlagenen Kontrahenten aus ihrem beruflichen Alltag geläufig war, war es für jeden offensichtlich, dass diese Aktion nachhaltige Folgen hatte.

Die skurril verdrehte Haltung, mit der der Junge auf dem Boden lag, der zittrige, orientierungslose Blick, der ins Leere ging, und das heisere Röcheln, das aus seiner Kehle erklang, gaben Anlass zu den schlimmsten Befürchtungen.

Befürchtungen, die sich trotz Madsens sofortiger Reanimationsmaßnahmen auf traurige Weise bestätigen sollten.

Der junge, schlaksige Mann, der noch sein ganzes Leben vor sich hatte, verstarb kurz darauf im flackernden Schein einer bunten Lichterkette auf dem Boden eines abgewetzten Boxrings.

In den Armen des Mannes, der ihn unabsichtlich getötet hatte.

Und der in diesem Moment innerlich ebenfalls starb.

★★★

Dr. Pain umkreiste Madsen mit der Geschmeidigkeit eines Pumas, und obwohl seine Augen zu schmalen Schlitzen verengt waren, war es für den erfahrenen Polizisten nur allzu offensichtlich, dass die ungewöhnliche Größe der Pupillen auf den Konsum bewusstseinserweiternder Substanzen hindeutete.

Auch wenn Madsen derlei Drogen nie selbst konsumiert hatte, ließ ihn die regelmäßige Einnahme hochkonzentrierter Koffeinkapseln bei nächtlichen Einsätzen zumindest ansatzweise nachempfinden, wie sich sein Kontrahent gerade fühlen musste. Diese aufputschenden Mittel stimulierten Muskeln und Nerven, das Herz schlug im Takt einer Nähmaschine, und im gesamten Leib herrschte ein solcher Überdruck, dass man das Gefühl hatte, auf der Stelle zu explodieren, wenn sich die Energie nicht augenblicklich in irgendeiner Form entladen konnte.

Es war wie ein Ritt auf Messers Schneide, denn man war nicht mehr wirklich Herr seiner Sinne.

Der Körper befahl, und der Kopf folgte.

Man wurde zu einer Maschine.

Und im Fall von Dr. Pain zu einer Maschine, die nur ein einziges Ziel verfolgte.

Madsen zu vernichten.

Der wiederum bemühte sich, in dem engen Kreis einen maximalen räumlichen Abstand zu seinem Kontrahenten zu halten.

Er fühlte sich hilflos, war von der Situation überfordert, und schickte ein Stoßgebet an den Himmel, das SEK möge doch endlich auftauchen und ihn aus diesem Alptraum befreien.

Doch das SEK kam nicht.

Zumindest noch nicht.

Er musste kämpfen.

Aber er konnte nicht.


Nach dem tragischen Tod des Jungen, den er – wenn auch unabsichtlich und ohne jede juristische Verantwortlichkeit – verschuldet hatte, hatte er sich selbst geschworen, nie wieder in seinem Leben die Hand gegen einen anderen Menschen zu erheben.

Unter keinen Umständen.

Egal, wann.

Egal, wo.

Und selbst wenn er sich selbst verraten und seinen eigenen Schwur missachtet hätte, es wäre ihm nicht gelungen, zu kämpfen.

Er konnte es einfach nicht mehr.

Sobald er die Fäuste zum Schlag ballte, schienen seine Arme wie gelähmt zu sein. Schweiß schoss ihm aus den Poren, sein Schädel schien von innen heraus zu platzen, und die Zuschauer vermischten sich vor seinen Augen zu einer amorphen, wild zuckenden Masse.

Sein Kopf spielte einfach nicht mehr mit, und seine Psyche ließ ihn schmählich im Stich.

Ihm blieb also in diesem Moment nichts anderes übrig, als beide Hände schützend vor das Gesicht zu halten und zu hoffen.

Auf das Eintreffen des SEK.

Oder auf die Gnade von Dr. Pain.

Zumindest Letzteres erwies sich als naiv, denn im selben Moment schnellte der Zahnarzt mit einem überfallartigen Satz auf Madsen zu und rammte ihm die Faust ins Gesicht.

Dem Ermittler gelang es nicht, mit einem raschen Sidestep ausweichen. Um ihn herum standen die Zuschauer so dicht gedrängt, dass seine Bewegung bereits nach wenigen Zentimetern von einer vollbusigen Blondine gestoppt wurde, die mit sensationsgierigem Blick in der ersten Reihe stand und sich dabei den Inhalt ihres Champagnerglases über den frisch operierten Mehrgenerationenkörper schüttete.

Die Menge johlte ob des gelungenen Angriffs begeistert auf, und Madsen schossen, ohne dass er etwas daran ändern konnte, die Tränen in die Augen. Gleichzeitig spürte er, dass seine Augenbraue trotz der üppig aufgetragenen Vaseline aufgeplatzt war.

Der Schlag kam ihm außergewöhnlich hart vor, und als er einen Blick auf die Fäuste seines hämisch grinsenden Kontrahenten warf, erklärte sich auch, warum.

Der Zahnarzt hatte sich offensichtlich irgendeinen härtenden Lack auf die Schlagfläche der Hände gepinselt – vermutlich das Zeug, mit dem sonst frisch behandelte Zähne versiegelt wurden. Diese stabile Schicht verstärkte seine Schlagkraft um ein Vielfaches und verlieh den Fäusten gleichzeitig einen erheblichen Schutz – eine Maßnahme, die nicht nur der Kampfführung förderlich war, sondern auch zur Folge hatte, dass an den darauffolgenden Tagen keine auffälligen Verletzungen auf den Fingern zu sehen waren.

»So ein Schwein!«, murmelte Madsen und spielte kurzzeitig mit dem naiven Gedanken, um eine Unterbrechung des Kampfs zu bitten, damit die Regelkonformität wiederhergestellt werden konnte. Allerdings genügte ein Blick in die animalisch verzerrten Gesichter der Zuschauer, um zu erahnen, dass eine Unterbrechung des Kampfs völlig illusorisch war.

Die Menge wollte nur noch eines.

Blut.

Und Dr. Pain schien fest gewillt zu sein, es ihr zu geben.

Abermals griff er an, diesmal mit einer Doublette zu Kopf und Körper.

Mit einer kurzen Pendelbewegung wich Madsen dem ersten Schlag aus, doch der Hieb zum Körper traf ihn exakt unterhalb des Rippenbogens. Ihm blieb ihm die Luft weg, und er sackte in die Knie. Dadurch war sein Kopf für einen Augenblick ungedeckt, und er stellte sich gedanklich bereits auf einen fürchterlichen Schlag ein – doch wider Erwarten setzte Dr. Pain nicht sofort nach.

Entweder, er war sich seiner Sache dermaßen sicher, dass er glaubte, mit seinem Gegner spielen zu können, oder aber er teilte sich seine Kräfte sehr geschickt ein. So oder so: Der Mann konnte kämpfen – das war nur allzu offensichtlich.

Madsen nutzte die kurze Pause, um mehrmals tief einzuatmen.

Just in dem Moment, in dem er sich wieder aufrichtete, traf ihn ein brutaler Hieb auf den Kiefer, und ihm wurde schlagartig klar, dass Dr. Pain ihn keineswegs aus Großmut geschont hatte, sondern lediglich auf einen geeigneten Moment gewartet hatte, um ihn bar jeder Deckung anzugreifen.

Der Schlag hatte Madsens gesamten Unterkiefer verschoben, und ein paar Sekunden lang schnappte er wie ein Fisch nach Luft, weil er sich außerstande sah, den Mund zu schließen. Irgendetwas blockierte das Kiefergelenk, und erst nach einigen schmerzhaften Kaubewegungen platzierte sich der Knochen wieder da, wo ihn die Natur vorgesehen hatte.

Das Publikum johlte begeistert, und Madsen konnte aus den Augenwinkeln erkennen, dass die Frauen ihren Männern in puncto Blutrünstigkeit in keiner Weise nachstanden.

Im Gegenteil!

Während die Herren der Schöpfung zumindest ansatzweise bemüht waren, ihrem Verhalten eine gewisse maskuline Contenance zugrunde zu legen, tobten und schrien ihre Lebensabschnittsbegleiterinnen, als ginge es um ihr Leben.

Dabei war der Einzige, der um sein Leben kämpfte, Kriminalrat Madsen.

Unkoordiniert pendelnd wich er zurück, beide Fäuste zum Schutz vor das Gesicht haltend, doch sein Kontrahent gönnte ihm nun keine Sekunde Pause mehr, sondern setzte nach jedem Angriff sofort nach und deckte ihn mit einem gnadenlosen Schlaghagel ein. Nase, Kinn, Solarplexus, Niere, kurze Rippe – die Hiebe kamen mit chirurgischer Präzision, explosiver Härte und einer unglaublichen Schnelligkeit.

Es war unmöglich, alle Körperpartien schützend abzudecken, und so blieb Madsen nichts anderes übrig, als sich zusammengekauert hinter der Doppeldeckung zu verschanzen und auf einen möglichst baldigen Kräfteverschleiß beim Gegner zu warten.

Doch diese Hoffnung war vergebens.

Dr. Pain kämpfte wie im Rausch.

Ob es letztendlich an der Vielzahl der schweren Treffer, dem ekstatischen Gebrüll der Zuschauer oder dem Blut lag, das ihm inzwischen über das Gesicht lief und einen hellroten Film über seine Augen legte, vermochte er nicht zu beurteilen – Fakt war, dass Madsen spürte, wie seine Sinne zunehmend schwanden. Lange würde er dem Schlaghagel seines Kontrahenten nicht mehr widerstehen können, und an Gegenwehr war nicht zu denken.

Auch wenn er aufgrund seiner Kampferfahrung durchaus dazu in der Lage gewesen wäre, die Angriffe abzuwehren und im Gegenzug wirkungsvolle Konter zu setzen, spielte sein Kopf einfach nicht mit. Eine totale Blockade, die ihn lähmte und die zur Folge hatte, dass Dr. Pain ihn nach wie vor mit Faustschlägen vor sich hertrieb.

Madsen wusste, dass er etwas tun musste.

Wenngleich er über außergewöhnliche Nehmerqualitäten verfügte, würde auch sein Körper irgendwann unter der Vielzahl der brutalen Treffer zusammenbrechen, und Dr. Pain vermittelte keineswegs den Eindruck, als würde die Hilflosigkeit seines Gegners ihn daran hindern, Kopf, Nieren und Leber weiterhin mit der Wucht eines Vorschlaghammers zu traktieren. Und von dem Auditorium, das in seinem blutrünstigen Gebaren dem eines Amphitheaters im alten Rom ähnelte, war ebenfalls keinerlei Hilfe zu erwarten.

Abermals stürmte Dr. Pain auf Madsen zu und setzte dabei zu einem kraftvollen Körperhaken an.

Doch dieses Mal reagierte Madsen.

Unter Aufbietung letzter noch verbliebener Kräfte spannte er seine Bauchmuskulatur an, woraufhin der Körpertreffer wirkungslos verpuffte. Im selben Moment warf er sich mit einem lauten Schrei auf seinen Kontrahenten.

Der wich verblüfft zurück, aber da auch er von den Zuschauern eingekreist war, gelang es Madsen, seine kräftigen Arme um den blassen Akademiker zu schlingen und zuzudrücken.

Dr. Pain versuchte verzweifelt, sich aus der Umklammerung zu lösen, um weitere Schläge anbringen zu können, doch Madsens Griff glich dem eines Schraubstocks.

Die Begeisterung des Publikums schlug umgehend in Unmut um.

Erste Pfiffe ertönten.

Klammern galt beim Boxen als wenig schicklich und wurde vornehmlich von Kämpfern praktiziert, die sich am Ende ihrer Kräfte befanden. Den Zuschauern missfiel das, denn solange die Kontrahenten sich umarmten wie ein frisch verliebtes Teenagerpärchen, war jeder spektakuläre Schlagabtausch unmöglich.

Genau das war es aber, was die Leute für ihr Geld sehen wollten.

»Kämpfen, kämpfen!«, skandierte das Publikum lautstark und zog den Kreis um die beiden immer enger.

Dr. Pain bemühte sich nach Kräften, sich und seine Arme aus der Umklammerung zu lösen, doch Madsen fixierte seinen Gegner weiterhin wie ein Pazifischer Riesenkrake.

Das Blut aus dem Cut lief dabei über sein Gesicht, seine Hände waren krampfhaft ineinander verkeilt, und er hatte die feste Absicht, so zu verharren, bis das Schicksal − oder Hauptkommissar Rick und seine Truppe − ihn aus dieser Situation erlösten.

Sein Gegner wand sich indes wie eine Schlange, versuchte, sich fallen zu lassen, sprang in die Höhe, stieß mit dem Kopf, trat mit den Füßen − doch sämtliche Bemühungen waren vergeblich.

Stattdessen bekam Dr. Pain aufgrund des unnachgiebigen Drucks immer weniger Luft.

Sein Gesicht färbte sich langsam blau, er hechelte wie eine Bulldogge im Hochsommer, und seine Augäpfel traten aus den Höhlen.

Das illustre Publikum hatte inzwischen jede Contenance verloren.

Die ersten Leute begannen, mit Gläsern zu werfen, andere spuckten und traten nach den Kämpfern, um ihren Unmut kundzutun, und wieder andere warfen mit Begriffen um sich, die man eher unter Tage als auf einem Museumsschiff erwartet hätte. Die Situation drohte außer Kontrolle zu geraten, und auch Dr. Borchert, der sich bis dato in vornehmer Zurückhaltung geübt hatte, gelang es nun trotz lauter Rufe nicht mehr, die Menge in den Griff zu bekommen.

Ein bulliger Zuschauer, der sich angesichts Madsens nonkonformer Kampfweise um seinen Wetteinsatz betrogen sah, griff schließlich nach einem an der Wand befestigten Rettungsring, nahm das umlaufende Tau und stülpte es Madsen von hinten über den Kopf.

Dann zog er zu.

Der Kriminalrat ließ seinen Gegner augenblicklich los und griff nach seinem Hals. Panisch versuchte er, die Finger zwischen Seil und Kehlkopf zu schieben, doch aufgeputscht vom Alkohol und dem Gebrüll der Zuschauer zog der Mann die Schlinge immer kräftiger zu. Die Menge johlte begeistert, und ungeachtet ihres gesellschaftlichen Status rempelten sich die Leute gegenseitig aus dem Weg, um das Geschehen aus erster Reihe verfolgen zu können.

Plötzlich teilte sich die Menge, und Dr. Pain trat vor Madsen.

Sein Brustkorb war bereits jetzt voller blau-roter Hämatome und leuchtete wie eine Signallaterne. Auch sein Gesicht wies nach wie vor eine bläuliche Färbung auf, während ein blutiges Rinnsal aus seinem Mundwinkel lief und auf seine Brust tropfte.

»Das verstehst du also unter einem Boxkampf, du Penner?«, zischte er leise und musterte Madsen mit einem hasserfüllten Blick. »Dann werde ich dir jetzt mal zeigen, wie man richtig zuschlägt!«

Er nickte dem Mann mit dem Tau auffordernd zu, woraufhin dieser den Zug noch einmal erhöhte.

Madsen schnappte hilflos nach Luft, während Dr. Pain die rechte Faust ballte, einen Schritt zurücktrat und schwungvoll ausholte.

In diesem Moment ertönte ein lauter Knall.

Dann flog der massige Türsteher durch die Zuschauer wie eine Bowlingkugel durch die Pins.

# FÜNFZEHN

»Steht dir ausgezeichnet!«, flachste Kommissar von Werdenfels und deutete auf den weißen Kopfverband, durch den der Kriminalrat eine frappierende Ähnlichkeit mit Lawrence von Arabien aufwies. »So was solltest du vielleicht immer tragen! Du weißt doch: Je später der Abend, desto schöner die Kleider.«

Madsen sah ihn vernichtend an.

»Weißt du was, Max? Verarschen kann ich mich alleine! Erstens hast du gerade wieder mal zwei Sprichwörter gnadenlos zusammengewürfelt, und zweitens finde ich diesen albernen Wickel völlig übertrieben – ich hab doch nur einen kleinen Kratzer an der Augenbraue!«

»Tja, aber dieser kleine Kratzer ist mit vierzehn Stichen genäht worden. So klein kann er also gar nicht gewesen sein. Und diese Striemen ...«, von Werdenfels warf einen prüfenden Blick auf die violette Färbung am Hals seines Vorgesetzten, »... sehen auch nicht wirklich gut aus!«

Madsen nickte und griff automatisch an seinen Kehlkopf.

»Das war auch in der Tat kein angenehmes Gefühl. Ich hatte kurzzeitig echt Angst, den Löffel abzugeben. Dieser Typ, der mich gewürgt hat, war ja völlig durchgeknallt. Gut, dass ihr noch rechtzeitig gekommen seid. Obwohl ...«, er schlug von Werdenfels kameradschaftlich auf die Schulter, »... ihr beim nächsten Mal ruhig ein wenig schneller sein könntet. Warum hat das eigentlich so lange gedauert? Habt ihr vorher noch 'ne Runde Minigolf gespielt?«

Kommissar von Werdenfels grinste.

Genau wie Madsen war er einfach nur erleichtert, dass die Operation auf dem Schiff letztendlich doch noch so gut ausgegangen war. Wäre die Erstürmung der »Tutzing« durch das SEK nur wenige Minuten später erfolgt, hätte Kriminalrat Madsen zweifelsohne deutlich größere körperliche Schäden davongetragen.

So aber konnte er die Notaufnahme des Starnberger Klinikums nach gründlicher Untersuchung der Halsweichteile sowie dem Nähen der Platzwunde bereits nach kurzer Zeit wieder verlassen – was ihm auch alles andere als unangenehm war.

Krankenhäuser übten seit jeher eine beklemmende Wirkung auf Madsen aus, und da er in den letzten Minuten den Anblick von mehr Spritzen, Nadeln und Infusionsschläuchen hatte ertragen müssen, als ihm lieb war, changierte seine Gesichtsfarbe irgendwo zwischen Kalkweiß und Perlweiß, als er den nach Desinfektionsmittel riechenden Flur zum Ausgang entlangspazierte.

Sein Kollege von Werdenfels unterrichtete ihn währenddessen über den aktuellen Stand der Dinge.

Sämtliche Organisatoren und Helfer der illegalen Veranstaltung waren festgenommen und zum Verhör auf das Polizeirevier nach Starnberg transportiert worden.

Der Mann, der Madsen mit dem Tau gewürgt hatte, befand sich bereits auf dem Weg in die Untersuchungshaft, und alle anderen Gäste, die den Kämpfen als Zuschauer beigewohnt hatten, wurden zur Aufnahme ihrer Personalien auf dem Schiff festgehalten.

Es gehörte nicht allzu viel Phantasie dazu, um zu erraten, dass die Starnberger Gesellschaft in den kommenden Tagen von einem Beben erschüttert werden würde, dessen Stärke sich auf der Richterskala deutlich im zweistelligen Bereich bewegen dürfte.

»Und was ist mit meinem Gegner, diesem Dr. Pain?«, erkundigte sich Madsen, während er einem Rollstuhl auswich, in dem eine hochschwangere Frau von ihrem aufgeregten Mann in Sportwagengeschwindigkeit zur Entbindungsstation geschoben wurde.

»Der ist ebenfalls hier im Krankenhaus, weil er sich im Kampf gegen dich ein Stück Zunge abgebissen hat. Kollege Rick hat es auf dem Boden des Decks gefunden, und die Ärzte wollten versuchen, es wieder anzunähen. Aber schau mal! Ist er das nicht da vorne?«

Er deutete auf einen kleinen, blassen Mann, der in Begleitung eines uniformierten Beamten von einer Krankenschwester aus dem Schockraum Richtung HNO-Abteilung geführt wurde.

Madsen nickte.

Tatsächlich handelte es sich bei dem Patienten um seinen Kontrahenten Dr. Pain, wenngleich der mit dem Eisbeutel auf der Backe und einem mintgrünen Krankenhausleibchen nun nicht mehr ansatzweise so bedrohlich wirkte wie noch während ihres Kampfs auf dem Schiff.

Auch der Zahnarzt hatte Madsen inzwischen bemerkt.

Mit einer plötzlichen Bewegung riss er sich von dem Polizeibeamten los und stürmte auf ihn zu.

»Da ist ja die Flachpfeife!«, giftete er und ignorierte das ärztliche Sprechverbot sowie die Tatsache, dass eine frisch angenähte Zunge einer verständlichen Aussprache nur bedingt zuträglich war. »Wie kann man nur so ein Feigling sein? Hast du keine Eier in der Hose? Ich hab noch nie gegen eine solche Lusche wie dich gekämpft!«

»Jetzt aber mal halblang!«, mischte sich von Werdenfels ein, woraufhin er von Dr. Pain mit einem eisigen Blick bedacht wurde.

»Wer sind Sie denn? Sein Babysitter? Oder wechseln Sie ihm seine Windeln? Der Kerl scheißt sich ja in die Hosen, wenn ihm jemand gegenübersteht!«

Der Kommissar wollte den Wüterich gerade in die Schranken weisen, als er Madsens verstecktes Kopfschütteln bemerkte.

»Wer hat dich eigentlich für den Kampf engagiert?«, zeterte der blasse Mann, der sich – benebelt von Adrenalin und Sedativen – zunehmend in Rage redete und die Anwesenheit der uniformierten Polizeibeamten dabei völlig ignorierte. »Hast Glück, dass die Bullen aufgetaucht sind, sonst hätte ich dich so fertiggemacht, dass dich nicht mal deine eigene Mutter wiedererkannt hätte, du dämliches Weichei. Ich hab ja schon gegen viele Loser gekämpft, aber so ein Versager wie du ist mir noch nie untergekommen. Da hat ja sogar dieser komische Pole mehr ausgehalten!«

Madsen erstarrte.

Sollte Dr. Pain etwa der Kämpfer gewesen sein, der das dem Mord vorangegangene Gefecht gegen Stanislav Wocz bestritten hatte? Der den bedauernswerten Polen so zusammengeschlagen hatte, dass ihn anschließend irgendjemand problemlos im See hatte ertränken können? Und den – im Gegensatz zu dem regelmäßig von den Geistern der Vergangenheit heimgesuchten Madsen – offensichtlich keinerlei Schuldgefühle quälten?

Wenn dem tatsächlich so sein sollte, dann hatte sich der Mann gerade mit viel Anlauf und einer frisch angenähten Zunge selbst in die Scheiße geritten.

Und zwar gewaltig.

»Nur noch mal fürs Protokoll, du Schabe: Habe ich das gerade richtig verstanden, dass du kürzlich gegen einen Polen gekämpft hast? Und den Mann dabei so richtig zugerichtet hast?«

»Worauf du einen lassen kannst!«, entgegnete der blasse Mann und warf sich stolz in die Brust. »Der Typ hat fast vierzig Kilo mehr gewogen als ich, aber dem hab ich den Arsch nach Strich und Faden aufgerissen!«

Madsen nickte zufrieden.

Dann griff er in seine Hosentasche und präsentierte dem Zahnarzt seine Dienstmarke.

»Vielen Dank, mein Herr. Ich nehme Sie hiermit offiziell fest wegen der Teilnahme an einer illegalen Veranstaltung sowie wegen des Verdachts der schweren Körperverletzung an Stanislav Wocz. Inwieweit man Ihnen die Todesfolge ebenfalls zur Last legen kann, soll das Gericht später klären. Und wo wir gerade so nett übers ›Arschaufreißen‹ plaudern …«

Er wandte sich an Kommissar von Werdenfels, der dem verblüfften Dr. Pain Handschellen anlegte.

»Ich hätte gerne, dass unser guter Herr Doktor in genau diesem Krankenhauskittelchen nach Stadelheim gebracht wird. Ich bin mir nämlich ganz sicher, dass sich vor allem die Langzeitinhaftierten dort sehr für diesen neuen Modestil interessieren werden!«

★★★

Der Verhörraum des Polizeireviers Starnberg war karg, kalt und ungemütlich.

Und damit zweckmäßig.

Eine kümmerliche Zimmerpflanze, die einer der Beamten vermutlich einmal geschenkt bekommen und anschließend unauffällig aus seinem eigenen Büro entsorgt hatte, kämpfte auf dem Fensterbrett gegen das Verdursten, und der große Spiegel, der an der Stirnwand hing, war nicht – wie im Fernsehen oft zu sehen – ein undurchsichtiges Fenster zum Nebenraum, sondern eben nur ein Spiegel.

Es roch nach Kunststoff und Bohnerwachs, und das kaltweiße Licht, das die einzige Lichtquelle – eine schlichte Pendelleuchte – ausstrahlte, reichte gerade einmal aus, um den in der Mitte stehenden Tisch zu erhellen. Die Ecken versanken hingegen in einem trüben Halbdunkel.

In dem Raum befanden sich fünf Personen.

Fünf Personen, deren Habitus nicht unterschiedlicher hätte sein können.

Geführt wurde das Verhör von Kriminalrat Mads Madsen. An der Stirnseite des Tischs auf einem dünnbeinigen Holzstuhl balancierend, rieb sich dieser immer wieder die pochenden Schläfen und sinnierte darüber, ob die stechenden Schmerzen die sofortige Einnahme einer Ibuprofen 800 rechtfertigen würden. Seines Kopfverbands hatte er sich inzwischen entledigt, lediglich ein blutgetränktes Pflaster verdeckte noch den frisch genähten Cut an seiner Stirn. Allerdings war das Auge durch die Verletzung merklich angeschwollen, sodass es den Anschein hatte, als zwinkerte der Ermittler seinem Gegenüber die ganze Zeit zu.

Neben dem Kriminalrat – jedoch bewusst etwas abseits – stand Maximilian von Werdenfels, und auf der anderen Seite des Tischs befanden sich Dr. Helmut Borchert sowie sein Rechtsbeistand, der Anwalt Leo von Wallenbach.

Während der PR-Berater hellwach wirkte und ungeachtet der späten Uhrzeit vor Tatkraft und Dynamik strotzte, schien sein juristischer Berater gerade aus dem Bett geklingelt worden zu sein.

Er hatte tiefdunkle Ringe unter den Augen, gähnte ununterbrochen und strahlte die gleiche Energie aus wie ein Duracell-Hase, der drei Tage lang den »Radetzky-Marsch« getrommelt hatte.

Komplettiert wurde das Quintett schließlich von Oberstaatsanwalt Dr. Nikolas Efstáthios Agasiotis.

Er stand, die Arme verschränkt und den Blick gesenkt, in einer der dunklen Ecken des Raums, als ginge ihn das ganze Geschehen nicht das Geringste an.

Obwohl auch er inzwischen seit über achtzehn Stunden auf den Beinen war, merkte man ihm weder Müdigkeit noch Erschöpfung an. Vielmehr strahlte er nach wie vor eine vitale Eleganz aus, die problemlos jedem Vergleich mit einem Katalogmodel für exklusive Seniorenmode standgehalten hätte.

Schließlich war es Dr. Borchert, der als Erster das Wort ergriff und sich an den Kriminalrat wandte.

»Mein lieber Herr Madsen, nachdem ich ja nun erfahren habe, dass Sie in Wirklichkeit Polizist und kein Kämpfer sind – was, nebenbei gesagt, Ihre erbärmliche Leistung im Ring nur unzureichend entschuldigt –, würde ich nun gerne von Ihnen wissen, weshalb Sie mich hier festhalten. Ich habe mir – und bitte korrigiere mich, lieber Leo, falls ich damit falschliegen sollte – aus meiner Sicht keinerlei Vergehen zuschulden kommen lassen.«

Der Anwalt nickte träge, wenngleich sich Madsen des Eindrucks nicht erwehren konnte, dass er in seiner Müdigkeit auch dann zugestimmt hätte, wenn Borchert ein Dutzend Jungfrauen auf einem Scheiterhaufen verbrannt hätte.

»Das mit Ihrer Unschuld sehe ich allerdings ganz anders«, warf Dr. Agasiotis ein und stützte sich mit beiden Armen energisch auf die grüne resopalbeschichtete Tischplatte. Das Licht, das nun direkt auf sein Gesicht fiel und dort harte Schatten warf, ließ sein griechisches Profil noch markanter wirken. »Sie haben illegale Kampfabende veranstaltet –«

»An denen jeder der Kämpfer freiwillig teilgenommen hat!«, unterbrach Dr. Borchert triumphierend, während sein Rechtsbeistand – diesmal etwas eifriger – nickte.

»Ach, hören Sie doch auf mit dem Mist!«, entgegnete der Oberstaatsanwalt und warf einen genervten Blick auf seine Armbanduhr. »Es ist inzwischen kurz vor halb zwei, und ich habe definitiv keine Lust, mich auf diesem Niveau mit Ihnen zu unterhalten. Wir wissen es, Sie wissen es, und Ihr Anwalt weiß es auch: Kämpfe, bei denen die finanzielle Situation der Männer ausgenutzt wird, um sie ohne Handschuhe und unter der großen Gefahr – nein, der großen Wahrscheinlichkeit – von Verletzungen gegeneinander antreten zu lassen, entsprechen keineswegs einer einwilligungsfähigen Handlung. Vor allem dann nicht, wenn Sie sich an diesen Wettkämpfen – übrigens unter Umgehung des staatlichen Wettmonopols – auch noch persönlich bereichern. Und noch klarer verhält es sich aus juristischer Sicht, wenn es sich um Kämpfe handelt, bei denen es keinerlei Regeln gibt. Ein solcher Tatbestand gilt in höchstem Maße als sittenwidrig, verstößt gegen Paragraph 228 des Strafgesetzbuchs und ist damit strafbar. Besonders, wenn es infolge dessen tatsächlich zu einem Todesfall kommt, so wie im Falle des polnischen Bauarbeiters Stanislav Wocz. In diesem Moment, Herr Dr. Borchert ...«, der Oberstaatsanwalt richtete sich zu voller Größe auf und deutete mit seinem Zeigefinger anklagend auf den feisten PR-Berater, »... sprechen wir nicht mehr von Sittenwidrigkeit. In diesem Moment sprechen wir von Beihilfe zur Körperverletzung. Und zwar mit Todesfolge!«

Dr. Borchert erbleichte.

Dabei blickte er hilfesuchend zu seinem Anwalt, der offensichtlich kurz eingenickt war, denn erst nach einem kräftigen Ellenbogenstoß seines Mandanten riss er die Augen auf und blätterte hektisch in irgendwelchen Notizen.

»Äh, im Namen meines Mandanten muss ich an dieser Stelle energisch widersprechen!«, verkündete er schließlich mit lauter Stimme und versuchte, dabei möglichst wichtig – und auch möglichst wach – zu wirken. »Auch wenn einige Ihrer Vorwürfe in Ansätzen eventuell zutreffend sein mögen, beurteilen wir die Strafbarkeit dieser Handlungen doch deutlich anders. Und was den Fakt des Tötungsdelikts angeht, weist mein Mandant jegliche

Schuld entschieden von sich. Er hat mit dem bedauerlichen Dahinscheiden des polnischen Bauarbeiters nicht das Geringste zu tun!«

»Ach, und das sollen wir Ihnen glauben?«, zischte Madsen und beugte sich ebenfalls über den Tisch. »Ich hatte ja das zweifelhafte Vergnügen, an Bord der ›Tutzing‹ Zeuge dieses Schweigeminuten-Schmierentheaters zu sein. Ich hätte mich fast bekotzt bei so viel Heuchelei! Vielleicht sollte ich Sie darüber in Kenntnis setzen, dass ich zwischenzeitlich mit Dr. Pain alias Dr. Block gesprochen habe. Und der hat voller Stolz zugegeben, Stanislav Wocz im Rahmen der letzten Veranstaltung nach allen Regeln der Kampfkunst zusammengeschlagen zu haben. Das bedeutet, Sie hatten plötzlich einen halb toten illegalen Kämpfer an der Backe – da liegt es doch nahe, diesen ganz elegant und unauffällig im See zu entsorgen, oder etwa nicht?«

»Tja, mein lieber Madsen, da muss ich Sie leider enttäuschen!« Lächelnd fächelte sich Dr. Borchert mit einem Blatt frische Luft zu, als säße er in einer Loge beim Wiener Opernball. »*Bene docet, qui bene distinguit.* Gut lehrt, wer die Unterschiede klar darlegt. Der arme Wocz befand sich zwar in der Tat in einem bedauernswerten Zustand, aber ich habe ihn mitnichten – wie Sie es so pietätlos nennen – entsorgt. Vielmehr habe ich ihn *ver*sorgt!«

Madsen blickte mit offenem Mund zu Borchert, der ungeachtet der Situation vor Selbstsicherheit und Überheblichkeit fast platzte.

Auch Dr. Agasiotis wirkte überrascht.

»Versorgt? Was meinen Sie damit?«

»Ganz einfach«, erklärte Dr. Borchert mit dem belehrenden Tonfall eines Großvaters, der seinem Enkel die Funktion einer Dampfmaschine erklärt, bevor sich beide eine Handvoll Werther's Echte in den Schlund stopfen. »Sie beurteilen mich völlig falsch, meine Herren. Ich bin doch kein Unmensch! Natürlich habe ich an diesen Veranstaltungen ein paar Euro verdient, das gebe ich gerne zu – schließlich bin ich Geschäftsmann. Aber es liegt mir fern, mich an dem Unheil anderer zu bereichern. Deshalb habe ich jedem Kämpfer – auch Stanislav Wocz – im Falle von Verletzungen sofort medizinische Hilfe zukommen lassen. Ich konnte die Männer natürlich nicht ins Krankenhaus fahren – das versteht sich ja von selbst. Aber ich habe Wocz zum Beispiel nach seiner Niederlage von unserem Arzt, der jeder Veranstaltung beiwohnt, erstversorgen und stabilisieren lassen.«

»War das dieses schwarz gekleidete Nikolaus-Double, das ich auf dem Schiff gesehen habe?«, erkundigte sich Madsen.

»Ganz genau! Das war Dr. Schneidbacher, praktischer Arzt und Notfallmediziner. Er hat dafür gesorgt, dass Wocz transportfähig war. Anschließend haben wir ihn oberhalb des Possenhofener Hafens auf dem Waldweg abgelegt.«

»Auf einem Waldweg abgelegt? Das ist ja wohl nicht Ihr Ernst! Warum haben Sie ihn nicht gleich auf eine Müllkippe geschmissen?«, mischte sich nun auch Kommissar von Werdenfels in das Verhör ein.

Doch Dr. Borchert wedelte lediglich mit der Hand, als vertreibe er eine lästige Fliege.

»Jetzt reden Sie aber Unsinn, Herr Kommissar. Wir haben ihn auf diesem Waldweg abgelegt, weil der in unmittelbarer Nähe des Veranstaltungsortes lag.«

Madsen wechselte einen kurzen Blick mit dem Oberstaatsanwalt.

»Und wo genau war dieser Veranstaltungsort?«

»Im Possenhofener Werftgebäude«, antwortete der PR-Berater, ohne zu zögern. »Wir waren zum ersten Mal dort, aber die Location hat sich als ausgesprochen geeignet erwiesen. Das Gebäude liegt relativ abseits und wirkt auf den ersten Blick total verlassen. Allerdings besteht der gesamte erste Stock aus einem großen freien Raum, der genau die richtige Größe und Ausstattung für unsere Events besitzt.«

»Na klar! Die Wendeltreppe!«, murmelte Madsen, worauf seine Kollegen ihn verständnislos anblickten. »Als wir am Fundort der Leiche ankamen, habe ich durch die verstaubten Fenster einen Blick ins Erdgeschoss des Werftgebäudes geworfen und dabei eine Wendeltreppe gesehen, die nach oben führte. Aber da die Leiche draußen im Wasser lag, habe ich da natürlich keinerlei Zusammenhang vermutet.«

Madsen schüttelte verärgert den Kopf, bevor er sich wieder an Dr. Borchert wandte. »Aber zurück zu den Ereignissen nach dem Kampf. Sie haben Wocz also zu dem Waldweg geschafft, damit er dort krepiert wie ein Tier.«

»Um Gottes Willen, nein! Natürlich wollten wir ihn dort nicht krepieren lassen! Was glauben Sie denn von uns? Wir haben ihn vielmehr ganz behutsam abgelegt und anschließend sofort die 112 angerufen, um Hilfe anzufordern.«

»Und dabei vermutlich Ihren vollständigen Namen und Ihre Anschrift genannt, stimmt's?«, warf Madsen höhnisch ein, woraufhin ihn Dr. Borchert mit einem strafenden Blick bedachte.

»Nein, natürlich nicht. Der Anruf wurde anonym getätigt, von einem nicht registrierten Handy mit Prepaidkarte. Nach dem Anruf sind wir – das heißt Dr. Schneidbacher, Hermann und ich – sofort weggefahren, weil wir aus vermutlich nachvollziehbaren Gründen ungern zusammen mit dem Verletzten angetroffen werden wollten. Was anschließend mit Wocz passiert ist, entzieht sich leider meiner Kenntnis, aber ich kann guten Gewissens beschwören, dass er definitiv noch gelebt hat, als wir ihn das letzte Mal gesehen haben.«

»Mit gutem Gewissen können Sie überhaupt nichts mehr machen!«, entgegnete Madsen und gab von Werdenfels unauffällig ein Zeichen.

Der verstand den Wink und verließ das Zimmer, um bei der Leitstelle Fürstenfeldbruck die Notrufprotokolle der Tatnacht überprüfen zu lassen. Währenddessen zog Dr. Agasiotis einen Stuhl zu sich heran, nahm dicht vor Borchert Platz und musterte ihn eine geschlagene Minute lang durchdringend.

Borchert hielt dem Blick stand, ohne zu blinzeln.

»Mal angenommen, wir glauben Ihnen diese Geschichte, die sich ja im Übrigen sehr leicht nachprüfen lässt«, sagte der Oberstaatsanwalt schließlich leise. »Welches Interesse sollten Sie daran haben, die verletzten Kämpfer ärztlich versorgen zu lassen? Ich meine: Wäre es nicht viel vorteilhafter, wenn diese Typen für immer verschwinden würden? Es wäre doch durchaus möglich, dass sich einer von ihnen – bedingt durch seine schweren, vielleicht sogar unheilbaren Verletzungen – dazu bemüßigt sieht, die ganze Geschichte an die große Glocke zu hängen. Oder Sie und Ihre Gäste zu erpressen. Das ist doch ein großes Risiko für Sie, oder nicht?«

Dr. Borchert lächelte.

Ein kaltes, emotionsloses Lächeln, für das selbst der besonnene Dr. Agasiotis ihm am liebsten einen Winkelschleifer in sein pausbäckiges Gesicht gepresst hätte.

»*Quidquid agis, prudenter agas et respice finem,* Herr Oberstaatsanwalt – wie immer du handelst, handle klug und bedenke die Folgen! Das Risiko hält sich in diesem Fall insofern stark in Grenzen, als die verletzten Kämpfer ein großes Interesse daran haben, die noch ausstehende zweite Teilzahlung von mir zu erhalten. Die gebe ich ihnen sehr gerne – allerdings natürlich nur dann, wenn ich mich wirklich auf ihre Diskretion verlassen kann. Oder – um es im Jargon meiner unterprivilegierten Kämpfer zu sagen: Fresse halten – Geld kassieren!«

Dr. Agasiotis schüttelte sich angewidert. Die Aussagen dieses skrupellosen Mannes bereiteten ihm nahezu körperliches Unbehagen.

»Eine letzte Sache noch, Herr Dr. Borchert«, schloss er seine Befragung schließlich, während er aufstand und seinen Stuhl ganz ordentlich an die Tischkante rückte. »Nachdem Stanislav Wocz ja aus bekannten Gründen nicht mehr in der Lage war, seine zweite Teilzahlung einzufordern, haben Sie durch seinen Tod doch ein höchst lukratives Geschäft gemacht, oder? Nicht nur, dass die Wetteinsätze bei dieser Art von Kampf gesprudelt sein dürften wie die Isarquelle im Karwendel, sondern Sie sind darüber hinaus auch noch ganz elegant um die Verpflichtung herumgekommen, dem Kämpfer die ihm noch zustehenden fünfundzwanzigtausend Euro auszubezahlen. Besser konnte es für Sie doch gar nicht laufen, oder?«

Dr. Borchert bemühte sich – wenngleich mit überschaubarem Erfolg –, eine bekümmerte Miene an den Tag zu legen.

»Mhmm, also, so wie Sie es sagen, Herr Oberstaatsanwalt, klingt es ja fast so, als könnte ich etwas dafür. Dem ist aber nicht so! Selbstverständlich würde ich den zweiten Teilbetrag sofort klaglos auszahlen – wenn es denn jemanden gäbe, der ihn einfordert. Irgendeinen Angehörigen oder so. Den gibt es aber offensichtlich nicht – zumindest hat sich bisher noch niemand bei mir gemeldet. Und Sie werden sicherlich Verständnis dafür haben, dass ich mich nicht an die polnische Grenze stelle und die Kohle einfach so über den Schlagbaum werfe, oder?«

Der Unternehmer lehnte sich entspannt auf seinem Stuhl zurück und verschränkte lächelnd die Arme.

»Tja, mein lieber Herr Oberstaatsanwalt, so ist das nun mal in meinem Leben. Mal gewinnt man, und mal verliert der andere!«

★★★

»Dieser Typ hat echt Glück, dass ich mir geschworen habe, nie wieder jemanden zu schlagen!«, murmelte Madsen und zündete sich aufgebracht eine Zigarette an. »Es kostet mich wirklich Überwindung, diesem aalglatten Widerling nicht das Nasenbein zu brechen.«

»Und in diesem Fall hätte ich dafür sogar fast Verständnis«, ergänzte Dr. Agasiotis und schüttelte den Kopf. »Ich hatte im Laufe der letzten Jahre schon mit etlichen Starnbergern zu tun, die der festen Überzeugung waren, sie stünden aufgrund ihres Vermögens über dem Gesetz. Aber dieser Dr. Borchert schießt wirklich den Vogel ab!«

Die beiden Männer standen an eine kleine Mauer gelehnt auf dem Parkplatz des Polizeireviers.

Es herrschte gähnende Leere auf dem asphaltierten Karree. Nahezu alle Dienstwagen waren beim Museumsschiff in Tutzing im Einsatz, lediglich ein einziges, blau-weiß lackiertes Einsatzfahrzeug parkte einsam auf dem Hof und erinnerte an ein Kind, das die Eltern beim Möbelkauf im Spielparadies vergessen hatten.

Dr. Agasiotis deutete auf Madsens Zigarette.

»Könnte ich vielleicht auch eine bekommen?«

»Oh, Verzeihung! Ich wusste nicht, dass Sie rauchen.« Madsen reichte ihm die Schachtel.

»Tu ich auch eigentlich nicht. Zumindest nicht regelmäßig. Aber die Kombination aus diesem unsäglichen Fall, der späten Uhrzeit und dem verlockenden Tabakgeruch lässt mich eine Ausnahme machen.«

Der Oberstaatsanwalt zündete sich die Zigarette an und blickte beim Ausatmen gedankenverloren dem Qualm hinterher.

Es war eine sternklare, für die Jahreszeit überraschend milde Nacht.

Der Duft von Rhododendren und Azaleen lag in der Luft, eine leichte Brise strich vom See her über den Ort, und irgendwo in der Nähe buhlte ein liebestoller Kater lautstark um die Gunst seines auserwählten Weibchens.

Wäre die Ursache ihrer Unterhaltung nicht eine so unerquickliche gewesen, so hätte man Madsen und Dr. Agasiotis für zwei Freunde halten können, die nach einem gemeinsamen Umtrunk in geselliger Runde in aller Ruhe noch eine Zigarette rauchten, bevor sie sich auf den Weg nach Hause begaben.

Nach einigen Minuten der Stille war es schließlich Madsen, der das Schweigen brach.

»Was meinen Sie, Herr Oberstaatsanwalt – stimmt das, was Dr. Borchert behauptet? Dass Wocz noch lebte, als er ihn das letzte Mal gesehen hat? Oder belügt uns der Kerl nach Strich und Faden?«

Der Jurist wiegte bedenklich sein Haupt.

»So ungern ich es auch zugebe: Ich fürchte, er sagt die Wahrheit. Außerdem halte ich ihn für zu clever, als dass er sich selbst die Hände schmutzig machen würde. Wenn überhaupt, dann war es mit Sicherheit irgendjemand anderes, der die Drecksarbeit für ihn übernommen und Wocz im See versenkt hat. Aber zum Glück lässt sich die Geschichte mit diesem Notruf ja leicht überprüfen, weil alle Anrufe in der Leitstelle aufgezeichnet werden. Sobald Ihr junger Kollege die Bänder abgerufen hat, werden wir sicherlich mehr wissen.«

Wie auf Kommando flog in diesem Moment eine schwere

Metalltür auf, und Kommissar Maximilian von Werdenfels stand – vom goldgelben Licht der Innenbeleuchtung umstrahlt wie ein Engel – im Türrahmen.

Allerdings war die Nachricht, die er überbrachte, alles andere als himmlisch.

»Können Sie bitte mal rasch mit reinkommen? Wir haben da ein kleines Problem. Es gibt jemanden unter den Festgenommenen, der Sie brennend interessieren dürfte.«

»Lato? Was zum Teufel machen Sie denn hier?«, fragte Madsen überrascht.

Der polnische Bauarbeiter saß wie ein Häufchen Elend im Büro des Kriminalrats.

»Die Kollegen haben ihn auf dem Steg des Museumsschiffs festgenommen«, erklärte von Werdenfels. »Der Gute hatte sich offensichtlich etwas verspätet und ist Hauptkommissar Rick direkt in die Arme gelaufen. Der hat ihn dann umgehend hier zu uns bringen lassen, weil er ihn für einen der Kämpfer gehalten hat. Vermutlich wegen seines blauen Auges – das scheint ja heutzutage das klassische Erkennungszeichen aller illegalen Faustkämpfer zu sein.«

Er grinste seinem Vorgesetzten zu, woraufhin Madsen instinktiv an seinen Cut griff und von Werdenfels einen strafenden Blick aus dem nicht geschwollenen Auge zuwarf.

Dieser setzte seine Ausführungen jedoch völlig unbeeindruckt fort.

»Da wir ja von Augenthaler wissen, dass Lato nicht als Kämpfer eingeteilt war, er aber eigentlich auch nicht zu den handverlesenen, illustren Zuschauern dieses Events gehören konnte, haben wir uns gründlich dem Inhalt seiner Taschen gewidmet. Und nun raten Sie mal, was wir da gefunden haben ...«

Betont langsam griff er hinter seinen Rücken – und präsentierte den beiden verblüfften Männern triumphierend ein dickes Geldbündel.

»Et voilà: zehntausend Euro! In kleinen, nicht markierten Scheinen, eingewickelt in Zeitungspapier. Ich weiß nicht, wie

Sie das sehen, meine Herren, aber ich würde sagen, dass uns der liebe Lato jetzt eine verdammt gute Erklärung schuldig ist.«

Madsen und Dr. Agasiotis wandten sich mit einer nahezu synchronen Bewegung dem Polen zu, der auf dem Stuhl hin- und herrutschte, als säße er mit Hämorrhoiden auf einer glühenden Herdplatte.

»Ich muss erklären gar nichts! Wenn ich laufen herum mit meine Geld, ist alleine meine Sache. Das geht Polizei nix an!«

»Mhmm, das sehe ich allerdings etwas anders«, erwiderte Madsen. »Und da es schon spät ist und wir alle keine Lust mehr auf Spielchen haben, drehen wir den Spieß einfach wieder einmal um. Das heißt, ich erkläre Ihnen jetzt, woher das Geld meiner Meinung nach stammt, und Sie sagen einfach nur ›ja‹ oder ›nein‹. Vielleicht sparen wir ja auf diese Weise ein wenig Zeit.«

Madsen lehnte sich zurück und legte seine Füße auf den Schreibtisch – eine Geste, die zwar nur bedingt kniggekonform war, ihm aber angesichts des langen Arbeitstags selbst in Anwesenheit des Oberstaatsanwalts entschuldbar schien.

»Also, mein lieber Lato, Sie haben von ihren Zimmergenossen gehört, dass sich bei den Veranstaltungen von Dr. Borchert gutes Geld verdienen lässt. Dummerweise eignen Sie sich aber nicht als Kämpfer – im Gegensatz zu Wocz und Lubanski sind Sie nämlich weder beeindruckend groß noch verfügen Sie über Kampfsporterfahrung. Das ist blöd für Sie, denn Sie möchten natürlich trotzdem ein Stück vom großen Kuchen abhaben. Also wenden Sie sich an Borchert und bieten sich ihm für andere Dienste an. Quasi als der Mann fürs Grobe. Für all die Dinge, die sonst keiner machen will. Dem feinen Dr. Borchert wiederum ist dieses Angebot sehr willkommen, denn es ermöglicht ihm, bestimmte Dinge regeln zu lassen, ohne dass er oder jemand aus seinem direkten Umfeld sich die Finger schmutzig machen muss – zum Beispiel, als es darum geht, den verletzten Wocz nach dem Kampf zu entsorgen! Ein Job, den Sie nur allzu gerne übernommen haben, denn schließlich hat Ihnen der Kollege nicht nur den Vorarbeiterposten weggeschnappt, sondern Ihnen auch noch eine gehörige Tracht Prügel verabreicht. Jetzt haben

Sie endlich Gelegenheit, es ihm heimzuzahlen – und dafür auch noch zehntausend Euro zu kassieren! Besser geht's doch gar nicht, stimmt's?«

Madsen griff nach seinen Zigaretten, stockte aber, als er von Werdenfels' strafenden Blick sah.

»Verdammt! Behördliches Rauchverbot, ich vergaß …« Mit resignierter Mimik steckte er die gelbe Packung wieder in seine Jackentasche und wandte sich an Lato, der den Ausführungen des Kriminalrats kopfschüttelnd zugehört hatte und nun eifrig widersprach.

»So eine Quatsch! Ich nix zu tun mit Borchert. Und ich nix zu tun mit Tod von Stani! Ich schwöre!«

»Das glaube ich Ihnen aber nicht, verdammt noch mal!«, dröhnte Madsen und schlug mit beiden Fäusten kraftvoll auf den Tisch. »Und deswegen wandern Sie jetzt auch wegen des Verdachts auf Ausführung eines Auftragsmords in den Knast. Das Einzige, was Ihren Arsch noch retten kann, ist, dass Sie uns endlich sagen, von wem Sie die Kohle haben! Und vor allem, für was Sie sie bekommen haben!«

Milosz Lato saß zusammengesunken vor Madsens Schreibtisch.

Er schien einen schweren inneren Konflikt mit sich auszutragen, und als er schließlich den Kopf hob und sich an Madsen wandte, erblickte dieser zu seiner großen Überraschung Tränen in den Augen des Polen.

»Einverstanden! Ich werde sagen alles. Aber ich habe eine Bitte an Sie: Wenn es gibt irgendeine Chance, dass Sie nicht sagen, dass ich verraten habe, woher Geld und wofür, ich wäre Ihnen ewig dankbar.«

Madsen kratzte sich nachdenklich am Kopf und warf einen fragenden Blick zu Dr. Agasiotis.

Der überlegte kurz, dann nickte er.

»Ich kann Ihnen nicht versprechen, dass wir Ihre Aussage vertraulich behandeln können – das ist abhängig davon, was Sie uns nun sagen werden. Aber ich gebe Ihnen mein Wort, dass wir uns nach bestem Wissen und Gewissen bemühen werden,

Ihrem Wunsch zu entsprechen. Dafür erwarten wir aber auch vollständige und wahrheitsgemäße Informationen. Also – wofür hatten Sie das Geld dabei?«

Der polnische Bauarbeiter zögerte noch einen Moment. Dann räusperte er sich, richtete sich kerzengerade auf und legte die Hände vor sich auf den Tisch wie ein englischer Internatszögling. »Geld war für Wetten. Ich war nicht verspätet – ich sollte setzen alle zehntausend Euro bei letzte Kampf. Deshalb ich nicht musste da sein vorher.«

»Sie sollten wetten?« Madsen betrachtete Lato ungläubig. »Glauben Sie mir: Ich habe die Zuschauer dort ja selbst erlebt – das waren ausschließlich Millionäre in Abendgarderobe. Ich kann mir beim besten Willen nicht vorstellen, dass man Sie dort mit T-Shirt und Jeans hereingelassen hätte.«

Der polnische Bauarbeiter bedachte Madsen mit einem mitleidigen Lächeln.

»Oh, Herr Kommissar, Sie noch müssen lernen viel über reiche Leute! Wenn du hast Geld, Stil ist scheißegal. Euro-Scheine öffnen jede Tür – besser als passender Schlüssel. Deshalb ich natürlich wäre gekommen auf Schiff. Schließlich ich setzen Geld für jemand, der ist sehr reich. Jemand, der schon viel Geld bei Kämpfe hat gewonnen. Und auch viel verloren.«

Die zwei Kriminalbeamten und der Oberstaatsanwalt hingen an Latos Lippen, als verkündete dieser die Handlung des »Game of Thrones«-Finales. Schließlich hielt es Kommissar von Werdenfels nicht mehr länger aus.

»Verdammt noch mal, nun sagen Sie endlich, von wem Sie die Kohle haben! Muss man Ihnen denn alles aus der Hose ziehen?«

»Hose?«, wiederholte Lato und blickte fragend zu Madsen und dem Oberstaatsanwalt. »Ich immer dachte, heißt ›aus Nase ziehen‹?«

»Das heißt es auch«, bestätigte der Kriminalrat und musste ungeachtet der angespannten Situation grinsen, weil selbst der Bauarbeiter aus Polen die deutschen Sprichwörter offensichtlich besser beherrschte als sein junger Kollege. »Aber ob Nase oder Hose, spielt jetzt keine Rolle – wir wollen den Namen! Und zwar sofort! Also, Lato, von wem stammt das Geld, und warum wollen Sie ihn schützen?«

»Nicht ihn!«, korrigierte Lato mit verklärtem Blick. »Muss heißen sie. Geld ist von Jenny. Jenny Schiller. Und ich sie schützen, weil wir uns lieben!«

»Wie bitte? Sie und Jenny Schiller sind ein Paar?«

Kriminalrat Madsen starrte Lato fassungslos an.

Er hatte mit vielem gerechnet – aber das Geständnis des polnischen Bauarbeiters, eine feste Beziehung mit der Starnberger Millionärsgattin zu haben, hatte er definitiv nicht erwartet.

Gut – Jenny Schiller nahm es mit der ehelichen Treue nicht so genau, und falls Seitenspringen jemals zur olympischen Disziplin ernannt werden sollte, stünden ihre Chancen auf die Goldmedaille ausgesprochen gut, aber all das waren nur kurze, unverbindliche Bettgeschichten.

Situationsbedingte One-Night-Stands.

Rein, raus – danke, Maus!

Und jetzt kam dieser wenig sympathische, verschlagen wirkende Lato daher und erzählte etwas von großer Liebe.

Von Partnerschaft und gegenseitigem Schutz.

Der Kriminalrat kratzte sich verwirrt am Kopf, und auch von Werdenfels und Dr. Agasiotis schienen von dieser neuen Erkenntnis wie paralysiert zu sein.

Just in dem Moment, in dem Madsen seine Fassung wiedergewonnen hatte, flog plötzlich die Zimmertür auf – und das mit einem solchen Schwung, dass ein komplettes Stück Putz aus der Wand brach.

»Was zum Teufel fällt Ihnen denn ein?«, fuhr der Kriminalrat den jungen Streifenbeamten an, der mit hochrotem Kopf im Türrahmen stand. »Ticken Sie noch richtig, hier so reinzufliegen? Haben Sie schon mal was von Anklopfen gehört?«

»Ent... ent... entschuldigen Sie bitte, Herr Kriminalrat!«, stotterte der Polizist. »Aber Hauptkommissar Rick hat gesagt, ich solle Sie auf der Stelle verständigen – völlig egal, mit wem und womit Sie gerade beschäftigt sind.«

»Ganz schön selbstbewusst, der Kollege Rick!«, konstatierte

Dr. Agasiotis verärgert. »Ich hoffe, die Angelegenheit ist mindestens so wichtig wie das Kennedy-Attentat, denn andernfalls wäre weder Hauptkommissar Ricks noch Ihr Verhalten zu entschuldigen.«

»Nun, ein amerikanischer Präsident ist zwar nicht beteiligt …«, entgegnete der Beamte und wischte sich schwer atmend den Schweiß von der Stirn, »… aber geschossen wird in Tutzing auch!«

★★★

»Eigentlich war hier alles unter Kontrolle. Wir hatten sogar schon angefangen, unsere Sachen wieder einzupacken und die Einsatzfahrzeuge zu beladen«, erklärte Hauptkommissar Rick kopfschüttelnd. Er stand mit Oberstaatsanwalt Dr. Agasiotis, Kriminalrat Madsen und Kommissar von Werdenfels auf dem Steg des Tutzinger Museumsschiffs. »Doch dann meldet Kollege Bönisch, der mit seiner Gruppe das nördliche Ufer und den Kustermannpark absichern sollte, dass sich jemand auf dem Kinderspielplatz hinter einem Blockhaus versteckt. Bönisch dachte zuerst, das seien irgendwelche Kids, die sich heimlich ein paar Biere hinter die Binde kippen, oder ein Pärchen, das ein bisschen Schweinskram macht. Also hat er sich dem Versteck genähert, um nachzuschauen. Aber es waren keine Kids und auch kein Pärchen. Sondern irgend so ein Irrer, der aus seinem Versteck heraus plötzlich das Feuer eröffnet hat.«

»Ach du dicke Scheiße!«, fluchte Madsen. »Ist jemand verletzt worden?«

Rick schüttelte den Kopf.

»Nein, zum Glück nicht. Die Kugel ist keine Handbreit neben Bönischs Kopf in einen Baumstamm eingeschlagen. Er hat sich natürlich sofort zurückgezogen, den Spielplatz mit seiner Truppe weiträumig umstellt und auf neue Anweisungen gewartet. Die haben sie dann auch umgehend erhalten. Allerdings nicht von mir – sondern von dem Typ mit der Waffe. Der hat nämlich gesagt, dass er nur mit einer einzigen Person reden würde. Und diese Person sind Sie, Herr Kriminalrat!«

Der gesamte Park lag im tiefen Dunkel, als Madsen sich dem Spielplatz näherte.

Der Wind hatte inzwischen aufgefrischt, und das Blätter-rascheln klang, als wisperten sich die Bäume verschwörerisch Neuigkeiten zu.

Vorsichtig einen Fuß vor den anderen setzend, schritt Madsen mit erhobenen Händen Richtung Blockhütte. Der sandige Boden war uneben und immer wieder von knorrigen Wurzeln und dicken Steinen durchzogen. Der Kriminalrat musste sich konzentrieren, um nicht zu stolpern und die geheimnisvolle Person durch eine plötzliche, ruckartige Bewegung dazu zu verleiten, das Feuer zu eröffnen.

Natürlich trug der Polizist unter seiner Lederjacke eine eng anliegende kugelsichere Weste, aber die stellte lediglich einen gewissen Schutz für den Oberkörper dar. Sollte der Unbekannte hingegen ein kleines bisschen höher zielen, so würde Madsen etwas durch den Kopf gehen.

Und zwar eine Kugel.

Als er sich der nur schemenhaft zu erkennenden Blockhütte auf etwa zehn Meter genähert hatte, ertönte plötzlich eine ge-dämpft klingende Stimme.

»Sind Sie alleine? Und unbewaffnet?«

»Ja, bin ich«, antwortete Madsen. Er war zwar tatsächlich unbe-gleitet, trug jedoch – entgegen seiner Behauptung und versteckt in seinem rechten Bikerstiefel – ein Knöchelholster mit einer kleinen, kompakten Heckler & Koch P7. »Ich habe lediglich eine Taschenlampe dabei. Ist es in Ordnung, wenn ich die einschalte? Ich kann nämlich die Hand nicht vor Augen sehen.«

»Ich bin in der Blockhütte. Kommen Sie erst rein, dann kön-nen Sie das Licht anmachen!«, antwortete die Stimme, die dem Kriminalrat trotz des Flüstertons irgendwie bekannt erschien.

Er quetschte sich weisungsgemäß durch den beengten Ein-stieg.

Im Inneren der nach frischem Holz und Harz riechenden Hütte ging er in gebückter Haltung ein paar Schritte in Richtung der ausgesägten Fensteröffnung, als er plötzlich über ein Paar

Füße stolperte und der Länge nach hingefallen wäre, hätten ihn nicht zwei Hände mit festem, sicherem Griff aufgefangen.

»Danke!«, murmelte der Kriminalrat und ließ sich im Schneidersitz nieder. »Kann ich jetzt die Taschenlampe anmachen?«

»Von mir aus«, antwortete die Stimme gleichgültig, woraufhin Madsen eine kleine, leuchtstarke Stablampe aus der Tasche zog.

Als der Lichtstrahl die hellblonden Locken erfasste, glaubte Madsen im ersten Moment, einem Engel gegenüberzusitzen.

Allerdings einem sehr muskulösen Engel.

»Lubanski? Was zum Teufel machen Sie denn hier?«, fragte der Kriminalrat perplex. »Und warum, um Gottes willen, haben Sie auf die Kollegen geschossen?«

»Könnten Sie bitte erst mal die Lampe woandershin richten?«, bat der polnische Bauarbeiter, während er sich schützend die Hände vor die Augen hielt. »Bei dem grellen Licht wird man ja blind!«

Madsen legte die Taschenlampe so auf den Boden, dass beide nur noch indirekt beleuchtet wurden.

»Ist Ihnen klar«, sagte er dann, »dass Sie gerade großes Glück hatten, dass meine Kollegen vom SEK Sie nicht mit Kugeln durchsiebt haben? Verdammt, was haben Sie sich nur dabei gedacht, auf einen Polizisten zu schießen, Sie Vollidiot!«

Lubanski schüttelte energisch den Kopf, woraufhin seine blonden Locken hin- und herflogen wie Weihnachtsbaumlametta bei Durchzug.

»Sie müssen mir glauben: Ich hatte nicht vor, auf Ihren Kollegen zu schießen, Herr Kriminalrat. Ich dachte, das wäre jemand anderes!«

»Jemand anderes? Wen hatten Sie denn hier erwartet? Und wieso hätten sie sofort auf ihn geschossen?«

Der blonde Hüne zögerte kurz.

Dann schloss er schicksalsergeben die Augen und antwortete leise: »Lato. Milosz Lato. Augenthaler hat ihn auf mich angesetzt. Am Anfang war es nur so ein Gefühl, aber dann habe ich rausgefunden, dass Augenthaler Lato einen Schlüssel für meinen Spind besorgt hat.«

»Und deshalb wollten Sie ihn erschießen? Sind Sie eigentlich völlig übergeschnappt, Lubanski? Sie können doch niemanden umbringen, nur weil er einen Schlüssel für Ihren Spind besitzt!«

»Ich habe es Ihnen doch schon mal gesagt, als wir auf dem Schiff waren«, entgegnete der Pole erregt. »Die machen keine Gefangenen, wenn es um deren Geld geht. Die gehen über Leichen! Ich bin mir ganz sicher, dass Lato von Augenthaler den Auftrag hatte, mich umzulegen.«

»Und dann dachten Sie, Sie drehen den Spieß einfach mal um und knallen Lato ab?« Madsen schlug sich mit der flachen Hand vor die Stirn. »Mann, Lubanski, was glauben Sie eigentlich, wo wir hier sind? Im Wilden Westen? Wo zum Teufel haben Sie die Knarre eigentlich her?«

Der Bauarbeiter zog die Pistole aus dem Hosenbund und reichte sie Madsen mit dem Griff voran.

»Bitte sehr, Herr Kriminalrat. Das ist eine Mateba 6 Unica. Ich habe sie von einem Bekannten. Hat mich ein halbes Monatsgehalt gekostet, aber dafür ist es auch eine echt schöne Waffe, finden Sie nicht?«

Madsen nahm die Pistole an sich.

Dann griff er in aller Ruhe in seine Tasche, zog ein gelbes Softpack heraus und bot Lubanski eine Zigarette an. Als dieser dankend verneinte, zündete sich der Kriminalrat alleine eine an und blies den weißen Rauch kraftvoll aus dem kleinen Fenster. Das war für seine Kollegen das Zeichen, dass im Inneren der Hütte alles in Ordnung war – fast so wie beim Konklave in der Sixtinischen Kapelle.

Nur ohne neuen Papst.

Anschließend musterte er sein Gegenüber nachdenklich.

»Wissen Sie, was ich mich frage, Lubanski? Was wollten Sie heute Abend wirklich hier? Und wofür hatten Sie die Waffe dabei? Sie sind doch garantiert nicht mitten in der Nacht hier in die Büsche geklettert, um auf Lato zu warten.«

Madsen deutet durch das Fenster Richtung See, wo das hell erleuchtete Schiff sanft in der Brandung schaukelte.

»Kann es sein, dass Sie es eigentlich auf jemand ganz anderen abgesehen hatten? Jemanden, der heute Abend auf dem Schiff war?«

Der Bauarbeiter lehnte sich mit dem Rücken an die Wand. Dann verschränkte er die Arme hinter dem Kopf und blickte den Kriminalrat offen an.

»Sie haben recht, Herr Kriminalrat. Ich wollte Borchert abfangen, wenn er das Schiff verlässt, und fünfundzwanzigtausend Euro bei ihm abkassieren. Und zwar genau die fünfundzwanzigtausend Euro, die Stanislav Wocz noch als zweite Zahlung zugestanden hätten.«

»Sie wollen mir allen Ernstes weismachen, dass Sie sich mit fünfundzwanzigtausend Euro begnügt hätten?« Madsen warf Lubanski einen zweifelnden Blick zu. »Ich meine, dieser schmierige Dr. Borchert hat mit seinen Wetten Hundertausende von Euro verdient – und Sie geben sich dann angeblich mit fünfundzwanzig Riesen zufrieden? Bei allem Respekt, Lubanski – aber das nehme ich Ihnen nicht ab!«

»Glauben Sie doch, was Sie wollen«, entgegnete der Pole und zuckte gleichgültig mit den Achseln. »Aber hätte ich mehr verlangt, wäre es Diebstahl gewesen. Und ich hatte nicht vor, ein Verbrechen zu begehen – ich wollte lediglich das nehmen, was Borchert Stani noch schuldete.«

»Und was gibt gerade Ihnen das Recht, dieses Geld einzukassieren?«, erkundigte sich Madsen. »Glauben Sie, nur weil Wocz Ihr Freund war, steht Ihnen die Kohle zu? Oder wollten Sie ihm damit ein Denkmal bauen?«

Lubanski erhob sich und ging in der winzigen Hütte hin und her. Seinen Kopf hatte er dabei tief eingezogen, dennoch sah es so aus, als würde Gulliver durch den Palast von Liliput flanieren.

»Ich glaube, Sie verstehen mich falsch, Herr Kriminalrat. Ich hatte niemals vor, das Geld für mich zu besorgen. Ich wollte es für den einzigen Menschen, dem es nach Stanis Tod wirklich zustand.«

Auch Madsen hatte sich inzwischen aufgerichtet – zumindest, soweit man die obskur gebückte Haltung der beiden Männer so bezeichnen konnte.

Er nahm einen letzten Zug an seiner Zigarette, schnippte die Kippe unter Missachtung aller Etikette aus dem Fenster und wandte sich an den Polen.

»Gehe ich recht in der Annahme, dass Sie von Liliana Novak, der Freundin Ihres verstorbenen Freundes, sprechen? Allerdings hege ich den Verdacht, dass das, was die junge Dame bekommt, in Zukunft auch das Ihre sein wird.«

»Wenn Sie damit andeuten wollen, dass Liliana und ich bald ein Paar sein werden, dann kann ich Ihnen nur antworten: hoffentlich! Nichts würde mich glücklicher machen. Wenn Sie dagegen sagen wollen, dass ich es auf Lilianas Vermögen abgesehen habe, dann sind Sie auf dem Holzweg! Ich liebe diese Frau mehr als alles andere auf der Welt, und ich würde meinen letzten Cent dafür geben, Liliana glücklich zu machen.«

»Tja, ich fürchte, das wird in nächster Zeit erst einmal schwierig werden«, bemerkte Madsen und hob bedauernd die Hände, bevor er sich aus dem Einstiegsloch der Hütte nach draußen wandte. »Das Gericht wird es Ihnen sicherlich positiv anrechnen, dass Sie mir Ihre Waffe übergeben haben. Aber Fakt ist, dass Sie auf einen Polizeibeamten geschossen haben. Aus diesem Grund muss ich Sie, Jakub Lubanski, jetzt vorläufig festnehmen. Alles Weitere wird dann der Haftrichter entscheiden.«

»Wie Sie meinen, Herr Kriminalrat«, sagte der polnische Bauarbeiter überraschend einsichtig und zwängte sich ebenfalls ins Freie. »Aber ich habe niemanden verletzt. Und außerdem wird Liliana auf mich warten – egal, wie lange ich weggesperrt sein werden.«

Dann blickte er Madsen direkt in die Augen.

»Können Sie mir noch eines versprechen, bevor Ihre Kollegen, die da vorne im Gebüsch liegen, mich in Empfang nehmen? Könnten Sie bitte an meiner Stelle dafür sorgen, dass Dr. Borchert Liliana die ihr zustehenden fünfundzwanzigtausend Euro ausbezahlt? Ich finde, nach all dem, was ich Ihnen erzählt habe, sind Sie mir diesen Gefallen schuldig.«

Statt einer Antwort klopfte sich Madsen schweigend den

Sand von den Knien, griff dann nach seiner Taschenlampe und schwenkte sie mehrfach über dem Kopf hin und her.

Im selben Moment verwandelten sich die umgebenden Büsche und Sträucher in dunkel gekleidete, mit Grünzeug getarnte SEK-Beamte, die auf Lubanski zustürmten und ihn unsanft zu Boden warfen.

Als er kurz darauf mit Einweghandfesseln fixiert Richtung Parkplatz geführt wurde, stellte sich Madsen ihm noch einmal in den Weg und blickte ihm direkt in die Augen.

»Bevor Sie jetzt nach Stadelheim kommen, möchte ich Ihnen noch zwei Dinge sagen, Lubanski. Erstens: Ich werde versuchen, Dr. Borchert zur Auszahlung von Wocz' Börse zu bewegen, weil ich ebenso wie Sie finde, dass Liliana Novak das zusteht. Und zweitens: Ich schulde Ihnen einen verdammten Scheißdreck! Die Tatsache, dass Sie das, was Sie falsch gemacht haben, gestehen, bedeutet keinesfalls, dass Sie mir damit einen Gefallen getan haben. Wenn, dann haben Sie sich damit höchstens selbst geholfen. Also wagen Sie es nie wieder, mir zu sagen, ich wäre Ihnen irgendetwas schuldig.« Madsens Blick war so eisig wie der von Clint Eastwood. »Ich bin niemandem auf der Welt irgendetwas schuldig! Niemandem – mit Ausnahme eines Elternpaares. Und dem schulde ich einen Sohn.«

★★★

Die Zeiger der Uhr zeigten inzwischen kurz vor fünf. Eine Zeit, zu der Madsen sich üblicherweise im Bett befand – zumindest, sofern er nicht dem nächtlichen Harndrang zum Opfer fiel und schlaftrunken zur Toilette wankte. Die Anzeichen für Nykturie häuften sich bei ihm in letzter Zeit bedenklich, und es gab Nächte, in denen er das Gefühl hatte, in Kürze urinieren zu müssen. Und das sogar, während er urinierte.

»Vielleicht sollten wir besser Schluss machen und die Verhöre morgen oder am Montag in Ruhe fortführen«, schlug von Werdenfels vor und warf einen schläfrigen Blick auf seine Armbanduhr. »Ich kann mich kaum noch konzentrieren, und außerdem habe ich Angst, in meiner Erschöpfung irgendwas Falsches zu sagen.«

»Siehst du«, sagte Madsen und leerte seine neunte Flasche Cola in einem Zug. »Genau aus diesem Grund möchte ich mir auch Dr. Borchert jetzt noch einmal vorknöpfen. Der ist nämlich genauso müde wie wir, und vielleicht können wir ihm ja in seiner Erschöpfung ein paar Dinge entlocken, die er nicht sagen würde, wenn er im Vollbesitz seiner geistigen Kräfte wäre. Hast du Dr. Agasiotis schon Bescheid gesagt?«

»Ja, der wartet vor dem Verhörraum auf uns. Ich weiß nicht, wie der das macht, aber der sieht immer noch so frisch aus, als wäre er vor ein paar Minuten aufgestanden. Manchmal habe ich das Gefühl, er ist gar kein Mensch, sondern ein Cyborg.«

»Das lässt sich ja ganz leicht rausfinden. Spätestens, wenn er zu Borchert ›I'll be back!‹ sagt, wissen wir, dass er in Wirklichkeit gar kein Oberstaatsanwalt, sondern Modell T–800 ist«, scherzte Madsen, bevor seine Miene wieder ernst wurde und er von Werdenfels durch den Flur zum Verhörraum folgte. »Hast du eigentlich schon Bescheid aus der Leitstelle bekommen? Gibt es neue Infos zu dem Notruf, den Borchert nach dem Kampf am Dienstag abgesetzt haben will?«

Von Werdenfels nickte.

»Ja, ich habe vor ein paar Minuten eine Antwort aus Fürstenfeldbruck erhalten. Ich sage es ungern, aber dieser Schmierlappen hat tatsächlich die Wahrheit gesagt. Der Anruf ist um null Uhr neunzehn in der Leitstelle eingegangen. Ein Unbekannter hat mit unterdrückter Nummer gemeldet, dass oberhalb des Hafens in Possenhofen auf einem Waldweg eine verletzte Person liegt. Die Leitstelle hat dann per Funk den Feldafinger First Responder und den Notarzt aus Starnberg verständigt. Aber …«, von Werdenfels legte eine kurze dramaturgische Pause ein, bevor er mit leuchtenden Augen weitersprach, »… jetzt kommt der Knaller! Um null Uhr vierundzwanzig ist ein weiterer Anruf mit unterdrückter Nummer bei der Leitstelle eingegangen, bei dem mitgeteilt wurde, dass es sich bei dem vorherigen Anruf um eine Falschmeldung gehandelt habe. Der Mann habe nur extrem starkes Nasenbluten gehabt und sei inzwischen bereits auf dem Weg nach Hause. Der Einsatz wurde daraufhin abgeblasen und die Einsatzkräfte stattdessen von der Leitstelle zu einem Verkehrsunfall auf der B 2 geschickt.«

»Das gibt's doch nicht!«, rief Madsen. »Das bedeutet, der Mörder hat mitbekommen, wie einer von Borcherts Leuten den Notruf gewählt und sich dann aus dem Staub gemacht hat. Er lässt den Einsatz umgehend wieder stoppen, indem er falschen Alarm meldet, und hat anschließend alle Zeit der Welt, den hilflosen Verletzten ins Wasser zu werfen. Was für ein perfides Schwein!«

Von Werdenfels nickte zustimmend.

»Da es sich bei dem Anrufer mit neunundneunzigprozentiger Sicherheit um den Mörder handelte, habe ich natürlich sofort die Daten angefordert – sie sollten uns in Kürze vorliegen. Ich wette zwar, dass der Anruf mit irgendeinem Prepaidhandy getätigt wurde, aber vielleicht erkennen wir ja die Stimme wieder.«

»Das wäre natürlich das Optimum!« Madsen nickte zufrieden. »Gute Arbeit, Max!

Der Gelobte strahlte wie Boris Becker nach einem Besenkammerbesuch.

Inzwischen hatten sie den Verhörraum erreicht, vor dem Dr. Agasiotis sie bereits erwartete.

Von Werdenfels hatte in der Tat nicht übertrieben – der Oberstaatsanwalt sah ungeachtet der Tageszeit aus, als habe ihn ein Team aus Stylisten, Make-up-Artists und Coiffeuren für ein Fotoshooting mit Annie Leibovitz zurechtgemacht. Sogar seine Zähne leuchteten strahlend weiß, wogegen Madsen das unangenehme Gefühl hatte, dass man mit dem Belag auf seinen eigenen Zähnen eine Teilstrecke der A 8 hätte teeren können.

Er unterrichtete Dr. Agasiotis über den aktuellen Stand der Dinge, dann deutete er auf die Tür zum Verhörraum und blickte seine beiden Begleiter auffordernd an.

»Nun denn – alles bereit zum großen Finale? Noch ein letztes Verhör und dann machen wir Schluss für heute. Sie, Herr Oberstaatsanwalt, sehen zwar noch aus, als könnten Sie im Anschluss den gesamten FIFA-Bestechungsfall aufklären, aber von Werdenfels und ich werden nach diesem Gespräch auf der Stelle in einen Tiefschlaf fallen.«

»Und zwar mindestens für tausend Jahre«, ergänzte sein Kollege augenzwinkernd, bevor das Trio den Verhörraum betrat wie seinerzeit die Musketiere die Festung von La Rochelle.

Allerdings mit dem Unterschied, dass ihr Gegner kein Kardinal war.

Sondern ein übergewichtiger PR-Berater.

»Da sind Sie ja endlich!«, polterte Dr. Helmut Borchert los, als die Ermittler und der Oberstaatsanwalt den Verhörraum betraten. »Was fällt Ihnen eigentlich ein? Wir werden hier seit Stunden festgehalten, ohne dass man uns sagt, warum. Ist Ihnen klar, dass ich freundschaftliche Beziehungen zu unserem Justizminister pflege? Und zu einigen anderen honorigen Mitgliedern des Bayerischen Landtags? Eines kann ich Ihnen jetzt schon schwören: Für diese unverschämte Behandlung werden Sie bezahlen!«

»Apropos bezahlen ...«, erwiderte Madsen völlig ungerührt, zog einen Stuhl heran und setzte sich Borchert und seinem Anwalt gegenüber, dessen Zustand sich inzwischen irgendwo zwischen Wachkoma und Katatonie bewegte. »Wir haben inzwischen erfahren, dass der polnische Bauarbeiter Milosz Lato im Auftrag der Fotografengattin Jenny Schiller Wetten platzieren sollte. Ich würde mich deshalb gerne mal mit Ihnen über das Ehepaar Jenny und Johnny Schiller unterhalten. Waren die beiden auch Stammgäste bei Ihren kleinen Soireen?«

Der Unternehmer blickte den Kriminalrat fassungslos an, und sein Mund stand dabei so weit offen, dass man einen Smart darin hätte parken können.

»Sie wollen mir doch jetzt hoffentlich nicht allen Ernstes erzählen, dass man mich hier bis zum frühen Morgen festgehalten hat, um mit mir über ein flüchtig bekanntes Ehepaar zu plaudern? Wenn das so ist, dann stehe ich jetzt auf der Stelle auf und verlasse diesen Raum!« Er erhob sich von seinem Stuhl und stieß den vor sich hin dämmernden Anwalt unsanft an der Schulter, woraufhin dieser aufschreckte, als hätte man ihn mit einem Kübel Eiswasser übergossen. »Komm, Leo, wir beenden diese Farce jetzt augenblicklich und verschwinden!«

»Sie werden verdammt noch mal nirgendwohin gehen!«, ertönte die schneidend scharfe Stimme des Oberstaatsanwalts, und Dr. Agasiotis baute sich mit seinen fast zwei Metern Körpergröße drohend vor Borchert auf. »Herr Kriminalrat Madsen hat Ihnen noch einige Fragen zu stellen, deren Beantwortung uns für die Aufklärung eines Mordfalls als wichtig erscheint. Aus diesem Grund werden Sie Ihren Breiarsch jetzt auf der Stelle zurück auf den Stuhl hieven und uns genau das sagen, was wir wissen wollen. Und wenn wir der Meinung sein sollten, dass Sie uns nicht alles offenlegen, was Sie wissen, dann ziehen wir das Spiel hier so lange durch, bis Sie vor Erschöpfung vom Stuhl fallen. Ist das angekommen, Herr Dr. Borchert?«

Der Unternehmer fixierte den Oberstaatsanwalt mit hasserfüllter Miene, doch dieser hielt dem Blick stand, ohne auch nur mit der Wimper zu zucken.

Es war ein Staredown, der dem von Muhammad Ali und George Foreman beim Rumble in the Jungle in nichts nachstand, und es dauerte eine gefühlte Ewigkeit, bis Dr. Borchert plötzlich den Kopf senkte, sich wieder hinsetzte und schweigend der Fragen von Kriminalrat Madsen harrte.

Es war offensichtlich, dass der Münchner Oberstaatsanwalt Dr. Nikolas Efstáthios Agasiotis den Willen des PR-Beraters Dr. Helmut Borchert in diesem Moment gebrochen hatte.

Währenddessen wiederholte Madsen seine Frage noch einmal: »Waren Jenny und Johnny Schiller regelmäßig unter den Gästen Ihrer Kampfabende?«

Dr. Borchert nickte schweigend.

»Und haben die beiden ebenfalls auf den Ausgang der Gefechte gewettet?«

Abermals nickte er.

»Aber gestern Abend war keiner von beiden auf dem Schiff. Warum?«

Dr. Borchert zuckte mit den Achseln.

»Keine Ahnung, warum! Wahrscheinlich hatten sie irgendwas

anderes vor. Aber wenn die Schillers mal nicht kommen konnten, dann haben sie ihre Wetten in der Regel von jemand anderem platzieren lassen.«

»So wie gestern durch Lato«, murmelte Madsen und machte sich eine kurze Notiz, bevor er sich wieder an Borchert wandte, der inzwischen so kraftlos auf seinem Stuhl hing wie ein Schwergewichtsboxer nach der zwölften Runde. »War das Ehepaar auch bei dem Kampf, bei dem Wocz so schwer verletzt wurde, anwesend?«

»Oh ja, das war es allerdings!«, antwortete Dr. Borchert. »Ich erinnere mich gut daran, weil Johnny Schiller sich bei diesem Kampf sehr sonderbar verhalten hat.«

»Sonderbar? Was meinen Sie damit?«

»Nun ja, normalerweise betrugen die Wetteinsätze von Johnny Schiller fünf-, maximal zehntausend Euro pro Kampf. An diesem Abend hat er dagegen fünfundzwanzigtausend Euro auf einen Schlag gesetzt.«

»Und auf wen hat er gesetzt? Wocz oder Dr. Pain?«, erkundigte sich Madsen.

»Tja, er hat alles richtig gemacht – er hatte auf den Zahnarzt gesetzt.«

»Und wie viel hat er damit gewonnen? Hoher Einsatz bedeutet ja in der Regel auch hoher Gewinn, oder?«

Dr. Borchert schüttelte den Kopf.

»Nicht unbedingt! Das hängt immer von der Quote ab. Allerdings war die bei dem Kampf von Wocz ganz ordentlich, denn immerhin war der Pole ein echter Schrank. Und kampferfahren dazu! Deshalb gab es bei einem Sieg von Dr. Pain auch den fünffachen Einsatz als Gewinn.«

»Das bedeutet, Johnny Schiller hat an diesem Kampf mal locker flockig hundertfünfundzwanzigtausend Euro verdient!«, sagte Madsen mit ungläubigem Blick und zwang sich zum Wohle seiner Psyche, diesen Betrag nicht mit seinem eigenen Nettojahreseinkommen zu vergleichen. »Kein Wunder, dass der Mann so gute Laune hatte, als wir ihn am nächsten Morgen besucht haben.«

»Das war aber noch nicht alles, was an diesem Abend sonderbar war«, meldete sich Dr. Borchert noch einmal zu Wort und wischte die erhobene Hand seines Anwalts, der ihn zur Besonnenheit mahnen wollte, unwirsch zur Seite. »Johnny Schiller hat vor diesem Kampf noch etwas gemacht, was in höchstem Maße ungewöhnlich war und so bisher noch nie vorgekommen ist: Er hat Dr. Pain im Falle eines Siegs zehntausend Euro als Prämie versprochen. Ich weiß nicht, warum, aber aus irgendeinem Grund wollte er den Polen unbedingt erledigt sehen – dementsprechend hat er dann auch gejubelt, als der irre Zahnarzt ihn k. o. geschlagen hat. Die anderen Zuschauer sind davon ausgegangen, das wäre wegen seines hohen Wetteinsatzes, aber wenn Sie mich fragen, dann steckte etwas anderes dahinter. Irgendwas Persönliches. Was auch immer der Grund dafür war – Johnny Schiller schien eine Mordswut auf diesen Wocz gehabt zu haben. Und die Betonung liegt dabei auf ›Mords‹!«

Dr. Borcherts Worte hingen in der Luft wie ein schlechter Geruch, und einen Moment lang waren lediglich das monotone Surren der Klimaanlage zu vernehmen und das Gezwitscher der Vögel, die den anbrechenden Tag mit fröhlichem Tirili begrüßten.

Schließlich war es Kommissar von Werdenfels, der die Stille unterbrach, indem er seinem Vorgesetzten ins Ohr flüsterte: »Jetzt wird die ganze Sache langsam rund! Natürlich hat Schiller Wocz gehasst – immerhin hat der ihn erpresst. Und wissen Sie was? Ich wette, dass uns Schiller belogen und Wocz ihn nicht nur einmal erpresst hat. Der hat – nachdem es beim ersten Mal so glatt lief – garantiert weiter Kohle gefordert. Ich schlage vor, wir knöpfen uns morgen – äh, ich meine heute – diesen Johnny Schiller mal so richtig vor. Dieser piekfeine Millionär war mir von Anfang an suspekt!«

Madsen nickte schweigend.

Dann drückte er einen Knopf, der sich unmittelbar neben der Tür befand, und kurz darauf betrat ein uniformierter Polizist den Raum.

Seinem frischen, rosigen Gesichtsausdruck war zu entnehmen,

dass es sich dabei um einen der Beamten handelte, die erst vor wenigen Minuten ihre Schicht angetreten hatten.

»Tun Sie mir einen Gefallen, Kollege ...?« Madsen zögerte. Der junge Mann mit dem geröteten Gesicht war ihm völlig unbekannt, was ihm abermals die dringende Notwendigkeit eines Begrüßungsumtrunks vor Augen führte.

»Hollmann. Wachtmeister Gerhard Hollmann, Herr Kriminalrat!«

»Okay, Wachtmeister Hollmann, bitte sorgen Sie dafür, dass dieser Mann ...«, er deutete auf Dr. Borchert, »... in U-Haft nach Stadelheim kommt. Um die entsprechenden Formalitäten werden Oberstaatsanwalt Dr. Agasiotis und ich uns im Laufe des Tages kümmern.«

Hollmann schlug die Hacken zusammen wie ein russischer Gardeoffizier.

Dann trat er zu Dr. Borchert, legte ihm die Hand auf die Schulter und führte ihn aus dem Zimmer. Der PR-Berater, der aus Vernunft oder Erschöpfung inzwischen jegliche Renitenz aufgegeben zu haben schien, trottete mit hängenden Schultern vor dem jungen Beamten her, während sein Rechtsanwalt ihm wort- und gestenreich versicherte, er werde alles Erdenkliche dafür tun, ihn schnellstmöglich wieder auf freien Fuß zu bekommen.

Den Hinweis, dass das allerdings etwas teurer werden könnte, fügte er indes nur relativ leise hinzu.

Madsen, von Werdenfels und Dr. Agasiotis blickten dem Trio nachdenklich hinterher.

»Meinen Sie, er wird wirklich verurteilt werden, Dr. Agasiotis?«, fragte Madsen. »Ich fürchte, diese Lethargie, die er gerade an den Tag gelegt hat, ist nur seiner Müdigkeit geschuldet. Sobald er sich gründlich ausgeschlafen hat, wird Borchert wieder mit allem feuern, was er hat – und wenn es sein eigener Kopf ist, den er ins Mündungsrohr steckt!«

Der Oberstaatsanwalt lachte.

»Da haben Sie sicherlich recht, Madsen. Es würde mich nicht

wundern, wenn diese Geschichte sich angesichts seiner Beziehungen bis in die höchsten Kreise der Landespolitik ziehen wird. Aber ich schwöre Ihnen: Ich werde kämpfen wie ein Löwe, um an diesem Typen ein Exempel zu statuieren. Jahrelang musste ich zuschauen, wie Schuldige ihren Hals aus der Schlinge ziehen konnten, weil sie über entsprechende Beziehungen und Vermögensverhältnisse verfügten. Diesem Borchert wird das nicht gelingen! Darauf gebe ich Ihnen mein Wort als Ehrenmann!«

Mit diesem Versprechen verabschiedete sich Dr. Agasiotis, um zurück nach München zu fahren, während Madsen einen Blick auf seine Armbanduhr warf.

»Es ist jetzt kurz nach sechs. Max, was hältst du davon, wenn wir uns zu Hause kurz frisch machen, einen Kaffee trinken und uns um acht wieder hier im Revier treffen? Ich würde zwar gerne ein paar Stunden pennen, aber wir sollten uns schnellstmöglich um Schiller kümmern. Sobald der mitbekommt, dass wir Borchert einkassiert haben, wird er Panik kriegen – und ausreichend Kohle, um abzuhauen, hätte er ja zweifelsohne.«

»Einverstanden!«, sagte von Werdenfels und verabschiedete sich gleichzeitig voller Wehmut von dem Gedanken an sein gemütliches Bett. »Ich weiß allerdings nicht, ob ich es noch bis nach Hause schaffe. Ich bin so müde, dass ich mich auf der Stelle auf den Boden schmeißen und schlafen könnte.«

»Ach, papperlapapp!« Madsen schlug ihm kraftvoll auf die Schulter, bevor er nach seinem Halbschalenhelm griff und sich auf den Weg zu seiner Harley machte. »Schlaf wird völlig überbewertet. Und das Gleiche gilt übrigens auch für Urlaub!«

## SECHZEHN

Zwei tiefschwarze Kaffee, eine kautschukähnliche Tankstellensemmel und gefühlte tausend Liter heißes und kaltes Duschwasser später war Kriminalrat Madsen zwar nach wie vor noch nicht im vollständigen Besitz seiner Lebensgeister, aber er konnte sie zumindest wieder schemenhaft am Horizont erkennen – was ihm angesichts einer nervenaufreibenden Vierundzwanzig-Stunden-Schicht als akzeptabler Kompromiss erschien.

Dennoch hoffte er inständig, in den folgenden Stunden keiner physisch anspruchsvollen Situation ausgesetzt zu werden, denn sein geschundener Körper hatte inzwischen selbstständig auf Energiesparmodus umgeschaltet.

Doch es war nicht nur die Erschöpfung, die Madsen zu schaffen machte.

Es waren auch die Schmerzen.

Der frisch genähte Cut hatte nach dem Duschen wieder angefangen zu bluten, und die großflächige Schwellung rund um sein Auge erstrahlte in jeder existierenden Primär- und Sekundärfarbe.

Außerdem litt er unter erheblichen Schluckbeschwerden, die von der Quetschung der Halsweichteile bei der Strangulation herrührten und die jeden Atemzug zu einer ebenso qualvollen wie anstrengenden Angelegenheit werden ließen.

Und als wären all diese körperlichen Leiden nicht bereits genug, hatte der unsägliche Boxkampf gegen diesen völlig durchgeknallten Zahnarzt auch eine ganze Menge psychischer Wunden aufgerissen.

Wunden, die gerade zugeheilt zu sein schienen und die plötzlich wieder offen lagen wie die Schenkel einer Bahnhofshure.

Der junge Boxer, den er beim Sparring getötet und der ihn anschließend monatelang in seinen Träumen heimgesucht hatte, war auf einmal wieder präsenter denn je.

Egal, ob er in einen Spiegel schaute, in eine chromblitzende Oberfläche oder in den blau-weißen Wolkenhimmel – überall erblickte er das leblose, bleiche Antlitz des toten Jungen mit den seltsam verdrehten Augen.

Alles hätte er dafür gegeben, die quälenden Bilder der Vergangenheit aus seinem Kopf verbannen zu können. Doch dieser Wunsch – das wusste Madsen aus schmerzvoller Erfahrung – war illusorisch.

Schuldgefühle pflegten einen zu verfolgen bis in die tiefsten Winkel nächtlicher Träume. Aber während Träume den großen Vorteil besaßen, sich nach dem Aufwachen in Wohlgefallen aufzulösen, blieb das Gefühl der Schuld an einem haften wie Hundescheiße an einer Profilsohle.

Madsen blickte auf die Uhr.

Es war kurz nach halb acht – und das an einem Sonntagmorgen. Definitiv keine Zeit, zu der man jemanden anrufen sollte, der die ganze Woche über hart arbeitete und für den das sonntägliche Ausschlafen eines der kostbarsten Güter darstellte, die das Arbeitsleben zu bieten hatte.

Andererseits handelte es sich in gewisser Weise um einen Notfall, auch wenn es nicht die Konsultation eines Mediziners war, die die gewünschte Hilfe versprach, sondern ein Anruf bei dem Menschen, dem es in den vergangenen Tagen gelungen war, ein nie gekanntes Gefühl von Wärme und Verbundenheit in Madsen zu wecken.

Ein Mensch, der schon durch seine bloße Existenz zu erfreuen vermochte und dessen glockenhelles Lachen für Madsen eine größere Wirkung versprach als eine ganze Europalette voller Psychopharmaka.

Der Hörer wurde bereits nach dem ersten Klingelton abgenommen.

»Berghammer!«

»Guten Morgen, Lissy. Mads hier.«

»Mads?«

Lissy Berghammers Stimme klang überrascht.

Und gleichzeitig auch besorgt.

»Warum rufst du denn um diese Uhrzeit an? Ist alles in Ordnung bei dir?«

Allein diese Frage nach seinem Befinden berührte Madsen, der seit Jahren nicht mehr in den Genuss solch einer Fürsorge gekommen war, über alle Maßen, und es kostete ihn, den harten, sarkastischen Bullen, allergrößte Mühe, nicht auf der Stelle loszuheulen und seine gequälte Seele emotional zu entsaften.

»Entschuldige bitte, Lissy, dass ich dich so früh störe. Ich hoffe, ich habe dich nicht geweckt?«

»Nein, hast du nicht. Und selbst wenn dem so wäre: Ich bin mir sicher, es gäbe einen triftigen Grund dafür – und damit wäre das auch kein Problem. Also, was kann ich für dich tun? Du klingst irgendwie so betrübt. Ist was passiert? Sollen wir uns treffen? Möchtest du reden?«

Madsen schluckte.

Lissys Worte und das, was sie in seinem Inneren auslösten, waren genau die Wirkung, die er sich von dem Anruf erhofft hatte. Allein das Wissen, dass sie alles stehen und liegen lassen würde, um ihm Trost und Halt zu spenden, war mehr wert als alles Geld dieser Welt.

Er lächelte, und für einen kurzen Augenblick verblasste das Antlitz des toten Jungen in seinem Kopf und wurde verdrängt von Lissys fröhlichem, lachendem Gesicht.

»Nein, das ist nicht nötig, Lissy, aber es ist lieb, dass du es mir anbietest. Ich weiß, dass es irgendwie albern klingt, aber … ich wollte nur mal kurz deine Stimme hören.«

Madsen stockte. Er vermochte sich normalerweise recht gut zu artikulieren, und im Umgang mit Kollegen oder Kriminellen war er selten um einen geistreichen Spruch verlegen, doch Konversationen wie diese pflegten ihn in Sekundenschnelle an den Rand seiner linguistischen Fähigkeiten zu katapultieren. Das Offenlegen von Gefühlen war eine Sache, die er in etwa ebenso gut beherrschte wie einen rückwärts eingesprungenen dreifachen Rittberger.

»Also, das hört sich jetzt irgendwie kitschig an«, fuhr er fort, »aber ich weiß nicht, wie ich es anders sagen soll. Ich hatte eine grauenvolle Nachtschicht, und das, was ich heute noch vor mir habe, wird sicherlich auch alles andere als ein Vergnügen, aber … wenn du Lust und Zeit hast, dann würde ich dich heute Abend gerne noch sehen. Egal, wie beschissen der Tag auch wird – wenn wir den Abend zusammen verbringen, dann wird er als guter Tag enden.«

Madsen legte seine Hand über den Hörer und hätte sich am liebsten selbst geohrfeigt. Wie konnte man nur so eine gequirlte Scheiße von sich geben? Das war ja schlimmeres Süßholzgeraspel, als Cyrano de Bergerac es je verfasst hatte. Sicherlich hatte Lissy längst aufgelegt und kringelte sich vor Lachen.

Und das völlig zu Recht!

Mit angehaltenem Atem hielt er den Hörer ans Ohr und lauschte.

Es war mucksmäuschenstill am anderen Ende der Leitung, und Madsen spielte gerade mit dem Gedanken, das Telefonat verschämt zu beenden, als Lissys Stimme erklang.

Sie sprach leise, und ihre Äußerungen wurden immer wieder von einem kurzen Schluchzen unterbrochen.

»Mir hat zwar noch nie ein Mann seine Zuneigung unter Verwendung des Wortes ›beschissen‹ gestanden, aber das, was du gerade gesagt hast, ist das Süßeste, was ich seit Langem gehört habe. Ich weiß, wie schwer es dir fällt, über deine Gefühle zu sprechen, Mads, und umso mehr weiß ich das zu schätzen. Natürlich treffe ich mich heute noch gerne mit dir! Außerdem möchte ich, dass du weißt, dass du mich jederzeit anrufen oder besuchen kannst. Tag und Nacht!«

Madsen verspürte einen Kloß in der Kehle.

Es handelte sich nahezu um die identischen Worte, die Jenny Schiller ihm gegenüber vor wenigen Tagen geäußert hatte, aber während es bei der hormonell amoklaufenden Millionärsgattin lediglich um gefühlfreie Kopulation gegangen war, verhieß Lissys Wortlaut den Beginn einer tiefen emotionalen Beziehung.

Etwas, was Madsen noch vor wenigen Wochen als unvorstellbar von sich gewiesen hätte.

Und was ihm nun plötzlich als das Erstrebenswerteste der Welt erschien.

★★★

Es war nicht allein der gesellschaftliche Aspekt, der den Feldafinger Golfclub zu einem der begehrtesten im Fünf-Seen-Land avancieren ließ, sondern auch seine außergewöhnliche Spielfläche.

Eingebettet in den über einhundert Hektar großen Lenné-Park, eine ehemalige Gartenanlage des bayrischen Königs Maximilian II., lagen die achtzehn Greens in natürlicher Harmonie zwischen malerischen Baumgruppen, idyllischen Wasserläufen und großzügigen Freiflächen.

Allerdings erforderte der Platz von den Golfern ein hohes spielerisches Niveau, weshalb einem Großteil der Vereinsmitglieder die Begriffe ›Birdie‹ und ›Eagle‹ vermutlich nur aus der Ornithologie bekannt waren. Doch es gab auch den einen oder anderen Spieler, dessen Handicap nahezu professionellem Standard entsprach. So wie Johnny Schiller, der sich gerade auf dem besten Weg befand, sein Spiel mit einem oder sogar zwei Schlägen unter Par zu beenden.

Mit aufrechtem Oberkörper und leicht gebeugten Knien schwang er seinen handgefertigten Achthundert-Euro-Driver mehrmals kraftvoll neben dem aufgepinnten Golfball, bevor er einen Schritt nach vorn trat, sich mit schulterbreiter Fußstellung neben dem Ball postierte und diesen dann mittels einer dynamischen Körperdrehung weit über das abfallende Grün schmetterte.

»Was für ein Hammer, Johnny!«, kommentierte Antoine, sein Assistent, Liebhaber und Caddy, den gelungenen Abschlag und lächelte Schiller in stolzer Glückseligkeit zu, während die beiden anderen Flight-Mitglieder den Flug des Balls mit deutlich weniger Euphorie beobachteten.

»Mhm, nicht schlecht!«, murmelte der jüngere der beiden, ein schlaksiger Hornbrillenträger, dem es dank eines üppigen Erbes vergönnt war, den Großteil seines Lebens auf den Golfplätzen dieser Welt zu verbringen. Er spielte gänzlich ohne Geleit, während der dritte Mann im Bunde, ein wohlbeleibter Fleischgroßhändler in rot-grün karierten Bermudashorts, sich der Begleitung einer vollbusigen Blondine erfreute, die auf turmhohen High Heels über das Grün stelzte und deren Alter Anlass zu der Vermutung gab, dass es sich dabei um seine Tochter handelte. Ein Gedanke, der jedoch spätestens in dem Moment widerlegt wurde, in dem er ihr zärtlich den Po tätschelte und sie ihm im Gegenzug kichernd einen glücksbringenden Kuss auf seinen spärlich behaarten Schädel drückte.

»Guten Morgen allerseits!«, grüßte Kriminalrat Madsen in die Runde und betrat in Begleitung seines jungen Kollegen von Werdenfels den kurz geschorenen Rasen der Abschlagsfläche. »Bitte entschuldigen Sie die Störung, aber wir hätten noch ein paar Fragen an Sie, Herr Schiller.«

Der Fotograf blickte die beiden Ermittler ebenso überrascht wie verdrießlich an.

»Und das muss hier und jetzt sein? Wir haben Sonntagmorgen, ich befinde mich gerade mitten in einem Turnierspiel, und Sie sehen – bei allem Respekt – aus, als wären Sie mit dem Kopf gegen einen Schnellzug gelaufen. Kann das Gespräch nicht bis morgen warten?«

»Ich fürchte nicht«, erwiderte Madsen. »Glauben Sie mir: Ich würde auch lieber am See sitzen und mir einen Eisbeutel aufs Auge halten. Aber das Leben ist nun mal kein Wunschkonzert. Vor allem dann nicht, wenn es um Mord geht!«

Die Blondine stieß vor Schreck einen unterdrückten Schrei aus, woraufhin ihr senioresquer Begleiter sie beruhigte, indem er ihr mit seinen Fleischwursthänden abermals den Po tätschelte.

»Wir können auch gerne ein paar Meter gehen, damit wir uns ungestört unterhalten können«, bot Madsen dem Fotografen an, doch dieser schüttelte den Kopf.

»Ich habe nichts zu verbergen, insofern stört es mich nicht im Geringsten, wenn meine Begleiter unserem Gespräch zuhören. Nur zu! Stellen Sie Ihre Fragen! Aber tun Sie mir bitte den Gefallen und beeilen Sie sich, denn bald kommt bereits der nächste Flight – und ich möchte nur höchst ungern als langsamster Turnierspieler in die Clubgeschichte eingehen!«

»Gut, dann machen wir es ganz kurz«, sagte Madsen, während er sich – den strafenden Blick seines Gegenübers sowie seines Kollegen ignorierend – mitten auf dem Golfplatz eine Zigarette anzündete. »Wie wir seit gestern Abend aus verlässlicher Quelle wissen, waren Sie in der Vergangenheit häufiger zu Gast bei sehr – wie soll ich es nennen? – außergewöhnlichen Events. Und Sie sind dort nicht nur als passiver Zuschauer vor Ort gewesen, sondern haben auch regelmäßig erstaunlich hohe Wetten platziert.«

»Jawohl, das ist korrekt«, bestätigte Johnny Schiller überraschend offen und ohne den Hauch eines Schuldgefühls, während seine beiden Mitspieler dem für sie kryptischen Gespräch voller Interesse folgten. »Dafür haben Sie ja sicher auch eine ganze Menge Zeugen. Es mag für Sie vielleicht unverständlich klingen, aber halb nackte Männer, schwitzende Körper und die Ausübung von Gewalt können durchaus eine sehr erotische Wirkung haben, zumindest wenn man ein entsprechendes Faible dafür hat.« Bei diesen Worten zwinkerte er seinem lasziv kichernden Assistenten völlig unverblümt zu. »Und glauben Sie mir, Herr Madsen: Das haben mehr Leute, als man erwartet – und zwar nicht erst seit diesen ›Shades of Grey‹-Romanen. Allerdings verstehe ich immer noch nicht, was all das mit dem von Ihnen angesprochenen Mord zu tun haben soll.«

»Nun, ganz einfach!«, mischte sich Kommissar von Werdenfels in das Gespräch ein, woraufhin ihm des Fleischers Kurtisane einen bewundernden Blick zuwarf. »Wir wissen inzwischen, dass Sie auch Zuschauer des letzten Kampfs von Stanislav Wocz waren. Der Kampf, bei dem er fast totgeprügelt wurde. Warum haben Sie uns davon nichts erzählt?«

»Weil Sie nicht danach gefragt haben!«, erwiderte Schiller wie aus der Pistole geschossen, woraufhin der junge Privatier neben ihm amüsiert grinste. Madsen warf ihm einen drohenden Blick zu, und der hagere Mann verfiel umgehend in eine Art Schockstarre.

»Aber jetzt fragen wir«, sagte er. »Und zwar ganz konkret, denn Sie haben nicht nur einen hohen Betrag auf Wocz' Niederlage gesetzt, sondern zudem auch noch eine Siegesprämie für seinen Gegner ausgelobt. Und soll ich Ihnen sagen, warum ...?« Madsen tippte Schiller, dessen Gesichtsfarbe inzwischen zunehmend der eines Golfballs ähnelte, mit dem Zeigefinger auf die Brust. »Weil der Ausgang des Kampfs für Sie wie ein Sechser im Lotto war. Erstens haben Sie einen ganzen Batzen Geld gewonnen, und zweitens – was in dieser Situation für Sie vermutlich noch wertvoller war: Sie haben sich damit ganz elegant eines Erpressers entledigt.«

Madsen hatte sich in Rage geredet und gebot Schiller, der ihn unterbrechen wollte, mit erhobener Hand, zu schweigen.

»Stimmt es nicht, dass Sie im Zuge der Erpressung Ihrer Frau gegenüber angekündigt hatten, die Sache persönlich regeln zu wollen? Und schauen Sie sich doch mal an: Sie sind sicherlich nicht der Typ, der Wocz eins auf die Schnauze gibt! Dafür sind Sie viel zu schmächtig. Nein, Sie brauchten jemanden, der die Drecksarbeit für Sie übernahm!«

Abermals gedachte der Fotograf, sich zu äußern, doch auch diesmal gebot ihm Madsen mit einer entschlossenen Geste, zu schweigen.

»Später, Herr Schiller, später! Also, Sie wollen Wocz aus dem Weg haben. Allerdings ist das Risiko, einen käuflichen Killer zu beauftragen, verdammt hoch. Und deswegen beschließen Sie, Wocz vor Hunderten von Zeugen in einem scheinbar ›fairen‹ Kampf ganz offiziell halb totschlagen zu lassen, um den hilflosen Mann dann anschließend heimlich im See zu versenken. Damit hatten sich dann alle Ihre Probleme auf einen Schlag – im wahrsten Sinne des Wortes – erledigt!«

Einen Augenblick lang herrschte betretenes Schweigen auf dem Grün.

Johnny Schiller räusperte sich mehrfach, bevor er das Wort ergriff. Es war ihm deutlich anzumerken, dass er seinen Verzicht auf eine ungestörte Unterhaltung inzwischen bereute, denn die Blicke, mit denen ihn seine Mitspieler bedachten, bewegten sich irgendwo zwischen blankem Entsetzen und tiefer Abscheu.

Lediglich die Blondine schien Schillers Worten nicht gelauscht oder sie inhaltlich nicht verstanden zu haben. Stattdessen buhlte sie um von Werdenfels' Aufmerksamkeit, indem sie ihre weiblichen Attribute herausstreckte, als gelte es, einen umkämpften Einhundert-Meter-Zieleinlauf zu gewinnen.

»Ja, ich gebe es zu«, gestand Schiller und senkte zerknirscht den Kopf. »Ich hatte eine Mordswut auf Wocz, und am liebsten hätte ich ihm höchstpersönlich den Hals umgedreht. Aber Sie haben natürlich recht: Der Mann war größer als ich, stärker als ich – und vor allem kampferfahrener als ich. An eine körperliche Auseinandersetzung brauchte ich also nicht einmal zu denken. Und wenn ich bei Augenthaler dafür gesorgt hätte, dass er von der Baustelle fliegt, dann hätte er mir abends aufgelauert und sich dafür gerächt. Zumindest hat er mir das angedroht. Ich war diesem Dreckskerl also im Grunde völlig hilflos ausgeliefert – bis dieser ominöse Abend kam und Wocz auf einmal bei dem Spezialkampf antrat. Das war für mich wie ein Wink des Schicksals! Ich hab auch gar nicht lange überlegt, sondern seinem Gegner ganz spontan zehntausend Euro versprochen, wenn er Wocz ordentlich verprügelt. Logisch, dass ich dann auch auf ihn gewettet habe – alles andere wäre ja völlig widersinnig gewesen. Tja, und dann hat der gute Dr. Pain diesem selbstgefälligen Polen mal so richtig gezeigt, wo der Hammer hängt! Und ich geb es gerne zu: Ich habe jeden einzelnen Schlag, der Wocz getroffen hat, genossen!«

Ein zufriedenes Lächeln huschte über sein Gesicht. Offensichtlich schien er die Erinnerungen an den Kampf selbst nach dem Tod des Bauarbeiters noch zu genießen.

»Wissen Sie, Herr Schiller, all das, was Sie uns gerade erzählt haben, kann ich bis zu einem gewissen Grad sogar nachvollziehen – auch wenn ich es natürlich nicht gutheiße«, sagte Madsen nachdenklich, während er einen letzten Zug an seiner Zigarette nahm. Anschließend blickte er sich suchend um und versenkte seine Kippe in einem der kleinen, kreisrunden Löcher, die sich in unregelmäßigen Abständen in dem akkurat geschorenen Rasen befanden.

»Aber all das berechtigt Sie natürlich nicht, Wocz umzubringen!«, ergänzte Kommissar von Werdenfels und blickte dabei perplex zu seinem Vorgesetzten, der – anstatt selbst weiterzusprechen – plötzlich auf dem Boden herumkroch, als suchte er einen verlorenen Hosenknopf. »Hätten Sie sich denn nicht mit dem Knock-out begnügen können? Ich meine, Wocz hatte doch weiß Gott genug eingesteckt – musste es denn tatsächlich noch ein Mord sein?«

Auch Johnny Schiller hatte die plötzliche Unaufmerksamkeit des Kriminalrats, der immer noch auf dem Boden kauerte und das Gras zu untersuchen schien, irritiert zur Kenntnis genommen, bevor er von Werdenfels direkt in die Augen blickte und voller Pathos drei Finger hob.

»Ich schwöre bei allem, was mir heilig ist, Herr Kommissar: Mit dem Mord an Wocz habe ich nichts zu tun! Ganz ehrlich nicht! Nachdem Wocz k. o. gegangen ist, habe ich meinen Wettgewinn einkassiert und das Hafengelände in Possenhofen sofort verlassen. Fragen Sie meine Frau – die sitzt gerade keine hundert Meter entfernt von hier beim Brunch im Hotel ›Kaiserin Elisabeth‹. Sie war dabei und kann Ihnen alles bestätigen! Meine Frau und ich haben dann noch einen kurzen Moment auf der Straße gestanden, dann hat sie ein Taxi nach Hause genommen, während ich mit meinem Wagen in den ›Saustall‹, einen Club in Bernried, gefahren bin. Da habe ich mich mit Antoine getroffen, und wir haben bis zum frühen Morgen den Sieg von Dr. Pain und meinen daraus resultierenden Gewinn gefeiert. Dafür gibt es Zeugen. Antoine zum Beispiel. Oder die Barkeeperin im ›Saustall‹.«

Von Werdenfels winkte ab, während er gleichzeitig voller Unverständnis Kriminalrat Madsen beobachtete, der sich just in diesem Moment mit einem zufriedenen Gesichtsausdruck vom Boden erhob, ein paar Schritte zur Seite trat und nach seinem Handy griff.

»Wir haben die Aussage der Barkeeperin vorliegen. Sie hat sich zwar an Sie und Antoine erinnert, konnte aber keinerlei verbindliche Aussage zur Uhrzeit machen. Sie könnten also durchaus auch nach dem Mord nach Bernried gefahren sein. Natürlich werden wir Ihre Frau auch noch befragen, aber das ändert nichts an der Tatsache, dass ich Sie, Johnny Schiller, angesichts des dringenden Tatverdachts, des schlüssigen Motivs und einer nicht unerheblichen Fluchtgefahr hiermit vorläufig festnehme!«

Der Fotograf blickte von Werdenfels, der ihm mit einem geschickten Griff ein Paar Handschellen überstreifte, ungläubig an, und auch seine beiden Golfpartner schlugen voller Entsetzen die Hände vor den Mund, während die Blondine eine dicke Kaugummiblase formte und das unerwartete Geschehen via WhatsApp und Facebook umgehend der virtuellen Welt verkündete.

»Stopp!« Das Kommando klang wie ein Peitschenschlag, und Antoine Malmé sprang mit ausgebreiteten Armen vor seinen Geliebten. »Ich sagte: Stopp! Lassen Sie Johnny los — er hat mit dem Mord nichts zu tun. Sie haben den Falschen. Wenn Sie jemanden festnehmen müssen, dann mich! Ich habe Stanislav Wocz umgebracht!«

Abermals herrschte einen Moment lang eine solche Stille, dass man eine Pitchgabel hätte fallen hören können.

Und das sogar auf Gras.

Alle Anwesenden starrten auf Malmé, und der Fleischer hatte dabei eine dermaßen große Verständnislosigkeit im Blick, dass dagegen selbst die Mimik seiner wasserstoffblonden Begleiterin nobelpreisverdächtige Züge aufwies.

Aber auch Kommissar von Werdenfels schaute irritiert zwischen Antoine Malmé und seinem Gefangenen hin und her, bevor er einen hilfesuchenden Blick zu Madsen warf.

Der hatte sein Telefonat inzwischen beendet und schien als Einziger die Ruhe selbst zu sein.

»Kein Problem, Herr Malmé!«, sagte er freundlich. »Wenn Sie sagen, dass Sie Wocz umgebracht haben, dann nehmen wir Sie eben auch fest. Und wer weiß: Vielleicht haben Sie beide die Sache ja auch gemeinsam geplant und durchgezogen. Wenn wir Sie beide verhaften, gehen wir auf jeden Fall auf Nummer sicher!«

Jetzt war es plötzlich Johnny Schiller, der lautstark intervenierte.

»Antoine, lass den Quatsch! Was soll das denn? Du hast mit der ganzen Geschichte genauso wenig zu tun wie ich! Es ist schön, dass du dich für mich opfern möchtest, und ich liebe dich dafür, Chéri, aber das ist Wahnsinn! Kümmere dich lieber darum, dass ich schnellstmöglich einen guten Anwalt sprechen kann. Dann wird sich die Sache in null Komma nix aufklären!«

Malmé zögerte kurz, dann trat er – Schillers Worte ignorierend – vor von Werdenfels und streckte ihm seine Hände entgegen.

»Herr Kommissar, hiermit gestehe ich den Mord an Stanislav Wocz. Ich habe ihn nach dem Kampf ins Wasser geworfen und dabei zugesehen, wie er ertrunken ist. Ich habe ihn umgebracht, weil er meinen Liebhaber Johnny erpresst und bedroht hat. Und jetzt nehmen Sie mich bitte fest!«

Von Werdenfels blickte ratlos zu Madsen, und der nickte achselzuckend.

»Wenn Herr Malmé den Mord gesteht, lieber Max, dann müssen wir ihn natürlich auch festnehmen.«

»Ja, aber ...« Von Werdenfels deutete fragend auf Schiller, der seinen Assistenten mit einer obskuren Mischung aus Wut und Gerührtheit anblickte.

Madsen zwinkerte ihm fröhlich zu.

Er schien bester Laune zu sein und breitete die Arme aus, als wollte er die ganze Welt umarmen.

»Ist das nicht ein herrlicher Tag? Ich habe ein sehr, sehr gutes Gefühl, was unseren Fall angeht, und bin mir sicher, dass wir in Kürze definitiv sagen können, wer von den beiden es nicht war. Ich schlage vor, wir lassen Schiller und seinen Assi jetzt von den Kollegen abholen und nach Starnberg ins Revier bringen. Da können wir sie dann später getrennt voneinander befragen. Und weißt du, was wir bis dahin machen, lieber Max?«

Von Werdenfels schüttelte verwirrt den Kopf.

Wieso agierte Madsen, der noch vor wenigen Minuten ebenso müde gewesen war wie er selbst, plötzlich, als hätte man ihm einen neuen Akku eingesetzt? Hatte der Kriminalrat im Verlauf des Gesprächs irgendetwas aufgeschnappt, was ihm selbst entgangen war? Und mit wem hatte er in der Zwischenzeit telefoniert? Der Kommissar rieb sich frustriert das Kinn.

Er fand einfach keine Antwort auf seine Fragen, aber das musste er vielleicht auch nicht, denn Madsen schien ja offensichtlich einen vielversprechenden Plan in petto zu haben.

Immerhin war der Mann ein erfahrener Ermittler.

Ein echter Fuchs, der jetzt sicherlich einen ausgebufften Schritt vorschlug, der sie der Lösung des Falls entscheidend näherbrachte und eindeutig ergab, welcher der beiden Festgenommenen nun der wahre Mörder war.

Mit diesem beruhigenden Wissen wandte sich von Werdenfels an seinen Vorgesetzten, salutierte scherzhaft und antwortete: »Was immer du jetzt ausgeheckt hast, Chef – ich bin dabei!«

»Wunderbar.« Madsen rieb sich zufrieden die Hände. »Dann machen wir jetzt genau das, was bei jeder Ermittlung das Wichtigste ist. Und ohne das kein Fall gelöst werden kann – egal, ob es sich dabei um Ladendiebstahl oder um Mord handelt. Und zwar ... trinken wir jetzt erst mal einen Kaffee!«

★★★

Es war der antiquierte Charme, der die Terrasse des Feldafinger Hotels »Kaiserin Elisabeth« als gastronomisches Juwel erscheinen ließ.

Schlanke, gusseiserne und mit floralen Ornamenten verzierte Säulen, eine weiß lackierte Lamellenholzdecke, voluminöse Lüster, die an großgliedrigen Kupferketten von der Decke hingen, sowie üppiger Wildrosenbewuchs in leidenschaftlichem Rot und distinguiertem Rosé sorgten für eine architektonische Schönheit, die den meisten Besuchern das Herz höher schlagen ließ – eine Reaktion, die angesichts der zumeist betagten Hotelgäste aus kardiologischer Sicht durchaus einen gewissen Anlass zur Sorge gab.

Bei Madsen und von Werdenfels bestanden solcherlei Risiken jedoch kaum, und so ließen sich die beiden mit einem erschöpften Seufzen auf den blau gepolsterten Holzstühlen nieder, streckten ihre Beine aus und genossen den Blick, für den der gemeine Hotelgast einen dreistelligen Betrag zu investieren hatte.

»Herrlich!«, murmelte Madsen, verschränkte die Arme hinter dem Kopf und schloss für einen kurzen Moment die Augen. »Ich glaube, hier stehe ich nie wieder auf.«

Kommissar von Werdenfels wedelte lachend mit dem Zeigefinger.

»Das könnte dir so passen, Mads! Vergiss nicht, dass wir nicht zum Vergnügen hier sind. Wir wollten vielmehr ein Gespräch mit der Dame führen, die sich dort vorne gerade bis zum Verlust der Muttersprache betrinkt!«

Er deutete auf einen großen, runden Tisch, der nahe der Treppe zum Garten stand und an dem eine Gruppe von Frauen einen Brunch genoss, der im Laufe des Morgens offensichtlich orgienähnliche Züge angenommen hatte.

Zahlreiche leere Flaschen steckten in eisgefüllten Champagnerkühlern, rosafarbene Meeresfrüchteschalen stapelten sich auf silbernen Platten, und die Aschenbecher quollen dermaßen über, dass der neutrale Betrachter der Versuchung widerstehen musste, sich auf der Stelle mit Philip-Morris-Aktien einzudecken.

»Da scheint es ja in der Tat hoch herzugehen!«, bemerkte Madsen amüsiert, und wie zur Bestätigung posaunte eine der millionenschweren Blondinen ein zotiges Bonmot heraus, woraufhin der Rest der Silikonen in lautstarkes Gelächter ausbrach. Dass sich andere Gäste dadurch gestört fühlen könnten, interessierte die trinkfreudige Truppe dabei ungefähr genauso sehr wie das Bruttoinlandsprodukt von Kiribati.

Madsen schüttelte den Kopf und winkte nach dem Kellner, woraufhin einer der Hotelangestellten dienstbeflissen herbeieilte.

Der junge Mann trug eine schwarze Hose mit messerscharfer Bügelfalte, ein weißes Sakko mit goldgesticktem Hotellogo sowie einen Mittelscheitel, dessen Perfektion auf die Verwendung von Zirkel, Geodreieck und Sekundenkleber schließen ließ. Mit einem devoten Lächeln erkundigte er sich nach Madsens

Begehr und wirkte etwas überrascht, als dieser seine Wünsche kundtat.

»Wir hätten gerne erst einmal einen Kaffee. Und zwar einen für echte Männer! Das heißt, er sollte mindestens so stark sein, dass man einen Löffel reinstecken kann. Und anschließend bitten wir Sie, die Dame, die dort vorne gerade aus der Champagner-flasche trinkt, einmal zu uns an den Tisch zu holen. Sagen Sie ihr einfach, Mads Madsen würde sie gerne kurz sprechen – das sollte als Begründung ausreichen.«

Der Kellner nickte irritiert, tat dann aber, wie ihm geheißen, und kurze Zeit später trat Jenny Schiller – mit leichten Schwie-rigkeiten in der Feinmotorik – an den Tisch der beiden Ermittler.

»Herr Kriminalrat! Was für eine freudige Überraschung! Aber was, um Himmels willen, ist denn mit Ihrem Auge passiert? Soll ich vielleicht mal blasen? Das Angebot gilt natürlich auch für das Schnuckelchen bei Ihnen am Tisch?«

Sie zwinkerte von Werdenfels anzüglich zu, wobei das gleichzeitige Aufstoßen die erotisierende Wirkung dieser Geste erheblich minderte.

»Oh, ich fürchte, mein Kollege Kommissar von Werdenfels ist in festen Händen«, antwortete Madsen. »Aber nehmen Sie doch bitte Platz, Frau Schiller – wir würden uns nämlich gerne kurz mit Ihnen unterhalten. Möchten Sie vielleicht auch einen Kaffee?«

Die Mimik der Millionärsgattin drückte eine solche Abscheu aus, als habe Madsen ihr pürierte Kakerlaken angeboten.

Mit unsicheren Bewegungen ließ sie sich auf einem der Stühle nieder und bestellte stattdessen einen Kir Royal. Ein zusam-mengerollter Schein als Trinkgeld stellte dabei sicher, dass die Portionsgröße ihren speziellen Anforderungen gerecht wurde.

Anschließend wandte sie sich an die beiden Ermittler und fuhr sich mit der Zunge über die rot geschminkten Lippen.

»Was kann ich denn nun für Sie tun, meine Herren? Wie ich Ihnen, Herr Kriminalrat, ja bereits gesagt habe: Ich stehe Ihnen jederzeit zur Verfügung. Und ich habe auch kein Problem mit Handschellen oder einem Kreuzverhör zu dritt!«

Von Werdenfels verschluckte sich hustend, während Madsen, den bei der Fotografengattin inzwischen nichts mehr schockieren konnte, lediglich grinste.

»Wir wissen Ihr freundliches Angebot zu schätzen, Frau Schiller, aber wir sind hier, um über Ihren Mann zu sprechen. Es tut mir leid, Ihnen mitteilen zu müssen, dass wir ihn soeben wegen des Verdachts auf Ermordung von Stanislav Wocz festgenommen haben.«

Es dauerte einen Moment, bis Jenny Schiller die gesamte Tragweite des Gesagten verstanden hatte, doch dann weiteten sich ihre Augen, und sie riss ungläubig den Mund auf.

»Johnny soll einen Mord begangen haben? Das ist doch hoffentlich ein Scherz, oder?«

Von Werdenfels verneinte bedauernd.

»Leider nicht, Frau Schiller! Er hat mit der Erpressung ein Motiv, er hatte die Gelegenheit, und er hat ein äußerst windiges Alibi. Womit wir auch schon bei dem Grund für dieses Gespräch wären: Wir wissen inzwischen, dass Sie und Ihr Gatte regelmäßig sogenannte Bare-Knuckle-Fights besucht haben. So auch Anfang der Woche in Possenhofen. Es war der Abend, an dem Stanislav Wocz halb totgeprügelt worden ist. Das bedeutet, Sie haben uns belogen, als Sie sagten, Sie hätten Wocz bisher nur flüchtig auf der Baustelle gesehen. Aber darum geht es jetzt nicht. Wir möchten etwas anderes von Ihnen wissen. Ihr Mann sagte aus, dass Sie gemeinsam mit ihm das Hafengebäude verlassen haben. Stimmt das?«

»Jawohl, das ist korrekt!«, bestätigte Jenny Schiller, nickte dem Kellner dankend zu und nahm den Cocktail, der dank der kleinen Zusatzgratifikation bis an die Grenze der Glaskapazität gefüllt war, mit verklärtem Lächeln entgegen.

Anschließend prostete sie ihrer Damenrunde ein paar Tische weiter fröhlich zu.

»Und dann sind Sie in ein Taxi gestiegen, und Ihr Mann ist mit seinem Auto losgefahren?«, hakte von Werdenfels nach.

»Ja! Ich meine: nein!«, sagte Jenny Schiller und leerte das Glas in zwei Zügen, bevor sie sich hicksend zurücklehnte. »Das heißt:

Wir sind tatsächlich jeder ins Auto eingestiegen, und ich bin auch sofort losgefahren. Ich kann allerdings nicht sagen, ob Johnny auch losgefahren ist. Ich glaube, als ich an ihm vorbeigekommen bin, stand er noch.«

Kommissar von Werdenfels beugte sich nach vorn und blickte der Frau fest in die Augen. Sein gesamter Habitus war plötzlich wie der eines Bluthunds, der eine Spur gewittert hatte.

»Frau Schiller, das, was ich Sie jetzt frage, ist extrem wichtig! Haben Sie gesehen, dass Ihr Mann nach dem Kampf im Hafengebäude von Possenhofen losgefahren ist oder nicht? Überlegen Sie gut, was Sie sagen, denn es ist von großer Bedeutung.«

Jenny Schiller stierte den Kommissar einen Augenblick lang verständnislos an, dann schüttelte sie träge den Kopf.

»Ich weiß nicht mehr. Das ist schon so lange her. Ich kann mich nicht mehr genau erinnern, aber ich glaube, als ich losgefahren bin, stand er noch da. Allerdings bin ich mir nicht sicher. Außerdem habe ich Kopfschmerzen. Und mir ist schlecht!«

Kriminalrat Madsen gab dem Kellner ein kurzes Zeichen, und dieser eilte augenblicklich mit einem leeren Champagnerkühler herbei. Entweder Jenny Schillers Alkoholkonsum samt physikalischen Folgeerscheinungen war im Hause bereits bekannt, oder der eifrige junge Mann verfügte über eine außergewöhnliche Antizipationsfähigkeit.

»Frau Schiller …«, wechselte Madsen rasch das Thema und beobachtete mit dem Kühler in der Hand argwöhnisch jede ihrer Regungen, »… was hat Sie persönlich an diesen Kämpfen eigentlich so fasziniert? Immerhin schlagen sich dort Männer halb tot – worin besteht für Sie der Reiz, sich so etwas anzuschauen?«

Jenny Schiller grinste ihn anzüglich an, wenngleich es ihr offensichtlich größte Mühe zu bereiten schien, die Augen offen und den Mageninhalt innen zu halten.

»Haben Sie die Körper der Jungs mal gesehen, Herr Kriminalrat? Wenn die so verschwitzt im Ring stehen, dann ist das wie ein Porno. Nur in echt!«

»Ja, aber die Verletzungen? Und die Niederschläge? Das ist

doch ekelhaft!«, erwiderte von Werdenfels, woraufhin ihm Jenny Schiller einen vernichtenden Blick zuwarf.

»Sind Sie 'ne Pussy, oder was? Das passiert nun mal, wenn richtige Männer sich prügeln. Und außerdem hat so ein Niederschlag für mich immer eine schöne Stange Geld bedeutet. Zumindest dann, wenn der Richtige zu Boden ging!«

Sie hob die Hand, und als der Kellner herbeigeeilt kam, deutete sie wortlos auf ihr leeres Glas.

»Wir haben schon gehört, dass Wetten eine Ihrer großen Leidenschaften ist.« Madsen bedeutete der Servicekraft unauffällig, Schillers Glas diesmal deutlich geringer zu füllen. »Sie sind ja sogar so wettverrückt, dass Sie Milosz Lato damit beauftragt haben, für Sie zu setzen. Hatten Sie keine Angst, dass der sich mit dem Geld aus dem Staub macht? Das waren immerhin zehntausend Euro!«

Sie lachte spöttisch.

»Aus dem Staub machen? Lato? Lächerlich! Solange der mich ficken darf, würde der keinen einzigen Schritt weggehen!« Sie wandte sich zum Nachbartisch, von wo ihr ein älteres, vornehm gekleidetes Ehepaar angesichts ihrer Ausdrucksweise missbilligende Blicke zuwarf. »Was ist? Haben Sie irgendein Problem? Noch nie das Wort ›ficken‹ gehört? Ficken! Ficken! Ficken!«

»Ich glaube, die Herrschaften haben verstanden, was Sie sagen wollten«, unterbrach Madsen sie und machte eine entschuldigende Geste in Richtung der Senioren, bevor er aufstand und seiner betrunkenen Gesprächspartnerin die Hand reichte.

»Vielen Dank, Frau Schiller! Sie haben uns sehr geholfen. Und jetzt sollten Sie vermutlich wieder zurück zu Ihren Freundinnen gehen – die scheinen Sie bereits zu erwarten.«

Jenny Schiller erhob sich mühsam und nickte mit glasigem Blick.

In der Tat reckten und streckten die alkoholisierten Grazien ihre gestrafften Hälse, um nichts von dem, was am Tisch der Ermittler vonstattenging, zu verpassen.

»Aber … aber … aber was ist mit meinem Kir Royal?«

»Ich bin sicher, der Kellner wird Sie auch dann finden, wenn

Sie den Tisch gewechselt haben«, sagte der Kriminalrat und zündete sich erleichtert eine Zigarette an, als die Fotografengattin endlich torkelnden Schrittes gen Damenrunde verschwand.

Dass sie dabei noch mehrfach das Wort »ficken« vor sich hinmurmelte, bekam das Ehepaar am Nebentisch zum Glück nicht mehr mit.

»Junge, war die voll! Wenn ich so viel trinken würde wie die, müsste man mir den Magen auspumpen!«, bemerkte von Werdenfels. »Aber immerhin wissen wir nun, was wir wissen wollten. Auch wenn sie nicht mehr sicher war, hat sie gesagt, dass sie ihren Mann nicht hat wegfahren sehen. Ich würde sagen, damit ist klar, wer der Mörder ist!«

»Ja, das sehe ich auch so«, bestätigte Madsen und nahm nachdenklich einen tiefen Zug an seiner Zigarette. »Um die Sache aber wirklich wasserfest zu machen, hätte ich noch einen kleinen Spezialauftrag für dich. Allerdings müsstest du dafür noch mal nach Starnberg fahren. Wäre das in Ordnung?«

Kommissar von Werdenfels zuckte mit den Schultern.

»Ja, natürlich. Ich verstehe zwar nicht, warum wir Schiller jetzt nicht einfach ins Kreuzverhör nehmen, bis er gesteht, aber du bist der Chef. Du wirst schon wissen, was du tust. Apropos tun: Was machst du denn in der Zeit, in der ich nach Starnberg fahre?«

»Ach, weißt du, lieber Max …«, erwiderte Madsen mit einem breiten Grinsen und legte seinem Partner kameradschaftlich den Arm um die Schultern. »Ich finde es hier so schön, dass ich mich gerne noch ein wenig im Hotel umschauen möchte. Schließlich hat man nicht allzu oft Gelegenheit, auf demselben Boden zu wandeln wie die gute Sisi. Und wer weiß? Vielleicht finde ich ja irgendwo noch eine Kammerzofe, die mir ein paar kaiserliche Geheimnisse verraten kann.«

★★★

Im Grunde hatte sich die Nutzung der historischen Stallungen des Hotels im Laufe der Zeit nicht sonderlich geändert.

Dort, wo seinerzeit die kaiserlichen Gespanne untergebracht waren, befanden sich auch hundertfünfzig Jahre später wieder Hunderte von Pferden – wenngleich diesmal kompakt in den Karosserien hochmotorisierter Sportwagen verstaut.

Kriminalrat Madsen schlenderte fröhlich pfeifend über das grobe Kopfsteinpflaster des Zufahrtswegs, betrachtete interessiert die alten Ställe und amüsierte sich über den optischen Kontrast, den die perfekt designten, blank polierten Luxusfahrzeuge zu dem alten Anbau bildeten, vor dem sie geparkt waren.

Das jahrhundertealte Gemäuer wies kaum eine senkrechte Linie auf, war großflächig mit Efeu, Schwalbennestern und Spinnweben bedeckt und besaß große grüne Holztore, die so schief in den Angeln hingen, als habe der zuständige Schreiner an Grauem Star im Endstadium gelitten.

Allerdings gab es auch Gebäudeteile, die zwischenzeitlich eine bauliche Modernisierung erfahren hatten und dadurch als zusätzliche Gästeunterkünfte genutzt werden konnten.

Das war vorteilhaft für die Hotelbetreiber, denn es erhöhte die Zimmerkapazität, aber es war von Nachteil für die Zimmermädchen, die den gesamten Innenhof zu durchqueren hatten, um die Räume im Anbau zu reinigen.

Genau aus diesem Grunde – und da um diese Uhrzeit üblicherweise die Zimmer der abreisenden Gäste für die nachmittäglichen Neuankömmlinge vorbereitet werden mussten – herrschte auch reges Treiben zwischen den beiden Gebäudetrakten, und eine ganze Armada von Zimmermädchen und Hausdamen hastete im Laufschritt an Madsen vorbei. Sie trugen klassische schwarz-graue Uniformen, weiße Spitzenschürzen und – als arbeitnehmerfreundliches Zugeständnis an ihre schwere körperliche Arbeit – schwarze Sportschuhe. Obwohl fast ausnahmslos bepackt mit Körben voller Bettwäsche, Putzutensilien oder Kaffeegeschirr, waren sie dennoch nicht um einen höflichen Gruß, ein kurzes Lächeln oder ein freundliches Wort gegenüber dem vermeintlichen Hotelgast Madsen verlegen.

Eine etwa sechzigjährige Südeuropäerin mit kompakten Körpermaßen und einem tiefschwarzen Dutt unter dem weißen Häubchen lächelte ihm so freundlich zu, dass Madsen sich spontan bemüßigt sah, ihr den schweren Staubsauger, den sie über den Hof balancierte, aus den Händen zu nehmen und ihn ihr bis zur Treppe des Haupthauses zu tragen.

Als sich die Hotelangestellte, deren Namensschild sie als »Antonella« auswies, überschwänglich für seine Hilfe bedankte, winkte Madsen generös ab und erkundigte sich interessiert: »Arbeiten Sie eigentlich schon lange hier, junge Frau?«

»Junge Frau? Na, Sie sind aber ein charmanter Lügner, mein Herr!«, protestierte sie lachend, wenngleich ihren strahlenden Augen unschwer zu entnehmen war, welche Freude ihr dieses Kompliment in Wirklichkeit machte. »Ja, ich arbeite tatsächlich schon seit vierundvierzig Jahren in diesem Hotel. Ich könnte Ihnen Geschichten erzählen, das glauben Sie nicht!«

»Oh doch, das glaube ich Ihnen durchaus«, entgegnete der Kriminalrat schmunzelnd. »Man hört ja immer wieder, dass sich hinter den Kulissen der Hotels echte menschliche Dramen abspielen. Da können Sie nach einer so langen Zeit bestimmt ein Lied von singen. Vermutlich kennen Sie auch eine Menge der Gäste, die hier verkehren, inzwischen persönlich, oder?«

»Oh ja! Das tue ich allerdings!«, bestätigte die Hausdame und schien das Interesse an ihrer Person und ihrer Tätigkeit außerordentlich zu genießen. »Ein paar der ausländischen Stammgäste haben mich sogar schon in ihre Heimat eingeladen, weil ich ihre Zimmer seit Jahren immer so schön mache. Andere bringen mir manchmal kleine Geschenke von zu Hause mit, und ein Geschäftsmann, der ebenso wie ich aus Sizilien stammt, wollte mich vor ein paar Jahren sogar heiraten.«

»Das kann ich durchaus verstehen – Sie sind ja auch eine sehr nette Frau«, erwiderte Madsen und erntete ein geschmeicheltes Lächeln, woraufhin er auf eine kleine Bank deutete, die am Fuße einer majestätischen Kastanie stand und von zwei goldenen Löwen flankiert wurde. »Vielleicht können wir uns ja für einen kurzen Moment dort hinsetzen? Ich würde Ihnen gerne mal ein Foto zeigen und Sie fragen, ob Sie die darauf abgebildete Person kennen.«

»Oh, tut mir leid, Signore!«, wiegelte die Dame resolut ab und schickte sich an, das Gespräch zu beenden. »Diskretion ist eines der wichtigsten Gebote in einem guten Hotel. Und das ›Elisabeth‹ ist ein gutes Hotel! Deshalb kann ich Ihnen leider keine Auskunft über unsere Gäste geben.«

»Bei allem Respekt für Ihr integres Verhalten …«, entgegnete Madsen und präsentierte der überraschten Hausdame seinen Dienstausweis, »… aber es sind auch nicht die Gäste im Allgemeinen, die mich interessieren. Sondern ein Gast im Speziellen. Und wenn ich Ihnen sage, was dieser Gast vor ein paar Tagen einem polnischen Bauarbeiter angetan hat, dann werden Sie meine Bitte verstehen. Das, liebe Antonella, ist so sicher wie die Verwendung einer Lupara bei der Vendetta!«

★★★

»Was wollen Sie denn schon wieder hier?«

Die Freude, Kriminalrat Madsen wiederzusehen, schien sich bei Jenny Schiller in Grenzen zu halten.

Sie befand sich nach wie vor inmitten ihrer Freundinnen und genoss ihren sonntäglichen Brunch, wenngleich sich das Verhältnis von festen zu flüssigen Speisen inzwischen deutlich zugunsten Letzteren gewandelt hatte.

Die Auswirkungen dieses kulinarischen Ungleichgewichts waren Jenny Schiller unschwer anzusehen. Ihr Haar fiel in wirren Strähnen über ihre Stirn, das elegante Cocktailkleid saß mehr schlecht als recht auf ihrem durchtrainierten Körper, und die falschen Wimpern hingen überall im Gesicht – nur nicht da, wo sie per Definition eigentlich hingehörten.

Doch nicht nur Jenny Schiller wirkte etwas derangiert, auch den anderen Damen war der ausufernde Prosecco-Genuss deutlich anzumerken. So stierte ein Teil der Luxusgrazien Madsen aus glasigen Augen verständnislos an, während die restlichen Promille-Amazonen ihm mit lasziven Blicken zuprosteten und sich in anzüglichen Kommentaren über seine offensichtlich höchst begehrenswerte Anatomie äußerten.

Madsen schüttelte den Kopf.

Er war weder prüde, noch waren ihm angetrunkene Frauen und ihre zweideutigen Kommentare fremd – immerhin kam er vom Kiez in Hamburg.

Was ihm jedoch in höchstem Maße befremdlich erschien, war der gesellschaftliche Status dieses illustren Damenkränzchens. Von solchen Personen erwartete man gemeinhin ein distinguiertes und niveauvolles Auftreten. Die Anwesenden hingegen befleißigten sich einer Ausdrucksweise, die man sonst vornehmlich aus sozialen Brennpunkten oder – wie im Fall von Kriminalrat Madsen – vom Straßenstrich auf Sankt Pauli kannte.

»Tut mir leid, wenn ich störe, aber ich müsste noch einmal ganz kurz mit Ihnen sprechen, Frau Schiller. Hätten Sie vielleicht eine Minute Zeit für mich?«

Sie nickte widerstrebend, bevor sie Madsen mit einem Champagnerglas in der Hand die Treppen hinab in den Hotelgarten folgte.

Das gesamte Anwesen war top gepflegt, der Rasen kurz geschoren, die Blumenrabatte akkurat begrenzt und die Rosensträucher so geschnitten, dass ihre Blütenpracht einer großen, verführerisch duftenden Kugel glich. Am Ende der weitläufigen Grünfläche stand eine weiße Marmorstatue, die – dem Hotelnamen zufolge wenig überraschend – die österreichische Monarchin Elisabeth darstellte und an ihre fünfundzwanzig sommerlichen Aufenthalte an diesem Ort erinnerte.

Madsen betrachtete einen Moment lang die goldene Inschrift auf dem Sockel, bei deren Gestaltung man mehr Wert auf plakative Fernwirkung als auf typografische Finesse gelegt hatte, und wandte sich dann an Jenny Schiller, die ihm mit unsicherem Schritt von der Terrasse quer durch den Garten gefolgt war.

»Frau Schiller, ich möchte Sie noch ein letztes Mal zu dem Alibi Ihres Mannes befragen. Ist er –«

»Das habe ich Ihnen doch eben schon erklärt!«, unterbrach sie ihn ungehalten. »Meinen Sie, in der Zwischenzeit hätte sich daran was geändert? Ich habe nicht wirklich gesehen, ob er weggefahren ist, aber ich kann mich auch nicht mehr richtig erinnern.«

»Aber Sie erinnern sich ganz sicher, dass Sie selbst weggefahren sind?«, hakte Madsen nach und ignorierte die offensichtliche Verärgerung seiner Gesprächspartnerin.

»Ja, das weiß ich ganz genau. Ich bin in das Taxi gestiegen und dann sofort losgefahren.«

»Ohne noch einmal zu halten? Oder umzukehren?«

Jenny Schiller funkelte ihn wütend an.

Ihre Trunkenheit schien plötzlich wie von Zauberhand verschwunden und einer unverhohlenen Aggressivität gewichen zu sein.

»Natürlich haben wir nicht mehr angehalten oder sind umgekehrt! Warum sollten wir auch?«

»Nun, das weiß ich nicht. Aber vielleicht kann uns ja Herr Poschart weiterhelfen. Max, könntet ihr beide bitte mal herkommen?«

Im selben Moment trat Kommissar von Werdenfels in Begleitung eines älteren, grauhaarigen Herrn aus dem hinteren Teil des Gartens, der durch den dichten Strauchbewuchs nicht einsehbar war.

Der Mann war etwa Ende sechzig, hatte eine vollschlanke Figur und trug – jedem modischen Diktat trotzend – zu Jeans und T-Shirt eine dunkelbraune Lederweste sowie Birkenstock-Sandalen mit Socken.

»Das ist Herr Poschart, Frau Schiller. Erkennen Sie ihn wieder?«

Die Millionärsgattin musterte den Mann mit zusammengekniffenen Augen.

Von alkoholbedingter Sinnesbeeinträchtigung war nun nicht mehr das Geringste zu spüren, und sie wirkte auf die Ermittler plötzlich ausgesprochen wachsam, als sie leise antwortete: »Ja, ich erinnere mich an den Herrn. Er ist der Taxifahrer, der mich nach Hause gefahren hat.«

»Direkt nach Hause?«

»Jawohl, direkt nach Hause! Wie oft, zum Teufel, muss ich Ihnen das denn noch sagen?«

»So a Schmarrn!«, widersprach der Taxifahrer auf tiefstem

Bairisch und ignorierte dabei Jenny Schillers wütenden Blick. »Wir sind doch noch mal umgekehrt, junge Frau! Sie hatten Ihr Handy vergessen und wollten noch mal kurz zurück. Ich hab Sie dann an der ›Schiffsglocke‹, diesem Lokal kurz vorm Hafen in Possenhofen, rausgelassen, und Sie sind – warum auch immer – den Rest zu Fuß gelaufen. Können Sie sich wirklich nicht mehr daran erinnern?«

Madsen beobachtete Jenny Schillers Reaktion interessiert. Sein Plan, sie durch persönliche Konfrontation mit dem Taxifahrer zu einem emotionalen Ausbruch zu provozieren, schien aufzugehen, denn sie bewahrte nur mit größter Mühe Contenance und wirkte wie ein Dampfkessel, der jede Sekunde zu explodieren drohte.

»So ein Schwachsinn!«, rief sie aus. »Ich habe keine Ahnung, was der Mann da sagt. Ich bin ins Auto gestiegen, wir sind losgefahren, und er hat mich auf direktem Wege nach Hause gebracht. Ich bin sicher, wenn Herr Poschart noch mal genau darüber nachdenkt, wird er sich erinnern, dass es genau so war!«

Bei diesen Worten warf sie dem Taxifahrer einen langen, warnenden Blick zu. Doch dieser zeigte sich gänzlich unbeeindruckt und wandte sich an die beiden Polizisten.

»Jo, Kruzifix! Ich bin doch nicht blöd! Ich weiß ganz genau, dass diese Frau noch einmal zurückgefahren werden wollte und dann eine ganze Zeit lang am Hafen war. Ich habe mich nämlich noch gewundert, warum das so lange dauert, ein vergessenes Handy zu holen.«

Ein plötzliches Gläserklirren ließ die Männer erschrocken zusammenfahren.

Jenny Schiller hatte ihr Champagnerglas wutentbrannt gegen die Statue geschleudert und baute sich nun mit hasserfülltem Blick vor dem Taxifahrer auf, der zwar deutlich breiter, aber auch deutlich kleiner·war als sie.

»Jetzt hör mir mal gut zu, du dämlicher Wichser! Wenn ich sage, wir sind auf direktem Wege nach Hause gefahren, dann ist das auch so, verstanden? Wenn es hart auf hart kommt, steht deine Aussage gegen meine, und dann werden wir ja sehen, wer glaubwürdiger ist – ein popeliger Taxifahrer oder die Frau des weltbekannten Fotografen Johnny Schiller. Und wenn ich anschließend mit dir fertig bin …«, sie lächelte gehässig, »… dann wirst du in Starnberg nie wieder einen Fuß auf den Boden bekommen! Hast du das begriffen?«

»Nun mal halblang, Frau Schiller!«, unterbrach Madsen sie und drängte sich zwischen die Millionärsgattin und den Taxifahrer. »Erstens wird hier niemand bedroht. Und zweitens lässt sich ganz einfach herausfinden, wer von Ihnen beiden die Wahrheit sagt.«

Mit diesen Worten zündete er sich in aller Ruhe eine Zigarette an, während von Werdenfels, dem sich der tiefere Sinn dieses ganzen Gesprächs nicht wirklich erschloss, verwirrt von einem zum anderen blickte.

Sein Vorgesetzter hingegen schien die Situation zu genießen, denn sein Blick strahlte eine tiefe Zufriedenheit aus, als er sich an die Fotografengattin wandte.

»Wussten Sie eigentlich, Frau Schiller, dass Taxifahrer sehr häufig Opfer von Überfällen oder körperlichen Übergriffen sind? Um den Fahrern ein gewisses Maß an Schutz zu gewähren, sind in zahlreichen Taxen Überwachungskameras installiert. Die zeichnen die gesamten Fahrten auf, und die Aufnahmen werden, wenn feststeht, dass nichts Außergewöhnliches passiert ist, zu Beginn der nächsten Schicht wieder gelöscht. Die Fahrt von letztem Dienstag zum Beispiel wäre demnach schon längst wieder überspielt. Zumindest in der Theorie. In der Praxis gibt es allerdings auch Ausnahmen, zum Beispiel, wenn ein Fahrgast sich im Taxi übergeben hat und der Wagen zur Reinigung muss. Dann bleiben die Aufnahmen zwangsläufig etwas länger auf Band. So ein Zufall ist natürlich reines Glück …«, lächelnd griff er in die Tasche seiner Lederjacke, fischte eine Mini-DV-Kassette heraus und präsentierte sie Jenny Schiller, »… aber manchmal ist das Glück einem tatsächlich wohlgesonnen. Auch wenn ich keine Ahnung habe, warum. Vielleicht, weil wir so fleißige Polizisten sind?«

Er zwinkerte seinem Partner zu.

Das Gesicht der Fotografengattin hatte indes jegliche Farbe

verloren und leuchtete im Licht der inzwischen hoch am Himmel stehenden Sonne so weiß wie der Marmor der Sisi-Statue. Sie starrte auf die Kassette, schnappte dabei hörbar nach Luft, und die Fassade der selbstsicheren, souveränen Millionärin schmolz dahin wie Roheisen in einem Hochofen.

Dann sackte sie plötzlich in sich zusammen.

Und noch bevor Jenny Schiller mit schluchzender Stimme zu sprechen begann, wusste Kriminalrat Mads Madsen, dass vor ihm eine Mörderin stand.

»Ich habe Stanislav geliebt! Und zwar vom ersten Moment an, in dem ich ihn gesehen habe. Er kam vor drei Jahren mit Augenthalers Bautrupp in unser Haus, und schon nach drei oder vier Tagen hatten wir eine leidenschaftliche Affäre. Es war Liebe auf den ersten Blick! Er war groß, er war stark, aber er konnte auch unglaublich zärtlich sein. Er hat mir all das gegeben, was mir mein Mann nicht geben konnte: Stärke, Selbstbewusstsein und bedingungslose Hingabe. Die Momente, in denen ich mit ihm zusammen war, waren die schönsten und wertvollsten Augenblicke meines gesamten Lebens.«

Während von Werdenfels den Taxifahrer, der ihren Ausführungen mit aufgerissenen Augen gelauscht hatte, höflich, aber bestimmt aus dem Garten komplimentierte, sagte Kriminalrat Madsen kein Wort.

Das war auch gar nicht mehr nötig, denn die Worte sprudelten nun aus Jenny Schillers Mund wie ein Wasserfall. Es schien in höchstem Maße erlösend für sie zu sein, sich die Geschehnisse der letzten Tage, Wochen und Jahre von der Seele zu reden.

Wie bei einer Beichte.

Nur mit dem Unterschied, dass an deren Ende keine Absolution, sondern eine mehrjährige Haftstrafe zu erwarten war.

»Natürlich haben mich die Trennungen im Winter wahnsinnig gemacht. Fünf endlose Monate, in denen wir nur per Skype kommunizieren konnten – die pure Folter für mich! Ich habe Stanislav angeboten, ihn besuchen zu kommen, aber er sagte, er müsse so viel an seinem Haus in Polen arbeiten, dass er keine

Zeit für mich habe. Ich habe mich mit seinem Versprechen getröstet, dass er mich – wenn der Bau fertig wäre – für einen ganzen Sommer in sein Haus am See einladen würde. Heute weiß ich, dass das naiv von mir war, aber ich habe drei Jahre lang an eine gemeinsame Zukunft geglaubt. Ich habe sogar Polnisch gelernt, ich dumme Kuh!«

Sie brach in lautes Schluchzen aus, und hätte er nicht gewusst, dass die unglückliche Frau vor ihm einen hilflosen, schwer verletzten Mann kaltblütig im See ertränkt hatte, dann hätte Madsen in diesem Moment Mitleid mit ihr gehabt.

So aber reichte er ihr emotionslos ein Taschentuch und wartete geduldig, bis Jenny Schiller wieder in der Lage war, sich verständlich zu artikulieren.

»Als er dieses Frühjahr wieder hier nach Starnberg kam, habe ich schon in der ersten Minute gemerkt, dass irgendetwas nicht stimmt. Er war so anders, so kalt, so abweisend, und als ich ihn auf eine gemeinsame Zukunft angesprochen habe, hat er mich nur noch ausgelacht. Er habe eine Neue, hat er mir gesagt. Liliana würde sie heißen, und sie wäre jünger, hübscher und besser im Bett als ich. Dabei hat er gegrinst und mir angeboten, ich könne mir ja einen anderen Polen suchen – die wären alle scharf auf meinen Arsch!«

Abermals brach sie in Tränen aus, und diesmal schwieg Madsen nicht, sondern nutzte ihren emotionalen Ausnahmezustand und stellte die alles entscheidende Frage.

»Und dann haben Sie ihn umgebracht?«

Jenny Schiller nickte.

»Jeder Funken Liebe, den ich in mir trug – und glauben Sie mir, Herr Kriminalrat, das waren eine Menge Funken –, hat sich in Hass verwandelt. In tiefen, tödlichen Hass! Am liebsten hätte ich Stanislav auf der Stelle erwürgt, aber auch wenn ich durch meine Fitnessstudiobesuche ziemlich trainiert bin – einem Kerl wie Stanislav wäre ich natürlich trotzdem hoffnungslos unterlegen gewesen. Also musste ich trotz meiner Wut geduldig auf irgendeine Gelegenheit warten …«

»… und die kam an dem Abend, an dem Wocz bei einem

Kampf schwer verletzt wurde«, ergänzte Madsen und bot Jenny Schiller eine Zigarette an, bevor er auch sich selbst eine anzündete.

Sie nickte.

»Glauben Sie mir – jeder Schlag, den Stanislav abbekommen hat, war wie ein kleiner Orgasmus für mich! Ich hatte meinen Mann vorher heißgemacht, er möge doch dem Gegner eine Siegprämie in Aussicht stellen. Das war nicht sonderlich schwer, denn Stanislav hatte Johnny ja kurz vorher erpresst, und der hatte natürlich einen entsprechenden Hals auf ihn. Dieser irre Dr. Pain ist dann auch wie ein Tier auf Stanislav losgegangen – ich hatte schon Angst, er schlägt ihn bereits im Ring tot.«

»Wieso Angst?«, erkundigte sich von Werdenfels. »Sie wollten doch seinen Tod. Besser hätte es ja gar nicht laufen können, denn dann wären Sie als Täterin aus der Nummer raus gewesen.«

»Aber dafür wäre sie auch der Genugtuung beraubt worden, Stanislav mit eigenen Händen zu töten – und damit ihre Rache zu vollenden«, erwiderte Madsen anstelle der Fotografengattin, deren Tränen plötzlich versiegt zu sein schienen.

»Völlig richtig!«, sagte sie. »Ich wollte sein Gesicht sehen, wenn er stirbt. Er hat mich innerlich getötet, und jetzt wollte ich es sein, die ihn tötet. Er sollte sehen, wer für seinen Tod verantwortlich ist. Das hat zwar nicht ganz geklappt, weil er schon bewusstlos war, als ich ihn vom Weg ins Wasser gezerrt habe, aber zumindest habe ich die Gewissheit, die Letzte gewesen zu sein, die ihn berührt hat. Ich, Jenny Schiller. Und nicht diese Schlampe Liliana!«

Für einen Augenblick herrschte gespenstische Ruhe im Garten.

Lediglich das kehlige Lachen der alkoholisierten Brunchrunde und die Motorgeräusche vorbeifahrender Autos waren zu vernehmen.

Schließlich sagte Madsen: »Wärst du so freundlich, Max, und würdest Frau Schiller ein wenig Silberschmuck anlegen? Die Kollegen sollen sie dann abholen und in U-Haft bringen. Ach ja: Ihren Mann und Antoine können sie natürlich wieder laufen lassen. Wir brauchen zwar noch deren Aussagen, und Antoine dürfte sich wegen seines falschen Geständnisses für den Versuch einer Strafvereitelung zu verantworten haben – aber das muss nun wirklich nicht mehr heute sein.«

Mit diesen Worten drehte er sich noch einmal zu der schwarzhaarigen Frau um, die gedankenverloren an der Zigarette zog, und musterte sie mit einem prüfenden Blick.

»Eine allerletzte Frage noch, Frau Schiller – und vielleicht stelle ich die auch nur, um den Glauben an die Menschheit nicht völlig zu verlieren. Bereuen Sie das, was Sie getan haben, eigentlich inzwischen?«

Jenny Schiller zögerte kurz.

Dann hob sie den Kopf, richtete den Oberkörper auf und streckte die Brust nach vorn. Ihr Blick war eisig, und die Augen verengten sich zu Schlitzen, als sie Madsen ihre Antwort entgegenspie.

»Wissen Sie was, Herr Kriminalrat? Als ich den Körper schleppte, habe ich mir einen Absatz von meinen Christian-Louboutin-Stiefeln abgebrochen. Das waren die schönen schwarzen aus Wildleder für zweitausendfünfhundert Euro. Gerade erst gekauft in der Galleria Vittorio Emanuele in Mailand. Das, Herr Kriminalrat, …«, sie nahm einen letzten Zug von der Zigarette und schnippte die Kippe achtlos in den Schoß der Sisi-Skulptur, »… das ist das Einzige, was ich wirklich bedauere!«

# SIEBZEHN

»Wie geht es deinem Kopf, Mads? Blutet es noch?«

Die Besorgnis in Lissy Berghammers Stimme war unüberhörbar, als sie einen prüfenden Blick auf das Pflaster an Madsens Stirn warf.

»Ach, alles halb so wild!«, winkte dieser lässig ab. »Ich sollte in den nächsten Tagen vielleicht keinen Kopfstand machen. Aber lieb, dass du fragst – mein ignoranter Partner würde sich noch nicht mal um mich sorgen, wenn ich meinen Kopf unter dem Arm tragen würde.«

»Hey, hey!«, protestierte von Werdenfels. »Wer hat sich denn im Krankenhaus um dich gekümmert wie eine Mutter? Das war ja wohl ich!«

Madsen, Lissy Berghammer und Yoel Goldenberg lachten.

Alle vier saßen im Biergarten an einem rustikalen Holztisch und genossen kühles Weißbier, heiße Kalbshaxen und würzigen Obatzten.

Es war Kriminalrat Madsen gewesen, der – angesichts seiner mitunter misanthropischen Charakterzüge für alle etwas überraschend – vorgeschlagen hatte, den erfolgreichen Abschluss des ersten gemeinsamen Falls zusammen mit von Werdenfels, dessen Lebensgefährten sowie Lissy Berghammer zu feiern, und alle hatten zugesagt. Schließlich verspürte jeder von ihnen das dringende Bedürfnis, den missglückten Verlauf des ersten Zusammentreffens in der Kunstausstellung möglichst schnell vergessen zu machen.

Allerdings hatte Madsen nach den Ereignissen am Morgen keinerlei Bedarf mehr an gehobener Gastronomie und dem dazugehörigen elitären Publikum, weshalb Lissy Berghammer – auch um dem Hamburger Zugezogenen eine weitere Perle des Starnberger Sees zu präsentieren – die Gastwirtschaft auf der Ilkahöhe vorgeschlagen hatte.

Der gemütliche Familienbetrieb bot im ersten Stock des ehemals forstwirtschaftlich genutzten Hauses zwar die obligatorischen Chichi-Menüs an, im Biergarten aber auch bodenständige bayrische Kost vom Grill.

Als Beilage gab es dazu einen Blick, der im gesamten Fünf-Seen-Land seinesgleichen suchte. Dank seiner exponierten Lage auf einer über siebenhundert Meter hoch gelegenen Anhöhe – der freundlichen Hinterlassenschaft eines gewaltigen Gletschers in der Würmeiszeit –, thronte der Biergarten über saftig grünen Viehweiden, auf denen die Kühe so nahe an die Tische kamen, als wollten sie sich davon überzeugen, dass der Tod ihrer Artgenossen zumindest aus kulinarischer Sicht nicht vergeblich gewesen war.

Unterhalb der Weiden lag der Ausflugsort Tutzing mit seinem weit aufragenden Kirchturm sowie den gepflegten Grünflächen der Brahmspromenade, die von weißen Kiessträndern und dem türkisblauen Wasser des Starnberger Sees gesäumt wurde. Auf der südlichen Seeseite begann dann bereits das Voralpenland, welches am Horizont von Zugspitze, Herzogstand, Heimgarten und anderen erhabenen Alpengipfeln abgeschlossen wurde.

Es war ein Panorama wie auf einer Werbepostkarte, und der begeisterte Madsen zückte mehrfach sein Handy, um zu fotografieren, wohl wissend, dass der majestätische Anblick auf einem Display von tausend mal zweitausend Pixeln nur unzulänglich wiedergegeben werden konnte.

»Mir ist klar, dass wir hier eigentlich in Ruhe den Sonntag genießen wollen und Dienstliches dabei nichts zu suchen hat«, wandte sich von Werdenfels an seinen Vorgesetzten und wischte sich den Bierschaum von der Oberlippe. »Aber eine Frage brennt mir doch die ganze Zeit auf der Seele: Wie zum Teufel bist du eigentlich darauf gekommen, dass Jenny Schiller den Mord begangen hat? Ich hätte schwören können, dass ihr Mann derjenige war, der Wocz umgebracht hat!«

»Die Möglichkeit war ja auch durchaus gegeben«, erwiderte der Kriminalrat und biss herzhaft in die kross gebratene Kalbshaxe, bevor er mit vollem Mund fortfuhr. »Aber dann hatten wir heute Morgen das Gespräch mit ihm auf dem Golfplatz – und da habe ich etwas entdeckt, was meine Gedanken plötzlich in eine ganz andere Richtung gelenkt hat.«

»Das war vermutlich in dem Moment, in dem du auf dem Boden herumgekrochen bist, als würdest du Regenwürmer suchen, oder?«

»Ganz genau!«, sagte Madsen. »Allerdings habe ich keine Würmer gefunden, sondern Löcher.«

»Löcher?«, fragte Yoel Goldenberg verwirrt nach. »Was haben denn Löcher mit eurem Mordfall zu tun?«

»Oh, eine ganze Menge, lieber Yoel! Die Spurensicherung hat nämlich auf der Wiese, über die Wocz' Körper geschleift wurde, eine ganze Menge dieser Löcher gefunden. Wir haben die ganze Zeit darüber gegrübelt, woher diese Abdrücke stammen könnten. Die naheliegendste Erklärung waren Trekkingstöcke, aber uns hat sich nicht erschlossen, wie die im Zusammenhang mit dem Mord stehen könnten. Ein echtes Rätsel – bis heute Morgen! Da habe ich nämlich beobachtet, wie diese Blondine mit ihren High Heels übers Golfgrün gestöckelt ist.«

»Und die Stilettoabsätze haben dabei kleine, kreisrunde Abdrücke im Gras hinterlassen!«, rief von Werdenfels aus. »Jetzt geht mir ein Mond auf! Damit war dir plötzlich klar, dass eine Frau mit der ganzen Sache zu tun haben könnte!«

Madsen stutzte.

»Max, besser wäre, wenn dir ein Licht aufginge!«, sagte er dann grinsend. »Der Mond ist nämlich das, wohinter du lebst.«

Alle lachten – selbst von Werdenfels, dem man zwar sprachliche Defizite, aber auch ein hohes Maß an Eigenhumor konstatieren musste.

»Aber in der Sache hast du recht«, fuhr Madsen nach einem herzhaften Schluck Bier fort. »Ich hatte sie ursprünglich alle auf der Liste: Schiller, Antoine, Lubanski, Lato, Borchert, Dr. Block – sogar Augenthaler und Hermann, Borcherts Adlatus! Jedem von denen hätte ich den Mord zugetraut, aber dass eine Frau diesen polnischen Hünen ins Wasser schleift, hätte ich wirklich nicht erwartet. Zumindest bis heute Morgen. Bis zu der Sache mit den Abdrücken. Erinnerst du dich noch, dass ich anschließend telefoniert habe?«

»Oh ja! Das fand ich nämlich ehrlich gesagt unmöglich. Ich versuchte gerade, Schiller festzunageln – und du spazierst mit dem Telefon am Ohr über den Golfplatz, als ginge dich die ganze Geschichte nichts an. Jetzt bin ich mal gespannt, was für eine Entschuldigung du mir anbietest!«

»Ich glaube, eine gute. Ich habe nämlich bei uns im Revier angerufen und gefragt, ob die Aufnahme von der Leitstelle schon da ist. Du weißt schon: die, mit der der Einsatz des Rettungswagens abgesagt wurde.«

Von Werdenfels blickte ihn ratlos an, während er mit einer Salzstange ein Stück Obatzten und einen Zwiebelring in seinen Mund balancierte.

»Was hat denn dieser Anruf mit den Absatzspuren zu tun?«

»Ganz einfach!«, erklärte Madsen lächelnd. »Ich habe Kollegen Zirngibl gebeten, sich den Anruf einmal anzuhören.«

»Aber der hatte doch mit dem ganzen Fall bisher kaum etwas zu tun!«, entgegnete von Werdenfels. »Der konnte doch unmöglich einen unserer Verdächtigen an der Stimme erkennen!«

»Das nicht. Aber eines konnte er sehr wohl erkennen: dass der Anruf von einer Frau getätigt wurde!«

Er ließ die Worte einen Moment lang wirken, bevor er weitersprach.

»In diesem Moment ist mir dann auch wieder eingefallen, dass diese ominösen kreisrunden Abdrücke laut unserem Spusi-Kollegen Bertram etwa bis zu dem Stahlkabel auf dem Hafengelände zu finden waren. Und weißt du noch, wofür dieses Kabel gut war?«

Von Werdenfels zog grübelnd die Stirn in Falten.

»Verlief da nicht so ein Seilzug für die Boote? Ich nehme an, mit dem Seil wird der Schlitten hoch- und runtergezogen.«

»Exakt! Aber wer sagt denn, dass man mit dem Schlitten nur Boote bewegen kann? So ein lebloser Hundert-Kilo-Körper lässt sich damit auch bestens – und im Übrigen auch völlig spurlos – ins Wasser transportieren. Das schafft jedes Kleinkind – man muss nur den Schalter betätigen.«

»Und nachdem nun plötzlich klar war, dass auch eine Frau als Täterin in Frage kam, hast du dich noch mal etwas genauer mit Jenny Schiller beschäftigt, nicht wahr?«, erkundigte sich Lissy Berghammer und prostete währenddessen Yoel Goldenberg zu, dem das einhändige Handling des Maßkrugs im Gegensatz zu der gebürtigen Bayern sichtlich Schwierigkeiten bereitete. »Immerhin war sie die Einzige, die die ganze Zeit irgendwie ihre Hände im Spiel hatte.«

»Absolut!«, bestätigte Madsen und zeigte sich hocherfreut über Berghammers kriminalistische Kombinationsgabe. »Und da es sich bei Morden von Frauen in der Regel um Beziehungstaten handelt und bei Beziehungstaten wiederum Eifersucht das klassische Tatmotiv ist, habe ich mir überlegt, ob das Opfer der guten Jenny Schiller eventuell einen Grund gegeben haben könnte, eifersüchtig zu sein. Immerhin war Wocz ja laut Aussage seines Freundes Lubanski frisch verliebt in diese Liliana, was dann gleichzeitig bedeutet hätte, dass er vorher eine Beziehung zu Jenny Schiller gehabt haben muss.«

»Und vermutlich hast du dafür auch noch einen Beweis gefunden, richtig?«, mutmaßte von Werdenfels, hin- und hergerissen zwischen Verärgerung über die mangelnde Mitteilungsbereitschaft seines Vorgesetzten und Bewunderung ob dessen zielführender Schlussfolgerungen.

»Beweise für eine Beziehung zwischen Schiller und Wocz? Oh ja, in der Tat – das habe ich!«, antwortete Madsen, während er per Handzeichen eine weitere Runde Bier orderte. »Jenny hatte mir im Rahmen einer Befragung einen längeren Vortrag über die wahre Liebe gehalten. Eine Liebe, in deren Genuss man aus ihrer Sicht nur ein einziges Mal im Leben kommt und von der sie sich vor Kurzem verabschieden musste. Ich bin damals naiverweise davon ausgegangen, dass sie damit ihren Mann meinte, der – entschuldigt bitte die Ausdrucksweise, falls das für euch despektierlich klingen sollte – ja kürzlich das Ufer gewechselt hatte und eine Beziehung mit Antoine Malmé eingegangen war.«

Von Werdenfels winkte generös ab.

»Keine Sorge, Mads! ›Das Ufer wechseln‹ ist für uns nicht

despektierlich – da werden wir oft mit ganz anderen Ausdrücken konfrontiert. Zum Beispiel von meinem Vater!« Seine Miene verdunkelte sich für einen kurzen Augenblick, bevor er die Verärgerung mit einem großen Schluck Bier hinunterspülte. »Aber um noch mal auf Jenny Schiller zurückzukommen: Wann hattest du denn die Idee, dass es nicht Johnny war, auf den sich ihre Liebe bezog?«

»Das kam mir heute Morgen ganz plötzlich, als Jenny Schiller dich beschimpfte«, antwortete Madsen, woraufhin Goldenberg seinen Partner ebenso überrascht wie mitfühlend anblickte.

»Sie hat dich beschimpft, Maxi? Warum? Was hat sie denn gesagt?«

Von Werdenfels errötete. »Sie hat mich ›eine Pussy‹ genannt. Und das nur, weil ich sie gefragt habe, ob sie die Verletzungen bei den Kämpfen nicht abstoßend findet.«

Während der Israeli tröstend seine Hand auf den Arm seines Partners legte, griff Madsen dessen Antwort auf. »Ganz genau! Damit war klar, dass die gute Jenny Schiller offensichtlich auf Kerle steht, die vor Testosteron nur so strotzen. Und in diesem Moment haben sich in meinem Kopf schlagartig diverse kleine Puzzleteile zusammengefügt, die ich vorher nicht ausreichend beachtet habe. So hat sie zum Beispiel bei ihrem Monolog über die wahre Liebe von einer ›starken Brust‹ gesprochen, an der sie sich sicher gefühlt hat. Dann hatte Lissy mir erzählt, dass Jenny bei gesellschaftlichen Veranstaltungen keinen Hehl aus ihrem Faible für breitschultrige Kerle gemacht hat, und zu guter Letzt hatte Johnny Schiller – du erinnerst dich, Max? – im Fotostudio gestanden, dass seine Ankündigung, die Dinge selbst zu regeln, lediglich der vergebliche Versuch war, vor seiner Frau nicht als Waschlappen dazustehen. Als ›Waschlappen‹ hatte ihn übrigens auch die alte Nachbarin tituliert. All das führte zu der Schlussfolgerung, dass es sich bei Jenny Schillers großer Liebe nicht um Johnny Schiller gehandelt haben konnte.«

Er unterbrach seinen Monolog, da just in diesem Augenblick eine dralle Kellnerin in einem weit ausgeschnittenen Dirndl frische Biere an den Tisch brachte, wodurch sich die Aufmerksamkeit seiner Begleiter kurzfristig auf die Getränke und das Dekolleté der Dame konzentrierte.

»Nachdem ich also davon ausgehen konnte, dass sie bei der verlorenen Liebe jemand ganz anderen als ihren Ehemann meinen musste, galt es herauszufinden, um wen es sich dabei handelte«, fuhr Madsen nach einem allgemeinen Prosit mit seinen Ausführungen fort. »Zuerst hatte ich Lato im Verdacht. Immerhin behauptete der, sich in einer Beziehung mit Jenny zu befinden.«

»Na ja, für eine wirkliche Beziehung sprach sie aber etwas zu abfällig über den Mann«, erwiderte von Werdenfels kopfschüttelnd. »Wie war das? ›Solange der mich ficken darf, würde der keinen einzigen Schritt weggehen‹? Das klingt für mich nicht gerade nach der Liebe ihres Lebens.«

»Du hast es erfasst. Damit war Lato ebenfalls raus, und da Lubanski erst seiner Frau treu war und anschließend nur Augen für diese Liliana hatte, blieb eigentlich nur noch Wocz übrig. Immerhin dürfte der ihrem Beuteschema mit seiner Physiognomie voll entsprochen haben.«

»Dürfte?«, mischte sich Lissy Berghammer fragend ein, wobei sie Madsen provokativ zuzwinkerte. »Das ist ein Konjunktiv, lieber Mads – und damit sicherlich keine Grundlage für eine Festnahme. Ich darf also vermutlich davon ausgehen, dass du noch ein Ass im Ärmel hattest, oder?«

Der Kriminalrat grinste wie ein Pokerspieler, der einen Royal Flush auf der Hand hielt.

»Du hast schon wieder recht, liebste Lissy. Und weißt du was? Das Ass warst in diesem Fall du! Beziehungsweise das, was du mir gesagt hast.«

Berghammer riss erstaunt die Augen auf, und auch von Werdenfels und Goldenberg lehnten sich interessiert über den Tisch und waren ganz Ohr.

»Erinnerst du dich noch«, fragte Madsen, »dass du mir über das in Starnberg kursierende Gerücht berichtet hast, Jenny Schiller würde regelmäßig im Hotel ›Kaiserin Elisabeth‹ verkehren? Die Betonung liegt dabei auf dem Wort ›verkehren‹! Daran habe ich mich heute Vormittag erinnert, und deshalb habe ich mich, während du, Max, in Starnberg warst, mal ein wenig im Hotel umgesehen und mich dabei mit einer Hausdame unterhalten, die schon seit Jahren im ›Elisabeth‹ arbeitet. Dieser guten Frau – übrigens eine bezaubernde italienische Signora – habe ich ein Bild von Wocz gezeigt. Und bingo!«

Er schlug in seiner Euphorie so plötzlich mit der Faust auf die Tischplatte, dass dem holländischen Familienvater am Nebentisch vor Schreck fast seine Digitalkamera in den Weißwursttopf gefallen wäre.

»Diese nette Hausdame namens Antonella hat mir bestätigt, dass Wocz sich jahrelang mit Jenny in der Sisi-Suite zum Schäferstündchen getroffen hatte. Nur nicht in dieser Saison! Und wir wissen ja auch, warum – nämlich weil Wocz' eine Beziehung mit Liliana begann. Jenny hat sich dann zwar umgehend mit Lato getröstet, aber das war nicht das Gleiche. Da ging es nur um Sex – Wocz hingegen hatte sie geliebt. Dazu passt dann auch die Aussage der Nachbarin über den plötzlich angestiegenen Alkoholkonsum sowie die Tatsache, dass das Haltbarkeitsdatum auf den Kondomen von Wocz diesen Sommer abgelaufen wäre – die Dinger waren also schon etwas älter. Na ja, und für den Rest brauchte ich dann nur noch eins und eins zusammenzählen.«

»Ich verstehe«, murmelte von Werdenfels. »Deshalb sollte ich auch in Starnberg den Taxifahrer ausfindig machen, der Jenny Schiller chauffiert hatte, denn wenn sie tatsächlich die Täterin sein sollte, dann hatte er vielleicht irgendetwas gesehen oder gehört, was diesen Verdacht bestätigt hätte. Und dann ist ja diese Videoaufzeichnung aufgetaucht, die unwiderlegbar beweist, dass Jenny Schiller noch einmal zum Tatort zurückgekehrt ist – und zwar genau zu der Uhrzeit, die die Gerichtsmedizin als Todeszeitpunkt definiert hat. Mit einem solchen Beweis blieb der Schiller doch gar nichts anderes mehr übrig, als zu gestehen!«

Der junge Kommissar kratzte sich nachdenklich an seinem unrasierten Kinn. »Aber sag mal, wann hat dir der Taxifahrer die Kassette eigentlich gegeben? Ich habe gar nicht mitbekommen, dass ihr zwei euch im Garten unterhalten habt.«

Überraschenderweise antwortete Madsen nicht sofort.

Stattdessen zündete er sich in aller Ruhe eine American Spirit an, nahm einen tiefen Zug und blickte den weißen Rauchschwaden hinterher.

Dann wandte er sich an seinen Kollegen.

»Lieber Max, erinnerst du dich noch daran, was ich dir vor dem Spielsalon gesagt habe? Als du glaubtest, du müsstest dein kärgliches Beamtengehalt durch ein Billardspiel gegen Lubanski aufstocken?«

Von Werdenfels nickte errötend. Die Lektion, die er dabei gelernt hatte, war ebenso unvergesslich wie die Schmach der Niederlage, die er gegen den polnischen Bauarbeiter erlitten hatte.

»Dass ich immer davon ausgehen soll, dass man mich bescheißen will?«

»Richtig«, sagte Madsen. »Und was noch?«

»Dass nichts so ist, wie es scheint?«

»Ganz genau! Und das gilt auch in unserem Fall. Ich hatte in Wirklichkeit keine Ahnung, ob es in dem besagten Taxi tatsächlich eine Kamera gab – deren Zulässigkeit ist nämlich juristisch mehr als umstritten. Folgerichtig war die Kassette auch gar nicht von dem Taxifahrer, sondern vom Hotel. Der Inhaber war so freundlich, sie mir zu leihen.«

Die drei anderen Personen am Tisch starrten ihn mit offenen Mündern an.

»Ja, aber … aber … das bedeutet ja im Grunde …«

»Dass Jenny Schiller nur deshalb gestanden hat, weil sie davon ausgegangen ist, dass sich auf der Kassette eine Aufzeichnung der Taxifahrt vom Tatabend befand.« Madsen grinste schelmisch. »Was allerdings überhaupt nicht der Fall war. Und was ich auch nie behauptet habe, denn dann wäre das eine bewusste Täuschung gewesen – und damit laut Strafprozessordnung eine verbotene Verhörmethode.«

»Ja, do leckts mi doch am Oarsch – das ist ja wie in einem Spionagefilm!«, raunte Lissy Berghammer mit vor Spannung geröteten Wangen. »Und was war tatsächlich auf der Kassette?«

Madsens Grinsen wurde immer breiter.

»Liegt das nicht auf der Hand? Denkt doch mal scharf nach! Die Kassette war vom Inhaber des ›Hotel Elisabeth‹. Was wird der wohl auf Kassette haben?«

Die anderen blickten ihn ratlos an, bis Goldenberg sich plötzlich mit der flachen Hand vor die Stirn schlug.

»Natürlich! Ist doch klar! ›Sissi – Schicksalsjahre einer Kaiserin‹!«

Lissy Berghammer lachte laut auf, während Madsen vergnügt nickte und sein Glas hob.

»In diesem Sinne, ihr Lieben: Ende gut …«

»… Glück in der Liebe!«, ergänzte von Werdenfels.

Und diesmal korrigierte Madsen ihn nicht.

Denn irgendwie lag sein neuer Kollege mit dieser Formulierung gar nicht so daneben.

# Danksagung

Angesichts des Autorennamens auf dem Cover mag der Eindruck entstehen, die Realisation eines solchen Buches sei eine »literarische One-Man-Show«.

Dem ist mitnichten so.

Vielmehr war die Entstehung von »Champagnerblut« nur durch das Mitwirken zahlreicher Beteiligter möglich, und ich möchte mich an dieser Stelle bei all jenen bedanken, ohne deren tatkräftige Unterstützung Sie diese Zeilen jetzt nicht lesen würden.

Mein erster und ganz besonderer Dank gilt meiner Frau Nicole und meinen Kindern Kim und Paul. Ohne eure Geduld, euer Verständnis und eure Toleranz hätte es dieses Buch nie gegeben.

Ich danke und liebe euch dafür.

Und für alles andere auch.

Ein ganz spezielles Dankeschön gilt darüber hinaus meiner Tochter Kim. Mit ihrer sprachlichen Kompetenz war sie mir stets ein kritischer, konstruktiver und motivierender »verbaler Sparringspartner«. Große, du bist die Beste von allen!

Explizit erwähnen möchte ich auch Franz von Hunoltstein. Ich kenne wenige Leute, die profundes Wissen auf so sympathische und unterhaltsame Weise vermitteln können wie du, lieber Franz. Vielen Dank für deine Zeit!

An dieser Stelle sei übrigens ausdrücklich darauf hingewiesen, dass sämtliche Fehler in der Darstellung von Polizeiabläufen und juristischen Details allein auf mein Konto gehen und einer gewissen literarischen Freiheit geschuldet sind, die zu nehmen ich mir erlaubt habe.

Einem Debütautor eine Chance zu geben, erfordert unternehmerischen Mut.

Ich danke dem Emons Verlag in Köln von ganzem Herzen, dass er diesen Mut besitzt und mich bei meinem Start ins »Schriftstellerdasein« so engagiert und kompetent unterstützt hat.

Ebenfalls entscheidenden Anteil an der Realisation dieses Buches hat meine Literaturagentin Beate Riess. Danke, Beate, dass du vom ersten Tag an an mich geglaubt hast – ich freue mich auf viele erfolgreiche gemeinsame Projekte!

Dank an dieser Stelle auch an die Lektorinnen des Emons Verlags, Dr. Christel Steinmetz, Stefanie Rahnfeld, Vanessa Harig, Sophie Olk und Sarah Richert, sowie an den Berliner Lektor Carlos Westerkamp.

Ohne sie wäre das Buch doppelt so dick.

Aber nur halb so gut.

Danke auch an meine Kollegin Ivonne Rojewski, die sich gewundert haben dürfte, warum sie Sätze wie »Sie haben wunderschöne Brüste. Darf ich sie anfassen?« auf Polnisch übersetzen sollte. Ich hoffe, meine moralische Integrität ist nach der Lektüre dieses Buches wiederhergestellt.

Ebenfalls ein herzliches Dankeschön gilt meinem Freund und Boxcoach Nick Trachte für die Erlaubnis, sein wundervolles Gym zum Schauplatz meines Romans zu machen. Sollten Sie, liebe Leser, jemals das Bedürfnis verspüren, die Faszination des Boxsports kennenzulernen: *»Boxwerk is the place to be!«*

Bedanken möchte ich mich auch bei Andreas Huber für das gelungene Autorenfoto, bei Markus Höhn für seinen immerwährenden Optimismus bezüglich dieses Buches sowie bei meinen Freunden und Bekannten – und zwar für euer Verständnis. Es ist mir durchaus bewusst, dass ich euch während des Schreibens schmählich vernachlässigt habe, aber auch euch sei versichert: Wir holen jedes einzelne Fest und jeden Nordbadbesuch nach!

Großes Autorenehrenwort!

Der letzte, aber deshalb keineswegs weniger herzliche Dank gebührt Ihnen, liebe Leserinnen und Leser. Für Sie habe ich dieses Buch geschrieben, und die Tatsache, dass Sie selbst die letzten Zeilen dieses Textes lesen, gibt Anlass zu der Hoffnung, Ihnen ein wenig Spannung und Unterhaltung geboten zu haben.

Sollte dem so sein, erfüllt es mich mit Stolz und Befriedigung.

Guido Buettgen